遺忘之國提嘉納

TIGANA

GUY GAVRIEL KAY

蓋・加佛列・凱伊 ———著 陳思穎 ———譯

獻給我的兄弟：傑佛瑞與雷克斯

謝辭

孕育本作的過程中，我仰仗了許多人的超群技藝與支持，能在此感謝大家的協助是我的榮幸。蘇・雷諾茲再次為我繪製地圖，既呈現了故事的發展過程，也幫助我構思故事。從小說的起草階段到最後的修改，雷克斯・凱伊和尼爾・藍道都給了我熱情的鼓勵和犀利的評論，深深感謝他們兩位。

我也借助了許多人的學識。能在此一表我對史學家卡洛・金茲伯格《夜戰》（*I Benandanti*）這本鉅作的傾慕，令我備感榮幸；傑納・布魯克、勞洛・馬丁內斯、雅克布・布克哈特、艾莉絲・奧里歌、約翰・賀津哈等人的著作也激盪了我的思考，帶給我許多收穫。在這方面，我也想心懷感激地向兩位前輩——喬瑟夫・坎伯與羅伯特・格雷夫斯致上敬意，我多年來對他們深感景仰，他們的作品與思想源頭深刻影響了我，成為我自身的靈感源泉。

最後，儘管這可能看似不過是作者依循慣例或約定俗成提及伴侶在作品誕生過程中扮演的角色，但我依然要懷著感激與愛向我妻子蘿拉致謝，無論是在托斯卡尼或家中，她始終堅定不移地給我建議，鼓勵我撰寫《遺忘之國提嘉納》。

把你珍愛之物一概
割捨，流亡恰似長弓
箭矢在此離弦
你將嘗到旁人的麵包
苦鹹冷硬，不該你走的階梯
爬來何其煎熬

——但丁，《天堂篇》

一簇火焰記得住多少？記住的一旦略少於必要，火便熄滅；一旦略多於必要，火亦熄滅。倘若那持續燃燒的火焰能教會我們如何記得適當，該有多好。

——喬治·賽菲里斯，〈水手史崔提斯記述一名男子〉

主要人物

布蘭庭——侵略並統治孤掌半島西部的巫王，原先的領土暨根據地為伊嘉斯。

艾勃利可——割據孤掌半島東部的另一侵略者，驍勇善戰，與布蘭庭勢力關係緊張。

雅列森·瓦倫廷——提嘉納最後一位王爵的兒子，現以遊唱樂團為掩護，為了復國計畫而奔走各地。

戴文·阿索里·蓋麟——生於提嘉納但已遺忘自己出身的少年，深具音樂天賦，追隨雅列森同行。

卡翠安娜·阿斯提拔——與雅列森同樣藏身於樂團的年輕女子，個性剛烈，行事難以預測。

貝爾德·賽瓦——提嘉納宮廷雕刻師的兒子，在戰爭中倖存，但與僅剩的手足失散。

黛安諾拉·切譚多——因戰爭而失去家人的提嘉納遺民，隱瞞身分進入布蘭庭宮中，渴望復仇。

謝托——布蘭庭的宦官，負責管理後宮。

儒恩——布蘭庭宮中的弄臣，外表殘缺扭曲。

伊嘉斯
凱勒敦
龐霸狄厄
孤掌半島
法薩羅島
齊亞萊
桑加里歐
山脈
奎席歐
群島
阿索里
斐洛
阿斯提拔
艾汀
寇爾帖灣
寇爾索
布里法特
修羅矗
寇爾帖
托傑亞
切譚多
戴
薩
河
卡撒黛河
史沛利昂河
歐提茲
佛雷瑟
西納維
波索堡
下寇爾帖
史蒂芬城
伊安娜
聖所
帕特拉維山脈
布拉丘
山脈
斯伐洛尼
山脈
奎雷亞
S

序章

雙月高懸，壓過眾星，唯有最燦亮的星斗與其爭輝。河流兩岸篝火點點，在夜中直向天邊綿延。戴薩河靜謐流淌，起伏搖蕩的水波映射出月光與鄰近火堆的橘光。這一道道光輝都映在他眼中，照著他坐在河畔的身影，他雙手抱膝，思索著死亡和至今為止的人生。

今夜真美，賽瓦如此心想。他深深吸進宜人的夏日空氣，聞見河水、水生花卉、青草的氣味，凝望河面上反射的清藍月光與銀輝，聽見戴薩河的呢喃水聲，以及遠遠從火邊傳來的歌聲。他聆聽敵軍在北岸的動靜，留意到河對岸也有人唱歌。聽著那和諧的歌唱，實在很難視那些人為十惡不赦的敗類，或是不由分說地憎恨他們，軍人似乎就得這樣仇視敵人。可他畢竟不是純正的軍人，也從不善於仇恨。

儘管看不到對岸的草叢間有任何人影竄動，但他能瞧見火光，不難估算戴薩河北岸的軍力和他背後的將士相較超出多少。在他後方，同胞正等待黎明。

幾乎可以肯定那是他們最後的黎明。他不打算自欺欺人，打從五日前同樣發生於這條河畔的戰役以來，沒有一個人心存奢望。他們僅有的是勇氣，是驍勇不屈的統帥；統帥的兩位年輕公子亦前來參戰，其英勇幾可與父親匹敵。

兩位公子都英挺俊逸，賽瓦惋惜過去沒機會替他們倆刻雕像。王爵的雕像自然是刻過，刻了不少次。王爵視他為友。賽瓦思忖，他這一生既稱不上無用，也沒有白活。他有技藝，有雕刻帶來的喜悅，有他那把鑿刀，還活著見證這身技藝廣受整個省邦的顯要人物稱賞，甚至該說整個半島的達官貴人都讚譽有加。

他也明瞭愛的滋味。他思及妻子，接著是自己的一雙兒女。想起女兒，她十五年前誕生那日，那雙眼眸教會他生命的意義；想起兒子，他因一歲之差，無法北上參戰。賽瓦記得臨別之際兒子的表情，他想自己的眼神大概相去無幾。他擁抱兩個孩子，隨後摟妻子入懷，無言地相擁良久——該說的話，這些年來早已說了許多遍。然後他迅速轉身，免得讓他們瞧見自己的淚水，腰間所掛的佩劍讓他翻身上馬時比平時笨拙了些，接著他便隨王爵奔赴沙場，迎擊渡海來犯的敵軍。

輕柔的腳步聲自左手邊的身後傳來，那也是眾人在燃燒的火堆邊和著賽倫尼亞琴吟唱歌謠的方向。他循聲轉頭。

「小心，」他略微提高聲音：「免得被雕刻匠給絆一跤。」

「賽瓦？」一個嗓音含笑低語，他對這嗓音很是熟悉。

「正是，王爵殿下。」他應聲道：「你可曾見過如此美麗的夜晚？」

周遭火光通明，視野頗為清楚，只見瓦倫廷走了過來，俐落地往他身旁的草地一坐。「一時想不到，」他附和。「你瞧，維朵霓漸盈，伊萊琉漸虧，兩個月亮恰好組成一輪完整的月。」

「這麼組起來的形狀可就怪了。」賽瓦說。

「畢竟今夜也是奇異之夜。」

「是嗎？難不成今夜會因我們凡人在世間的愚行而改變？」

「從我們的角度來看確實如此，」瓦倫廷柔聲說，敏捷的思路因這個疑問而飛馳。「正因明白清晨會迎來什麼，我們才覺得今夜美麗，至少是其中一個原因。」

「殿下，會迎來什麼？」賽瓦脫口問道。他恍然醒悟自己心懷些許企盼，像個孩子那樣希冀著一身優雅與傲骨的黑髮王爵會有答案，能告訴他等在河流對岸的是什麼，告訴他如何對付北岸那些歌唱的伊嘉斯人、那些焚燒的伊嘉斯之火；更重要的是，如何抵擋暴戾可畏的伊嘉斯王與他的法術，以及他明日不費吹灰之力即可喚起的滿腔憎恨。

瓦倫廷默然遙望河水。賽瓦瞧見流星墜落，劃過天際直奔他們西邊，大概會落入遼闊的海洋。他暗暗後悔問了這句話，眼下可不是強迫王爵故作勝券在握的好時候。

正想出言道歉，瓦倫廷開口了。他語調沉著，音量低微，以免這番話傳出他們這一小圈黑暗之外。

「方才我巡過一個個火堆，寇爾辛與羅萊丹也和我一樣，出言勸慰、鼓舞士氣、盡我們所能逗大家展顏歡笑，好讓兵士得以成眠。我們能做的只有這麼多了。」

「他倆都是好孩子。」賽瓦說：「我才想著，我一次也沒替他們兩個刻過雕像。」

「我頗感遺憾，」瓦倫廷道：「假若有什麼能在我們死後永垂不朽，想必就是像你的作品一樣的藝術，是我們的書籍與音樂，是歐薩里亞興建於艾瓦勒的綠白高塔。」他一頓，隨後重拾原本的話頭。「他倆都十分勇敢。可他們一個年僅十六，一個十九，可以的話我寧願把他們留在戰線後方，和他們的么弟……以及你兒子一起。」

這正是賽瓦敬愛瓦倫廷的一個原因——他不僅記得賽瓦有個兒子，甚至還在這樣的時刻、這個當下，在思及年紀最小的孩子時一併提起了他。

身後東邊的某個遠離火堆之處，一隻歌鸝驀地吟唱起來，兩人陷入靜默，聆聽那銀鈴般的歌聲。賽瓦忽地大受觸動，不禁擔心自己會丟人現眼地落淚，也擔心那會被錯認為恐懼的淚水。

瓦倫廷開口道：「不過老友啊，我還沒回答你的疑問。待在這黑暗的地方，遠離那些火光，遠離我在眾人臉上瞧見的企求，把實話說出口似乎容易得多。賽瓦，我萬分歉疚，但事實是明早我們將兵敗如山倒，恐怕遍野的屍骸將全是我軍。原諒我。」

「沒有什麼需要原諒的。」賽瓦立即答道，語氣堅定。「戰爭並非由你引起，何況這場戰事避無可避，無從消弭。再說我即便不是軍人，應該還不至於是個傻子。我那不過是隨口一問，答案我自己就看得出來了，殿下。瞧對岸的篝火就能明白了。」

「還有法術。」瓦倫廷低聲說。「比起那些火堆，法術更是關鍵。縱使我軍因上週那一戰疲累不堪、負傷累累，要以寡擊眾仍有辦法，可是他們現在有布蘭庭的魔法能夠倚仗了。我們的敵手不再只是獅崽，而是親自出征的雄獅，如今幼崽已死，待朝陽升起我軍必遭血洗。早知如此，我上週是否該向那孩子投降？」

賽瓦轉過頭，在交織的月光下不可置信地凝視王爵，一時說不出話，片刻後才找回聲音。「當時你要是投降，我一定馬上返鄉，」他果決地說：「然後走進臨海宮，把我替你刻的雕像統統砸個稀爛。」

半晌後他聽見一個怪聲，他過了一下子才明白是瓦倫廷在笑，因為那聲音完全不同於賽瓦以往聽過的笑聲。

「啊，吾友，」王爵終於道：「總覺得我早猜到你會這麼說。唉，這就是我們的傲氣，我們是多麼心高氣傲啊。你想，待我們逝去，我們最為後人所牢記的會不會就是這份傲氣？」

「或許吧。」賽瓦說：「但他們一定會銘記。我們唯一能確知的，就是後人必定會記住我們。在這塊半島、在伊嘉斯、在奎雷亞，甚至是位處西方、隔海相望的龐霸狄厄帝國，我們留下的名字都將受人傳頌。」

「我們也留下了孩子，」瓦倫廷說：「那些年幼的孩子。我們的兒女會記住我們；等尚在襁褓的嬰孩長大成人，妻子和父老會對他們述說戴薩河的故事，述說發生於此地的事蹟，以及更重要的——我們的省邦陷落之前曾經是什麼模樣。即使伊嘉斯的布蘭庭能在明天殲滅我們，能攻佔我們的家鄉，卻奪不走我們的名字，奪不走對於我們過往榮光的記憶。」

「他奪不走。」賽瓦附和道，說來也怪，他出乎意料地心頭一輕。「你說的想必沒錯。我們不會是最後一代自由之人，明日留下的波瀾將激盪千古，子子孫孫都會記住我們，絕不會束手就範地俯首稱臣。」

「即便真有誰願意，」瓦倫廷語調一改：「某位雕刻家的子孫也會把他們的頭砸爛，管他是不是石做的頭。」

賽瓦在黑暗中勾起嘴角。他也想開懷大笑，可惜這一刻實在提不起勁。「但願如此，殿下，假如三神允許。謝謝。謝謝你這麼說。」

「別提什麼謝字，賽瓦。你我之間不必言謝，尤其是今晚。願三神護佑你的明日與其後，也庇佑你至今以來深愛的一切。」

賽瓦嚥了嚥口水。「你該知道你也包含在內，殿下。是我深愛的一部分。」

瓦倫廷沒有答腔。然而過了片刻，他傾身向前，在賽瓦額上落下一吻。接著他舉起一隻手，雕刻匠的眼前不禁淚水矇矓起來，同樣伸出一隻手與王爵掌心相貼，作為訣別。隨後瓦倫廷起身離去，邁向一眾軍士點燃的篝火，只留月光下的一道背影。

河流兩岸的歌聲似乎都停止了，夜已深沉。賽瓦心知他該回營就寢，把握時間睡上幾個小時，可是他不願離開，割捨不下最後一夜這無瑕的美——那河流，那雙月，那星穹，那螢火蟲與無數火光。

最終他決定留在河邊。在幽暗的夏夜，他獨自坐在戴薩河畔，強壯的雙手鬆鬆環住雙膝。他凝視兩顆月亮沉落，火堆緩緩逐一熄滅，心裡想著妻兒，想著畢生用這雙手創造的作品在他死後終將長存，耳邊聽著歌鸝為他直唱到天明。

第一部 直透靈魂之刃

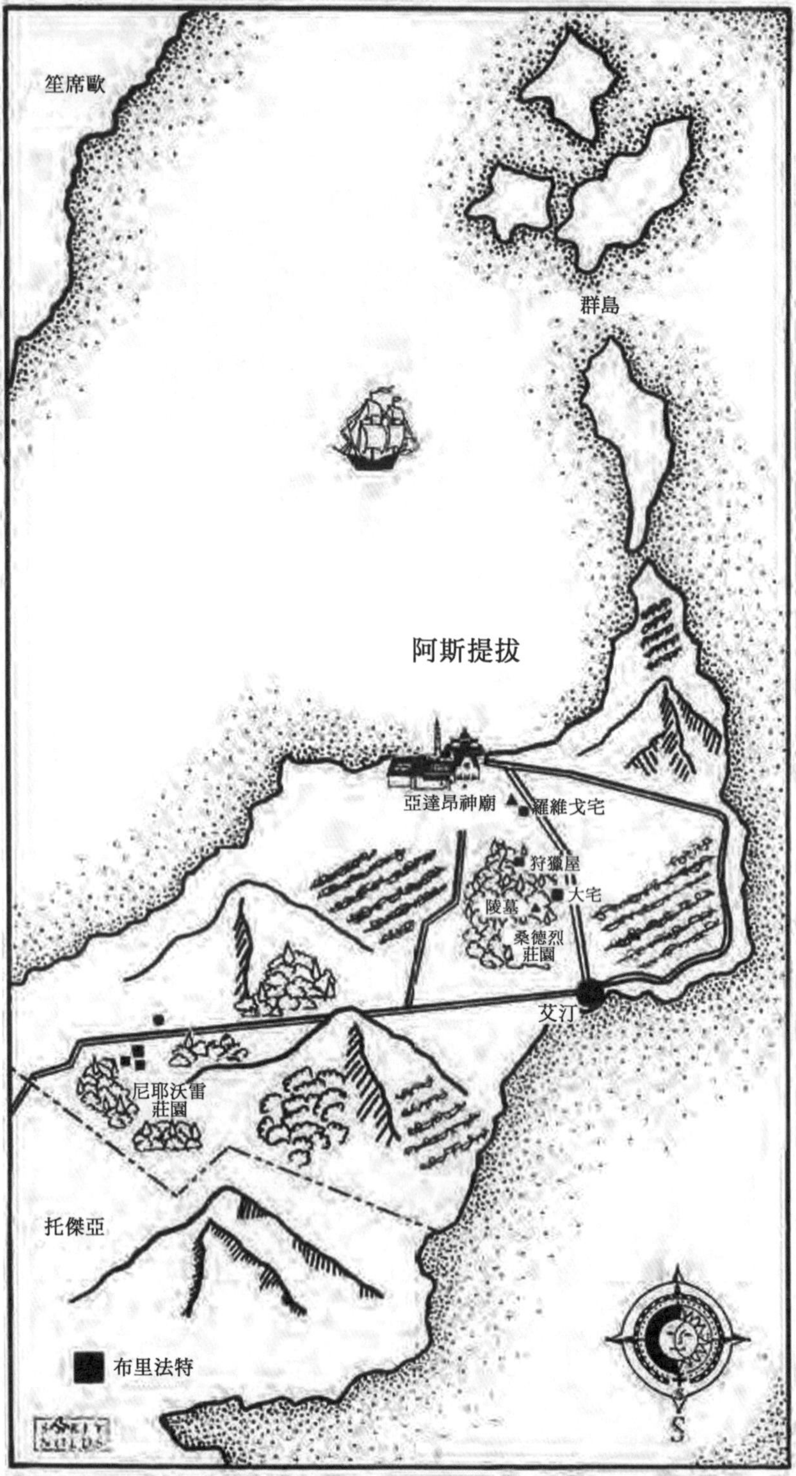
笙席歐
群島
阿斯提拔
亞達昂神廟
羅維戈宅
狩獵屋
大宅
陵墓
桑德烈
莊園
艾汀
尼耶沃雷
莊園
托傑亞
布里法特
S

第一章

美酒之秋，消息自鄉間別宮的絲柏、橄欖樹與纍纍葡萄藤之間傳了出來：曾統治阿斯提拔省邦與同名之城的君主——阿斯提拔公爵桑德烈，含恨嚥下年老體衰的最後一口氣，終結了流放生涯，宣告過世。

臨終前，沒有任何三神之僕在他身邊祝禱。伊安娜的白衣祭師不在，門扉之闇神茉里安的祭師不在，神君亞達昂的女祭師也不在。

這些消息伴隨公爵的死訊傳到阿斯提拔城，老百姓聽了並不怎麼驚訝。眾人皆知，過去十八年來，慘遭放逐的桑德烈對三神與祭師一向滿腔怨憤；況且早在桑德烈．阿斯提拔[1]仍執掌大權的時代，他對冒犯神明之事本就從不避諱。

此時正是碩藤節前夕，城裡擠滿從城外近郊與遙遠異地趕來的人潮。人滿為患的酒館與茶坊裡

1 本作中，人物的命名邏輯為「名字．籍貫．父名」，但在一般情況下父名多半會省略，只有在極為正式的場合才會使用全名。在這樣的命名邏輯下，說出名字往往同時具有自報家門的意涵，例如「桑德烈．阿斯提拔」（Sandre d'Astibar）即可理解為「阿斯提拔省邦的桑德烈」，「戴文．阿索里．蓋麟」（Devin d'Asoli bar Garin）則意味著「來自阿索里省邦的蓋麟之子戴文」。

頭，關於公爵的流言宛若羊毛與香料般幾經轉手交易，其中有真有假，說的人大多從未親眼見過公爵本人，假如被宣召到阿斯提拔的公爵朝廷，八成還會出於充分的理由嚇得臉色煞白。

在這個名為孤掌的半島，桑德烈公爵生前便時不時成為各邦人民討論或揣測的談資，這個現象到了他臨死之際仍未改變，儘管早在十八年前，龐霸狄厄的艾勃利可便從海洋另一端的帝國揮軍進攻，將桑德烈流放至城郊。掌權者縱已遠走，掌權者留下的記憶依舊縈繞。

或許是基於這個原因，也因為艾勃利可素來謹慎周延——艾勃利可用鐵腕緊密控制島上九邦之中的四邦，眼下他正與伊嘉斯的布蘭庭僵持，伺機奪取第九個省邦——這次艾勃利可一板一眼地照章行事。

公爵過世當日才到中午，有人瞧見艾勃利可的信使策馬奔出東城門。信使手持表示悼念的藍銀旗幟，身上無疑揣著字斟句酌的弔唁信，想必正趕赴距城牆七哩之遠的廣闊別宮，交給桑德烈的兒孫。

這個季節的帕里昂茶坊聚集了許多伶牙俐齒的客人，有人評論道，幸虧還在世的桑德烈後代都這麼不成材，否則篡君艾勃利可派來的就不會只是個信使，而是他麾下的一整個龐霸狄厄傭兵團了。座中掀起一片心領神會的哄笑，眾人邊笑邊提防地環顧四周。笑聲還未完全退去，有個吟遊樂師（那一週有不少旅行樂團來到阿斯提拔）提議要開個賭盤，他願意押上未來三天他掙到的每一分錢，打賭在碩藤節結束前齊亞萊島就會捎來以韻詩寫成的弔詞。

「機會太難得了，」這個行事衝動的新客人解釋道，他手裡捧著一杯熱氣蒸騰、摻有甜酒的凱琲，帕里昂茶坊的架上光是甜酒就陳列了十幾二十種。「布蘭庭絕不可能放過這個機會，他要好好提醒艾勃利可跟我們這些民眾，即便他們兩人平分了這個半島，但論起藝術與學養還是西方的齊亞萊宮廷大占上風。記住我的話，想賭的歡迎和我賭一把——三天之內，在阿斯提拔的樂聲停歇之前，我們就會收到矮胖詩人多爾德所寫的晦澀韻文，不然就是卡梅納寫了什麼逗趣藏頭詩，把『桑德烈』用六種不同寫法正著拼、反著拼，叫我們想破頭。」

又一陣笑聲，但這回眾人仍舊笑得防備，雖說碩藤節就要來臨，根據長久以來的慣例，龐厄的艾勃利可在這個時節一向會小心翼翼地稍稍放寬言論自由。幾個精於算術的人飛快地算了算船隻航行時間，揣度了笙席歐省邦北方海域以及其下群島的周邊海況，不久樂師收到的賭金便超過了他所下的注，金額全數記錄於帕里昂茶坊掛在牆上的一塊板子，在這個好賭的城市，那板子就是專門拿來這麼用的。

然而什麼賭注和揶揄轉眼都被拋到了腦後。茶坊的門被一個人猛地甩開，他頭戴綴有捲曲羽毛的尖帽，扯開嗓門要眾人注意聽，等眾人把注意力集中到他身上，他便宣告方才有人目擊篡君的信使已經回來，穿過了他不久前才飛馳而出的東城門。這次信使縱馬飛奔的速度明顯比前一次快上許多，身後不出三哩開外即是桑德烈．阿斯提拔公爵的送葬隊伍，他們是為公爵生前最後一個請求而來：他希望能在自己治理過的城市停靈一日一夜。

此事當即在帕里昂茶坊引爆意料之中的反應：酒客紛紛激動地大嚷起來，拚命想壓過他們製造出來的喧鬧。叫囂、政治再加上碩藤節令人引頸企盼的狂歡，在在讓這個下午變得口渴難耐；眼見生意這麼好，摻酒凱琲的點單源源不斷，帕里昂茶坊那容易受氣氛感染的店主不知不覺把凱琲中的甜酒給通通加到滿。他妻子的性格則比較沉穩點，照舊偷工減料少放酒，對每個客人一視同仁。

「他們會被趕回去的！」年輕的詩人雅列安諾喊道，堅決地拿著杯子往帕里昂茶坊最大的桌子猛敲，把熱凱琲潑在深色的橡木桌上。「艾勃利可不可能同意！」周遭的友人和總是圍在這張桌邊的酒客沉聲附和。

雅列安諾偷瞄了旅行樂師一眼，也就是剛才用布蘭庭與他那批齊亞萊宮廷詩人發下豪賭的人。這人正一副饒有興致的模樣，探詢似地挑起雙眉，舒服地往椅背一靠，那張椅子是他稍早大剌剌拖到桌邊來的。雅列安諾對這個男人大感不滿，但他也想不清自己氣的究竟是這個樂師隨口宣稱齊亞萊更有文化，還是對方竟敢不把偉大的詩人卡梅納·齊亞萊當一回事。雅列安諾過去半年以來煞費苦心效仿卡梅納，不光摹擬他的詩風，還學他不分晝夜都披著三層斗篷。

雖然雅列安諾的腦袋夠靈光，隱隱察覺這兩股交織的怒火自相矛盾，只可惜他年紀尚輕，又喝了不少摻有笙席歐白蘭地的凱琲，因此這個念頭仍深埋於意識深處。

眼下，他全神貫注於這個自以為了不起的鄉下人。這傢伙會進城顯然是打算用什麼老土樂器拉拉彈彈幾支小曲，賺幾個阿斯提幣趁著碩藤節揮霍一把。這種貨色怎麼敢大搖大擺走進全東掌最時髦的茶坊，把他那個鄉巴佬屁股往椅子上一放，坐在全茶坊最搶手的桌邊？雅列安諾仍深刻而慘痛地記得，他在第一首詩作發表後依然耗費了漫長的一個月，小心翼翼逐步接近、聽出人家的拒絕也只敢暗自挫敗，好不容易才打入這個出名的小圈子，在這張桌邊獲得一席之地。

其實他暗暗期待這名樂師會張狂地駁斥他，他已特意擬妥一首雙行韻詩，描述一個村野匹夫當著比自己優秀的能人之面，大放厥詞地評論那些能人。

彷彿呼應他這個念頭，那傢伙往後靠坐得更舒適，一面用修長的手指摩娑少年早白的額角，一面對雅列安諾說道：「看來今天是我的打賭之日。我願意用我即將從另一場賭局贏得的錢下注，賭性子謹慎的艾勃利可不敢為了此事破壞碩藤節的氣氛。此刻有太多人聚在阿斯提拔，大家的興致正高昂呢——即便這裡的店家喜歡賣稀釋酒給那些該放聰明點的客人。」

他咧嘴一笑，藉此減輕最後一句話的殺傷力。「以那個篡君的立場來講，」他續道：「倒不如寬宏大量地允許昔日敵人風光下葬，永無後患，然後好好感謝神祇護佑，管他那個海洋另一端的皇帝這些年下令龐霸狄厄人祭祀什麼神。他很該準備祭品大肆酬神一番，畢竟桑德烈那些沒種的子孫絕對會如他的願，馬上把追求自由這種跟不上時代潮流的志業給捨棄，不像桑德烈敢於為剛毅不屈的阿斯提拔爭取自由。」

說到最後時他臉上的笑意蕩然無存，一對寬眼距的灰眸定定凝視著雅列安諾的雙眼。

這番話才是茶坊首度出現貨真價實的危險言論。儘管音量低微，同桌客人卻都聽得清清楚楚，帕里昂茶坊的這一角倏忽一靜，在嘈雜鼎沸的室內顯得格外異常。雅列安諾轉眼成篇的嘲謔韻詩這下彷彿變得不足掛齒、有失合宜，他一言不發，心跳快得出奇，費了好些力氣才回視樂師的雙眸。

只見樂師重新斜勾嘴角，補上一句：「賭不賭，這位朋友？」

雅列安諾飛快估量若是跟某幾個朋友討錢能借到多少阿斯提幣，一面為了爭取時間說道：「你可否先替我們解惑，為何你這個來自城郊的農人手頭有這麼多錢能花用，還如此樂於分享對這類時事的觀察？」

對方笑得更開，露出整齊的白牙。「我可不是務農的，」他和善地反駁：「也不住在你們城郊。我在托傑亞南部的山區牧羊，讓我告訴各位一件事。」帶著笑意的灰眼掃了一圈，示意整桌的人都聽好。「綿羊能教你的事比一般人以為的更多，會讓你體悟關於人的道理。至於山羊嘛……嗯，山羊比茉里安的祭師更有辦法逼你思考人生，尤其是當夜幕即將落下，你卻在打雷下雨的山上追著牠們跑的時候。」

桌子周圍傳出一陣發自內心的笑聲，從緊繃中鬆懈下來的眾人笑得更加暢快。雅列安諾試著嚴肅地繃住表情，但宣告失敗。

「賭不賭？」牧羊人又問一遍，神態親和而放鬆。

好在雅列安諾用不著回答，他的幾位朋友也免於為了損失阿斯提幣心生不快，因為畫匠尼路聶闖了進來，甚至比戴著羽毛帽來報訊的人更慌亂倉皇。

「艾勃利可准許了！」他放聲吼道，壓過帕里昂茶坊的喧囂。「方才他下達政令，宣布桑德烈的流放之刑隨著他過世而終止，公爵明日早晨將停靈於舊桑德烈宮，並享有完整的九儀予以厚葬！條件是——」他戲劇化地一頓，「——條件是，桑德烈家族肯放三神的神職人員進去執行儀式。」

這消息實在太重大，讓雅列安諾無暇細想這代表自己丟了顏面——反正行事莽撞的年輕詩人每隔一兩個小時就會丟面子。但這——這可是大事！不知為何，他的視線再度落向那位牧羊人，只見那人的表情一派輕鬆、饒有興味，卻毫無得意之色。

「唉，好吧，」那人惋惜地搖搖頭，「雖然要繼續窮困度日，但起碼能安慰自己此事如我所料——可惜我這輩子老是落得這個結果。」

雅列安諾笑出聲來，朝著身材圓胖、上氣不接下氣的尼路聶背上一拍，往旁一挪讓出空間給畫匠坐。「幸虧伊安娜庇佑我倆，」他告訴尼路聶：「你剛才省下了比你身家財產還多的阿斯提幣。我差點就要找你湊錢跟人打賭了，你帶來的消息本來會害我賭輸。」

尼路聶的回應是拿起雅列安諾那杯還剩一半的凱琲一飲而盡，接著滿心期盼地環顧四周，然而同桌的其他酒客深知尼路聶的習慣，全都護住了自己的酒。來自托傑亞的黑髮牧羊人輕笑一聲，遞出自己那一杯，尼路聶本著絕不質疑他人餽贈的原則大口狂飲，喝乾凱琲之際才喃喃道了聲多謝。

雅列安諾將這一來一往看在眼裡，但他的思緒正順著陌生的方向飛馳，得到了出人意表的結論。

「除此之外，」他忽道，既是對著尼路聶說，也是對著整桌的酒客說。「你還再度印證這個統治我們的龐霸狄厄法師何其狡詐，如今艾勃利可僅憑一道政令，便成功強化了他與三神祭師的關係。在准許公爵完成他最後遺願的同時，他也提出了完美的條件，桑德烈的繼承人非同意不可——雖說他們也從沒不同意過任何事情——難以想像他們得砸多少阿斯提幣才能打消祭師的怨氣，心甘情願在明天一早走進桑德烈宮。往後世人都將認定，是艾勃利可讓背離神明的阿斯提拔公爵在死後重獲三神護佑。」

他環顧酒桌四周，自覺這番推想鏗鏘有力，不禁激動起來。「亞達昂之血在上，這簡直教人想起凡事做得巧妙深沉的昔日時光，想起那些日子的權謀心計！層層套疊，撲朔迷離，卻牽引整個半島的命運。」

「你這一席話，」托傑亞人臉色一肅，說道：「可能是這吵鬧的一天之中最敏銳的洞見。但請告訴我，」雅列安諾正欣喜得滿臉通紅，不過他接著道：「其他人無疑也會想到這些，但大概不會像你這麼快——但是，既然艾勃利可的決定使你憶起在他渡海入侵之前的行事作風，想起布蘭庭占領齊亞萊與西部省邦前的日子，那麼有沒有可能——」他壓低聲音，在滿室喧嚷之中只讓雅列安諾一人聽見，「——終究是艾勃利可玩輸了這一局？是他輸給了一個死人？」

周圍的人紛紛起身結帳，鬧哄哄地急著往外跑；外頭似乎有不得了的事件正飛速進展，人人都打算趕往東城門，圍觀桑德烈家族在相隔十八年後送已故君主歸返家園。換作一刻鐘前，雅列安諾本來也會隨著眾人起身，披上三層斗篷，急著早點抵達城門占個視野好的位置，但他現在已經沒了這個心思。他的腦袋循著托傑亞人的嗓音闢開一條嶄新的思路，靈光一閃，有如黑暗中迸現的燈火。

「你看出來了，對吧？」他這位新朋友平淡地說。桌邊只剩他們兩人；尼路聶逗留了一會，匆匆喝乾大家倉皇離開而沒喝完的凱琲，隨即尾隨眾人奔向外頭的秋日陽光與微風。

「大概懂了。」雅列安諾思索著說道，「桑德烈藉著犧牲這一局來取勝。」

「他犧牲了一場他本來就不怎麼在意的戰役。」對方略作修正，灰眸銳利。「我猜那些神職人員在他心中從來不怎麼重要，他的敵人不是祭師。無論艾勃利可的手段再怎麼機巧，他終究是憑藉大軍與法術才得以攻下這個省邦及托傑亞、斐洛、切譚多，也是靠著大軍與法術才得以宰制東掌地區。桑德烈．阿斯提拔統治這個城市與省邦二十五年，在此期間，我聽說過的叛亂和暗殺未遂少說五、六起，可他卻僅憑不時暗起異心的少許兵力，加上他的家族以及當時便已名聞遐邇的心計，成功維持政權。若我提出一項推測：他昨夜臨終前會拒絕接見祭師，純粹是為了引誘艾勃利可上鉤把此事當作挽回顏面的條件——你怎麼說？」

雅列安諾不知該怎麼說才好。他只知道自己湧上滿腔的熱血，滿腔的振奮，說不清此刻究竟是希望手中有把劍，抑或是一枝羽毛筆、一瓶墨水，讓他能寫下腦中汩汩湧現的詞句。

「你認為接下來會發生什麼事？」他問，他的友人若是見到他那敬重的神態，絕對會震驚不已。

「我不確定。」對方坦白說道：「但我越發懷疑今年的碩藤節將是一個開端，揭開沒人能夠預見的變局。」

他看似還想再說些什麼，但終究沒說。

他只是站起身來，拋了幾枚硬幣到桌上當作飲料錢，叮噹作響。「我得走了，差不多是排練的時間，這次跟了一個從沒合作過的樂團。去年的瘟疫把許多旅行樂團都害慘了，多虧如此，我才能歇口氣少放點山羊。」

他咧嘴一笑，隨後抬眼一瞥牆上記著賭注的板子。「告訴你的朋友們，三天後的日落前我會過來算清齊亞萊弔唁詩的帳，眼下我們姑且說聲再會吧。」

「再會。」雅列安諾反射動作地應道，目送那人走出幾近全空的茶坊。

店主夫妻四處走動，收拾瓷杯與玻璃杯、擦拭桌椅，雅列安諾招手叫了最後一杯飲料。他啜著凱琲（為了醒腦，這回沒有摻酒），片刻後才想到自己忘了問那個樂師的名字。

第二章

戴文今天過得爛透了。

到了十九歲這個年紀，他差不多已經認命：自己不僅沒有高壯的身材，三神還給了他一張皮膚白皙、稚氣未脫的臉蛋。許多年前還在故鄉阿索里時，他經常跑去農場附近的森林，雙腳勾住枝幹，整個人倒掛下來，試著讓骨架再拉長一點點。

絕佳的記憶力一向是他自負與樂趣的泉源，不過因此而牢記的幾段回憶就什麼好得意的了。要是可以，他很想忘記某天下午他的一對雙胞胎哥哥打完獵，帶著一雙鶉雞回來，撞見他倒掛在樹梢，本來一向駑鈍的兩個兄長竟然立刻想通了他的意圖；儘管事情已經過去六年，每回想起仍使他羞惱不已。

「小弟啊，我們幫你！」那時波瓦興沖沖地嚷道，戴文還來不及把身體回正連滾帶爬地逃開，尼柯便逮住他的雙臂，波瓦抓住他的雙腳，兩個體格魁梧的雙胞胎哥哥就這麼合力拉扯他，從頭到尾快活地大笑不止，就連戴文超齡地以五花八門的髒字痛罵也逗得他們樂不可支。

那是他最後一次嘗試增高。當天深夜他溜進雙胞胎的臥室，小心翼翼地往正在打呼的兩人身上各潑了一桶餵豬的餿水，隨即以神祇亞達昂在山坡狂奔般的速度逃離，就在雙胞胎爆出怒吼之際，他早已越過庭院，衝出了農場的大門。

他在外躲了兩晚，回家後挨了父親一頓鞭子。原本他以為得自己把床褥洗乾淨，沒想到波瓦已經洗了，憨直敦厚的雙胞胎早就忘了這回事。

不知是詛咒還是祝福，戴文的記憶力堪比名字之神伊安娜，他從不忘卻。雙胞胎這樣的性格很難讓人記仇（正確說來是幾乎不可能），但他身在那個位處低地省邦的農場所感受到的孤獨卻始終無法化解。增高事件後不久，戴文離開家鄉，進入每隔兩到三年就會巡迴至阿索里演出的樂團，拜梅尼柯・斐洛為師當起了歌師學徒。

此後，戴文未曾返鄉。三年前樂團北上巡迴的期間，他休了一週的假，去年春天又休了一次。不是他在農場上過得不好，純粹只是他在那裡太格格不入，這點他們全家四人都明白。在阿索里種田並不輕鬆，有時更要吃苦受罪，面對持續侵吞土地的大海以及酷熱、迷濛、灰茫茫又單調重複的日子，一個人得拚命奮鬥才保得住田地，保得住神智。

假如母親仍在世，一切或許會有所不同。但來自下寇爾帖的蓋麟攜三子定居的這個阿索里農場貧瘠陰鬱，一個女人也沒有——對有彼此能夠依靠的雙胞胎來說或許尚可接受，至於蓋麟，打從他來到這個幾無特色可言的平坦之地，他也逐漸成了習慣這種環境的男人；然而此地滋養不了那瘦小、聰敏、想像力豐富的么子，無法為他留下任何溫暖美好的記憶。不管他擁有什麼樣的天賦，都決不是適合在這塊土地生存的天賦。

從梅尼柯・斐洛口中得知戴文是個不只能唱鄉村民謠的人才以後，某個春天清晨，父子四人在不出預料下著雨的灰濛天色中道別，每個人都暗自鬆了口氣。父親和尼柯嘴上的送行之詞還沒說完，人已急著轉身想確認河水的高度，但波瓦留著沒走，略顯不自在地拍了拍他這個異類小弟的肩頭。

「要是那些人對你不好，」他說：「你就回來家裡吧，小戴。這裡總有你的位子。」

戴文清楚記得兩件事：他記得那輕拍之中承載了累積多年、遠超出這種手勢本該含有的情感，以及其後迅速啞聲道出的言語。事實是，他真的幾乎什麼都記得，唯獨不記得他們跟母親住在下寇爾帖的日子。不過母親死於該地的動亂時他年僅兩歲，短短一個月後，蓋麟便帶著三個兒子北上。自那時起，幾乎一切都烙印在他腦中。

假如他再愛賭一點（可惜他並不好賭，多少養成了一點阿索里人小心謹慎的脾性），他願意用一枚齊亞幣或阿斯提幣賭他好幾年沒這麼惱火了——老實說來，大概從他似乎再也不會長高的那幾年，他就沒這麼心煩過了。

究竟——戴文．阿索里抑鬱地自問：他究竟該用什麼手段，才能在阿斯提拔喝到一杯酒？虧今天還是碩藤節前夕！

要不是這事氣得他滿肚子火，問題的根源其實可笑之至。他很快就從第一間拒絕應他要求給他笙席歐綠酒的酒館得知，這全是那些道貌岸然、掃人興致的伊安娜祭師害的。戴文怨氣沖天地暗忖，女神值得更好的僕人。

為了爭權，伊安娜、茉里安與亞達昂神職人員之間的勾心鬥角從不間斷。據說一年前，伊安娜的祭師向篡君的橡皮圖章議會遊說道，阿斯提拔的年輕人行事過於放縱輕狂，當然了，要緊的是放縱輕狂容易招致動亂，而放縱輕狂的源頭不消說正是酒館、茶坊，既然如此……

不到兩週，艾勃利可便頒布未滿十七歲者不得在阿斯提拔買酒的政令，即刻實施。

那些人生毫無樂趣的伊安娜祭師額手稱慶（天知道這些傢伙能用什麼清苦的方式慶祝），自豪於他們在這件小事上贏了茉里安祭師與亞達昂的優雅女祭師一回，因為另兩位神祇都與人性中較為黑暗的慾望有關，自然不可避免地和酒有所牽扯。

酒館店主私下大多頗感不滿（在阿斯提拔可不能大肆聲張不滿），不過比起生意減少，更讓他們不快的是執法方式太過鬼祟惡劣。新法令把分辨客人年齡的責任強加於每間客棧、酒館與茶坊上，另一方面，萬一無處不在的龐霸狄厄傭兵碰巧上門光顧，又碰巧一時興起認定哪個客人看起來太年輕……這下可好，酒館停業一個月，店主也得蹲一個月苦牢。

由於這一切，阿斯提拔的十六歲青少年通通別想買酒了。除了他們之外，這一整個早晨下來有個情況也越來越明朗：某個來自阿索里、身材瘦小、長相稚氣的十九歲歌師同樣沒酒可喝。

連續第三次被神廟街西側的店家迅即轟出去之後，有那麼一瞬間，戴文很想走到對面的茉里安神殿，假裝陷入信仰的極樂狀態，看他們會不會用笙席歐綠酒來照護被狂喜沖昏頭的信徒。他考慮的另一個選項更缺乏理智：乾脆打破那座伊安娜圓頂神殿的窗戶，瞧瞧裡面那群沒種的蠢蛋追不追得上他。

可他沒這麼做，因為他虔誠信奉名字之神伊安娜，也因為他清楚有多少壯碩高大、全副武裝的龐霸狄厄傭兵巡邏著阿斯提拔的街道，壓得人喘不過氣。龐霸狄厄人的身影在東掌地區本就處處可見，但在阿斯提拔尤為明顯，令人心神不寧。畢竟，阿斯提拔正是艾勃利可的根據地。

到頭來，戴文只得一面盼望自己得個重感冒，一面朝著西邊的港口而去，循著他不幸依然正常運作的嗅覺來到了鞣皮路，那裡充斥皮革鞣製的氣味，濃烈到連海洋的鹹味都蓋了過去，薰得他作嘔。但他在一間名叫飛鳥的酒館要到一瓶開封的綠酒，沒人多問什麼；店主手腳靈活但腳步拖沓，八成眼力不好，看不清店裡的重重暗影，畢竟他這間酒館是個連窗子都沒有的小空間。

不過，就連這個毫不起眼又臭氣薰人的破爛小店也座無虛席。碩藤節將在明天開始，阿斯提拔人滿為患。就戴文所知，除了切譚多之外各地的收成都不錯，許多人有閒錢可花，而且此時正有興致花錢。

飛鳥酒館裡頭一張空桌也找不到，戴文擠進吧檯那滿是坑洞的深色木製檯面與後牆相接的角落，謹慎地喝了口酒（他判斷是摻了點水，但還不至於太過分），然後定下心來，專心致志地深思女人是多麼缺乏道義、不可理喻。

確切而言，這體現在卡翠安娜．阿斯提拔過去兩週的作為上。

據他估算，在他趕回去參加傍晚的排練前（明天他們將在一名小酒莊主人的城內住宅擔綱開場演出，這是演出前最後一次排練），時間還夠他邊悶著頭想邊喝乾大半瓶酒，然後完全清醒地出現在排練場。再怎麼說，他可是樂團裡經驗老到的臺柱——他忿忿不平地心想。他可是合夥人耶，早就對演出流程爛熟於胸，那幾場額外的排練純粹是梅尼柯為剛加入的三個新團員安排的。

其中一個就是蠻不講理的卡翠安娜。她正是戴文中斷晨間排練、怒步離開的原因，儘管他曉得本該再練習一下子梅尼柯才會喊停。眼看一個經驗不足卻自認唱功夠好的新進女團員早上當著所有人的面說了那種話——明明自從她在兩週前入團以來，戴文一向真誠友善地對待她——亞達昂之名在上，他還能作何反應？

深受絕佳記性之苦的戴文腦中再度浮現當時的光景：他們租下客棧一樓的內廳，九個人一起排練，其中包含四名樂師、兩名舞者、梅尼柯、卡翠安娜，以及在最前方主唱的他。演出曲目是勞德的〈愛之歌〉，是酒商之妻指定要唱的（不怎麼讓人意外），這首曲子戴文唱了將近六年，就算他神智不清、昏迷或睡得正熟都能唱。

所以，對，這對他來說是有點乏味，他是有點心不在焉，是往剛入團的紅髮女歌師靠得有點近，近得不怎麼有必要，又在神態與歌聲中多添了幾分暗示意味，但就算這樣，就算是這樣……

「戴文，看在三神的份上，」卡翠安娜．阿斯提拔的厲聲斥責把排練給徹底打斷：「可不可以別滿腦子想著你的胯下，稍微花點心思把和聲唱好？這首歌可不難！」

皮膚白皙的缺點就是戴文的臉一下子脹得鮮紅。他瞥見梅尼柯在笑——梅尼柯照理應該大聲訓斥那女孩太過放肆才是，殊不知梅尼柯笑得上氣不接下氣，一張臉紅得更勝戴文。其他人也是，每個人都在笑。

他想不出怎麼回嘴，當下有股衝動伸手往卡翠安娜的後腦勺拍下去，但他還得把手抬高才拍得到，為免所剩無幾的尊嚴丟得一乾二淨，他索性轉身就走。

離開前，戴文責備地瞪了梅尼柯一眼，可惜絲毫沒能化解怒氣，只見樂團團長豐潤的啤酒肚笑得直打顫，還一邊伸手擦拭大鬍子圓臉上淌落的眼淚。

於是在這個陽光明媚的阿斯提拔秋天早晨，戴文才會跑出去尋覓一瓶笙席歐綠酒，以及能讓他好好喝酒的昏暗角落。眼下總算覓得了酒，也在陰影中得到些許安慰，他打定主意要用接下來半瓶酒的時間，思考他在排練場時本該怎麼反擊那高傲的紅髮美人。

假如她的個子不是那樣高䠷得令人鬱悶就好了，他如此思忖，快快不樂地再次往杯裡添酒。他抬頭注視天花板髒黑的橫樑，短暫考慮往橫樑上一吊——當然是用腳跟勾著倒吊。就當懷個舊。

「我請你喝一杯吧？」有個聲音說道。

戴文嘆了口氣，轉過頭準備打發對方。如果你身材嬌小、長相青澀，又獨自在常有水手流連的酒吧喝酒，碰到這種詢問也在意料之中。

眼前的人讓他略略放下心來。問話的是個中年男人，衣著拘謹，頭髮略顯花白，兩側太陽穴爬著因煩惱或大笑而刻下的細紋。雖然如此……

「謝了，」戴文說道：「不過我的酒還剩大半瓶，而且我喜歡女人，而不是扮演水手的女人。還有，我的年紀比外表看起來還大。」

對方朗聲大笑。「既然這樣，」他看來是真心被逗樂，呵呵笑道：「不如換你請我喝一杯，讓我介紹我家兩個正值婚齡的女兒，還有兩個小的也很快就會到這個年紀了，速度快得我來不及做好準備。我是海女號的船長羅維戈．阿斯提拔，剛從南邊的托傑亞海岸回來。」

戴文露齒一笑，傾身探過吧檯取來另一個玻璃杯。

飛鳥酒館裡頭太過擁擠，想讓店主那雙黏滿眼屎的眼睛看到你根本是白費力氣，況且戴文也基於個人因素不想吸引店主的注意。

「我很樂意和你一起喝這瓶酒，」他告訴羅維戈：「但你家夫人要是知道你隨便把女兒塞給一個旅行樂師，恐怕不會太高興。」

「我家夫人啊，」羅維戈衷心說道：「就算我只帶個在切譚多草原放牛的小子回家娶大女兒，也會開心得用她胖乎乎的身軀翻跟斗。」

戴文同情地一縮。「有這麼慘？」他低聲道，「好吧，起碼我們可以舉杯慶賀你平安自托傑亞歸來，在最後一刻趕上了碩藤節。我是戴文．阿索里．蓋麟，聽憑差遣。」

「彼此彼此，年紀比外表大的朋友戴文。你會不會買不到酒？」羅維戈經驗老到地問道。

「我進出過的店門比門扉之神茉里安所知的還多，可惜每次出去時都跟進門時一樣口乾舌燥。」

戴文連吸幾口混濁的空氣。店裡沒有窗戶，又充斥著人群的體味，但屋外的鞣皮味依舊濃烈可聞。

「要喝杯酒的話，這地方可不是我的首選，甚至排不上前十。」

羅維戈露出淺笑，「你會這樣認為也是合情合理。但要是我說每次海女號從海上歸來，我總會直奔這家酒館，你會不會視我為怪人？不知為何，這裡的氣味對我來說就代表了陸地，讓我知道我回到了家鄉。」

「你不喜歡海嗎？」

「要是有誰說他喜歡海，我敢說要不是在撒謊，就是在陸上欠了一屁股債或家有悍妻——」他一頓，做出猛然頓悟的樣子。「這麼一想……」他故作深思地補上一句，擠了擠眼。

戴文大笑出聲，替彼此多斟了點酒。「那你為什麼要出海？」

「這是個好生意。」羅維戈坦率地說：「海女號船體夠小，停得進大型商隊不屑一顧的港灣，包括南部沿岸以及笙席歐、斐洛的西岸港口。此外航行速度也夠快，即使一路南下經過山脈直達奎雷亞，對我而言依然划算。當然了，由於那裡的貿易禁令，我們沒有經商許可，但只要在夠偏僻的地方有點人脈、交易時不要拖泥帶水，風險就不算太大，而且仍舊有利可圖。我可以從這裡的市場買些龐霸狄厄香料或從北部帶些絲綢，載往奎雷亞境內別無其他管道取得這類貨品的地區，然後帶回地毯或奎雷亞木雕、便鞋、鑲有寶石的匕首，偶爾也收購幾桶布伊納酒回來賣給酒館——什麼東西行情好，我就做什麼生意。我沒辦法以量取勝，所以得抓足夠的利潤，但只要保險支出夠低，加上海洋之神庇佑我的航途，我就能以此謀生。來這裡喝過一杯之後，我總會去一趟亞達昂神廟再回家。」

「但要先來這裡。」戴文笑道。

「正是。」兩人舉杯相碰，一飲而盡。戴文把兩個杯子斟滿。

「奎雷亞有什麼新消息嗎？」他問道。

「其實我剛從奎雷亞回來，」羅維戈說道：「只是在回程途中停靠托傑亞。那邊的確是發生了些事情——馬略斯今年夏天再度於橡林地決鬥獲勝。」

「我也聽說了，」戴文說著，半是同情、半是崇敬地搖了搖頭。「明明他腿腳已殘，還少說五十歲了——這是他第幾次獲勝？連續第六次？」

「連續第七次。」羅維戈正色道，頓了頓，像在等待什麼反應。

「抱歉，」戴文說道，「這個數字有什麼特殊意義嗎？」

「馬略斯賦予了它意義。他宣告橡林地將不再舉行決鬥，並聲稱七是神聖的數字，這場勝利彰顯了大母神的意志。馬略斯就此自立為王，不再只是女祭司長的王夫。」

「什麼？」戴文嚷道，音量大得好幾個人轉頭望來，連忙壓低聲音。「他自立為……但他是男人……我以為奎雷亞一向由女子治國。」

「已故的女祭司長也是這麼以為。」羅維戈說。

旅行樂師周遊孤掌半島，去過山村、去過偏遠的城堡與莊園，更去過處於世局核心的城市，自然而然就會聽聞各種社會大事的音訊與傳言。在戴文短短幾年的經驗中，那些傳言一向只是閒談：他們在切譚多的旅店烤火時，會藉著這些閒話熬過嚴寒的冬夜；或是在孔涅的酒館為了讓某個旅人另眼相看，低聲透露伊嘉斯人轄下的某個省邦據說聚集了一群支持龐霸狄厄的黨羽。

戴文早已認定這類傳言只不過是空話。現今統治孤掌半島的兩名法師當年分別自東西兩方跨海侵略，將孤掌半島一分為二，只剩時運不濟、縱慾頹廢的笙席歐尚未正式遭到占領，正緊張地左顧右盼提防兩側海洋對面的敵人。笙席歐總督至今仍踟躕不前，難以決定該選擇被哪頭狼吞吃才好，但兩匹狼僵持了快二十年仍警戒地相互觀望，誰也不願率先行動暴露弱點。

對戴文而言，打從他有意識以來，孤掌半島的權力平衡便已是無法撼動的定局。除非其中一個法師死去（傳聞法師極為長壽），否則在茶坊或用餐時聽說的傳言都用不著當真。

但奎雷亞就是另一回事了。奎雷亞遠遠超越戴文有限的經驗範疇，是他難以釐清或辨析的對象，他甚至猜不出馬略斯這番作為會對那個位於山脈之南的奇異國度帶來什麼影響。一旦奎雷亞的歲君不再只是在位期間短暫的君王，事態究竟會有什麼發展？傳統上，奎雷亞王每隔兩年便必須進入橡林地，在儀式中遭受傷殘，接著赤身露體、赤手空拳地迎戰手持利劍、特意選來殺了他取而代之的敵人。然而馬略斯沒有戰死——決鬥七次，他未嘗一敗。

如今竟是女祭司長身亡。戴文沒有忽略羅維戈話中隱含的意思，略感敬畏地搖了搖頭。

他抬起眼，只見這位新朋友神色有些奇異地凝視著他。

「我看你這個年輕人思慮挺細密的。」商人說道。

戴文聳聳肩，忽然侷促起來。「普普通通吧。不曉得，反正我是沒什麼深刻的見解，也不是每天下午都能聽到像你帶來的這種消息。你覺得這意味著什麼？」

但他沒得到回答。

不斷無視羅維戈時不時示意再來一瓶酒的店主此時驀地大步走來吧檯這一端，縱使店內光線昏暗，仍舊看出他的一張臉氣得青紫。

「你！」他嘶聲怒道：「你叫戴文？」

猝不及防的戴文出於反射動作點頭承認，店主的臉色益發氣恨。

「滾出去！」他啞聲道：「你那個三神詛咒的姊姊人在外面，說你爸叫你回家，還說什麼你爸要舉發我賣酒給未成年人喝——我叫你們倆都被茉里安劈死！陰溝生的爛蛆，我說不定會在碩藤節前被勒令停業，看我教訓你！」

戴文來不及閃開，整桶臭酸的黑酒當面潑來，熱辣辣地刺疼。他手忙腳亂地往後退，一邊火冒三丈地罵髒話，一邊抹拭被刺激得直掉淚的雙眼。

等他終於又看得見了，眼前是一幅不可思議的景象。

身材稱不上魁梧的羅維戈沿著吧檯靠上前，揪住了店主那件油膩外衣的領口，看似不費吹灰之力地將店主往上提，拖過吧檯檯面，店主的雙腳只能在半空毫無用處地亂踢，領口被往側邊一扭，憋得他整張臉逐漸脹成斑駁不均的暗紅色。

「果羅，我不喜歡看別人欺凌我朋友。」羅維戈冷靜地說：「這年輕人的父親根本不在此地，我也不認為他有個姊姊。」他對戴文挑起一邊眉毛，戴文猛搖還滴著酒水的頭，表示確實沒有。

「如我所說，」羅維戈續道，連氣也沒喘一口，「他在這裡沒有姊姊。此外他顯然已經成年，任何一個沒在關門後喝自家劣酒喝到眼瞎的店主都該看得出來。好了，果羅，為了平撫我的怒氣，你能不能向我這位新朋友戴文．阿索里道聲歉，再給他送上兩瓶未開封的切譚多陳年紅酒來表達你誠摯的悔意？作為交換，我說不定願意給你一桶奎雷亞的布伊納酒，那些酒正放在海女號上呢。當然了，你得出個合理的價碼，畢竟你能在碩藤節期間靠那東西狠賺一筆。」

果羅的臉已經紅到極其危險的程度，戴文正覺得該提醒羅維戈手下留情些，店主便抽搐般地猛點了一下頭。商人稍稍把他的領子鬆開一些，果羅狂吸酒館中酸腐難聞的臭氣，彷彿空氣中飄著齊亞萊山間的銀花花香，然後結結巴巴地對戴文吐出三個字的道歉。

「酒呢？」羅維戈好聲好氣地提醒。

他將男人放低些許（看似仍然不費什麼力氣），讓果羅在吧檯後頭摸索一陣，掏出兩瓶看上去確實是切譚多紅酒的酒瓶。

羅維戈又把揪緊的領口鬆開一點。

「陳年的嗎？」他很有耐心地問。

果羅的頭上下抽動。

「那好，」羅維戈徹底放開果羅，宣布道：「看來我們兩不相欠了。」他轉向戴文：「我想你該去看看在外面假冒你姊姊的人是誰。」

「我知道是誰。」戴文面色嚴肅地答道。「也謝謝你。我已經習慣自己爭取公道，但有個戰友有時也很讓人高興。」

「能有戰友總是令人高興。」羅維戈修正道，「但我看得出你不怎麼想處理這個『姊姊』的事，那就留給你私下解決了。容我再次向你推薦我家女兒，希望她們在你心中留下良好的印象；就各方面而言，她倆都稱得上教養有方。」

「肯定如此。」戴文說：「如果有任何我能回報的，我都很樂意幫忙。我來自梅尼柯．斐洛的樂團，碩藤節期間都會待在此地，說不定你夫人會喜歡我們的表演。假如你們來看演出，告訴我一聲，我會確保你們在任何一場公演都能免費坐到好位子。」

「多謝你了。不管是近期或再過些時日，假如你順路經過或出於好奇心前往城外的東南方，沿著大路走個大約五里之後右手邊就是我們的田莊，那前面有一座亞達昂的小神廟。我家大門上刻有船隻形狀的徽記，是我其中一個女兒設計的。我這些女兒們——」他咧嘴一笑，「——都有才華得很。」

戴文笑起來，兩人手掌相碰正式道別。羅維戈回到原本的吧檯角落，戴文則抓著兩瓶切譚多紅酒走出店外，抑鬱不樂，十分清楚自己從淺褐色頭髮到腰際全被酸臭的劣酒給浸透，褲管也沾上了斑斑點點的污跡。他在陽光下呆呆地瞇眼看了片刻，才找到站在街道對面的卡翠安娜．阿斯提拔，她的一頭紅髮在日光下灼燒如焰，手帕緊緊按在鼻下。

戴文快步走到道路上，差點和鞣皮匠的拉車撞個正著，雙方隨之進行短暫而痛快的交鋒。鞣皮匠罵個沒完沒了，戴文則暗自發誓這次決不再被動挨打，穿越街道，走向面無表情旁觀這場爭執的卡翠安娜。

「這個嘛，」他酸溜溜地說：「我是很欣賞妳大老遠過來道歉，但妳有誠意的話大可換個方式來找我。我比較喜歡沒被酸掉的酒弄溼的衣服，妳最好自己主動幫我洗乾淨。」

卡翠安娜壓根沒理他這番話，只是冷淡地上下打量他。「你是得好好梳洗、換身衣服沒錯。」她隔著噴了香水的手帕說：「我沒料到裡面會發生那麼大的騷動。可是我身上沒有多餘的阿斯提幣能賄賂店主，我想不到有什麼更好的方法會讓店主肯去找你。」

這番話給了個解釋，但戴文注意到這並不是道歉。

「原諒我，」他浮誇地故作悔恨狀：「讓我跟梅尼柯談談，看來我們在各方面都對妳有所冒犯，付妳的薪水也不夠，從前妳想必過著更養尊處優的生活。」

她頭一回顯得躊躇。「我們一定要站在鞣皮路的中間討論這件事嗎？」她說。

戴文一語不發地行了個花式謝幕禮，以手勢示意她帶路。她邁步朝離開港口的方向走去，戴文跟在她身邊，兩人沉默了好幾分鐘，直到遠離鞣皮的氣味。卡翠安娜輕吐一口氣，放下手帕。

「妳要帶我去哪裡？」戴文問道。

這句話看來又冒犯了她，只見藍眼閃過怒意。

「三神之名在上，我能帶你去哪裡？」卡翠安娜的語氣滿是譏嘲，「當然是回我的旅館房間激情一場，恰似開天闢地之時的伊安娜與亞達昂。」

「喔，太棒了，」戴文厲聲道，自己的火氣也再次燃起：「不如我們湊筆錢再買一個女人來扮演茉里安，這樣我才不會無聊，妳懂的。」

卡翠安娜臉色一白，不過她還來不及開口，戴文便用空著的那隻手抓住她的手臂，強迫她轉過身來在街道上正面對著他。他抬頭望著那雙藍眸（心裡暗恨自己非得抬頭不可），怒聲道：

「卡翠安娜，我究竟對妳做了什麼？何必用這種態度回答我？早上又何必那樣對待我？打從我們簽妳入團，我一直對妳很友善——如果妳是職業樂師，妳就會知道旅行樂團不見得都這麼對待新人。假如妳非要知道不可，妳替代的女歌師瑪拉是我在樂團裡最要好的朋友，她死於切譚多的瘟疫。我本來可以讓妳過得很難熬，但我之前沒有，現在也沒有。我的確一開始就讓妳知道我對妳有好感，但我不曉得在沒有踰矩的範圍內表達好感是一種罪。」

他鬆開卡翠安娜的手臂，猝然意識到自己抓得很大力，但他們兩人正身處大庭廣眾之下，雖說剛過中午的此時周遭沒什麼動靜。他本能地環顧四周，幸好沒有龐霸狄厄人碰巧經過。他胸口熟悉地緊了一下，每次想起瑪拉都會這樣，哀痛也意料之中地再次回歸。瑪拉是他人生第一個真正的好朋友。他們倆幼時都備受冷落，嗓音都如同伊安娜賜予的天籟；足足三年來，在巡遊孤掌半島所睡的每一張床上，他們夜裡對彼此傾訴著恐懼與夢想。她是他第一個情人。第一次經歷的死別。

被他鬆開的卡翠安娜佇立在原地，或許是因為提到死亡，她眼中流露了某種情緒，讓戴文倏地把對她年齡的估算往下修。他原以為卡翠安娜的年紀比他大，這下卻沒那麼肯定了。

他由於方才這一頓發作而呼吸急促，等著對方的回應，最終只聽卡翠安娜非常小聲地說：「你唱太好了。」

戴文眨了眨眼。這完全超出他的預期。

「我得用盡全力去唱，」她繼續說，整張臉頭一次紅了起來。「勞德對我來說很難唱——他所有的曲子都很難唱。可是早上你唱〈愛之歌〉時根本不用思索，甚至有餘力逗其他人笑，還想對我施展魅力……戴文，我唱歌的時候必須集中精神！你讓我很緊張，我一緊張就會兇人。」

戴文小心翼翼地吸了口氣，環視陽光照耀的空曠街道好半晌，腦中思緒轉動。他開口道：「妳曉不曉得……有沒有人跟妳說過……妳可以把這類事情說出來，尤其是告訴要跟妳共事的人？別人知道這些可能會有幫助。」

她搖頭。「我沒辦法。我一向不擅長談這種事，從來不擅長。」

「那妳何必現在說？」他大著膽子問：「為什麼要來找我？」

這回她沉默得比剛才更久。一群工匠學徒快步繞過街角，見到他們兩人站在一塊，反射性地喊了一些下流猥褻的話起鬨，但不帶什麼惡意，相安無事地經過了。微風吹動幾片落在石子路上的紅色和金黃色落葉。

「發生了一件事，」卡翠安娜．阿斯提拔說：「梅尼柯對大家說，成功的關鍵在你身上。」

「梅尼柯叫妳來找我？」他與梅尼柯相處將近六年，難以想像對方會這麼做。

「不是。」卡翠安娜匆忙搖頭，「不，他說你會準時趕回來，你一向準時。但我很焦慮，因為這個實在太重要了，我沒辦法留在那裡枯等。畢竟你走掉的時候有點……嗯，不高興。」

「有一點。」戴文正色附和，注意到她總算肯面露歉意。本來他心底應該要更踏實些，只是他依然深受卡翠安娜的吸引。到了現在，他還是忍不住想像她褪去緊繃的高領胸衣之後，那對雙峰會是什麼模樣。他知道瑪拉在的話一定會替他解答，甚至會出手從旁相助；去年巡迴期間，他們一路上就是這樣彼此幫忙，過後再說給對方聽，直到她在切譚多撒手人寰。

「妳最好告訴我到底發生了什麼事。」他說，把思緒轉回當下。無論是幻想或回憶，過度沉溺其中都很危險。

「被流放的桑德烈公爵昨夜過世，」卡翠安娜說。她環視周遭，不過街道上已恢復空曠。「不知為何——沒人知道原因——艾勃利可答應今晚讓他在桑德烈宮停靈，直到明天早晨，然後……」

她打住，藍眼灼灼。戴文的脈搏陡然加速，接口道：

「別跟我說要辦葬禮？給他全套喪儀？」

「全套喪儀！而且戴文，梅尼柯收到了今天下午去試唱的邀請！我們有機會負責全孤掌半島最受人討論的一場演出！」此刻的她看來十分稚嫩青澀，又實在美得驚心，一雙眼眸有如孩子般發亮。

「所以妳跑來找我，」他緩緩點頭，喃喃道：「免得我出於得不到發洩的色慾喝成一攤沒用的爛泥。」他有了個優勢，這還是頭一遭。逆轉的形勢讓他大感愉快，尤其是這個消息的確令人興奮。他邁開腳步，卡翠安娜不得不跟了上來。難得換他走在前面。

「不是這樣的。」她反駁道：「只是因為這件事真的太重要了。梅尼柯說我們能不能中選都取決於你的嗓子……他說你最擅長的就是唱輓歌。」

「我真不知道是要為妳這番話感到受寵若驚，還是要氣妳真的以為我這人不專業到會錯過碩藤節前夕的排練。」

「兩者都不需要，」卡翠安娜．阿斯提拔說，口吻隱隱恢復些許剛硬。「無論是哪一個，我們都沒時間耗在那上面。只要你下午把歌唱好就行了，拿出你最出色的表現。」

戴文知道他本該反抗才對，可是他忽地情緒無比高昂。

「這樣的話，你確定我們不去你房間嗎？」他若無其事地問。

隨後停了一拍，有許多事都取決於那個瞬間，多得超乎他想像。接著，卡翠安娜．阿斯提拔第一次開懷大笑起來。

「這樣好多了。」戴文咧嘴笑道：「坦白說，先前我一直搞不懂妳究竟有沒有幽默感。」

她一靜。「有時我也不曉得。」她說，幾乎有點心不在焉。然後她換了一副語調：「戴文，我難以解釋我多麼想要這份演出契約。」

「那當然。」他答道：「我們的事業會一飛衝天。」

「沒錯。」卡翠安娜說，伸手按住他的肩膀，重複道：「我難以解釋我多麼想要。」

假如戴文不是那麼觀察入微，假如卡翠安娜不是用這樣的口吻，他說不定會信。然而卡翠安娜的語氣毫無企圖心，也沒有慾望，起碼不是戴文所知曉的那種慾望。

他聽到的是企求，而這份心情觸動了他內心深處一個從未察覺的角落。

「我會盡力。」過了半晌他應道，說不清自己為何想著瑪拉，以及他流過的淚水。

在阿索里的農場，大家很早發現他的音樂天賦，然而在那樣的窮鄉僻壤，沒人拿得出能夠適切比較或衡量這種事的參考基準。

戴文對父親最早的一段記憶（他經常回想這段記憶，因為那展現了一個硬漢的柔情），是在他發燒的某一夜，蓋麟輕哼一支年代久遠的搖籃曲哄他入睡。

當時戴文大概四歲，隔天早晨醒來時燒已退去，他也學會哼那首搖籃曲，音準絲毫不差。蓋麟面露複雜的神色，之後戴文才明白那是父親憶起妻子的表情。但那天早上蓋麟親吻了他的么子，是戴文記憶中唯一一次。

那段旋律成了他們共享的事物，帶來有限的親密時光。他們會一起哼唱，用沒人教過的粗淺方法試著合音。蓋麟每兩年會進一趟阿索里城參加市集，有一次他買了三絃的簡易版賽倫尼亞琴送給小兒子，那之後有好幾個戴文想在記憶中珍藏的夜晚，父親、雙胞胎和他在睡前一面烤著火，一面吟唱關於山巒與滄海的歌謠，暫時忘卻陰鬱潮溼、平滯死板的阿索里。

隨著他年齡增長，他開始替其他農人演唱，在婚禮、在命名禮，有一次還在秋季的餘燼節跟一位茉里安的旅行祭師合唱〈獻給門扉之神茉里安的聖歌〉，負責對位旋律。事後那名祭師想拐他上床，不過那時戴文已經學會如何以不得罪對方的方式推卻這種要求。

更後來，開始有人找他去酒館唱歌。阿索里北部沒有限制飲酒年齡的法條，畢竟在這個地方，男孩只要能在田裡幹活一整天就會成為男人，女孩在初經來潮的那一日就會成為女人。

某個市集之日，剛滿十四歲的戴文在一間河川酒館唱〈縱馬從寇爾索奔向寇爾帖〉，有個身材發福、留著鬍鬚的男人聽見了他的歌聲。此人正是名叫梅尼柯．斐洛的樂團團長，當週他便把戴文從農場帶走，從此改變了戴文的人生。

「下一個就是我們。」梅尼柯說，緊張地撫平包覆著啤酒肚的緞面緊身上衣，這是他最體面的衣服。戴文拿備用的賽倫尼亞琴隨興彈著他記憶中第一首搖籃曲，抬頭對這位雇主露出要他放心的微笑。現在應該說是他的合夥人了。

戴文從十七歲起便脫離了學徒身分。梅尼柯厭煩了要一再婉拒別人買走他這位年輕男高音的契約，總算讓戴文出師，給予行會的職業樂師頭銜並提供固定薪水——在此之前他沒忘了聲明戴文欠他多大的恩情，唯有忠心不二才能回報這份人情債於萬一。這些戴文其實都明白，何況他本來就挺喜歡梅尼柯這個人。

一年後，由於在寇爾帖的夏日婚禮旺季期間競爭對手接連提議要買走他，梅尼柯讓戴文成為樂團的合夥人，可以抽取百分之十的利潤。在此之前他又把上次那段話拿出來說了一遍，幾乎一字不差。

戴文明白這是很大的面子，除他以外，能夠抽利潤的合夥人只有老艾根諾，他負責打鼓及演奏切譚多低音琴，打從樂團創立之初就跟著梅尼柯。其他人要不是學徒，就是只簽短期契約的職業樂師，尤其是南部在春天爆發瘟疫之後，孤掌半島上每個樂團都人手短缺，忙著招募短期樂師、舞者或歌師。

一聲幾不可聞的笛音幽幽傳來，將戴文的注意力從賽倫尼亞琴上引開，他循聲望去，露出微笑。雅列森是新進入團的三個人之一，正輕輕和著戴文彈的搖籃曲旋律，用那把托傑亞牧羊笛一吹，聽來簡直超脫塵世，十分奇異。

雅列森有著一頭黑髮，然而額角略顯灰白。笛上手指舞動的同時，他不忘對戴文眨了一下眼睛。一笛、一琴外加輕哼的男高音歌聲，他們就這樣一起奏完了這首曲子。

「但願我知道歌詞。」一曲奏畢，戴文遺憾地說道：「父親在我兒時教了我這首旋律，但他一直想不起歌詞是什麼。」

雅列森情緒多變靈活的瘦削臉龐若有所思。一同排練兩週之後，戴文對這個托傑亞人依舊所知不多，只曉得他笛藝精湛，頗為可靠，不過身為梅尼柯的合夥人，他也只需要知道就夠了。雅列森除了練習時間以外很少在旅館裡逗留，但一向準時出席敲定的排練。

「讓我想想，說不定能幫你想出來。」他說，抬手順過頭髮，這是他的習慣動作。「我聽過歌詞，雖然已經很久以前了。」他微笑。

「不要緊，」戴文說：「就算不知道歌詞，我還不是活到了現在。它只是一首會讓我想起父親的老歌罷了。要是你留在團裡，我們可以試試看有沒有辦法在冬天把它拼湊出來。」

他知道梅尼柯會贊同最後這句邀請的。團長早已說過雅列森．托傑亞是個人才，而且要求的酬勞很便宜。

對方表情豐富的嘴角有些戲謔地斜勾。「老歌跟父親留下的回憶都很重要。」他說：「你父親過世了嗎？」

戴文伸出手來，兩指曲起，做了個避邪擋災的手勢。

「上回聽到他的消息時還沒有，雖說我將近六年沒見到他了。梅尼柯上次經過北阿索里時去找過他，幫我帶去了一些齊亞幣。我從來不回農場。」

雅列森琢磨這句話。「你們家是那種陰沉古板的阿索里家族？」他猜測道：「像你這樣有野心、有副好嗓子的人在那裡格格不入？」他的語調聽來精明世故。

「幾乎分毫不差。」戴文感慨地承認，「但我不覺得我有的是野心，更像是待不下去。況且我們其實不是阿索里當地人，是我小時候從下寇爾帖移居過去的。」

雅列森點頭，說道：「終究不適合。」

這人有種自以為什麼都懂的調調，戴文如此暗忖，但他吹托傑亞笛確實吹得好。甚至可以說，亞達昂在南方山脈上的笛聲就該像他吹的這樣。

無論如何，他們已經沒時間談這些事了。

「換我們上場！」梅尼柯說，匆忙地回到房內。桑德烈宮長久以來無人使用，眾人等候的房間裡頭滿是灰塵，家具都用布給蓋住。

「我們先唱〈亞達昂輓歌〉，」他宣布，不過這些大家早在好幾個小時前就曉得了。他雙手直往緊身上衣的兩側抹，「戴文，這首就交給你——拿出讓我引以為傲的表現，小子。」一如往常的激勵之詞。「然後所有人一起表演〈歲月流轉〉。我親愛的卡翠安娜，妳確定妳能把音唱上去？要不要降調？」

「我會唱上去。」卡翠安娜簡短地說。

戴文原以為她的語氣單純只是緊張，但他們的目光短暫相交，他認出跟先前相同的情緒——那眼神觸及他的內心深處，直達他從未知曉、超越慾望的彼岸。

「我真的很希望拿到這分契約。」雅列森．托傑亞恰在此時說道，語氣聽來輕鬆。

「那還真稀奇！」戴文沒好氣地說道，這才發現他終究也會緊張。但雅列森笑出聲來，跟他們一起走出房間的老艾根諾也笑了。艾根諾在各地巡遊多年，見過各種大風大浪，早已不會為了小小的試唱擔憂什麼；他一個字都用不著說，便一如既往地立刻讓戴文冷靜下來。

「我會盡力。」片刻後戴文說道，那也是他當天下午第二次說這句話。他不太確定自己是對誰說的，又是為了什麼而說。

到頭來，不知當真是三神庇佑，抑或是縱然不受三神眷顧也無妨（這是他父親常掛在嘴邊的話）——他發揮全力便已足夠。

主要審查人是桑德烈的兒子之一，這個男人服裝奢華，身上飄著雅致的香味，戴文猜測他年近四十。他姿態散漫，眼周畫有誇張的眼影，讓人一眼明白為何篡君艾勃利可似乎不怎麼把桑德烈・阿斯提拔的子孫放在眼裡。

伊安娜與茉里安的祭師分別身穿白袍與煙灰色袍子，立在這位引人注目的大人物後方。他們之後又有一位亞達昂的女祭師，服飾深紅，頭髮極短，形成強烈對比。

當然了，時值秋季，餘燼節即將到來，所以戴文對她的短髮不感奇怪。他驚訝的是竟然有神職人員參與試唱。祭師總是令他很不自在（這同樣是承襲自父親的習慣），然而在這個場合，他可不能讓這件事影響他的表現，於是他將這些人屏除於思緒之外。

戴文把心思集中於公爵優雅的兒子身上，也就是此刻唯一重要的人。他靜靜等待，照著梅尼柯教過他的方式，思緒探向內心波瀾不驚的那一點。

梅尼柯示意妮耶莉與奧狄涅上場，兩位舞者身材纖瘦，穿著近乎透明的灰藍色弔喪長裙，搭配黑色手套。片刻後，待兩人攜手舞過全場跳完第一段編舞，梅尼柯望向戴文。

然後，戴文唱出哀悼亞達昂在秋日命喪山間絲柏之下的輓歌，將無與倫比的歌聲唱給梅尼柯聽，唱給所有人聽。

雅列森・托傑亞用牧羊笛吹出淒切哀怨的高亢笛音，一路應和著他的歌聲，兩人的樂音彷彿乘載著妮耶莉與奧狄涅，使她倆在地面婆娑盤旋的舞蹈向上昇華，超越表面的舞步化為凝鍊精準的儀式──唯有如此才堪配這首輓歌，卻鮮少有人能夠實現。

一曲告終，戴文緩緩自托傑亞回歸桑德烈宮，離開神祇喪命的松柏繁茂之丘（每年秋天，亞達昂都會在這個山坡再死一遍），只見桑德烈・阿斯提拔的那個兒子淚流滿面，淚痕暈開了他眼周精心畫好的眼影。戴文猛地醒悟，這代表在前面三個試唱的樂團都沒讓他落淚。

他明白，如果年紀尚輕、講究專業到容易不耐煩的瑪拉在場，鐵定會對這些眼淚嗤之以鼻。「都花錢買狗了，何必自己跑出來吠？」每逢雇主情緒激動，甚至導致悼念儀式中斷，瑪拉總會這麼說。

那時戴文的立場就不如她那麼強硬，如今更是心軟。她過世以後，布魯內・寇爾帖的樂團基於對梅尼柯的善意，在切譚多為她主持悼念儀式，戴文自己也拚了命才避免在眾目睽睽之下丟人現眼地痛哭。

此外戴文也明白，眼看桑德烈之子用眼影糊成一團的雙眸灼灼盯住自己，那個手指肥短的茉里安祭師也投來幾乎同樣熾熱的目光（三神在上，為何三神的僕人老是這麼糟糕！），即便他們可能贏得了桑德烈家族的契約，但他明天在這座宮殿裡可得小心才行了。他暗自提醒自己要帶小刀。

他們果然拿下了契約。第二首曲目變得幾乎無關緊要，這正是老謀深算的梅尼柯以〈亞達昂輓歌〉開場的原因。試唱結束，桑德烈之子要求當面和戴文說幾句話，梅尼柯謹慎地介紹戴文是合夥人。原來這個桑德烈之子在三個兒子中排行第二，名叫托瑪索。他用雙手緊緊握住戴文的手，以魅惑的氣音解釋道，三個兒子中唯有他懂得欣賞音樂與舞蹈，像他父親的喪禮這麼高貴神聖的儀式，只有他能選出足以擔綱演出的表演者。

已經習慣這種情況的戴文有禮地抽回手指，暗暗感謝梅尼柯經驗老到的圓融手腕：以合夥人的身分來介紹他可以擋下一些過於積極的追求者，就連對貴族也有效。接著他被介紹給神職人員，他旋即在身穿紅袍的亞達昂女祭師面前跪下。

「神之姊妹，求妳認可我今日所唱之歌，並允准我明日應唱之歌。」

他從眼角餘光瞥見雙手垂在身側的茱里安祭師曲起戴有戒指的短胖手指，捏成了拳頭。他接受了亞達昂的祝福與庇佑（女祭師用食指在他額頭畫下象徵亞達昂的符號），心知自己成功阻擋了一個祭師燃起的慾火。戴文站起來回過身，剛巧捕捉到跟其他人留在後方的雅列森·托傑亞對他眨了一下眼睛，儘管在這個場合、這些人面前，這種舉動十分冒險。戴文忍住笑意，卻壓不住訝異——這個牧羊人的洞察力敏銳得叫人心驚。

梅尼柯一出價，托瑪索·阿斯提拔·桑德烈馬上滿口應允。在戴文看來，這恰恰印證了他的想法：以擁有如此顯赫姓氏與家系的人而言，這人還真是個沒用的傢伙。

可惜戴文想必會有興趣知道的是（這還能讓他在艱難的成長之路上多前進幾步），換作桑德烈公爵本人，也會以同樣的態度答允同樣的價碼，甚至是兩倍的價錢。然而戴文畢竟年紀還不滿二十，就連歲數是他三倍的梅尼柯也只能在回旅館喝慶功酒時大罵髒話，怨自己該開得比剛剛全額收訖的鉅額費用更高才對。

只有上了年紀、性情溫和的艾根諾一面用木匙在長桌上輕打節拍，一面說道：「見好就收吧，我們用不著攤開貪得無饜的掌心一味索討，從今以後會有更多演出邀約的。要是你夠有智慧，明天就在三神的神廟各捐獻十分之一，等他們要為餘燼節挑選樂師，我們就能連本帶利賺回來。」

心情愉快、情緒高漲的梅尼柯聽了罵得比剛才更兇，宣稱他打算捐出艾根諾乾皺的肉體奉獻給豐滿圓潤的茱里安祭師。艾根諾露出牙齒掉光的笑容，繼續輕敲節拍。

吃過晚餐不久，梅尼柯便趕眾人上床睡覺，畢竟明天得早起，那可是他們這輩子最重要的演出。眼看奧狄涅領著妮耶莉離開，梅尼柯露出慈愛的笑容。戴文確信那兩個女孩今晚會同睡一榻，心底頭一次猜疑起她倆的關係。他祝福她們兩人幸福快樂；今天下午，她們以舞者之姿在魔幻的演出中合而為一，戴文很清楚那很容易延續至點著蠟燭躺在床上的深夜，畢竟他就經歷過一次。

他四處張望尋覓卡翠安娜的身影，可是她已經上樓了。但先前在桑德烈宮時，就在梅尼柯用力抱了他一下之後，她很快地吻了一下戴文的臉頰。起碼這是個開始——或許會是個開始。

對其他人道過晚安，他上樓回到單人房。這是瑪拉死後他要求梅尼柯用巡迴預算支付的唯一一項優待。

他以為會夢到瑪拉，因為悼念儀式，因為未能滿足的渴望，因為他大多數晚上都會夢到瑪拉。然而他卻夢見了神的異象。

他看見亞達昂佇立於托傑亞的山坡，渾身赤裸，雄壯俊偉。他看見亞達昂慘遭痴狂的女祭師撕扯得支離破碎，血肉淋漓；每逢一年將盡，女祭師便受到本能的驅使，在秋日早晨將祂扯碎，完成她們身為女人的崇高使命。她們將垂死之神的皮肉撕成片片，奉獻給深愛著祂的兩名女神，女神是祂的母親、祂的女兒、祂的姊妹、祂的新娘，在一整年當中共享著祂，自從伊安娜為群星命名以來年年皆是如此。

女神一同擁有祂，一同深愛祂，唯獨萬物落盡之季的這天早晨例外。這個早晨注定成為預兆，昭示春日即將來臨，冬天終將結束。唯有在這個早晨，身為男性的神君必須在山中遭到殘殺，扯得粉碎，使祂回歸祂該去之處——也就是大地。祂將化為土壤，隨後以伊安娜的淚水所化的雨滴澆灌，再以茉里安涔涔的哀傷之流滋養，祂的悲痛是奔流不止的地下之河，因渴求而扭曲蜿蜒。被殺死的亞達昂將會重生，再一次備受珍愛，年復一年愛意更濃，也年復一年在絲柏茂密的山丘死去。被殺死的亞達昂會受到哀悼，然後再次挺立於大地，一如神祇，一如男人，一如夏日田野上的小麥。祂將再次挺立，然後與女神同寢，在太陽、星辰、反覆升落的藍月與銀月照耀之下，和祂的母親與新娘、祂的姊妹與女兒——和伊安娜與茱里安共眠。

戴文在驚心動魄的夢中見證那充滿獸性的場景，眾女在山坡上疾奔，長髮於身後飛揚，追逐著男性之神直至深谷邊緣，其下便是湍急的卡撒黛河。

他看見眾女嘶吼著激勵彼此繼續追獵，衣物剝落；看見山間林木的枝椏與倒刺尖利的灌木叢勾脫她們的衣衫，看見她們為了求快刻意脫得精光，摘取血紅的桑萊果迷醉自己的心智，好在冰冷的卡撒黛河上方貫徹她們將要做的事。

他看見神君終於轉過身來，瞪大的黑眼既狂亂又瞭然，站在深谷的邊緣，猶如立在河灣邊的雄鹿，此處便是他遭眾人決定、命中注定、年年循環重覆的葬身之地。戴文看見眾女一擁而上，亂髮飄飛，鮮血順著身軀淌下；他看見亞達昂垂下祂高傲而俊美的頭，接受了遭她們以雙手、牙齒、指甲撕裂的命運。

在追逐的終局，戴文看見眾女張大了嘴此起彼落地嘶喊，不知是叫出狂喜或哀慟，叫出毫不壓抑的情慾、瘋狂或愁苦的淒楚，但他夢中卻絲毫聽不見這些呼號。在整個如癲如狂的場景之中，在滿是松柏的山坡上，戴文從頭到尾都只聽見托傑亞的牧羊笛吹出他兒時在高燒中的那段旋律，高音縹緲。

結束之際，在最後的最後，一群女人在卡撒黛河的深谷之前往神撲去，將他抓住，團團圍繞，當神轉過頭來，戴文瞥見祂有著雅列森的面容。

第三章

早在行事審慎的艾勃利可從龐霸狄厄跨海而來君臨阿斯提拔之前，自視為「支配孤掌之拇指」的阿斯提拔便頗以禁慾節制著稱。阿斯提拔從來不像其他八個省邦的習俗那般在死者的靈前舉行悼念儀式，他們認為這種做法太過濫情，太訴諸感性。

戴文等人預計在桑德烈宮的中庭演出，觀眾將坐在排列於庭院周圍的座椅和長凳以及位於上方的涼廊。涼廊可通往樓上兩層樓的各個內室，其中一個房間依循禮俗掛上灰藍色與黑色帷幕，桑德烈·阿斯提拔的屍身便停放於此。他兩眼之上放有硬幣，以便在到達茉里安的最後一道門扉時支付過路費給無名的守門人；雙手則放有食物，雙腳穿妥鞋子，因為生者無從知曉他在最後的旅程必須跋涉多遠才能見到女神。

他的棺木晚點會移至中庭，如此一來，倘若城內與近郊的人民有意瞻仰遺容，而且不怕駐守在外的龐霸狄厄傭兵記住自己的臉，就能排隊經過他的棺柩，將銀藍色的橄欖樹葉拋進一個水晶瓶，這個水晶瓶現在已經放置於中庭的底座上。

之後，宮殿將開放織工、工匠、店主、農民、水手、僕人、地位較低的商人等平民百姓進入。此時已聽得見他們在外頭的喧囂，人潮聚在宮外，想要聽老公爵悼念儀式的樂曲。與此同時，從容步入庭院的來賓集結了大大小小的貴族，場面盛大之極，合計的身家財產之多更是戴文前所未見。

由於碩藤節的緣故，居住於阿斯提拔城郊的貴族早就從鄉間的莊園進了城，既已進城，便免不了得出席桑德烈的追悼儀式——縱使他在位期間當中有不少人（或者該說大部分）對他恨之入骨，有些人的父親或祖父甚至曾在三十餘年前買毒買兇，盼著這套葬儀早日舉行。

兩名祭師以及亞達昂的女祭師已經就座，外表看來如同每個地方的神職人員，一副掌握了什麼天機的模樣，卻又用端凝肅穆的坐姿一同阻擋低下的凡人探究。

托瑪索下令整理出一間庭院旁的小房間供梅尼柯的樂團使用，此時他們正在房內等候。房裡該有的常見器物用品一應俱全，也有一些遠遠稱不上尋常的：戴文從沒見過有誰會準備藍酒給演出人員喝，還真是奢華的招待。不過他沒有喝的興致，這個時間喝酒未免太早，而且他太緊張了。為了讓自己鎮定一些，戴文走向艾根諾，他正一如往常懶洋洋地用桌面打著節奏。

艾根諾抬眼瞥向他，微微一笑。「這只是一場演出，」他用沙啞的嗓音柔聲說：「我們像平常一樣就好——演奏音樂，然後準備下一場。」

戴文點頭，勉強報以一笑。但他還是口乾舌燥。他走向一旁的茶几，兩個僕人正等在那裡伺候，其中一個連忙給他倒了杯水，用的是鑲金水晶杯，比戴文在世上的全部財產加起來還值錢。過了片刻，梅尼柯招手示意，眾人走出室內來到庭院。

舞者首先登場，伴隨只聞其聲的琴音與笛音。此時尚無歌聲，還不是時候。

假如奧狄涅跟妮耶莉昨晚當真纏綿了一夜，從她們身上也看不出任何端倪——即便看得出來，也只體現於她們這天早晨的雙人舞姿是如此專注熾烈。

兩人一時彷彿將樂聲牽引向前，一時又彷彿追隨於樂聲之後，配上撲白的纖瘦面容、灰藍舞衣、遮住手掌的漆黑手套，看來超塵絕俗。梅尼柯訓練舞者想追求的正是這種效果；既不像某些樂團那般刻意將這支儀式舞蹈詮釋得誘人或魅惑，也不像其他樂團那樣只將其視作鋪墊正式演出曲目的優雅開場。梅尼柯的舞者冰冷而充滿震懾力，指引觀眾前往冥府一同哀悼亡者。透過緩慢而肅穆的舞蹈，以及面無表情、幾乎不似凡人的面容，本來躁動不安、搔首弄姿的觀眾不可避免地逐漸沉默下來，陷入與儀式相配的靜謐。

正是在這靜謐之中，三名歌師與四名樂師走上前來，唱起對光明女神伊安娜的〈祝禱〉。是伊安娜創造世界、創造太陽、創造雙月，也創造了有如鑽石般妝點她后冠、四散天際的星辰。

梅尼柯．斐洛樂團專心致志、全神貫注，傾盡一身專業本領與技藝，雕琢出看似渾然天成的表演，以訓練有素的功夫，將阿斯提拔的諸位爵爺、貴婦、有錢有勢的富商毫不留情地推向悲戚的高峰。眾人不僅是哀悼阿斯提拔公爵桑德烈，更是依循傳統哀悼三神的所有凡間子民終將一死：人類通過茉里安的門扉，來到亞達昂的大地，沐浴在伊安娜的光輝之下，但時間卻是如此短暫，那寥寥數季的光陰是如此甜美、苦澀、轉瞬即逝。

戴文聽著卡翠安娜的歌聲飄揚向上，抵達雅列森的笛音所在的高處，那清冷、精準而嚴正的笛聲彷彿呼喚著她。與其說他聽見，不如說他感受到梅尼柯與艾根諾用低音穩住眾人的節奏。他看著兩名舞者一時凝滯靜止宛若壁畫，一時搖曳盤旋，恰似在時光的陷阱中掙扎的囚徒，接著在適當的時機戴文縱聲而歌，嗓音隨同兩把賽倫尼亞琴直上天際，填滿特意為他們留下的空白，以中音域唱出凡人生死流轉的俗世。

儘管整套喪儀甚少完整演出，但梅尼柯．斐洛很久以前就設計了這樣的演繹方式，並將累積四十年的技藝、遊歷天下的豐富生命經驗傾注於這個早晨。戴文開口演唱之際內心油然產生一股榮耀感，以及對團長的真心欽慕，是這個身材圓潤、行事低調的團長一路引領他們至今，讓大家共同呈現今日的演出。

他們按照計畫在唱完第六儀後暫停，既是讓他們自己休息，也是給聽眾方便。托瑪索事先已和梅尼柯商議妥當，現在開始會讓貴族仕紳上樓，排隊瞻仰桑德烈的棺柩。接著樂團將繼續完成最後三儀，以戴文的〈輓歌〉作結，之後遺體會挪至樓下，開放宮外的群眾入內將樹葉投入水晶瓶。

梅尼柯領著樂團走出庭院，四周悄然無聲，對他們而言可說是最高的讚譽。他們回到特別替樂團準備的房間，同樣深陷於自己營造出來的氛圍，誰也沒說話。戴文走上前協助兩位舞者換上幕間休息所穿的袍子，然後旁觀她們倆繞著房間踱步，身形苗條纖細，姿態優雅如貓。他接過一名僕從端過來的一杯綠酒，不過婉拒了一盤食物，又和雅列森交換了一個眼神，但他們沒對彼此微笑——還不是笑的時候。演奏賽倫尼亞琴的列尼歐和皮埃維傾身低頭調整琴弦。艾根諾始終如一地務實，一面吃著食物，一面用空出來的那隻手隨意在桌面上敲打。梅尼柯焦躁難安、心神不寧地走過，一言不發地在戴文手臂上輕握了一下。

戴文搜尋卡翠安娜的身影，恰巧見到她正穿過宮內的一個拱門，就要離開這個房間。她回頭一瞥，一瞬間與戴文視線相交，隨即繼續向前。日光穿透一扇瞧不見的高窗形成異樣的光芒，灑落在她原先身處的位置。

戴文說不清自己為何那麼做。無數事件都以這一刻為起點，恍若漣漪般朝四面八方擴散，但即便到了一切都過去以後，他仍舊說不出自己為什麼要跟上去。

單純的好奇心？慾望？被她先前的眼神與此刻她眼中難以言喻、飄忽浮動的沉靜與哀傷，在內心勾動的複雜渴慕？以上皆非，也或許以上皆有，說不定以上皆是。他總覺得世界彷彿已經不是舞者起舞之前的模樣。

他把酒喝乾，站起身，穿過卡翠安娜所走的拱門。離開之際他也回頭瞥了一眼，雅列森正凝視著他。這名托傑亞人的目光中毫無批判之意，唯有一股戴文看不明白的專注情緒，他頭一次想起自己的夢。

或許是因為如此，他在走過拱門時低聲向茉里安祝禱。

眼前有道樓梯，二樓的樓梯口有一扇位於高處的狹長彩繪玻璃窗，就著自上空灑落的五彩光線，他捕捉到樓梯最上方有銀藍色的裙襬飄向左邊。他搖搖頭，拚命想讓思緒回歸清明，擺脫這宛如夢境的神祕氣氛，然後他豁然開朗，不禁暗暗咒罵自己一聲。

她是阿斯提拔人，上樓弔唁公爵本就合情合理之至，沒有哪個貴族或暴發戶會禁止她這麼做，何況她還在今天早上獻唱。相較之下，一個生於下寇爾帖、長於阿索里的農夫之子上樓闖進停靈的房間，可就是極其放肆又毫無教養的行為了。

他一個遲疑，正想回頭，偏偏他擁有既是祝福也像詛咒的絕佳記憶力。他先前在庭院看見了懸掛的奠旗，桑德烈停靈之處位於樓梯頂端的右側，不是左側。

戴文繼續向上走，開始小心地避免製造聲響，雖然他仍然不確定為什麼。到了樓梯口，他循著卡翠安娜的方向往左，那裡有一扇門，他把門打開。裡頭空曠無人，久未使用，牆上描繪打獵的掛畫滿是灰塵，色彩褪得嚴重。出口有兩個，不過灰塵這下幫了他的忙，他看見卡翠安娜留下清晰的鞋印，朝右邊的門而去。

戴文循著足跡，悄悄穿過宮殿二樓連綿不斷的無人廳室。他瞧見各種精細無比的雕像與玻璃工藝品，上頭積累了多年塵埃。家具大多都已搬空，留下來的則大部分以布覆蓋。窗戶幾乎都關著，光線昏暗，許多幅肖像染上塵污，顯得幽黑暗沉，畫中身份尊貴的男男女女面色嚴峻，在他經過時滿懷敵意地往下盯著他。

他追隨卡翠安娜的腳步右轉，再次右轉，謹慎地避免太過接近。之後她直直向前，穿過位於宮殿外側的一個個房間，那些房間沒有一個通往能夠俯瞰庭院、滿是賓客的露臺，但也比較明亮。他聽得見右手邊傳來低語聲，恍然醒悟卡翠安娜是特意繞遠路，她要去位於另一端的桑德烈停靈之處。

最終他總算打開最後一扇門。在一個寬闊的廳堂，卡翠安娜獨自站在一個巨大的壁爐前。爐臺上放有三隻銅馬，牆上掛了三幅肖像，天花板鑲有花紋，戴文知道那是以純金裝飾。靠外側的牆上有一排可以眺望街道的窗戶，牆邊的兩張長桌擺滿酒菜。與其他房間不同的是這裡最近打掃過，然而簾幕依然緊閉，隔絕了早晨的光線與外頭的人群。

戴文在穿透簾幕的微弱光線中關上身後的門，刻意讓門發出關閉的聲響。寂靜之中，那聲音堪稱震耳欲聾。

卡翠安娜一手掩住嘴倏地旋身，但即便光線黯淡，戴文仍然看得出她眼裡熠熠燃燒的並非恐懼，而是憤怒。

「你以為你在做什麼？」她疾言厲色地用氣音說道。

他猶疑地向前踏了一步，試著想出一句妙答，一句輕鬆而避重就輕的回話，好打破那道似乎籠罩著他、籠罩這整個早晨的沉重魔咒。可是他想不到。

他搖頭。「我不知道，」他坦承：「我看見妳走掉，於是就跟了過來。這……不是妳想的那樣。」他軟弱無力地說。

「你又知道我在想什麼了？」她厲聲斥道，接著好像用意志力逼自己冷靜下來。「我想獨處幾分鐘，」卡翠安娜控制著語氣說：「演出影響了我的心情，我需要自己靜一靜。我看得出你也心煩意亂，但可否請你給我一點空間，只要一下子就好？」

她這番話說得很有禮，戴文本來可以就此離去。換作其他任何一天，他都會選擇離開。然而，戴文已經在半知半覺的情況下穿越了茉里安的門扉。

他朝桌上的酒食一比，正色開口，毫無挑釁或控訴之意，單純說出他眼前所見。「這不是想獨處時會來的地方，卡翠安娜。妳不告訴我為什麼要來這裡嗎？」

他做好卡翠安娜的火氣再度升起的心理準備，但她再次打破戴文的預期。她默然良久，開口道：「你我之間的感情沒有深厚到我非得回答你這個問題。你離開會比較好，這是真的。對我們兩個都好。」

在壁爐與銅馬的右方，仍聽得見說話聲從牆壁另一頭隱約傳來。陳設著鋪張酒席的桌子、昏暗牆面上的冷峻肖像，這一切都讓房間的氛圍如此詭譎，彷彿他正清醒地身陷夢中。他記得卡翠安娜早上的歌聲，那嗓音渴求地一路向上升高，追尋著托傑亞笛呼喚她的所在；他記得卡翠安娜在拱門前停步時的眼神，如今他們倆都穿越了那道門。他總覺得自己像是半夢半醒，並非完全置身於他熟悉的世界。

處在這樣的氣氛中，戴文喉間驀地一緊，只聽自己說道：「不能從現在開始嗎？感情沒辦法從現在展開嗎？」

她再度一陣躊躇，儘管她雙眼圓睜，可是在飄忽的微光中難以解讀她的眼神。但她杵在原地搖了搖頭，佇立於房間另一頭的身姿筆直挺拔，文風不動。

「我想不行。」她輕輕地說：「我所走的這條道路不行，戴文．阿索里。但多謝你這麼問我，我不否認我內心多少期盼著現實並非如此。可惜我在這裡有非做不可的事，而且時間不多。我請求你——可否離開？」

這個早晨本就承載太多幽微的情感，戴文絲毫沒料到自己還會迎來與感受到這麼強烈的遺憾。他點點頭，想不出還能多說些或做些什麼，這次真的轉過身打算要走。

然而戴文在這天早晨的桑德烈宮實實在在穿過了命運之門。甫一轉身的剎那，兩人再次聽見說話聲——這次是在他背後。

「喔，三神在上！」卡翠安娜用氣音怒聲說，方才的氛圍恍若魚骨般一綳而斷，「怎麼我這雙手無論想做什麼都不順利！」她迅即回過身面向壁爐，雙手忙亂地在爐臺下方摸索。「看在女神的慈愛上，不要出聲！」她凶狠地悄聲說。

聽她那倉皇的語氣，戴文不自禁一僵，聽話照辦。

「他說他知道是誰建造這座宮殿，」他聽見卡翠安娜喃喃自語：「他說應該就在——」她停住動作，戴文聽到有什麼鎖開啟的聲響，爐火右側的一塊牆面略為彈開，露出狹小的空間。他瞪大雙眼。

「別站在那裡瞪著看，呆瓜！」卡翠安娜低聲斥道：「快進來！」

又有一個嗓音加入他身後的說話聲，現在總共有三個人了。戴文幾個箭步奔向暗門，溜進卡翠安娜身邊的空間，兩人合力將門拉上。

過了半晌，他們聽見房間另一端的門打開。

「喔，茉里安在上，」卡翠安娜發自內心地哀號。「喔，戴文，你為什麼要來呢？」

聽她這麼責問，戴文一時也組織不出適當的回覆。一來他依舊說不清自己為何跟過來，二來他們藏身的小密室只能勉為其難容下他們兩個，他越發意識到卡翠安娜的香水逐漸薰滿窄小的空間，聞之欲醉，令人心神不寧。

假如他片刻之前是如在夢中，此時他已陡然清醒——身邊就是過去兩週他真心渴求的女子，距離近得危險。

卡翠安娜似乎也為時已晚地醒悟到同一件事，戴文聽見她發出一個細微的聲音，音調聽起來跟先前不太一樣。儘管密室中伸手不見五指，戴文仍閉上雙眼。他感覺得到卡翠安娜的吐息噴得他額頭輕癢，心知自己只要稍微挪動雙手就能環住她的腰。

他小心翼翼穩住不動，盡可能向後靠拉開與她的距離，刻意保持短淺的呼吸，深深體悟到自己真是個蠢蛋，竟然一手搞出如此荒謬的窘境。他打定主意避免在黑暗中不小心非禮她，以免他已經迅速增加的罪名又多添一筆。

卡翠安娜挪動姿勢，袍子輕柔地沙沙作響，兩人的大腿相互擦過。戴文顫抖著吸了口氣，結果吸進更多卡翠安娜的香氣，對於他想當個正人君子的決心而言十分不妙。

「對不起。」他低聲說，雖然動的人是她。他感覺得出額頭泛出點點汗珠。為了轉移注意力，戴文試著專注於外頭的動靜。後方傳來窸窣的腳步聲，以及未曾間斷的朦朧低語，由此可知人們還在排隊瞻仰桑德烈的棺木。

他左手邊便是剛才匆匆迴避的房間，從中能聽出三個不同的嗓音。奇怪的是，裡頭有個聲音相當耳熟。

「我派了幾個僕人在那邊把守遺體，這樣如果其他人來了能多爭取一些時間。」

「你看見他眼上的硬幣了嗎？」有個年輕許多的嗓音問，那聲音穿越房間，走向設有酒席的外側牆壁。「看了就好笑。」

「當然看見了。」第一個男人酸溜溜地說。戴文究竟是在哪裡聽過這個語調？而且是最近才聽過的。「你以為是誰花了一整個晚上翻出兩枚二十年前的阿斯提幣？你以為這一切都是誰安排的？」

第三個嗓音此時響起，發出輕笑。「這桌酒菜安排得很好。」那男人一派輕鬆地說。

「我指的不是這個！」

笑聲。「我知道不是，但這一桌菜還是很好。」

「塔耶里，現在可不是講笑話的時候，尤其是差勁的笑話。我們在其他親眷抵達前只有一點時間，仔細聽好。那件事只有我們三個知道。」

「所以只有我們？」年輕的嗓音問道：「沒有別人？連我父親也不曉得？」

「喬安諾不知道，理由你很清楚。我已經說了只有我們，別多問，仔細聽好就是，小子！」

剎那間，戴文．阿索里的脈搏無庸置疑地加快。一部分是由於他聽見的內容，但更重要的原因是卡翠安娜此時再度挪動重心，輕吐一口氣，戴文難以置信地察覺她的身軀緊貼上來，一隻修長的手臂不知何時環住了他的脖頸。

「你知道嗎，」她把嘴唇貼在他耳畔，幾乎悄然無聲地細語：「我忽然挺喜歡這個主意的。你有沒有辦法真的很安靜？」她的舌尖輕觸了他的耳垂一下。

戴文口中頓時奇乾無比，瞬間挺立的陽物在銀藍色褲襠裡頭繃得發疼。他聽得見外頭那耳熟的嗓音開始簡明扼要地解釋些什麼抬棺人、什麼狩獵木屋，可是那些說話聲跟解釋都忽地變得無足輕重。

眼下最舉足輕重的，極其重要到超乎想像的，是卡翠安娜的雙唇無可否認地在他頸間與耳際遊走，他的雙手自行急切地動了起來，觸碰她的眼瞼、喉嚨，接著向下挪到他朝思暮想的酥胸，與此同時，她的手靈巧地解開他腰間的繫帶，將他解放出來。

「喔，三神啊！」她涼冷的手指上下套弄，他聽見自己低喘道：「妳怎麼不早說妳喜歡刺激的？」他倏地扭過頭，彼此頭一次激情相吻。他動手將她的層層裙襬往上拉，推到腰上。

她向後一靠，坐上身後牆面上的一道橫板，好讓他更方便行事，她的呼吸也變得又淺又急。

「到時將有六人，」戴文聽見說話聲從外頭的房間傳來：「待第二輪月亮升起，你必須……」

卡翠安娜的雙手猛地揪緊他的頭髮，幾乎有些疼痛，同一時刻她袍子的最後幾層終於褪去，露出雙髖，戴文的手指滑入她的褻衣，找到他渴望已久的門扉。

她迸出意料之外的輕呼，渾身僵了一下，隨即無比綿軟地倚在他懷中。他用手指輕柔地摩娑她腿間深處的蓓蕾，她侷促地吸了口長氣，接著再次微微挪動身軀，引導戴文進入她體內。她倒抽一口氣，牙齒深深陷入他的肩膀。戴文迷失於不可思議的愉悅與鮮明的痛楚中，動也不動地緊緊摟著她，近乎無聲地呢喃著，但根本不曉得自己說了些什麼。

「行了！其他人要來了。」外面的第三個嗓音短促地啞聲道。

「即使如此，」第一個人說道：「記住，今晚你們兩個自行分頭從城裡過來找我們，不要一起行動。無論如何，務必確保無人跟蹤，否則我們必死無疑。」

一陣短暫的靜默。隨後最遠那一端的門打了開來，正當戴文開始無聲地緩緩挺入卡翠安娜，他終於認出耳中這個嗓音究竟是誰。

因為那個人繼續說了下去，只不過換上了前一天那種嬌貴纖細、令人印象深刻的語調。

「總算來了！」托瑪索．阿斯提拔．桑德烈用婉轉如笛音的聲調說：「我們都擔心極了，生怕各位會迷失於那些灰塵滿布的房間，再也找不到人！」

「沒那麼好運，弟弟。」有個聲音低哼道：「雖說要是這樣也不稀奇，畢竟十八年沒來了。我只想馬上喝兩杯酒，整個早上都得正襟危坐地聽那種音樂，真是讓人渴死了的爛差事。」

密室中，緊緊相擁的戴文與卡翠安娜不約而同無聲地笑了出來。接著新一波慾望淹沒了戴文，卡翠安娜似乎也有同樣的迫切，驀然間，除了逐步加快兩人一同搖動的節奏，全半島似乎沒有任何事更加重要。

戴文感到她壓在他背上的手指向外張開，指尖往下按。高潮漸漸逼近，他雙手捧住她的身下，她抬起雙腿勾住他的腰，片刻後她的牙齒又一次在他肩上咬下，同一瞬間，他感到自己悄無聲息地噴發，注入她體內。

兩人虛軟無力地停著不動，就這樣不知過了多久，擠壓在肌膚之間的衣物被汗水浸溼。在戴文耳中，從外頭兩個空間傳入的人聲都無比遙遠，像是來自其他世界。他一點都不想動。

然而，卡翠安娜最終小心地放下雙腿，自己站了起來。他在黑暗中用手指輕劃她的顴骨。

在他身後，阿斯提拔的貴族與商人仍在隊伍中行進，瞻仰許多人痛恨、少數人愛戴的公爵。在戴文的左手邊，年輕一輩的桑德烈親族正在吃喝，慶祝流放宣告終結。戴文與卡翠安娜緊緊相依，下身仍裹在她的溫暖之中，內心的感受無法訴諸任何言語。

她忽地抓住他正在輕劃的一隻手指，狠狠一咬。他瑟縮了一下，因為很疼，可是她什麼也沒說。

等桑德烈一族離去，卡翠安娜找到開關，兩人輕手輕腳地回到那個房間，迅速整理好衣著。他們只逗留了足以各拿隻雞翅的時間，便循著原路匆匆穿過眾多房間，返回樓梯。路上他們遇見三個身穿制服的僕人迎面走來，此時精神奕奕、格外警醒的戴文牽起卡翠安娜的手，和僕人擦身而過時對他們擠了一下眼。

隨後卡翠安娜便抽回了手。

戴文向她瞥了一眼，「怎麼了？」

她聳聳肩，「我不想要這件事傳遍整個桑德烈宮和宮外。」她低聲說，兩眼筆直望著前方。

戴文挑起雙眉。「那妳希望他們認為我們在樓上做什麼？我剛才給了他們最顯而易見的無聊理由，這樣他們連聊都懶得聊，因為大家一天到晚都會做這種事。」

「我不會。」卡翠安娜輕聲道。

「我不是這個意思！」戴文沒料到她會這麼說，連忙反駁。不巧他們就在這時走下樓梯，他只得在始料未及的疏離氣氛中打住話頭，讓她率先走回休息室。

懷著困惑不解的心情，他跟在梅尼柯身後，和眾人一起準備回到庭院。

他在前兩首聖歌只扮演輔助性質的小配角，於是思緒不由自主飄回才剛在樓上發生的情景，翻來覆去地琢磨，上天賜予的優異記性宛若一束強烈的陽光，集中打亮一個又一個細節，揭露他原先所忽略的一切。

等輪到他上前演唱悼念儀式尾聲的壓軸曲目，戴文看著三名祭師滿懷期待地傾身向前，留意到托瑪索一副聚精會神的姿態，此時他已經能夠全神貫注於〈亞達昂輓歌〉。只因他已不再迷茫困惑，毅然決定了他將採取的行動。

在兩把賽倫尼亞琴的伴奏下，他從中音域柔聲唱起，型塑並描繪這個神明的古老故事。待雅列森的笛聲加入，戴文的歌聲也隨之高揚，與其應和，彷彿正從山中溝壑飛跑至亂岩峭壁，再奔逃至深淵的邊緣。

他唱出神祇之死，內心滾燙的鍋爐將歌聲煉得精純，一顆顆音符飛向空中，越過庭院，傳遞至街道與廣場，悠揚在城牆高聳的阿斯提拔城。

城牆高聳，但他已下定決心要在今夜穿過那些城牆——等他出了城，他會在城外找到一條小徑，循著路走入樹林，找到狩獵木屋。抬棺人會把公爵的遺體停放在那裡，另外還有幾個人（六個，記憶中的清晰嗓音如此提醒道）約定在此碰面，展開卡翠安娜．阿斯提拔費盡心思阻止他知悉的聚會，她所用的大概是除了殺掉他以外最有效的手段了。領悟這一點令他內心苦澀，他盡力把那份酸澀轉化為對亞達昂的哀慟，任其指引、塑造〈輓歌〉的道路。

對我們兩個都好，他記得卡翠安娜這麼說，腦海裡重現了她語調中的遺憾與出人意表的溫柔。可惜人在戴文這個年紀的要強之心說不定超越了凡人的任何一個年齡；在這個坐滿阿斯提拔達官貴人的庭院，早在他開口演唱之前，他已經決定：能夠判斷什麼叫「好」的人只有他自己，不是她。

就這樣，戴文唱著神祇殞命於眾女之手，拚盡全力演繹神君死於托傑亞山坡的一幕，把嗓音化為箭矢，拉弓射向每個聽聞歌聲之人的心臟。

他讓亞達昂墜下高崖，耳畔的笛聲愈漸低微，哀戚的歌聲隨著神祇一同落入卡撒黛河，直到輓歌終結。

而戴文的人生也有一部分在這天早上終結——眾人皆知，一旦跨越茉里安的門扉就不可能回頭。

第四章

日落時分，托瑪索．桑德烈護送父親的靈柩出了東城門，騎著馬以從容的步調前進，在度過壓力巨大的四十八小時之後，頭一次任憑思緒遊蕩。

路上很安靜。平常的這個時間，路上會擠滿趕在宵禁關閉城門前返回城郊的人。通常阿斯提拔的街道在太陽下山後便會淨空，只剩巡邏的龐霸狄厄傭兵，或是甘冒違逆那些傭兵的險，只求在夜裡縱情酒色、尋歡作樂的人。

但此刻並不是尋常時候，阿斯提拔今天與接下來兩晚不會實施宵禁。葡萄採收完畢，城郊收成豐足；在這個碩藤節，人民將連續三夜在街上載歌載舞，盡情狂歡。一年當中唯有這三個晚上，阿斯提拔會假裝成縱慾而頹廢的笙席歐，無論是舊時代的歷任公爵抑或是如今這個嚴酷的艾勃利可，沒有一個人傻到禁止這個古老的傳統，以免招來不必要的民怨，畢竟嚴肅穩重了一整年的人民難得可以放縱一回。

托瑪索回頭往城市一瞥。在神廟的圓頂與幾座高塔後方，鮮紅的夕陽在薄雲之間沉落，將阿斯提拔籠罩在詭譎而美麗的光輝中。一陣風吹起，帶來些許寒意。托瑪索考慮戴上手套，但還是打消了念頭：戴手套就得摘下幾枚戒指，可是他覺得寶石閃耀於這轉瞬即逝、飄忽不定的光芒下看來挺美的。秋天無疑已然降臨，很快便是餘燼節了。只消再過幾天，初霜就會凝結於最後幾顆葡萄之上，這些葡萄是從精心揀選的葡萄藤特地留下來的，假如一切順利，它們將被釀成沁寒而清澈的藍酒，那正是阿斯提拔引以為傲的特產。

在他身後，八名僕役木然踩著沉重的步伐沿著道路前進。他們扛著棺架與樸素的棺材，棺上除了公爵紋章之外毫無雕飾，裡頭就是托瑪索的父親。在抬棺人的兩側，兩名守靈人臉色肅殺，一語不發地騎著馬。這沒什麼好詫異的，畢竟被交代了這樣的差事，何況這兩個男人之間素有複雜難解的世仇。

三個男人之間，托瑪索糾正自己。把死人也算進去的話，應該說三個人才是。這全是死者的精心安排，其布局之細，連誰該騎在他的前後左右都沒放過，其中包括這個頗為驚人的細節：要從阿斯提拔省邦的貴族當中指定哪兩人護送他的靈柩至狩獵木屋，徹夜守靈，再於黎明時分扶柩前往桑德烈陵墓。用更簡明扼要、更切中重點的話來說——意思就是哪兩個貴族值得信任，可堪囑託他們今夜於林間守靈時會知悉的祕密。

思及此，托瑪索胸中浮起一陣憂懼。他壓下那份情緒，多年來——不敢相信這麼多年了——他早已學會在與父親商議這些事宜時克制自己。

可是如今桑德烈已死，剩他獨自執行計策，在愈趨黯淡的血紅夕照之下，他們煞費苦心籌畫的夜晚眼看就要到來。儘管自托瑪索第四十個命名日以來已經過了兩個年頭，但托瑪索深知自己一不小心就會又自覺像個孩子。

比方說十二歲的孩子——十二歲那年，他與馬廄總管的十六歲兒子赤身裸體在馬廄的稻草堆打滾，被阿斯提拔公爵桑德烈給逮個正著。

他的情人自然是被處死了，祕密處決，以免消息外傳。托瑪索遭父親一連鞭打三日，還在癒合的傷口隔日早晨又恰恰被抽得重新綻裂。他母親被禁止前來看望。沒有人來看望他。

這是他父親犯下的少數錯誤之一，托瑪索一面在秋日暮色中回想三十年前的那個日子，一面如此思忖。他很清楚，自己熱衷於在交歡時玩鞭子的特殊性癖正是源於那三天。那是他口中所謂的樂事之一。

不過桑德烈從此再也沒用同樣的方式懲處他，從此不用任何手段直接責罰他。當托瑪索的癖好無法（說得好聽些）被改變或遏止的事實轉趨明朗，把消息給壓下來的希望也破滅之後，公爵索性當作沒有他這個次子。

這樣的關係維持了十年以上，桑德烈耐心地培養喬安諾當接班人，又花了不亞於給喬安諾的時間來陪伴小兒子塔耶里，人人皆知么子的繼承順位僅次於長子。超過十年來，托瑪索在桑德烈宮形同不存在。

然而在阿斯提拔的其他地方與另外幾個省邦，托瑪索毫無疑問是存在的。出於他如今已清楚了悟的原因，托瑪索那些年過得放蕩不羈，彷彿一心要讓諸多放浪形骸的貴族相形失色——這些貴族裡頭有些人就算已經死了四百年，他們驚世駭俗的軼事至今依然在阿斯提拔流傳呢。

他想，他某種程度上是成功了。

多年前的某個春季餘燼夜，茉里安神廟遭逢一場「劫掠」，想來那還會被當作瀆神淫行之中最敗德的事蹟（或者說是模範；就像他那時最愛說的，一切都取決於看事情的角度）傳誦好一陣子。

那次劫掠絲毫沒有影響他與公爵的關係。打從桑德烈外出騎馬卻比預定時間提前一小時返回的那天早晨，他們已無關係可言，遑論要有什麼影響。他與父親索性拒絕跟彼此說話，甚至無視對方，無論是家族聚餐或正式場合都一樣。倘若托瑪索得知他認為桑德烈有必要知悉的情報（這樣的事常有，畢竟他身在那種圈子，他們一族又長年處於危險之中），他會在每週一次與母親共度的早餐時光告知她，再由她轉達桑德烈。托瑪索也曉得她總會讓桑德烈知道消息來源是誰，雖說這實在改變不了什麼。

她在公爵掌政的最後一年過世，死於本該由公爵喝下的毒酒。直到人生的最後一個早晨，她仍努力化解桑德烈與次子之間的嫌隙。

毒殺事件過後，桑德烈家族緊密團結，聯手進行血腥的報復。換作思考方式比這對父子倆更浪漫的人，可能會認為她透過自己的死總算實現了長久企盼的願望。

父子兩人都心知實情並非如此。

實際上，直到龐霸狄厄帝國的艾勃利可挾著令人喪失鬥志的法術而來，號令殘忍幹練的傭兵團攻城掠地，托瑪索與桑德烈才在某一日促膝長談至深夜，那是公爵遭到流放的第二年。除了艾勃利可的侵略之外，還有一個因素：喬安諾・阿斯提拔・桑德烈儘管是這個時運不濟的家族名義上的繼承人，卻蠢得無可匹敵、無可救藥、無從抵賴。

撇開這兩個原因，被流放的高傲公爵也慢慢認清第三個難以下嚥的事實。再怎麼不願承認，有件事仍然越趨發明確：他的任何一絲風骨與天賦才華，任何一絲迂迴手腕與洞察力，以及隱藏自身心思、洞悉他人盤算的能力……假如他真有那麼一丁點的本事傳給了下一代，這些才幹顯然全都集中在次子身上。在托瑪索身上。

而他這兒子喜歡男人，注定不會誕下子嗣，甚至在阿斯提拔或孤掌半島各地都沒留下好名聲，遑論是能讓人民引以為榮的名號。

托瑪索把處理他對父親的情感這種複雜的行為藏在內心最深之處，在此他一向認為，多年前的那個冬夜徹底展現了公爵身為人君的氣度（他早在當年便這麼想，走在桑德烈人生最後一段夜途的此刻更深感如此）。就是那一夜，桑德烈打破長達十年冷漠疏遠的沉默，對他的次子開了口，從此將他視為心腹。

只有他知曉這十八年來步步為營的謀畫，意在將艾勃利可連同其法術和傭兵逐出阿斯提拔與東掌地區。這項目標成了他們兩人的執念，即便托瑪索在外表現得愈發離經叛道、荒淫糜爛，言談姿態時刻扮演著矯揉造作、忸怩作態、喜好男色之人（可說是諧謔地扮演著過去的自己）。

一切都是策劃好的，是源於他與父親在城外別館的一次次深夜長談。

與之呼應，桑德烈自身的角色則是要招搖張揚地過起被流放的日子，表現得軟弱無力、陰鬱愁悶、詛咒三神，不時牢騷滿腹、怨言不休地出外打獵，終日沉湎於自己的好酒中。

托瑪索從沒見過父親真的喝醉，他自己也從不在夜裡私談時用那甜膩婉轉的腔調說話。

八年前，他們嘗試了一次暗殺。斐洛有間鄉下客棧位在靠近阿斯提拔的邊界，他們在那裡安插了一名廚子，任誰追查都只查得出這人與康季安家族有關。此後超過半年，阿斯提拔開始流傳一些閒話，把那間客棧吹捧成名聲越來越響亮的名店。事後沒人記得那種話是從哪裡傳開的——托瑪索深知，若無其事放出幾句這樣的傳言給他在神廟的狐群狗黨非常有用，那些茉里安祭師的胃口之大尤其聲名卓著。不管是哪方面的胃口。

展開這個計畫的整整一年之後，龐霸狄厄的艾勃利可在三神賽的回程於斐洛停下來歇息（一如桑德烈所料），選在一間靠近阿斯提拔邊界且名聲頗佳的客棧用午膳。

那是陽光明媚的晚夏，到了當天的日落之時，客棧裡不分僕役、店主、馬童、廚子、小孩或賓客，人人都被打斷背脊、腿腳、手臂與手腕，砍去手掌，活生生綁上匆忙立起的龐霸狄厄天輪等死。

客棧被夷為平地，斐洛省邦未來兩年稅賦加倍，阿斯提拔、托傑亞和切譚多則是一年。事發後的六個月內，康季安家族仍在世的每個族人都被搜出來逮捕，在阿斯提拔大廣場公開折磨後燒死，用砍斷的手掌堵住嘴，省得他們的慘叫吵到艾勃利可和眾位大臣，因為政務辦公室就在廣場旁的樓上。

經此一事，桑德烈與托瑪索才發現毒藥對法師無效。

接下來六年，他們沒再採取行動，只是深夜在葡萄園中的別館商討，並盡可能蒐集情報，對象除了艾勃利可本人之外，也包括位處東邊的龐霸狄厄國內情勢，據說龐霸狄厄皇帝一年年愈漸年老體衰。

托瑪索開始蒐集與委託製作杖頭雕成男人性器造型的手杖，傳聞他還找了幾個年輕朋友當雕工的模特兒。桑德烈繼續打獵。繼承人喬安諾逐漸建立起個性隨和、心思單純、愛玩女人的名聲，生下眾多子女，婚生、私生皆有。年輕一輩的桑德烈族人在城中仍可保有小型居所，因為艾勃利可的方針是當個盡可能低調審慎的統治者——除非有危機或動亂威脅到他的地位。

一旦地位受到威脅，連孩童也可能死於他的天輪之上。阿斯提拔的桑德烈宮維持著殘破不堪的樣貌，空無一人，塵灰滿布，看來十分醒目，強而有力地象徵著意圖抵抗篡君必然落到敗亡的結局，效果絕佳。迷信之人聲稱會在夜裡瞧見宮中閃著鬼熒般的光，尤其是在藍月之夜，以及春秋兩季會有死者出外遊蕩的餘燼夜。

接著有天晚上在鄉下，桑德烈毫無預警也毫無鋪陳地告知托瑪索，他打算死在兩年後的碩藤節前夕。隨後他指定兩名貴族擔任他的守靈人，並說明理由。也是在那天晚上，他和托瑪索商定是把這些安排告訴么子塔耶里的時候了；塔耶里性格勇敢，腦袋不笨，某些事情或許用得上他。他們也一致認為，喬安諾不知怎地生了個或許能有所作為的兒子，儘管是私生子——厄拉多當時二十一歲，已然展現頗有骨氣與企圖心的好跡象，在一群年輕小輩之中，就數他最適合參與桑德烈期望在死後引發的動盪。

事實是，問題不在於家族中有誰值得信賴。親族終究是親族。問題在於誰派得上用場，如今他們只想得出兩個名字，便證明桑德烈家族如今多麼敗落。

托瑪索一面回想那次絲毫不帶情緒的對話，一面引領父親的棺木朝東南方行去，兩旁樹木夾道，林間逐漸昏黑。他們的商談總是不帶情緒，那次也不例外。然而談完他卻輾轉反側，兩年後的碩藤節日期深深烙印在腦中。父親的籌謀一向如此周密精準，如此明智妥切，這樣的他卻決意在那個日期赴死，只為了替托瑪索爭取換個手段再試一次的機會。

那個日期已然來臨，復又遠去，帶走了桑德烈．阿斯提拔的靈魂，他這種人物的魂魄不知會歸於何方。想到此處，托瑪索做了個避邪的庇護手勢。他聽見身後的總管指示僕從點燃火把。隨著天色漸暗，氣溫也愈發冷了。頭頂上方，一縷高空的微雲映著最後幾束向上投射的餘暉，染上凝重的紫色，太陽則已沉落至樹林後方，不見蹤影。托瑪索想著靈魂，父親的，他自己的，不自禁打了個顫。

名為維朵霓的白月升起，不久藍月伊萊琉也隨之現身，徒勞無功地追著維朵霓跨越天空。雙月都近乎全滿，在兩輪月亮的月光照耀下，送殯隊伍其實用不著火把，但火光正適合這種差事，也與他的心情相合，於是托瑪索任他們高舉火把。一行人離開大路，踏上桑德烈森林中那條熟悉而蜿蜒的小徑，終於抵達他父親深愛的簡樸狩獵木屋。

寬敞的前廳中央已備妥棺架，僕人將棺木停放於架上。屋裡點著蠟燭，前後兩端各升起一個爐火。食物已在當天稍早籌備妥當，他們很快便在長型邊櫃裡找到吃食和酒。眾人打開窗戶讓微風吹入，使屋裡的空氣流通。

見托瑪索點頭，總管帶領一眾僕役退下。他們會前往東邊的別館，直到黎明時分守靈結束再回來。

就這樣，屋裡總算只剩下他們三人：托瑪索，以及兩年前精挑細選的兩名貴族——尼耶沃雷與斯考維亞。

「兩位大人要不要來點酒？」托瑪索問道：「再過不久，另外三人就會前來與我們會合。」

他刻意用自然的聲調說話，而不是在阿斯提拔人人皆知的做作柔膩語調。他滿意地見到兩位貴族立刻察覺，目光一銳，轉頭向他望來。

「還有誰？」尼耶沃雷低吼道，他這輩子都對桑德烈深惡痛絕。他沒對托瑪索的嗓音說什麼，斯考維亞也沒有；這種問題可以洩漏的底細太多了，兩人早已深諳不露聲色的技巧。

「我弟弟塔耶里，以及我姪子厄拉多——他是喬安諾的私生子之一，也是最聰明的一個。」他若無其事地說道，手上拔開了兩瓶桑德烈家族珍藏紅酒的軟木塞，斟了酒各遞一杯給兩人，等著看誰會率先打破他父親說過會隨之而來的短暫靜默。當時桑德烈說，會開口問的是斯考維亞。

「第三人是誰？」斯考維亞爵爺輕聲問道。

托瑪索暗暗向父親敬了個禮。他拈著杯腳輕晃酒杯，釋放酒香，說：「我不知道，父親沒有提及此人的名字。他只是指定你們兩位前來此地，外加我們家族的三人，並說將有第六人參與今夜的密會。」

那也是精心揀選的用詞。

「密會？」文雅的斯考維亞重複道。「看來我收到的消息有問題，我竟傻傻以為我來是為了守靈。」尼耶沃雷那把鬍子上的一雙黑眼流露怒氣，兩人都瞪著托瑪索。

「不止是守靈。」走進屋內的塔耶里說道，身後跟著厄拉多。

托瑪索很高興他倆都身穿合乎禮儀的莊重服飾，也留意到儘管塔耶里略顯輕浮賣弄地挑在這個時機進門，卻是神色正經。

「我弟弟是兩位都認識的，」托瑪索柔聲道，動手替剛到的兩人各斟一杯酒，「但也許沒見過喬安諾之子厄拉多。」

那年輕人行了一禮，謹守禮節默不出聲。托瑪索端著酒走向弟弟和姪子。

又是片刻沉默。接著斯考維亞坐到椅子上，把不良於行的那隻腿在面前伸直，舉起拐杖朝托瑪索一指，杖尖晃也沒晃一下。

「我剛才問了你一個問題。」他以出了名的悅耳嗓音冷聲道：「為何你稱此為密會，托瑪索．桑德烈？為何藉著虛假的名義把我們召集過來？」

托瑪索停止擺弄酒杯。這一刻終於到來了。他看著斯考維亞，再望向壯碩魁梧的尼耶沃雷。

「我父親認為，」他正色說道：「兩位是阿斯提拔僅存仍掌握實質影響力的貴族。兩個冬天前，他告知我他決定死於今年碩藤節的前夕。在這個時刻，艾勃利可將無法拒絕讓他以全套喪儀下葬，儀式中便包括這樣的守靈夜。在這個時刻，兩位都會來到阿斯提拔城，我便能指定兩位擔任他的守靈人。」

這是他事先記熟的說詞，他拿捏精準、不疾不徐的節奏一頓，目光分別在兩人身上停留。「我父親這麼做，都是為了讓我們在不啟人疑竇、遭人打斷或覺察的情況下齊聚於此，以便實踐計畫推翻統治阿斯提拔的艾勃利可。」

他細細觀察，不過桑德烈選中的人果然不簡單。面前的兩個男人絲毫不顯驚詫或惶恐，甚至連根筋都沒抽動。

斯考維亞緩緩垂下拐杖擱在椅邊的桌上。托瑪索注意到那把枴杖是以黑瑪瑙與瑪珂哀金製成；說來也怪，人在這種時候總會不自覺留意這種事。

「你可知道……」性格暴躁的尼耶沃雷站在火勢較旺的那個壁爐旁，「你可知道，我腦海中還真的曾閃過這種念頭。我怎麼也想不透你那該遭三神詛咒的父親——啊，原諒我，積習難改——」他的笑容毫無歉疚，反倒狠戾如狼，眼裡也沒有笑意，「——我想不透桑德烈公爵為何指定我替他守靈，他想必知道在他執政期間，我為了提前舉辦這些悼念儀式出手過多少次。」

托瑪索報以同樣虛假的微笑。「他的確斷言你會如此疑惑。」他有禮地答道，儘管他幾乎能確定殺了他母親的那杯酒正是由此人付帳。「他也斷定你會同意前來，畢竟你們一族在阿斯提拔人丁單薄——應該說，眼看在全孤掌半島都要後繼無人了。」

蓄鬍的尼耶沃雷舉起酒杯，「你太抬舉我了，桑德烈之子。我得說我比較喜歡你現在的聲音，少了那些抑揚頓挫的花腔和時不時的下流話。」

斯考維亞看來略有笑意，塔耶里則朗聲笑出來。厄拉多謹慎地旁觀。托瑪索相當喜歡他；但並不是他那種特殊的喜歡，他有一回在岔題閒談時不得不跟父親這麼擔保。

「我也偏好這個聲音。」他對兩位爵爺說道。「像兩位這樣的人物，想必方才幾分鐘已推敲出我為何要把那方面的生活過得這麼人盡皆知。被人當作混吃等死的放縱之徒也有好處。」

「是有好處，」斯考維亞平淡地附和，「前提是這種假象能滿足某種目的。你剛才提及一個名字，並暗示那個人喪命或離開會讓我們心裡都更安樂。姑且不論假如這麼戲劇化的可能性成真會迎來什麼發展……」

他的眼神高深莫測。這點父親警告過托瑪索了，於是他一言不發。塔耶里不自在地動了動，但好在他按照指示沒吭聲。他走向棺柩的另一側，坐進其中一張椅子。

斯考維亞續道：「我們都清楚，你們既然說了這些話，性命就已徹底交到了我們手上，或者該說乍看之下是這樣。但我也猜想，假如我們站起來打算騎馬回阿斯提拔揭發謀逆，我們離開森林前就會像你父親一樣成為亡魂。」

他語調輕鬆，這對他而言只是個商議大事之前要先確認的細節。

托瑪索搖頭。「怎麼會呢，」他撒謊道：「兩位前來守靈已是賞光，當然可以自由離去。需要的話我們甚至可以在旁護送，畢竟夜裡容易走錯路。然而父親也要我提醒兩位，儘管你們能輕易讓我們被砍斷手掌、承受酷刑折磨後送上死輪，但艾勃利可極有可能——甚至可以說他無疑會判斷你們很有可能是同謀，所以有很充分的理由對你們如法炮製。你們應該記得幾年前斐洛發生那場不幸的事件後，康季安家族落得什麼下場吧？」

眾人消化這一切，迎來一陣可說是頗有風度的平和靜默。

打破這次寂靜的是尼耶沃雷。「那是桑德烈幹的，對不對？」他在火邊低吼道：「根本就不是康季安家族！」

「是我們做的。」托瑪索冷靜地承認，「不得不說我們學到了慘痛的教訓。」

「康季安家族也是。」斯考維亞調侃道：「你父親一向憎惡法布羅・康季安。」

「他們的關係是稱不上好。」托瑪索平淡地說：「但我得說，只在意那個部分恐怕會忽略真正的重點。」

「那只是你希望我們注意的重點。」尼耶沃雷針鋒相對地糾正。

出乎意料的是，斯考維亞替托瑪索說話了。「這麼說不公允，大人。」他對尼耶沃雷說：「在這間屋子裡頭、在這樣的時局下，假如有什麼真話可言，那就是桑德烈的恨意與願望早已超越舊日的爭鬥與敵人。他的目標是艾勃利可。」

他冰藍色的眼眸與尼耶沃雷對視，過了良久，身材較高大的男人總算點頭。斯考維亞挪動坐姿，由於跛腿的疼痛而微微一縮。

「好，」他對托瑪索說道：「你解釋了我們被找來的緣由，說明了你父親和你的目的。我自己也招認一件事吧。本著在守靈之夜不說假話的精神，我承認，遭到那個粗鄙、殘暴、跋扈、位階低下的龐霸狄厄小貴族統治，我這顆上了年紀的心一點都高興不起來。我加入。假如你們已有計畫，我願意一聽。在此以我的名節起誓，我將支持桑德烈家族實現這項大計。」

聽他道出這古老的誓詞，托瑪索一陣戰慄。「你的誓言與名節是價值無可計量的擔保。」他真誠地說。

「的確，桑德烈之子。」尼耶沃雷說，從爐火邊向前踏出沉重的一步。「我敢說尼耶沃雷族人給予的承諾也具備不亞於此的價值。我心中最殷切的盼望就是讓那個龐霸狄厄人斃命，把他大卸八塊——三神在上，最好由我親手砍殺。我也加入，在此以我的名節起誓。」

「真是了不得的豪言壯語！」門扉對面的窗戶傳來含笑的嗓音。

五張臉孔唰地轉向聲音來源，其中四張因驚駭而發白，蓄鬍的面孔則漲得通紅。說話的人站在打開的窗外，兩個手肘擱在窗沿上，雙手撐著下巴。他略帶審視意味地打量眾人，木製窗框的陰影遮住了他的臉龐。

「無論是在孤掌半島還是其他地方，」他說：「我從沒見識過有人光用豪語就能成功推翻暴政，無論他的出身有多高貴偉大。」他動作簡練地撐起身，雙腿旋進屋內，舒適地坐在窗沿上。「話又說回來，」他又道：「我也承認，決定共同目標確實是個起頭。」

「你是我父親所說的第六人嗎？」托瑪索警戒地問。

此時那男人被光照亮，看來的確有些面熟。他的穿著並不是城市生活的打扮，而是方便在林間行動的服裝，分別是兩種深淺不一的灰色，上衣外套了一件黑色羊皮背心，褲管塞入破舊的黑色馬靴，腰間繫著一把沒有雕飾的刀。

「這個我剛才也聽見了。」那人說道：「但願不是我，假如是我的話，箇中意義未免有些嚇人。實際上我這輩子從沒見過你父親，倘若他知道我暗中進行的行動，還認為我會知悉這場密會的消息並前來參與……這個嘛，我是會為他對我的信心感到受寵若驚，但他要是真的這麼了解我就太讓我心慌了。話又說回來，」他重複了一遍這句話：「他可是桑德烈．阿斯提拔，看來我的確也湊滿了六個人，是吧？」他向棺架上的棺木行了一禮，看似毫無嘲弄之意。

「既然這樣，你也打算推翻艾勃利可？」尼耶沃雷眼神警惕。

「不，」窗上的男人直白地說：「艾勃利可於我沒有任何意義。他不過是個工具，是替我撬開一扇門的楔子。」

「通往什麼的門？」坐在扶手椅上的斯考維亞問道。

但就在這個剎那，托瑪索想起來了。

「我認識你！」他驀地開口：「我今天早上才見到你。你是在悼念儀式上吹笛的托傑亞牧羊人！」塔耶里這下也認出他來，打了個響指。

「吹笛的是我沒錯，」窗沿上的男人不慌不忙地說：「但我既不是牧羊人，也不是托傑亞人。扮演這個角色方便我實現目的，許多年來我扮演的各種角色多不勝數，托瑪索・桑德烈想必會欣賞這個做法。」他咧嘴一笑。

托瑪索沒有跟著笑。「既然如此，基於今天情況特殊，還請賜告你的真實身分。」面對這個狀況，他盡可能態度有禮地說：「也許我父親知曉，但我們卻不然。」

「只可惜還不到你們能知道的時候。」對方說，隨後一頓。「但我能說的是，倘若以我家族的名節起誓，分量將遠遠超過今夜在此立下的兩個誓言。」

他的口吻聽來純粹是在陳述事實，可正因如此更顯狂妄。

可以想見尼耶沃雷會大發雷霆，為了攔阻，托瑪索迅速接口：「就算你不願以真名示人，想必總能透露些許情報給我們。你說艾勃利可對你而言僅是工具——是為了達成什麼目標的工具？並非來自托傑亞的雅列森。」他心下暗喜自己還記得梅尼柯・斐洛昨天提過的名字。「你的目標是什麼？你為何來到這棟木屋？」

對方臉孔瘦削，出奇凹陷的兩頰與顴骨形成鮮明對比。此時那張面容倏地斂去表情，幾乎像是一張面具。在一片等待的靜默中，他說道：

「我盯上的是布蘭庭。我要伊嘉斯的布蘭庭那條命，更勝於我希望靈魂在茱里安的最後一道門扉後獲得永生。」

又一陣寂靜，唯有秋日爐火在兩座壁爐中劈啪作響。托瑪索隱隱覺得冬日的寒意彷彿隨著他這段話侵入屋內。

然後——「真是了不得的豪言壯語！」斯考維亞慵懶地低語，氣氛應聲打破。尼耶沃雷和塔耶里聞言都大笑出聲，但斯考維亞自己毫無笑容。

窗沿上的男人微微頷首，承受了這句還擊。他說：「大人，我無法容許這個話題被拿來打趣說笑。假如我們要合作，請你務必記住這一點。」

「我不得不說，你這個年輕人未免太過高傲，」斯考維亞尖銳地答道：「你才該記住你是在對什麼人說話。」

對方明顯嚥下了已到口邊的反擊。「高傲是我們家族代代相傳的缺點，」他終於開口，「我恐怕未能倖免。然而我沒有忘記你的身分，更沒有忘記桑德烈家族和尼耶沃雷大人的——我正是為此而來。多年來我煞費苦心留意孤掌半島各地的異議之聲，有時也隱晦地加以鼓動，今晚是我頭一次親自參與這樣的聚會。」

「但你剛才說了艾勃利可對你而言毫無意義。」托瑪索暗自咒罵父親，竟然沒有協助他準備好應對這個古怪的第六人。

「他本身沒有。」對方修正道。「我能進屋嗎？」不等有誰答腔，他已躍下窗沿走向擺酒之處。

「歡迎。」托瑪索遲了一步地說。

男人倒了滿滿一杯陳年紅酒，一飲而盡，接著又倒一杯，這才轉身面向他們五個人。厄拉多注視著他，雙眼瞪得渾圓。

「兩件事。」名為雅列森的男人扼要地說：「你們若是真心追求孤掌半島的自由，就該知曉這兩個事實。第一：假如廢黜或誅殺艾勃利可，你們三個月內就會遭布蘭庭吞併。第二：假如布蘭庭被廢黜或誅殺，艾勃利可同樣會在三個月內宰制整個半島。」

他打住，眼睛逐一凝視眾人（托瑪索此時才注意到他的雙眼是灰色），像在下戰帖。沒人吭聲。斯考維亞把弄著拐杖的杖頭。

「各位非了解這兩點不可。」陌生人用同樣的語氣續道：「你我在追求各自的目標時，都承擔不起忘卻這兩個事實的後果。在這個時代，這就是孤掌半島最緊要的事實。無論十八年前的局勢有多麼不同，如今那兩名來自海外的法師正相互制衡，這也是此刻整個半島上唯一的權力平衡。現在，阻止那兩個法師像當初征服我們一樣施展法術的因素，正是另一方的魔法。想推翻篡君，就必須一舉將兩人推翻——或讓他們同歸於盡。」

「如何辦到？」塔耶里過於急切地問。

一頭少年白的黑髮之下，那張瘦削的臉龐轉向他，閃過一絲微笑。「耐心點，塔耶里・桑德烈。在決定我們是否該聯手前，我還要針對你們行事過於輕率提供幾個忠告；我這麼說絕不是出於對死者的不敬，畢竟能一手牽引我們在此齊聚並非易事。然而，除非各位同意聽從我的指引，否則我們恐怕完全無法合作。」

「無論在世人記憶中抑或歷史記載上，斯考維亞家族從未甘心低頭聽命於任何強權或任何人。」這名狡詐如狐的爵爺說，聲調柔細如絲絨。「我可不打算成為第一個。」

「難不成，」對方說道：「你情願只因為你們的籌備太過大意草率，導致全盤計畫、性命和擁有輝煌歷史的血脈被剷除殆盡，恰似在餘燼節被掐滅的燭火？」

「你最好說清楚這是什麼意思。」托瑪索冰冷地說。

「正有此意。是誰選在雙月之夜的雙月高升之際密會？」雅列森回擊，口吻倏地鋒利似刀。

「為何不派人把守林間的小徑，一旦有人靠近即可趕來示警——像我不就過來了？為何今日下午沒有僕人留守這間木屋？你們究竟知不知道萬一來的不是我，你們五個人會死得多徹底——你們被砍斷的手掌將塞入你們的喉嚨！」

「我父親……桑德烈……說過艾勃利可不會派人跟蹤，」托瑪索滿腔怒火，有些結巴，「他非常確定。」

「他也可能非常正確，但你們的觀點不能如此狹隘。我很抱歉這麼說，但你父親獨自全心投注於這份執念實在太久了，他太專注於艾勃利可本人，你們過去兩天的行動在在展現了這點。萬一有誰一時好奇或心存貪念呢？萬一有哪個目光短淺的線人決定跟著你們，純粹只想看看這裡會發生什麼事，或者只想有個事蹟能在隔天拿去酒館宣揚？你或你父親是否思考過這種可能？是否思考過說不定有人會得知你們安排碰面的地點，早一步趕到此處？」

眾人默然無語，氣氛劍拔弩張。火勢較小的壁爐中，一根木柴響亮地爆出一串火星，驚得厄拉多不由自主一震。

「你想不想知道，」名叫雅列森的男人放緩語氣，繼續說道：「打從各位抵達時，我的人就把守著通往這座木屋的道路？不僅如此，我下午已派人守在屋裡監看僕人整理籌備，同時留意是否有人跟蹤僕役過來。」

「什麼？」塔耶里嚷道：「在屋內！在我們的狩獵木屋！」

「這是為了保護你們和我自己。」那人說，喝乾第二杯酒，抬頭瞥向上方只有半個天花板大小的閣樓，那個籠罩著陰影的地方存放著備用床褥。

「朋友啊，這樣應該就夠了。」他揚聲讓聲音往上傳，「口乾舌燥地在灰塵裡待了這麼久，你值得喝上一杯。可以下來了，戴文。」

說來其實非常容易。

***

梅尼柯在這場演出賺的錢遠超過任何一次表演，錢包叮咚作響，於是慷慨地把原定在酒商家裡舉行的音樂表演轉讓給布魯內．寇爾帖。布魯內正需要這份工作，十分高興；酒商起初大發脾氣，不過由於尚未簽訂契約，一得知梅尼柯樂團在今天早上的感官饗宴過後可能漲成什麼天價，他的氣立刻就消了。

戴文和其他團員當天下午和晚上都因此放了假，梅尼柯當場給每位團員另發五枚阿斯提幣當作獎金，慈愛地揮手目送他們離開旅店享受碩藤節的各種樂趣，甚至沒像平時那樣告誡地訓話。

才過中午，酒攤已在每個街角擺起，在人潮較多的廣場甚至不只一攤。阿斯提拔省邦的每個酒莊都準備了過去幾年的特定年份葡萄酒，當作今年的葡萄會釀得如何的參考，甚至有斐洛或笙席歐的酒莊大老遠前來設攤。有意大量採購的商人審慎地試喝，早早外出享樂的人就喝得沒那麼拘謹了。

水果攤也相當多，陳列著當季的無花果、甜瓜、碩大的葡萄，一旁便是一塊塊來自托傑亞的車輪狀白乳酪，或是切譚多北部的磚狀紅乳酪。市集上人聲鼎沸，震耳欲聾，城裡和城郊的人們瀏覽著今年旅行商人帶來的貨品。頭頂上方，貴族與大型酒商的鮮豔旗幟在秋日微風中飄揚；戴文目標明確，大步邁向他方才聽人說的全阿斯提拔最時髦的茶坊。

出名也是有好處的：門口的人認出了他，興奮地大聲宣告他的到來，片刻後他已坐在帕里昂茶坊的黑木吧檯前，手裡握著一杯摻有弗烈拔登酒的熱凱琲——沒人問任何關於年紀的尷尬問題，感激不盡。

問清楚有關桑德烈・阿斯提拔的必要資訊，花了他半小時的時間。他的疑問聽來再自然不過，畢竟他是剛在公爵的葬禮獻唱輓歌的男高音。戴文得知桑德烈長年以來的統治、結下的夙怨、令他怨懟不已的流放，以及他過去幾年來令人慨嘆地向下沉淪，只知大肆咒罵、沉溺酒鄉、狩獵小動物，比起往日的他實在是黯然失色。

戴文把握住最後這個話題，問了個頗為明確的問題：公爵喜歡在哪裡打獵。他們說了。他們對他說了公爵最鍾愛的狩獵木屋位於何處。他轉換話題，開始聊酒。

簡直輕而易舉——畢竟他堪稱當天的英雄人物，而帕里昂茶坊最喜歡英雄，他在那裡直待了一整個小時。最後他們終究是放他走了，他推託說早上那般賣力演出之後，身為一個纖細敏感的音樂家是有些支撐不住。現在回想起來，他當時在一張坐滿畫家與詩人的桌邊瞥見雅列森的身影，當中顯然別有玄機。那些人正說笑著什麼打賭的事，說齊亞萊還沒把什麼弔唁詩送來。他和雅列森以賣藝人特有的浮誇、花俏手法相互致意，逗得整間店滿滿的客人樂不可支。

回到旅店，戴文設法擋下了送他回來的人之中最熱情的幾位，獨自上樓，隨後煎熬地在房裡等了一個小時，確保那些人全都走了。他換上深褐色的上衣與長褲，戴了頂帽子遮住頭髮，套上羊毛外衣抵禦夜晚即將到來的寒意，接著悄悄溜出去，穿過街上滿溢的人潮前往東城門。

他夾在幾輛貨車之間出了城門，那些神智清醒的謹慎農民駕著貨物全數售罄的空貨車返回城郊補貨，打算隔天早晨再回城，而不是整夜留在城裡狂歡，花光他們剛賺到手的錢。

戴文在其中一輛貨車上搭便車走了一段路，聽駕車的人哀嘆賦稅太重、今年的羊毛成交價太低，不時出言安慰。最後他裝作年輕人一時心血來潮那樣跳下車，沿著向東的道路跑了大約一哩。

在路上，他認出右手邊有一座亞達昂神廟，不禁咧嘴一笑。果不其然，經過神廟後便有一棟小巧的鄉間別墅，路邊的大門刻有精緻的船隻圖樣。羅維戈的住宅遠離道路，隱藏在絲柏與橄欖樹之間，從戴文能見到的部分看來，是一棟照料得很好的舒適屋子。

一天前的他想必會在此停步，但現在的他已非那時的他。今天早晨在桑德烈宮那滿是塵埃的所在，他已經起了某種變化。他繼續向前。

又前進大約半哩，他找到了他所尋覓的東西。他先是確定四周無人，接著迅速向右切，離開通往東岸與沿海小鎮艾汀的大路，往南走進森林。

林中一片靜謐，樹枝和色彩繽紛的樹葉遮擋了陽光，涼意更濃。林木之間有條蜿蜒的小路，戴文沿著這條路向前，邁向桑德烈家族的狩獵木屋。從這裡開始他加倍謹慎：在路上的時候，他不過是秋日鄉間的一名路人；在這個地方，他卻是擅闖禁地之人，完全解釋不了他為何身在此處。

除非自尊心和早上如在夢中的奇異事件稱得上合理的藉口。戴文挺懷疑的。話又說回來，這一天跟未來的結果和走向究竟是掌握在他手上，還是某個玩弄手段的紅髮女子手上，仍是未定之天。要是她以為戴文有這麼好騙，以為他有這麼束手無策、年輕氣盛、徹底被自身的情慾主宰，看她大方獻上身體就會對其他事物一概視而不見、聽而不聞——這個嘛，這個下午、這個夜晚將會證明那個狂妄自大的少女錯得多離譜。

戴文不曉得今晚會揭露什麼真相，他不想讓自己停下來思考這個問題。

抵達木屋時屋裡空無一人，但為了確定，他在樹林間靜靜地躲藏許久。前門以鐵鍊上了鎖，不過瑪拉相當擅長搞定這類東西，教過他幾招。他用腰帶扣環撬開鎖進屋，打開一扇窗子，爬到屋外將鐵鍊重新鎖上，然後從窗戶溜回屋裡，關上窗，環顧四周。

選擇其實不多。後方的兩間臥室會很危險，也偷聽不了什麼。戴文站上一張沉重木椅的寬扶手向上跳，試了第二次便成功躍上小閣樓。

帶著過程中在小腿前側撞出來的瘀青，他從閣樓存放的床褥拿走一顆枕頭，把自己塞進他所能找到最深、最暗的角落，在兩張床和一個帶角的寇爾賓鹿頭標本之間。只要採取左側臥的姿勢，從地板之間的縫隙往下望，幾乎能把底下的整個空間一覽無遺。

他試著培養平靜與耐心的心情，可惜過不了多久便毫無理智地在意起那隻寇爾賓鹿，牠那反射光輝的空洞眼睛緊盯著他，在眼下這種處境，他被搞得如坐針氈。最終他起身把那顆栗褐色的頭轉到一旁，接著才回到藏身之處。

就在這個剎那，今天一系列目標明確果斷的行動都已完成，此刻除了等待之外什麼也做不了，戴文這才害怕起來。

他內心不抱任何幻想，只要有人發現他在這裡，他就死定了——就算撇開卡翠安娜想方設法要偷聽這些話又費盡心思阻止他偷聽，光從托瑪索．桑德烈早上那偷偷摸摸、緊張焦灼的口吻，就可以確定這一點。戴文頭一次開始思量，因為自尊心受傷而生的衝動究竟會讓自己落到什麼下場。

一些僕役在半小時後進屋收拾準備，這段時間對他而言難捱至極，他有那麼一瞬間甚至寧願自己置身於家鄉阿索里，驅策兩頭遲鈍樸拙的水牛犁田。水牛是了不起的動物，充滿耐性、毫無怨言，不僅為你耕田，乳汁還可製成乳酪；就連阿索里秋天始終如一的灰色天空，以及同樣始終如一的人民，也有值得欣賞之處。比方說，那裡的女孩沒有一個像害他落入這種處境的卡翠安娜一般，心高氣傲得令人惱怒。戴文也敢肯定，來自阿索里的僕人決不會像底下那個該被三神劈死的蠢才一樣，在這一刻提議要從小閣樓搬一套床褥下去，理由是守靈的貴族可能會累。

「戈奇，少說這種比平時還蠢的蠢話！」總管態度高高在上地斥道：「他們是來這裡徹夜守靈的，在屋裡鋪床等於是對他們的侮辱。你該慶幸你不是靠腦袋吃飯的，戈奇！」

戴文對總管這句斥責深感贊同，暗暗祝禱總管長命百歲發大財。自從桑德烈家族的僕人走進底下的空間，他第十度暗自咒罵卡翠安娜，也是第二十度暗自咒罵自己。這比例看來剛剛好。

一群僕人總算離開，返回阿斯提拔以便把公爵的遺體運來。總管煞費苦心把指令說得清楚明白；戴文忿忿地想，有戈奇這種笨蛋在，難怪要說得那麼仔細。

從戴文躺臥的位置可以看見天光漸微，沉入暮色。他意識到自己輕哼著久遠的搖籃曲。他逼自己停止。

他的心思轉回早晨。他回想起他在宮殿中走了許久，穿越積滿塵埃的空房間；回想起路途終點的狹小密室；回想起卡翠安娜的裙襬提到腰際時，驟然感受到她柔滑的肌膚觸感。他也逼自己停止這些念頭。

天色穩定地漸趨昏暗。第一聲貓頭鷹的啼叫傳來，距離不遠，戴文在鄉間長大，很熟悉這個聲音。他聽見一些林間動物在空地外圍的矮樹叢底下刨土，不時有強風揚起，吹得樹葉窸窣。

然後，一道明亮的白光倏地自拉開的窗簾間灑落，戴文明白這是因為維朵霓已升得夠高，足以照耀這塊被高聳樹木包圍的空地。這代表伊萊琉也正在升起。由此可知，時候就快要到了。

果不其然，外頭亮起搖曳的火光，說話聲傳了進來。門鎖鏗啷作響，緊接著是一陣鎖鍊碰撞聲，隨後門扉敞開，總管引領八名扛著棺木的男人走進。戴文緊盯著地板縫隙，呼吸輕淺，注視他們將棺柩放下。托瑪索和兩名貴族一同進屋，戴文稍早已在帕里昂茶坊得知了那兩人的姓名與家系。

僕人們端出食物擺設妥當，隨即離開，戈奇在門檻上絆了一下，肩膀還撞上門框，讓人心底暗樂。最後離開的總管默然聳肩以示抱歉，鞠了個躬，將身後的門帶上。

「兩位大人要不要來點酒？」托瑪索．阿斯提拔用戴文在小密室聽過的嗓音說道，「再過不久，另外三人就會前來與我們會合。」

在那之後，他們該說的都說了，戴文該聽的也都聽了，他漸漸意識到自己誤打誤撞得知了什麼大事，自己又陷入了多麼可怕的險境。

接著，雅列森出現在門口對面的那扇窗邊。

戴文其實看不到那扇窗，但他馬上認出了那個嗓音。戴文抱著不敢置信、近乎嚇傻的心情，聽見梅尼柯兩週前招募的新人坦承自己根本不是托傑亞出身，然後表明伊嘉斯之王布蘭庭是他不共戴天的仇敵。

雖然戴文確實行事魯莽，也不否認自己曾因衝動幹過一些傻事，但他素來反應敏捷、聰明機智。在阿索里，身材嬌小的男孩非學聰明不可。

所以在雅列森喊出他的名字要他下來時，思緒奔馳的戴文早已想通，機靈地把握住替他鋪好的退路。

「從下午以來都沒有異狀。」他揚聲說道，從躲藏之處抽身出來，經過寇爾賓鹿的鹿角來到小閣樓邊緣。「只有僕人來過，但他們鎖門的工作做得不怎麼樣，那把鎖太容易撬了。就算這上面躲了兩個小偷和龐霸狄厄皇帝，他們也不一定會發現彼此的存在，樓下的人更不會知情。」

他盡可能冷淡地說，接著刻意用花俏的動作一個翻身躍下閣樓。他把在場五個人各自的表情都看在眼裡，每個人都明顯認出了他，但他的注意力集中在雅列森臉上一閃即逝的讚許笑容，令他暗感得意。

他的憂懼暫時退去，取而代之的是截然不同的情緒。雅列森已經認他為夥伴，給了他一個身在此處的正當理由，現在他和這個掌控屋內局面的男人有了明確的關聯。而屋內的局勢關係著整座孤掌半島——戴文費盡氣力，才控制住越發澎湃的激動。

托瑪索走向邊櫃，自然流暢地替他斟了杯酒，他的沉著令戴文心生驚嘆。不過瞧桑德烈之子有禮過頭的舉止，以及畫著眼妝的雙眸中無可置疑的光輝，戴文也意識到即便托瑪索柔膩的嗓音可能是裝出來的，但他的某些事蹟與癖好顯然並不假。戴文接過酒杯，謹慎地避免碰觸對方的手指。

「這下我倒有些疑惑，」斯考維亞勛爵用他悅耳的嗓音慢悠悠地說：「難不成我們要一邊守靈一邊聽獨唱演出？今晚這地方的樂師還真多。」

戴文一言不發，像雅列森一樣不露笑意。

「爵爺，你希望我叫你『在鄉下種葡萄的』嗎？」雅列森的語調染上真切的怒氣，「或是稱尼耶沃雷為『西南部郊區的穀農』？我們來到此處的原因與我們在這棟木屋之外以什麼為業無關，即便有關也只在兩個方面。」

他豎起一根修長的手指。「第一：身為樂師，我們有充分的藉口在孤掌半島四處旅行，其中的好處用不著我多作解釋。」第二根手指豎起，「第二：音樂如同數學或邏輯，有益於鍛鍊心智精準掌握細節。各位大人，有了精準縝密的思考，今夜就不至於安排得這麼粗心大意了。要是桑德烈．阿斯提拔還在世，我很樂意針對這點和他商討，也說不定會改而聽從他的閱歷與多年來的努力。」

他頓了頓，逐一注視每個人，接著以和緩許多的口吻說道：「也許會，也許不會。那樣的可能性是已然消逝的旋律，再也無人歌唱。就現狀而言我只能重申，假如要攜手合作的話，還請各位接受我的指揮。」

最後一句話是直接對著斯考維亞說的，斯考維亞仍靠坐在深深的座椅上，姿態優雅，面無表情。但尼耶沃雷卻直截了當地開口回答了。

「我看人一向很快下判斷。我認為你沒有撒謊，也認為你在這方面比我們更有見地。我接受。我願意聽你指揮，但有一項條件。」

「是什麼？」

「把你的名字告訴我們。」

戴文聚精會神地旁觀，連一個字、一點細節都不想放過，只見雅列森的雙眼闔上了一霎，像要阻止可能流露出來的情感。其他人在短暫的靜默中等待。

然後雅列森搖了搖頭。「這個條件很合理，大人。在這樣的場合開出這種條件是合理之至。但我只能祈禱你不會強迫我遵從。我對此深感沉痛——這份沉痛之深難以言喻——可惜我無法應允。」

他頭一次看似欲言又止，字斟句酌地說道：「各位想必知道名字具有力量，兩名來自海外異國的篡君法師同樣明白這個道理，我更是以最悲哀的方式被迫體會了這件事。大人，如果我們迎來勝利，你會是在我們獲勝的那一刻得知我的姓名，而非獲勝之前。我得說這是他人強加在我身上的限制，不是我基於自身意志所做的選擇。你可以稱呼我雅列森，這個名字在孤掌半島上還算常見，碰巧也的確是母親給我的真名。大人，你能否寬宏大度地同意這樣便已足夠？還是說，我們只能在此分道揚鑣？」

打從他現身時便在神態與言談間表露無遺的倨傲氣焰，在他最後的問句當中蕩然無存。如同戴文的懼怕在稍早轉為激動那般，此時他的激動又被另一種他說不清的情緒給壓過。他呆看著雅列森，總覺得對方這一刻看來多了點稚氣，彷彿阻止不了自己赤裸地展現內心的盼望。

尼耶沃雷有如要驅散某種氛圍般大聲把喉嚨一清，就好像有什麼氣氛宛若雙月在屋外交織的月光般籠罩了整間屋子，讓他心生共鳴。又一聲貓頭鷹的啼叫從空地傳來。尼耶沃雷開口，打算回答雅列森。

但他們永遠不會知道尼耶沃雷或斯考維亞的答案了。

日後在難以成眠的夜裡，當戴文凝視一個月亮或雙月橫越天際，或是在無月的暗夜數著伊安娜頭冠上的星星，他會任憑清晰的記憶帶他回到那個當下，出於他難以解釋的理由，想像假如眾人的命運在那棟木屋短暫交會之後有不同的發展，那兩名貴族會做些什麼、說些什麼。

他猜測、分析、在腦海模擬各種情境，但他永遠都不得而知。在其後發生的一切之間，他會在夜裡琢磨這個事實，獨自為此心生奇異的憂傷。這有如一個象徵，一種無從安放的悔恨，提醒著他生命有限，人類注定只能在一條道路上走過一遍，直到魂魄被茉里安召回，再也看不見伊安娜的光輝。我們永遠不可能真正體會自己沒能踏上的道路。

木屋中的男人注定踏上各自的道路，穿越只屬於自己的門扉抵達或近或遠的結局。昭告這些道路的是貓頭鷹的叫聲；尼耶沃雷正要開口之際，第二聲貓頭鷹的鳴叫極其清楚地響起。

雅列森猛地抬頭。「出事了！」他聲調凌厲，隨即喚道：「貝爾德？」

大門倏地摔開。戴文瞧見一名高大的男人，他用束在額上的皮繩固定住一頭極長的淡金色長髮，喉嚨上束著另一條皮帶，身上的背心與長褲是南方高原的式樣，一雙眼睛即使映著火光依舊藍得眩目。他手中握有一柄出鞘的長劍。

在這個緊鄰阿斯提拔城的區域，光憑這點就足以判他死罪。

「快走！」男人急迫地說：「你跟那個少年快離開這裡。其他人本來就該在這個地方，桑德烈的么子和孫兒也容易解釋。把多的酒杯給處理掉。」

「怎麼了？」托瑪索．阿斯提拔忙問，雙眼大睜。

「二十騎人馬正沿著林子裡的路走來。繼續守靈，盡量保持冷靜，我們不會走遠，之後就回來。雅列森，快！」

聽他那個語調，戴文立時奔向門口。但雅列森徘徊不前，不知為何定定凝視著托瑪索。他這一瞥、兩人當下的眼神交流，成了另一個戴文從未忘懷也從未徹底明白的畫面。

良久，無人開口——在有二十人騎馬穿越森林、屋裡還有人亮劍的情況下，這一刻對戴文來說實在太過漫長。然後——

「這場討論非常有意思，但看來要晚點才能繼續了。」托瑪索．桑德烈低語道，態度沉著得令人著實欽佩。「你走之前，願不願意以我父親之名喝最後一杯？」

雅列森聞言一笑，那是燦爛而開懷的笑容，但他搖了搖頭。「希望晚點有機會喝，」他說：「我很樂意敬你父親一杯，但我有個習慣，我想就算是你也沒辦法在這麼緊迫的時間內滿足我的條件。」

托瑪索戲謔地勾起嘴角。「我這輩子滿足過的習慣還不少，請務必把你的告訴我。」

雅列森回答時音量低微，戴文集中精神才聽清。

「我每晚的第三杯酒都是藍酒。」雅列森說：「每到第三杯我一向只喝藍酒，紀念我失去的一切，以免我有哪一夜忘卻我是為了什麼目標而活。」

「但願你失去的還有機會回來。」托瑪索也低聲說。

「一定會，我已用我的靈魂發誓，用我父親無論已飄往何方的魂魄發誓。」

「那麼等過了今夜，只要在我力所能及的範圍，下次我們再喝一杯時我會備好藍酒，」托瑪索說道：「屆時，我會與你一同敬彼此的父親一杯。」

「雅列森！」名為貝爾德的金髮男人厲聲道，「看在亞達昂的份上，我說了有二十騎人馬！你走不走？」

「我這就來。」雅列森說，把他和戴文的酒杯擲向距離最近的窗口，拋入黑暗。「願三神庇佑你們。」他對屋裡的五個人說道，接著和戴文一起跟隨貝爾德遁入空地上被月光照出來的陰影。

戴文走在中間，三人快步繞到木屋的側邊，那一側距離通往大路的林間小徑最遠。他們沒有走遠，戴文跟著另外兩人蹲伏下來，心臟怦怦狂跳。他們躲在一叢深綠色的賽拉諾椒樹叢底下小心地往外瞥，從這裡可以望見木屋，火光從敞開的窗子透出來。

過了半晌，戴文身後傳出樹枝被踩斷的輕響，他的心臟猛地一抽，恰似被大浪打中船首的船。

「騎馬過來的人有二十二個。」一個嗓音說道，那人俐落地矮身伏在貝爾德的另一側，「中間那個人戴著兜帽。」

戴文望過去，在雙月交融的月光下看見了卡翠安娜．阿斯提拔。

「兜帽？」雅列森重複道，驀地倒吸了口氣，「當真？」

「當然。」卡翠安娜說：「怎麼了？這代表什麼？」

「願伊安娜祝福每個人。」雅列森沒有答腔，只低喃道。

「我現在可不指望伊安娜。」名叫貝爾德的人面色凝重。「我們最好離開這裡，他們想必會展開搜索。」

雅列森有那麼一瞬間似乎想留下，但就在這時，他們聽見狩獵木屋另一側的路上傳來許多人策馬接近的鏗鏘聲。

四人一語不發地站起，靜靜遠去。

***

「今晚真是越來越高潮迭起了。」斯考維亞低語道。

托瑪索頗為感謝這個溫文儒雅的貴族如此處變不驚，讓他焦灼煩亂的心思略略一定。他瞥了弟弟一眼，塔耶里似乎不要緊，但厄拉多卻面色煞白，托瑪索對那孩子眨了眨眼。「再喝一杯吧，姪子，你那張臉有點血色就更好看了。沒什麼好怕的，我們不過是做些已經獲准在這裡做的事罷了。」

他們聽見馬匹聲響。厄拉多走向邊櫃倒了杯酒，一口喝乾。就在他放下酒杯之際，門板轟然甩開，撞上一旁的牆壁，四名虎背熊腰、全副武裝的龐霸狄厄士兵大步走進，整間木屋一下子顯得擁擠。

「各位先生！」托瑪索精湛地用做作的腔調說道，絞著雙手。「出什麼事了？為何各位來到這裡干擾守靈？」他謹慎地裝出使小性子的口吻，而不是真正動怒。

一群傭兵連瞧也沒瞧他一眼，遑論回答。其中兩人迅速走去搜檢臥室，第三人搬來梯子，檢查年輕歌師原本躲藏的小閣樓。托瑪索心慌地注意到其他士兵分別在每扇窗戶外把守。外頭的馬匹喧嘩不已，火光紛亂。

托瑪索倏地氣惱地用力把腳一跺。「這是什麼意思？」他尖聲嚷道，但士兵依舊不理會他。「快說！我要直接向你們的主子抗議。艾勃利可明明白白准許我們舉辦守靈和明日的安葬儀式，他寫了白紙黑字的詔令，還押了他的印信！」他對立在門邊的龐霸狄厄隊長說。

他們再一次置若罔聞，好似他根本沒有開口。屋裡又進來四名士兵，各自守在屋內四角，漠然的神情散發危險的氣息。

「這實在不可容忍！」托瑪索繼續照著角色設定演出，哀聲埋怨，兩手不停扭絞。「我要立刻騎馬去找艾勃利可！要求他把你們統統送回你們在龐霸狄厄的破狗窩！」

「沒有這個必要。」一個戴著兜帽站在門口的壯碩身影說道。

那人向前一踏，把兜帽一脫。「你現在就可以對我提出你幼稚的要求。」龐霸狄厄的艾勃利可說——他正是統治阿斯提拔、托傑亞、斐洛和切譚多的篡君。

托瑪索兩手飛向喉頭，雙膝跪落。其他人也當即跪下，連一腿不良於行的老斯考維亞都跪了。托瑪索的內心彷彿就要被一陣黑霧般的恐懼給籠罩，癱瘓他的心神，令他說不出話、無法思考。

「大人，」他語無倫次地說：「我沒有……我不……我們怎麼可能知道是您呢！」

艾勃利可默不作聲，目光不帶情緒地落在他身上。托瑪索拚命控制住內心的驚慌失措與大惑不解。「我們恭迎您的到來，」他遲了一步地說，小心翼翼起身，「您是我們歡迎之至、與有榮焉的貴客。您大駕光臨前來參與我父親的喪儀，是我們無比的榮幸。」

「確實。」艾勃利可直白地說。法師的一張大臉滿是橫肉，藏在其中的一雙小眼睛眼距極窄，眨也不眨，高深莫測，此時那目光細細打量托瑪索，沉甸甸地壓在他身上。艾勃利可的光頭在火光中閃爍。他將雙手從衣袍口袋抽出，肥碩的手掌一個比劃，命令道：「取酒給我。」

「遵命，遵命。」

托瑪索手忙腳亂地聽從，一如既往地畏懼艾勃利可與他那群龐霸狄厄鷹犬的龐然巨軀。托瑪索心下明白，比起如今受他們支配的東掌百姓，這群侵略者更憎惡的是他，憎惡他這種人。每次面對艾勃利可，托瑪索總是無比清楚地體認到這個篡君可以徒手捏碎他的全身骨頭，捏完連眼都不會眨一下。

這些念頭並不怎麼讓人安心。多虧他十八年來都審慎地控制身體動作來掩飾心思，他才有辦法穩住雙手向艾勃利可奉上滿滿一杯酒。士兵緊盯著他的一舉一動。尼耶沃雷已回到較旺的爐火前，塔耶里與厄拉多則待在較小的火爐邊。斯考維亞支著拐杖，站在他原本所坐的那張椅子旁。

托瑪索判斷是時候讓口吻更有自信些，少一點心虛。「大人，方才我對您的部下出言不遜，還請見諒。我不知道您親自前來，還以為他們的舉動違抗了您的意思。」

「我的意思總會變。」艾勃利可用他毫無抑揚頓挫的低沉嗓音說，「這些改變他們會比你更早知道，桑德烈之子。」

「當然，大人。那當然。他們——」

「我想著，」龐霸狄厄的艾勃利可說：「要來看一眼你父親的棺材。來看一眼，也來譏笑他。」他臉上沒有一丁點笑意。

托瑪索渾身登時冷入骨髓。

艾勃利可走過他身邊，巨大的身軀居高臨下俯視公爵的遺體。「這具屍骨，」他語調平板地說：「是個自命不凡、可悲又糊塗的老頭，竟然白忙一場地決定了自己的死期。完完全全白忙一場。是不是很好笑？」

說到此處他真的笑了——三聲短促、刺耳而宏亮的聲響，托瑪索此生從未聽過如此令人膽寒的聲音。他怎麼會知道？

「你們不跟我一起笑嗎？三個姓桑德烈的？尼耶沃雷？瘸了一條腿、軟弱無能、可憐可悲的斯考維亞爵爺？想想你們一群人就因為一個老糊塗的愚蠢而聚集於此，注定一死，難道不好笑嗎？那個老頭活太久了，壓根沒搞懂他那個時代拐彎抹角的迂迴手段，現在憑拳頭就能輕易粉碎。」

他重拳揮落，擊中木製棺蓋，上面雕刻的桑德烈家徽應聲碎裂。斯考維亞發出倉惶的一聲輕呼，向後跌坐回椅子上。

「大人，」托瑪索倒抽一口氣，手勢飛舞，「您究竟是什麼意思？您是在——」

他沒能繼續往下說。艾勃利可惡狠狠旋過身來，五指張開紮紮實實甩了他一個耳光，托瑪索踉蹌後退，撕裂的嘴角血沫飛濺。

「給我用你正常的聲音說話，蠢貨之子。」法師說，語氣和先前一樣平淡死板，讓他的話聽來愈發恐怖。「知道這一切多簡單的話，你肯笑了嗎？要不要我告訴你，厄拉多・喬安諾聽命於我有多久了？」

黑夜伴隨這番話降下。

那是痛苦焦灼與純然駭怖所形成的黑幕，始終拚命抵抗的托瑪索終究不敵。父親啊，他心想，他們毀於親族之手的打擊直透靈魂。毀於親族之手。親族！

好幾件事情在頃刻間發生。

「大人！」厄拉多驚惶地高喊道：「您答應過的！您說過不會告訴他們！您告訴我——」

他只說到這裡。喉嚨上插著一把匕首時，很難據理力爭什麼。

「桑德烈一族會自己清理卡在指縫的汙垢。」他的叔叔塔耶里說，那柄匕首就是他從靴後抽出來的。塔耶里邊說邊把匕首從厄拉多身上拔出來，接著以行雲流水、一氣呵成的動作，捅進自己的心臟。

「能被你做成天輪的桑德烈族人又少一個了，龐霸狄厄佬！」他喘著氣譏刺道，「願三神降下瘟疫，將你吞吃得只剩白骨。」他跪倒在地，雙手仍握著劍柄，鮮血自掌中汩汩溢出。他迎上托瑪索的視線。「別了，兄長，」他悄聲說：「願茉里安允許我們的幽影在她的殿堂相認。」

托瑪索看著弟弟死去，不知什麼揪住他的心臟狠狠捏緊。兩名負責替主人擋下另一種攻擊的護衛走向前，用靴尖把塔耶里翻過來，變成仰躺的姿勢。

「一群蠢材！」艾勃利可怒叱，頭一遭顯得氣急敗壞。「我需要留他活口，我要留著他們兩個的小命！」見到他滿臉的暴怒，士兵頓時臉色一白。

接著屋內的焦點徹底轉移。

尼耶沃雷・阿斯提拔迸發痛怒交加的野獸之吼，只見體格壯碩的他雙掌相扣，當成戰鎚或釘頭鎚一般朝離他最近的士兵一揮，正中對方的臉，宛如打裂木板似地擊碎骨頭，鮮血噴濺，那男人慘叫著向後退，跌靠在棺木邊。

尼耶沃雷咆哮不絕，伸手就拔對方的劍。

他成功拔出劍來，轉身正欲迎戰，四枝箭矢已分別射中他的喉嚨和胸膛。他的臉呆滯空白了一霎，然後他睜大雙眼，嘴角放鬆地勾出得勝似的駭人微笑，軟倒在地。

就在這個瞬間，在眾人的視線集中於尼耶沃雷身上之際，斯考維亞爵爺做了沒人敢做的那件事。這名年邁的貴族癱靠在椅上紋絲不動，旁人幾乎都忘了他的存在，此時他一手平穩地抬起拐杖，對準艾勃利可的臉，壓下藏在杖柄的彈簧機關。

毒物的確對法師無效——這只需要一種小小的防護咒，法師大多在年輕時就能掌握。但另一方面，他們毫無疑問是能被殺死，弓箭、刀刃或任何能以暴力致死的工具都足以取他們性命，正因如此，艾勃利可周圍的一定距離內絕對禁止這類物品。

此外，凡人與神之間也有一個眾人皆知的道理存在——無論你信的是孤掌半島的三神，抑或是龐霸狄厄祭祀的眾多神祇；無論你信的是母神、反覆重生之神、循環升落的星辰之主，抑或是傳說居住於縹緲宇宙中遙遠的本原世界、神力凌駕上述所有神祇的唯一至尊神。

這個道理很簡單，就是凡人不可能理解神為何如此安排世事。為何有些男女在青春盛放之際便慘遭剪除，有些人卻得以苟延殘喘，消磨成一具空殼；為何某些時候有德之人慘遭蹂躪，邪惡卻在花團錦簇的鄉間庭園欣欣向榮；為何一個人的生命線與命運線走向，竟大大取決於機率——純粹、偶然的機率。

在龐霸狄厄的艾勃利可眼看就要喪命的生死關頭，拯救了他的正是機率。他的護衛全副精神都集中於倒下的那幾個人，以及渾身緊繃、嘴角淌血的托瑪索，沒人看一眼椅子上那個身有殘疾的貴族。

此時，當晚的護衛隊長從斯考維亞那一側的入口走進屋裡，由於這個偶然得無比殘酷的事實，孤掌半島和整個世界的歷史軌跡就此改變。人命的度量與毀傷正是取決於如此微不足道的小事。

艾勃利可怒不可遏地轉頭正要厲聲朝隊長下令，便瞥見那根拐杖一抬，斯考維亞的手指在杖柄上扣動。假使艾勃利可是面朝前方，或把頭轉去另一個方向，他就會被銳利的暗器穿腦而亡。

偏偏他轉向了斯考維亞，而在那個當下，他使用魔法的技術在整個孤掌半島上僅次於一個人。縱然如此，他所做的（也是他唯一能做的）依然用盡了他所有的力量，甚至差點超出他能夠掌控的程度。他沒有時間出聲念咒，沒有時間做出匯聚力量的手勢。了結他性命的弩箭已然射出。

艾勃利可鬆開他對軀體的掌控。

托瑪索滿心驚怖、難以置信地見證那枚致命弩箭呼嘯著穿過一團朦朧黏糊的物質與空氣，那裡本是艾勃利可頭顱所在之處。弩箭撞上一扇窗子上方的牆壁，沒有造成任何傷害。

同一瞬間，艾勃利可心知再晚一剎那就會太遲——屆時他的身軀將永遠散亂不成形，處於不生不死的狀態，靈魂唯有無能為力地在破敗中咆哮，那就是膽敢嘗試這種魔法的人可能遭受的下場——他將驅殼的形體召回己身。

千鈞一髮。

從這天開始，他的右眼皮老是下垂，體力也從未恢復到原有的程度。此事過後，他一旦有了倦意，右腳便容易向外叉開，彷彿重演那一刻他讓人體散逸的奇異魔法，使他走路一瘸一拐，恰似當初的斯考維亞。

透過難以好好聚焦的雙眼，龐霸狄厄的艾勃利可瞧見斯考維亞帶著銀髮的頭顱飛越室內，伴著令人作嘔的聲響在鋪有燈心草地毯的地面上一彈——護衛隊長晚了一步才拔劍砍斷他的頭。那柄能致人於死的枴杖是以艾勃利可不認識的石頭和金屬製成，此時掉落在地，發出響亮的聲音。法師感到空氣濃膩黏滯，稠得不自然。他察覺自己的呼吸有個鬆動似的異音正格格作響，膝蓋後側抽搐般地發顫。

屋裡其他人都嚇僵了，一片寂靜。又過片刻，他才敢試著開口說話。

「你這糞土，」他用嘶啞重濁的嗓音對臉如死灰的隊長說。「你比糞土還不如。你這汙垢，你這爬在地上的黏蟲。自盡。即刻自盡！」說話之際，他口中彷彿有土石滑來滑去地堵著，就要溢流而出，他費了點力氣嚥下口水。

他拚盡全力想讓雙眼正常活動，看著隊長朦朧的身影短促地一鞠躬，隨即劍尖倒轉，迅疾而不穩地往頸動脈一劃。艾勃利可只覺得內心有股怒氣沸騰起來，滾滾地冒著白沫。他奮力想止住微微發麻打顫的左手，但卻止不住。

屋裡死了許多人，他差點就是其中一個。他甚至有種自己沒完全活下來的感覺——重組後的肉體似乎跟原先不太一樣。他用虛弱的手指摩娑下垂的眼皮，感到噁心想吐，頭暈目眩。空氣難以呼吸，他得到外頭去，遠離敵人這間突然悶得窒息的木屋。

沒有一件事合乎他的預期，只有那麼一個環節符合他原本對今夜的安排。或許那件事多少能帶給他一絲快意，或許還能稍稍補救這個徹底偏離計畫的局面。

他緩緩轉身望向桑德烈之子，望向那個喜好男色之徒。他牽動唇角，拉起一道微笑，渾然不知自己看來多麼可怖。

「把他帶走。」他嗓音濃濁地對士兵說道。「把他綁了帶走。在准許他死之前，我們還有一些手段能用在他身上。匹配他本性的手段。」

他的視力仍未恢復如常，但他瞧見一個傭兵笑了。托瑪索．桑德烈闔上雙眼。他的臉龐和衣服上都沾了血跡；等他們玩夠，血跡會更多。

艾勃利可戴上兜帽一拐一拐地走出去，身後的士兵抬起隊長的屍體，也扶起臉被尼耶沃雷打爛的那個人。

篡君不得不由他們攙扶著上馬，這讓他自覺顏面掃地，不過在一行人舉著火炬騎馬返回阿斯提拔的路上，他心底開始好過了些。只是他的法力蕩然無存，即便因重組而有所改變的軀體此刻感官遲鈍，他仍然能感知到本應儲藏法力之處只剩空無。法力要恢復原有的水準至少得花兩週，大概更久——前提是真的能恢復原有水準。他在木屋裡那個電光石火之間所消耗的法力，遠遠超越了他平生施行的任何魔法。

可是他活下來了，而且摧毀了東掌所剩最危險的三個家族。不僅如此，他還抓住桑德烈的次子當作證據，未來可以用他向公眾證明這些叛亂陰謀的存在。據說這變態享受疼痛。兜帽之下，艾勃利可不禁微微勾起嘴角。

之後的一切都將依法律公開處置，幾乎從他在此掌權的那天起他就是這麼做的。肆意濫用權力可能引來動亂，他絕不允許這種動亂萌發危險的芽。百姓可能憎惡他，當然會憎惡他，但在他治理的四個省邦之中，沒有一個人能否認他對這場桑德烈叛亂的處置公正合法。

也忽略不了他的處置有多麼趕盡殺絕。

小心謹慎是他的性格之本，龐霸狄厄的艾勃利可開始思索接下來幾小時、幾天的安排。帝國的崇高眾神都清楚這個遙遠的半島情勢凶險，需要鐵腕統治，但眾神也沒瞎了眼，想必看得見他懂得對症下藥。那些在故鄉輔佐皇帝的臣子雙眼雪亮不輸眾神，他們也很有可能看清同樣的事實。

而皇帝年事已高。

艾勃利可收回思緒，遠離那些太過誘人的熟悉念頭，逼自己專注於細節——這種事情的細節往往決定一切。他一面騎馬，一面謀劃，每個乾淨俐落的步驟環環相扣，恰似珠鏈上的一顆顆串珠。他不帶情感、精細準確地整理出要下達的命令，唯有涉及托瑪索．桑德烈的吩咐讓他內心掀起剎那的波動；起碼這幾個指示用不著公開，也不會公開。只有他的自白和揭露犯罪事由的細節有必要讓宮外知曉，至於在某幾間地牢裡發生了什麼，都可以保密到底。他心生期待，連他自己也有些驚訝。

途中他忽地想起，他本打算在離去時將狩獵木屋一把火燒個精光，但他接著便流暢地調整了想法。那個不成材的桑德烈之子跟僕人會在破曉時前來，就讓他們瞧瞧滿地屍首好了，讓他們疑惑畏懼，不過這份疑惑只會持續一小段時間。

之後，他就會讓所有人都清楚知道一切。

第五章

「啊，茉里安，」雅列森低喃，語調滿是悵惘悔恨：「我現在就能送他接受祢的審判。從這個距離，連一個孩子都能用箭矢射中他的眼窩。」

那我連小孩都不如，戴文從藏身之處估算火光的距離，惆悵地暗忖。他們躲在小徑北邊的樹叢裡，龐霸狄厄人的隊伍剛騎著馬走過細如緞帶的小路。他愈發敬佩地看著雅列森和他手裡的十字弓，方才他們繞路去了個暗窖，弓就是從那裡取來的。

「等時機到來，女神自然會將他帶走。」貝爾德破壞氣氛地說，「更何況你自己說過，他們哪一方死得太早都沒好處，這話你講了一輩子。」

雅列森低哼一聲，語帶針對地說：「你看我放箭了嗎？」

貝爾德的牙齒在月光下一閃。「就算你動了手，我也攔得住你。」

雅列森短短地咒了一聲，但片刻後便神情一鬆，悄悄面露笑意。從兩人的互動看來，他們顯然熟識已久。戴文留意到卡翠安娜沒有笑，至少沒對他笑。但話說回來，他提醒自己，他才是有道理生氣的人。可惜此時的處境讓人氣不太起來，他既緊張又得意，還有些激動。

四人之中，只有他沒注意到雙手雙腳被縛、綁在馬上的托瑪索。

「我們最好回去檢查木屋，」等那陣短暫的氛圍消逝，貝爾德說道：「再來我們可能得盡快啟程，桑德烈的兒子會把你和這男孩供出來的。」

「我們最好先討論這男孩要怎麼辦。」卡翠安娜說，她的語調輕易地讓戴文重拾火氣。

「男孩？」他挑起雙眉重複道：「我想妳可以證明那不是事實。」他冷冷盯住她的雙眼，痛快地看見她臉上一紅，撇過頭去。

但只是瞬間的痛快。

「這話有失品格，戴文，」雅列森說：「希望不會再聽你這麼說了。依我對她的了解，卡翠安娜今天早晨的作法完全與她的本性背道而馳。既然憑你的聰明才智足以來到這裡，想必也能憑你的聰明才智明白她為何那麼做。你不如稍微放下自尊心，想想她的感受。」

他語調平和，戴文卻覺得腹部彷彿被重擊了一拳。他難堪地吞了吞口水，把視線從雅列森移回卡翠安娜身上，但她的視線離他們遠遠的，定定凝視著超越他們高度的星辰。最終他慚愧地垂下頭，看著夜色覆蓋的森林地面，覺得自己彷彿回到了十四歲。

「你這樣說我可不會多感謝你，雅列森。」他聽見卡翠安娜冷淡地說：「該打的仗我能自己打，你很清楚。」

「更不用說，」貝爾德輕鬆地補上一句：「你怎麼好意思責備這世上的任何人自尊心太高，真是令我不忍直視。」

雅列森不理會貝爾德，對卡翠安娜說道：「伊安娜的明星啊，妳以為我不明白妳能挺身而戰嗎？但這次不一樣，今早的事不能演變成心結，假如要讓戴文加入我們，我就不能讓這件事演變成你們之間的戰爭。」

「假如他什麼？」卡翠安娜猛地轉身對著他，「你瘋了嗎？難道是因為音樂？因為他唱歌好聽？一個阿索里人憑什麼——」

「別說了！」雅列森語氣嚴厲，卡翠安娜登時一靜。

戴文壓根不曉得該往哪裡看，也不知該作何感想，只好繼續對腳下肥沃的林地土壤培養強烈的興趣，腦袋和內心無比困惑迷茫。

雅列森再次開口時嗓音柔和了些。「卡翠安娜，早上的事同樣不是他的錯，妳不該責怪他。妳採取了妳認為非做不可的行動，只不過並未成功。他在一無所知的情況下跟著妳，這點既不能怪罪他，也不該為此咒罵他。假如妳非怪罪不可，就怪我沒阻止他走出那道門吧。我本來可以阻止的。」

「那為什麼不阻止？」貝爾德問。

戴文想起宮殿內的那扇拱門恍若通往夢境的入口，雅列森在他停在門前的那個當下凝視著他。

「對，為什麼？」他抬起頭，困窘地問道。「你為什麼讓我跟過去？」

月光已轉為純藍，位在西邊的維朵霓隱沒於樹梢後，只剩伊萊琉高掛於星辰之間，用她的光輝將今夜染上奇異的色彩。「鬼熒」，鄉下人如此稱呼唯有藍月高懸的夜。

月光映照在雅列森身後，令人看不清他的雙眼。有好一陣子，四周只聽得見森林在夜晚的聲響：樹葉和小草在微風中窸窣，林地的枯葉沙沙作響，鳥兒迅疾撲動雙翅飛向附近的枝椏。北方的不遠處，有隻小獸發出嗚叫，另一隻出聲應答。

雅列森說：「因為我聽過他父親在他兒時教他的曲調，我知道他是誰，他不是阿索里人。親愛的卡翠安娜，無論妳怎麼看我沉迷於音樂的弱點都好，但這不只是因為音樂；我迷人的姑娘啊，他是我們的一份子。貝爾德，你能測試他嗎？」

儘管在最理性思考的表層意識當中，戴文幾乎一句也無法理解，但雅列森說這番話的同時他卻愈發寒毛直豎。他有種急速墜落的錯覺，恰似一隻猛禽向下俯衝那般，好像他驟然抵達了茉里安的門扉引領他前來之處，就在這逐漸盈滿的藍月下，在這片森林的陰影中。

他轉頭望向貝爾德卻依然沒能解惑，只見對方面露震撼，即便在令色彩失真的月光照耀下，仍舊看得出貝爾德的臉色變得多白。

「雅列森……」貝爾德開口，嗓音微啞。

「你對我而言比世上的任何人都要親，」雅列森冷靜而鄭重地說：「比親兄弟更親。就算拿整個世界交換，我也絕不會傷害你，尤其是這一件事情，我永遠不會傷害你。我很確定，否則我不會要你這麼做。測試他吧，貝爾德。」

然而貝爾德仍然遲疑，這讓戴文更緊張了。他越來越不明白這一切是怎麼回事，只知道這對其他人而言似乎很重要，非同小可。

良久，誰也沒動。最後貝爾德彷彿極力控制著自己，小心翼翼走上前，攙著戴文的手臂引領他往森林深處走了十幾步，來到一片樹木環繞的小空地。

他動作俐落地盤腿往地上一坐，戴文躊躇半晌後跟著照做。他完全不曉得他們要朝著什麼方向去，唯有遵循對方的指引。我所走的這條道路不行，他想起卡翠安娜早上在宮殿裡這麼說。他雙手交握不讓它們打顫，渾身泛起一股冷意，但那跟夜裡的寒冷毫無關係。

他聽見雅列森與卡翠安娜跟了上來，但他沒有回頭。此刻，要緊的是貝爾德眼中那澎湃的什麼——不管那是什麼，他都瞧得出那東西在貝爾德眼裡愈發洶湧奔騰。在此之前，這名金髮男子看來始終精明強悍，彷彿做什麼都不費力氣，但這一剎那他卻不合常理地顯得無比脆弱，似乎輕而易舉就能將他擊碎。驀然間，在這漫長的一天當中第二次，戴文覺得自己像是跨越了白晝世界那簡單分明的邊境，踏入夢之國度。

正是在這樣的氣氛中，他在伊萊琉的藍光之下聽著貝爾德娓娓道來，於是在他初次聽聞這一切時，這個故事宛如魔咒，彷彿是從他童年的空白幻化而出，交織為語言。而他赫然發現，這確實是攸關他的童年。

「艾勃利可攻下阿斯提拔的那一年，」貝爾德說道：「托傑亞與切譚多兩邦各自準備獨力應戰，在斐洛淪陷之前，伊嘉斯之王布蘭庭自西方登上半島。他率領艦隊直搗齊亞萊大港，一舉攻占齊亞萊島。他奪島奪得十分輕易，因為齊亞萊大公一見到伊嘉斯艦隊的聲勢之浩大，當即自戕而亡。我想這些你已經知道了。」

他聲音低微，戴文不自禁傾身向前，努力聽清。一隻歌鸝在他身後的樹梢婉轉鳴叫，歌聲哀戚。雅列森和卡翠安娜悄無聲息。貝爾德繼續說了下去。

「那一年，孤掌半島化為戰場，聽憑伊嘉斯與龐霸狄厄帝國在此進行相互角力的龐大競賽。半島位於兩者之間，雙方都認為一旦半島遭到對方掌控將帶來慘重的後果，這也是布蘭庭揮軍前來的原因之一。我們後來得知，另一個原因與他最珍愛的次子史蒂芬有關；布蘭庭想打造第二個王國給他這個孩子統治。但他卻迎來了意想不到的結果。」

歌鸝仍在吟唱。貝爾德頓了頓，側耳聆聽那溫柔更甚夜鶯的啼鳴，好似覺得牠綿軟的聲音恰恰應和了他語調中的什麼情感。

「齊亞萊人企圖在山間集結反抗軍，卻在桑加里歐山脈慘遭血洗。布蘭庭隨後攻佔阿索里，有關他力量之強大的風聲不脛而走。他的法術極其高強，甚至超越艾勃利可，他的兵卒儘管人數比不上東方的龐霸狄厄人，卻更加忠誠不二、訓練精良；畢竟艾勃利可不過是帝國中一個有錢有野心的下級勛爵，指揮的是僱來的傭兵，布蘭庭卻是伊嘉斯的統治者，麾下將士個個都是國境中的精兵。伊嘉斯軍幾乎不費什麼力氣便長驅向南，直達寇爾帖，將各邦的軍隊逐一擊敗，因為當年的我們始終沒有團結抵禦外敵。當然了，在那之後也沒團結過。」貝爾德的語氣不夠漠然，沖淡了他意圖製造的反諷效果。

「在寇爾帖，布蘭庭親自率領小部分軍力轉向東方，前往斐洛迎擊艾勃利可將他壓制於此，同時派遣史蒂芬南下，打算先攻克西部最後的自由之邦，之後折返斐洛和他會師，迎戰龐霸狄厄。我想他們當時都認為，屆時的戰役會是決定孤掌半島命運的一戰。

「那是個錯誤的決定，但十八年前的他不可能知道。當時他初來乍到，並不明白半島上的不同省邦各有各的特質，我猜他是想讓史蒂芬試試親自統御的滋味。他把大部分兵力和最優秀的司令交派給史蒂芬，憑自身的法術擋住艾勃利可，直到大軍回來與他會合為止。」

貝爾德停了半晌，一雙藍眼看似陷入內心思緒。再度開口時，他的音調又是一改，戴文覺得那聲線承載了許多不同的事物，全都老邁滄桑，全都傷感憂愁。

「戰線位於戴薩河，」貝爾德說：「略為超過切譚多與寇爾帖海岸之間的正中央，史蒂芬在那裡面臨頑強的抵抗，兩國侵略軍都未曾在孤掌半島遭遇如此激烈的抗戰。最後一個省邦的王爵——由於他們的傲氣，此地的人民一向稱其統治者為王——率領人民迎擊伊嘉斯軍，守住了戰線，在雙方都傷亡慘重的情況下將伊嘉斯軍擊退。

「這個省邦……正是你如今所知的下寇爾帖，其王爵瓦倫廷斬殺了伊嘉斯的史蒂芬，布蘭庭的愛子便在那死傷無數的一日命喪於黃昏的河岸。」

戴文幾乎能從他的話語中嚐到那遺留多年的強烈悲悼。他看著貝爾德頭一次瞥向雅列森站立之處，兩個人都沒說話。戴文的視線一刻也沒有離開貝爾德，全神貫注得彷彿攸關性命，每個字都被他當成飾有珠寶的鑲嵌畫碎片，準備嵌入他引以為豪的記憶之中。

就在此刻，戴文感到內心深處像是響起了悠遠的鐘聲，敲響一聲警告，恰似村莊中的亞達昂神殿敲響鐘聲，緊急呼喚農人返家——在澄黃穀穗搖曳的清晨田野，那遙遠的鐘聲微渺卻又清晰。

「布蘭庭立刻透過法術得悉此事，」貝爾德說，聲音有如銼刀的刮擦聲。「他迅即折向南邊，返回西方，任由艾勃利可宰制斐洛與切譚多。他心懷一個父親眼見愛子被殺的怒火，全力施展法術率大軍壓境，攻向在戴薩河畔等待著他的最後一批殘兵敗將。」

貝爾德再度望向雅列森。他蒼白慘淡的臉色在月光下宛若幽魂，說：

「布蘭庭將他們消滅殆盡。他毫不留情，毫不停歇，殺得反抗軍片甲不留，在他面前手足無措地逃回位於戴薩河南邊的國度。他每到一處田野和村莊都放火將其燒成焦土，他不留任何戰俘。在他第一次進軍時，連婦孺都遭他屠戮，他從未如此對付其他省邦，但他在其他省邦從沒死過自己的孩子。無數靈魂因伊嘉斯的史蒂芬投入茉里安的懷抱，他父親讓整個省邦陷入血海與火海。夏天終結之前，山麓上那座城市原有的宏偉高塔已全遭剷平——這個城市如今被稱作史蒂芬城。在海岸，他將濱海王城的城牆與護堤砸成碎石，碾成飛灰。他在河邊的戰役俘虜了殺死他兒子的王爵，同一年稍晚在齊亞萊嚴刑折磨、使其殘廢，最終處決。」

獨月與星辰的光輝之下，貝爾德的嗓音此時只餘澀然低語，然而戴文心中的鐘聲依舊繚繞，甚至愈發響亮，警示著還有更多悲哀將要來襲。貝爾德說：

「不只是這些，伊嘉斯的布蘭庭還做了一件事。他匯聚魔法，傾注他擁有的法力，對那塊土地施下一個亙古未有的魔咒，這個咒語……奪走了那塊土地的名字。除了在這個省邦誕生的人之外，此邦之名被他從所有人的心中給徹底消除了。這是他最深切的詛咒，最終極的復仇；他讓我們彷彿不曾存在，包括我們的功績、我們的歷史、我們的真名，然後他迫使我們以世世代代最勢同水火的省邦為名，將我們改稱為下寇爾帖。」

戴文聽見身後傳來一個聲響，意會過來是卡翠安娜在流淚。貝爾德續道：「布蘭庭用他的力量，讓世間再也沒人聽得見、記得住那塊土地的名字，包括那座臨海的王城，包括那位於山麓古道之上、高塔林立的輝煌之都。他擊潰我們，蹂躪我們，剿滅一個世代，然後奪走了我們的名字。」

最後那句話不是對著阿斯提拔秋夜吐出的低喃或耳語，而是責難，是控訴，猛烈地擲向樹木、夜空與星辰——旁觀這一切發生的星辰。

這句痛訴中的悲憤有如拳頭般在戴文內心緊揪起來，力道之猛想必超乎貝爾德的想像，超乎任何人的想像。只因在瑪拉過世之後，從來沒人真正明白記憶對戴文．阿索里的意義，明白記憶是怎麼成為他靈魂的試金石。

記憶是他的避邪與護身符，是通道與避風港，令他引以為豪、令他深愛，也庇蔭著他免受失落之苦：只要某個人事物仍留存於記憶中，就代表他還沒有完全失去，對方並非徹底消逝於人世間——瑪拉可以活下去，他沉鬱嚴肅的父親會哼搖籃曲給他聽。正因如此，正因這是構成戴文這個人的根本，伊嘉斯的布蘭庭多年前的報復才會像剛發生般在這一夜深深撼動他，直擊他脆弱的核心，動搖他看待與應對這世界的方式，撕心裂肺得像方才受到的致命傷。

他費了些力氣穩住心神，強迫自己專心致志，只為記住這一刻，記住這一切。此時記住這些顯得比什麼都重要，尤其是在貝爾德最後那句駭人的話仍在夜裡迴盪的這個剎那。戴文注視額上和頸間束著皮帶的金髮男人，靜靜等待。他從小一點即通，成年後依然機敏聰慧，他已經明白接下來會迎來什麼，所有的事都說得通了。

現在的戴文已經比僅僅一小時前成長許多，只聽身後的雅列森低聲道：「我聽見你彈的搖籃曲正是源於最後那個省邦，戴文。是關於那座高塔之城的歌謠。假如不是來自那個城市的人，絕不可能透過你告訴我的方式學到這個旋律，我就是基於這一點確定你是我們的一分子，也因此沒有阻止你跟著卡翠安娜。我把一切都交託給茉里安，讓祂決定在那扇門扉之後會發生什麼。」

戴文點點頭，消化著這個事實。過了半晌，他萬分小心地說：「如果真是這樣，如果我沒誤解你們的話，那我應該也還能聽見並記住那個名字……那個被剝奪的名字。」

雅列森說：「正是。」

戴文察覺自己的手在打顫。他低頭凝視雙手，集中精神，卻沒辦法止住顫抖。

他說：「這樣的話，那就是從我身上被竊取了一輩子的東西。你能不能……把它還給我？能不能告訴我，我出生的那片土地叫什麼名字？」

他藉著星光注視貝爾德，因為伊萊琉也已沉落，隱沒於西方的樹梢。雅列森說要由貝爾德來測試他，戴文不曉得為什麼。黑暗之中，他們又一次聽見歌鸝的鳴叫，悠長的音律漸低。隨後貝爾德開了口，戴文生平頭一回聽人說出：

「提嘉納。」

截至剛才為止他內心始終縈繞著鐘聲，令他恍若置身於陌生夏日田野的夢境中，這時驟然一靜。在驀地寂然無聲的內在中，一股失落感有如一波海浪般將他席捲，接著又是一波，然後是第三波——一波盈滿了愛，另一波是發自內心的自豪。有種召喚在他的血管奔流，帶來奇異的頭暈目眩感。

然後他察覺貝爾德緊盯著他，察覺他的臉色緊繃蒼白，就連在星光下也能清楚看見上面寫滿了恐懼，同時交雜著其他情緒：那是極度的渴盼，是靈魂匱乏得生疼的渴求。戴文隨即醒悟過來，讓貝爾德獲得他需要的解放。

「謝謝。」戴文說。顫抖似乎停了。他喉頭微哽，但他堅持往下說，因為這場測試現在輪到他了：

「提嘉納。提嘉納。我出生於提嘉納省邦。我的名字……我的真名是戴文・提嘉納・蓋麟。」還未說完，貝爾德臉上已綻出近乎耀眼的光彩。金髮男人用力閉緊雙眼，就好像要將那陣光輝收住，不讓它逸入籠罩四周的黑夜，出於自身的渴求緊緊抓牢。戴文聽見雅列森顫抖著吸了口氣，接著驚訝地感受到卡翠安娜輕觸一下他的肩膀，接著收回。

貝爾德激動得說不出話來。接著出聲的是雅列森：「那是被奪走的兩個名字之一，也是意義最深重的。提嘉納既是我們的省邦之名，也是臨海王城之名，那是在伊安娜的光芒照耀之下最為美麗的城市，你本該聽人如此稱呼它。也或許該說……或許該說那是第二美麗的城市。」

他的嗓音帶著一絲像是真心想要微笑的情緒。不只是笑意，還有愛。戴文第一次轉頭望向他。

雅列森說：「自山脈傾瀉而下的史沛利昂河會折向西方奔流到海，有一座城市就位於那個轉折之處。如果你在那座城市問來自內陸或南方的人，聽到的就會是第二種說法。因為我們的人民總是滿懷傲氣，這兩座城市也總是相互較勁。」

儘管他竭盡全力，最終語調依舊只流露惆悵。

「戴文，你就是出生於那個內陸之城，我也是。我們屬於那個山間深谷和在山中奔流的銀白河川，我們誕生於艾瓦勒，眾塔之城艾瓦勒。」

伴隨這個名字，戴文心中再度響起樂聲，但這次和他先前聽到的鐘聲不同。這次的音樂帶領他回到久遠以前，回到父親身邊，回到他的童年。

他說：「所以你知道歌詞，對不對？」

「當然。」雅列森溫柔地說。

「告訴我好嗎？」戴文請求道。

但回應他的是卡翠安娜，在許久以前的夜，一個年輕母親也許正是用這樣的歌聲搖著孩子哄他入眠：

正值春日早晨的艾瓦勒
不管祭師說些什麼
今天我要到河邊去
在這春日早晨的艾瓦勒

等我長大，不管未來如何
我要打造船隻揚帆啟程
河水會載我到提嘉納灣
接著入海，遠遠拋開艾瓦勒

但無論身在何方，無論哪時哪刻

管他是激流奔騰，抑或枝椏輕搖
我的心會帶我遠離一切
回到夢中眾塔林立的艾瓦勒
回到夢中的家鄉艾瓦勒

甜蜜憂傷的歌詞伴隨戴文熟悉的旋律流淌至耳中，另一陣情緒隨之湧現，那是深沉至極的失落感，幾乎蓋過了卡翠安娜清雅的歌聲。這次不是洶湧的大浪，也不是隨著血液奔流的澎湃巨響，只是一片渴求的汪洋。他渴求那個在他不知情下被奪走的事物，剝奪得如此徹底，如此完全，他原本可能一輩子都不會曉得自己失去了什麼。

於是在卡翠安娜歌唱之際，戴文淚流滿面。在阿索里北部地區，如果一個男孩身材嬌小、長相比常人稚嫩，很小就會學到在可能被撞見的地方哭泣有多危險。可是在今夜的森林，難以負荷的濃烈情感淹沒了戴文。

假如他沒理解錯雅列森方才那番話，這是他母親本來會唱給他聽的歌。

而他母親的性命斷送在伊嘉斯的布蘭庭手上。他垂下頭，但不是為了遮掩淚水，傾聽卡翠安娜唱完那苦澀又甜蜜的搖籃曲：這首歌謠描繪一個孩子在幼時便勇於挑戰命令與權威，有著想憑一己之力建造船隻的獨立，以及渴望揚帆航向廣闊世界的勇敢，縱然永不回頭，卻永遠不會失去或忘卻最初的起點。

恰似戴文眼中的自己。

這正是他流淚的原因之一。因為他被迫失去和忘卻了那些高塔，他原本可能會夢見艾瓦勒，會夢見依傍海灣的提嘉納，但所有的夢都被剝奪了。

他在暗夜裡哀悼著母親與家鄉，淚水一滴接一滴滑落。在阿斯提拔城近郊森林的重重陰影下，戴文體內的這兩份悲悼相互交融，在心之熔爐焊上記憶對他的意義以及記憶的失去；隨著火光迸發，戴文內心有什麼就此成形，改變了他往後的命運走向。

他用衣袖拭乾眼淚，抬起頭來。誰也沒說話，只見貝爾德注視著他。戴文慎重地舉起左手，也就是代表心臟的那隻手，無比鄭重地將中指與無名指向下彎，模擬孤掌半島的形狀。

這正是立誓的手勢。

貝爾德抬起右手做出相同的手勢，與他指尖相碰，戴文較小的手掌貼著對方長繭的大手。

戴文說道：「假如你們願意接納我，我要跟隨你們。以我在那場戰爭中喪命的母親之名起誓，我絕不會背棄你們。」

「我也絕不背棄你，」貝爾德說道：「以逝去的提嘉納起誓。」

一陣窸窣，雅列森在他們身旁跪下。「戴文，我該事先警告你，」他正色說：「這種事不該急於決定。你不必放棄原本的生活跟我們同行，一樣能支持我們的目標。」

「他別無選擇。」另一側的卡翠安娜走近，低聲說：「今晚或明天，托瑪索．桑德烈就會在嚴刑拷打中招出你們兩個的名字，恐怕戴文．阿索里的歌唱事業正要起飛就得宣告終結了。」她低頭注視三個男人，黑暗中的雙眸顯得難以捉摸。

「已經終結了。」戴文輕聲道：「在我得知真名的那一刻就終結了。」卡翠安娜的神情沒有改變，他猜不透她在想些什麼。

「我明白了。」雅列森說，也抬起左手彎下兩根手指，戴文以右手和他相碰。雅列森一個遲疑，才道：「以你母親之名所立的誓，對我的力量想必超乎你的想像。」

「你認識她？」

「我們都認識。」貝爾德輕輕地說：「蜜凱拉比我們年長十歲，不過提嘉納的每個少年或多或少都傾慕著她。我想多數成年男人也是。」

又一個新名字，隨之而來的是強烈的心痛。戴文的父親對她的名字絕口不提，他的兒子從來不知道母親叫什麼。今夜，勾起悲傷的事物比戴文想像的更多。

「我們對你父親的豔羨與敬仰難以言喻，」雅列森補充道：「但我很高興最終是艾瓦勒人贏得她的芳心。我還記得你出生的那一天，戴文，我父親在你的命名日送了個賀禮，但我不記得是什麼了。」

「你敬仰我父親？」戴文震驚地說。

雅列森聽出他的驚愕，語調一變。「別只因他後來的樣子對他妄下評斷。你所認識的他，經歷了整個世代與生活的世界被布蘭庭摧毀的悲劇；他們的生命遭到葬送，靈魂遭到殘害，你母親殞命，艾瓦勒淪陷，提嘉納覆亡。他是戴薩河戰役的倖存者，兩場戰役他都參加了。」卡翠安娜在上方發出細微的聲音。

「可是我從來不曉得，」戴文抗議道：「他從來不告訴我們這些。」新的痛楚在體內浮現。勾起悲傷的事物如此之多。

「很少生還者會提起那些日子。」貝爾德說。

「我的雙親從來不提。」卡翠安娜有些侷促地說。「父母帶我們盡可能逃得遠遠的，來到阿斯提拔，在艾汀鎮南方的沿海小漁村安頓下來，然後對這一切隻字不提。」

「這是為了保護你們。」雅列森溫柔地說。他依然與戴文雙掌相觸，他的手掌比貝爾德小一些。「許多倖存下來的父母都遠走他鄉，希望有機會讓兒女免於承受提嘉納遭到的壓迫與汙名——這些壓迫與汙名至今仍存在於提嘉納。或者該稱其為下寇爾帖。」

「他們逃走了。」戴文固執地說，覺得自己被騙了，被剝奪了，被背叛了。

雅列森搖搖頭。「戴文，你想想。先別倉促論斷，好好想想。你真以為你學會那首曲子只是碰巧嗎？你父親選擇不讓你和你兄長背負身世所帶來的危險，卻在你身上留下一個印記——他留給你一段旋律，基於安全不告訴你歌詞，然後讓你帶著這個線索出來闖蕩，任何提嘉納人都能藉此確認你的來歷，其他人則會被蒙在鼓裡。我不認為這是巧合，正如卡翠安娜的母親給了她一枚戒指，讓任何來自她出生地的人都能看出她的身分。」

戴文回頭一瞥，卡翠安娜把手伸出來給他瞧。光線昏暗，但他的眼睛已經習慣了，可以看出戒指上盤繞著奇異的形狀，是個半人半海豚的男子。他嚥了下口水。

「你可以跟我說說關於他的事嗎？」他再度轉向雅列森，問道：「關於我父親的事？」

關於甚少流露情感、不苟言笑的蓋麟，關於那個定居在潮溼灰暗之地的嚴峻農人。至今他才知道，原來父親來自提嘉納南部山間那光輝燦爛的眾塔之城艾瓦勒；原來父親年輕時曾追求有眾多仰慕者的女子，擄獲她的芳心；原來父親參與了河畔的兩場慘烈戰役，成功生還；假如雅列森剛才的推測正確無誤，他還特意讓自己唯一聰明伶俐、富有想像力的孩子出來一闖天下，因為只有他有能力找出今晚所發掘的真相。

戴文驀地醒悟，父親宣稱忘了搖籃曲的歌詞幾乎可以確定是撒謊。這一切都忽然變得難以承受。

「我很樂意把我所知關於他的事都告訴你，」雅列森說：「但不是今晚。卡翠安娜說得對，我們必須在破曉前離開。現在，如同貝爾德剛才所做的，我發誓向你恪守信義。我接受你的誓言，也向你立誓。從此刻起，我將視你為親族，直到我的生命宣告結束。」

戴文轉過去，抬頭望向卡翠安娜。「妳願意接納我嗎？」

她將頭髮一甩。「我沒什麼選擇，對吧？」她漫不經心地說：「你看起來已經無法抽身了。」但她一面說一面遞出左手，兩指彎下，指尖與他輕碰，觸感冷涼。

「歡迎，」她說：「我發誓會對你恪守信義，戴文．提嘉納。」

「我也將恪守信義。今天早上的事我很抱歉。」戴文說。

她把手收回，即便星光微弱仍瞧得見她眼中閃過的慍怒。「哦是啊，」她譏諷地說：「我想你一定後悔得要命，你對這次經歷的悔恨從一開始就很明顯了！」

雅列森略感好笑地用鼻孔一哼。「我親愛的卡翠安娜，」他說：「我才剛禁止他細究那件事，要是妳自己提起來，我要怎麼叫人遵守？」

卡翠安娜毫無笑意地說：「我才是受到委屈的一方，雅列森，你什麼也不能叫我遵守，適用的標準不一樣。」

貝爾德忽然輕笑一聲，說：「適用的標準從妳加入以後就再也不一樣了，這次確實用不著有什麼差別。」

卡翠安娜再次把頭髮一甩，不屑答腔。

三個男人站起身來，戴文活動了一下膝蓋，消除用同一個姿勢坐太久的僵硬感。

「斐洛還是托傑亞？」貝爾德問：「往哪個邊境去？」

「斐洛。」雅列森說：「一旦托瑪索招供，他們就會認定我是托傑亞人。可憐的傢伙，要是我剛剛腦袋夠清楚，他們騎馬經過時我就該先把他射死。」

「喔，用這招確實是腦袋很清楚，」貝爾德反駁道：「他周圍有二十個士兵，你一射，我們早就五花大綁地回到阿斯提拔了。」

「反正你會擋下我的箭。」雅列森自嘲道。

「他有沒有可能不會招供？」戴文有些侷促地插話。「是這樣的，我在想梅尼柯怎麼辦。萬一我被供出來……」

雅列森搖頭。「酷刑之下誰都會招。」他嚴肅地說：「尤其是用了法術的話。我也擔心梅尼柯，但這方面我們無計可施，戴文。這是我們這樣的生活無可避免的現實：我們所做的一切幾乎都會置他人於風險之中。」他加上一句：「但願我知道木屋裡發生了什麼。」

「你說過想回去察看。」卡翠安娜提醒他，「我們的時間夠嗎？」

「我是這麼說過，我想時間也夠。」雅列森簡潔地說。「這整起事件還有一塊遺落的拼圖。我仍舊想不通桑德烈．阿斯提拔怎麼會料到我——」

他打住。林中安靜無比，唯有持續不斷的蟬鳴和窸窣作響的樹葉。歌鸝已消失無蹤。雅列森陡然抬起一隻手猛力往髮間一推，搖了搖頭。

「你知不知道，」他用幾乎像是閒話家常的語調對貝爾德說：「我這人有時候傻得可以？答案一直在我掌中！」他聲調一變，「我們走——順帶祈禱我們不至於太遲！」

***

桑德烈木屋的兩個壁爐都已熄滅，林間那片空地上唯有星光照耀，伊安娜頭冠的星群已追隨兩個月亮移向西方。有隻夜鶯在四人走近之際吟唱，彷彿是在應和先前的歌鸝。雅列森在門口一陣躊躇，接著聳了聳肩，戴文此時已認得出那是他的習慣動作。隨後雅列森將門推開，走進屋內。

他們已然習慣黑暗的雙眼藉著餘燼的紅光，注視屋裡的慘狀。棺木仍放置於棺架上，只是棺蓋綻裂，歪向一邊。棺材周圍屍首橫陳，那些人在他們離開時本來都還活著：兩名年紀較輕的桑德烈後裔；喉嚨與胸膛中箭的尼耶沃雷；斯考維亞．阿斯提拔的身體。

然後戴文認出斯考維亞被斬下的頭顱，駭人地躺在相隔一段距離的暗色血泊中，他奮力壓下衝上喉頭的反胃感。

「茉里安啊，」雅列森低喃：「死亡女神啊，求祢溫柔地引領他們進入祢的殿堂。他們心懷自由之夢而死，本不該如此早逝。」

「與你這番話相配的人只有三個，」一張扶手椅的深處傳來冷酷乾啞的嗓音，「第四個早該一出生便掐死。」

戴文驚得直往上彈，一顆心撲通狂跳。說話的人站起身來，立在椅邊面對他們，整個人藏在陰影之中。「我料到你們必定會回來。」他說道。

第六個人，戴文恍然大悟，腦子拚命試著理解一切，努力試著在餘燼的微光中看清那高挑瘦削的身影。

雅列森看來鎮定自若。「那很抱歉讓你久等了。」他說：「我花了太多時間才想通。請容我對在此發生的一切致哀。」他頓了頓，「也請接受我對你的敬意，桑德烈大人。」

戴文的下巴像少了關節般直往下掉。他猛地闔上嘴，用力得牙齒發疼，只盼沒人瞧見。事情的進展快到他跟不上。

「我接受前者，」他們面前瘦削的身影說：「但我配不上你或任何人的敬意。從前或許還配得上，現在是再也不可能了。你眼前只是個自視過高的老傻瓜，一如那個龐霸狄厄人對我的評價。我與世隔絕了太多年，深陷於自己編織的陰謀之網。你稍早說我輕率大意的那番話句句正確，我今晚失去三個兒子便是代價。不出一個月，大概更短，桑德烈家族將不復存在。」

他的嗓音乾澀而不帶情緒，是種客觀的指謫，毫無自哀自憐之意。那語氣恰似端坐幽暗高堂發下最終裁決的審判官。

「發生了什麼事？」雅列森低聲問。

「那男孩是個叛徒。」平板、毫無波瀾而斷然。

「啊，大人，」貝爾德驚呼：「竟是親族？」

「是我孫子。喬安諾之子。」

「那他的靈魂將受到詛咒，」貝爾德激動地輕聲道：「他已回歸茉里安的掌管，茉里安會知道如何處置他。願他被禁錮於黑暗，直到時間的盡頭。」

老人恍若未聞。「是塔耶里殺了他，」他尋思般地喃喃說：「想不到他有這等勇氣，反應這麼快。然後他舉刀自盡，讓他們得不到殺他的樂趣，也無法從他身上套出任何情報。想不到他有這等勇氣。」他魂不守舍地重複道。

透過濃黑的暗影，戴文望向小火爐邊的兩具屍身。倒臥在地的叔姪兩人靠得極近，幾乎像是相互糾纏著躺在棺木另一端。那個空無一人的棺木。

「你說你在等我們。」雅列森低聲道：「你願意告訴我原因嗎？」

「跟你們折回來的理由一樣。」桑德烈終於動了，動作僵硬地步向大壁爐，拾起一根細柴拋進快要熄滅的火堆，一陣火星飛出。他以火鉤戳弄著把火煽旺，直到一條火舌自爐灰竄出。

公爵轉過身，戴文這才看清他的白髮白鬍，以及消瘦凹陷的兩頰。他的雙眸深埋於眼窩裡頭，但眼中閃著頑強不屈的冷光。

「我之所以在此，」桑德烈說：「如同你之所以在此，是因為一切仍將繼續。無論發生什麼，無論有誰死去，大業都將繼續——只要這一口氣還留著，這一顆心還恨著。你我的旅程都是如此。至死方休。」

「看來你都聽在耳裡。」雅列森說：「在棺材裡，我說的你都聽到了？」

「藥效在日落時消退，抵達木屋前我就醒了。我聽見了你說出口的一切，也聽出許多你選擇不說出口的話。」公爵挺直身板答道，口吻冰冷高傲。「我聽見了你自稱的名字，以及你選擇不告訴他們的事。但我知道你是誰。」

他對著雅列森踏出一步，抬起骨節嶙峋的手直指著他。

「我知道你的真實身分，提嘉納王爵雅列森．瓦倫廷！」

他不行了，戴文的腦袋直接放棄理解。太多資訊從四面八方向他襲來，彼此激烈地相互扞格，弄得他頭昏眼花，不知所措。他身處的屋子裡頭不久前還有好幾個人跟他站在一起，如今其中四人死了，死法之殘酷暴烈超越他的想像，與此同時他以為已經死去的那個人——今天早上，他分明還在此人的悼念儀式上獻唱，但這個人竟是屋裡唯一存活的阿斯提拔人。

說不定他連阿斯提拔人都不是！

畢竟假如他是，基於戴文剛在森林中得知的一切，他怎麼可能說出提嘉納這個名字？他怎麼可能知道雅列森是王爵（這個消息也讓戴文難以消化）——也就是瓦倫廷之子，正是他父親手刃了伊嘉斯的史蒂芬，引來布蘭庭向他們所有人施加報復。

戴文索性放棄搞懂，打定主意只在一旁聆聽、觀看，盡可能將細節以從未令他失望的記憶力記錄下來，等他之後有時間思考，也許自然能夠明白。

心意已定，只聽雅列森過了好半晌才開口，從他這段愣然沉默之久就知道他同樣大感驚異：「這下我懂了，我終於懂了。大人，我一向認為你卓絕超群，打從二十三年前我在首次參加三神賽時見到你以來，我始終這麼認為，但你甚至超越了我原先對你的評價。你怎麼活到現在的？這麼多年來，你怎麼有辦法瞞過他們兩人？」

「瞞什麼？」說話的是卡翠安娜，語氣極其氣惱與迷惑，戴文心裡頓時好過了些：他不是這裡唯一拚了命卻跟不上的人。

「他是巫師。」貝爾德篤定地說。

又一陣寂靜。然後，「只要咒語不是直接針對他們本人施展，就對孤掌半島的巫師無效。」雅列森補充說明：「這個原則適用於所有會魔法的人，無論他們來自何方、力量源自何處。由於這一點和其他原因，布蘭庭與艾勃利可來到半島後便對巫師展開追殺。」

「他們的追殺也大獲成功，因為可嘆的是身為巫師不代表有智慧，甚至有時連簡單的常識都沒有。」桑德烈．阿斯提拔語氣尖酸地說。他轉過身，用火鉤往爐火用力一戳，這次火徹底點著，轟然亮起紅光。

「我能存活，」公爵說道：「純粹是因為沒人知道，事情就是這麼單純。在我掌政的這麼多年以來，我大概只使用了五次力量——而且每次都隱蔽在他人的魔法之下。那兩個法師到來之後我便從未施展魔法，一丁點也沒有，甚至沒用來假死。那兩人的力量凌駕於我們之上，遠比我們強大，這個事實從他們分別入侵時就很明顯了。相較於世上各地，魔法在孤掌半島一向沒那麼盛行，這點我們都明白，所有的巫師也都清楚。你想必以為他們會善用腦袋來活用這個知識，對吧？如果下場都是被綁上龐霸狄厄的死輪曝曬於烈日下，會用探尋咒或不純熟的心靈之矢又有何益？」老公爵的嗓音流露刻薄而譏嘲的酸苦。

「也可能是布蘭庭的死輪。」雅列森輕聲說。

「也可能是布蘭庭。」桑德烈附和道。「撇除將孤掌一分為二的界線，這是那兩隻食腐之鳥難得有共識的事情：這片土地上，只有他們能使用魔法。」

「而且已經成真了，」雅列森說：「或者該說很接近事實了。我尋找巫師已經找了十幾年。」

「雅列森！」貝爾德忽道。

「為何？」公爵在同一瞬間問道。

「雅列森！」貝爾德更急迫地重複。

戴文才剛得知竟是提嘉納王爵的那男人望向他的朋友，搖了搖頭。「他不行，貝爾德，」他說出令人費解的話：「桑德烈．阿斯提拔不行。」

他回頭看向公爵，一陣躊躇，斟酌著說詞。然後他帶著毫無疑問的自傲態度，說道：「你想必聽過那個傳說，其內容千真萬確：提嘉納王爵的嫡系血脈都能強制與巫師締結拘束之約，直到死亡。」

桑德烈眼皮下垂的雙眸頭一次閃現好奇的光，真心燃起了興趣。「我是聽過那個故事。在我的魔法萌發後，唯一猜到我真面目的巫師曾警告我要提防提嘉納王爵。當時他已步履蹣跚、垂垂老矣，我記得當下我大笑不止。你居然宣稱他所言不假？」

「確實不假，我很確定這份力量依然存在，只是我沒機會加以測試。這是我們的創始傳說：提嘉納是海洋之神亞達昂選中的省邦，神君與蜜凱拉誕下的子嗣便是第一代王爵拉赫爾，我們尊奉蜜凱拉為全邦的凡間之母，而王爵的血脈從未斷絕。」

一陣複雜的情緒在戴文內心翻湧，心中有無數念頭紛至沓來，他甚至無從一一列舉。蜜凱拉。他一面傾聽一面看著，決心全部記住。

只聽桑德烈．阿斯提拔縱聲大笑。

「這故事我也聽過，」公爵奚落地說：「這個老掉牙的薄弱藉口不過是用來合理化提嘉納人的自大罷了。提嘉納王爵！可不是什麼公爵，不，是王爵！神君的後裔！」他手執火鉤朝雅列森一指，「於今夜，於此刻，你膽敢站在此地，面對篡君、這些死者和孤掌當今局勢的血淋淋現實，對我扯這種謊？你敢？」

「這是事實。」雅列森平靜地說，站著不動。「這正是我們身為王爵的原因。倘若神的後裔以更低下的頭銜自稱，無異於對神不敬。亞達昂不能賜予祂的人類之子永生，伊安娜和茉里安不會允許；但亞達昂賜予其子能夠透過孤掌的原生魔法締結拘束之約的力量，這份力量其後傳遞給祂兒子的兒女，只要擁有嫡系血脈的提嘉納王爵仍在世就會傳承下去。假如你不相信我所言，意圖測試，我將遵照貝爾德的期望，以手按住你的額頭將你拘束於我，公爵大人。別以輕佻的態度將這個古老傳說視為無稽之談，桑德烈．阿斯提拔。倘若我們過於高傲，那也是因為我們有理由自傲。」

「已經沒有了，」公爵嘲弄地說：「布蘭庭到來以後就沒有了！」

雅列森的臉色陡然難看起來，張了口又閉上。

「你竟敢這樣說！」卡翠安娜厲聲道，在戴文看來十分勇敢。王爵和公爵都置若罔聞，全神貫注於對方身上。桑德烈譏刺的笑意逐漸褪去，留下深深刻在他臉上的皺紋，然而那份怨憤依然殘留，在他眼裡，在他的姿態中，在他嘴邊的細紋。

雅列森說：「我沒想過你會說這種話。無論處在什麼境地。」

「你沒資格指點我什麼該說什麼不該說。」公爵答道，聲音極其低微，「無論處在什麼境地。」

「那我們是否該在這裡分道揚鑣？」

好一段時間，他們之間的空氣中有什麼在相互較勁，權衡著、定奪著，由於死亡、悲痛、怒火以及雙方出於本能的頑固傲氣而變得無限錯綜複雜。針鋒相對的氣氛讓戴文渾身的神經兜緊繃起來，不自禁屏住呼吸。

「我希望不至於。」桑德烈．阿斯提拔終於開口。「起碼不是這麼分別。」他補了一句，戴文再度開始呼吸。「我平生從未淪落至斯，你是否願意接受我的賠罪？」

「我接受。」雅列森簡單地說：「晚點我們的確得暫時分頭行動，但在那之前我希望尋求你的建議。你的次子遭到活捉，明早以前想必會把我跟戴文供出來，也許今晚就會了。」

「今晚還不會。」公爵說，幾乎有些心不在焉。「艾勃利可認定危機已經解除，而且這裡發生的事大幅削弱了他的力量。他目前還不會動托瑪索，要等他有辦法享受其中的樂趣才會。等他有興致……玩。」

「不管是今晚還是明天，」貝爾德說，直率的嗓音打破了當下的氣氛。「都沒有多大的差別。他終究會招供，我們得在那之前離開。」

「也許，也許不。」桑德烈用同樣疏離得出奇的語調說，往地上的四具屍體一瞥。「但願我知道究竟發生了什麼，」他說：「我在棺材裡什麼也看不見，但我能確定艾勃利可今晚在這裡用了極其強大的魔法，直到現在那魔力還在此震動。他用那個魔法是為了保住性命。斯考維亞不知做了什麼，但他只差那麼一點點就成功了。」他望向雅列森，「只差一點就讓伊嘉斯的布蘭庭主宰整個半島。」

「你聽見了？」雅列森說：「你同意我的看法？」

「我想我一直都明白那是事實，只是我成功騙過了自己。我一心只專注於我在阿斯提拔的敵人。我需要有人點醒我，但一次也就夠了。是，我贊同你的看法。必須把他們兩人同時擊垮才行。」

雅列森點頭，他一直牢牢控制的緊繃姿態略顯放鬆。他說：「到現在還是有人不這麼認為，你的認同對我而言很寶貴。」

他帶著有些自嘲的微笑瞥了貝爾德一眼，隨後視線回到公爵身上。「你提到艾勃利可用了魔法，像是這件事對我們而言應該有什麼意義。是什麼意義？我們在這方面一無所知。」

「無妨，你不是巫師，一無所知也是理所當然。」桑德烈勉強勾起一絲微笑。「不過其中的意義相當簡單：今晚有龐大的魔力從這間屋子溢流而出，我那微薄的魔力即便施展出來也會徹底受到掩蓋。我想我有辦法確保你們明天不至於被供出來。」

「我明白了。」雅列森緩緩點頭。戴文什麼也不明白，只覺得自己在洶湧的資訊之浪中隨波翻騰。「你能穿越空間？你能潛進去帶他出來？」雅列森雙眼燦亮。

然而桑德烈卻搖起了頭，舉起左手，五指張開。「我從未斬斷兩指締結巫師與孤掌半島相繫的最終誓言，因此我的魔法大為受限。我不能說我感到後悔——當初我要是做了就永遠不可能成為阿斯提拔公爵，畢竟此地對巫師充滿歧視，還立法加以管制；不過這也限制了我能施展的魔法。我的確能孤身潛入，但我的力量不足以帶著另一個人出來。但我能帶些東西給他。」

「我明白了。」雅列森又說了一遍，但語調與先前不同。一陣沉默。他一手順過凌亂的頭髮，最終輕聲道：「我很遺憾。」

公爵面無表情。在白鬍與枯瘦的兩頰上方，他那雙眼睛顯得難以捉摸。爐火在他身後劈啪作響，火星向外迸濺，噴進屋內。

「我有個條件。」桑德烈說。

「是什麼？」

「讓我和你們同行。如今的我已是投入茉里安懷中的死人，在阿斯提拔這裡和誰也不能交談，什麼也辦不了。我的假死之計已毀得一塌糊塗，如果還想做些什麼，我非得跟你們走不可。提嘉納王爵，你可願意允許我這力量薄弱的巫師與你同行？並且讓這個巫師保有自由之身，不受傳說之力所拘束？」

雅列森凝視著對方默然良久，垂在身側的雙手毫無反應。接著他出乎意料地咧嘴一笑，恍若一陣乍現的光輝，一絲暖意消融了屋裡的寒冰。

「你有多愛惜你的鬍子跟白髮？」他用出人意料的口氣問道。

片刻後戴文聽到一個奇怪的聲響，過了半晌才認出那是阿斯提拔公爵高亢、帶著氣音、發自內心的笑聲。

「儘管在我身上做必要的處置，」笑聲停歇後桑德烈說道。「你打算做什麼？把我的頭髮染得跟那姑娘一樣紅？」

雅列森搖頭，「但願不是，一個團體裡頭只要一個人有那樣的紅髮就夠多了。不過這些事我會交給貝爾德，許多事我都交給貝爾德處理。」

「那就拜託他來打理我了。」桑德烈說，鄭重地向金髮男人欠了欠身。戴文察覺貝爾德看來不怎麼樂意，桑德烈也注意到了。

「我不會發誓。」公爵對他說道：「我在艾勃利可入侵時立了一個誓，那將是我此生最後一個誓言。但我能告訴你，我餘生都將盡力確保你不會後悔。這樣說是否能讓你滿意？」

貝爾德慢慢點頭。「可以。」

戴文聽著，出於直覺意識到這段對答意義重大，雙方的話都不是輕率說出口，而是真實傳達自己的心意。此時他無意間瞥向卡翠安娜，發現她正凝視著自己，但她隨即撇開頭，之後就沒再轉回來。

桑德烈說：「我想我最好著手去做方才說要做的事。為了用艾勃利可的魔法當作掩護，我必須從此處出發再返回此處，但我想你們大可不必在死人身邊過一整夜，無論他們有多了不起。你們會在森林裡紮營嗎？我晚點過去與你們會合？」

一想到魔法戴文就忐忑不安，不過桑德烈的話忽然讓他想到一件事，這是他從走進木屋以來第一個清晰的念頭。

「你確定真的能阻止令公子招供嗎？」他不太有自信地開口。

「很確定。」桑德烈簡短地答道。

戴文皺起眉頭。「這樣的話，我想我們就不至於面臨迫在眉睫的危機。除了你之外，大人，你千萬不能被人瞧見。」

「貝爾德替他喬裝完就沒事了。」雅列森插口，「但你繼續說。」

戴文轉向他，「我希望能跟梅尼柯道別，想辦法給他一個離開的理由。我欠他太多人情，不希望他恨我。」

雅列森若有所思，「他不是那種人，但即便如此他多少還是會氣你的，戴文。對梅尼柯這種巡演了一輩子的人而言，今天早上的演出可說是夢寐以求，不管你想出什麼解釋，都改變不了他需要你才能實現美夢的事實。」

戴文噘了噘口水。他不喜歡這番話，但他無法否認那是實話。梅尼柯提過他往後能開什麼價碼，只消再巡演一兩季，這位老團長就能買下斐洛那間他掛在嘴邊好多年的旅店了。他每次都說，等他這身骨頭再也吃不消旅途的辛勞，他就要在那個地方安頓下來賣些啤酒、葡萄酒，讓在漫漫旅程途經此地的舊雨新知有床可睡、有飯可吃，他則聆聽和轉述當天的趣聞談資，交換他熱愛的老故事；到了寒冷的冬夜，他會在爐火邊清出一塊位置，帶領當晚在現場的客人唱遍他會的每一首曲子。

戴文把雙手插進褲子口袋，覺得既窘迫又哀傷。「我只是不希望不告而別，況且是我們三個同時消失不見。再說明天還有演出。」

雅列森嘴角一勾。「我也記得是有這回事，」他說：「有兩場。」

「三場。」卡翠安娜出人意料地開口。

「三場。」雅列森愉快地附和，「後天在羊毛行會的大廳還有一場。而且我忽然想起我在帕里昂茶坊跟人打了個金額不小的賭，我料定會贏。」

貝爾德聞言惱火地低哼一聲，他這種反應已經不讓人意外了。「今晚出了這種事，你真的以為碩藤節會開開心心地繼續慶祝下去嗎？你還想跑回阿斯提拔表演音樂，活像什麼都沒發生一樣？音樂？以前我就看你搞過這一齣了，雅列森，我有不妙的預感。」

「其實我滿確定碩藤節會照常辦下去，」開口的是桑德烈。「艾勃利可行事素來以謹慎為優先，我想今夜會讓他的謹慎程度變本加厲。他會允許人民繼續慶祝，讓從城郊來的居民各自回家，等節日過後才立刻出手彈壓。不過依我猜想，他只會鎖定今晚參與的三個家族。坦白說，換作我自己就會這麼做。」

「課徵重稅？」雅列森問。

「可能會。他在康季安家族下毒事件後提高了稅賦，但當時情況不同，是在公開場合暗殺未遂，他沒有多少選擇。我想他這次會縮小懲處規模——光是這裡的三個家族，已經有夠多人能綁上他的死輪了。」

公爵說得如此漫不經心，令戴文毛骨悚然。他正在談論的是他的親人，他的長子、孫兒、姪甥、堂表親——這些人的性命都會葬送在龐霸狄厄人的致命之輪上。戴文暗忖，自己會不會有朝一日也變得這麼悲觀憤世，他今晚踏上的路是否會讓他鐵石心腸到這種地步？他試著想像哥哥在阿索里被處以死輪之刑，思緒卻立刻從那個畫面逃開。他暗自做了個避邪的手勢。

實際上，他光是想到梅尼柯便沮喪不已，而梅尼柯不過是會損失些金錢罷了。樂師們原本就常在不同旅行樂團之間來來去去，或是離開樂團自己創立新團，也有些人選擇從旅行生涯引退，轉行做更安穩的工作。他今天早上的演出大獲成功，想必會有樂師認定他將自己出來創業。這念頭本該讓他好受一點才對，但卻沒有。不知為何，戴文並不希望弄得好像被那些人料中了一樣。

他想到了另一件事。「要是我們在悼念儀式後馬上消失無蹤，豈不是也有點奇怪？偏偏就在艾勃利可揭露桑德烈家族涉入謀反之後？如今我們跟桑德烈家族也算是扯上了關係，這樣引來別人的關注好嗎？畢竟大家應該會注意到我們不見了。」

不知為何，這些話他是對著貝爾德說的。半晌過後，對方嚴肅地點了一下頭表示同意。

「你給的這塊料子我倒是願意買，」貝爾德說：「這話的確有道理，雖然我挺不想這麼說。」

「頗有道理。」桑德烈贊同道，凹陷眼窩中的黑眼細細審視戴文，看得戴文侷促不安。「你們兩位——」公爵比了比戴文與卡翠安娜，「——說不定能扭轉我對你們這一代的觀感。」

這次戴文強迫自己不要轉頭去看那女孩。他改而瞥向角落，桑德烈的孫子在那裡倒臥於快要熄滅的第二個壁爐旁，喉嚨被親人的刀鋒劃開。

雅列森刻意咳了一聲，打破沉默。「還有另一個完全不同的理由，」他用奇妙的語氣說道：「只有露宿荒野的次數跟我一樣多的人，才能體會我多麼喜歡睡在柔軟的床上——我就是這麼深愛床鋪。簡單地說，」他面露笑容總結道：「你的辯才令我大大折服，戴文。讓我們回旅店去找梅尼柯吧。即便得跟兩個鼾聲此起彼落的賽倫尼亞琴師睡同一張床，依然遠勝在比較安靜的貝爾德身邊睡冰冷的地面。」

貝爾德用嚇人的目光瞪他，但雅列森泰然自若地承受怒瞪。「我就不列舉你自己在夜裡的毛病了。」貝爾德寒著臉說：「我會一個人在此靜候桑德烈公爵歸來。我們今晚得燒了這間木屋，原因用不著我多作解釋；僕役早上回來就會察覺有一具遺體不翼而飛。三日後的早晨我們在暗窖與你們三人會合，看你們何時起床就立刻過來。除非，」他帶著濃濃的調侃意味說：「舒適的城市生活害得你找不到暗窖。」

「要是他找不到，我會找到的。」卡翠安娜說。

雅列森一臉受傷地逐一看向他們兩人，「這樣說不公道，」他抗議道：「你們明明知道我都是為了音樂。」

戴文倒是不曉得。雅列森仍盯著貝爾德，「你知道的，我是為了音樂才回去。」

「我當然知道。」貝爾德溫和地說，神色一換。「我只是擔心我們總有一天會被音樂害死。」

戴文觀察著兩人的眼神交流，驀地得到了出乎意料的全新體悟，關於羈絆的本質，關於愛——雖說他今夜得到的資訊量早就多到讓他吃不消了。

「你走吧。」眼見雅列森依舊躊躇，貝爾德沉著臉說。卡翠安娜已經走到了門口。「碩藤節以後見了，在暗窖那裡。」他追加一句：「別期待你認得出我們。」

雅列森忽地露齒一笑，過了一拍，貝爾德也微笑起來。這個動作讓他整張臉看起來完全不同，戴文恍然意識到他是個很少笑的人。

他一面琢磨這件事，一面尾隨雅列森和卡翠安娜走出木屋，再次步入暗夜的森林。

第六章

世事難料，漫長的今日今夜最終並不是在旅店劃下句點。

三人循著原路穿過森林，返回從阿斯提拔通往艾汀鎮的大路。他們默然走在秋日的星穹下，兩旁的樹林傳來震耳的蟬鳴。戴文慶幸自己先前套了件羊毛外衫，此時已冷意刺骨，今晚說不定會結霜。

這麼晚的夜裡還在屋外遊蕩，感覺很奇怪。梅尼柯在旅途上總是小心防備，晚餐時間前一定會讓團員下榻歇宿。縱使兩名篡君都雷厲風行地整治竊賊盜匪，但在入夜的孤掌半島，會走在路上的人仍甚少是良家子弟。

截至今天早上為止，他還屬於那樣的人。那時的他安於自身的工作、自身的天賦，甚至不可思議地迎來輝煌時刻，眼看就要迎來真正的成功。現在他卻走在黑夜的道路上，放棄了如此光明的前景與安穩的人生，立下足以使他被處死輪之刑的誓言——即便不是這裡的死輪，也可能是在齊亞萊。其實兩個地方都會，只要托瑪索・桑德烈招供的話。

這感覺有些奇特，有些孤單。他信賴他加入的這一行人，真要說起來他連卡翠安娜都信賴，可是他稱不上多了解他們。不像對認識多年的梅尼柯或艾根諾那麼了解。

他醒悟，他才剛立誓實現的理想也有同樣的難題：他並不了解提嘉納，這恰恰就是伊嘉斯的布蘭庭施展法術的用意。戴文的人生即將改變，但一切都只為了一個述說於月下的故事，為了一首童年的歌謠，為了對母親的回憶，即便這份回憶對他而言近乎虛幻，空有一個名字。

他坦誠面對自我，暗暗思量起他之所以投身於這份志業，或許不光是因為今夜在森林裡得知了如此深切的昔日傷痛，說不定更是為了追逐冒險，是為了雅列森、貝爾德與老公爵所象徵的刺激絢爛？他不知道答案。他不知道自己的動機有多少是關乎卡翠安娜，有多少是關乎父親，關乎傲氣，關乎貝爾德在暗夜中述說他失去了多少的聲音。

事實是，倘若桑德烈．阿斯提拔能夠如他所承諾的阻止兒子招供，那戴文沒有任何理由不能回去過這六年來的生活，他大可抓住看似近在咫尺的成就與獎賞。他搖了搖頭。說來驚人，可是和梅尼柯在孤掌半島四處巡演的人生此時已變得難以想像，即便他早上醒來時分明仍過著這樣的生活，他彷彿已跨越一個巨大的分水嶺。戴文思忖，一個人做出某個行為或某個重大人生抉擇時，究竟有多少時候是出於當下黑白分明、單純好懂的原因。

雅列森忽地抬手警告，將他從沉思中驚醒，三人一聲不吭地再次閃身藏進路旁的樹林。不久，西方亮起一絲火光，戴文聽見馬車駛近的聲響，人聲傳來，其中有男有女，他猜想是狂歡到這時候才回家的人，別忘了碩藤節還在進行呢。某方面來說，連碩藤節也漸漸顯得無關緊要了。他們靜候馬車經過。

但馬車沒有駛過去。隨著馬鞭一聲輕響，韁繩上的鈴鐺輕輕搖晃，馬匹在他們藏身之處的正前方路旁停住，有人跳了下來，接著他們聽見那人解開鎖在某個大門上的鐵鍊。

「我真是寵你們寵上天了，」只聽那人抱怨道：「每次看到這個只能勉強稱之為家徽的東西，就覺得早知道還是給工匠設計的好。當父親的總有底線，或者說總該有底線才是！」

同一瞬間，戴文認出了這個地方與說話的嗓音。他出於衝動站了起來，經歷過這一夜，他不由得想靠近平凡而熟悉的事物。

「相信我，」見雅列森瞥過來一眼，他低聲說：「這位是朋友。」

然後他踏到路上。

「我倒覺得設計得很威風，」他清晰地說：「比我認識的大部分工匠都出色。而且老實說，羅維戈，我記得你昨天下午在飛鳥酒館對我說過一模一樣的話。」

「這說話聲我認得，」羅維戈立即答道：「不僅認得，聽到這聲音還讓我高興得不得了——就算你當著我家悍妻及專剋她這個可憐父親的女兒揭穿了我。沒聽錯的話，這位是戴文．阿索里！」

他抓起馬車上的燈從大門前快步走來，戴文聽見車內傳來兩名女子放下心來的笑聲。身後，雅列森率先走到路上，接著卡翠安娜也跟了過來。

「你沒聽錯。」戴文說：「容我介紹團裡的兩位樂師：卡翠安娜．阿斯提拔，以及雅列森．托傑亞。這位是商人羅維戈，昨日我和他在一間風雅小店共飲一瓶酒，直到卡翠安娜害得我遭人突襲，趕出店門。」

「啊！」羅維戈嚷道，把燈舉得更高。「那位姊姊！」

火光範圍變大，照亮卡翠安娜的臉，她露出端莊的微笑。「我有話對他說，」她解釋道：「可是我不太想走進那個地方。」

「真是聰明又謹慎的女子，」羅維戈咧嘴笑著稱讚道：「但願我的幾個女兒有妳一半聰慧。沒人會想要走進飛鳥酒館，」他補充道：「除非染上了嚴重的風寒，所以什麼也聞不到。」

雅列森大笑出聲。「很榮幸在這條幽暗道路上與你相會，羅維戈先生——倘若你是海女號的船主，那就更巧了。」

戴文震驚地眨了眨眼。

「正是我不幸擁有那艘經不起風浪的寒酸小船，還駕其出航。」羅維戈雀躍地承認：「這位朋友，你怎麼會知道？」

雅列森似乎被逗得很愉快。「因為有人託我想辦法找到你。我從斐洛城攜來了要給你的消息，要我帶信的人身材圓胖，臉色紅潤，名叫塔奇歐。」

「我那位德高望重的斐洛代售商！」羅維戈大聲說：「真是幸會！神君在上，你怎麼會與他相識？」

「我得很遺憾地說，是在另一間酒館。當時我在酒館裡演奏，他則是……這個嘛，他自己的說法是逃避責罰。我們碰巧是當晚最後兩個客人，他基於在我看來十分明智的理由並不急著回家，於是我們就聊起天來了。」

「要跟塔奇歐聊起天一向不難。」羅維戈附和道。

戴文聽見馬車傳出格格一笑，聽起來完全不像一個遲鈍笨拙、很難嫁掉的女兒。他開始明白羅維戈對妻女的說法究竟有幾分能信了，不由得在黑暗裡咧開嘴笑起來。

雅列森說：「令人敬重的塔奇歐對我解釋了他的困境，聽我提及我剛加入梅尼柯．斐洛的樂團，預計會來參加碩藤節，便託我前來尋覓你，替他傳達口信當作憑證，以茲證明他說先前已經寄給你的那封信所言不虛。」

「他寄了好幾封信來。」羅維戈哀號道。「來吧，給我憑證的口信，吾友雅列森。」

「忠厚老實的塔奇歐要我把底下這番話轉達給你，並以三神的恩典與孤掌半島的三指發誓絕無虛言——」雅列森語調一變，維妙維肖地模仿起戲劇表演裡頭裝腔作態的信使：「假如新床無法在冬霜降臨前從阿斯提拔送到，在他枕畔難以安睡的母龍將會甦醒，挾雷霆之怒殘暴地終結他有幸服侍你的日子。」

馬車的陰影中傳出笑聲和掌聲。戴文更加確定先前的判斷，覺得這位母親聽來壓根不是什麼悍婦。

「共同庇佑婚姻的伊安娜和亞達昂絕不允許世上有這種事發生。」羅維戈虔誠地說：「床已訂購，製作已畢，只待碩藤節一過便立刻送去。」

「那麼母龍必能安睡，塔奇歐也將保住小命。」雅列森換上沉厚的嗓音說道，恰似給小孩看的偶戲演到結局時用來念誦道德教訓的旁白。

「我真是想不透，」馬車裡傳來帶著笑意的柔和女聲：「為何你們每個人都這麼怕可憐的茵格妮妲。羅維戈，我們今晚怎麼完全失了禮數？難不成要讓這幾位一直站在冷颼颼的夜裡？」

「絕對沒這回事，吾愛。」她丈夫連忙高聲道：「艾麗榭，純粹是我剛才想像了一下茵格妮妲震怒的模樣，害得腦袋亂成一團罷了。」

戴文壓不住笑容，他注意到連卡翠安娜臉上也不再掛著平時高高在上的冷淡表情。

「你們打算回城裡嗎？」羅維戈問。

頭一個不好應付的時刻來臨，雅列森把這個問題交給了他。「是，」戴文說道：「我們出來散步了好一段時間，一方面醒醒酒，一方面也清靜些，現在差不多重新鼓起面對城市的勇氣了。」

「我猜你們三個都被仰慕者包圍了一整夜。」羅維戈說。

「我們似乎是積累了些許名氣。」雅列森招認。

「這個嘛，」羅維戈誠心說道：「撇開玩笑話，如果你們想回去繼續狂歡我也完全明白——我們離開時慶祝活動甚至還沒到最高潮的時候。當然了，狂歡會持續一整夜，但我得說我不想留幾個小女兒自己在家待太久，況且我可憐的長女艾蕾一興奮過頭就會渾身顫抖著昏暈過去。」

「真可憐。」雅列森繃著一張臉說。

「父親！」馬車中傳來焦急的低聲抗議。

「羅維戈，不許說這種話，否則我會趁你睡覺時潑你一盆水。」她母親宣告，不過戴文猜想她不是真心動怒。

「你們看看我家都是什麼樣子？」商人說，用空著的另一隻手誇張地比劃。「我連在睡夢中也被追殺個沒完。不過，要是各位不會太介意我妻女那折磨人的尖聲叱罵，外加屋裡頭還有三個幾乎同樣不討喜的女兒，那我誠摯歡迎各位前來寒舍共進一頓深夜的晚餐，喝杯酒，在這裡小酌大概會比在今夜的阿斯提拔城清靜得多。」

「各位賞臉的話也不妨留宿，」艾麗榭補充道：「聽說今天早上正是各位在公爵的儀式上演出。如果你們願意留下，真的會是我們的榮幸。」

「你們也在宮裡？」戴文詫異地問道。

「怎麼可能，」羅維戈用自嘲的口吻咕噥：「我們是在宮外那條人擠人的街上。」他遲疑了一下，「桑德烈．阿斯提拔是我深感崇敬與仰慕的人物，桑德烈領地就在我這棟小宅院的東邊，各位現在身邊的森林就屬於他們。一直到最後，他都是個挺好相處的鄰居。我想親耳聽聽他悼念儀式上的輓歌……卻沒想到獲選表演儀式的人正是我剛認識的年輕新朋友和他所屬的樂團。所以了……你們願意進屋嗎？」

這次戴文留給雅列森決定。

雅列森依然十分愉快，白牙在黑暗中一閃：「我們作夢也不敢拒絕如此盛情。這麼一來，我們就能舉杯祝福塔奇歐的新床平安送達，他的母龍夜夜好眠！」

「唉，可憐的茵格妮妲，」馬車裡的艾麗榭說，努力壓下笑聲卻沒成功。「你們一個個說話都太不公道！」

屋裡明亮溫暖，笑聲不斷，另外還有三名無疑俏麗動人的年輕女孩，但介紹她們名字的速度太快，在一陣尖叫與羞紅的雙頰之間戴文聽都沒聽清。這三個女孩當中，年紀最大的那一個看來大約十七歲，聲音婉轉如歌，眼神格外撩撥。

艾蕾跟她們都不一樣。

在家中走廊的燈光照耀下，可以看清商人的長女嬌小纖瘦，氣質穩重，她有一頭筆直的黑色長髮，眼眸是戴文見過最淡的藍。和她站在一起，卡翠安娜的藍色目光顯得愈發挑釁，如瀑的紅色長髮神似母獅的鬃毛。

一眾女子以堅決的雙手和話語引領他們來到起居室，坐進無比舒適的椅子。室內用深淺不一的綠色和金色妝點，鄉村風格的壁爐裡熊熊燒著爐火驅逐秋日的寒意，地板鋪設有一張大地毯，就連不擅辨別的戴文也看得出那絕對是奎雷亞製品。十七歲的女兒原來名叫瑟薇娜，她姿態優雅地就在戴文腳邊往地毯一坐，接著抬頭看著他一笑。卡翠安娜在壁爐附近的位子坐下，向他投來挖苦的一瞥，他不予理會。艾蕾不在現場，去幫她母親的忙了。

就在這一刻，羅維戈從內室不知哪個房間回來，手裡拿著三瓶酒，紅光滿面，一臉得意。

「希望你們都喜歡喝阿斯提拔的藍酒。」他眉飛色舞地低頭對他們說道。

儘管是個簡單的問題，聽在戴文耳裡，他在屋外暗夜中的衝動舉措卻因此添上命運的美好光彩。他瞥了雅列森一眼，雅列森報以彷彿回應了許多事的古怪微笑。

羅維戈迅速動手拔出軟木塞，開始斟酒。「要是我家有哪個不懷好意的女孩纏著你不放，」他回頭越過肩膀說：「儘管像對付貓一樣把她們拍開。」每個酒杯各自升起一縷藍煙。

瑟薇娜調整衫裙，把裙襬更端莊地鋪在身周的地毯上，泰然自若，毫不搭理父親的調侃，顯然對這樣的言詞早已十分熟悉。她母親乾淨整潔、身材勻稱、伶俐能幹，與羅維戈在飛鳥酒館的形容天差地別到荒謬的地步，這時她和艾蕾一道走進，旁邊跟著一名幫忙家務的年長傭人。轉眼之間，一個邊櫃上頭已擺滿了各式各樣種類可觀的菜餚。

戴文接過羅維戈遞來的酒杯，嗅聞那清冽的酒香，接著往椅背上一靠，準備在接下來的片刻盡情享受美酒。瑟薇娜在母親的一瞥之下站起身來，但只是替戴文裝了滿滿一盤吃食，走回來微笑著遞給他，隨即又在地毯坐下，甚至比上一回更靠近一點點。艾蕾把食物端給雅列森和卡翠安娜，兩個年紀最小的女兒往父親腳邊一坐，他故作凶悍地對她倆各輕拍一下。

戴文從沒見過有誰像他一樣，如此滿足於當下的生活。戴文的心思想必顯露在他帶著笑意的揶揄眼神中，因為羅維戈對上他的目光後聳了聳肩。

「這些女兒啊。」他哀嘆道，愁苦地搖搖頭。

「你還說什麼『用她胖乎乎的身軀翻跟斗』。」戴文提醒他，意有所指地瞥了眼商人的妻子。羅維戈渾身一抖，艾麗榭聽到他們的對話，兩側的太陽穴浮現笑紋。

「他又來了，對不對？」她偏著頭說，「我猜猜：他說我的身材有如巨象，性子潑辣得可怕，四個女兒乏善可陳，所有人的優點加起來還湊不出一個差強人意的姑娘——我說得對嗎？」

戴文大笑著轉頭望向羅維戈，只見他毫無困窘之色，反倒頗以妻子為豪地對她燦爛地笑。「一點也沒錯，」戴文告訴艾麗榭，「不過我得替他說一句，我從沒看誰講這些話時表情那麼開心。」

艾麗榭隨即報以笑聲，正在邊櫃旁忙碌的艾蕾也回過頭，拋來一個令人驚豔的莊重微笑。

羅維戈舉起酒杯轉著小圈，用冰涼的煙霧在空中畫出圖案。「你們是否願意和我一起舉杯緬懷公爵，也向音樂的壯麗致敬？我從不覺得以藍酒致敬時的名目可以隨便。」

「我也是。」雅列森輕輕地說，舉起自己的酒杯。「敬回憶，」他極為意味深長地說，「敬桑德烈・阿斯提拔。敬音樂。」隨後他低喃著補了一句話，這才啜了口酒。

戴文啜了一口，這是他人生中不過第三或第四次喝到醇厚、冷冽、充滿層次的阿斯提拔藍酒。整個孤掌半島再無其他美酒能與之比擬，這點也反映在藍酒的價格上。他瞥向羅維戈，以酒杯向他致意。

「敬你們每個人。」卡翠安娜忽道：「敬暗夜路途上的善舉。」她面露微笑，不帶一絲銳氣或嘲弄。戴文驚訝了一下，隨即暗忖這種想法對她並不公平。

我所走的這條道路不行，她在桑德烈宮這麼說過。戴文現在能夠明白她為何這麼說，只因他也步上了這條道路，即便卡翠安娜試圖阻止。他試著對上卡翠安娜的目光，但沒有成功，她正跟在她身邊坐下的艾麗榭交談。沉思了半晌，戴文便把注意力轉到佳餚上。

過了一會，瑟薇娜輕碰他的腳。「你可以唱歌給我們聽嗎？」她帶著誘人的微笑說，手沒有移開。「艾蕾跟我父母聽了你的歌聲，可是我們其他人整天待在家裡。」

「瑟薇娜！」她的母親和長姊同時厲聲斥道。瑟薇娜像挨了巴掌般一縮，但戴文留意到她咬著嘴唇望向了父親。羅維戈嚴肅地注視著她。

「心肝寶貝，」他說，語氣毫無先前的戲謔調笑，「妳有個教訓得學。我們這幾位朋友以演奏音樂謀生，今晚他們是家裡的客人。我的生命之光啊，不該要求客人在自己家裡工作才是。」瑟薇娜眼裡盈著淚水，垂下了頭。

羅維戈用同樣鄭重的語氣對戴文說：「你願意接受道歉嗎？她沒有惡意，這我可以向你擔保。」

「我知道，」戴文忙道，瑟薇娜在他腳邊輕輕吸鼻子。「用不著道歉。」

「真的用不著。」雅列森跟著說道，將他的餐點擱到一旁。「我們表演音樂確實是為了生計，但我們也透過音樂感受生命。和朋友一起演奏不是工作，羅維戈。」

瑟薇娜抹了抹眼睛，抬頭感激地看著他。

「我很樂意唱。」卡翠安娜說，回頭瞥了瑟薇娜一眼，「當然，除非妳想聽的只有戴文？」

雖然這話不是針對戴文，他仍舊瑟縮了一下。瑟薇娜再度渾身一顫，在短短兩分鐘內再一次驚慌失措，戴文從眼角餘光瞥見艾蕾臉上閃過一個引人好奇的神色。

瑟薇娜熱切地強調她當然是三個人的表演都想聽，這整段對話似乎讓雅列森頗感好笑。戴文注視著他，驀地意識到眼前這個神態輕鬆、充滿親和力的男人是提嘉納王爵真實的樣貌，然而他在樹林裡的狩獵木屋中見到的那個心高氣傲、行事細密之人同樣也是。

音樂是他的救贖，戴文忽然這麼思忖。這念頭剛在腦裡浮現，他便確信那是事實，畢竟他聽過雅列森演奏的〈亞達昂輓歌〉。

「這個嘛，」羅維戈對卡翠安娜微笑道：「假如各位如此慷慨大度，願意縱容這個我羞於承認是親生女兒的丟臉孩子，那我家裡碰巧有一把托傑亞笛——三神才曉得為什麼。我從前似乎曾像個溺愛兒女的父親那般，幻想著這些小鬼頭當中說不定有誰會嶄露那麼一丁點才華。」

和他相隔幾呎的艾麗榭舉起湯匙，作勢朝她丈夫一打。恢復好心情的羅維戈神色自若，差遣么女去取笛子，自己則替每個人把酒斟滿。

戴文察覺坐在爐火旁的艾蕾凝視著他，他出於反射動作回以微笑。她沒有跟著笑，然而也沒有別開她那溫和認真的目光。他感到心臟侷促地微微跳漏了一拍。

最終在晚餐後，他跟卡翠安娜和著雅列森的笛音唱了一個多小時。演奏到一半，正唱起一首活潑昂揚的切譚多高原民謠之際，羅維戈離開了片刻，抱著一對相連的筀席歐鼓回來。起初他有些靦腆，以相當細微的音量加入副歌，結果他的鼓打得和戴文看他做過的其他事情一樣好，卡翠安娜對他露出格外燦爛的笑容。用不著其他形式的鼓勵，羅維戈繼續和他們一起演奏了下一首歌，接著又是一首。

戴文尋思，如果要鼓舞男人做什麼事，在這世間最有效的莫過於那雙藍眼拋來的那種眼神了。然而卡翠安娜從沒用那樣的眼神注視過他——他一下子迷惑了起來。

有人（八成是艾蕾）替他第三度斟滿酒杯。藍酒是出了名的烈，他把酒喝下肚的速度太快了點。他接著引領另外三個人開始下一首曲子，這時艾麗榭一聲令下，要兩個年紀最小的女兒聽完這首便回房就寢，不管她們的抗議。

戴文沒辦法唱提嘉納的歌，也無意唱些什麼情愛之歌，於是他唱起一首非常古老的歌謠，述說伊安娜如何創造星辰，並牢牢記住了每一顆星星的名字，如此一來在無盡宇宙和漫漫光陰之中，將沒有任何名字會被丟失或遺忘。

這首歌是他最能傳達的方式——傳達今夜對他的意義，傳達他最終為何做出了這樣的抉擇。

隨著他唱起這首歌，在雅列森與卡翠安娜加入的同時，雅列森若有所思而瞭然地看了他一眼，卡翠安娜則是投來難以解讀的一瞥。這次羅維戈只是傾聽，鼓聲沉寂下來。戴文看見艾蕾全神貫注地認真凝視著他，黑髮襯著身後的火光；他對著艾蕾唱了整整一段，接著為了忠實傳達歌曲而將意念轉往內心深處，他一向能在那裡找到他最純粹的音樂，然後沒再特意注視著誰，只是對著伊安娜而唱，為祂獻上關於名字與命名的讚美之歌。

唱的過程中，他心底忽然浮現鮮明的畫面，是一顆名為蜜凱拉的藍白色星辰高掛於黑夜。這個清晰的情景指引著他悠揚高升，迎向卡翠安娜的合音，隨後再度降下，歸於輕柔的結尾。

這首歌的氣氛帶來一片靜默，瑟薇娜與兩個年紀小的女兒回房安寢，出乎意料地乖順平靜。幾分鐘後艾麗榭跟著站起，令戴文失望的是艾蕾隨之起身。

走到門口，她回過頭望向卡翠安娜。「妳一定很累了，」羅維戈的女兒說道：「假如妳願意，我可以現在帶妳去房間。希望妳不介意跟我睡同一間房，本來通常是瑟薇娜和我睡，不過她今晚會跟兩個妹妹一起。」

戴文原以為卡翠安娜會拒絕這樣刻意區隔男女住宿的方式，甚至是做出更尖銳的反應，但她再次出乎戴文的意料之外，只遲疑了剎那便站起身。「我確實是累了，也不介意跟別人一起睡。」她說：「這會讓我想起我家。」

本來暗感這個狀況有些荒謬的戴文正勾起嘴角，聞言猝然自覺這個表情不太妥當。然而卡翠安娜已經瞥見了他的笑，他頓時盼望起沒被她瞧見。她鐵定會誤解的。想到他們兩人今天早上才有過肌膚之親，他只覺得非常不真實。

女子全數離席後，三個男人默然靜坐，深陷於各自的思緒。最終羅維戈起身，用剩下的酒把他們的杯子斟滿，再往爐火添了根柴，凝視木柴的火點著。他嘆了口氣，往後一靠，把玩著手上的酒杯，輪流注視兩名客人。

但打破沉默的是雅列森。「戴文是我們的人，」他低聲道：「我們可以放心談，羅維戈。雖說他接下來恐怕會非常生我們的氣。」

戴文猛地坐直，放下酒杯。羅維戈嘴角勾起無奈的笑，迅速瞥了他一眼，隨即回頭冷靜地迎上雅列森的目光。

「我就想這是怎麼回事，」他說：「不過看今晚的狀況，我也猜已經加入我們了。」雅列森也帶著笑意，兩人一齊望向戴文。

戴文感到臉上燒了起來，腦中飛快地回想前一天發生的事，不禁怒瞪羅維戈。「你在飛鳥酒館遇到我不是巧合，是雅列森叫你去的。是你叫他跟著我，對不對？」他轉頭對王爵發出控訴。

另外兩人互望一眼，雅列森才答腔。

「是，」他招認：「我料想桑德烈．阿斯提拔的喪儀會在近日舉行，我們說不定會受邀參加試唱。萬一丟失你的行蹤，後果我承受不起，戴文。」

「其實我昨天跟著你跟了大半條神廟街。」羅維戈補充道，戴文留意到他自知理虧地面色尷尬。可是他仍然滿腔怒火，又一頭霧水。「所以你說什麼每次旅行回來都會去飛鳥酒館，這些都是謊言。」

「不，那部分是真的。」羅維戈說：「我當時說的都是真話，戴文。你被迫往港區走之後，碰巧進了我很熟的酒館。」

「卡翠安娜呢？」戴文怒氣沖沖地追問：「她又怎麼說？她是怎麼——」

「我看到老果羅讓你待在飛鳥酒館，就付錢叫一個男孩替我把消息送回你的旅店。戴文，別生氣。這一切都是有理由的。」

「沒錯，」雅列森附和：「其中一部分的理由你現在應該懂了。卡翠安娜和我之所以加入梅尼柯的樂團一同來到阿斯提拔，正是因為我推測在桑德烈死後可能會發生一些事。」

「等一下！」戴文大聲道：「推測？你怎麼曉得他會死？」

「羅維戈告訴我的。」雅列森簡單地說。他頓了片刻。「他替我在阿斯提拔當眼線已經九年了。當年我和你一樣，在短時間內對他留下了值得深交的印象。」

戴文只覺得頭暈目眩，望向商人。他本以為對方只是昨天偶然結交的朋友，殊不知根本沒有所謂的偶然。羅維戈放下酒杯。

「我對篡君的態度與你們相同，」他輕聲道：「無論是此地的艾勃利可抑或是布蘭庭，即使布蘭庭統治的是齊亞萊、寇爾帖、阿索里跟雅列森那個故鄉——那個不管我再怎麼努力，都聽不見也記不住名字的省邦。」

戴文嚥了嚥口水。「那桑德烈公爵呢？」他問：「你怎麼曉得——？」

「我會刺探他們的消息。」羅維戈冷靜地說。「這不是難事，我之前會監控托瑪索的動向。他們的心思全集中在艾勃利可身上，而我在城郊與他們比鄰而居，溜進他們的領地還算容易。我多年前就得知托瑪索的對外形象全是騙局，去年有許多個夜裡我都在他們的別館和狩獵木屋窗外，偷聽他們擬定桑德烈之死的細節，雖然我不會說我對這種事引以為傲。」

戴文迅速瞥向雅列森，開口想說什麼，卻什麼也沒說就閉上了。

雅列森點點頭。「謝謝你。」他說，轉頭望向羅維戈。「一如以往，為了你自身和家人的安全，這次有一、兩件事你最好不要知道。我想你現在應該已經明白，這絕不是基於我不信任你之類的原因。」

「都九年了，我確實明白。」羅維戈喃喃說道。「今晚有什麼是我該知道的？」

「我加入托瑪索和守靈人以後，過了不久艾勃利可旋即到來。貝爾德與卡翠安娜前來警告我們，讓我及時躲藏起來——憑一己之力潛入木屋的戴文便跟著我們一同行動。」

「靠他自己？怎麼辦到的？」羅維戈驚道。

戴文把頭一昂，「我自有辦法。」他帶著傲氣說。他從眼角餘光看見雅列森咧嘴一笑，頓時覺得這樣很傻，有些不好意思地補上一句：「悼念儀式中場休息時，我在宮殿樓上聽到桑德烈族人的對話。」

羅維戈似乎還有好幾個問題想問，但他看了雅列森一眼便吞了回去。戴文暗暗感激。

雅列森說：「事後我們回到木屋，發現守靈人全遭殺害，托瑪索被抓。貝爾德今晚留在木屋收拾殘局，之後他會把那間屋子給燒了。」

「我們出城時遇見了那群龐霸狄厄人，」羅維戈一面消化，一面低聲說：「我看見托瑪索・桑德烈跟他們在一起。我那時很擔心你，雅列森。」

「你確實有理由擔心。」雅列森苦笑，「他們之中有內賊。那個叫厄拉多的年輕人，也就是喬安諾之子，是他替艾勃利可通風報信。」

羅維戈面露震驚。「是親人所為？茉里安該為此將他放逐於黑暗！」他激動地啞聲說：「他怎麼做得出這種事？」

雅列森微微聳了聳肩，這是他的習慣動作。「在篡君到來之後崩壞瓦解的事物不可勝數，你不覺得嗎？」

羅維戈奮力克制錯愕與怒火，一陣靜默。戴文緊張地輕咳，開口問道：「你的家人是否——」

「她們什麼也不曉得。」恢復冷靜的商人說。「在今晚之前，艾麗榭跟幾個女兒從未見過雅列森和卡翠安娜。我是九年前在托傑亞城認識雅列森與貝爾德，在那漫漫長夜，我們發現彼此有著共同的夢與共同的敵人。他們把一些目的告訴了我，我說只要不至於讓我妻女面臨太多危險，我願意盡我所能協助他們實現大計。我的確這麼做了，往後也將繼續努力。我只盼活得夠長，有朝一日能夠聽見雅列森喝藍酒時所說的誓詞。」

他說最後一句話時的聲音很輕，卻明顯懷抱著熱忱。戴文望向王爵，想起他喝酒前低聲說了一句戴文沒聽清的話。

雅列森定定注視羅維戈。「還有一件事該讓你知道：戴文在另一層意義上也是我們的一份子。我是昨天下午意外發現的，他也是在我的省邦淪陷前出生於那裡。這就是為什麼他會加入我們。」

羅維戈一言不發。

「你的誓詞是什麼？」戴文問，接著更加缺乏自信地問道：「那是我該知道的嗎？」

「不是什麼攸關大局的事，我不過是會說句只屬於我的禱詞罷了。」雅列森語調慎重，字字清晰：「我一直有這個習慣。我說的是：提嘉納，願我對你的記憶如同直透靈魂之刃。」

戴文閉上雙眼。那話語，那聲調。誰也沒說話。戴文睜開眼睛，往羅維戈看去。

只見他眉頭緊皺，又是氣憤又是駭異。「朋友啊，這件事有必要讓戴文來體會，」雅列森溫和地對他說：「他已經決定背負這段歷史，這也是其中的一部分。你聽見我說的是什麼？」

羅維戈無助又氣惱地用手比劃。「我聽到的跟第一次一樣，就像九年前我們改喝藍酒的時候。我聽見你說，希望什麼的記憶會是你身上的刀刃，刺入你靈魂的刀刃。但我沒聽見……我又沒聽見開頭了。那個什麼。」

「提嘉納。」雅列森重複一遍，語聲溫柔，字句清晰澄澈，恰似水晶相碰。

可是戴文只見羅維戈的神色愈發困惑不安。商人伸手拿起酒杯，一口喝乾。「能不能……再一遍？」

「提嘉納。」戴文不等雅列森開口便說道。如此一來，這段歷史、這份最為關鍵的哀痛才會更切實地化作他的東西，一如它原本便該是他的。只因那片土地本屬於他、曾屬於他，它的名字本該是他名字的一部分，但如今無論是土地或名字都丟失了。被奪走了。

「願我對你的記憶如同直透靈魂之刃。」他說，儘管努力想保持跟雅列森一樣平穩的聲調，說到結尾卻仍不自禁微顫。

羅維戈搖了搖頭，一臉納悶、迷惘，明顯心煩意亂。

「這是因為布蘭庭的魔法？」他問。

「正是。」雅列森果斷地說。

過了半晌，羅維戈一聲嘆息，向後靠在椅子上。「真抱歉。」他輕聲說：「兩位，請原諒我，我不該問的，害得你們被我扯開了舊傷疤。」

「是我先問的。」戴文忙說。

「傷口從來沒癒合過。」雅列森片刻後說道。

羅維戈面露無比的同情。實在難以想像這個人先前還開著玩笑說女兒嫁給笙席歐的村夫就行了。儘管火堆燃得正旺，這名商人卻突兀地站起身照料爐火，在他忙著的同時戴文看向雅列森，雅列森也迎上他的目光，但兩人都沒吭聲。雅列森只是微微挑眉，用戴文已經頗為熟悉的姿態微微聳肩。

「那我們接下來該怎麼做？」羅維戈．阿斯提拔問，走回椅子旁站著。可能是由於爐火的關係，他的臉頰頗為紅潤。「這個情況依然讓我渾身不自在，正如剛認識的時候；我不喜歡魔法，尤其是這種魔法。這對我來說仍然……別具意義，但願總有一天能聽見我剛才無法聽到的名字。」

戴文全身再度竄過一股激動，這是他今晚經常感受到的另一種情緒。由於在飛鳥酒館被矇騙而產生的怒氣已然消褪；眼前的兩人、貝爾德再加上公爵，全都是在各方面不容輕看的人物，他們擘畫的宏圖有可能改變孤掌半島的局勢，甚至牽動整個世界——而他正身處這些人之間，是他們的一員，一同追逐著自由的夢想。他大口一飲藍酒。

然而雅列森的表情卻有些煩亂，看似倏然間背負了難以負荷的新重擔。他緩緩向後靠著椅背，一手順過亂髮，無言地凝視羅維戈良久。

戴文輪流望著他們，猝然又陷入迷惘，激動之情來得迅捷也消失得飛快。

「羅維戈，我們讓你涉入得還不夠深嗎？」雅列森終於問道。「我得說，見到你的妻子和女兒讓我更加於心不安了。未來這一年的時局可能會有所變化，危險之甚更是難以形容。今晚那棟木屋就有四人喪命，我想你和我一樣清楚，阿斯提拔未來幾週會有更多人被判處死輪之刑。在此地和旅途中留意各種風聲，暗中監控艾勃利可與桑德烈的行動，每隔一段時間和貝爾德跟我碰頭，以朋友的身分對掌暢談，這些是一回事；但情勢正在改變，我深怕令你身陷險境。」

羅維戈點頭。「我早料到你可能會這麼說。多謝你為我擔憂，但雅列森，我早在許久以前就對這件事拿定主意了。我……並不指望不付出任何代價就能得到或贏取自由。你三天前曾說下個春天對我們而言可能是個轉捩點，假如未來有任何我幫得上忙的地方，請務必告訴我。」他躊躇了一下，又道：「我深愛妻子的一個原因，正是倘若艾麗榭知情也參與其中的話，想法一定跟我相同。」

雅列森的神情依舊煩惱。「可是她沒有參與，也不知情。」他說：「之所以這樣是有理由的，況且經過今夜的事，不讓她涉入的理由會更多。再說你女兒呢？我憑什麼要你置她們於險境？」

「你憑什麼替我或她們決定？」羅維戈語調溫和但毫不猶豫。「由你決定的話，我們的選擇何在，自由何在？我自然不希望做出什麼會讓她們真的陷入危機的事，我也沒辦法讓手上的生意徹底停擺，但就算有這些限制，難道我就提供不了任何實質的協助？」

戴文終於明白雅列森有所顧慮的根本原因，心情凝重地保持沉默。先前他壓根沒把這種事放在心上，雅列森卻從頭到尾都為此心懷掙扎。他有種當頭棒喝之感，頓時清醒過來，開始感到擔心害怕，雖然擔心的並不是自己。

我們所做的一切都會置他人於風險之中——王爵在森林裡曾經針對梅尼柯的事這麼說，現在戴文難受地開始體認到這個事實。

他不希望這些人受到傷害，不管是什麼樣的傷害。戴文的激動之情徹底消褪，頭一回真切地感受到這份悲哀；他踏上的這條路似乎充滿哀愁，而這不過是其中之一。他不得不面對這條路在他們與羅維戈之間畫下鴻溝的事實，不僅如此，同樣的鴻溝看來注定橫亙在往後相識的幾乎每個人面前，甚至包括朋友，包括可能與他們懷抱類似或相同夢想的人。他再次想起卡翠安娜在宮殿所說的話，此時他的體悟又比一個小時前更加深刻。

新生的智慧指引戴文緘口不言，他專注地凝視雅列森一時之間毫無防備的臉，看著他下定決心，看著王爵緩緩深吸一口氣，就這樣扛起另一個重擔，那正是他的血統必須承擔的代價。

雅列森微笑起來，是帶著悵惘的奇特微笑。「說起來還真有，」他告訴羅維戈：「你現在正巧能幫上一個忙。」他躊躇了一霎，隨後笑意出人意料地加深，直達眼眸。「你考不考慮……」他用格外輕鬆的語氣說：「……找幾個做生意的合夥人？」

羅維戈乍聽之下一臉摸不著頭腦，隨即恍然大悟地跟著綻出笑容。「我懂了，」他說：「你需要能夠出入某些地方的名義。」

雅列森點頭。「這是其一，其二是我們的人數變多了。現在有了戴文，春天來臨前還可能會有其他人，比起只有貝爾德跟我的那幾年情況已經不同了。自從卡翠安娜加入，我就琢磨著這件事。」

他的語速變快，口吻轉為果決。戴文記得這就是他在木屋用的聲調，他再度展現戴文在木屋首次見到的那一面。雅列森說：「合夥做生意的話，你我就能更名正言順地互通音訊，這個冬天我必須時刻掌握最新情報。有了合夥人的身分，我們就有理由寫信傳遞跟買賣有關的任何消息。不消說，每件事或多或少都跟買賣有關。」

「的確是。」羅維戈說，雙眼定定凝視著雅列森的臉。

「假如你有資源，我們可以直接聯繫，要不就是透過斐洛的塔奇歐通信。」雅列森瞥了戴文一眼，「我認識塔奇歐也不是巧合，這點我想你已經猜到了？」其實戴文壓根沒細想這件事，不過他還來不及答腔，雅列森已經回頭看向羅維戈，「我想你應該有信得過的信差？」羅維戈點頭。

雅列森說：「這麼說好了，我們最新的難題是雖然繼續以樂師的身分行動也可以，但經過今天早上的演出，我們不管到哪裡都會有人認識。要是我事先想到這一層就會把表演搞得差勁一點了，不然就是叫戴文別唱得那麼好。」

「你才不會，」戴文低聲道：「不管你可能做些什麼，裡面絕不包括毀掉音樂。」

雅列森勾起嘴角，默認他說中了。羅維戈微微一笑。

「也許吧。」王爵喃喃說道：「音樂畢竟是特別的，不是嗎？」一陣短暫的沉默。羅維戈起身，往爐裡再投一根木柴。

雅列森說：「這一切都很合理。身為樂師要混進某些地點或場合並不容易，有名的樂師就更難了。如果扮成商人，我們就有新的管道能潛入這類場所。」

「比方說某個島嶼？」羅維戈在爐邊低聲問。

「或許。」雅列森同意道。「假如有那個必要。不過這回事說起來或許是一掌兩面——位於齊亞萊的布蘭庭朝廷相當歡迎藝術家。但是扮成商人能給我們另一種選項，我喜歡有好幾個備案。我不得不讓自己扮演的身分消失或死去的情況，從前也發生過一兩次。」他輕聲道，那是純然陳述事實的口吻。他啜了口酒。

片刻之後，他回頭看著羅維戈，只見對方正摩娑著下巴，維妙維肖地擺出唯利是圖的奸商形象。

「這個嘛，」商人用油腔滑調的貪婪聲調說：「兩位先生，你們的提案真是……非常有意思。但我首先得問幾個問題，要知道我雖然認識雅列森好幾年了，可是我們從沒談過這方面的事。」他雙眼一瞇，露出誇張的狡獪神色。「你們對做生意有多少概念？」

雅列森迸出大笑，隨即面色一肅，問道：「你手頭有錢可用嗎？」

「我的船才剛進港，」羅維戈答道：「手頭還有這兩天做生意所賺的現金，憑著未來幾週的預計獲利來貸款也不難。怎麼了？」

「接下來四十八小時內我建議你收購一些穀物，數量合理即可，別太引人注目。要是可以，最好在二十四小時內收購。」

羅維戈沉吟半晌。「我可以試試，」他說：「我能動的金額恰好不多，不管做什麼買賣都不會驚動到誰。我也有個收購管道，尼耶沃雷家在靠斐洛邊境那一帶有幾塊田地，我認識他們的總管。」

「別跟尼耶沃雷買。」雅列森立刻道。

又是一靜。羅維戈緩緩點頭。「原來如此。」他說，戴文再次驚訝於他的領悟速度之快。「你認為碩藤節過後會有一波查抄行動？」

「正是，」雅列森說：「以及其他更惡劣的舉措。你有別的穀物收購管道嗎？」

「可能會有。」羅維戈的目光從雅列森挪到戴文身上，接著又轉回雅列森。「那就是四個合夥人了，」他果斷說道：「你們三個加貝爾德，沒錯吧？」

雅列森點頭。「差不多，不過合夥人算五個好了。如果你能接受的話，另外還有一個人也應該加入，把我們的股份分拆一份給他。」

「怎麼不能接受？」羅維戈聳肩，「反正我的股份完全不受影響。我會見到這個人嗎？」

「希望有朝一日會。」雅列森說：「我想你們見到彼此都會很高興的。」

「那好，」羅維戈說得乾脆：「合股商團的條款一般是出資者持股三分之二，投入時間在外地做買賣的人持股三分之一。根據你剛才告訴我的事，我同意你們能夠提供確實有利於做生意的情報。針對我們共同合作進行的所有交易，我提議雙方五五拆帳，你們意下如何？」

他看著的人是戴文，戴文竭力保持鎮定，答道：「挺不錯的。」

「這是相當優渥的條件。」雅列森附和道。但他再度面露煩憂，這個表情看來一時之間難以消除。

「就這麼說定了。」羅維戈當即說道：「不必再多說什麼，雅列森，明天我們就進城簽訂合約，正式成立商團。碩藤節過後你打算往哪個方向走？」

「斐洛吧。」雅列森慢慢地說，「在那之後的打算我們可以討論，不過我有些事要在那裡辦，此外我還有個去笙席歐做點買賣的想法要跟你商量。」

「斐洛？」羅維戈說，沒管雅列森的最後一句話，臉上逐漸綻出笑容。「斐洛！這樣太好了，簡直是絕妙！你們已經替我省下一筆錢了。我給你們一輛貨車，你們大家把茵格妮妲的新床送過去！」

***

艾蕾走上樓，簡直想不起來上次這麼開心是什麼時候。倒不是說她像瑟薇娜一樣動不動傷春悲秋，只是家中的生活通常平和恬靜，尤其是父親出遠門的日子。

現在卻一下子發生了好多事情。

羅維戈這趟沿著海岸南下的旅程比平時更久，如今終於回到了家。每當他冒險深入南方的奎雷亞山區，無論他再怎麼保證會萬事小心，艾麗榭與艾蕾終究是放不下心來；雪上加霜的是這趟旅程比平時更晚成行，正值秋風大作的季節，教人擔憂。不過他回來了，碩藤節也隨著他的歸來翩然而至。艾蕾是第二次參加碩藤節，從白日到黑夜的每分每秒都令她醉心不已，睜大雙眼無比清醒地觀看一切，沉浸於一切。

那天早晨，桑德烈宮前的廣場摩肩接踵，她紋絲不動地站著，傾聽清亮的歌聲自宮內庭院悠揚向上，往外散播，傳遍靜得反常的人群。那歌聲悲悼著亞達昂在托傑亞松林的死，如此淒絕，如此哀婉，生怕自己會落淚的艾蕾禁不住閉上了雙眼。

羅維戈不經意地對她和母親提及他前一天才和公爵這場悼念儀式上的一位歌師喝過一杯，這讓艾蕾又是驚詫又以父親為豪。羅維戈說，他還邀請了那個年輕人有空來見見他家四個愚鈍的女兒。艾蕾絲毫不介意這句玩笑話，要是羅維戈事到如今換了個方式提起她們，她才會覺得有哪裡不對勁。她和幾個妹妹不曾懷疑父親對自己的愛，只要看著他的眼神就會明白了。

深夜的回家途中，他們在城牆邊讓道給蹄聲震天的龐霸狄厄士兵。這件事讓她惴惴不安，也因此聽見有人從家門附近的暗處出聲叫住他們時，她不禁心驚膽跳。

後來父親出聲答話，艾蕾逐漸明白對方的身分，頓時激動得心臟差點停止，她感覺得到自己的雙頰泛起顯而易見的紅暈。

等幾位樂師答應進屋，她費盡全力克制自己才恢復該有的儀態與鎮定，表現出最受父母信賴的長女風範。

進屋以後就容易多了，因為兩位男客一踏進門，瑟薇娜便不出所料地芳心大動。她的一連串舉動看在姊姊眼裡實在是意圖明顯得叫人難為情，讓艾蕾登時回復原本的習慣，疏遠地靜靜旁觀。明年春天就是瑟薇娜的十八歲命名日，眼看自己到了十八歲依然沒嫁掉的可能性越來越高，這一年來她三天兩頭哭著入睡。

那位名叫戴文的歌師外表比艾蕾預期的年輕，個子也更嬌小，但他俐落敏捷，笑容隨和，有雙伶俐聰慧的眼眸，一頭微捲的淺褐色頭髮略略遮住耳朵。縱使父親說過他的好話，艾蕾原本仍以為他難免妄自尊大或擺架子，然而他絲毫沒顯露這樣的脾氣。

另一個男人雅列森看起來比他大上十五歲左右，說不定更多。他有一頭黑色亂髮，兩邊太陽穴的髮絲由於少年白而泛灰，甚至已經變得銀白。他的瘦削臉龐表情生動，一雙灰眼極其清澈，嘴型偏寬。艾蕾有點怕他，雖然他從一開始便輕鬆自在地和父親說笑起來，她深知那種打趣方式正中羅維戈的喜好。

說不定那正是原因，艾蕾這麼思忖。不管是說笑打趣還是什麼，她很少認識反應快到能跟上她父親的人，但這個五官稜角分明、神色帶著探詢的男人做來彷彿輕而易舉。她暗自疑惑一個托傑亞樂師為何辦得到，雖然她明白這種質疑未免太過傲慢。她心想，話說回來，她對樂師這一行也不怎麼了解。

這就讓她對那名女子更加好奇了。艾蕾覺得卡翠安娜美豔絕倫：高挑的身材充滿氣勢，雙眼藍得驚人，熾紅的頭髮彷彿在屋裡點燃第二把火，相形之下艾蕾自覺瘦小、黯淡又樸素。奇妙的是，卡翠安娜的存在加上瑟薇娜肆無忌憚的調情不僅沒讓艾蕾心煩意亂，反倒讓她放鬆了下來——那種行為，那種比拚，那種消遣，本來就不是她會參與進去的事。細細旁觀之際，她看見卡翠安娜留意到瑟薇娜在戴文腳邊吸引注意力的幽微手段，接著又捕捉到紅髮歌師朝樂師夥伴投去挖苦的目光。

艾蕾決定到廚房去，母親和曼卡說不定需要幫忙。艾麗榭在她踏進廚房時若有所思地瞥了她一眼，但沒說什麼。

他們很快便準備好一頓飯菜，艾蕾回到起居室後在邊櫃旁幫忙，接著坐在爐火邊她最喜歡的椅子上，一面旁觀，一面傾聽。不久後她發自內心地感謝瑟薇娜這麼沒羞沒臊，其他人絕對沒那個臉皮要求客人唱歌。

這次可以實際看著歌師演出，所以她沒把雙眼閉上。快要結束時戴文對著她唱了一段，艾蕾的兩頰漲得通紅，強迫自己不要移開視線。之後艾蕾聽著他們唱完關於伊安娜命名群星的最後一首曲子，心思不知不覺飄往對她來說很不尋常的方向——那種瑟薇娜會在夜裡鉅細靡遺幻想的事情。她只盼大家會以為她臉上的紅暈是被火烤出來的。

對於觀察人觀察了大半輩子的她而言，有件事讓她十分納悶。戴文和卡翠安娜之間明顯有些什麼，但那絕對不是愛，甚至稱不上憐惜，至少絕不是她所以為的這兩種情意。他們會不時望向對方，多半是趁另一方不注意的時候，那種眼神比起其他情緒更像是在尋釁。不過她再次告訴自己，他們的世界與她所身處的可謂天差地別，鴻溝之大遠超她的想像。

幾個妹妹道了晚安，瑟薇娜極其可疑地一句也沒抗議，居然還用指尖分別輕觸兩位男樂師的手心當作道別。艾蕾對上父親的眼神，過了半晌便隨母親一同起身。

邀請卡翠安娜一起上樓純粹是出於衝動。話一出口，她便醒悟這聽在人家耳裡會是什麼感覺——畢竟對方是如此獨立自主的女子，與男性共處時顯然也很自在。艾蕾為自己的見識短淺、拙於社交暗感羞愧，也做好遭到冷然拒絕的準備，不料卡翠安娜面露和善可親的微笑站了起來。

「這會讓我想起我家。」她說。

她倆走上樓梯，經過安放於架上的燈，走過艾蕾的祖父多年前出海北航至凱勒敦時帶回來的掛飾，艾蕾試著揣想一個跟她年齡相仿的女孩究竟是出於什麼原因，才會離家踏上漫漫旅途，過起居無定所、奔波勞碌的日子。這樣的行當動輒忙到深夜，想必也有男人認定既然她跟他們廝混在一起，她一定很容易勾搭到手。艾蕾終究想像不出來，縱然如此，也說不定是正因如此，她對身邊的女子油然生出疼惜之情。

「謝謝妳的歌。」她羞澀地說。

「和你們的款待比起來算不上什麼。」卡翠安娜輕快地說。

「妳太客氣了。」艾蕾說：「我們的房間在這邊。我很高興這會讓妳想起老家……希望是想起好的回憶。」她略帶試探地說，暗自希望這樣不至於失禮。她想跟這個女孩談天，想成為朋友，想盡可能一窺對她而言遙不可及的生活。

她們走進寬敞的臥室，曼卡已經把火升起、拉開床罩。長絨被毯是今年秋天新添的，同樣是羅維戈從奎雷亞走私回來的物品，奎雷亞的冬天比阿斯提拔嚴酷得多。

卡翠安娜小聲地笑了一下，環顧著臥房雙眉一揚。「一起睡的部分是跟家裡一樣，不過這個房間比漁夫的小屋豪華多了。」艾蕾臉一紅，生怕自己的話冒犯了她，但還來不及開口卡翠安娜便轉過頭來，只見她雙眼仍舊睜得渾圓，神態輕鬆地說：「妳說，我們需不需要先把妳妹妹綁起來？她好像正在發情，我怕那兩個人活不過今晚。」

正覺得自己太過嬌慣、不夠體貼的艾蕾霎時又大吃一驚，臉上一燒，接著她察覺對方勾起的笑意，於是放下心裡的焦慮和慚愧跟著笑出聲來。

「她真是讓人受不了，是不是？她發誓要是她明年碩藤節還沒出嫁，就要用最激烈的手段自盡。」

卡翠安娜搖了搖頭。「我在家鄉認識一些像她這樣的女孩子，旅行途中也遇過幾個，但我從來搞不懂她們。」

「我也是。」艾蕾答得太急了些。卡翠安娜瞥了她一眼，艾蕾鼓起勇氣有些遲疑地一笑。「我猜我們在這方面是一樣的？」

「這方面是。」對方淡漠地說，撇過頭踱到一旁看著牆上的編織掛飾。「這個還挺精緻，」她伸手把弄，說：「妳父親在哪裡找到的？」

「是我做的。」艾蕾簡短答道。她突然有自己好像被施恩的感覺，心裡有些不快。

她的語氣想必流露了情緒，因為卡翠安娜立即回頭看著她，兩人默然對望。卡翠安娜嘆了一聲。「我這個人不好相處，」她終於開口：「不值得妳這麼費事。」

「一點都不費事。」艾蕾輕聲說。「何況，」她大著膽子說道：「晚點我綁住瑟薇娜的時候可能還需要妳幫忙。」

卡翠安娜驚訝了一下，輕笑幾聲。「她不會怎麼樣的，」她說著往其中一張床坐下。「只要他們還在妳父親屋裡作客，絕對連碰也不會碰她一下，就算她偷偷溜進他們的房間，渾身什麼都沒穿，只戴著一隻紅手套。」

這話又讓艾蕾一驚，但說也奇怪，她還挺喜歡這個感覺。艾蕾格格輕笑，在自己那張床坐下，雙腳懸在床側，有些惆悵地注意到卡翠安娜的雙腳輕輕鬆鬆踩著地毯。

「她搞不好真的會這樣做。」她悄聲說，腦海浮現的畫面逗得她露齒一笑。「她八成還真的在哪裡藏了隻紅手套！」

卡翠安娜搖搖頭，「看來我們要嘛像綁小母牛那樣把她五花大綁，要嘛就是相信那兩個人了。不過就像我說的，他們一定不會出手。」

「妳似乎很了解他們。」艾蕾猜測道。她仍舊猜不透哪些話會遭到反唇相譏，哪些話會引來笑容。她開始體會到卡翠安娜不是個好應付的隨和女子。

「我比較了解雅列森，」卡翠安娜說：「不過戴文在外闖蕩很久了，我相信他知道規矩。」說到最後一句時她短暫把目光撇開，兩頰微微泛紅。

艾蕾仍舊有點怕會被拒於門外，小心翼翼地說：「其實我對那些一無所知。真的有什麼規矩嗎？他們會不會……妳在外旅行會不會遇到什麼麻煩？」

卡翠安娜聳了聳肩。「妳妹妹想要得不得了的那種麻煩嗎？樂師是不至於。我們有不成文的行規，否則樂團隨團巡演時就只招得到某一種女子了，這會導致演出品質降低。大部分旅行樂團是真心重視音樂品質，起碼能在這一行長久經營的都是。男人過度騷擾女性的話會吃到很大的苦頭，至少要是這種事太常發生，他絕對找不到肯用他的樂團。」

「原來如此。」艾蕾試著想像。

「不過大家確實會預期妳要找個伴，」卡翠安娜續道：「就好像這是妳最起碼能做的事，省得別人垂涎妳。所以妳得找個妳喜歡的男人，當然也有的女孩是找女人，這種情況不少見。」

「這樣啊。」艾蕾說，擱在腿上的雙手交握起來。

卡翠安娜顯然聰明得過分，她投來半是好笑半是刻薄的一瞥。「別擔心，」她甜甜地說，故意看著艾蕾擺在那邊像要阻擋什麼的雙手。「妳那隻手套我戴不下。」

艾蕾倏地抽手放在身旁兩側，面紅耳赤。

「我是不怎麼擔心。」她說，盡可能表現得不在意。隨後她被對方揶揄的表情一激，反擊道：「不然妳戴得下誰的手套？」

對方臉上的戲謔迅即消褪。沉默片刻後，卡翠安娜一副頗有見地的模樣說：「原來妳也是有骨氣的。原先我還看不太出來。」

「這種話未免太瞧不起人了。」艾蕾難得動了怒，「妳看得出關於我的什麼事了？我又何必讓妳看？」

一陣寂靜，之後卡翠安娜再次出乎她的意料。「對不起。」她說：「我是真心的。我警告過妳了，我真的不太擅長跟人相處。」她別開視線，「妳碰巧提起了我介意的話題，這種時候我往往會出言傷人。」

艾蕾的怒氣來得慢卻去得快，卡翠安娜話還沒說完，她的怒意已經消了。她嚴厲地提醒自己，這位可是她家的客人。

但她失去了馬上回答或嘗試修補裂痕的機會，因為曼卡挑在這時急慌慌地闖了進來，手裡端著一盆在廚房爐子上燒熱的水，身後跟著羅維戈年紀最小的學徒，手中同樣端了一盆水，兩邊肩膀各掛了一條毛巾。乍然走進有兩名女子的房間，男孩不知所措地緊盯地板，小心地將水盆與毛巾拿到窗邊的桌上。

曼卡不管走到哪裡都叨叨絮絮、一陣忙亂，這下她徹底打破了本來的氣氛——好的跟壞的部分都是，艾蕾如此想道。等兩名僕人離開，她們倆默默梳洗。艾蕾偷偷瞥了眼對方四肢修長的身材，反觀自己嬌小、白皙、柔嫩的身軀，自己備受保護的生活，愈發自愧不如。她爬上床，暗暗期盼她們之間的對話可以重來一遍。

「晚安。」她說。

「晚安。」片刻之後卡翠安娜說。

艾蕾試圖從她的語氣中聽出延續對話的邀請之意，可是沒辦法確定。她心想，卡翠安娜想談天的話總會自己說些什麼。

她們吹熄床頭的蠟燭，在仍帶點微光的黑暗中靜靜躺著。艾蕾凝視爐火的紅光，彎起腳趾緊靠著曼卡放在床腳的熱磚頭，懊惱地思忖從這裡到瑟薇娜房間的距離從沒顯得這麼遙遠過。

過了好一陣子，爐中燒到只剩餘燼，她仍舊沒睡著，只聽樓下的三個男人爆出大笑。父親溫暖的笑聲遙遙傳來，深深傳遞至她的內心，不知怎地紓解了她的苦悶。他回到家了，她感到備受庇護，十分安全。艾蕾在黑暗裡微笑。不久她便聽見幾位男性走上樓，分別進房。

接下來她仍然清醒了一陣子，豎起耳朵留心傾聽妹妹有沒有溜到走廊上——雖說她並不真的認為瑟薇娜會這麼做。她什麼都沒聽見，最終沉入夢鄉。

她夢見自己身在一個奇異的地方，躺臥於山丘之上。她夢見有個男人和她在一起，伏下身軀貼近她。那是個和暖的夜，沒有月亮，繁星熠熠；山丘上微風吹拂，四周飄揚著露水沾溼的夏花，她和那男人繾綣纏綿，就在夢中不知名的高崗之地，艾蕾內心滿是複雜難解的渴求，是她絕不可能明白吐露的渴望。

***

他們終於把他給扔進地牢，裡頭冷得侵肌透骨，潮溼冰寒的磚石飄著屎尿味。他只獲准穿回亞麻布製成的貼身衣物和褲子。牢房裡有老鼠。眼前一片漆黑，他看不清老鼠的蹤影，但打從一開始他聽見老鼠的聲音，到現在他已經在打盹時被咬了兩次。

稍早，他未著寸縷。新任護衛隊長——上一任隊長自殺後換了一個——放任部下玩弄了囚犯一番，才將他關押起來宣告收工。他們都曉得托瑪索有什麼樣的名聲。人人都曉得。是他自己確保此事人盡皆知，畢竟那是計畫的一環。

所以他們在亮得刺眼的衛兵室把他剝個精光，下流地以他取樂，用劍或在火上燒熱的火鉤捅他，磨蹭他癱軟的男根，戳弄他的臀部或腹部。被綁縛的托瑪索毫無抵抗之力，只想閉上雙眼祈禱這一切消失。

不知為何，是對塔耶里的回憶讓他沒有這樣做。他仍然沒辦法相信弟弟已經死了，沒辦法相信塔耶里在最後關頭竟是這般無畏，這般決斷。想到這些，他簡直要落下淚來，但他不願意給龐霸狄厄人瞧見。他是桑德烈之子。在渾身赤裸、即將迎來終局的此刻，這個身分對他的意義似乎前所未有地重要。

於是他睜著眼睛，木然地盯著新任隊長，盡可能無視他們施加在他身上的行徑，無視他們竊笑著提議明天要怎麼凌虐他。說實話，他們不怎麼有想像力。他明白明天早晨迎來的現實必定更加悽慘，悽慘得無法承受。

他們用劍刃讓他吃了點疼痛，有幾次流了點血，但都還不至於太過頭——托瑪索曉得他們接到了命令，交代要把他留給明天早上的專業人士，屆時艾勃利可也會在場。

現在只不過是在嬉鬧。

最後隊長厭倦了托瑪索定定的目光，也說不定是他覺得從囚犯雙腿淌下的鮮血已經夠多了，地板上已積了一灘血泊。他吩咐屬下住手，切斷托瑪索身上的繩子，把貼身衣物還給他，又給他一條爬滿了蟲的髒毯子，領他下樓走進阿斯提拔地牢，扔進其中一間伸手不見五指的牢房。

牢門極其低矮，即便跪著，他被推進牢房時仍然在石磚上擦破了頭皮。一摸之下，手上溼溼黏黏，他這才恍悟自己又流了血。但這事感覺也無所謂了。

可是他討厭老鼠。他一向怕老鼠。他盡可能把那條沒用的毯子緊緊捲起來，打算把它當成一根軟棍來用。但在一片黑暗中，要打老鼠並不容易。

托瑪索暗自希望自己有更多勇氣面對生理上的折磨。他很清楚明天早晨會發生什麼，在孤單一人的此時，這個念頭令他渾身發軟。

他聽見一個聲響，過了半晌才意識到是自己的嗚咽。他拚命克制，可是現在只有他一個人，他待在寒冷刺骨的黑暗裡頭任由敵人宰割，旁邊還有老鼠。他沒辦法徹底忍住嗚咽聲。他覺得自己的心整顆碎了，扎人的碎片紛亂地散落於胸腔，他試著從那些碎塊中拼湊出詛咒，詛咒厄拉多，詛咒他的背叛，但似乎什麼都無法比擬他姪子所做的一切。什麼也形容不了那滔天的罪。

他聽見另一隻老鼠的動靜，揮動捲起的武器胡亂攻擊，不知打中了什麼，只聽一聲尖鳴，他往那聲音的位置一個勁地猛打。他覺得應該是殺了牠，殺了其中一隻。他全身發顫，但剛才那一陣狂打彷彿也幫助他擊退了軟弱，他止住了啜泣。他往後靠著溼潤黏滑的石牆，由於傷口而瑟縮了一下。儘管什麼也看不見，他仍舊閉上了眼睛，心裡想著陽光。

他一定是在這時候睡著了，因為他猛然驚醒，嘴裡迸出一聲痛呼——有隻老鼠用力咬了他的大腿一口。他抓起毯子亂揮了好一陣，但他現在打起顫來，感覺似乎真的病了。他的嘴本就由於艾勃利可在木屋的那個巴掌而腫脹軟爛，此時他察覺自己吞嚥困難，往額頭一摸，判斷是發燒了。

正因如此，看見蠟燭的微光時，他很確定那是自己的幻覺。他藉著燭光環顧四周，牢房很小，離他右腿不遠處有隻死老鼠，牢門附近還有兩隻正活蹦亂跳，大得像貓。他看見身邊的牆上有個被企圖刮除的太陽圖案，太陽的外緣刻有記錄天數的刻痕，中央是一張托瑪索此生見過最悲傷的臉。他凝視良久。

接著他回頭望向燭光閃耀之處，登時確信這絕對是幻覺，要不就是夢。端著蠟燭的人竟是他父親，身穿下葬時的那件藍銀色袍子，正低頭看著他，帶著托瑪索這輩子從沒在他臉上見過的神情。

他暗忖，自己發的燒想必很嚴重，所以他的神智才會在這深淵之底製造出他破碎的心無比渴望的幻象：這個男人在他兒時鞭打他，隨後在籌謀推翻暴君的二十年光陰中視他為有用的工具，如今那眼神竟流露慈藹——甚至，如果他敢這麼形容的話，甚至可以說是愛。

什麼計畫都在今夜宣告破滅了。到了早晨，托瑪索會以最悽慘的方式，在超越他想像的痛苦中迎來真正的終結。但他很喜歡現在的夢，喜歡這個因高燒而出現的幻象。這裡有光，老鼠不會靠近，甚至連本來從他身下跟背後的潮溼石頭透出的徹骨寒意似乎都和緩了些。

他對著燭火伸出微顫的手，從乾澀的喉嚨、腫脹綻裂的嘴唇吐出了什麼。他想要對夢裡的父親說「對不起」，可是他發不出準確的音節。

不過這是夢，是他在做夢，桑德烈的幻影好像明白他想說的話。

「你沒有什麼好道歉的。」托瑪索聽見夢裡的父親說，是那麼溫柔。「錯的是我，全都在我；這麼多年來，直到一切的最後，錯的都是我。我從最初就明白喬安諾天資有限，在你小時候便對你寄予太高的期望，後來……那對我打擊太大了。」

蠟燭微微搖動。托瑪索的某個部分、內心的某一角似乎緩緩拼湊復原，即便這只是夢，只是他自己的想望，是慘遭千刀萬剮之前，最後一次無用地幻想自己能夠被愛。

「你可願意聽我說，我多麼愧疚自己的愚昧害得你淪落如此境地？假如我說我內心深處始終以你為傲，你是否願意相信？」

托瑪索任憑淚水落下。這些話語治癒了就他所知最深切的傷痛。只是眼淚導致光影朦朧晃動，他於是抬起打顫的雙手，不停試著抹去淚水。他想說話，可是被打爛的嘴什麼也說不了，不過他點了點頭，反覆點著。接著他靈光一閃，朝父親在夢裡的幽魂伸出左手——左手代表心臟，代表誓言與忠誠。

慢慢地，桑德烈朝他遞出手。彷彿跨越遙遠的距離，跨越多年的歲月，跨越在時光流轉與心高氣傲當中遭到遺忘與失落的無數季節，父與子的指尖終於相觸。

那觸感比托瑪索預期的更真實。他閉上雙眼片刻，臣服於澎湃的情感。再度睜眼之際，父親的幻影似乎朝他遞出了什麼東西。是一小瓶液體。托瑪索不明白那是什麼意思。

「這是我能為你做的最後一件事。」幽魂用異樣的聲調說，口吻出乎意料地感傷。「假如我更強大的話，能做的就不止於此，但這麼一來至少他們明早就傷害不了你了。他們再也不會傷害你了，我的孩子。喝吧，托瑪索，喝了之後一切都會消失，我向你保證，全部都會消失的。然後等著我，托瑪索，如果可以的話，在茉里安的殿堂等我，但願我在那裡能和你同行。」

托瑪索還是不明白，可是他的語調那麼溫和，那麼讓人安心。他接過夢中的瓶子，那東西同樣比他預期的更加紮實。

父親點頭以示鼓勵。托瑪索用發顫的雙手笨拙地拔下瓶塞，接著做出最後一個動作——彷彿最後一次戲謔地自我扮演：他大動作將手一揮，以華麗的手勢舉杯向自身強大的幻想能力致敬，把帶有苦味的液體一飲而盡。

父親的笑容好悲傷。笑容不該悲傷才對，托瑪索想這麼說。這句話他曾經對一個男孩說過，那是某天夜裡在茉里安神廟，在一個他本來不該待的房間說的。他昏昏沉沉，有種快要睡著的感覺，但他明明已經睡著了，本來就在高燒中做著夢。他真的想不明白。他尤其不明白的是，為何已經死去的父親反過來要他在茉里安的殿堂等待。

他再次抬頭，想把這件事問明白，誰知他眼前的幻象竟愈發離奇。

他很清楚這肯定不對勁，因為父親的幻影正低頭凝視他，似乎在哭。父親眼裡噙著淚水。

可是這不可能。即便在夢裡也不可能。

「別了。」他聽見這麼一句。

別了，他想這麼回應。

他不確定自己是否真的說了出口，抑或只在腦中閃過這句話，可是就在這一刻，濃得前所未見的黑暗鋪天蓋地而來，恍若一襲毛毯或斗篷那般當頭罩下，話語是否確實說出口登時再也無所謂了。

第二部 黛安諾拉

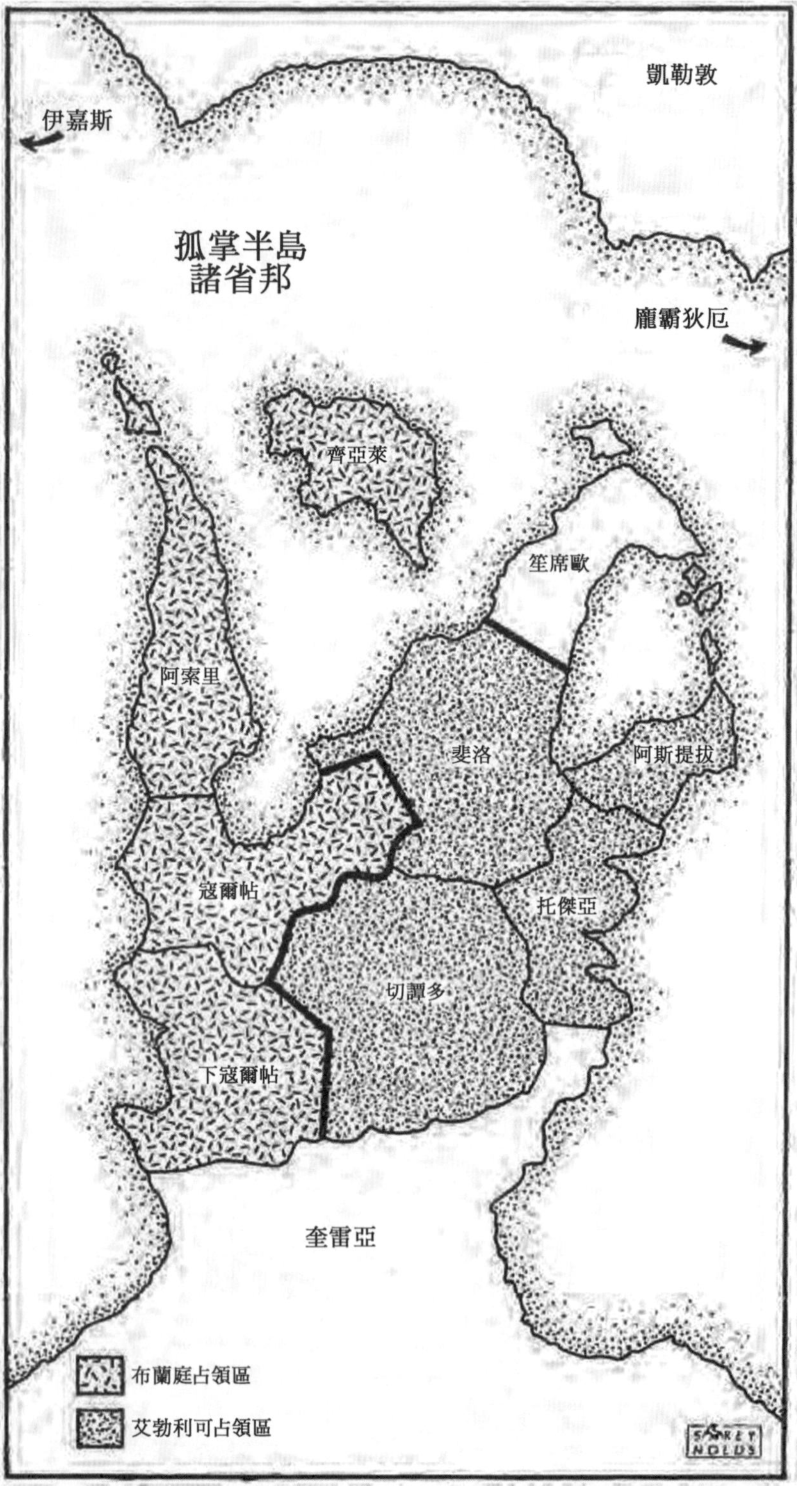
凱勒敦
伊嘉斯
孤掌半島
諸省邦
龐霸狄厄
齊亞萊
笙席歐
阿索里
斐洛
阿斯提拔
寇爾帖
托傑亞
切譚多
下寇爾帖
奎雷亞
布蘭庭占領區
艾勃利可占領區

第七章

黛安諾拉還記得她來到島上的那一天。

當年那個秋天早晨的天氣與春意乍臨的今日相去無幾——朵朵白雲掠過朗朗藍天，進貢船御風而行，乘著白浪航入齊亞萊港。越過港灣與城鎮望去，綿延至山巒的坡地已染上絢爛的秋色，樹葉正轉變色彩，她還記得其中金紅交錯，也有些尚未褪去綠意。

多年前的那艘進貢船也有著紅金相間的船帆，在伊嘉斯，那是喜慶的顏色。她現在知道了，但當時的她不曉得。那時她站在船首的甲板，生平第一次凝望壯麗的齊亞萊港，凝望那長長的碼頭——往昔的歷任大公曾站在碼頭上，將戒指拋入海中；樂蒂西亞也是在此縱身一躍，將戒指從海中尋回，之後與大公成婚，那便是史上首次投海尋戒。投海尋戒從此成了齊亞萊引以為傲的習俗，象徵著幸運，直到數百年前明豔動人的歐涅絲塔改寫了故事的結局，此後再也無人下海尋戒。即便如此，這個島嶼的傳說在孤掌半島依舊是人人耳熟能詳的故事；每個省邦的女孩都喜歡這麼玩遊戲，跳進水中假裝尋覓戒指，隨後以凱旋之姿步出水面，一頭溼髮反射光輝，嫁給位高權重、光輝榮耀的大公。

當年黛安諾拉在靠近進貢船船頭的位置遠眺，凝視大港與宮殿後方氣勢雄偉、山巔覆雪的桑加里歐山脈。伊嘉斯水手並未打擾她的寂靜，他們稍早已經同意讓她走到前面來觀望島嶼逐漸接近。

自從她安全登船，船隻也揚帆啟航，船員都對她很好。很有機會選入色善殿的女人在進貢船上一向享有良好的待遇，畢竟要是進貢船擄來的貢女成了暴君的寵妾，布蘭庭的朝廷說不定會賜予船長豐厚的賞賜。

如今黛安諾拉坐在色善殿南側的陽臺向外眺望，前方隔著作工華麗的簾幕，隔絕自下方廣場而來的注目。看著齊亞萊與伊嘉斯的旗幟在舒暢的春風中飄揚，她想起超過十二年前，風也吹得她一頭髮絲在臉旁飛舞。她想起自己的視線從鮮豔的船帆望向樹林蓊鬱、綿延至桑加里歐山脈的山坡，從藍中帶白的海洋望向藍天白雲，從港口喧嘩騷亂的生活百態望向其後那莊嚴堂皇的宮殿。幾隻鳥在進貢船的三根高桅旁盤旋著放聲高啼，逐漸升起的太陽自東方灑落滿海炫目的光輝。世間是如此生機勃勃，在如此濃豔、絢麗、燦爛的早晨活著是這麼美好。

那是超過十二年前的事了。那年她二十一歲，懷抱著仇恨與祕密，彷彿茱里安的三蛇之中便有兩隻纏繞在她心頭。

她確實被選入了色善殿。

她被擄的情況本來就使她極有可能中選，等她兩天後被帶到布蘭庭面前，他也驚豔地睜大了他那著名的灰眼。她記得自己身穿淺色的綢緞長裙，特意藉此襯托她的黑髮和深棕色眼珠。

她早就料定自己會中選。當下她既無欣喜，也不恐懼，縱使這一刻正是她整整五年來的目標，縱使打從布蘭庭選擇她的那個瞬間開始，她的餘生將幽閉於重重宮牆、簾幕與迴廊。她有著她的仇恨與祕密，守著這兩樣東西的心再也容不下任何事物。

至少，二十一歲的她是如此認定。

十二年後的黛安諾拉在陽臺回想這一切，思忖著儘管當年的她已見證與經歷了那麼多，但仍有數不清的事物是如此舉足輕重，而她的了解卻少得可憐，少得危險。

陽臺上雖然沒有風，仍然十分涼爽。餘燼節眼看就要來臨，不過內陸的谷地和山坡才剛開起花來，就連在這麼北邊的地區，春意也要再過一段時間才算濃。黛安諾拉記得故鄉又是另一種風景：有時春季的餘燼節甚至都已來了又走，南方的高原依舊積雪未消。

黛安諾拉連頭也沒回地將手一抬，只消片刻，閹人便送上一杯熱氣騰騰的托傑亞凱琲。布蘭庭私下總愛說，貿易限制跟關稅的實施可要精挑細選一點，否則活著未免太沒樂趣。凱琲正是雀屏中選的東西之一，不過當然僅限於宮裡；出了宮牆，百姓只能喝寇爾帖或中立省邦笙席歐所產的劣等品。有一回，一群笙席歐的凱琲商隨貿易使節前來，試著遊說布蘭庭他們栽培的品種和燉煮出來的風味更勝以往，布蘭庭喝了以後品評道：中立之邦果然深諳中庸之道，中庸得令人感覺不到存在。

商人告退時惶惶不安，臉色煞白，拚命推敲伊嘉斯篡君的弦外之音。笙席歐人整天都在忙這個吧，事後黛安諾拉調侃地對布蘭庭這麼評論。他笑了。她一向有法子逗他笑，即使是在她尚年輕生澀、還不知該如何刻意為之的那些年。

這個念頭讓她想起今天早上伺候她的年輕閹人。謝托進城替她去取下午迎賓宴要穿的禮服了，此時服侍她的是個新入宮的閹人；殖民地色善殿的人數與日俱增，伊嘉斯特地送了一批閹人過來侍奉。

他已相當訓練有素。文賽勒的手段雖然嚴酷，但無疑很有效。她決定還是別跟這男孩說凱琲不夠濃，他八成會嚇得崩潰，那可就麻煩了，晚點她再跟謝托說一聲，交給他處理就好。這事用不著讓文賽勒知道，讓閹人對她除了畏懼之外也心懷感激是有些用處的。由於她在殿裡的地位，畏懼往來得自然而然，至於感恩或喜愛就得費些心思。

今年春天就超過十二年了，她再度尋思，傾身向前朝下方一望，透過簾幕凝視廣場上的人來回奔忙，準備稍晚迎接伊嘉斯的依索拉到來。她暗忖，無論她天生享有多少麗質，二十一歲都是她容貌的巔峰。她記得自己十五、六歲時壓根沒有那樣的風韻，在家鄉時沒人想過要把她藏起來避免伊嘉斯士兵見到。

到了十九歲，她開始出落成另一番模樣，不過那時她已經離開故鄉，在龐霸狄厄統治下的切譚多，人民用不著擔心伊嘉斯會帶來什麼危險。起碼通常不用，她一面在腦中修正，一面提醒自己（雖然她根本不需要什麼提醒）如今的她是黛安諾拉·切譚多——無論是在色善殿，抑或是布蘭庭在西殿的床上。

而今她三十三歲，隨著光陰以匪夷所思的速度飛快流逝，她不知怎地成了宮中極有權勢的人物。當然了，在宮廷握有權勢，等於在整個孤掌半島握有權勢。論布蘭庭的寵愛，色善之內唯有索洛莉絲·寇爾帖能與她一爭高下，而她比黛安諾拉年長六歲，畢竟她是進貢船第一年進獻的貢女。

即便到了今日，有時這一切依然有些超乎想像，有些難以置信。只要她稍微側眼一瞥，年紀輕一點的閹人便瑟瑟發抖；不論是海外的伊嘉斯或孤掌半島的西部四邦的朝臣，要向布蘭庭上奏時都經常尋求她的建言與支持；樂師為她譜曲；詩人為她吟詩作賦，以浮華詞藻歌頌她的傾城絕色與睿智聰慧。伊嘉斯人把她比作他們信奉之神的姊妹，齊亞萊人說她足可匹敵廣受傳誦的歐涅絲塔，據說她為凱梭大公執行最後一次投海尋戒儀式的身姿豔傾天下——不過詩人總會在說到投海尋戒的細節之前打住，免得提起後續的悲劇。

有一回多爾德又這麼用盡各種修辭歌詠她，深夜裡她和布蘭庭單獨用餐時，她說男人和女人有個差別：有權力的男人會使人著迷，可女人若是有了權力，旁人只會著迷於歌頌她的美麗。

他思量半晌，向後一靠，撫摩他俐落齊整的鬍鬚。她明白說這種話有點冒險，不過她這時已經相當了解布蘭庭了。

「兩個問題。」西掌的篡君布蘭庭如是說，伸手握住她放在桌上的手。「妳覺得妳有權力嗎，我的黛安諾拉？」

她已料到了這個問題。「是靠你才得到的權力，而且並不長久，等我年老色衰不再受你寵幸就會失去。」小小暗損索洛莉絲，但她想應該夠隱晦。「但只要你還會召幸我，旁人就會認定我在你的宮廷握有權力，詩人會說我美得更勝往日，更勝在這四面環海之島高冠於天穹的星冕……什麼的。」

「我想他寫的是『弧之星冕』。」他微笑道。她原以為這時他會讚美幾句，因為他一向不吝於誇讚，可是他的灰眸依然嚴肅，直勾勾看著她說道：「第二個問題——若我沒有如今的權力，妳還會為我著迷嗎？」

她記得這句話差點讓她露出破綻。這個問題殺得她太措手不及，又太靠近她心底雙蛇所在之處；不管雙蛇再怎麼靜靜蟄伏，牠們終究仍活著。

她垂下眼簾，注視他們交握的雙手。恰似交纏的兩隻蛇，她暗想，但她隨即撇開了這個念頭。黛安諾拉抬起雙眸，露出她深知布蘭庭愛極了的狡黠媚眼，故作詫異道：「你在這裡有什麼權力嗎？我沒注意到。」

片刻後，他迸出令人精神一振的渾厚笑聲。她曉得外頭的侍衛會聽見，會把這件事當作談資。在齊亞萊，人人都喜歡說閒話，整個島靠著蜚短流長度日，今夜過後又有新的流言可傳了。倒也不是什麼新鮮事，只不過是那陣宏亮的笑聲再度證明伊嘉斯的布蘭庭多麼享受黑髮的黛安諾拉相伴。

接著他將她抱到床上，臉上仍止不住笑意，逗得她也不禁為他的好心情笑出聲來。他縱情歡愉，以從容徐緩的節奏，以他多年來教會她的千萬種方式；伊嘉斯人擅於此道，而他無論在當時或此刻，無論有多少種身分，他都是伊嘉斯之王。

她呢？端坐於陽臺的現在，黛安諾拉在春日早晨的陽光下閉起雙眼，憶起在那一夜，以及那夜之前的許多許多年，還有那夜之後直至今日，她那倒戈的全副身心是如何背叛靈魂，滿足了對他如此深刻、如此迫切的渴求。

她渴求伊嘉斯的布蘭庭。十二年前她正是為了殺他才來到這裡，殘破不堪的一顆心纏繞著雙蛇，只因他對她的家鄉提嘉納所施的暴行。

或者該說，提嘉納原本是她的家鄉，直到他大肆蹂躪那片土地，將其夷平，燒成焦土，殺盡整個世代，甚至剝奪它的名字。也剝奪她真正的名字。

她本是黛安諾拉·提嘉納·賽瓦，父親於第二次戴薩河戰役陣亡，手裡握的不是雕刻匠的鑿子，而是揮起來並不熟練的劍。隨之而來的佔領行動蠻橫殘暴，母親的神智有如蘆葦般慘遭摧折，弟弟則被逼得逃向廣闊蒼茫的世界，不知所蹤——他有著和她一模一樣的眼眸與頭髮，她曾經深愛他更勝自己的性命。離開的那年他才十五歲。

過了這麼多年，她完全不曉得他的下落。不曉得他是生是死，是否已經離開這個遭到篡君統治的半島。這些四分五裂的省邦原本都是那麼心高氣傲，其中最倨傲的一個省邦卻已經從人們的記憶中抹消。

罪魁禍首正是布蘭庭。而這些年來她在此人的懷裡度過無數夜晚，帶著隱隱作痛的渴盼，帶著糾葛的慾求，每一次受他召幸都是如此。這個人的嗓音聽在她耳中充滿知識、機鋒、高雅，是滋潤她乾枯日子的水源。每當這個人放聲大笑，每當她設法逗得他發笑，那笑聲恰似療癒人心的陽光劃破雲層。這個人有雙灰色的眼眸，那顏色就好比春天或秋天早晨第一道清冷的日光斜打在海上，映出激蕩翻騰、變幻莫測的汪洋。

在提嘉納最古老的傳說中，亞達昂是黎明時分自灰海現身，在悠長而蜿蜒、命運注定的深色沙岸臨幸了蜜凱拉。黛安諾拉很熟悉這個傳說，一如熟知自己的名字。真正的名字。

她也非常清楚另外兩件事：倘若弟弟或父親仍在世，一旦見到她如今成了什麼樣的人，必定會親手殺了她。她會心甘情願接受這個結局，因為這是她的報應。

父親已經死了。每當她懷著這些念頭想起弟弟，一顆心便狠狠將她燙傷；然而縱使死亡能讓弟弟免去見到她淪落至此的劇烈哀慟，她仍舊每天早晨向三神祈禱，尤其是對海洋之神亞達昂，祈求弟弟遠在遙不可及的海外，永遠不可能收到音訊，得知篡君的色善殿中有個黛安諾拉和他有著一模一樣的深色雙眸。

除非，心裡有個小聲音這麼說道：除非有天早晨，她真的在這座島上找到方法——即使發生了這一切，即使夜裡他們肉體交纏，即使渴求獲得滿足的她喘息嚶嚀，她依然成功將某個聲音帶回這個世界，回到男女老幼的口中，響遍孤掌半島，向南直達奎雷亞地區的山脈，亦傳播至東西北三方的海洋之外。

提嘉納這個名字的聲音已不復存在。儘管不復存在，但倘若神祇慈悲，倘若祂們仍心存一絲慈愛或憐憫，也許不會是永遠遭人遺忘，不會是永久失落。

也說不定——在黛安諾拉獨自入睡的夜裡，等謝托用油滋潤過她的肌膚，按摩已畢，端著蠟燭退到她房門外睡下，黛安諾拉總會做起這樣的夢——說不定有朝一日，假若她當真找到了實現心願的方法，她那遠在天涯的弟弟可能會在哪個相隔千里的宮廷或市集，奇蹟般地在異鄉人的國度從異鄉人口中聽見提嘉納之名，然後那顆她瞭若指掌的心會打從深處湧上驚異與狂喜，他會神奇地想通，這個名字是藉由她的努力才重現於世。

屆時她想必已經死了。對此她毫不懷疑。布蘭庭對此事的恨意、為史蒂芬報復的執念極其深重，不可動搖。在他統治的土地上，這個事實有如夜空中位置永不改換的一顆星。

到時她勢必已死，但無所謂，因為提嘉納的名字能夠失而復得，而且她弟弟還會活著，會知道是她辦到的，而布蘭庭……布蘭庭會明白她總算找到了不必取他性命的方法，在那每一個夜，數不清的夜，她都放過了他的性命，而不是趁著歡愛後他睡在身邊時殺了他。

這就是黛安諾拉的夢。她經常在夜裡驚醒，由於這個夢勾起的強烈情緒滿臉淌著冰涼的淚痕。唯一見過她這些淚水的人只有謝托，在這世上，謝托是她最信任的人。

她聽見他輕快的腳步聲在門口響起，隨後迅捷地橫越地板，朝她所在的陽臺而來。色善之中，謝托的走路方式獨一無二。閹人是出了名的容易倦怠、暴飲暴食，吃東西顯然是他們發洩慾望的替代行為。但謝托卻沒有這種習慣，如今他依然跟初識之時一樣瘦，也依然主動接下其他閹人避之唯恐不及的跑腿差事，比方說前往舊城區的陡峭街道，甚至是更北邊的山坡地或爬上桑加里歐山脈，只為尋覓具有療效的藥草跟樹葉，有時也純粹是摘來原野上的花替她妝點寢居。

他彷彿從不變老，不過文賽勒指派他服侍黛安諾拉時，他的外貌已經不年輕了，黛安諾拉猜測他現在至少六十歲。假如文賽勒過世（雖說這實在難以想像），謝托必定是下任色善總長的頭號人選。

他們從沒談論過這件事，不過黛安諾拉毫不懷疑地確信，謝托要是真的得到這個職位也會婉拒，只為留在她身邊。她也明白即便布蘭庭不再召見她，她成了被時代拋下的小角色，無人聞問地在色善殿老去，屆時謝托依然會留在她身邊——她對此深為感動。

這是她當初從沒料到會獲得的第二樣東西。當年她受恨意驅使，乘著進貢船渡過秋日海洋抵達齊亞萊，卻從沒想過在高牆與華幕之後，在由失去男性象徵之人包圍的眾女子等待之處，她竟然能得到善意與關懷，以及一個朋友。

儘管剛爬完漫長的王宮大階，緊接著又登上通往色善殿的樓梯，謝托的腳步依舊迅速，在她身後的陽臺錦磚地板一路輕點過來。她聽見謝托和善地對那少年低聲說了一句，打發他走。

他接著上前一步，輕咳一聲，讓黛安諾拉知道他來了。

「會醜得見不了人嗎？」她問，沒有回頭。

「還行。」謝托說，走上前站在她身邊。她轉頭望去，露出微笑，看著他理得極短的灰髮、嚴謹的薄唇，以及曾被打斷的歪鼻樑。她問過，他說那是很多年前的事了。是他還在伊嘉斯的時候為一個姑娘起了衝突，他把那個男人給殺了，不巧那人是個貴族，這個不幸的事實讓謝托失去性器，失去自由，來到了這裡。他說得淡然，可是這個故事卻讓黛安諾拉耿耿於懷。不過她還記得自己想道，這件事對她而言是初次聽聞，對謝托而言卻早已是生命中熟悉的一部分，是久遠的過去。

他舉高他們在舊城區託人製作的深紅色禮服，兩人相視而笑，黛安諾拉明白她又哄又求地要文賽勒撥錢給她做這套衣服是值得的。色善總長晚點一定會跟她討回這份人情，他一向如此，但色善就是透過這種利益交換來運作。黛安諾拉凝視眼前的禮服，絲毫不覺後悔。

「索洛莉絲要穿什麼？」她問。

「阿萊不肯告訴我。」謝托一臉遺憾地低聲說。

看他裝得那麼像，黛安諾拉笑出聲來。「我敢說他一定不肯講，」她說：「她要穿什麼？」

「綠色禮服。」他應聲答道：「高腰高領，腰以下的打褶裙襬做成不同深淺的兩種綠色，搭配金鞋。全身上下配戴不少金飾。頭髮自然是向上盤起的了，她有副新耳環。」

黛安諾拉又笑了，謝托也悄悄泛起得意的微笑。「我自作主張，」他補上一句：「趁著在城裡買了另一樣東西。」

他把手探進衣衫，遞給黛安諾拉一個小盒。她打開盒子，默然拿起安放於裡頭的寶石，它在陽臺明亮的晨光下晶瑩閃耀，恰似能與維朵霓和藍月伊萊琉爭輝的第三輪紅月。

謝托說：「比起文賽勒願意從色善珠寶庫挑出來給妳的東西，我覺得它跟這件禮服更相配。」

她驚嘆地搖搖頭。「這美極了，謝托。我們買得起嗎？我是不是從春到夏都吃不到巧克力了？」

「這個主意也不錯，」他說，沒回答第一個問題。「妳早上趁我不在吃了兩塊。」

「謝托！」她嚷道：「不許說這些！還不如去刺探索洛莉絲，看她都把齊亞幣花到哪裡去了。我有我的習慣和癖好，就我所知那裡面並沒有特別不可取的。你覺得我胖嗎？」

他不太甘願地搖頭，懊惱地輕聲說：「我真想不透為什麼不胖。」

「你就好好想吧，給你想到明白為止。」她說，把頭一甩。「對了，說到這個——早上的那男孩沒什麼不好，就是凱琲泡得太淡了，你幫我跟他說我喜歡的口味好嗎？」

「我說了，是我要他泡淡一點的。」

「你什麼？謝托，我絕對——」

「每逢冬季將盡的季節轉換之際，妳的凱琲都會越喝越多，到了春天夜裡總是難以成眠。妳自己明白我說的是實話，夫人。要不就少喝幾杯，要不就喝淡一點。確保妳充分休息、心情平和是我的責任。」

黛安諾拉一時啞口無言。「心情平和！」她總算擠出一句，「我本來搞不好會害那可憐的孩子嚇得魂飛魄散，那我可就愧疚死了！」

「我事先告訴過他該怎麼解釋，」謝托鎮靜地說：「他會推到我頭上的。」

「噢，這樣啊？萬一我直接去跟文賽勒告狀呢？」黛安諾拉反駁道：「謝托，他鐵定會餓那孩子一頓，外加抽他好幾鞭！」

謝托不以為然地輕嗤一聲，清楚表示他認為黛安諾拉有多不可能這麼做。

他略帶揶揄的神色實在顯得太過了然，黛安諾拉不自禁再度笑出來。「好吧，」她投降道：「那就少喝幾杯好了，我還是愛喝濃的，謝托。不濃喝起來就沒意思了。再說我不認為晚上睡不著是凱琲的緣故，想來這個季節就是讓我寢食難安。」

「妳是在春天被擄為貢女的。」他低聲說：「每個色善女子到了被擄的季節都會寢食難安。」他一個躊躇，「我對此無能為力，夫人，但我猜測凱琲有可能導致情況加劇。」他的雙眸是幾乎和黛安諾拉一樣深的棕色，眼裡滿是關心與溫情。

「你太為我操心了。」她頓了半晌之後說。

謝托微笑。「不然我該操心誰？」

沉默片刻，黛安諾拉能聽見底下廣場的喧囂。

「說起操心，」謝托開口，明顯是為了轉換氣氛。「我們可能把太多心思放在索洛莉絲身上了，也許我們該開始留意那個綠眼睛的年輕姑娘。」

「埃希卡？」黛安諾拉詫異道：「為什麼？她入宮已經一個月，布蘭庭一次也沒召幸過她。」

「正是。」謝托說，略顯尷尬地頓了頓，勾起她的好奇心。

「你想說什麼，謝托？」

「我，嗯，我從伺候她的泰西歐那裡聽說，他在色善從沒見過也沒聽過有哪位女子這麼擅於……控制身體，或這麼容易……在交歡時登上頂峰。」

他面紅耳赤，讓黛安諾拉也驀地侷促起來。色善女子若長期未被召見，利用身邊的閹人來宣洩慾望是常態，其中自然也曾衍生不怎麼尋常的做法。

黛安諾拉從未要求謝托用這個方式服侍她。不知為何她沒辦法接受這個風俗，總覺得這稱得上仗勢欺凌，雖然她說不清為什麼。她經常提醒自己，謝托曾經為了所愛的女子殺人；儘管他倆親密至此，但他們之間的關係從未涉及那個層面。她暗忖，說來也怪，甚至可說是好笑，每次提起這種話題，他們雙方都會羞窘不已——但三神在上，色善殿分明就是滋養這種事的溫床，談論它根本司空見慣。

她把頭轉回欄杆的方向，透過簾幕往下望，給他一些時間定一定神。她思索著謝托方才的話，最終仍略感好笑，腦中已醞釀著該用什麼說詞、選擇什麼時機告訴布蘭庭。

「朋友啊，」她說：「你是很了解我，但基於許多同樣的理由，我也像你了解我一樣非常了解布蘭庭。」

她回頭瞥向這名閹人。「謝托，他比你更加年長，將近六十五歲了，可是出於我並不完全理解的動機，他曾說他還得在孤掌半島繼續活上大約六十年。假如埃希卡真如泰西歐說的那麼……出眾，那世上任何法術都無法為他延壽那麼久，埃希卡一兩年內就會榨得他精盡人亡了，不管那過程多令人陶醉。」

謝托的臉又燒了起來，匆匆回頭一瞥，不過這地方確實只有他們兩個。黛安諾拉笑起來，一部分是真心想笑，但更是為了掩飾每次不得不撒這個謊時總會重燃的憂傷。這是她對謝托隱瞞的唯一一個祕密。是她最重要的祕密。

她當然知道布蘭庭為何必須留在孤掌半島，為何必須藉著法術延命，留在這個傷心地過著在他眼中形同自我放逐的日子。

他正等著出生於提嘉納的人民死絕。

唯有到了那一刻，他才會離開這個害他兒子喪命的半島。到了那一刻，他的復仇大計才算全面征服這片染血的大地。屆時世間將無人記得淪陷前的提嘉納，無人記得眾塔之城艾瓦勒，記得那些詩歌、故事與傳說，那悠久而璀璨的歷史。

那時提嘉納就真的消失了。徹底湮滅。在七、八十年內達成等同千萬年的效果，周密全面地將其抹煞，如同今人不會記得遠古的文明，曾經完整豐富的文化此時只剩念來怪腔怪調的地名，或是從陶片解譯出來的狂妄名號：「天地至尊之皇」。

六十年過後布蘭庭將會回鄉，愛做什麼便做什麼。到時她早已死去，連比她年輕的提嘉納人都將不在人世，包括被占領的那一年出生的人——他們是最後一代的繼承者。

他們會是最後一代的孩子，只剩他們能聽見、能讀出那個曾屬於他們的國度。八十年，這就是布蘭庭給自己的時限。以孤掌半島的壽命長度來說綽綽有餘。

用八十年消滅淨盡，任其化為毫無意義的殘破陶片。書籍早已盡毀，繪畫、織錦、雕塑、音樂亦是如此——瓦倫廷戰敗之後，布蘭庭懷著失去愛子的椎心之痛率軍壓境，以征服者的恨意向他們報以苦痛，在那慘烈的一年，無數文物遭到撕毀、砸碎、付之一炬。

那是黛安諾拉畢生最煎熬的一年。她見證數不清的美與輝煌被碾為碎石粉塵，燒成逝去的飛灰。她在那年從十五歲成長為十六歲，但依然稚嫩得沒能全盤理解究竟是什麼正遭到抹煞。她沉痛地哀悼父親之死，哀悼他耗費光陰親手完成的藝術慘遭毀壞，也哀悼親友之死，以及遭到占領、落入貧窮的城市驟然面臨的恐怖；然而就更宏觀的層面而言他們失去了什麼、對未來的影響，當年的她還不太能夠明白。

那一年，城裡很多人瘋了。

也有許多人帶著子女出逃，試著展開新生活，遠離陷入火海的城，遠離家園被焚的記憶，遠離臨海宮那條漫長涼廊上被重錘砸毀的歷代王爵像。有些人則是另一種形式的發狂，深深遁入內心世界，只留下極其微弱的生命之火，讓他們還能進食、睡覺，不知用什麼辦法在白日漫步於廢墟之中。

她母親就屬於這一種。

許多許多年後，在齊亞萊的陽臺上，黛安諾拉抬頭望向謝托，只見他一臉憂慮地眨著眼，這才醒悟自己沉默了太久。

她勉強一笑。她在這地方待了這麼久，早就深諳掩飾之道，能在必要時露出笑容，即便眼前是她最不想欺騙的謝托。在布蘭庭面前尤其必須掩飾，她非欺騙他不可，否則死路一條。

「不用擔心埃希卡。」她溫聲說，重拾剛才的話頭，彷彿什麼都沒發生。但的確什麼也沒發生——不過是從前的回憶湧上心頭罷了。對這世間而言不是什麼了不起或關係重大的事，既不會也產生不了影響。不過是逝去的人事物。

她精湛地笑著，說：「她沒有聰明到能轉移他的心思，又年輕到沒辦法像索洛莉絲那樣讓他放鬆心神。但我很高興你給我這個情報，我想我們能加以利用。你說，泰西歐是不是伺候她伺候累了？我是不是該跟文賽勒說一聲，要他指派一個年輕點的人過去？還是該派不只一個？」

謝托被她逗笑，即使他臉上又是一紅。每次似乎都是這樣，只要她想辦法把他們逗笑，陰霾便彷彿被一陣春風或秋風吹散，留下清澈晴朗的藍天。

黛安諾拉心中一痛，暗暗盼望自己十八年前就知道如何這麼做，知道該怎麼逗笑母親和弟弟，讓好久好久以前的他們倆笑一笑。那時候沒有笑聲。到處都沒有笑聲，唯有藍天宛如一陣訕笑，居高臨下地俯瞰斷垣殘壁。

每一次見到文賽勒，他都越發胖得令黛安諾拉驚嘆。文賽勒核可了索洛莉絲的禮服，接著是內莎亞、夏夢妮，最後輪到了她。只有她們四人獲准前往謁見廳，她們經驗豐富，有辦法在這種正式的迎賓宴上臨機應變。謝托不止一次調侃說整個色善殿過去一週的妒羨之情濃到聞得出來，但黛安諾拉沒注意到，她已經太習慣了。

文賽勒膚色黝黑，深埋在層層肥肉之間的狡黠雙眼細細審視她，倏地睜圓。她將寶石戴在額前，鑲嵌於束起她頭髮的白金頭帶上。色善總長橫躺於擺滿靠枕的長榻，手裡把玩著身上那件寬大白袍的衣襬褶皺，陽光自他身後的拱窗射進來，映得他的光頭閃爍光澤，令人分心。

「我不記得珠寶庫有這麼一塊寶石。」他細聲說，嗓音高尖，旁人聽了往往心頭一驚。他聽來像個無足輕重的小人物，很容易讓人小看，但這麼多年來有不少人發現這種想法大錯特錯，甚至可能賠上一條命。

「它不是庫裡的。」黛安諾拉輕快地說：「不過等我們下午回來，可否勞煩你將它收進庫裡替我保管？」

這是謝托的建議。文賽勒在許多方面沒有少貪贓枉法過，但絕不會牽扯上自己的職責，他精明得不可能做那種蠢事。這是另一件某些人付出慘重代價才明白的事實。

此時他親切無害地點了點頭。「遠遠瞧來，似乎是相當上等的寶石。」黛安諾拉聽話地走近一些，優雅地垂下頭給他看得更清楚。他在暮冬時節身上總噴著銀花香，這時那陣香氣包圍住黛安諾拉，聞起來過於甜膩，但並不難聞。

以前她一度頗為畏懼文賽勒，一部分源於他肥厚身軀引發的本能抗拒，一部分源於宮裡流傳著他喜歡對年輕閹人做的事；有時他也會找上某些色善女子，她們純粹是出於政治考量入宮，不僅永遠再也見不到外面的世界，可能連王宮的西殿與布蘭庭的寢室都見不著。然而很久以前，她和色善總長達成了某種共識。索洛莉絲也跟文賽勒有類似的不成文協定，他們三人便透過這微妙的勢力平衡，在劍拔弩張、飄著薰香味的宮殿中，盡可能掌控這個以無所事事、失意挫折的女人和只算半個男人的閹人組成的封閉天地。

文賽勒輕觸她額頭的寶石，動作出乎意料地輕巧，然後微笑起來。「是顆上等的寶石。」他重複一遍，這回帶著品評的口吻，吐息摻著香氣。「我可要好好問一問謝托。要知道，這些東西我是很熟的。瑰石產自北方，妳要知道，產自我的國度。那都是在凱勒敦開採的。從前許多年我常拿著它們當成小玩意來把玩，那都是君王的玩具。當年我的身分遠比現在貴重多了。要知道，我在凱勒敦本是一國之王。」

黛安諾拉正色點頭。這也是她和文賽勒之間不曾明言的約定：無論他多少次提起這個天花亂墜的謊話（有時他一天就要覆述好幾遍，說的版本還不盡相同），她都要了然地點頭，一副深思狀，彷彿琢磨著他從顯赫之身淪落至此究竟蘊含什麼意義。

等回到房裡，只有她和謝托兩人在的時候，她才會心想那臃腫笨重的色善總長居然也有比現在更貴「重」的一天，或是看謝托膽敢以下犯上、維妙維肖地模仿文賽勒的言行舉止，被逗得發出少女般的格格笑聲。

「你做得好極了。」她會一臉無辜地說，看著謝托打理她的頭髮或把她的翹頭鞋擦得閃閃發亮。「要知道，這東西我是很熟的，」如果兩旁沒有別人，他就會吊起嗓子，用超過他正常說話範圍的高音這麼答道，手上一邊大動作緩緩比劃。「要知道，我本是凱勒敦之王。」

她會笑得像個心知自己太調皮的小女孩，越是明知自己頑皮，笑聲反而越停不下來。

有一次她拿這件事問布蘭庭，得知他當年出兵攻打凱勒敦只小獲成果。當時，布蘭庭已經會坦白把這些事告訴她了。凱勒敦存在貨真價實的魔法——在那隔海相望的炎熱北境，越過沿岸的村莊和荒涼的沙漠，存在著遠比孤掌半島更加強大的魔法，甚至能與伊嘉斯的法術抗衡。

布蘭庭攻下一座城市，在向北延展的廣闊沙漠外緣占領了幾塊土地，只是控制力相當薄弱。她推測他折損了不少兵力，損失慘重。凱勒敦人長年來都以驍勇善戰著稱，這點在孤掌半島上也廣為所知，許多凱勒敦人從前會收取豐厚的酬勞擔任傭兵，替相互征伐的省邦作戰，直到兩名篡君先後到來，讓省邦之間的爭鬥傾軋再無意義為止。

布蘭庭告訴她，文賽勒是在那次出兵行動的後期俘虜的信使。那時文賽勒已經被去勢了——出於布蘭庭無法理解的原因，北方習慣將信使給閹割。也因此在文賽勒被帶回伊嘉斯時，該將這名閹人派往哪裡可說是再明顯不過的事了。布蘭庭證實，當時的文賽勒便已肥胖至極。

文賽勒將手指從泛著紅光的瑰石抽回，黛安諾拉直起身。

「你會送我們下去嗎？」她問。每回他們都要走一遍這個過場。

「我想就免了，」他一副頗有智慧的樣子說，彷彿真的考慮過。「那些事務就交給謝托跟阿萊去分攤吧，要知道，下午我在這裡還有事得辦。」

「我明白。」黛安諾拉瞥向索洛莉絲，兩人對彼此抬手行禮，掌心攤平，以表敬意。其實文賽勒已整整五年不曾踏出色善殿，就連他巡視這一層樓的房間時，也要躺在一張頗具巧思打造的移動檯子，上頭堆滿了靠枕。黛安諾拉想不起來上次見到文賽勒站直是什麼時候，謝托和索洛莉絲的阿萊幾乎承擔了色善殿之外的所有職務。文賽勒奉行授權分派之道。

他們步下通往外界的階梯，走下一層樓，便是禁止任何人出入女子所居樓層的沉重銅門，門前守著兩名侍衛，神態恭敬但謹慎地檢視他們一行人。黛安諾拉對他們慎重的目光報以微笑，其中一個有些羞澀地回以笑容。這裡的侍衛經常調換，她並不認識眼前這兩人，但微笑是建立情誼的開始，交個朋友總沒壞處。

謝托與阿萊身穿低調的褐色衣服，帶領四名女子沿著宮內主廊走出色善殿，前往位於宮殿中央的王宮大階。兩個閹人在階前停步，讓她們走在前方。黛安諾拉與索洛莉絲秉著自傲但不驕矜的神態（畢竟她們是被征服者擄來收為妾室），領頭步下迴旋的樓梯。

她們自然受到了注目，色善女子在世人面前現身時總是備受矚目。大理石前廳已經聚集了一些等著進入謁見廳的人，此時他們紛紛讓道，其中幾個男人是生面孔，臉上浮現黛安諾拉早些年費了點時間才習慣的笑容。

其他人和她比較熟悉，神色就大不相同了。走進最大的接見廳前要穿過一道拱門，她和索洛莉絲在門前停下腳步，並肩佇立，這次純粹是為了一人身著血紅、一人渾身碧綠的戲劇效果，隨後一同步入賓客如雲的國事廳。

踏進廳之際，黛安諾拉暗自感謝了一聲。每次來到大廳，她都不禁感謝布蘭庭當初心血來潮，在他如今統治的這塊殖民地修改了色善的規矩。

她知道這種事在伊嘉斯是明令禁止的。除了國王自己或閹人以外，若有男人見到色善女妾，甚至與其交談，兩人都必死無疑。文賽勒曾告訴她，在這種情況下色善總長也會被處決。

然而，齊亞萊這裡的規矩幾乎從一開始就不同。黛安諾拉這些年來知道了不少，明白這有一部分該感謝伊嘉斯王后朵羅提亞。當年王后決定與長子吉拉德留在伊嘉斯，而非追隨自我放逐的丈夫來到海外；有些人說這是朵羅提亞自己的選擇，但也有人說是布蘭庭決定不強制要求王后隨行。

出於直覺，黛安諾拉一向偏愛第二個版本的說法，但她也明白自己為何會喜歡。她從來沒開口問過布蘭庭，不是因為這件事犯了他的忌諱，他不是這種人——純粹是因為她不確定一旦問了，自己是否能面對他給的答案，又該怎麼面對。

無論如何，眼看朵羅提亞留在伊嘉斯，出身高貴的宮廷女官大多不願意冒著遠渡重洋、觸怒王后的風險前來孤掌半島的殖民地，導致布蘭庭在齊亞萊建立的新朝廷裡頭女性極少，使得色善的角色隨之改變；加劇這種變化的另一個因素是，布蘭庭特意命令進貢船尋覓寇爾帖或阿索里的名門之女，尤其是早年。在齊亞萊，他會親自揀擇入宮的對象。至於曾擁有另一個名字的下寇爾帖，他則是堅決不收貢女，這是他的鐵則；他與那片土地有著相互敵視的血海深仇，然而色善不容這些仇怨生根潰爛。

他只從伊嘉斯召來幾名姬妾，但那裡的色善大致如舊。箇中的政治意涵簡單明瞭：對如今以伊嘉斯監國的身分代父統治的吉拉德而言，能夠掌控色善象徵著他握有名分與實權。

文賽勒和謝托都曾告訴黛安諾拉，由於殖民地採行了這些改變，新色善是個和舊色善大相逕庭的地方。這裡有著另一種氛圍，是截然不同的風格。

而在彙集了寇爾帖、齊亞萊、阿索里及少數伊嘉斯女子的這個色善殿，有個名為黛安諾拉的切譚多人，來自由龐霸狄厄統治的切譚多。

至少宮中人人都這麼以為。

黛安諾拉記得，當初此事差點挑起戰爭。

身為雕刻匠的父親在戰場上陣亡，母親自那日起幾乎再也沒說話，在弟弟離家後的日子，十六歲的黛安諾拉．提嘉納痛下決心：她要投注一生，殺死身在齊亞萊的篡君。

她狠下心腸——就像她聽說男人上戰場時必須做的那樣，就像她父親在戴薩河畔想必曾試著做的那樣——著手準備將母親留在空洞無人、滿是回音的家中。那棟屋子本來充滿了歡笑，提嘉納王爵曾經在他們的庭院漫步，一手攬住父親的肩，討論著、讚美著他正在那裡雕刻的作品。

黛安諾拉都還記得。

踏進謁見廳之際，她透過大廳對面的鍍金鏡子看了看倒影，確認自己的打扮沒有問題，隨後目光本能地投向伊嘉斯的德蒙。此人身居總理大臣之位，在朝中可說是一人之下，萬人之上。

意料之中地，他已朝索洛莉絲和黛安諾拉望過來，眼神一如既往地冷峻無情。黛安諾拉初入宮時為了他的眼神頗感不安，以為德蒙不喜歡她，或甚至不知怎地懷疑她，但不久她便發現每個入宮之人一律都會遭到他的反感與疑心，人人都得承受他冷若冰霜、衡量審查的目光。她猜測他過往在伊嘉斯就是如此，德蒙對布蘭庭的忠誠堪稱狂熱，堅貞不移，他也懷抱相同的激情決意守護他效忠的王。

多年來，黛安諾拉對這名不苟言笑的伊嘉斯人逐漸心生敬意，起初不太情願，但後來對他愈發敬重。如今他似乎也對黛安諾拉寄予信任，她把這視為一項成就，算來她取得信任已經好幾年了——否則德蓉絕不可能允許黛安諾拉在布蘭庭酣睡時整夜留在他身邊。

欺騙上的成就，她這麼思忖，含著將利牙往內一轉對準自己的嘲諷。

德蓉用頭微微劃了一圈，隨後對索洛莉絲做了同樣的動作。這個動作傳達的意思已在她們預期之中：這是要她們多跟賓客交際往來，兩人都不許坐上島之王座旁的那一席位置。有些時候她們會坐（貌美如花的克洛哀思同樣坐過幾次，只可惜她在青春正盛時猝逝，死後亦無人悼念），但在有伊嘉斯賓客出席的場合，布蘭庭一向不讓任何人坐那個位子。這種時候，他身旁的席位總會特意留空，保留給他的王后朵羅提亞。

此時布蘭庭當然尚未現身，不過黛安諾拉瞧見了儒恩，他是手腳遲笨、頭髮漸禿的宮廷弄臣，正拖著腳步走向端酒的侍者。儘管儒恩動作笨拙、極其愚鈍，身上卻穿著金白配色的華服，黛安諾拉從而得知布蘭庭也會如此打扮。伊嘉斯的法師王和他們選定的弄臣之間有著錯綜複雜的關係，這也是其中的一環。

數百年來，伊嘉斯的弄臣都是君王的影子，君王的投射。他會和君主作相同的穿著打扮，於公開場合坐在君主身邊用餐，在君主賞功罰罪時陪侍在旁。歷任國王選擇的弄臣都有肉眼可見的殘疾或畸形，有些人更是嚴重傷殘。儒恩走路遲緩，五官扭曲變形，雙手靜止不動時會以不正常的角度垂著，口齒極為含混；他認得宮裡的人，但不會每次或每個人都認得，也不一定是以一般人所預期的方式——有時候這當中便傳達了某種意思。君王的意思。

黛安諾拉並不完全了解這個部分，說不定永遠都無法理解。她知道儒恩那思考能力有限的癡傻心智大多仍保有自我，但她也知道他的意志並不完全自由。這其中有法術發揮作用，那是伊嘉斯幽微巧妙的魔法。

她明白的是，伊嘉斯的弄臣一方面以鮮明惹眼的外貌，讓君王反思自身有限的生命與諸多缺陷；另一方面，穿著打扮與國王完全相同的弄臣也可能作為一種聲音、一種傳話的管道，傳遞出君主的想法與情緒。

如此一來，即便儒恩的言行舉止再怎麼含混笨拙，依然沒人能確定那究竟是他自己的意思，抑或是洩露布蘭庭心情的重要線索。假如不夠謹慎，還有可能因此置身險境。

這一刻，儒恩面帶笑意，看來心情愉悅，每遇到一個人便動作抽搐地點頭鞠躬，頭上的金帽每次都會滑落，不過他會呵呵一笑，彎腰拾起帽子戴回髮量日漸稀疏的頭上。時不時會有個過於心焦的朝臣不放過任何巴結討好的機會，匆匆彎身撿起掉落的帽子向弄臣奉上，儒恩見狀也會發笑。

黛安諾拉得承認，儒恩讓她相當不自在，不過她盡力用憐憫之情掩飾過去。她確實是真心同情儒恩的殘疾與越發明顯的年老體衰，但對她而言不可否認的事實是，儒恩與布蘭庭的魔法緊密相繫，可說是魔法的延伸、魔法的工具，而布蘭庭的魔法正是她所有失落與恐懼的源頭。也是內疚的源頭。

於是這些年來，她越來越精於迴避可能會與弄臣單獨相處的場合。他誠實憨厚的眼眸和布蘭庭像得令人不安，而且總讓黛安諾拉心神不寧。要是凝視太久，那雙眼睛看起來就像無底深淵，彷彿只是一層表面，她在那當中倒映出來的姿態與鍍金鏡子裡的倒影大相逕庭，在這些時候，她並不喜歡自己不得不看見的景象。

帶著身經百戰打磨出來的優雅，索洛莉絲在門口挪向右方，黛安諾拉則向左走去，對認識的人露出微笑。分別有著褐髮與紅金色頭髮的內莎亞與夏夢妮一同穿越接見廳，所到之處都掀起一陣顯而易見的波瀾。

黛安諾拉看見詩人多爾德和妻子女兒站在一起，他女兒年約十七，顯然很是興奮，黛安諾拉猜想這是她頭一次參加宮廷迎賓宴。多爾德虛情假意地越過整個房間對她微笑，行了個花俏的鞠躬禮，但即便相距遙遠，黛安諾拉仍讀得出他眼中的失望挫敗——他可是殖民地地位最高的詩人，眼見伊嘉斯的樂師受到這般盛大的歡迎，那股怨妒想必難以下嚥。桑德烈．阿斯提拔的死訊在秋季傳來時，布蘭庭選中多爾德的詩作送到東方挑釁那個龐霸狄厄人，多爾德為此洋洋得意了一整個冬天，好幾個月來都讓人受不了；不過今天黛安諾拉倒有些能體會他的感受，雖說她認為多爾德根本是個毫無才氣的大草包。

有次她這麼告訴布蘭庭，才知道他是覺得這位詩人過於堆砌雕琢的詞藻很滑稽。他輕道，真正的藝術他會去別的地方找。

但你把真正的藝術毀了，她想這麼說。

她多麼想說啊。帶著揪心的痛楚，她憶起父親最後一尊亞達昂神像頭顱破碎，身首分離，散落在臨海宮的台階上。那座年輕神祇的雕像是以她弟弟為原型，當時弟弟好不容易長到能當模特兒的年紀。她記得自己兩眼乾澀地看著塑像的殘骸，心裡想哭，卻已經找不到淚水。

她的目光移回多爾德的女兒身上，看著稚氣的她激動得難以遏抑。十七歲。

當年她的十七歲命名日剛過，她從父親藏匿的財物箱偷走大半銀幣，內心暗暗祈求父親的魂魄寬恕自己，祈求母親祝福自己，也祈禱以璀璨光輝照耀世間的伊安娜垂憐。

離開前她沒有道別，只往房裡望了最後一眼，藉著手中的燭光凝視憔悴消瘦的母親在寬大的床上不安穩地睡著。黛安諾拉已經狠下了心腸，恰似即將上戰場那樣。她沒有哭。

四日後她在艾瓦勒北邊一個寂寥冷清的地方渡了河，穿越邦界進入切譚多。入境的途中她十分小心，鄉村地區仍然有伊嘉斯軍駐守，他們正在艾瓦勒城內拆塔，要把塔全都打掉。從她穿過邊境之處可以瞧見有些塔依舊屹立，但多數都已化為殘磚碎瓦，眼前的艾瓦勒籠罩著漫天塵沙。

那時候，艾瓦勒也已經不叫艾瓦勒了。法術已經降下，那個布蘭庭所施的魔法。那座煙塵飛揚、在夏日瀰漫滾滾沙土的城市，如今名為史蒂芬城。黛安諾拉還記得，她想不透為何有人要將愛子之名冠在曾經輝煌的醜陋廢墟之上；後來她才明白，取那個名字與布蘭庭對史蒂芬的回憶毫無關係，純粹是針對還在此地與昔日的提嘉納生活的人民——這是個無處可躲、永恆不變的提醒，不讓他們忘記是誰的死導致他們國破家亡。提嘉納人現今居住的省邦被稱為下寇爾帖，因為數百年來寇爾帖都是他們最大的死對頭。提嘉納城現在成了下寇爾帖城。

眾塔之城艾瓦勒則是改稱史蒂芬城。伊嘉斯王的報復超越了占領吞併，超越了燒殺擄掠，更進一步涵蓋了名字與記憶，侵入了自我認同的層層肌理，這手法幽暗隱微，卻又殘忍毒辣。

黛安諾拉前往東方的那年夏天有不少難民，其他人不像她這樣有明確的目的，所以多數難民都走得更遠，去切譚多那片片農地的另一端，去斐洛，去托傑亞，乃至阿斯提拔。他們不惜生活在龐霸狄厄統治者日益擴張的暴政之下，甚至是急不可耐，只為盡可能遠離記憶中伊嘉斯的布蘭庭對家鄉施予的暴行。

可是黛安諾拉卻牢牢抓住那些光景，在胸口餵養著，飼之以憎恨，再用記憶將憎恨打磨尖利。雙蛇纏繞於她的心口。

入境切譚多後她只前進了幾哩。她記得夏末的玉米田長得高高的，一片黃澄，但男人都不見蹤影，他們或北上或往東奔赴戰場，因為龐霸狄厄的艾勃利可已審慎地鞏固他在斐洛與阿斯提拔的政權，正逐步南擴。

到了晚秋，他已將切譚多納入囊中，隨後展開冬日圍城，在隔年春天奪取了托傑亞的布里法特，那是抵抗侵略的最後一個大要塞。

那時，黛安諾拉早已在切譚多的西部高原找到了她要的東西。有一條邦界分隔了切譚多與那片她學會稱呼為下寇爾帖的土地，界線兩端分別有兩座大型要塞遙遙相望，名叫西納維和佛雷瑟，她找到的那個小村就位於要塞之南，只有二十戶人家和一間旅店。

這地方緊鄰南邊的山脈，土壤遠不如北部肥沃，作物的生長季較短，來自布拉丘與斯伐洛尼的寒風從秋天便早早吹襲，隨即帶來降雪與漫漫白冬。狼嚎響徹冬夜，有時早晨會發現深厚的積雪上有奇異的腳印——從山脈下來之後又返回的腳印。

很久很久以前，在孤掌半島仍與南方的奎雷亞透過陸路通商的年代，這個村莊相當靠近從斯伐洛尼山隘主幹道向東北延伸的岔路。也因此儘管村莊已凋零至斯，村裡卻有規模這麼大的老旅店，樓上有四個房間，等待著多年未曾到來的旅人。

村子南方有一片森林繁茂的山坡，黛安諾拉在那裡找了個遠離牧羊路線的所在，埋妥父親的銀幣，然後去那間旅店當女傭。薪水自然是沒有，在頭一年的夏秋兩季，她用工作換取的是住宿和少得可憐的三餐，到了收成的時節，她和其他婦女與男孩在田裡艱辛地幹活，能收割多少莊稼就收割多少。

她對旁人說自己的老家在北邊，靠近斐洛。說她母親死了，父親兄弟上了戰場。她說叔叔開始虐待她，所以她才逃家。她擅長模仿口音，裝北部腔裝得夠像，大家都相信了她，起碼像到沒讓大家多問什麼。那些日子孤掌半島到處都有四處漂泊的過客，人們很少追問到底。她吃得不多，在田裡工作得跟別人一樣賣力；其實旅店裡沒什麼事好忙，畢竟男人都去打仗了。她睡在樓上的一個房間，甚至用不著跟別人同住。大家待她不錯，至少是用他們自己的方式，在當時大環境所允許的限度內算是很善待她了。

在對的光線下，站在對的位置——多半是早晨，在某幾塊地勢較高的田野——只要向西遠眺，越過邊界遙望河流，就能看見曾是艾瓦勒之地瀰漫的煙塵以及殘存的高塔。那年年末的某天早上，她倏忽意識到自己什麼也看不到。意識到她其實有一陣子什麼都沒看見了。最後一座塔已然倒下。

差不多在那時候，男人開始拖著消沉疲憊的身軀回到家鄉，廚房裡、餐桌邊、酒吧的吧檯後頭又開始有事可忙。大家也開始期待她做一件事，她自己整個秋天以來都想辦法做好心理準備——那就是只要男人開出符合行情的價碼，她就該把那男人帶進房。

每個村子似乎都需要一個這樣的女人，而她是村中理所當然的人選。她試著不要介意，但那到目前為止最難做到的事。然而她有目標在身，她留在這裡有她的原因，她非復仇不可；所以她告訴自己，就連這一件事她都會做，就連帶某個男人上樓過夜也是計畫的一環。她狠下了心腸，可惜並不是一直都能這麼狠，而且還不夠狠。

或許那多少流露了出來。好幾個男人跟她求過婚。有天她在午餐時間過後察覺自己邊擦桌子邊想著其中一個，那個人話不多，心地善良，帶她上樓時顯得羞澀，每當來到旅店，目光總是一心一意地追隨她的一舉一動。

那一日，她明白自己該離開的時候到了。

她有些訝異地發現已經過去將近三年，此時正是春天。

她在某個夜裡悄悄離去，再一次不告而別，臨走時回想起了自己到來的時候。通往山丘的路上，兩旁的草原盛放著野花，空氣清新宜人，她在雙月交織的光芒下找到埋藏的銀幣，然後頭也不回地離開，向北踏上前往西納維要塞的道路。那年她十九歲。

她十九歲，過去兩年之間不知何時已出落成一個美人。原先骨骼明顯、稜角分明的五官變得柔和，臉龐褪去最後一絲少女的稚氣，鵝蛋臉上顴骨開闊，幾乎顯得嚴厲。可是她一笑就不同了——不知怎地她仍記得怎麼笑——這時她的臉會變得溫暖活潑，深色眼眸光采靈動，彷彿暗藏比笑意更深刻的底蘊。每個男人一見到她笑或一逗得她對自己笑，往後必定會在夢裡、在半夢半醒的回憶間再度見到她的笑靨，即便黛安諾拉已遠走多年。

到了西納維，那裡的龐霸狄厄人令她心有畏忌，他們魁梧高壯得充滿壓迫感，舉止流露輕率而隨意的殘虐。她逼自己保持冷靜留下來。兩週應該就夠了，她這麼判斷；她得讓人留下印象，讓人留下記憶。

她精心建構了這樣的記憶：一個充滿企圖心、有些姿色的鄉下女孩，出身於靠近山脈的小村莊。眾人夜裡在旅店談笑時，這女孩多半不怎麼講話，但只要一開口便會說些令人印象深刻的故事，描述她故鄉那個位於南方的村落，講得活靈活現。她有一口辨識度極高的簡潔措辭和圓潤母音，無論她去了孤掌半島的哪個地方，人人都會認定她來自切譚多的高原。

她的故事通常有些悲傷（那個年頭大部分故事都是如此），不過黛安諾拉偶爾會精彩逗趣地學起高原的鄉下人，模仿他們對世界大事高談闊論的樣子，和她同席的人總會被逗得笑聲久久不歇。

在旁人眼中她看似手頭有點閒錢，賺來的途徑很有可能跟其他手頭有閒錢的美貌女孩差不多。

偏偏她下榻在城內兩間客棧當中比較好的那一間，跟另一個女人同住一房，誰都沒見過她們倆帶男人回去，也不曾應邀去別人房裡。原本龐霸狄厄士兵可能會是個麻煩（他們惹事生非了一整個冬天），不過阿斯提拔下了一道命令，到了春天傭兵就被管得比較嚴了。

某天晚上，黛安諾拉混在一群彼此萍水相逢的青年男女之中，坦承她真正想要的是去更體面的客人才上的那種旅店或餐館工作。另一種酒館她已經做得受夠了，恕她推辭，她這麼宣告道。

有人提到史蒂芬城有家王后飯店，在下寇爾帖境內。

黛安諾拉內心由衷鬆了一大口氣，開始針對這家飯店問東問西。

這些問題的答案，其實她三天前就知道了。這幾天她每晚都跟同一批人坐在一起，不時隱晦地暗示，盼望會有人主動提起這個名字。最終她認清含蓄委婉的手法對這些身在邊境的切譚多年輕人不過是浪費力氣，不得不硬是把對話拽到她想要的話題上。

此時她睜大雙眼做出喜不自禁的模樣，聆聽兩位新認識的朋友生動地描述下寇爾帖那間最新穎、最高雅的伊嘉斯新式飯店，據說那位主廚是由治理史蒂芬城與周邊城郊的現任總督親自大老遠從伊嘉斯找來的。原來那位總督出了名地熱愛美酒美食，熱愛飄著悠揚樂聲的舒適臥房。他出手協助新廚子找到一棟本來是錢莊的房子，用一樓的幾個房間做起生意，如今他才得以沉浸於全孤掌半島最精緻奢華的餐廳所映出的輝煌。他一週就會在那裡用餐好幾次，黛安諾拉這麼聽說。

這是她第二次聽說了。

她是從幾個閒聊的商人口中聽來的，當時她費了幾天走訪整個西納維要塞，了解城裡能買到什麼式樣的衣著以及價位。她曉得自己得準備幾件適合城市的服飾，說不定會發揮關鍵作用。

打從頭一次聽說王后飯店的名字，她便明白對她改寫自身過去的計畫而言，這間飯店會是她下一階段的完美選擇。

她從商人口中得知，那間飯店禁止下寇爾帖人用餐。他們會親切迎接寇爾帖的生意人，以及從其他地方遠道而來的賓客，比如阿索里或宮廷所在的齊亞萊；伊嘉斯人更不用說，不管是軍人、商人或想來新殖民地尋覓發財機會的任何伊嘉斯人，飯店都會熱情招呼他們入內，讓他們朝大門對面牆上所掛的朵羅提亞王后肖像行禮致意。就連從西掌地區跨越東西分界而來的商人，王后飯店也歡迎他們在此留下身上攜帶的任何一種貨幣。

唯一禁止入內的只有國王真正的敵人，也就是下寇爾帖和史蒂芬城的人民，以免那些發臭流膿的謀害王子之人髒了飯店裡的好氣氛。

他們也從沒進去過，黛安諾拉從一名斐洛商人口中這麼聽說；那位商人運了一批史蒂芬城的皮革返回東北，即便那年的關稅不低，他依然預料能獲利頗豐。眼見飯店設下如此禁令，史蒂芬城的人民索性拒絕為這家新旅店工作：不當侍者，不在廚房幫忙，不去馬棚幹活，甚至不以樂師或工匠的身分妝點、維護那些華麗的客房。

總督得知這個狀況後氣得臉紅脖子粗，誓言要逼那些教人看不起的民眾聽話，伊嘉斯主子叫他們在哪工作他們就得在哪工作，不惜祭出地牢、鞭刑和死輪，有必要的話三者全用也行。

結果主廚奧敦尼拒絕了。

奧敦尼當時說的那番話廣為流傳，據說他大發藝術家脾氣，說逼人哭喪著臉上工絕不可能打造出高品質的飯店，這種做法絕對達不到他的高標準。伊嘉斯的奧敦尼聲稱，在他的餐廳，就連馬僮都必須是心甘情願、訓練有素的，而且要夠有格調。

消息傳出來時，這番論調被大肆嘲笑了一番：馬僮居然還要有格調哩。然而黛安諾拉聽說外界的嗤笑不久便轉為敬佩，因為不管奧敦尼這人是否太矯揉造作，他都確實有一套。斐洛商人告訴她，王后飯店恰似凱勒敦沙漠中的一塊綠洲，在殘破不堪、萎靡不振的史蒂芬城投下了伊嘉斯嫻靜風雅的溫暖之光。商人也哀嘆（雖然在東西分界的這一側只能說得隱晦），占據他家鄉的龐霸狄厄人壓根沒有這些特質。

但確實——面對黛安諾拉故作隨意的提問，他如此答道——奧敦尼仍舊為了人手不足發愁。史蒂芬城地處偏遠，加上位於孤掌半島稅賦最重、軍事控制最嚴的省邦，想說服別人前去或留下簡直難如登天，縱使有零星的伊嘉斯人肯冒險去一探究竟，他們背井離鄉也不是為了洗碗、擦桌子、整理馬棚，誰管那個馬棚多有格調。因此長期以來，飯店都急缺來自孤掌半島其他省邦的員工。

在那一刻，黛安諾拉改變了所有的計畫——她暗暗向亞達昂祈禱，隨後將命運全數交託於這個偶然知悉的情報。原先她打算朝著西北前往寇爾帖，儘管內心頗感焦灼。她的計畫從一開始就將寇爾帖設定為倒數第二個目的地，然而她幾乎夜夜輾轉反側，無比擔憂在切譚多待上三年不足以騙過任何追查她真實出身的人，可是除此之外究竟能怎麼做，她始終想不出個好主意。

現在她知道了。

於是過了幾晚，在西納維要塞最大的旅店，一群興高采烈的年輕人旁觀這位認識不久的朋友開懷痛飲，自從她來到這裡，這是她頭一次喝這麼多。不只一個男人為此心裡稍稍燃起一絲希望，覺得晚點說不定有機會共度春宵。

「就這麼說定了！」黛安諾拉用帶著南部鄉下口音的迷人嗓音喊道，往一個忍俊不禁的造車匠肩膀一靠，藉著他來穩住身軀。「明天我這雙手就要握起新的犁啦，我要用最快速度動身越過邊界，去找伊嘉斯的王后！願三神祝福她！」

嘴上這麼說，她心中卻想著願三神護持我的靈魂，神智極其清醒，乍聽是不經大腦地亂嚷，其實渾身都由於這些話的涵意涼透骨髓。

旁人制止了她的亂喊，大聲哄笑著，一部分是為了蓋過她說的話，在龐霸狄厄統治的切譚多，像這樣對伊嘉斯王后致意絕稱不上明智。黛安諾拉發出迷人的嬌笑，閉上了嘴。事後造車匠跟另一個男人企圖送她回樓上的房間，卻被她嫵媚地打發掉了，只得一道去了西納維要塞唯一通宵營業的酒館，置身於休假的傭兵之間喝著酒。

他們都世故地一致同意，她太缺乏教養了點，太鄉巴佬了點，哪可能實現那麼野心勃勃的心願。酒過三巡，他們又一致同意，她的笑容真的是太迷人了。是她的眼眸，她一高興起來，那雙眼睛會有種魔力。

隔日清晨，黛安諾拉穿戴妥當，收拾好行囊，一早便在要塞的大門前等候。有個來自笙席歐的中年商人批了些龐霸狄厄香料打算做奢侈品生意，這人還算好相處，和她談妥條件，答應送她到史蒂芬城。出發向西之後，她得知這位商人之所以打算去高塔弭平、淒涼苦悶的史蒂芬城，全是為了新開的王后飯店。她把這個巧合視為吉兆，左手以四指握住拇指三次，祈求願望成真。

旅途上的治安比她印象中來得好，起碼路上那些商人也都覺得比較安全。坐在貨車裡頭的她問起笙席歐商人的看法，只見他譏嘲地冷笑。

「公路上的盜匪大多被兩個篡君掃蕩乾淨了。但那純粹是為了保住他們自己的利益，確保在他們用關稅和各種稅捐搶劫我們之前，沒人動得了我們的錢財。」他悄悄往路上的泥土啐了一口。「我個人還比較喜歡盜匪，至少你有辦法跟他們打交道。」

沒過多久，她便見到了他這番話的證明：他們經過路旁的兩個死輪，意圖竊盜的犯人呈大字型固定於輪上，屍體在太陽下悠悠轉動，砍下來塞在口中的手已經腐爛，臭不可聞。

笙席歐人越過邦界後稍作停留，在佛雷瑟要塞做了點生意，並且審慎周到地付了過境關稅，排隊等待貨車接受檢查、繳清各種稅款。事後他以笙席歐犀利尖刻的口吻告訴黛安諾拉，會吃死輪之刑的可不是只有公路上的盜匪跟被抓到的巫師。

處理這些事耽擱了行程，於是他們在不少旅人會經過的路上找了間驛站過夜，和一群斐洛商人一同吃晚餐。黛安諾拉早早回房就寢，她付了單獨住一間房的錢，把一個橡木櫃推到門前擋住以防萬一。但誰也沒來攪擾她的安寧，除了她的夢；她回到了提嘉納，可是那不是真的，提嘉納早就不在了。她喃喃自語著這個名字，彷彿那是一句護身咒語或祈禱，然後陷入煩亂的睡眠，夢裡充斥著焚城那年遍地瘡痍的光景。

隔夜他們在史蒂芬城的城牆外下榻於河邊的一家客棧，因為他們抵達時日落後的宵禁已然開始，城門緊閉。這次他們單獨吃飯，她和笙席歐人談天至深夜。他一反他那頹廢放縱的省邦給人的刻板印象，謹守禮節，沒有喝醉，而且明顯對她有好感。黛安諾拉跟他相處得很愉快，甚至挺喜歡他犀利機智的言談，但她仍一個人回房。這裡不是切譚多的村子，她無須盡任何義務。

起碼不必盡那一種義務。假如是要享受歡愉，或人與人之間相互觸碰交流的普通需求……即便有誰對她說起這些，她也會打從心底無法理解。

十九歲，她回到了曾經屬於提嘉納之地。

隔天一早她在城牆外向笙席歐人道別，只和他雙掌相觸了一下。前一夜似乎令他有些心旌搖蕩，但他還沒能將眼神化為言語，黛安諾拉已轉身走遠。

她在不遠處找到一間旅舍，是她家人從未下榻過的地方。她其實不怎麼擔心被認出來，深知自已變了太多，何況孤掌半島上到處都是名叫黛安諾拉的女孩。她預先付清三晚的費用，把行李留在那裡。

然後她走出旅舍，踏上曾經屬於眾塔之城艾瓦勒的街道，那還不是多麼久遠以前的事。在史沛利昂河向西奔入海洋的轉折之處，那綠草如茵的河岸曾矗立著艾瓦勒。一面走，她內心的痛楚一面鬱積，最終她恍然了悟，一個城市在縱使遭逢巨變卻仍有這麼多地方熟悉如初，這才是最令人心傷之處。

她走過皮革區和羊毛區，憶起全家人曾一同來到位處內陸的艾瓦勒觀禮，看父親的一個雕刻作品隆重迎進某個廣場或涼廊，當時她在母親身邊輕快地小跳步。她甚至認出了一間小店，她生平第一雙灰手套就是在這裡買的，當年她特地存著夏天命名日拿到的錢幣，就為了買那雙手套。

紅鬍子工匠戲謔地說灰色是給長大的年輕女士穿的，不是給小妹妹穿的。我知道啊，那個久遠以前的秋日，六歲的黛安諾拉驕傲地這麼回答，母親笑了。母親曾經是個會笑的人，黛安諾拉都還記得。

她在羊毛區看見婦女孜孜不倦地工作，坐在敞開的門口，迎著初夏清晨的陽光梳毛、紡紗，數百年如一日。她在河邊瞧見染布小屋和染布場，聞到染布的氣味。

好幾百年前，位於南方山脈彼端的奎雷亞走向女性執政，開始閉關自守，艾瓦勒因此損失慘重，重創程度可能高居孤掌半島之首。在穿過山脈的兩條貿易要道之中，艾瓦勒原本是其中一條的必經之地，此時驟然面臨地位一落千丈的危機，然而這個城市卻集結眾人之力另闢蹊徑，以近乎天才的創意，毅然決然改變了自身的定位和發展重心。

短短一代之間，這個南北貿易重鎮兼金融之都已然轉型，成為孤掌半島皮革工藝與高級染色羊毛的重心。

艾瓦勒的腳步幾乎未曾稍歇，繼續朝著全新的方向追求繁盛與榮耀，高塔也不斷矗立起來。

黛安諾拉心裡一疼，終於正視事實：她一直小心翼翼地繞著史蒂芬城的邊緣走，穿過外圍地帶與工匠區，不是望向城外就是直看著各扇門扉，卻始終避開位於坡地之上的城市中心，避開那個已經沒有了高塔的地方。

意識到這一點之後，她逼著自己看了。羊毛行會所在的街道盡頭有一片寬闊的廣場，她佇立於廣場中央，文風不動。廣場對面有一座美輪美奐的茉里安小神廟，是用淡粉色大理石建成，她凝視小神廟半晌，隨後抬眼眺望。

那一刻，黛安諾拉徹底領會了一個真理：有些事情是亙古不變的，世上的芸芸眾生始終以相同的方式活著，所有表面上的微小細節乍看之下都大致如舊——但在此同時，一切的本質、脈動、核心，早已不復當初。

壯麗開闊的街道看起來比從前寬廣，但那是因為街上幾乎一片空曠。在她左手邊，河畔的市集依然存在，隱隱傳來喧囂，可是比起她記憶中逝去的早晨，那聲音壓根及不上往日的熱鬧鼎沸於萬一。

人實在太少了。太多人離開，太多人死去，過於空蕩的街道襯得伊嘉斯軍人加倍醒目。黛安諾拉的目光循著神廟旁的大道一路向上望去，直達城市的最中心。

要蓋就要蓋得筆直寬闊，而且我們蓋得出來，從前的艾瓦勒人民如此宣告。打從他們一開始就這麼宣示，即使當初任何一個城市鄉里的道路都迴旋曲折、錯綜複雜，滿是易於防守的彎曲巷弄與蜿蜒小路。我們的城市將會舉世無雙，需要防衛的時候我們就從塔上守城。

但那些塔都不見了。低矮難看的天際線顯得彆扭突兀，看得黛安諾拉心痛。那感覺就像眼睛產生了錯覺，不停尋覓著它認定應該存在的事物。

早在這座位於史沛利昂河岸的優美大城建立之初，艾瓦勒便與高塔緊密相關。高塔昭示著提嘉納人的狂傲——在寇爾帖、齊亞萊和阿斯提拔省邦，他們說那徹底彰顯了提嘉納人多妄自尊大。眾塔也體現了城內的自我比拚，各個世家貴族或以錢莊業者、商賈、工匠組成的富有行會紛紛傾力建造自己的塔，有時甚至不惜散盡家財，艾瓦勒之塔就這麼伸向伊安娜的天際，外型或雅致或勇武，磚石或紅或沙褐或灰，恰似以城牆圍起的森林。

城中的競爭甚至一度變得越來越危險，謀殺或蓄意破壞的狀況屢見不鮮，頂尖石匠與建築師也開始收取天價；直到兩百多年前，身處臨海之都的提嘉納王爵雅列森三世才用最簡單的方式終結了這波狂潮。

他委託名聲最盛的建築師歐薩里亞為他在艾瓦勒建造宮殿。雅列森王爵這麼說道：宮裡要有一座塔，高度必須為城中之最，而他將頒布法令規定它永遠都必須是城裡最高的塔。

那座塔果真永遠成為全城第一高。王爵塔的尖頂纖細優雅，綠白兩色呈帶狀環繞塔身，讓這座內陸城市的人民一眼望去就能想起海，爭奪艾瓦勒之最的競賽就此告終。除此之外，雅列森王爵也立下另一個典範，先是成了習慣，最後變成傳統：提嘉納王爵的子女都會在艾瓦勒出世，降生於這座高塔之下的宮殿，象徵他們同屬兩座城市——浪濤之城提嘉納，以及眾塔之城艾瓦勒。

黛安諾拉知道從前城裡的塔有超過七十座，其中那座綠白相間之塔更以光輝燦爛之姿傲視群塔。從前？不過是四年前的事。

眼前的空無刺得她雙眼發疼，黛安諾拉心想，假如有個人照她一直以來的方式過日子，照常說話、走路、勞動、吃喝、做愛、睡覺，有時甚至依然懂得笑，可是心其實已經從活生生的軀體中被挖掉了，這樣的人算是什麼？被剜去的心沒有留下絲毫痕跡，沒有任何傷口能供人追想戳入體內的刀鋒。

瓦礫已被清得一乾二淨，除了染布場的輕煙，沒有一絲煙塵掩蓋一碧如洗的天空。風和日麗，鳥兒高歌著迎接暖意到來，沒有一點跡象看得出曾有高塔存在於此，存在於低矮、日漸衰頹、位居孤掌半島偏遠角落的史蒂芬城，存在於島上最受壓迫的省邦。

*這樣的人算什麼？*黛安諾拉再度想道：已經沒有心的人算什麼？她沒有答案。她怎麼可能有答案？失落感在心中油然甦醒，恨意再次緊隨而來，這兩種情感都比以前更加冷酷鋒銳，彷彿新生。

她走上那條寬廣的大道，進入史蒂芬城的中心，走過軍營與總督官邸的大門，在不遠處找到了王后飯店。她馬上獲得僱用，要她當晚就上工。飯店急缺人手，人實在太難找了。伊嘉斯的奧敦尼一向親自處理招募事宜，他覺得這個來自切譚多的小美人有她獨特的情調，但他告誡她一定要改掉那粗鄙得嚇人的高原口音。她保證會盡力。

不到六個月，他便評價黛安諾拉的口音已經道地得像城裡的當地人了。那時候奧敦尼已將她從廚房調到外場當侍者，身穿乳白配深棕色的制服，那是他設計這間飯店時使用的主要配色，剛巧非常適合黛安諾拉。

她少言寡語，手腳俐落，處事低調，謙和有禮，會記住客人的名字和喜好，學得也很快。四個月後，在她即將滿二十一歲的那年春天，奧敦尼主動提議要將許多人覬覦的職位交給她：在王后飯店的前臺接待客人，並監督三大宴會廳的員工。

令奧敦尼震驚的是，她拒絕了。她的選擇震驚了許多人。可是黛安諾拉明白，對她的目的而言這個職位太引人注意了。她的目的始終如一；如今別人已認定她是切譚多出身，倘若她要在不久後的將來北上前往寇爾帖，她就必須和王后飯店扯上關係，但不能這麼惹人注目。受到矚目的人物往往招人探究，她懂得這個道理。

於是在奧敦尼提議的那晚，她裝出一個鄉下女孩被這個消息嚇破了膽的模樣，打碎兩個酒杯、砸了個盤子，又把笙席歐綠酒直接灑在總督身上。

她噙著眼淚去找奧敦尼，懇求多給她一些時間讓她培養自信。他答應了，有部分得歸功於這時他已愛上了黛安諾拉。他風度翩翩地邀請黛安諾拉當他的情婦，她同樣婉謝了，理由是這樣的私情必定會把飯店僕役之間的關係搞僵，對王后飯店造成重創。這個論點選得恰到好處——說到底，這個事業才是奧敦尼真正的情婦。

其實，黛安諾拉已經下定決心不讓任何男人碰她。現在她身處伊嘉斯的地盤，有個必須達成的目的，遊戲規則已經變了。她暫時決定要在秋天離開，動身北上前往寇爾帖；正當她還在衡量各種可能性與離開的藉口時，意料之外的發展卻殺得她措手不及。

＊＊＊

黛安諾拉低調地在謁見廳上穿梭，停下腳步問候多爾德的妻子，黛安諾拉挺喜歡她的。詩人抓住機會介紹了自己的女兒，那名少女臉一紅，得體地垂下頭來，雙手交握。黛安諾拉對她微笑，隨後走開。

一名侍者端著凱琲趕上前來，黑色高腳杯以紅寶石妝點，那是多年前布蘭庭賞賜的禮物。這已經成了她在這類場合的特色：她素來不在公開接見賓客時喝比凱琲更烈的飲品。她微帶罪惡感地瞥向門口，心知謝托正佇立在那裡的牆邊待命，但依然心懷感激地啜了口熱騰騰的凱琲。讚美三神，讚美托傑亞的農人，這杯凱琲又黑又香醇，而且非常地濃。

「親愛的黛安諾拉夫人，妳比以往更豔光照人了。」

她轉過身，流暢地撫平臉上的嫌惡。她認得這個嗓音：伊嘉斯的涅梭是個跨海而來的小貴族，最近乘著當季的第一艘船抵達布蘭庭的宮廷，目的只有一個——在殖民地躋身豪門貴族之列。就黛安諾拉目前所知，他既無才能又貪婪無厭。

她對涅梭露出迷人的微笑，讓他輕碰她的手。「親愛的涅梭，你人可真好，用這麼高明的謊話哄騙一個年華老去的女人。」

她挺喜歡說這種話。如同謝托有一回機敏地道破，如果她算老，索洛莉絲該怎麼辦？

涅梭忙不迭一臉激動地說盡各種意料之中的否認之詞，又讚美她的禮服與瑰石，以佞臣的眼光與舌燦蓮花，細數高腳杯的寶石是如此出色地呼應她今天的衣著配色。隨後他壓低聲音擅自擺出一副親密狀，問她阿索里北部那個即將出缺的稅務官小小職位是否有進一步消息，這少說是他第八次來問了。

那個官職其實有不少油水可撈，現任稅務官就大發橫財，至少顯然是賺到了他滿意的數目，再過幾週就要回伊嘉斯去了。黛安諾拉痛恨這種貪污行徑，有一次也大著膽子告訴了布蘭庭。他有些被逗樂（這讓她略感惱怒），直白地指出要是不給人發點小財的機會，哪會有人想去北阿索里那種蕭索之地任官。

他濃密深色睫毛下的灰眼凝視著黛安諾拉，看著她掙扎不已，最後總算接受了這個令人懊喪的事實。她總算抬起眼，不甘心地點頭表示贊同，見狀他爆出大笑。

「真是太好了，」伊嘉斯的布蘭庭笑道：「幸虧我如此拙劣的說詞和治理手段獲得了妳的認可。」她整張臉直紅到髮根，但隨即受到他的心情感染，也為自己這麼荒唐的僭越舉動笑了出來。那是好幾年前的事了。

現在，她只是暗中盡可能避免這種官職落到貪得最明目張膽的人手上，雖說布蘭庭能選的伊嘉斯朝臣不多，素質又良莠不齊。她早就打定主意，只要在她力所能及的範圍，涅梭絕對做不了這個官。問題是德蒙似乎出於難以參透的原因屬意涅梭，她已經吩咐謝托看看是否能打聽出什麼。

此刻她斂起笑容，一臉真摯親和地面露擔憂，注視著眼前衣著光鮮、身材肥潤的伊嘉斯人。她壓低音量但沒有向前靠，低語道：「我正在想辦法，不過你該知道的是似乎有人反對。」

隔著凱琲冉冉升起的熱氣，涅梭雙眼一瞇，嫻熟地不動聲色越過她右肩一瞥，她知道那個方向正是德蒙所在的位置，此時德蒙想必仍站在國王專屬的門旁。涅梭的目光回到她身上，雙眉微微一抬。

黛安諾拉滿懷歉意地輕輕聳了個肩。

「妳可有……什麼建議？」涅梭問道，額上焦躁地擠出了皺紋。

「要是我就會多笑一點。」她故意話中帶刺。沒必要在眾目睽睽之下跟別人勾結，搞得整個朝廷無人不曉。

涅梭強迫自己馬上大笑，浮誇地鼓起掌來，彷彿她說了令人絕倒的妙語。

「原諒我，」他說，聽話地掛著微笑，「這事對我來說很重要。」

這對阿索里的人民來說重要多了，你這個貪得無厭的吸血蟲，黛安諾拉心想。但她輕撫涅梭被撐大的袖子。

「我明白，」她親切地說：「我會盡我所能。如果……我有地方使得上力的話。」

涅梭再怎麼說都對這一套不陌生，他再度對她不存在的笑話迸出假笑，悄聲說：「我也希望能讓夫人更好使力。」

她再度一笑，收回了手。這就夠了，如此一來謝托下午會多收到一筆錢，但願能填補瑰石的大半費用。至於德蒙，她這週晚點大概會找他開門見山地談一談——至少以跟德蒙打交道的方式而言，盡可能地開門見山。

她啜著凱琲離去，所到之處都有人迎上前來。在布蘭庭的朝廷，不跟黛安諾拉．切譚多打好關係，絕不是良好的政治策略。她心不在焉地說著無關緊要的話，時刻留心傳令官是否輕輕敲響儀杖，只有那個聲響會宣告布蘭庭的到來。她注意到儒恩站在一面鏡子前扮鬼臉，被倒影逗得呵呵笑，看來心情愉快，這是個好兆頭。她轉過身，倏地瞥見另一張她喜歡的臉孔，那人對她人生走向的影響之鉅無庸置疑。

***

就許多層面而言，這事可以說是總督自己的錯。那年擔任進貢船船長的拉曼努斯明顯心有不滿，急於安撫他的總督便命令那個切譚多女侍多送幾瓶酒過來（好一陣子前她失手灑了酒，道歉賠罪的模樣是那麼迷人）——那些都是王后飯店的上等佳釀，只是他們兩個實在不該喝那麼多。

拉曼努斯一方面年輕得依然心懷遠大抱負，另一方面卻已老成得明白自己的機會正逐漸流逝。那天稍早他站在河船的甲板上，針對史蒂芬城與周邊地區的現況說了幾句刻薄的話。這地方簡直是一灘死水，收稅也收不了多少錢——他故作漫不經心地這麼喃喃低語：瞧當前市政運作的慘況，他先前還想過也許今年春天根本不值得駕著帆船逆河而來。

總督早就過了豪情壯志的年紀，但他還需要在這裡多待幾年，多盤剝一些他該得的邊境稅跟城內稅賦，外加犯罪罰金與各項查抄而來的財物；一聽拉曼努斯此言他暗暗心驚，只怨自己災星照頂。明明他已經盡力當個像樣的官，不惹事生非，盡可能把每個層面的影響降到最低，怎麼偏偏就他這麼倒楣？

這地方已經一貧如洗，除非乾脆在這個夏天大舉出兵強徵，否則是一丁點錢財物品都榨不出來了。如果布蘭庭真的想從史蒂芬城大賺一筆，當初就該有人建議他別把史蒂芬城與城郊地區摧毀得那麼徹底。

不過這種念頭總督只敢私下想想，作夢也沒膽子說出口。可是他已經盡了全力，這是事實；萬一他更變本加厲地壓榨皮革或羊毛行會，那些行會鐵定直接垮掉，史蒂芬城本就人煙稀少，尤其缺乏壯年男丁，這下就真的要淪為只剩無人廣場的鬼城了。偏偏國王陛下曾明白下令不許這種情況發生。

國王的各項命令和要求相互扞格，彼此嚴重矛盾，他一個中階官員說真的究竟能怎麼辦呢？

只可惜這番怨言可沒辦法講給脾氣火爆、心中不快的拉曼努斯聽，船長哪會在乎總督的兩難？朝廷評價進貢船船長的表現，全看他們帶回齊亞萊的貢品，船長的工作便是想方設法向地方官施壓，有時甚至得逼他們把自己加徵的稅金交一部分出來，只為盡可能達到預定朝貢量。總督早就頹喪地做好心理準備，他已派人去城郊匆匆搜刮最後一次，假如到了週末仍沒有太多斬獲，滿足不了拉曼努斯，那也只能把加徵的份交出去了。他很清楚，拉曼努斯是不會滿意的。這位船長太有企圖心了，而拉曼努斯的下一站又是寇爾帖，去年秋天寇爾帖的收成並不好。

他退休後想在伊嘉斯東部的莊園過日子，心裡老早決定要將莊園蓋在某個海岬，如今這個夢想顯得愈發遙遠。他示意再端酒上來，暗自悲悼莊園旁藍中帶綠的海、可供打獵的壯闊森林，可惜他大概一輩子都蓋不了那座莊園了。

反觀另一掌（這是當地人的口頭禪），他企圖讓拉曼努斯息怒的做法竟出乎意料地成功。總督對了不起的奧敦尼提出請託，在這黑暗之地，奧敦尼可說是唯一能令他發自內心快樂的泉源，於是他拜託奧敦尼替他們準備一頓令人難忘的晚餐。

「我沒有一餐不令人難忘。」奧敦尼一如預料地暴跳道，但憑藉著巧妙的奉承搭配伊嘉斯金幣，外加一句輕聲提醒：今晚的客人在齊亞萊的君王面前能說上幾句話（總督毫無悔意地暗忖這幾乎可以確定不是事實），奧敦尼這才消氣。

那晚，送上來的餐點一道比一道令人驚豔，侍者動作迅速、態度和緩、不造成絲毫干擾，一杯杯酒飲完美襯托奧敦尼無可否認的才華。拉曼努斯似乎是不容易維持精實身材的那種人，起初他焦灼煩躁，之後心懷戒備地品味起美食，然後吃得越來越是享受，最終心情大好，口若懸河地暢談起來。

喝著倒數第二瓶從故鄉伊嘉斯進口的甜點酒時，拉曼努斯已經醉得像一灘爛泥了。只有這個理由可以解釋，想來想去都只有這個理由能夠解釋——為何在晚宴結束、王后飯店打烊後，拉曼努斯擄走了那晚的黑髮女侍，宣告她正式成為貢女，一路直送到停泊在河上的帆船，打算載到齊亞萊進獻給布蘭庭。

就是那個女侍，那個切譚多出身的女侍。

切譚多位於邊境的另一端，統治者是龐霸狄厄的艾勃利可，而非伊嘉斯的布蘭庭。

黎明時分，一名議會的文官驚慌失措、滿懷歉意地叫醒史蒂芬城總督，打斷了他因酒醉而不安穩的睡眠。總督連衣服都來不及穿，甚至還沒聞到早晨的凱琲，便在劇烈頭痛那一陣陣不祥的敲擊之下，聽聞了這樁消息。

「叫那艘船停下！」他緩緩清醒的意識逐漸想通此事可能引發的嚴重後果，於是咆哮道——起碼他試著咆哮，然而卻只發出可憐兮兮的細聲哀鳴。但命令已足夠明確，文官忙不迭領命飛奔出去，長袍在慌忙之中翻飛。

他們擋住了史沛利昂河，趕在拉曼努斯起錨前攔住了他。

不幸的是，進貢船船長頑固的脾氣匪夷所思地違反了最最基礎的政治判斷力。他拒絕交出那女孩。有那麼一個狂亂的剎那，總督幾乎喪失理智，當真考慮要派人攻上那艘帆船。

那可是屬於布蘭庭的河船——伊嘉斯之王、凱勒敦的布拉柯領主、孤掌半島西部省邦的篡君布蘭庭。眼下，這艘帆船正飄揚著布蘭庭御用徽章的旗幟與伊嘉斯王旗，顯然是故意掛出來的。

總督思忖，死輪正是為膽敢執行這種行動的芝麻小官精心設計的。

河岸邊的早晨陽光燦爛得過分，總督滿心絕望，快要被曬糊的腦袋努力思考著該怎麼跟顯然一時衝動幹蠢事的進貢船船長講道理。

「你想挑起戰爭嗎？」他站在碼頭上喊道。他只能站在碼頭上喊，因為他們不肯放他上船。那該死的女孩不見人影，想必被藏在船長室裡。總督只盼她死了。他只盼自己已經死了。他只盼大廚奧敦尼從沒踏進史蒂芬城，在他內心深處，這已是最惡劣、最褻瀆神明的念頭。

「怎麼說？」拉曼努斯從河中央淡然喊道：「我遵從吾王之命貫徹我的職責，怎麼會引發這種事？」

「你那顆沒裝東西的腦袋是被海鹽給侵蝕乾淨了嗎？」總督有欠明智地嘶吼道。船長臉色一沉。總督不顧一切地往下說，在太陽下大汗淋漓。

「她是切譚多人，看在主神那七位聖姊妹的份上！你知不知道艾勃利可藉這個理由在邊境開戰有多簡單？」他接過僕人總算送來的一方紅布，擦著額頭。

拉曼努斯看起來無動於衷，儘管他前一晚喝得至少跟總督一樣醉，此刻卻已打理得有條不紊，叫人生氣。

「別的我不管，」他神態輕鬆地說，話語越過河水飄來：「我只知道她在史蒂芬城居住，在史蒂芬城工作，也在史蒂芬城被帶走，就憑這幾點，在我看來她沒理由不能進色善殿，或是吾王以智慧為她決定的安身之處。」他倏地抬手直指總督，「快叫河上這些船開走，否則我就要以七姊妹與伊嘉斯王之名，把它們全數撞沉。還是說，」他續道，垂下手擱在欄杆上，傾身向前，「你想傳音至齊亞萊，把這件事交給國王陛下親自處置？」

殖民地這裡有個俗諺：「赤裸裸夾在拳頭與拳頭之間」，形容的是一個人面臨陰險狡詐、巧妙算計、險惡不公的提議，因而進退兩難的情況。這句話生動而精準地形容了史蒂芬城總督驟然身陷的窘境，他以紅布反覆擦拭額頭與脖頸，卻毫無效用。

西掌地區所有地方官都曾受到鄭重交代，若無重大理由，絕不可傳音給國王；布蘭庭必須消耗可觀的力量，才有辦法和不懂法術的臣下維持傳音連結。

在國王可能仍處於睡夢中的一大清早，絕對沒有人想做這種事。但最要緊的或許是，眼看大醉一場的副作用導致腦子依然昏昏沉沉、糊里糊塗，沒人會急著在這種時候跟自己的君主精神傳音，何況這件事說穿了可能只是擄了個普通農家姑娘當貢女。

這是其中一個拳頭。

另一個拳頭則是邊境的戰火，甚至有可能不止於此，想到便令人心驚肉跳。畢竟以主神和七姊妹之名，誰曉得龐霸狄厄的艾勃利可那顆奸險的異端腦袋在想什麼？誰曉得他會怎麼看待（或決定怎麼看待）這種事件？即便拉曼努斯這麼自圓其說，光是那女孩在王后飯店工作的事實，就證明她顯然不是下寇爾帖人。七姊妹啊，下寇爾帖人甚至根本不能當貢女！禁止讓下寇爾帖人當貢女，這是國王的命令，假如真要帶走那女人，她就非得是切譚多人不可。要是拉曼努斯拿她在史蒂芬城工作當藉口，她就會是下寇爾帖人，代表進貢船不能把她帶走！這代表……他不知道那代表什麼了。總督遞出溼透的手帕，旁邊的人換了一條新手帕上來。他覺得自己的腦袋要被太陽給烤壞了。

他當官的日子剩不了幾年，他唯一的心願就是安安靜靜做個能揩點油水的職位；從前還在伊嘉斯時，他家族長期以來支持布蘭庭繼位，儘管只出了微薄之力，但總該讓他有資格實現這個心願了吧。就這樣而已，他想要的就這麼多，他只盼有那麼一天能在那個東岸的海岬建一棟不錯的宅子，能看著日頭從海面升起，能帶著狗在林子裡打獵。這難道很過分嗎？

結果呢？兩個拳頭等著他。

他短暫考慮從這整件事抽手，索性都別管了（叫這個半島的可惡人民好好用這想一句俗諺出來！），就讓那個進貢船的蠢蛋船長駕船順流而下吧，愛怎麼樣就怎麼樣。他恍然醒悟，方才他要是繼續賴在床上假裝沒及時接獲消息，這個醉船長闖出來的禍就怪不到他身上了，只可惜一切都已太遲。這個可能性實在是無與倫比地甜美，他閉上雙眼細品那早已消逝的滋味。

太遲了。他正站在河畔，沐浴著眩目的陽光、承受著太陽的炙熱，而且半個史蒂芬城都聽見了剛才他和拉曼努斯隔著河水互相嚷嚷的內容。

他心驚膽顫地悄悄對自己的守護神（美食之神與森林之神）祈禱，海濱莊園的情景在腦中浮現，鮮明得令人心酸，然後選了他要面對的拳頭。

「那讓我上船，」他用最快的語速說：「我拒絕站在碼頭上和國王陛下傳音。給我一張椅子、一個安靜的地方，再來一杯特濃凱琲，如果船上那種鬼東西也配稱作凱琲的話。」

這話聽得拉曼努斯一臉不悅，總督在忿忿之餘暗感些許痛快。

他們滿足了他開的所有條件。那女人被帶到甲板下的船艙，剩他獨自一人身處船長室。他深吸一口氣，接著又多吸了好幾口；喝凱琲時他燙到了舌頭，但也因此徹底清醒了。然後，在來此當官三年以後，他頭一次按照布蘭庭傳授的方式，將心念集中於一個明晰的畫面，隨後在腦海試探地揣想國王的名字。

以快得極其嚇人的速度，布蘭庭那清晰、冷冽、總帶著些許嘲諷的嗓音便出現在他腦中，令他頭暈目眩。總督奮力保持冷靜，盡量周全但迅速地說明目前的情況（每個官員都被交代過務必簡短快速）。過程中他謝罪了兩次，可是不敢冒著拖延時間的風險謝罪第三次，縱使磨練了一輩子的求生本能催著他道歉。一個深具處事手腕的人磨練了一輩子的生存本能，遇上法術又有何用？傳音頗為吃力，況且時斷時續，弄得他反胃想吐。

然後他得知國王陛下並不為此事動怒，史蒂芬城總督頓時精神一振，心中油然奏響歌頌二十個不同神祇的讚美之歌。不僅如此，陛下更讚許他決定傳音是正確的，又說以當下的政治氛圍，如今恰是測試艾勃利可戰意的絕佳時機。因此他應當容許拉曼努斯收那女孩為貢女，然而——國王這麼強調——他們必須清楚點明她是切譚多人，是個碰巧在下寇爾帖的切譚多人。這個事實便是他們據以行使權力帶走她的理由，別用她是史蒂芬城居民之類的藉口模糊焦點。就讓他們瞧瞧那個身為龐霸狄厄下級貴族的法師有沒有骨氣。

總督做得很好，國王如是說。

海濱宅邸的情景頓時在總督心底鮮活起來，幾乎可說是燦亮，與此同時他語無倫次地以最最卑躬屈膝之姿表達熱烈的愛與臣服（當然是透過布蘭庭的連結暗自默想）。國王打斷了他。

「傳音就到此為止，」他說道：「在那裡還是少喝點酒的好。」說罷他便切斷連繫。

總督一個人在船長室呆坐良久，試著安撫自己布蘭庭最後那句話的語氣是忍俊不住，而非斥責。他滿確定就是這樣的。他幾乎可以肯定。

緊接著的一段時間情勢極為緊張。帆船在當日早晨獲准離開，之後兩週國王兩度對他傳音，一次是下令要他不動聲色地增加駐守於佛雷瑟的邊境軍力，但人數不要多到形同挑釁；總督焦灼得整夜沒睡，盤算著究竟要多少人才符合這項要求。

從下寇爾帖增派的軍力沿河而上，前來支援他在史蒂芬城原有的駐軍。稍後國王指示他留意切譚多可能會派遣龐霸狄厄使節前來，有的話應當待以上賓之禮，面對任何提問一律回覆必須請示齊亞萊。國王又警告他，敵人或許會進攻西納維邊境作為報復，務必嚴陣以待，剿滅任何意圖入侵下寇爾帖的龐霸狄厄軍。總督沒什麼殲滅敵軍的經驗，但他依然宣示謹遵御旨。

他接獲吩咐，要他建議商人稍稍延緩前往東部的計畫——但不要下令，不要發布任何正式文告，只要當成謹慎的生意人合應聽從的建言。大多數商人都聽從了。

到頭來，什麼也沒發生。

艾勃利可選擇徹底無視這個事件。假如他不希望衝突越演越烈，除此之外也沒有其他能避免丟失顏面的應對之道了。有那麼一陣子，有風聲說他可能會懲罰碰巧身處他轄下省邦的西掌商人或旅行樂師，不過後來同樣毫無動靜。龐霸狄厄人直接當作那女孩本來就是下寇爾帖居民，一如拉曼努斯抓走她的那天早上漫不在乎所說的話。

不過在伊嘉斯省邦，那女孩自始便被刻意描述為切譚多人，說她是布蘭庭從龐霸狄厄地區擄走的，從頭到尾都藉此嘲笑艾勃利可。傳聞也說她是個絕色美人。

接下來的整個夏天直到秋初，拉曼努斯緩緩回航。帆船載著一行人返回下游，將蒐羅到的內陸貢品全數搬運至巨帆迎風鼓起的大進貢船，隨後進貢船慢慢沿著海岸北上，在寇爾帖與阿索里的指定地點收取稅金。

寇爾帖的收成果然不佳，只勉強湊到規定的份額。進貢船兩度下錨長期停泊，讓船長帶隊前往位處內陸的停留地點。整個過程中，拉曼努斯持續尋覓可能派得上用場的姑娘：不只是單純的俘虜或彰顯伊嘉斯支配權的象徵，而是能為色善殿增光的女子。如此一來這名進貢船船長才有機會升官，他在海上待了二十年，差不多打算返回內陸任職了。

他找到了三個有機會的女人。其中一個姑娘出身貴族名門，被人告發了她的存在。他們先把她父親在寇爾帖的大宅燒了個乾淨（儘管有些惋惜），然後才將她擄走。

秋日即將轉冬，連地勢低平、毫不討喜的阿索里在雨停時也顯得美麗，此時進貢船終於穿過航途艱險的阿索里海峽，進入齊亞萊海的海域。幾天後，進貢船的金紅色船帆以凱旋之姿迎風飛揚，駛入齊亞萊大港，此情此景在未來無數個年頭都透過歌謠受人傳唱。

拉曼努斯的進貢船帶來了金銀珠寶、各類錢幣，載來了史蒂芬城的皮革、寇爾帖的木雕、阿索里西海岸那又圓又大的薩烏乳酪，船上有香料、藥草、刀具，有彩繪玻璃、羊毛、美酒。乘船而來的貢女當中兩個來自寇爾帖，一個來自阿索里，但除了這三人之外還有一個姑娘，跟其他人都不一樣的姑娘——她是黑髮褐眸的佳人，在進貢船的旅途結束之際，全半島都已經知道她是差點掀起戰火的女子。

她名為黛安諾拉．切譚多。

而黛安諾拉打從最初便決意遠赴齊亞萊島。在那個夏夜，當父親的屋子裡一片死寂，她獨坐在熄滅的爐火前，心頭第一次閃現計畫的雛形，她就已經這麼決定了。她狠下心腸，正如上戰場的男人據說都必須變得鐵石心腸那樣，準備好被擄為貢女、送入宮廷，幽禁於篡君的色善中了此餘生。久遠的五年前她便擬定這個計畫，心中懷著殺意，惦念著父親之死、弟弟遠走、母親遁入更加遙遠的所在，午夜夢迴之際，他們三人的身影總是從陷入火海的家園那紛飛的灰燼中浮現。

殺意依然存在，依然在船上與她相伴。她還是做著那些夢，但隨著傳聞中的齊亞萊在萬里晴空之下越來越近，另一番感受也跟著湧現：那是種交雜著迷茫、近乎麻木的驚異之情，不敢相信她的命運之線走到了這裡，不敢相信事態的發展明明出了這麼大的偏差，最終卻如此精準地實現了她最初的盤算。

她告訴自己這是吉兆，左手反覆握住拇指三次祈求願望成真，就這麼踏進嶄新的世界。

第八章

黛安諾拉繼續在賓客如雲的謁見廳遊走，春日陽光自上方的彩繪玻璃灑落在布蘭庭的宮殿。她暗忖，年輕時總認為有些徵兆是那麼黑白分明，然而經過了時間的冶煉，卻化成了撲朔迷離、一言難盡的大人世界，想來真是奇妙。

她端著鑲有寶石的杯子啜飲，思量另一種可能。也許縱容這一切變得複雜棘手的人是她自己；也許事實從來沒有改變，依然跟她到來的那天一樣。也許她從頭到尾都只是在逃避——不願面對她如今變成的模樣，以及她尚未實現的夙願。

這是對她人生最關鍵的質疑，她再次將之推到思緒的邊緣。今天不行，白天的時候不能想這些。這些念頭只適合在色善殿裡獨自一人的夜晚；只有門邊的謝托明瞭她多麼輾轉難眠，只有謝托會在清晨時分將她喚醒時，見到她兩頰的淚痕。

那些念頭屬於黑夜，但此刻是明亮的白晝，是人來人往的場合。

於是她走向一個她認出來的男人，任由笑意爬上雙眼。那人身材發福，衣著樸素，頸間掛了三條粗重的金鏈，她優雅地穩穩拿住手上的高腳杯，朝對方行了完整的伊嘉斯禮。

「歡迎，」她輕聲道，直起身靠近對方：「真是意外之喜。日理萬機的三港總督居然大駕光臨，從繁忙的公務中撥冗前來探望老朋友。」

可惜拉曼努斯一如既往地老神在在、處變不驚。當年的那一夜，他在王后飯店前的路上像綑小母牛似地把黛安諾拉綑起來送上河船，從那時起她就老愛想辦法激他。

此時他只是露齒一笑。由於年歲增長加上近年回到陸地當官，他整個人都穩重了些，但毫無疑問仍是當年帶她來此的那個男人。

也是少數她真心喜愛的伊嘉斯人。

「說話用不著這麼酸，ㄚ頭，」他故作挖苦地低吼：「妳們這些女人無所事事，成天只要把頭髮綁了拆、拆了綁當作消遣，哪來的資格批判我們？我們這些人的工作繁重艱鉅，總得挑燈夜戰，頭髮都花白了。」

黛安諾拉笑起來，拉曼努斯的捲髮又黑又濃密，能讓半個色善都欣羨萬分，根本一絲白髮也沒有。她意味深長地直盯著拉曼努斯的深色髮絲。

「我騙人的，」拉曼努斯毫無愧疚、神態自若地承認道，湊上前來，不讓別人聽見：「這個冬天平靜得要命，沒什麼事可做。我原本想來看看妳，但妳也曉得我多討厭宮廷那一套，我一鞠躬鈕子就會綳掉。」

黛安諾拉再度笑出聲，輕捏了他的手臂一下。拉曼努斯在船上待她不薄，此後也始終對她彬彬有禮、親切友善，即便當時她只不過是另一具要送入國王色善的新鮮胴體，頂多只是稍有名氣。她知道拉曼努斯還挺喜歡她，還曾聽德蒙親口說過，這位前進貢船船長是個辦事俐落、行事公正的好官。

他會得到如今的職位，黛安諾拉四年前也幫了一把。這是極有榮耀的海軍職位，負責監督齊亞萊島上三座主要港口的法令規章，不過從拉曼努斯略為磨破的衣服看來，這個位子的權力似乎太大了些，反倒讓他無心從中牟取什麼實質利益。

她動起腦筋來，舌尖抵著上排牙齒一咂。布蘭庭曾取笑過她這個習慣，說她每做這個動作就一定有什麼要求或提議。他對她瞭如指掌，這個事實令她心慌的程度不亞於其他的一切。

「這只是我閃過的一個想法，」她悄悄對拉曼努斯說道：「但你願不願意在阿索里北部住上幾年？我不是要趕你走。人人都曉得那地方很荒涼，可是那裡確實有些好機會，我寧願把利益給正派的人，也不想給交給某些在這裡陰魂不散的貪官。」

「稅務官？」他非常小聲地問。

她點頭。拉曼努斯微微睜大眼睛，但他早已練就不動聲色的本事，絲毫沒有流露感興趣或詫異的蛛絲馬跡。

不過片刻之後，他越過黛安諾拉的肩膀迅速朝王位一瞥。那個瞬間，黛安諾拉已然轉過身去，出於某種難以解釋的直覺，幾乎像是長了觸角般地感應到了。

於是當傳令官舉起儀杖往地板敲擊兩下，發出不算宏亮的聲響之際，黛安諾拉早已面向島之王座，見到布蘭庭走進廳中。他身後跟著兩位祭師以及一名亞達昂女祭師；儒恩腳步蹣跚地趕過去站在布蘭庭不遠處，除了帽子以外，全身上下的打扮都與國王毫無二致。

布蘭庭曾告訴她，要彰顯帝王的威儀，用不著叫二十名傳令官敲得滿屋子震天響來昭告君王駕到——任誰只要某天手頭有錢都能用這種方式吸引關注。真正能判斷君王是否具有威信的方式是悄然登場，再看看接下來發生什麼事，這也是更嚴峻的考驗。

接下來發生的一如既往。整個謁見廳過去十分鐘都蓄勢待發地等著，彷彿處在懸崖邊緣；就在這個剎那，全朝廷不約而同彎身下拜。在傳令官柔聲敲響權杖宣告國王到來之際，擠滿了人的廳內早已沒有說話聲，權杖在一片凝寂之中輕擊大理石地磚，聽在耳裡恍若隆隆雷聲。

布蘭庭興致高昂，縱使黛安諾拉稍早沒從儒恩身上看出端倪，此刻隔著半個謁見廳她照樣瞧得出來。她的心撲通狂跳，每當布蘭庭走進她身處的空間都會這樣，即使已經十二年過去——即使經過了這些歲月，即使過往發生了那一切。她有太多條命運之線牽向了這個男人、從他那端牽來，也有太多條匯聚在他身上，難解難分。

他照例先望向德蒙，只見德蒙面無表情地傾身向前，循伊嘉斯禮節深鞠一躬。隨後他依照慣例，轉頭對索洛莉絲微笑。

再來是黛安諾拉。儘管她早已做好心理準備——她總是試著做好心理準備，但每當那雙灰眸轉過來與她對望，她依舊按捺不住內心的悸動。他的眼神宛若一下撫觸，宛若輕輕掠過的廝磨，熾熱如火卻又寒冷如冰——恰似布蘭庭自己。

這般悸動，只要隔著人群拋來的一瞥。

多年前有一次在床上，她鼓起勇氣把困擾已久的疑惑給問出口。

「你每次來臨幸我，還有我們初次在公開場合相見的時候，是否施了什麼法術？」

她不知自己想聽什麼答案，也不知該預期對方有什麼反應。她想過，也許這個問題的弦外之音會討布蘭庭歡心，或至少逗他一笑。但你永遠說不準布蘭庭會作何反應，他腦中同時轉著太多思路，心思過於迂迴細膩，這也是為什麼向他提問有其危險之處，尤其是會反映你在想什麼的問題。可是這個問題對黛安諾拉而言很重要，假如他給了肯定的答案，她就要以此作柴，重新點起蘊藏殺意的怒火，那份她似乎已經在這座島嶼的奇異世界丟失的怒火。

她的臉色想必極其嚴肅，只見他在枕上轉過頭來，一手把頭撐起，雙眉舒展，端詳著她搖了搖頭。

「妳想的那種法術沒有。我沒有以魔法控制或塑造任何東西，唯一的例外是子嗣之事；我不打算再生育繼承人，這妳已經知道了。」她是知道，布蘭庭的每個姬妾都知道。他頓了片刻，審慎地問道：「為何這麼問？妳發生了什麼事嗎？」

有那麼一瞬，她總覺得布蘭庭的語氣略顯不安，但你永遠捉摸不透布蘭庭的心思。

「太多了。」當時她答道：「發生的事太多了。」

唯有那麼一次，她發自不再純真的內心道出了毫無矯飾的實話。他清澈的雙眼流露深刻的理解之情，讓她不禁心慌。她挪動起來，錯綜複雜的滿腔渴求驅使著她再度貼到他身邊，爬到他的身軀上，再一次翻雲覆雨，完完整整再來一遍，傾盡所有：背叛與記憶混雜著渴慕，如同傳說中三神所喝的琥珀色酒漿，濃烈得凡人不該品嘗。

「妳提起阿索里的官職是認真的嗎？」

拉曼努斯的聲音很輕。布蘭庭沒有走向王位坐下，而是輕鬆地在廳內穿梭，可見他的確心情正好。斜勾一抹笑容的儒恩在他身後踉蹌而行。

「我得承認，我從沒動過這個念頭。」前任進貢船船長補上一句。

黛安諾拉費了點力氣才把思緒拉回他身上。剛才那一瞬間她徹底把自己問的事情給拋到了腦後，布蘭庭對她總有這種魔力。這不是好事，她暗忖。基於各種原因，這都不是好事。

她再度轉向拉曼努斯。「相當認真，」她說：「但就算有辦法把這個職位給你，我也不確定你是否想要。你如今的官位更加尊貴，況且又在齊亞萊。阿索里能讓你有機會致富，不過你應該明白必須用上什麼手段。拉曼努斯，你比較在乎哪一個？」

她這番話直白得踰越了禮節應有的分際，尤其是對朋友。

他眨了眨眼，手指撥弄起官銜之鏈的其中一條。

「要緊的是那些嗎？」他有些遲疑地問：「妳是這麼認為的嗎？打動一個人的難道不能是迎接新挑戰的機會，或甚至──儘管這麼說可能很傻──甚至是為君王盡忠的渴望？」

這下換她眨了眨眼。

「你真讓我自慚形穢。」半晌，她簡潔地說。「拉曼努斯，我說真的。」眼見他急忙出言反駁，黛安諾拉伸手按在他的袖子上，止住了他的話。「有時連我也疑惑自己變成了什麼樣子。這裡實在有太多陰謀算計。」

她聽見身後有腳步聲接近，於是她的下一句話不只是對著眼前的人說，也是說給背後的那人聽：「有時連我也疑惑，宮廷讓我成了什麼樣子。」

「我該跟著疑惑嗎？」伊嘉斯的布蘭庭問道。

他面帶微笑加入他們，但沒有碰觸黛安諾拉。他甚少在大庭廣眾之下觸碰色善姬妾，況且今天的場合是伊嘉斯迎賓宴。他們都曉得他的規矩；他們的人生都繞著他的規矩轉動。

「陛下，」她說著轉身行禮，用略帶挑戰的輕快語調說道：「相較於這個壞人剛送我進宮的時候，你是不是覺得我更加世故了？」

布蘭庭隱含戲謔的目光從她身上轉向拉曼努斯。他根本不需要旁人提醒是哪個進貢船船長為他帶來黛安諾拉，她對此心知肚明，而他也清楚她的心知肚明，這一切都是他們以言辭交鋒的舞步。他的聰明睿智逼使她發揮自己的極限，從而將她的極限推得更遠。也許是因為和拉曼努斯提起了白髮，她注意到布蘭庭的黑鬍灰白了一半。

他故作沉吟地點點頭，彷彿對這個問題深感憂慮。「不得不說，確實如此。妳是愈發世故圓滑、擅於操弄了，大約和這個壞人變胖的程度不相上下。」

「有這麼多？」黛安諾拉抗議道：「陛下，他胖成這副德性！」

兩個男人都笑了，拉曼努斯滿懷感情地拍拍肚腹。

「你叫一個男人在海上吃冷掉的醃肉吃二十年，」他說：「然後又讓他在王城享用各種珍饈美饌，就會有這種結果。」

「既然這樣，」布蘭庭說道：「我們只好把你送去別的地方，等你恢復英挺矯健的模樣再回來。」

「陛下，」拉曼努斯應聲道：「無論有何命令，我一概聽憑差遣。」他的神色正經懇切。

察覺這一點的布蘭庭語氣隨之一變。「我知道。」他輕聲說：「但願我的朝廷有更多如你這樣的人才——兩地的朝廷都是。拉曼努斯，無論你是胖是瘦，我從未忘記你的存在，不管黛安諾拉怎麼認為。」

這話是極高的讚揚，是籠統的承諾，也是暫時的打發。拉曼努斯雙眼熠熠，躬身正式行禮，隨後退開。布蘭庭往旁走開幾步，儒恩拖著腳步跟在他身邊，黛安諾拉也照規矩尾隨於後。等確定除了弄臣之外沒人聽得見，布蘭庭便轉頭望向她，她不甘心地瞧見他正壓抑著嘴角的微笑。

「妳做了什麼？提議調他去北阿索里？」

黛安諾拉打從心底發出挫敗的嘆息。每次都這樣。「太不公平了，」她抗議：「你一定用了魔法。」

他這下真的笑了開來。她心知旁人都看著他們。她明白旁人會竊竊私語些什麼。

「沒這回事，」布蘭庭低聲道：「我可不會為了這麼一目了然的事浪費或耗損我的魔力。」

「一目了然！」她忿忿不平。

「說的不是妳，我憤世嫉俗的操弄者。但我一打趣說要把他調走，拉曼努斯未免太快正經起來了。此時唯一懸缺的要職就是北阿索里，如此一想……」

他沒把話說完，眼中仍閃著笑意。

「讓他去有那麼不妥嗎？」黛安諾拉挑戰地問。布蘭庭總如此輕易地摸透每件事，著實令人心驚。要是任自己細想下去，她又要開始心慌了。

「妳怎麼想？」他反問道。

「我？想？」她誇張地挑起精心修剪過的雙眉，「我不過是供國王偶爾享樂的玩物，怎麼敢對這樣的大事有任何意見？」

「這話倒是真知灼見。」布蘭庭輕快地點頭，「那我還是改找索洛莉絲商量的好。」

「你要是有辦法從她口中問出真知灼見，」黛安諾拉酸溜溜地說：「我就從色善殿的陽臺縱身躍入海裡。」

「飛越整個碼頭廣場？真是異想天開。」布蘭庭一派輕鬆地說。

「就跟索洛莉絲所謂的真知灼見一樣。」她答道。

聞言他迸出大笑。整個宮殿本來就留心傾聽著，人人都聽見了他那聲笑。人人都會推敲，但最終人人都會得到相同的結論。她思量，除了伊嘉斯的涅梭之外，不用等今天過完，想來謝托就會收到其他人暗中送來的贈禮了。

「早上我在山裡見到了挺有意思的東西。」布蘭庭說，笑意漸淡，「是相當不尋常的東西。」

她頓時明白，這才是他真正想私下跟她談的事。

這天早晨布蘭庭去了桑加里歐山脈，她是少數知情的人之一。為免布蘭庭最終鎩羽而歸，他這趟挑戰之旅特意保持低調，本來她已打定主意要拿這件事逗他了。

春天伊始，季風即將轉換，切譚多、托傑亞和曾名為提嘉納之地的最南端仍有積雪尚未消融，此時會迎來為期三日的餘燼節，昭告新年來臨。

除了已經升起的火堆，孤掌半島各處不會燃起新的火焰。三日之中，虔誠的信徒至少會在第一天禁食。三神的神廟不會敲響鐘聲。眾人到了夜裡絕不出門，尤其是在第一日天黑之後，因為那天是亡靈之日。

在一年之中的秋天還有另一次餘燼節，那是哀悼亞達昂在托傑亞的山脈殞命的時期，其時日照因伊安娜陷入悲痛而逐漸縮短，茉里安也自我封閉於地下宮殿。不過初春的餘燼節總令人感到更加帶著寒意的惶恐，特別是在鄉村地區，因為節日過後的狀態決定了一切：冬天的遠去，播種的季節，以及穀物未來在盛夏結穗、生命欣欣向榮的盼望。

齊亞萊多了一個儀式，和孤掌半島各地的習俗都不同。

在這座島上，相傳亞達昂和伊安娜首次因愛結合是在桑加里歐的山巔，溫存了整整三日三夜。第三夜，光明女神伊安娜在攀至頂峰的快感中創造了天上諸星，灑落於黑夜，宛若一條閃耀的光帶。根據傳說，又過九個月（也就是三的三倍），茉里安在隆冬時節誕生於同一座山脈的洞穴，三神於焉形成。

隨著茉里安降生，世界從此有了生與死。隨著生與死的出現，凡人從此漫步於初獲名字的星辰之下，守護夜晚的雙月之下，以及白晝的太陽之下。

基於這個緣由，齊亞萊一向自命為孤掌半島九邦的翹楚之邦。也基於這個緣由，齊亞萊島奉茉里安為守護島嶼命運之神。

門扉之神茉里安擁有能夠掌控所有門戶的力量。人人都知道每個島嶼皆自成一個世界，登島便意味著踏入另一個世界。凡是受星月照耀之人都心知這個至理，即使人們在白日的光明之下不一定會記得。

因此每隔三年，也就是「茉里安之年」的年初，齊亞萊的青年男子會在春季餘燼節頭一日的黎明時分賽跑，比賽誰先跑到桑加里歐山的山頂，在那裡折下一根桑萊果的樹枝。桑萊果是山上獨有的醉人果實，有著暗紅色的枝條。茉里安的祭師們會整夜駐守於山頂，置身於亡者重新甦醒的魂魄之間，帶著警醒的目光守夜。第一個回到山下的男人會獲封為桑加里歐之主，直到三年後的下一輪競賽。

在古代——非常久遠以前的時代，再過半年，到了秋季餘燼節的第一天，桑加里歐之主會被女人追獵，在屬於他的山上取走他的性命。

如今再也沒人這麼做了，這種習俗消失已久。現在，年輕的冠軍很可能成為炙手可熱的情人，眾多女子爭相尋求他的雨露帶來的福澤。那也是另一種形式的狩獵，黛安諾拉曾這麼對布蘭庭說。

他沒有笑。他並不覺得這個儀式可笑。其實早在六年前，伊嘉斯之王便在正式比賽前的早晨自發跑完了整趟路程，三年前又跑了一次。以他的年紀來說這是相當了不起的成就，畢竟參賽者都得為了這場賽跑接受漫長艱苦的訓練。黛安諾拉說不出她覺得哪件事更匪夷所思：是布蘭庭竟然如此隱秘地完成這個儀式，抑或是他竟然滿懷著熱血沸騰的男性自尊，兩次都堅持非跑到桑加里歐山頂再下山不可。

謁見廳內，黛安諾拉問出了他顯然等著她問的話：「你見到了什麼？」

她不知道的是，這個問題象徵著她命運的轉捩點。凡人甚少察覺自己正走近女神的門扉。

「不尋常的東西。」布蘭庭重複道：「不用我說，當時我已經甩開了和我同跑的侍衛。」

「那是當然。」她低語道，斜瞅了他一眼。

他露齒一笑。「上山途中，有好一段路只有我一個。兩旁的樹林依然極其濃密，大多是花楸，也有些瑟柚椏。」

「太有意思了。」她說。

這次他拋來警告的眼神。黛安諾拉咬住嘴唇，聽話地調整好表情。

「我往右一瞥，」布蘭庭說道：「只見一塊灰色巨岩矗立在森林邊緣，恰似一方平臺。岩上坐著某種生靈，外表像極了女子，幾乎與人類無異。」

「幾乎？」

她的語氣已不帶一絲戲謔。正跨越茉里安的門扉、置身於拱門下之際，有時我們的確感覺得到重大事件即將發生。

「那就是不尋常之處。她無疑不是人類，黛安諾拉，瞧她那一頭綠髮和白皙至極的膚色，肌膚白透得我發誓我看見了底下藍色的血管。而且我從未見過像她那樣的眼眸。我本以為她是光線造成的錯覺，是穿透樹葉的陽光讓我看錯了。但我停下來注視著她，她卻仍動也不動，身上也毫無變化。」

這一刻，黛安諾拉明白了。

江河湖海、山林洞穴的遠古生靈存在的歷史幾乎和三神一樣悠久，黛安諾拉從他的敘述聽出了他見到的是什麼。她知曉的事情不只如此，心底忽地害怕起來。

「那你怎麼做？」她問，盡可能保持自然。

「我不確定該如何是好。我開口說話，她沒有答腔。於是我向著她走了一步，但我才一動，她便從巨岩躍下開始後退，在樹林裡停住。我攤開掌心遞出去，她卻好像被這個動作嚇著了，也說不定是被激怒了，過了片刻便拔腿逃走。」

「你追上去了嗎？」

「我本想追，不過有個侍衛就在這時趕到了。」

「侍衛有沒有瞧見她？」她問。問得太急。

布蘭庭納悶地瞥了她一眼。「我詢問之後他說沒有，只是我猜他就算看見了也會這麼說。為何這麼問？」

她一聳肩，撒謊道：「要是有瞧見，就能證明她真實存在。」

布蘭庭搖搖頭，「她是真的，這絕不是幻象。說實話，」他彷彿心念一動，補上一句：「她讓我想到妳。」

「因為……那什麼？綠皮膚跟藍頭髮嗎？」她答道，任憑在宮廷培養的直覺引領自己。但事關重大，她奮力隱藏內心的洶湧波濤。「深謝陛下讚譽。我想我是可以找謝托和文賽勒討論討論，設法打造那種膚色，藍頭髮想必也不難，既然陛下看了會這麼興奮的話……」

他微微一笑，但沒有笑出聲。「頭髮是綠色，不是藍色。」他說，幾乎有點心不在焉。「而且是真的，黛安諾拉，」他又重複一遍，眼神有些異樣地凝視著她，「她確實讓我想起妳。我想不透為什麼。妳對這種生靈有什麼了解嗎？」

「沒有，」她說：「切譚多沒有任何鄉野傳說提到山裡的綠髮姑娘。」這是謊話。她使出渾身解數撒謊，睜大了雙眼直視著他，儘管她其實難以相信自己聽見了什麼，難以相信他看見了什麼。

布蘭庭仍保持著好興致。

「那切譚多究竟有什麼山間傳說？」他問，微笑裡帶著期待。

「相傳有種多毛的生物，雙腿宛如樹墩，夜裡會出來吃山羊和處女。」

他的笑意更深。「真的有嗎？」

「山羊是有的，」她一本正經地說：「處女就比較少了，口味這麼明確的多毛生物讓人不怎麼想保住貞操。你打算派人去找那個生靈嗎？」這個問題無比重要，她屏息等待答覆。

「我想就免了，」布蘭庭說道：「依我看，這類生靈想被看見時才會讓人瞧見。」

事實的確是如此，她非常清楚。

「除了妳，我沒告訴任何人。」他忽道。

她無力掩藏這句話在她臉上勾起的表情。可是比其他更要緊的，是這個消息在她心中掀起全新的波瀾。她迫切需要獨自好好思考，但這個願望只是枉然，今天她短時間內不可能有機會獨處。最好還是把他這次的遭遇推到內心最深處的角落，一如其他總是被她推到內心最邊緣的事物。

「多謝陛下。」她呢喃道，很清楚他們已經私下談了好一段時間，也一如既往地明瞭外人會怎麼解讀這種情況。

「話說回來，」布蘭庭驀地語調一改，「妳還沒問我這次跑得如何。妳要知道，索洛莉絲第一句就這麼問了。」

這句話把他們拉回了熟悉的相處模式。

「那好，」她故作漠然地說：「請說吧。跑了一半？四分之三？」

灰眸閃過一絲自認天威受損的怒氣。「有時妳實在是放肆，」他說道：「我太縱容妳了。妳要是想知道，今天早晨我一路直奔山頂，隨即帶著一叢桑萊果返回，我倒很想瞧瞧明日的參賽者是否有辦法往返得這麼快。」

「這個嘛，」她迅即有欠考慮地答道：「他們又沒有法術能幫忙。」

「黛安諾拉，住口！」

一聽那口氣，她瞬間明白自己說得太過火了。如同往常，每逢這種時刻，她總會有種腳下開了個深淵的暈眩感。

她知道布蘭庭需要從她身上得到的是什麼，知道他為何容許她任性狷狂、出言不遜。她早已明白，為何他這麼重視黛安諾拉在交談中展現的聰慧與鋒芒；索洛莉絲是溫柔和順、從不質疑、從不索求的港灣，黛安諾拉與她形成互補，而她們兩人恰與透過清正寡慾的手段施政治國的德蒙相互平衡。

他們三人圍繞著布蘭庭這顆星辰轉動。他有如自我放逐的恆星，遠離了從前熟悉的天空，遠離那裡的土地、海洋與人民，被失落、哀痛與自身施行的復仇束縛在這座異域的半島。

這些她都明白。她非常了解國王，畢竟她的性命維繫於此。她甚少踰越那條看不見卻不容侵犯的界線，這條線始終存在，每次僭越往往都是由於乍看無關緊要的小事，正如現在。這是她難以理解的矛盾，有時聽了她挖苦朝廷和領地的言詞，布蘭庭會淡然處之或付諸一笑，甚至主動要她說上幾句；但她拿他能不能在一個早晨之內往返山巔開玩笑時，他卻像個自尊心受損的男孩般發怒。

這種時候，他只消用特定的語氣喊她的名字，謁見廳精緻的鑲嵌地板就會綻開無數道深不見底的裂隙，橫亙在她面前。

她不過是身處篡君宮廷的囚徒，比起交際花更像個女奴；她也是個冒牌的假貨，持續活在謊言之中，眼睜睜放任故國逐漸從人們的記憶消亡。她曾立誓誅殺這個男人，可他遠自廳堂另一端拋來的目光卻有如她肌膚上的野火，有如在她凡俗之軀的血液中奔流的琥珀色瓊漿。

舉目所及，皆是裂隙深淵。

而他今天早晨見到了鱷瑟迦。除他之外，極有可能還有另一個人看到。她奮力壓下恐懼，逼自己狀似輕鬆地聳了聳肩，擺出毫不擔憂的平淡臉色，挑起雙眉。

「這話倒讓我好笑。」她說，試著故作沉著，無比清楚布蘭庭在她身上尋求的是什麼——即便在這種時候。尤其在這種時候。「你自稱索洛莉絲關心你在山上跑得如何的話語讓你很高興，甚至深受感動，她問的神態想必很是焦急吧。你說她第一句就這麼問了，可見她有多打從心底疑惑你究竟會不會成功！我卻深知你今天必定會登上山巔，像我深知自己的名字一樣——想不到眼見我輕鬆地拿它說笑，把它當成一件小事，內心從無懷疑……怎麼，國王陛下卻發怒了，嚴正命令我住口！可是陛下，請公道地告訴我，我們兩人之中究竟是誰更讓你面上有光？」

他默然良久，她知道，此刻全朝廷都急著想弄明白他臉上的表情是什麼意思。在這個剎那，她絲毫不在乎那些人。她甚至不在乎自己的過去，不在乎他在山坡上的奇遇；眼前只有一條裂隙，起點與終點都在那雙定睛凝視著她的幽深灰眸。

再度開口時，他又換了一種口吻，碰巧是她極其熟悉的一種。儘管他們才剛對彼此說了那些話，儘管他們人在謁見廳，一旁還有眾人圍觀，她卻忽地渾身一軟，雙腿微顫，但這次不是出於懼怕。

「真想就在這裡要了妳，」伊嘉斯之王布蘭庭低啞地說，臉頰泛紅，「就在此刻，就在這個大廳的地板上，在聚集於此的整個朝廷面前。」

她口乾舌燥，手腕皮膚之下有根神經輕顫。她曉得自己也面色潮紅，有些困難地嚥了嚥口水。

「也許留待今晚比較明智。」她低語，試著用輕快的語氣但沒能成功，掩飾不住自己眼裡迅疾的回應——慾火點燃慾火，轉瞬星火燎原。她手中鑲有寶石的凱琲高腳杯微微打顫，被布蘭庭看在眼裡，她也察覺他看見了，心知自己的反應一如往常反過來燃起他的慾望。她輕啜凱琲，兩手緊緊捧著杯子，努力保持自制。

「想必還是今晚比較好。」她又說一遍，像以往一樣難以招架渾身的反應。但她知道這時布蘭庭需要她說什麼，在這一刻，在這個滿是朝臣與母國來使的國事廳。

於是她說了，直視他的雙眼清楚明白地說：

「畢竟你都這個年紀了，陛下，是得保留一下體力。難為你早上還跑到了半山腰。」

瞬息之後，由伊嘉斯的布蘭庭統轄的齊亞萊朝廷又一次看見國王將蓄鬍的英俊臉龐向後一仰，聽見他愉快地放聲大笑，不遠處的弄臣儒恩也在同時喜孜孜地咯咯笑著。

「恭迎伊嘉斯的依索拉！」

在謁見廳南端的雙開門邊，伴隨著號角與鼓聲，這次傳令官用儀杖猛力敲擊地板，轟然迴響。黛安諾拉的位置相較於那道門離王座更近，讓她有時間細看布蘭庭譽為伊嘉斯第一樂師的女子姿態莊重地緩步向前。齊聚一堂的齊亞萊朝臣排成好幾列，分立在國王面前的步道左右兩側。

「她還是這麼俊俏，」伊嘉斯的涅梭悄聲道：「她分明至少有五十歲了。」他不知何時來到了第一排，站在黛安諾拉旁邊。

他油腔滑調的口吻一如往常地令黛安諾拉暗自惱火，但她盡力掩飾。依索拉身穿極其樸素的深藍長袍，腰間繫著一條纖細的金鍊，一頭略有些花白的棕髮短得不合時宜——但過了今日，春夏兩季的時尚風潮或許就會改變了，黛安諾拉思忖道。殖民地在這方面一向追逐伊嘉斯的流行。

依索拉神態自信，腳步從容，順著眾臣形成的步道向前走。布蘭庭已經露出歡迎的微笑，每當伊嘉斯的藝術家不辭險阻遠渡重洋來到他的第二個朝廷，他總是萬分欣喜。

在依索拉身後幾步之遙，有個人捧著她裝在盒中的琴，彷彿那是無價之寶，黛安諾拉由衷驚訝地認出他是詩人卡梅納・齊亞萊，他身上披著名聞遐邇的三層斗篷。群臣之間響起竊竊私語，顯然不是只有她心生詫異。

黛安諾拉反射動作地瞥了多爾德一眼，他正和妻女站在走道對面。她恰巧瞥見多爾德在這名年紀較輕的勁敵走近時臉上閃過了怨恨與恐懼，不過那些流露真實心聲的表情隨即消失，代之以精細琢的面具，滿臉的嘲諷與鄙夷，像是瞧不起卡梅納如此卑躬屈膝地為伊嘉斯人當搬運工。

話雖如此，黛安諾拉如此忖度道，這裡說到底仍是伊嘉斯朝廷。她靈光一現，猜想卡梅納八成是有哪首詩譜了曲，倘若依索拉待會唱了他的歌，對這位齊亞萊詩人而言可說是無上的光榮。這就能解釋他為何願意替依索拉捧琴，從而進一步抬舉依索拉和伊嘉斯藝術家的地位。

黛安諾拉心想，藝術世界的政治之複雜，簡直不亞於省邦與國家的政治。

依索拉遵從禮節停在島之王座前方約莫十五步之處，非常靠近黛安諾拉和涅梭所站的位置。她乾脆俐落地行完三拜，布蘭庭極為親切地起身歡迎她，這是相當高的禮遇。他臉帶微笑，站在他左後方的儒恩也是。

基於她事後始終無法明白言說或解釋的原因，黛安諾拉把視線從君王與樂師身上移開，回到捧著琴的詩人身上。卡梅納停在依索拉身後大約五、六步，正跪在大理石地板上。

這幅景象看似文雅，但略顯古怪的是他瞳孔放大，黛安諾拉立即斷定那是霓絲葉的作用——他服食了迷藥。她注意到詩人額上冒出點點汗珠，但謁見廳裡並不悶熱。

「竭誠歡迎妳，依索拉。」布蘭庭正說著，流露發自肺腑的喜悅：「好久沒見到妳或欣賞妳的演出了。」

黛安諾拉看見卡梅納微微調整捧琴的姿勢，她想大概是要打開盒蓋。但那看起來不像普通的琴。那像是——

事後，她只能確定一件事：是鱷瑟迦的消息使她的目光分外銳利。不光是鱷瑟迦，還包括布蘭庭無法確認侍衛有沒有瞧見她的事實——他不確定有沒有第二個男人見到鱷瑟迦。

一名男子意味著命途分歧。兩名男子意味著一場死亡。

無論是哪一種情況，都注定有大事發生。如今正是發生的時刻。

除了她，所有人的視線都集中於布蘭庭與依索拉身上。只有黛安諾拉目睹卡梅納扯下覆在琴上的絨布。只有黛安諾拉目睹那其實不是琴。也只有她知曉布蘭庭遇見了鱷瑟迦。

「伊嘉斯的依索拉，受死吧！」卡梅納嘶吼道，圓瞪的雙眼直凸出來，拋開絨布，舉起他帶來的十字弓。

布蘭庭反應之快足以媲美只有他一半年紀的人，本能地將手一揮，在性命受到威脅的歌師身周豎起法術之盾。

黛安諾拉恍然領悟，這個動作恰在對方預料之中。

「不對，布蘭庭！」她高喊：「目標是你！」

接著她不顧伊嘉斯的涅梭正一臉目瞪口呆，抓住他最靠近的那一側肩膀猛力一撞，自己和涅梭都撲進了走道。

十字弓的弩箭原本瞄準了依索拉的左側，分毫不差地直指布蘭庭的心臟，這下反而射中了涅梭的肩頭，嚇傻了的涅梭驚聲痛呼。

一時煞不住的黛安諾拉踉蹌地跪倒在依索拉身邊，她抬頭一瞥，從此忘不了歌師迎向她的眼神。她把頭撇開。那其中的情緒……那份憎恨實在太過濃烈。她暈眩欲嘔，餘悸猶存地渾身發顫，但她強逼自己站起來，望向布蘭庭。他連手都沒放下，依索拉周身仍舊籠罩著保護障壁的微光。

但打從一開始，她就不曾面臨任何危險。

這時侍衛已逮住卡梅納，將他硬拉起身。黛安諾拉從沒見過一個人的臉色這麼死白，連他的雙眼都由於藥效只能看見眼白。有那麼一瞬間，她以為卡梅納會暈過去，可是被伊嘉斯軍牢牢制住的卡梅納接著便盡力把頭往後仰，有如身陷劇痛般把嘴大張。

「齊亞萊！」他喊了一聲，又叫道：「解放齊亞萊！」隨後便遭到殘暴的手法噤聲。回音久久未散。寬闊的謁見廳一片死寂，沒人敢動。黛安諾拉覺得群臣甚至沒在呼吸。誰也不想招來一絲一毫的注意。

在錦磚拼貼的鑲嵌地板上，涅梭再度發出半痛半怕的哀叫，打破了靜止的畫面。兩名禁衛軍跪下來照料他的傷。黛安諾拉依然生怕自己會吐，雙手止不住地打顫。伊嘉斯的依索拉動也不動。是動不了，黛安諾拉赫然醒悟——布蘭庭用意念之鎖將她定住，像把一朵花在紙上壓平那樣。禁衛軍攙起涅梭，扶著他離開謁見廳，黛安諾拉自己也向後退開，留下依索拉一個人立在國王面前。相隔十五步，謹遵禮節的距離。

「卡梅納只是被利用的工具。」布蘭庭柔聲說：「齊亞萊跟這次暗殺根本毫無關係，別以為我不知道。事到如今，我只能答應讓妳死得痛快點，快招出妳行刺的理由。」他的口吻極其克制，字斟句酌，毫無起伏。黛安諾拉從沒聽過他用這種口氣說話。她望向儒恩，只見弄臣淚流不止，扭曲的五官都是淚痕。

布蘭庭把手垂下，讓依索拉得以動彈，能夠開口。

強烈的恨意自她臉上褪去，取而代之的是桀驁不馴的傲氣。黛安諾拉不禁疑惑，她是真心認為這樣的騙局會奏效嗎？倘若國王遇害，她真以為自己能活著走出此地？假如沒有，假如她本就不這麼認為——那意味著什麼？

依索拉昂首挺胸，道出了一部分解答。「我已不久於人世，」她對布蘭庭說道：「醫生宣告再過不到一個季節，我體內的宿瘤便會蔓延至腦部。已經有些歌謠我再也記不起來了，儘管那些歌謠過去四十年來都屬於我。」

「我深表遺憾。」布蘭庭出於禮節說道，態度彬彬有禮得簡直違反人類的天性。他說：「人皆有一死，依索拉，有些人更是年少早逝，但並非所有人都會密謀刺殺國王。若妳和盤托出，我就讓妳從痛苦解脫。」

依索拉頭一次看似動搖，垂下原先與他平靜得出奇的灰眸對望的目光。良久她才開口：「你自己一定明白，你所做的一切必定有其代價。」

「我究竟做了什麼？」

她揚起頭。「你在乎死去的孩子更勝仍在世的孩子，在乎復仇更勝你的妻子，也更勝你自己的國土。你可曾想過，只要有那麼一時半刻也好——在你以有違天道的手段為史蒂芬復仇時，你可曾替他們任何一方設想過？」

黛安諾拉的心臟痛苦地一揪。在齊亞萊，那是不能言說的名字。她瞥見布蘭庭嘴唇緊抿，這表情她只見過寥寥幾次，但他再度說話時，聲調仍舊如剛才那般無比克制。

「我認為我充分地為他們設想過了。吉拉德獲得了伊嘉斯的統治權，一如他本就應得的，甚至也得到了我的色善作為君權的象徵。至於朵羅提亞，頭幾年我也曾數度邀她前來。」

「邀她過來，好讓她一日日年華老去，卻眼睜睜看著你讓自己永保青春？伊嘉斯的歷代法師之王無人膽敢如此大逆不道，以免諸神對這個國度降下懲罰。但你絲毫沒將伊嘉斯放在心上，是不是？而吉拉德又如何？他並非君王，他父親才是，那仍是屬於你的名銜。既有這個事實存在，掌管色善之鑰有何意義？他甚至注定比你更早離世，布蘭庭，除非你遭人誅殺。屆時又會發生什麼事？這是有違天道的！這一切都有違天道，勢必得付出代價。」

「代價必然存在，」他溫聲說：「凡事皆有代價，連活著也得付出代價。這個代價我從來沒要我自己的親人來付。」他沉默半晌。「依索拉，我非延長壽命完成我在此的大計不可。」

「那麼你便會付出代價，」依索拉重複道：「吉拉德與朵羅提亞也將付出代價。伊嘉斯也是。」

還有提嘉納，黛安諾拉心想。她渾身的顫抖已經止住，自身的痛楚再度湧現，有如體內的瘡孔。提嘉納也付出了代價：雕像粉碎，高塔傾頹，稚子慘死，一個名字遭到磨滅。

她凝視布蘭庭的臉，凝視儒恩的臉。

「我明白妳的意思了。」國王終於對歌師說道：「我聽明白的比妳選擇說出口的更多。現下我還要知道的事只剩一件。告訴我，他們兩人之中誰才是背後主使。」說出這句話時，他流露明顯的憾恨。儒恩醜陋的臉龐緊揪成一團，雙手無助地胡亂比劃。

依索拉挺直腰桿，神色冰冷倨傲，彷彿已經沒有什麼好失去的。「你為何認定他們的目標有所分歧？為何認為兩人中只有一個主使，伊嘉斯之王？」她聲音響亮，如同這番話語傳遞的訊息那般無情。

他緩緩點頭。此際他的傷心之情已經再明顯不過，不管他再怎麼控制自己，黛安諾拉仍然可以從他站立與說話的姿態看出來，甚至用不著觀察儒恩。

「知道了。」布蘭庭說。「那妳呢，依索拉？他們答應了妳什麼條件，才讓妳甘願做這件事？難道妳就是這麼恨我？」

女子遲疑了一瞬，隨後依然倨傲、依然不遜地說道：「我就是這麼深愛王后。」

布蘭庭閉上雙眼。「怎麼說？」

「我對她獻上了你斷絕的每一分情意——只因你選擇自我放逐，眼裡唯有對亡者的愛，卻無視髮妻的癡心與衾枕。」

換作尋常時刻，只要氣氛有平時的一半尋常，朝臣聽聞此言必定會有些騷動，一定會有才對。可是黛安諾拉卻什麼也沒聽見，只聽到許多人小心翼翼的呼吸聲。只見布蘭庭再度睜眼俯視面前的歌師，這名伊嘉斯女子毫不掩飾臉上的勝利之色。

「我曾邀請她前來，」他重複了一遍，幾乎可說是悵然，「我本來能命令她來，但我決定不這麼做。她明白將她的感受告訴了我，我決定讓她自己選擇。我原以為這樣對她更仁慈、更公允，如今看來，我的過錯卻是當初沒有命令她乘船前來這座半島。」

各種不同的悲與悼傷痛在黛安諾拉心中激戰，誰也無法勝出。她看得見德蒙佇立在國王身後，臉如死灰，他有一剎那迎上黛安諾拉的視線，隨即轉開。晚點她或許會思考如何善用他忽然顯露的要害，但眼下她對這男人只有憐憫。她知道德蒙今晚會辭官求去，說不定還會主動提出要依舊俗自盡。布蘭庭會拒絕，但經此一事，一切都無法恢復如初了。

基於許許多多原因。

布蘭庭說道：「我想妳已經把我要知道的都說了。」

「那個齊亞萊人是自己一個人做的。」依索拉忽然開口。她往卡梅納一指，禁衛軍仍鐵箍似地牢牢抓著他。「他是在兩年前到訪伊嘉斯時加入我們的計畫，我們基於共同的目標走到如今。」

布蘭庭點頭。「走到如今。」他輕聲覆述，「我也是這麼推測。謝謝妳證實。」他鄭重地補上一句。

一陣默然。「你答應要讓我死得痛快。」依索拉說，昂首挺立。

「是，」布蘭庭說：「我是這麼答應過。」

黛安諾拉屏住呼吸。國王面無表情地凝視依索拉許久，久得令人難熬。

「妳絕對想不到，」他終於開口，聲音細如耳語：「妳肯來這裡再次為我獻唱，讓我多麼欣喜。」然後他右手一擺，隨意得一如平時示意僕人或謁見者退下的手勢。

依索拉頭顱爆裂，有如過熟的水果被錘子砸爛般，她的身軀像麻袋一樣軟倒在地，暗紅色的血從頸部噴湧出來。黛安諾拉站得太近，女子遭到處決之際噴出的濃稠血液濺上她的禮服與臉頰，她踉蹌後退。依索拉的頭顱化為腦漿橫流的一攤爛泥，形貌醜怪的幻影從中浮現，那是狀似蜥蜴的生物，不停扭動纏捲。

尖叫聲此起彼落，眾臣慌忙後退，現場一片混亂，但有個身影卻倏地奔上前去。那人步履踉蹌，倉促之中差點跌倒，手裡猛地抽出一把劍。只見弄臣儒恩雙手握劍笨拙地大揮大砍，動作拙劣，往歌師的屍身一陣猛刺。

他的面容因怒火與嫌惡而詭異地扭曲，口鼻流出白沫和涕液，手上殘暴地猛力一擊，把一條臂膀從那女人的軀幹卸下。依索拉的肩膀處冒出黑黑綠綠的物事，盲目地扭動向前，身後拖行著一條反射水光的黑色黏液，黛安諾拉背後有人發出驚恐的作嘔聲。

「史蒂芬！」她聽見儒恩哽咽地哭喊。暈眩、慌亂、駭怖之中，她的心倏地被強烈的哀憫給狠狠攫住。她望向正發狂砍殺的弄臣，看著他身穿與國王毫無二致的衣著，手持國王的佩劍，口沫飛濺。

「音樂！史蒂芬！音樂！史蒂芬！」儒恩執迷地咆哮，喊得口齒不清、激烈狂暴，每喊一聲，鑲有珠寶的細長宮廷劍也隨之起落，剁肉般地劈砍屍首，劍刃在流淌進廳內的日光下反射晶亮的光輝。他在滑溜的地板上失足一摔，扛不住自身暴烈的怒火而跪落在地，膝上似乎黏了個灰色活物，那東西細瘦搖晃的身軀長有眼睛，血蛭似地吸附在儒恩身上。

「音樂。」儒恩說了最後一遍，音量低微，卻出人意料地清晰。接著劍從他手裡滑脫，他在歌師不成人形的屍體旁坐倒於血泊中，髮量漸稀的頭往不自然的角度一垂，歪向一邊，像是肝腸寸斷般潸然淚下，白金配色的宮廷服飾盡毀。

黛安諾拉望向布蘭庭。國王一動不動地站著，始終保持著與先前相同的姿態，雙手放鬆地垂在身側，凝視著眼前可怖的情景，淡漠得嚇人。

「凡事皆有代價。」毫不間斷的叫嚷與騷亂響徹謁見廳，置身其中的他如此低喃，幾乎像是自言自語。黛安諾拉遲疑地朝著他踏出一步，但他已然轉身，德蒙快步跟上，布蘭庭就這麼從王座後方的門離開現場。

那些黏膩滑動的生物在他離去後瞬即消失，但歌師殘破的屍體還在，弄臣也依舊悽慘可憐地癱坐在地。黛安諾拉似乎是唯一留在他們附近的人，其他人都已慌忙趕往門口。依索拉濺到她身上的血感覺十分滾燙。

國王既已離開，眾人紛紛急著遠離此地，在慌亂中步伐踉蹌，互相推擠。她看見兩名禁衛軍推著卡梅納．齊亞萊從一扇側門出去，又有其他禁衛軍拿著一塊布走上前來，打算蓋住依索拉的屍首。他們不得不把儒恩挪開，他好像不明白究竟是怎麼回事，仍然涕泗縱橫，像難過的孩子般把臉皺得無比醜陋。黛安諾拉伸手抹了抹臉頰，拿開時手指沾了血痕。禁衛軍把布覆在歌師身上，其中一人戰戰兢兢拾起儒恩砍斷的臂膀，一併推到布底下。那是黛安諾拉看著他砍的。她好像整張臉全是血。在瀕臨崩潰的邊緣，她環顧四周，想看有誰能來幫她，怎麼幫都好。

「我們走吧，夫人。」有個她迫切需要的嗓音說，那聲音不知怎地驟然出現在她身邊。「來吧，我帶妳回色善。」

「啊，謝托，」她悄聲道：「拜託了。拜託你了，謝托。」

消息迅速傳遍色善，恍若火種在色善中燃起流言與恐懼的烈火。伊嘉斯人行刺未遂。同夥之中有齊亞萊人。

而且差一點就成功了。

謝托催著黛安諾拉穿過走廊，返回房間，帶著怒氣充滿保護慾地甩上了門，把徘徊的緊張人群阻擋在外，那些人在走廊上留連不去，直似一大群身披綢緞的飛蛾。他不停低聲安撫，替她脫衣洗浴，然後用最溫暖的袍子小心地將她裹好。她控制不住地哆嗦，說不出話來。謝托生了火，讓她在爐火邊坐下，她溫順地喝了謝托泡來安定心神的瑪苭提茶，連喝了兩杯。最後顫抖終於止住了，但她還是難以開口說話。謝托要她待在爐火前坐著。反正她也不想離開。

她腦裡一片混沌，十分麻木。她似乎完全沒有能力消化，沒有能力理出對剛才那一切的適當反應。

然而有那麼一個念頭驅逐其他所有的思緒，在她腦中陣陣敲擊，猶如傳令官的儀杖轟然敲響地板。那個念頭是如此不可思議，如此令人渾身癱軟，她在鋪天蓋地而來的一波波劇烈頭痛中奮力試著將其逐出腦海。可是她辦不到。響亮的敲擊聲反覆穿透她的腦袋：她救了他一命。

提嘉納只差那一下心跳就能回歸世間。布蘭庭本該被十字弓終結的那一下心跳。

她昨天夢到了家。那個家鄉曾有孩童嬉戲，高塔環繞，有的依山，有的傍水，有的矗立在連綿蜿蜒的白色或金色沙灘，緊鄰濱海的宮殿。家是想望，是渴切的美夢，是夢中的名字。然而今天下午她偏偏做了那麼一個舉動，阻止那個名字回歸世界，將其封鎖在夢境當中，直到連夢也全然消逝。

她要怎麼面對這個事實？怎麼可能接受這背後的意義？她來此是為了殺死伊嘉斯的布蘭庭，了結他的性命，好讓失落的提嘉納復甦。但她反而……

她又顫抖起來。謝托一面忙亂地照料，一面輕聲安慰，把火生得更旺，又拿來一張毯子蓋住她的雙膝與雙腳。見到她臉上的淚水，謝托手足無措，用異樣的聲調著急地輕叫一聲。過了一陣子不知是誰猛力敲門，謝托把那些人都趕走了，她從沒聽他那麼惡聲惡氣過。

一點一點地，無比緩慢地，她逐漸鎮定下來。透過從高窗柔柔灑落的天光，她看得出這個午後即將步入黃昏。她用手背抹一抹臉頰與雙眼，坐直身體。她得在夕暮時分前準備完畢，夕暮時分是布蘭庭派人前來色善召幸女妾的時刻。

她從椅子起身，慶幸地發現雙腿穩了點。謝托奔上來勸阻，但一見到她的神色便住了嘴。他沒再多說一句，領著她穿過內殿的門，沿著走廊前往浴堂，用凶狠的眼神讓那裡的侍役不敢開口。她有種要是那些人敢說話就會被謝托甩一耳光的感覺，儘管她從沒聽說謝托動過粗——從他殺了人而遭到閹割後就沒有過。

她讓侍僕為她洗沐，抹上讓肌膚柔嫩的香膏。下午時她的皮膚還沾著血。水流在她身周湧動，接著流逝。侍役替她洗髮，之後謝托在她的手指和腳趾塗色，是個柔和的色調，微帶煙灰的玫瑰色。和血色天差地別，毫無憤怒或哀痛的顏色。晚點她會抹上同樣的唇色。但她不認為他們今晚會歡愛；她會摟他入懷，和他彼此相擁。她返回寢室，靜候傳召。

天色告訴她夜幕已經降下。色善中人總是對夜色降臨之時一清二楚，每一日都在等待入夜的時刻逐步趨近，再送那一刻遠離。她要謝托去門外等著領命。

沒過多久他回到屋內，告訴她布蘭庭宣召了索洛莉絲。

狂怒在她體內燃起，爆裂開來，猶如……猶如伊嘉斯的依索拉那顆在謁見廳迸裂的頭顱。突如其來的怒火猛烈得令黛安諾拉難以呼吸，她此生從未體驗這種感受，彷彿有一鍋白熾滾燙的大釜在她心中沸騰。提嘉納覆亡之後，弟弟被迫遠走他鄉之後，她始終有意地形塑這份仇恨，加以控制、引導、透過目標來驅使，那是一團精心看顧的烈焰，因為她明白那堆火必須燒上很久很久。

此刻的卻是地獄之火。體內煮沸的大釜向外溢流，浩浩蕩蕩，勢不可擋，所到之處席捲一切，宛若岩漿。要是布蘭庭這時人在她房內，她會撕抓啃咬著把他的心臟挖出來，就像那群女人在山坡上將亞達昂扯碎一般。她眼看著面前的謝托不由自主退開一步，在此之前她沒見過謝托畏懼她或任何人。但這個觀察在此時毫不重要。

重要的是，最最重要的，唯一重要的，是她今天救了伊嘉斯的布蘭庭一命；她對家鄉純潔無瑕的記憶、多年前為了來到此地所許下的誓言，都因此舉形同被擲入糞土，染上四濺的血汙。她違逆了她過去最在乎的一切，比當初在切譚多只花一枚錢幣便上樓與她交歡的任何男人更殘忍地玷汙了自己。

她得到了什麼回報？作為回報，布蘭庭決定召幸索洛莉絲・寇爾帖，留她孤枕獨眠。

怎麼能，他怎麼能做這種事。

縱使黛安諾拉在滔天怒火中依然明白他可能有什麼理由，但那根本無所謂。她明白今晚他不需要機鋒或聰慧，不需要火花，不需要疑問或建議，也不需要情慾。他會需要的是和順、毫無思考、本能反應的溫柔，那是索洛莉絲能給的。她自己顯然給不了，給不了那撫慰的崇拜、似水的柔情、憐惜的話語。他今晚需要的是庇護的港灣。她都理解——這些也是她需要的，在今天經歷了那些以後迫切需要。

可是她需要他來給。

因此黛安諾拉那夜孤伶伶躺在床上，沒有任何人庇護她，什麼也庇護不了她。她渾身裸露，無從躲避在怒火終於停息時來襲的一切。

她徹夜未眠，聽著黑夜中分為三次敲響的鐘聲，先是第一聲，接著第二聲。但在昭告灰濛黎明即將到來的第三次鐘響之前，她身上出現了兩個變化。

其一是某段記憶不可遏阻地反撲——提嘉納淪陷那年有數不盡的悲哀，但唯有這段回憶始終被她小心翼翼地隔絕於腦海之外。可是她在餘燼夜的黑暗中全無庇護，脆弱畢露，靈魂遠遠漂離能讓她停靠的港岸。

當布蘭庭在王宮另一頭尋求索洛莉絲・寇爾帖的撫慰，黛安諾拉卻彷彿孤身一人躺在荒野，無法抵擋從多年前回歸的一個個片段漫天侵襲。那些片段中有愛，有痛，有在痛苦中失去的愛，痛得太過撕心裂肺，有如凍入骨髓的寒風吹在心頭，在尋常時候本不該面對。

然而死亡之手在這一日觸碰了布蘭庭，是她憑一己之力帶開了那隻手，引導國王穿越了最為漆黑的茉里安之扉；何況今晚又是餘燼夜，是亡靈與暗影之夜。這絕不可能是什麼尋常時刻，也的確不是。連綿不斷、紛至沓來的片段無情地淹沒黛安諾拉，恍若幽暗汪洋的浪潮，那是她弟弟遠走天涯之前最後留下的回憶。

***

當年他年紀太小，無法參加戴薩河戰役。未滿十五歲不得從軍，瓦倫廷王爵神態肅穆地馳向北方以前如此宣告。布蘭庭率軍壓境的消息傳來後，伊安娜祭師長丹諾里昂帶走了王爵的么子雅列森，逃往南方躲藏。

那是史蒂芬戰死之後的事了，在僅有的那次勝利之後。人人都知道——無論是從戰場倖存、精疲力竭的男人，抑或是留下來的老弱婦孺，人人都知道布蘭庭的到來代表他們生活過、愛過的世界將會終結。

他們不曉得的是所謂的終結有多麼確實，不曉得伊嘉斯的法師之王擁有什麼力量，而他又做了什麼。隨著一天天、一月月過去，他們才逐漸體會冷硬殘酷的現實，那現實就像一顆瘤，在倖存之人的靈魂裡逐漸腫脹潰爛。

在戴薩河戰死的人很幸運，有人這樣說。那是提嘉納死去的一年，承受死亡煎熬的人們越來越常這麼說，在耳語中，在痛苦中。

接獲第二次戴薩河戰役的音訊後，黛安諾拉與弟弟只剩下心智如弓弦般繃斷了的母親。伊嘉斯軍的先鋒部隊進入王城，盤據提嘉納的街道與廣場，占領貴族宅院與配色雅致的臨海宮，在此同時，母親對外界的最後一絲意識隨之消逝，只是溫良沉默地漫步於兒女無法追隨的所在。

那個夏天，有時她會坐在庭院的殘磚碎瓦之間，對看不見的事物微笑點頭，身周滿是砸碎的石塊。這時她女兒的心總會揪痛，如同舊傷在冬季的雨天發疼。

黛安諾拉盡力操持家務，雖然已有三名傭人和學徒隨她父親一同戰死，到了伊嘉斯軍入城展開大肆破壞之後，不久又有兩人逃往異鄉。她怪不了他們。後來只剩一名女傭與年紀最輕的學徒留了下來。

她弟弟和那位學徒直等到漫長的焚燒與摧毀行動結束，才出外找些清除瓦礫或維修牆壁之類的工作；在伊嘉斯的命令之下，城裡開始進行有限度的重建。生活開始逐漸回到正軌，起碼在如今的下寇爾帖省邦當中的同名之城，那姑且算得上正軌。

那是個除了他們自己人之外，誰也聽不見提嘉納這個詞的世界。過不了多久，他們便放棄在公共場合提起這個名字。除了伊嘉斯人，也有不少商人與錢莊業者連忙從寇爾帖趕來，在斷瓦殘垣和緩慢重建的城市裡尋求賺錢的機會，這些人總會在聽聞這個名字之際面露不明所以的茫然神情，令人內心一絞，這實在太痛苦了——而這份痛苦本身，恰恰也是沒有名字能夠言說的傷痛。

黛安諾拉還記得她頭一次稱呼家鄉為下寇爾帖的那一刻，那情景是如此地扎人、銳利而鮮明。每個倖存者都記得，對每個人而言，那一瞬間都像是嵌入靈魂的魚鉤。不管是第一場或第二場戰役，在戴薩河戰死的人很幸運，當年人人都把這句話掛在嘴邊。

第一年的夏天到秋季，她看著弟弟在苦澀沉鬱中成熟，痛惜著他逝去的微笑、不再響起的笑聲、過早結束的童年，渾然不知自己尚貌不驚人的空洞面容也深深刻印著同樣的慘痛教訓，同樣失落的一切。她在夏末滿十六歲，他則在秋天年滿十五。他的命名日那天，黛安諾拉做了一塊蛋糕，由學徒、僅剩的年邁女傭、母親、弟弟和她自己分著吃。他們沒邀其他客人，在那一整年任何形式的集會都是禁止的。母親在黛安諾拉遞給她一塊黑色蛋糕時面露笑容，但黛安諾拉明白那抹微笑和在場的任何人毫無關係。

她弟弟也明白。他出奇凝重地親吻母親的額頭，再親吻姊姊，隨後離家遁入夜色。那時候，入夜後在外遊蕩當然是犯法的，但有種力量不停驅使他在街道上遊走，走過幾乎在每個街角悶燒的火焰。他彷彿想挑戰看看巡邏的伊嘉斯軍會不會抓到他，像要接受他在開戰時竟年僅十四歲的懲罰。

那年秋季，有兩名軍人在夜裡中刀身亡，政府隨即做出回應，有二十人遭處死輪之刑，綁在輪上等死的人包括六名女子，五名孩童。大部分的人黛安諾拉都認識——城裡所剩的人並不多，大家都相互認識。自此以後，黛安諾拉每到夜裡都必須逃離那些孩子的慘叫，以及愈趨細微的哀哭。

之後再也沒有軍人被殺。

弟弟依舊在夜裡外出。她會清醒地躺在床上，直到聽見他返回家中。他每次都會刻意發出聲響讓黛安諾拉聽見，這樣她才睡得著。他不知怎地很清楚她會醒著，儘管她從沒提過。

他有一頭深色頭髮配上深棕色雙眸，本該很英俊才是，可惜實在太瘦，缺乏睡眠和悲痛導致眼神黯淡，眼周有著黑眼圈。頭一年的冬天糧食不多，戰火燒光了大半收成，其餘則遭抄沒，但黛安諾拉盡力想辦法養活家裡的五口。唯獨他的眼神，她無能為力。那年人人都有相同的眼神，她在鏡中也能見到。

隔年春天，伊嘉斯軍發現一種新的樂子。這件事大概本就無可避免，布蘭庭深深種下了報復的種子，而那正是從中滋長的惡意之苗。

黛安諾拉記得在最初的那一天，她坐在樓上的窗邊，遠遠注視著弟弟和那位學徒（當然，他已經不是學徒了）。他們兩人在清晨的陽光下穿越廣場，前往做工的地方，清風吹著片片白雲在天空飄過，一小群士兵迎面走來招呼兩個少年。為了吹點微風也讓房裡透透氣，她開著窗子，從頭到尾都聽見了。

「快來幫幫我們！」有個士兵嚷道，她從窗邊就能瞧見那不懷好意的笑容。「我們迷路了。」那人哀叫，其他士兵則迅速將兩個少年團團包圍，一夥人發出居心不良的笑聲，其中一個用手肘頂了頂另一個同伴。

「這是哪裡啊？」士兵狀似可憐地問道。

她弟弟謹慎地盯著地面，說了廣場和附近街道的名稱。

「這可沒用！」士兵埋怨道：「路名對我來說有什麼用？我連我人在哪個該死的城市都不曉得！」一片哄笑，其中蘊含的惡意令黛安諾拉一個瑟縮。

「下寇爾帖。」學徒飛快地咕噥，她弟弟一語不發。士兵都注意到了他的沉默。

「什麼城市？你來說。」為首的人語氣更加尖銳，推了她弟弟的肩膀一把。

「我告訴你了，下寇爾帖。」學徒大聲插話。有個士兵往他頭側一掌打下去，他一個踉蹌，差點跌倒，但他打定主意不抬手去碰自己的頭。

黛安諾拉的一顆心驚懼地狂跳，只見弟弟這時抬起頭來，深色頭髮在朝陽下反射光輝。她以為他會出手反擊打人的士兵，以為他會死在這裡，不禁在窗邊站了起來，雙手緊抓住窗沿。底下的廣場陷入駭人的寂靜。陽光燦爛。

「下寇爾帖。」她弟弟說道，彷彿那一字一句都噎在他的喉嚨。

士兵大聲笑鬧著放過了他們。

姑且放過他們一天。

兩名少年成了同一群軍人最喜歡逗弄的獵物，那群士兵負責巡邏，而他們隸屬的轄區位於臨海宮和三座神廟所在的市中心之間。三神的神廟都沒有遭到毀壞，被砸毀的只有廟裡廟外的塑像，其中兩尊出自她父親的手藝：一座是正當青春、優雅魅惑的茉里安，一座是伊安娜的巨大主塑像，雙手向前伸出，擺出創造星辰的姿態。

春天一日日過去，兩個少年越來越早出門，繞盡遠路只為避開那群士兵，可是大多數早晨他們仍舊會被找到。這時那群伊嘉斯人剛好覺得有些無聊，不過少年想方設法躲閃的行為反倒帶來新的樂趣。

每當他們穿過廣場，黛安諾拉總會來到樓上那扇位於房子正面的窗前，好似只要透過觀看一切、共享一切，那份痛苦就不是只由兩個人承受，而是分攤給三個人，藉此緩解他們的痛楚。那群士兵幾乎總會在他們抵達廣場的那一刻開口搭話。這場遊戲演變得不可收拾的那一日，她也注視著。

這次發生在下午。那天只要做半天的工，因為有個和三神相關的節日，算是春季餘燼節後一系列節令的一環。如同東掌地區的龐霸狄厄軍，伊嘉斯軍也嚴守不得干涉三神習俗和神職人員的命令。兩名少年吃過午餐，便出門去忙下午的工作。

士兵在廣場中央把他們圍住，這些人對這項消遣似乎怎麼也玩不膩。然而那天下午，正當領頭的人千篇一律地說起迷路的藉口，有四個從碼頭方向過來的商人爬上斜坡，一個士兵的靈感忽地從純粹的惡意中迸發。

「站住！」他嘶聲道，四名商人陡然停住腳步。不管你是哪裡人，身在下寇爾帖都非聽令於伊嘉斯軍不可。

「過來。」軍人說道，他的同伴紛紛讓開，好讓商人站在兩個少年面前。那一瞬間，邪惡即將發生的預感降臨在黛安諾拉身上，有如一隻冷冰冰的手指輕觸她的脊骨。

四個商人自稱是阿索里出身，這點從他們的衣著也顯而易見。

「很好，」士兵說道：「我知道你們這些傢伙多貪財。仔細聽好了，待會這兩個臭小子會說他們來自哪個省邦、哪個城市，要是你們說得出他們講了什麼，我以我的名譽和伊嘉斯之王布蘭庭的名義起誓，我會給第一個把名字告訴我的人二十枚伊嘉斯金幣。」

那可是一大筆錢。即便黛安諾拉高高坐在樓上，隔著窗子，她仍看得出那幾位阿索里商人的反應，之後她不由得閉上雙眼。她知道接下來會發生什麼，知道那會多痛；那一刻她無比盼望父親還活著，這份奢望揪心得幾乎令她掉淚。可是弟弟還在底下，置身於憎惡他的士兵當中，於是她逼自己忍住淚水，睜開眼睛。她看著。

「你來，」士兵對學徒說道，他們每次都先從他下手。「你的省邦曾經叫另一個名字，告訴他們。」

她看見名叫納督的那個男孩臉色一白，不知是出於恐懼抑或憤怒，或是兩者皆有。四個商人對他這無關緊要的反應渾然不覺，傾身向前，期盼地專心聆聽。黛安諾拉瞧見納督瞥了她弟弟一眼尋求指引，也說不定是徵求允許。

士兵注意到他的視線。「別搞有的沒的！」他厲聲說，抽出劍來。「想保住你的小命，就把名字說出來。」

納督一字字清晰地說：「提嘉納。」

想當然，沒有商人能覆述他所說的詞，別說二十個伊嘉斯幣了，給二十倍的數目也不可能。黛安諾拉看得出他們一頭霧水，看得出他們眼中的貪意乍然消褪，看得出每個人面對法術時必然心生的畏懼。

士兵大笑不止，相互推搡，其中一個人的笑聲像公雞一樣尖利。他們轉向她弟弟。

「不，」還沒聽他們下令，他便冷冷地說：「你們要玩的已經玩了。他們聽不見那個名字，我們都知道——這還有什麼好證明的？」

他只有十五歲，瘦得過分，深褐色頭髮長得遮到雙眼。她已經一個多月沒幫他剪頭髮了，她一整週都想著該替他剪。她的一隻手抓窗台抓得太用力，血液逆流，手白得像冰。假如可以改變正在發生的光景，要她砍下那隻手也願意。她注意到有其他臉孔在街道旁和廣場對面的窗戶露出來，路上也有些人眼見那一大群男人聚在一起，由於嗅到驟然劍拔弩張的氣氛而停下腳步。

這下狀況不妙，一旦有人旁觀，那些軍人就不得不明確樹立自身的威權，這已經不再是原本私下取樂的遊戲了。黛安諾拉想撇過頭去。她想要父親從戴薩河回來，想要瓦倫廷王爵活著回來，想要不知漫步於哪個國度的母親回來。

她看著。為了共同承受，為了見證和記住；那時候的她已明白，在未來的漫長歲月有如果什麼事是重要的，那就是見證與記憶。

拔劍的軍人極其審慎地以劍尖抵住她弟弟的胸口，下午的陽光照得劍刃熠熠閃爍。那是實戰用的劍，是軍人的佩劍。聚集在廣場外圍的人群發出輕呼。

她弟弟有些豁出去地開口：「他們聽不見那個名字，你明知道他們聽不到。你們已經把我們擊潰了，繼續讓我們痛苦有必要嗎？真的有必要嗎？」

他才十五歲，黛安諾拉暗自祈禱，死命抓著窗沿的手宛若鉤爪。他年紀太小不能打仗，他不被允許上戰場。原諒他這次吧，求求你們。

四個阿索里商人不約而同迅速退到範圍之外。其中一個軍人（笑聲尖利的那個）不自在地調整姿勢，像是後悔事態演變至此。可是四周圍起了人群，那男孩得到的機會夠多了，他們別無選擇。

劍尖輕巧地稍稍挺進，隨即收回，一小團血自藍色衣衫的裂縫冒出，停滯片刻，在春日陽光之下顯得鮮亮，彷彿渴望追隨劍刃而去，之後綻裂開來向下流淌，染紅了藍衣。

「名字。」士兵輕聲說，語調中的戲謔蕩然無存。黛安諾拉恍然明白，他是職業軍人，也已準備好動手殺人。

為了見證，為了留下記憶，她看著弟弟這時打開雙腳一站，像是要將自己穩穩固定於廣場的土地；她看著他垂在身側的雙手緊握成拳，看著他仰起頭來，面朝天空。

然後聽見他的吶喊。

他滿足了那些人的要求，遵從了他們的命令，然而神態既不愁苦也不膽怯，更不羞愧。他穩穩扎根於先祖的土地之上，佇立於親人的屋宅前方，直望燦陽，任憑那個名字從靈魂深處噴發。

「提嘉納！」他用人人都聽得見的聲量喊道，無一遺漏地傳入廣場上每一個人耳中。然後又是更宏亮的一聲：「提嘉納！」緊接著是第三聲，也是最後一聲，他全力扯開喉嚨，帶著驕傲，帶著愛，懷抱恆久綿長、毫不愧悔的不屈之心。

「提嘉納！」

那一聲呼喊迴盪整個廣場，傳遍街道，飄揚至人們觀望的窗邊，響徹周遭的房屋，向西直達海洋，往東直抵神廟，再遞送至更遙遠的遠方——那是一個聲音，一個名字，在明媚晴光中奮力擲出的一份憂傷。儘管商人記不住那個名字，儘管士兵無法將其留在腦中，窗前的婦女、她們身邊的孩童、凝結般佇立於廣場和街道上的男人卻聽得一清二楚，把那個名字緊緊攢在心底。他們感受得到那響遍四面八方的吶喊中深埋的榮耀，也將記住那份驕傲。

士兵環顧四周，徹底看清並明白了這個事實。它一覽無遺地寫在周圍的人臉上。他不過是遵從了他們的命令，卻完全翻轉了整個遊戲，縱使他們只能隱約領會箇中原因，但他們曉得這完全變調了。

他們當然痛打了他一頓。

用拳打，用腳踢，抽出他們精心保養的劍用劍身的平坦面痛擊。納督跟著挨揍，只因他在場，所以他也該打。但人群並未散去。通常有人挨打時旁人都會閃避，然而這次他們默然注視，以這麼多人來說靜得反常。現場只聽得見毆打聲，因為兩個少年都沒叫出聲來，士兵也沒開口說話。

結束後，他們咒罵喝斥著驅散人群；集會是違法的，就算這次是他們自己引來眾人聚集。過不了多久人們便散去，只剩那些樓上的窗戶邊仍有幾張臉藏在半掩的窗簾後，凝望底下的廣場，此時廣場上唯有兩名少年倒臥於逐漸落定的塵灰，衣服上的血跡在清亮的光線下十分鮮明。周遭有鳥歌唱，整個過程中鳥兒始終歌唱不歇。黛安諾拉都還記得。

她強迫自己留在原地，不要下樓奔向他們。讓他們獨自承擔這一切，這是他們的權利。終於，她瞧見弟弟起身，行動遲滯，彷彿每個動作都得刻意執行，像個年邁體衰的老人。她瞧見他對納督說話，小心地扶他站起。然後，一如她的預料，她瞧見渾身髒污、受傷流血、步履極其蹣跚的他領著納督往東而去，走向他們那天預定做工的地點，頭也不回。

她目送他們遠去，一滴淚也沒流，等兩人拐過廣場另一端的轉角從視線中消失，她才離開窗戶。直到這時，她總算鬆開死死抓住木製窗沿、用力得毫無血色的手；也是直到這時，在拉上窗簾、不會被任何人看見的情況下，她總算允許淚水滴落——因為愛，因為他所受的苦楚，因為椎心的驕傲。

等他們那晚回來，她和女傭燒了熱水給他們沐浴，盡可能處理傷口和黑紫的瘀青。

稍後吃晚餐時，納督說他決定離開。今晚就走，他說。他受不了了，他這麼說道，在座位上坐立不安地扭動。話是對黛安諾拉說的，因為她弟弟一聽見納督的宣告便撇開了頭。

在這地方根本沒辦法過日子，納督用受傷發腫的嘴唇激動又急切地這樣說。有殘暴的士兵，再加上比士兵更暴虐的稅賦，在這裡是過不下去的。納督說，一個年輕人——像他這樣的年輕人要是這輩子希望有什麼成就，那就非離開不可。他迫切的眼神懇求著她的理解，不停焦慮地瞥向她弟弟，但弟弟此時已把身子整個轉了過去，背對他們兩人。

你要去哪裡？黛安諾拉這麼問道。

他說阿索里。人人皆知那是生活不易的多雨之地，夏季溼熱得令人難以忍受，但那裡有注入新血的空間。他聽說阿索里很歡迎外人，比東方的龐霸狄厄領地還要歡迎。他死也不去寇爾帖或齊亞萊；提嘉納人絕對不去那裡，他如是說。聞言她弟弟發出細微的聲音，但仍舊沒有回頭，納督再度瞥了他一眼，嚥了一下口水，喉結上下滾動。

有另外三個年輕男人擬了計畫，他這樣告訴黛安諾拉。他們安排今晚溜出城，然後想辦法向北。他說他知道這件事好一陣子了，只是先前沒有下定決心，先前他還不確定該如何是好。但今天早上的事讓他打定了主意。

願伊安娜照亮你的路途，黛安諾拉真誠地對他說。他從以前就是個好學徒，後來也是勇敢忠誠的朋友。這裡時時刻刻都有人離去，畢竟下寇爾帖省邦正遭逢厄運，是個蕭條敗壞之地。納督的左眼腫得完全張不開，今天下午要是一個弄不好，他很有可能丟掉性命。

稍後他將少得可憐的行囊打點妥當，準備好動身出發，黛安諾拉拿出幾枚父親藏在密箱中的銀幣交給他，親吻他道別。他掉下淚來。他祈求了她母親的祝福，打開門，臨到門邊又回過頭來，仍止不住地哭。

「再見。」他悲苦地對客廳中的那個背影說，她弟弟正動也不動地注視著爐火。見到納督的表情，黛安諾拉暗自祈禱弟弟會轉過身來。但他沒有。他刻意跪下，往火裡添了另一根木柴。

納督又凝視他半晌，接著轉頭看向黛安諾拉，噙著眼淚徒勞無功地努力扯出顫抖的微笑，隨後沒入夜色，就此遠去。

過了很久，等爐火開始熄滅，她弟弟也出門去了。黛安諾拉坐著凝視火苗緩緩燃盡，起身進房看望母親，然後回房就寢。躺下時她覺得有個重量壓著她的身軀，遠比碎布縫製的被褥沉重許多。

他進屋時，黛安諾拉還醒著。一向如此。她聽見他按照習慣大聲踏上樓梯口，好讓她知道他平安回家了，但之後便悄無聲息，原本再來應該會聽見他打開自己的房門接著關上的聲響。

已經非常晚了。她又躺了片刻，被這天所有的哀傷重重包圍，受其掌控。然後她有如吃了藥或做著清醒夢似的，拖著沉重的身軀起身點亮一根蠟燭，走到門邊，打開房門。

他正佇立在外頭的走廊。藉著閃爍的燭光，她瞥見兩道淚水如河流般奔瀉，毫不停歇地順著瘀青腫脹的臉頰滑落。她的手顫了起來，說不出話。

「為什麼我沒向他道別？」她聽見他哽咽地說：「為什麼妳沒叫我跟他道別？」她從沒聽他流露這樣的淒楚，就連聽聞父親在河邊戰死時也沒有。

黛安諾拉心痛不已，將蠟燭往壁架一擱，那個架上曾放有父親為母親雕刻的半身塑像。她向前跨越那咫尺的距離，將弟弟摟入懷中，包裹住他猛烈得渾身顫抖的抽噎。他從來沒哭過，至少從沒在她面前哭過。她領著他進房間，在他身邊躺下，緊緊抱著他，兩人就這麼一同哭泣許久。她說不清究竟多久。

她的窗戶沒關，可以聽見微風輕拂外頭的嫩葉。有隻鳥啼叫起來，另一隻從道路對面應和。這世界是懷夢之地，也或許是憂傷之地，可能是兩者之一，也可能兩者皆是。兩者之一，兩者皆是。在黑夜的庇護下，她慢慢替他將衣衫拉過頭頂脫下，小心不牽動到他的傷，隨後褪去自己的袍子。她的心撲通狂跳，恰似森林野獸被捕獲時的心跳。手指觸碰他的喉嚨之際，她也感覺得到他的脈搏正跳得飛快。雙月皆已沉落，晚風在屋外的眾葉之間穿梭。於是——

於是，黑暗籠罩於頭頂，圍繞於周遭，將他們倆緊緊包覆，既是無月之夜的濃黑，也是那段日子的黑暗；在這樣的黑茫茫之中，兩人從彼此身上尋求不見容於社會的淒涼慰藉，逃避他們身處的殘敗世界。

「我們這是在做什麼？」她弟弟一度悄聲說。

然後過了一段時間，待心跳重新緩和下來，他們在不及細思、幾乎滅頂的渴求過後緊緊相依，他一手輕撫她的髮絲，說：「我們做了什麼？」

漫漫多年之後，黛安諾拉孤單地身處於島上深宮，當埋藏最深的這段記憶回歸腦海，她仍記得自己當初的回答。

「啊，貝爾德，」她說：「這世界對我們做了什麼？」

自從初次發生的那一夜，這樣的關係持續了整個春天，直至入夏。他們所做的事有個俗稱，叫神的罪孽；原因在於傳說中亞達昂和伊安娜在天地初開之際本是手足，而後他們誕下了茉里安。

黛安諾拉絲毫不覺得自己像女神，鏡子也沒給她任何幻想，裡頭不過是一張過瘦的臉龐，以及大得出奇、目不轉睛的眼眸。她只曉得自己感受到的幸福令她害怕，使她深陷於罪惡感中，但她對貝爾德的愛就是她的整個世界。幾乎一樣駭人的是她在貝爾德身上看見同等深厚的愛，同等令人震撼的激情。她心底時時憂懼，然而他們依舊追尋著那份轉瞬即逝的快樂——在這片失去光亦不容許任何光明的土地，那朵禁忌之焰實在過於耀眼。

他每晚都來找她。女傭睡在樓下，母親睡在（也醒在）自己的世界。他們在黛安諾拉臥房的黑暗裡頭逃向彼此，在失落之中、在深知自身過錯之餘追尋著純真。

有些夜裡，他仍舊按捺不住地出門，在無人的街道遊走。發生的次數不如以往那麼頻繁，為此她深感慶幸，也視之為合理化自身行為的某種藉口。那年春天有幾個年輕人因宵禁期間在外遊蕩被捕，死於輪上。倘若她所做的一切能保住他的命，她甘心面對在茉里安的殿堂等待著她的任何制裁。

但她也沒辦法夜夜留住他。有些時候，一種她無法同感也無法真正理解的需求會驅策著他出走。他試著解釋過，說夜空無論是雙月照耀、單月獨掛抑或只餘星辰，都令這座城顯現不同的樣貌，他說較為柔和的光線與黑影讓他覺得這座城又恢復成了提嘉納，說他可以靜靜走下海邊，來到暗影幢幢的宮殿，黑夜裡那些瓦礫與廢墟會在他心中重建，再現昔日風光。

他需要的是那個，他如是說。他從未挑釁過士兵，也答應她決不會這麼做。他說他壓根不想見到那些傢伙，他們會毀掉他渴望的幻象，他只是想要在記憶裡重返那座消逝的城。貝爾德告訴她，他知道海港的圍牆有些裂隙，有時他會從中溜出去，沿著海灘往前走，傾聽浪濤的聲音。

在白天他辛勤幹活，只是個消瘦的男孩卻做著壯漢的工，幫忙重建他們獲准重建的建設。有些富商自長年敵對的寇爾帖前來，獲准在城裡安頓，以低廉的價格大量收購砸毀的住宅與王居，隨意重建成他們想要的樣子。

偶爾貝爾德幹完活歸來，身上會帶著傷口跟新的瘀血，有次肩上還多了一道鞭痕。她心知即便某一群士兵拿他取樂玩夠了，也會換下一批。聽說這樣的事只在此地發生。其他地區的軍人都律己甚嚴，伊嘉斯之王也用心治理，以求統合所轄諸邦對抗龐霸狄厄。

但下寇爾帖不一樣。這裡的人殺了他兒子。

她看見貝爾德身上的傷，總不忍心開口阻止他在渴望湧現時趁夜追索他逝去的城；縱使每當他在夜色降臨後將大門帶上，她總會活在上百個噩夢中，死上好幾十遍——直到聽見門扉再度開啟，聽見深愛又熟悉的腳步聲踩著階梯，來到樓梯口，然後走進她臥室，擁她入懷。

這樣的關係持續至夏季，接著就結束了。一切都結束了，早在黑暗中的第一次，她傾聽鳥兒的鳴叫、風在屋外的樹梢吹拂，她那顆了然的心便這麼警告過。

有天晚上，刺繡般的薄雲高掛天際，藍月伊萊琉在雲間行過夜空，他出外遊蕩，在跟平時差不多的時間返回家中。夜色很美，她遲遲沒睡，坐在窗邊凝視灑落於家家戶戶屋頂上的月光。但等他回來時她已經躺臥在床上，心頭混雜著熟悉的慶幸、罪惡感與渴求，不自覺心跳加速。他走進她房間。

他沒有到床鋪躺下，反倒坐進她稍早在窗邊坐的椅子。有種奇異、麻木的憂懼感湧現，她打亮火種，點起蠟燭，坐起身注視著他。即便映著燭光，她仍看得出他臉色煞白。她什麼也沒說，默然等待。

「我去了海邊，」貝爾德悄聲道：「在那裡看到了孋瑟迦。」

她一向清楚這會結束。非結束不可。

她問出了腦中想到的第一個問題。「有沒有別人看到她？」

他搖頭。

他們彼此對望，默然無語。她詫異自己竟如此冷靜，自己擱在被毯上的雙手如此穩定。靜默中，她驀然領悟了一件事，說不定她早就隱隱察覺到了。「畢竟你純粹是為了我才留在這裡。」她說，單純地陳述事實，毫無責怪之意。他見到了孋瑟迦。

他閉上雙眼。「妳早就知道了？」

「對。」她撒謊道。

「對不起。」他望向她說。可是她明白，倘若她有辦法掩飾這個事實對她而言其實多麼措手不及、其實冰冷刺骨得能要了她的命，一切對他來說都會輕鬆些。這是個禮物——或許是她能送給他的最後一個禮物。

「不用道歉。」她說，雙手平穩地放在他能看見之處。「真的，我懂。」她真的懂，儘管她的心傷痛不已，有如僅存單翼的鳥，只能在地面繞著小圈圈撲翅打轉。

「那個孋瑟迦——」他開口，隨即打住。她明白，因為那是超越想像、令人驚慌失措的事。

「她表達得很明確，」他懇切地說：「明確點出了預言中的岔路。說我非走不可。」

她在他眼中瞧見了對她的愛。她用意志力逼自己堅強起來，堅強到能幫助他離開她身邊。啊，我的弟弟，她這麼想著：如今換你要離我而去了嗎？

她說：「我知道她表達得很明白，貝爾德。我知道你非走不可。這些注定刻印在你的掌紋上。」她嚥了嚥口水。這遠比她想像的更困難。她說：「你打算去哪裡？」我所愛的人啊，她默默補上這一句，但沒有明說，只在心底想著。

「這我想過了。」他說。

此時他挺直背脊，她看得出她的冷靜帶給了他力量。她使盡全力緊抓這根稻草不放。

「我要去找王爵。」他說。

「什麼？雅列森？我們連他是不是還活著都不曉得。」她脫口而出。

「有傳言說他還活著，」貝爾德說道：「據說他母親和伊安娜祭師隱姓埋名躲藏起來，王爵本人則被送走了。假如我們或提嘉納還能抱持任何希望、任何夢想，關鍵就在雅列森身上。」

「他才十五歲。」她說。她就是禁不住說出了口。你也是，她暗忖：貝爾德，我們的童年到哪裡去了？

在燭光的映照下，他深色的雙眼絲毫不像少年。「我覺得年紀無關緊要。」他說：「即使有辦法成功，這也不會是一朝一夕或一蹴可幾的事。等時機成熟，他就不只十五歲了。」

「你也是。」她說。

「妳也是，」貝爾德重複道。「噢，黛安，往後妳打算怎麼辦？」除了父親，從來沒人這麼喊她。說來真蠢，讓她差點情緒潰堤的竟是這個名字。

她搖頭，「不曉得。」她坦率地說：「照料母親。找個人嫁了。如果省著點用，家裡的錢還能撐一陣子。」見到他如遭雷殛的神色，她趕忙出言安撫。「你別擔心這些，貝爾德。聽我說，你見到了鱺瑟迦！難道你情願反抗命運，餘生都留在這個城市清掃瓦礫？這年頭沒人的選擇是輕鬆的，我面臨的抉擇還不至於跟大多數人一樣艱難。但說不定，」她挑釁地昂起頭，追加一句：「我會想辦法追尋和你相同的夢想。」

她竟然在那一夜便說出了這句話，如今想來令她震驚。就好像她自己也見到了鱺瑟迦，看清了眼前的道路，縱使貝爾德的路途注定與她分開。

色善殿內孤寂寒冷，可是遠遠及不上她那一夜的感受。徵得她的允許後，他片刻也不曾多加逗留。她起身穿衣，幫著他打包了少少幾樣東西。他連一枚銀幣都堅決不要，她準備了一小袋食物，只夠讓他在漫漫長路的第一個日出果腹。臨到門邊，在夏夜的黑暗中，他們擁住彼此，無聲地緊緊抱著。兩個人都沒哭，彷彿彼此都明白哭泣的時候早已過了。

「假如女神和神君垂愛，」貝爾德說道：「日後我們一定會再相逢。這一生我每一天都會想著妳。我愛妳，黛安諾拉。」

「我也是。」她告訴他：「我想你知道我的愛有多深。願伊安娜照亮你的路途，指引你返回家鄉。」她就只說了這些。就只想得到要說這些。

他走以後，她裹著母親的舊披肩坐在客廳，凝視著昨晚爐火的灰燼出神，直至天明。

當時，她自身的計畫已粗具雛形。

那個計畫引領她來到這裡，經過這麼多年，在這個本不必獨自一人的時刻躺在另一張孤單的床上，度過幽魂徘徊的餘燼夜。她孤單面對所有的記憶，隨之而來的是再次產生的覺悟，也看清她放任自己變成了什麼模樣——就在這座島嶼，在布蘭庭的宮廷，在布蘭庭的身邊。

於是在這個餘燼夜，身處色善殿的黛安諾拉迎來兩個變化。

第一是她弟弟的回憶有如浪濤般襲來，一個片段緊接另一個片段，最後終結於爐火熄滅的灰燼。

第二件則無可避免地緊隨而來，源於許久以前的那一年，源於記憶與罪疚，源於此刻狂風暴雨般的心傷，只因偏偏就在這一夜，她竟得如此毫無防備地孤枕獨眠……這錯綜交織的千頭萬緒中迸發了第二個變化——她終於下定了決心。經過這麼多年，她終於下了決定，想定了她勢在必行的行動。非採取這個行動不可，無論引發什麼後果。

她躺在床上，睡意全無，渾身發冷，心知自己感受到的寒意與其說來自外界，其實大多源於內在。她知道在宮中的某處，行刑者正在刑求企圖刺殺篡君以解放家鄉的卡梅納．齊亞萊。他在行刺前就很清楚自己會死，也清楚會是什麼死法。

此刻那些行刑者想必就在他身邊，以精準的手法施加痛苦。那些人對自己的技巧心懷專家的自傲，首先會將他的手指一根根折斷，接著換手腕與兩臂，再來是腳趾、足踝、雙腿。那些人會做得小心謹慎，態度甚至堪稱溫柔，殷勤地確保他維持心跳，如此一來，等他的脊骨被折斷（這一向是最後一步），才能將他活生生綁上死輪，帶到宮外的碼頭廣場，在鄉親父老的眼前死去。

她做夢也沒想到卡梅納內心有這等勇氣，這般熱情。原本她瞧不起他，覺得他裝腔作勢，不過是穿著三層斗篷招搖，只是個夢想在宮廷飛黃騰達的一介小詩人。

她再也不這麼想了，昨日下午的事件讓她對卡梅納刮目相看。如今他既已動手，眼見他被交給酷刑官，之後勢必會送上死輪，她再也無法忽視一個問題，正如她無法繼續深埋關於貝爾德的記憶。至少今晚不行，她是這麼地毫無庇護，這麼地清醒。

這個念頭宛若一陣冬風，直透靈魂深處：*卡梅納都做了，那她算什麼？*

她多年前擬定的計畫算什麼？那是一個十六歲少女心懷無比的傲氣決意執行的計畫，就在她弟弟離開的那一夜。那夜他在月光下的海濱見到了鱺瑟迦，就這麼啟程尋找王爵。

她曉得答案。當然曉得。她知道她身上的那些稱呼，知道她在這座島掙來的名聲，一個個都像灑在傷口上的酸酒般刺痛難忍。帶著內在的痛楚，黛安諾拉不顧自己渾身發顫，奮力再一次試著把心給喚回來，從宮殿另一側正睡著伊嘉斯之王的那個房間踏上難如登天的旅途，回歸她自身的主宰，儘管截至目前從未成功過。

但今晚不同。今晚有什麼事情變了，因為白天發生的一切，也因為她自己在謁見廳的舉動是那麼無可挽回，無從改變。黛安諾拉體認了這個事實，試著面對，同時感覺到她的心彷彿從遙遠的天邊緩緩歸返，痛苦地從熾烈的愛火抽離出來。先是回歸，接著重拾記憶裡發生於故鄉的其他烈火：田野熊熊燃燒，城市陷入火海，宮殿火光沖天。

在那裡自然尋求不了慰藉。無論哪裡都沒有慰藉，只有無可撼動的提醒：她是誰，她為何身在此地。

在這個餘燼夜，家家戶戶為防曠野中的亡魂與魔法侵襲而門窗緊閉，黛安諾拉在黑暗中動也不動地躺著，輕聲念誦整首古老的預言詩：

一名男子見到鱺瑟迦，
命運自此分岔。
兩名男子見到鱺瑟迦，
一人必將喪命。

三名男子見到饠瑟迦，
一人福星高照，一人命運分岔，一人必將喪命。
一名女子見到饠瑟迦，
路途轉趨明朗。
兩名女子見到饠瑟迦，
一人必將有孕。
三名女子見到饠瑟迦，
一人福星高照，一人路途明朗，一人必將有孕。

等到早上，在寒意與烈火交織、內心一片紛亂之下，她如此告訴自己：等到早上就要付諸行動，完成許久以前便早該開始、早該結束的一切。

三神在上，每個選擇在她眼中都是那麼煎熬，那麼難以實現；她在這深宮之內夢想著人人都得到好結果，但這個夢是多麼渺茫虛幻。但至少她現在終於確定了一件事實：她這個注定踩著曲折之路走向背叛的人生，必須先尋求某個解答——而從布蘭庭親口吐出的言語，她明白了該如何找出明確的道路。

到了早晨，她就要展開行動。

在那之前，她會極其清醒、極其孤獨地躺著，一如多年以前在家中的那一夜，就這樣回憶著所有。

第三部　餘燼相燃

切譚多平原
戴薩河
西納維
歐提茲
切譚多高原
波索堡
村莊
里諾多的村子
布拉丘山脈
奎雷亞邊界
奎雷亞

第九章

路邊的溝渠裡很冷。尼耶沃雷莊園前有一排稀疏的樺樹，橫亙在他們與大門之間，可以權作遮蔽，但寒風轉趨猛烈時依舊刺骨如刀。

昨晚下了雪，儘管正值仲冬，在這麼北邊的地區仍是椿罕事。由於下雪之故，他們從斐洛城策馬啟程後的第二夜頗為寒冷，大地一片銀白，但雅列森不想慢下腳程。隨著夜越來越深，他的話越來越少，貝爾德則本來就是個少言寡語的人，戴文只得把各種疑問吞回肚裡，專心跟上他們的腳步。

他們趁黑跨越阿斯提拔邊境，在黎明後不久抵達尼耶沃雷的領地。三人把坐騎拴在西南方距此約有半哩的樹林中，接著徒步走來這條溝渠。整個早上，戴文數度打起瞌睡。太陽尚未升起時，白雪使眼前的風景顯得奇異、皎潔而美麗，然而天空在下午聚起濃重的灰雲，此時就只餘寒意，一絲美感也不剩了。約莫一小時前又下了場短暫的雪。

等戴文聽見馬匹的鈴鐺聲在一片灰濛中接近，他頓時明白三神這一回果真對他們伸出了邀請的手——不然就是三位神祇決定放任他們做些有可能送命的傻事。他盡可能緊貼著溝渠裡潮溼的地面，思緒飄向卡翠安娜和公爵，他們倆人正和塔奇歐一起留在斐洛，暖和地待在屋內。

一隊龐霸狄厄傭兵在灰暗的大地上出現，共有十幾個人，精力充沛地大聲喧鬧，又是大笑又是唱歌，人與馬的吐息在寒天裡凝結成團團白霧。戴文趴臥在溝中看著他們經過，耳邊聽著貝爾德在他身旁發出輕淺的呼吸聲。龐霸狄厄人在大門前停下，門後曾是屬於尼耶沃雷的領地，如今當然不是了，秋天時這塊地便已充公。隊長翻身下馬，大步邁向深鎖的鐵門，用掛在精緻鏈扣上的兩把鑰匙將門打開，動作花俏，引來隊員的喝采與笑聲。

「第二軍團。」雅列森喃喃說道，這是他數小時來首度開口。「他選了卡勒留斯。跟桑德烈預料的一樣。」

他們望著大門打開，眾馬小跑步進入，最後一人將鐵門鎖上。

貝爾德與雅列森等了片刻才站起身來，戴文跟著起身，由於渾身僵硬而縮了一縮。

「我們得找出這個村子的酒館。」貝爾德說，語調嚴峻得十分不尋常，戴文登時在漸暗的天色中投去一瞥。對方的神色難以捉摸。

「但別進去。」雅列森說：「我們在這裡所做的絕不能被人知曉。」

貝爾德點頭，從羊皮背心的暗袋抽出一張皺巴巴的紙。「要從羅維戈的人開始嗎？」

原來羅維戈的人是個退休船員，住在要往東走上一哩的村莊。他把旅店的地點告訴了他們，又在一筆可觀的錢財誘惑之下吐露一個名字——他知道那個線人在為龐霸狄厄第二軍團的格朗蕭通風報信。老水手數了錢，引人玩味地啐了一口，說了那男人住在什麼地方、有什麼習慣。

兩小時後貝爾德殺了那個線人，趁著他離開家裡的小農場，在他順著鄉間道路走向村裡的酒館時勒死了他。這時天已全黑，戴文從旁幫忙他把屍體搬回尼耶沃雷領地大門，藏在溝裡。

貝爾德一句話也沒說，戴文則想不出該說什麼。線人是個中年男子，頭髮漸禿，有啤酒肚，看起來稱不上特別壞。他看起來只是個正要去最愛的酒館，結果在路上嚇了一大跳的人。戴文暗忖不知他有沒有妻兒，他們沒問羅維戈的人這件事。他很慶幸沒問。

他們在村莊外圍和雅列森會合，他在那裡監視著酒館，一言不發地抬手一指，從拴在客棧外的馬匹當中指出一匹灰褐色的高頭駿馬，是軍人騎的馬。三人向西折返約莫半哩，再度倒臥下來等待，趴伏在路邊觀望。戴文察覺他已經不覺得冷或睏倦了，他壓根沒時間思考這種事。

那晚稍後，冬夜的天空逐漸清朗，在維朵霓冷冽慘白的凝視之下，雅列森殺了他們在等的那個人。戴文才剛聽見軍馬的鈴鐺聲輕響，身邊的王爵早已不見人影，事情也已完成大半。

戴文只聽見一個微弱的聲響，比起驚呼，更像是咳嗽。軍馬警覺地哼氣，戴文這才慢了半拍地起身想處理那匹馬，驀地發覺貝爾德也已經不在身旁。等他手腳並用從陰溝爬回地面，身上繡有第二軍團軍徽的士兵已然斷氣，那匹馬則被貝爾德制伏了。那男人身上的軍服穿得隨性不拘，明顯並非值勤狀態，而且正在返回邊境堡壘的路上。他是個身材高大的龐霸狄厄人，應該說每個龐霸狄厄人都相當高壯，但月光下他的臉顯得格外稚嫩。

他們把屍身放回他的馬背，掉頭返回尼耶沃雷大門。第一軍團的士兵在莊園大宅放聲高歌，歌聲順著彎曲的馬車道飄來，在寒冬沉靜的空氣中遠遠傳開。星星出來了，正圍繞在月亮四周，陰雲開始散去。貝爾德將龐霸狄厄人拖下馬，靠在大門的其中一根門柱旁，雅列森與戴文則把先前藏在溝底的另一具屍首搬了過來，接著貝爾德將龐霸狄厄人的馬拴在離道路有段距離之處。

有段距離，但不至於太遠。這匹馬晚點必須被人找到。

雅列森輕碰戴文的肩，戴文用瑪拉從前教他的技巧（感覺像是好幾輩子以前的事了）撬開兩個精巧的鎖，暗自高興自己能有點貢獻。那兩個鎖外觀精美，但開起來不難；張狂自負的尼耶沃雷家族並不怎麼懼怕擅闖領地之人。

雅列森和貝爾德各扛起一具屍體走了進去，戴文悄悄關上大門，三人就此踏入領地。但他們並不是要去大宅，而是在潔白月光下穿過雪地，前往馬廄。

他們在那裡遇上了麻煩。最大的馬廄從內部鎖住了，貝爾德臉色微變，無聲指向從雙開門底下流瀉而出的火光，比手畫腳地示意裡頭有守衛。

三人抬起頭，只見馬廄東側高高開了一扇小窗，被維朵霓的光輝清楚地映照出來。

戴文看了看雅列森，再瞧向貝爾德，然後視線又回到王爵身上。接著他看向已經送命的兩個男人。

他指指窗戶，再指指自己。

良久，雅列森點了點頭。

戴文聽著莊園大宅傳來的難聽歌聲，悄然攀上尼耶沃雷馬廄的外牆，藉著月光、憑著摸索，在寒意中尋覓可供抓握和踏腳之處。爬到窗邊之際他回頭一望，只見伊萊琉剛從東方升起。

他從窗戶溜進上方的小閣樓，底下有匹馬輕輕發出嘶鳴，戴文不禁屏住呼吸，心臟狂跳，僵在原地側耳傾聽。沒有其他動靜。猝然身陷馬廄裡誘人的暖意，他小心翼翼爬向前，低頭往下望。守衛睡得正熟，軍服的釦子沒扣，擱在腳邊的提燈照亮了一個空酒瓶。戴文思忖，這人鐵定是擲骰子輸了，才會被派來這麼無聊的崗位守著馬匹跟稻草堆。

他一聲不響地下了梯子。就在馬廄的搖曳火光之中，乾草堆、動物和倒溢紅酒的氣味圍繞之下，戴文頭一次殺了人，趁龐霸狄厄人熟睡時將匕首捅進他的喉嚨。這和他幻想過的英雄壯舉截然不同。

他花了點時間壓下隨之而來的暈眩反胃感。都是因為酒的味道，他試著這麼說服自己。血也比他預期的還多，他先將刀刃擦拭乾淨，然後才開門讓另外兩人進來。

「做得好。」貝爾德看著眼前的景象說，伸手在戴文肩上按了一下。

雅列森沒說話，然而在閃爍的火光映照下，戴文從他眼裡讀出令他侷促不安的理解之情。

貝爾德已經著手執行他們來此要做的事。

他們把守衛留在原處，等晚點一起放火燒了，並將線人與第二軍團的士兵拖向一間與馬廄相連的房舍。貝爾德費了點時間，不慌不忙、仔細周密地審視整個場景，接著把兩具屍身擺成特定的樣子，再用一根木頭十分合理地卡住他們面前的門，戴文猜想那事後看起來會像是塌落的樑柱。

大宅的歌聲漸漸轉弱，只剩一個嗓音醉醺醺地唱著一段憂傷的副歌，述說著多年前失去的愛。最後，那個嗓音也歸於沉寂。

那正是輪到雅列森行動的時機。他的信號一下，他們同時在警衛駐守的馬廄和兩間相連的房舍放火，其中一間正是關著屍首的房舍，在點燃屋裡的乾草堆和木頭後逃離現場。等到他們踏出領地範圍，尼耶沃雷的馬廄已陷入熊熊火海，馬匹嘶叫不已。

沒有追兵。他們原本就料定不會有人追來。還在斐洛時，雅列森跟桑德烈極其細緻地擬定了全盤計畫；線人與第二軍團士兵的焦屍會是由卡勒留斯的人馬發現，讓這些第一軍團的傭兵推導出理所當然的結論。

他們尋回自己的馬，向西前進，再度露宿於天寒地凍的戶外，輪流守夜。事情辦得很順利，看來與計畫分毫不差。然而戴文只希望他們事前能先放走那些馬，牠們的哀鳴響徹他在雪地裡不得安寧的睡夢。

早晨來臨，雅列森跟靠近斐洛邊境的一個農民買了輛貨車，貝爾德則和一個樵夫談了筆交易，收購一批剛砍的木材。一夥人繳了新課的關稅，越過邊界後在第一座要塞就把木材給賣了，隨後購入一些冬季羊毛，準備帶回斐洛城和其他人會合。

沒道理放過能賺一筆的機會，雅列森如是說。畢竟他們也得對合夥人負責。

***

實際上，自從桑德烈謀逆事敗，東掌地區在其後的秋冬兩季意外狀況頻傳，數量多得叫人心煩意亂。若是分開來看，各自都算不上什麼大事，但合起來便將龐霸狄厄的艾勃利可鬧得焦灼不安、心浮氣躁，他的下屬和信使甚至紛紛察覺，他們一旦出於職責之需不得不靠近篡君，就可能有性命之憂。

艾勃利可本來是出了名的沉著冷靜，當初他在龐霸狄厄還只是個中階貴族世家的族長時就以此聞名。但這整個冬天以來，艾勃利可的脾氣竟始終處在爆發邊緣。

他的下屬一致同意，這全都始於那一日：桑德烈家族的叛徒托瑪索在即將被移送拷問之際，被人發現死在地牢裡。在行刑室等候的艾勃利可勃然大怒，護衛無一例外迅速遭到處決，其中也包括新任護衛隊長（上一任隊長才在前一夜自盡身亡）。他們都隸屬西費瓦的第三軍團，西費瓦本人從切譚多被召回阿斯提拔單獨面見他的雇主，事後他渾身癱軟，瑟瑟顫抖了好幾個小時不止。

艾勃利可的怒火看似幾近不可理喻。一眾臣下判斷，他顯然是被森林裡發生的事給嚇破膽了。他看起來無疑不怎麼好，一隻眼睛有點異狀，走起路來也不太對勁。之後一日日、一週週過去，隨著三個軍團在各地培養的線人逐一上報輿情，事態越趨明朗：阿斯提拔城的百姓根本不信——或是選擇不相信——森林裡真的發生過什麼，根本不信桑德烈家族真有謀反之舉。

反正不可能是與斯考維亞和尼耶沃雷兩位爵爺合謀，領頭的更不可能是托瑪索・桑德烈。據說滿城一片冷嘲熱諷；人人知曉這三個家族恨彼此入骨，人人知曉桑德烈次子的風流韻事，居然說他在這場所謂的陰謀扮演所謂的首腦。阿斯提拔的人都說，這傢伙是有可能綁架茉里安神廟的男孩，但你說他密謀推翻篡君？還跟尼耶沃雷和斯考維亞同謀？

不，世故練達的城內百姓哪可能被這種話誆騙。但凡對地理或經濟有那麼一點了解，都能看穿箇中真相：艾勃利可用城郊五大地主的其中三個家族大做文章，捏造什麼「謀反」的傳聞，不過是要編個漂亮的託詞，掩飾他想奪取土地這個昭然若揭的意圖罷了。

是啊是啊，桑德烈莊園位處中央，尼耶沃雷的農田位於西南方的斐洛邊境，而斯考維亞的葡萄園就在北邊最肥沃之處，最適合釀造藍酒的葡萄都產自那裡，這些純粹只是巧合啦。真是再方便不過的陰謀了，每間酒館茶坊都這麼同意。

而且反賊都一夕之間死了個乾淨，公理正義貫徹得可真快！真是鐵證如山！據說是桑德烈家族裡有個告密者就是了。不過他死了，當然的事。據說主謀是托瑪索．桑德烈。不過他也死了，真是太可惜了。

以阿斯提拔為首，東掌四邦的反應全是滿懷猜疑、尖酸刻薄、訕笑奚落。他們是被攻占了沒錯，是受到龐霸狄厄的鐵腕統治沒錯，但他們的智力可沒受損，也沒瞎了眼，誰看不出來篡君的奸計。

說托瑪索．桑德烈是工於心計、能致人於死地的幕後主謀？儘管阿斯提拔仍承受著抄沒領地的經濟影響與連番處決所引發的風聲鶴唳，但人民依然保有嗤笑譏諷的能力。接著西掌地區送來第一首辛辣刻薄、引人大笑的詩作，然後是接連好幾首——那些詩出自齊亞萊宮廷，有些人聲稱是布蘭庭親手所作，不過八成是交給攀附他們朝廷的不知哪個詩人寫成的吧。那些詩揶揄艾勃利可認定每個農家院落都有人密謀叛亂，以此為藉口在東掌各地搶奪家禽與菜園，詩裡還加了好些不怎麼隱晦的性暗喻。

詩作被張貼在牆上，貼得滿城都是，隨後蔓延至托傑亞、切譚多與斐洛。那些詩幾乎是一貼上去就被龐霸狄厄軍給撕了下來，可惜韻律太通俗好記，人民用不著閱讀或聆聽第二遍。

事後艾勃利可暗自承認，他是有那麼點失控。他也在心底承認，這股怒火源於強烈的憤慨，以及恐懼的餘波。

那個不像男人的桑德烈之子確實是主導了謀反，那夥人確實是差點在該死的林中木屋要了他的命。

這次他所說的千真萬確，絕無虛假，公理完完全全在他這一邊，偏偏他沒有自白的口供，沒有證人，沒有任何證據。他需要告密者活著，或是托瑪索也行，他本來就打算留托瑪索一條小命的。事發當夜，他夢裡盡是關於桑德烈之子的各種鮮活畫面：牢牢綑綁，赤身露體，身軀誘人地向後彎折，架在其中一個刑具上。

那個病態妖孽莫名猝死後，艾勃利可眼見四大省邦一致回報沒人相信真相，只得放棄他原先為謀反細密擬定的應對措施。

他不消說是將領地給收入囊中，除此之外也全面搜捕三個家族倖存的所有族人，在阿斯提拔處以死輪之刑。坦白說，他下這道命令時沒料到族人原來有這麼多。屍臭薰天，有些小孩在輪上苟活的時間長得過分，在緊鄰大廣場的辦公廳實在難以專心處理政務。

他加重了阿斯提拔的稅賦，另外首度向往返他轄下四邦的商人課徵過境關稅，類似從東掌地區入境西掌時會收的既有關稅。既然人民選擇不相信在木屋發生的事，就讓他們付出代價——字面意義上的付。

他並未止步於此。尼耶沃雷領地有大批莊稼收成，其中一半被他迅即送往龐霸狄厄。儘管這是盛怒之下的舉措，不過艾勃利可覺得這主意堪稱天才。在作為故鄉的帝國，莊稼的價格將因此下跌，一方面打擊與他家族糾纏最久的兩大夙敵，另一方面讓他大受人民歡迎。雖說人民在龐霸狄厄也不算有多重要。

與此同時在孤掌半島這裡，阿斯提拔被迫從切譚多和斐洛進口數量遠超以往的穀物，配上新課的關稅，艾勃利可就能從暴漲的穀價大撈一筆。

他旁觀著這一系列措施的效應向外擴散，幾乎平息了怒火，幾乎要舒暢起來……只可惜老有些小事接連發生。

頭一件是他的傭兵躁動了起來。日子越不好過，社會氣氛越是緊繃，衝突事件便越來越多，尤其是衝突總是比較多的托傑亞。由於承受了更巨大的壓力，傭兵開口要求更高的酬勞，這也是可以預期的事。然而他要是給了，從查抄家產和課徵新稅的獲利就所剩無幾了。

他修書一封送回家鄉上呈皇帝，是他兩年多來首次提出請求。他連同信函一併捎上一箱阿斯提拔藍酒（產自如今屬於他的北邊莊園），再度殷殷央告他希望獲得帝國的庇護；這代表龐霸狄厄國庫會負擔傭兵的部分開銷，甚至是調撥幾支帝國軍隊供他號令。他一如既往地強調自己扮演的重大角色——在位處兩國之間的危險半島，獨力擋下伊嘉斯東擴；他坦承，自己初來此地時或許是自視為單打獨鬥的冒險家（他自認這說法包裝得不錯），可如今他年齡增長，更有智慧，只盼能比從前更緊密追隨聖上身側，發揮更多用處。

至於想當皇帝什麼的，想藉著帝國的庇護給自己撐腰（即便已經晚了許多年）什麼的——唔，這些事自然不必寫進去對吧？

他收到的答覆是皇宮的一幅優雅掛畫，用以嘉勉他的赤膽忠心，另以有禮的言辭表示遺憾：有鑑於本國的局勢，目前無法為他提供金援。老調重彈。誠心歡迎他乘船返鄉，享受與他功績相匹配的各種禮遇，拋下那塊遙遠海外之地的各種煩心事，交給皇帝指派的殖民地專家打理即可。

這話也是老調重彈。把你的新領土獻給帝國，交出你的軍隊，回鄉參加一兩場狂歡遊行，下半輩子就用打獵消磨時光、把錢花在賄賂官員和添購狩獵裝備上吧，等著皇帝在沒指定繼位者的情況下嚥氣，然後在皇位之爭給別人一刀或自己挨刀。

艾勃利可答以最懇切的謝意、最深切的遺憾，以及又一箱酒。

在那之後不久的秋天尾聲，士氣低落、失去寵信的第三軍團有好幾個士兵自請退役，搭上季末的船回鄉。第一和第二軍團司令趁著那一週（當然囉，純粹是巧合）正式請求提升酬勞，不經意地提醒他從前允諾過要封賞土地給傭兵。他們委婉地建議，就從軍團司令開始。

他只想下令把這兩人絞死。他想親手施法，劈爛這兩人利慾薰心、沉湎酒鄉的腦袋。可是他承擔不了這麼做的後果，何況經歷了差點死在森林中的那次事件，在這麼短的時間內再度動用法力依然是極大的負擔。

整個半島上甚至沒人相信那件事發生過。

他只好對兩名司令微笑，透露他早已想好要把剛到手的尼耶沃雷領地劃出一大塊，打算賞給他們其中一人。他用比起憤怒更接近哀傷的口吻說道，西費瓦由於他那些部下的行徑，已經被排除於獎賞對象之外了，但他們兩個的話……哎呀，真是難以選擇。接下來這段時間他會好好觀察兩人的表現，等時機到來自然會宣告他的決定。

這段時間確切來說是多久？第一軍團的卡勒留斯如此追問。

說實話，他是可以當場格殺這個男人，即便他將頭盔夾在腋下站在那裡，虛情假意地視線低垂，擺出一副恭敬樣。

哦，說不定春天吧，他輕快地說，彷彿心懷善意的人不該太在意這種事。

早點宣布更好，第二軍團的格朗蕭輕聲道。

艾勃利可讓眼神流露些許內心真正的感受。他終究是有底線的。

無論我們哪一個獲選，早點宣布的話就能趁春播前好好整地了——格朗蕭連忙解釋，有些亂了方寸。他慌也是應該的。

或許吧。艾勃利可不置可否地說。我會想想。

「對了，」正當他們走到門邊，他補上一句：「卡勒留斯，可否麻煩你請你那位實力超群的年輕隊長來找我？黑色鬍子有分岔的那位。我有個特殊的機密任務，需要像他這樣技藝出眾的人才出馬。」卡勒留斯愕然眨眼，點了點頭。

切忌，切忌把他們寬縱得妄自尊大——兩人退下以後，等他好不容易冷靜下來，他如此思忖。可話又說回來，唯有愚蠢至極的傻子才會與自己的軍隊為敵，何況他盤算著最終要率領這批軍力回歸家鄉。理想情況是受皇帝邀請歸國，但不見得非要有邀請。沒錯，不見得。

在這一連串思緒的牽引下，他細細琢磨，決定將托傑亞、切譚多與斐洛的稅賦提高至與阿斯提拔的新稅率相仿的程度，此外再派遣信使去切譚多高原見第三軍團的西費瓦，表揚他近日壓制切譚多省邦有功。

給他們鞭子，再給他們獎賞。讓他們畏懼你，再讓他們明瞭只要夠討你的歡心就有機會大富大貴。關鍵全在拿捏平衡。

不巧的是，隨著時序自秋轉冬，在冷得超乎尋常的後續幾週，東掌地區的平衡老是拿捏不住，接二連三地有小事出差池。

阿斯提拔不知哪個天殺的詩人挑在這個陰冷多雨的季節，張貼了一系列輓詩悼念亡故的阿斯提拔公爵。公爵以流放之身過世，加上奉他為族長的家族密謀叛變，族人大多已遭處決，吟詩作詞歌頌他自然是叛亂罪。

但此案卻相當難辦。針對茶坊發動第一波搜捕時，帶回來審訊的文人全都矢口否認自己是作者，接著在第二波搜捕中，有了時間準備的一眾文人忽然搶著聲稱那些詩是自己所作。

有些朝臣建議將那些詩人一概處以輪刑，然而艾勃利可在那些日子開始思索一件更高層次的問題，也就是為何他的朝廷與伊嘉斯有如此顯著的差異。在齊亞萊，詩人爭相晉見布蘭庭，聽他稍微讚賞幾句便有如狗崽般喜悅得發抖，一聲令下就為那位篡君寫起將他捧上天的讚歌，再寫些下流尖刻的詩詞貶損艾勃利可；反之在東掌這裡，每個詩人似乎都有可能是煽動社會的暴徒，是政權的公敵。

艾勃利可強自吞忍怒氣，把那幾首詩作的技巧誇獎了一番，然後把兩批詩人都放了。不過放人之前，他盡可能擺出最仁慈的態度，說伊嘉斯的布蘭庭能拿來寫諷刺詩的題材多得不得了，倘若有關於這些題材的妙筆生花之作，他也很樂於一讀。他擠出微笑。讀到這樣的詩他會無比欣喜，他如是說，暗忖這些目空一切的可惡文人到底會不會識相。

沒人理會他。相反地，兩天後的早晨，一首新詩到處貼在城裡的牆壁上，寫的是托瑪索・桑德烈。詩中哀嘆托瑪索之死，更匪夷所思的是，此詩宣稱他有違自然的性癖好其實是刻意選擇的道路，以自身比擬他遭到占領、淪為附屬的家鄉，暗喻慘遭苛政統治的阿斯提拔正深陷有違自然的處境。

一弄明白詩人傳達的意思，他就沒有別的選擇了。這回他沒費事去訊問，當日下午便從各家茶坊隨意拖走幾個文人，斷其腕骨，綁上天輪，不到日落即立在涉入謀反的那些家族成員密密麻麻的屍體之間。他又下令禁止茶坊營業一個月，此後再無詩詞出現。

但僅限阿斯提拔。他課徵新稅的消息在托傑亞的市集廣場頒布後，同日晚上，一名黑髮女子聲稱要從七座橋的其中一座跳水自盡，以示抗議這些政令。跳水前她發表了一番演說，還留下一整疊詩，是阿斯提拔那一系列〈桑德烈輓詩〉的全套詩作，眾神才知道她究竟從哪裡取得這些詩。沒人曉得她是誰，眾人在冰寒的河流中打撈，但始終沒尋獲遺體。托傑亞的河川發源自山脈，奔向東方的海洋，流速一向湍急。

不到兩週，那些詩歌已然傳遍省邦，甚至在冬天第一場大雪落下以前就流傳至切譚多與斐洛南部。

伊嘉斯的布蘭庭差遣一位身披毛皮大衣的優雅使臣來到阿斯提拔，呈上一封文辭優雅的書函讚揚那些輓詩，說他頭一回見到龐霸狄厄領土產出還過得去的藝術創作，他由衷向艾勃利可道喜。

艾勃利可有禮地感謝他的美意，提議要委託近日變得才華洋溢的寫詩人才，撰寫作品歌頌提嘉納王爵瓦倫廷輝煌的一生與戰績。

他很清楚，由於伊嘉斯的魔咒，唯有布蘭庭自己能夠讀到某個詞，但只要布蘭庭看到便足矣。

他自認贏了那一局，但不知為何，托傑亞女子自盡一案弄得他坐立不安，絲毫高興不起來。這舉動太過激烈，令他憶起他登上半島那一年四起的暴亂。情勢平穩了這麼久，激烈至此的行為（而且還發生在大庭廣眾之下）從來不是什麼好兆頭。他甚至短暫考慮撤銷新稅，但這麼做太容易被視為屈服退讓，而不會被解讀為慈悲之舉。何況他仍舊需要一筆錢打發軍隊，本國有傳聞說皇帝的身體衰弱得愈來愈快，越來越少公開露面，艾勃利可深知他非讓傭兵高高興興的不可。

深冬時節，他下了決定，把曾屬於尼耶沃雷的領地劃出整整一半，賞給卡勒留斯。

此事先是由軍隊接獲通知，隨後在阿斯提拔大廣場朗聲昭告大眾。就在公布的那一夜，尼耶沃雷家族莊園的馬廄和幾棟附屬房舍燒成了平地。

他下令卡勒留斯立即展開調查，但隔天便盼望自己沒下這道命令。他們似乎在仍冒著殘煙的廢墟中找到兩具屍體，死者由於橫樑掉落、卡死門扉而受困屋內，其中一個是和格朗蕭及第二軍團有所往來的線人，另一個是龐霸狄厄兵——同樣來自第二軍團。

卡勒留斯當即下戰帖邀格朗蕭決鬥，何時何地聽憑格朗蕭決定，格朗蕭立刻擇定日期與地點。艾勃利可連忙宣布一旦兩人互鬥，存活的那一方將被送上死輪，成功阻止了這場對決，但兩名司令從此互不交談。兩個軍團之間數度發生小規模鬥毆，甚至在托傑亞掀起一場不那麼小型的械鬥，造成十五名士兵死亡，約三十人受傷。

有三個線人死在斐洛的城郊，屍首呈大字型綁在農民的車輪上，殘暴地模仿篡君的執法。但他們甚至無從反擊——若想採取報復手段，就必須先招認那三個人是線民。

在切譚多，西費瓦率領的第三軍團有兩名士兵無故曠職，消失於白雪茫茫的鄉野，這是前所未聞之事。西費瓦回報，此案看來沒有牽涉到哪個當地女子，而那兩個士兵又是極其親密的密友。第三軍團司令據此給出了顯而易見但極不討喜的推論。

那年冬末，伊嘉斯的布蘭庭派來又一位風姿瀟灑的使者，捎來又一封信。信中大大感謝了艾勃利可替他寫詩的提議，說他會很樂意一讀，另外還提出正式請求，索要六個切譚多女子來充實他的色善殿，要像艾勃利可好幾年前容許他從東掌地區帶走的那位姑娘一樣年輕貌美。不可饒恕的是，這封書信不知何故外流，弄得人盡皆知。

訕笑足以致命。

為了壓制訕笑，艾勃利可命令西費瓦從切譚多西南部抓來六名老婦，把她們雙眼戳瞎，雙腳致殘，送到冰雪覆蓋的下寇爾帖邊境，留在西納維與佛雷瑟兩座要塞之間，並在一旁高高豎起使節之旗。他要西費瓦在其中一人身上附了封信，請布蘭庭收到這批新的姬妾時回信告知。

要恨他就恨吧。只要會恐懼就好。

西費瓦在報告裡寫道，在他從邊境折返向東的路上，他根據線人的情報發現兩名逃兵同居於某個廢棄農場。他已將兩人就地處決，其中一人（喪失男性尊嚴的那一個，西費瓦如此報告道）先去勢再格殺——既然他想這麼活，那就讓他也這麼死。艾勃利可捎訊表示稱許。

然而那一整個冬天他都心神不寧，他似乎只能任憑事件降臨到自己頭上，而不是按照設想去推動整個局面。隨著孤掌半島逐漸響起春日將至的低語，艾勃利可察覺自己會在深夜時分想著第九省邦，接著連在其他時刻也會想起，想得越來越頻繁：那個尚未遭任何一方掌控的省邦，那個僅有一灣之遙的省邦。笙席歐。

＊＊＊

那個灰眼商人說的話大有道理。但雖說艾多奇歐不情不願地贊同了這人的話，他仍暗自覺得要是這傢伙挑另一間路邊客棧吃午餐就好了。店裡客人議論的走向越來越危險，三神在上，這條連接阿斯提拔城跟斐洛城的主要幹道上有不少龐霸狄厄傭兵，萬一哪個傭兵選在這時走進店裡，他哪有可能相信眾人談論這種話題只是因為春天太有活力，屆時艾多奇歐的執照大概會被吊銷一個月。他緊張地頻頻往門口瞥去。

「現在還要課兩次稅！」那瘦削的男子忿忿說道，一手順過頭髮。「在我們剛熬過這種冬天的時候？在他害得莊稼價格飛漲之後？在邊境繳一次稅，這下子到了城門又要繳一次稅，茉里安在上，這哪賺得了錢？」

屋內此起彼落地響起不滿的耳語，點頭稱是。客棧裡坐滿了旅行途中的商販，大家會出言贊同是再自然不過——但這依然相當危險。忙著斟酒的艾多奇歐不是唯一留心注意門口的人，有個正靠著吧檯的小夥子從面前的脆皮麵包捲和切塊乳酪抬起頭，出乎意料地向他投來同情的目光。

「賺錢？」有個從斐洛北部來的羊毛商酸溜溜地說：「龐霸狄厄何必管我們賺不賺錢？」

「正是！」那雙灰眸精光一閃，激動地附和：「照我聽說的，他滿腦子只想著把孤掌半島榨得一乾二淨，累積實力奪取龐霸狄厄帝國的皇冠！」

「噓！」艾多奇歐不自禁悄聲道，少見地匆匆灌了一口自己那杯啤酒，隨後順著吧檯走向窗戶，將其關上。可惜了，外頭的春光正明媚，不過這個話題眼看是越來越失控了。

「再過不了多久，」瘦削的商人正說著：「他就會直接把我們的剩下的土地通通奪走了，像他在阿斯提拔幹的那樣。我看不到五年我們都會淪落成奴僕，誰要跟我賭？」

他這句話激起幾聲怒吼，但有個人輕蔑的笑聲壓過了全場。屋裡陡然一靜，大家紛紛轉頭去看是誰覺得這番話好笑，人人臉色肅殺。艾多奇歐緊張地擦拭面前已乾淨無瑕的檯面。

那是個從凱勒敦來的武人，他看似對旁人的怒瞪渾然不覺，繼續大笑了好一陣子，膚色黝黑、立體深邃的五官流露發自內心的笑意。

「老頭，」灰眼男人冷冷說道：「你笑什麼？」

「笑你，」老凱勒敦人愉快地說，咧開嘴角露出骷髏般的笑。「笑你們所有人。我這輩子沒見過這麼多瞎了眼的人聚在一起。」

「要不要解釋一下你什麼意思？」斐洛的羊毛商嘶聲道。

「你還需要解釋？」凱勒敦人低語道，故作詫異地瞪大雙眼。「那好吧。看在你或我或他的神祇份上——艾勃利可何必大費周章奴役你們？」他伸出瘦骨嶙峋的手指往掀起這波議論的商人一指，「萬一他真的這麼做了，我看東掌地區姑且還有些稱得上真男人的傢伙，說不定會興起民怨，搞不好你們還真的會……揭竿起義！」說到最後幾個字，他浮誇地故意模仿說悄悄話的口吻。

他往後一靠，被自己的妙語逗得再次大笑。其他人都沒笑。艾多奇歐焦慮地看向門口。

「反過來說，」凱勒敦人續道，仍不住地呵呵笑著，「如果他只藉著各項稅賦、查抄財產慢慢將你們吸乾，照樣能達到相同的目的，又不至於把任何人激怒到願意起身反抗的地步。告訴各位——」他豪飲一大口啤酒，「——龐霸狄厄的艾勃利可是個聰明人。」

「而你呢，」灰眼男人傾身越過自己的桌面，氣得七竅生煙，「是個狂妄自大、放肆無禮的外邦人！」

凱勒敦人臉上的笑容褪去。他緊盯著對方的雙眸，艾多奇歐忽然非常慶幸這名武人的彎劍和其他人的所有武器一起寄放在吧檯後。

「我在島上待了三十餘年，」黑皮膚的男人柔聲道：「我打賭這差不多跟你活在世上的時間一樣長，我在這條路上護衛商隊的時候，你夜裡還會尿床呢。何況我如果是外邦人，這個嘛……起碼凱勒敦就我所知仍是自由之邦，我們擊退了入侵者，孤掌半島上可沒有任何人能說這種話！」

「你們有魔法！」在隨之而來的怒吼聲中，吧檯邊的小夥子倏地喊道：「我們沒有啊！就只是因為這樣罷了！只是這樣罷了！」

凱勒敦人轉頭望向年輕人，嘴角輕蔑地一勾。「假如你認為就只是因為這樣，藉著這種說詞在夜裡哄自己安睡，那你儘管去吧，小傢伙。說不定這樣能讓你舒坦一點，更樂意繳春天的稅，樂意在秋天由於沒有莊稼而忍飢捱餓。但你想認清事實的話，我可以免費說給你聽。」

屋裡在他說話之際漸漸靜了下來，但有幾個男人站起身，狠狠瞪著這名凱勒敦人。

他環顧屋內，像是覺得吧檯的年輕人不值得他關注，口齒極為清晰地說：「我族能在伊嘉斯的布蘭庭入侵時將其擊退，是因為凱勒敦舉國上下團結一心。布蘭庭與艾勃利可都把你們打得落花流水，是因為你們滿腦子只在意彼此邦界上的小打小鬧、該讓哪個公爵或王爵領軍、該讓哪個祭師給予祝福、打仗時誰站中間誰站右邊、戰場在哪裡、神最愛誰，最終你們九大省邦落得各自迎戰兩個法師，恰似每根指頭各自落單，有如雞骨般輕易折斷。我一向認為，」他對著鴉雀無聲的屋子，慢悠悠地說道：「先把手掌握成拳頭才好戰鬥。」

他懶洋洋地向艾多奇歐招手示意再來一杯酒。

「我詛咒你這放肆無禮的凱勒敦人，」灰眼男人用彷彿噎住的聲音說，艾多奇歐從吧檯回頭望向他。「我詛咒你落入茉里安的黑暗永世不得超生——你說得太對了！」

他這反應出乎艾多奇歐的意料，也出乎滿屋子的預料，氣氛頓時凝重起來，眾人陷入深思。不僅如此，艾多奇歐意識到肅殺之氣更重了，完全與外頭的爛漫春光、太陽再度露臉所帶來的清朗暖意相互牴觸。

「但我們能怎麼辦？」吧檯的小夥子垂頭喪氣，自言自語道。

「咒罵幾句，喝幾杯酒，然後繳我們的稅。」羊毛商酸澀地說。

「我得說，我是挺同情你們的。」唯一從笠席歐來的商人沾沾自喜地說。

這話未免有欠周延。艾多奇歐是出了名地不易發怒，但連他也略感惱火。吧檯的年輕人火冒三丈，「怎麼，你，你……真不敢相信！你憑什麼——」他氣急敗壞得說不出話，只得猛捶吧檯。身材圓潤的笠席歐人面露微笑，似乎每個笠席歐人都有這種滿是優越感的笑容。

「是啊，憑什麼！」灰眼男人再度加入戰局，眼神冷冽，「就我所知，笠席歐商人為了繳納給東西兩方的獻金，口袋都被掏得一乾二淨，連自己那根也掏不出來討老婆歡心了！」

他這段話引來哄堂大笑，夾雜著下流的叫嚷，連老凱勒敦人都淺淺一笑。

「就我所知，」笠席歐人脹紅了臉說：「笠席歐總督還是我們自己人，不是哪個從伊嘉斯或龐霸狄厄派過來的傢伙！」

「怎麼不叫他公爵？」斐洛商人怒道：「笠席歐窩囊成這副德性，你們公爵甚至自貶為總督，只因為怕惹怒兩個篡君。這件事有讓你引以為傲嗎？」

「引以為傲？」瘦削的商人奚落道：「他才沒空以哪件事為傲，他忙著往兩邊張望，看看該把自己老婆獻給哪個篡君的使節！」

又一陣隱含怨氣的粗鄙笑聲。

「以一個亡國奴來說，你倒牙尖嘴利得很。」笠席歐人冷冷地說。笑聲戛然而止。「敢這麼伶牙俐齒地取笑他人的勇氣，你是哪裡來的？」

「托傑亞。」對方低聲道。

「是被佔領的托傑亞，」笙席歐人凶狠地糾正，「俯首稱臣的托傑亞，總督是龐霸狄厄人。」

「我們是最後一個淪陷的，」托傑亞人極不服輸地辯解，「布里法特撐得比其他要塞都來得久。」

「但終究失守了。」笙席歐人直截了當地說，顯然確信自己占了上風。「要是我就不會急著拿別人老婆說嘴，畢竟誰都聽過龐霸狄厄人在你們那裡幹了什麼。我還聽說，你們的女人大多數沒那麼排斥——」

「閉上你的臭嘴！」托傑亞人厲聲吼道，跳起身來，「給我閉嘴，不然我讓你永遠張不開嘴，你這謊話連篇的笙席歐人渣！」

一陣騷亂隨之炸開，比先前的喧囂更加震天。艾多奇歐狠命敲著吧檯後的小鐘，奮力恢復屋內的秩序。

「夠了！」他咆哮：「不許再鬧了，否則你們通通滾出去！」這威脅相當嚴重，喧嘩隨之平息。屋裡靜到大家又聽見了凱勒敦武人嘲弄的笑聲。此時他已站起身來，扔了幾枚硬幣在桌上當酒錢，高大的身軀居高臨下環視客棧，口中仍不住輕笑。

「懂我的意思了吧？」他低聲道：「你們這些細瘦的小手指，老是忙著互相戳來刺去。從以前就是如此，不是嗎？我看你們永遠都會是這副德性，直到這個地方只剩下龐霸狄厄和伊嘉斯。」

他大步走向吧檯，打算取回彎劍。

「喂。」艾多奇歐正把收在鞘中的彎刃遞給他，灰眼的托傑亞人忽道。凱勒敦人緩緩回過身。

「你使那把劍的技術，有沒有和你耍嘴皮子的功夫一樣好？」托傑亞人問道。

凱勒敦人冷然微笑。「我這把劍是沾染過幾次血。」

「你現在有雇主嗎？」

凱勒敦人俯視著對方，放肆無禮地上下打量。「你想去什麼地方？」

「我就在剛剛改了主意，」托傑亞人答道。「既然要繳雙重關稅，在斐洛城是賺不了什麼錢了，我想我索性走遠一點。看現在的行情價如何，我雇你當護衛送我南下到切譚多高原去。」

「那一帶的治安可不好。」凱勒敦人直覺地低聲道。只見托傑亞人的臉龐因笑意而抽動，問道：「否則你以為我為什麼要雇你？」

過了半晌，武人報以微笑：「何時出發？」

「即刻出發。」托傑亞人應聲道，起身付清酒錢，取回他自己的短劍，兩人一同步出客棧。一道眩目的陽光在門扉打開之際短暫地照耀進來。

艾多奇歐本來期盼議論會就此停息，可惜事與願違。吧檯的小夥子低聲嘟囔什麼齊心建立共同陣線，說這種瘋話未免太危險了。不幸的是（起碼艾多奇歐這麼覺得），斐洛的羊毛商碰巧聽見了這句話，客棧裡激昂的氣氛搞得這話題怎麼都停不下來。

這樣的談論持續了整個下午，連那個年輕人離開以後都沒停息。等到那一夜，客棧裡換了一批新客人，艾多奇歐聽見一個阿斯提拔酒商和另一個笙席歐人爭執哪個省邦就歷史淵源而言更優越，他忍不住出言插嘴，把他自己也嚇了一跳。他搬出了那名高大凱勒敦人的論點——九個省邦宛如九根細瘦的手指，從來學不會合作握起拳頭，結果一根接一根被折斷。他覺得這論點很有道理，從他嘴裡說出來讓他顯得很聰明。他注意到自己話還沒說完便有人緩緩點頭，那樣的反應頗為稀奇，讓人飄飄然地——撇開他勸架的時候，客棧裡的人甚少留意艾多奇歐。

他挺喜歡這種新鮮的感覺。接下來的日子，他一逮到機會便拿這個論點出來講。有生以來頭一遭，艾多奇歐開始贏得美名，說他是個頗有見地的人。

不巧的是在某個夏夜，有個龐霸狄厄傭兵在敞開的窗子外頭聽見了他的言論。他的執照沒被吊銷。當時整個孤掌半島的氛圍已極其緊繃，於是艾多奇歐遭到逮捕，處以輪刑，立在他自己的客棧之外，嘴裡塞著砍下的手掌。

然而在那時，已經有許多人聽他說了那個論點。曾經有許多人一面聽，一面點起了頭。

***

戴文離開位於十字路口的客棧，往南走約莫一哩，在塵土飛揚、通往切譚多的道路旁和其他四人會合，大家正等著他。卡翠安娜獨自坐在第一輛貨車裡頭，但戴文爬上第二輛貨車，在貝爾德身邊坐下。

「氣氛沸騰得像壺凱琲。」見對方挑眉表示疑問，戴文愉快地回應道。雅列森騎著馬走來貨車的側邊，戴文注意到他已把劍掛回腰間。貝爾德的弓則放在車上，就在座位後方觸手可及之處；過去六個月來，戴文數度見證貝爾德取弓的速度之快。下午陽光燦爛，但騎在馬上的雅列森沒戴帽子。他對戴文一笑。

「我猜在我們走了之後，你又搧風點火了一番？」

戴文咧嘴笑起來。「其實不怎麼需要搧風點火，你們兩個已經把那套劇本演得爐火純青，簡直不輸職業優伶。」

「你也是，」公爵說道，駕著馬小跑到貨車另一側。「我格外欣賞你這次氣得語無倫次的模樣，還以為你要對我丟東西了呢。」

戴文抬頭對他微笑。桑德烈的一口牙齒襯著他黑得難以置信的膚色，十分白亮。

「別期待你認得出我們，半年前貝爾德在桑德烈森林與他們分別時說了這句話，戴文因此做了心理準備，卻沒想到他那點準備根本不夠。

貝爾德自身的改變已然令人詫異，但相比之下程度不大。他多留了一把短鬍子，拿掉塞在緊身上衣肩部的襯墊，原來他的身材沒有戴文起初以為的那麼魁梧。他還不知用了什麼方法把髮色從金黃變成深褐，他說這才是他天生的髮色。他的雙眼也一樣變成了褐色，不再是先前的湛藍。

他幫桑德烈．阿斯提拔易容的成果更是一絕，連多年來顯然早就習慣喬裝的雅列森一見到公爵，也禁不住輕吹一聲口哨。桑德烈化身為膚色黝黑、寶刀未老的武者，看似來自北方海洋另一頭的凱勒敦，教人驚嘆。戴文知道他這個模樣恰好是二、三十年前在孤掌半島的旅途相當常見的類型，那些年商人要出遠門必定會結伴同行，如果有能將彎劍使得出神入化的凱勒敦戰士，等於是多了一重抵禦匪賊的保險，所以他們極為搶手。

不知為何，桑德烈剃掉鬍子、將白髮染成深灰以後，他瘦骨伶仃的黝黑臉頰與眼窩深邃、目光灼灼的雙眸竟然酷似凱勒敦傭兵，像得叫人毛骨悚然。據貝爾德說，他第一次在白晝之下看見公爵時一眼就注意到了這個特點，因此才採用這個徹底改頭換面的裝扮。

「但究竟怎麼辦到的？」戴文記得自己倒抽了一口氣。

「染料和魔藥。」雅列森笑道。

貝爾德後來解釋，提嘉納淪陷之後，他和王爵在奎雷亞待了好幾年。在那個山脈之南的國度，這類把肌膚、頭髮染色或甚至改變瞳色的易容技藝備受重視，已然發展得爐火純青；無論是大母神的奧祕聖蹟，抑或是沒那麼隱祕的正式戲劇演出，這套技術都擔任不可或缺的角色，在動盪混亂、被宗教撕裂的奎雷亞歷史上更是扮演了錯綜複雜的要角。

貝爾德沒有說他和雅列森去奎雷亞做些什麼，也沒說他是怎麼習得這套祕藝、怎麼得到那些工具。

卡翠安娜也不曉得，這讓戴文心底好受了些。有天下午他們開口問了雅列森，結果得到了接下來整個秋冬經常聽見的答案。

等春天，雅列森這麼告訴他們——許多事情到了春天勢必會更趨明朗。他們正迎來關鍵時刻，但一切都必須等到那個時候再說，他不打算現在談。在春日的餘燼節之前，他們將會停止目前不停在阿斯提拔、托傑亞、斐洛三地來回往返的循環，南下跨越切譚多遼闊的穀田。雅列森說，到時候有許多事情說不定都會改變。勢必會有些變化，他重複道。

說這些話時他臉上沒有笑意，儘管他是個經常微笑的人。

戴文記得卡翠安娜聞言把頭髮一甩，一雙藍眼看似了然於心，幾近怒瞪。

「是愛麗諾，對不對？」她質問，語氣近乎指控：「是波索堡的那女人。」

雅列森的嘴角詫異地抽動，隨後泛起笑來。「並不是那麼回事，親愛的。」他說道：「我們是會在波索停留，不過這些和她毫無關聯。要不是我了解妳，要不是我知道妳眼裡只容得下戴文一個，我還以為妳是在吃醋呢，我迷人的姑娘。」

這句挖苦果然達到了他要的效果，卡翠安娜大步走開，幾乎同樣尷尬的戴文連忙換了個話題。雅列森總有辦法讓你知難而退，儘管他有著根深蒂固、自然流露的君子風度，情誼真摯，卻藏著一條他們都學會不能踰越的底線。雖說他甚少疾言厲色，他的玩笑話（這一向是他的第一道防線）卻會踩中你的痛處，讓你痛得無法忘懷，就連公爵也發現在某些話題上最好把雅列森逼得太過火。這件事顯然就是其中之一：問起桑德烈時，他說自己就跟他們兩人一樣，並不清楚春天會發生什麼。

隨著時序從秋轉冬，先是雨水降臨，其後落雪紛紛，戴文反覆琢磨這一點，深刻體認到雅列森雖身為王爵，但他統轄的土地正隨著一日日過去逐漸消亡。他心想，在這種情況下，值得深思的並不是雅列森內心有他們無從踰越的界線，而是他們可以多過火才會踩到他的禁區。

在這個漫漫長冬，戴文學到的其中一件事便是耐心。他學會把疑問留到合適的時機再發問，或索性不問出口，試著自己推敲出答案；假如必須等到春天才能掌握更全面的內情，那他就等。與此同時，他抱持毫不保留、甚至是意料之外的熱忱，投入他們的行動。

在桑德烈森林那個繁星熠熠的秋夜，他的靈魂同樣刺入了一把椎心之刃。

那一天的五日之後，他們借用羅維戈的載貨馬車與另外三匹馬，載著一張床與幾尊三神的木雕，啟程前往斐洛城，此時戴文對於未來會發生什麼毫無頭緒。塔奇歐早先捎信告訴羅維戈，把阿斯提拔的神像賣給西掌商人可以大賺一筆，後來戴文得知主因是跟三神有關的工藝品不必課稅。兩名法師篡君都藉由這個手段安撫神職人員，避免引發反彈，這招也確實有效。

戴文在秋冬兩季學了不少做生意的學問，也學到不少其他事情。憑藉著好不容易培養起來的新耐性，他默然傾聽雅列森與公爵在漫長的旅途上對彼此拋出點子，把宛若原煤的概念雕琢成鑽石般的緻密計畫。夜裡他會夢見他們號召千軍萬馬解放提嘉納，踏破齊亞萊傳聞中的海堤之牆，然而在白日寒氣凜冽的道路上，他卻很快便明白他們只能採取截然相反的手段。

他們正是因此沒有前往西掌，而是仍在東掌逗留，藉著雅列森與桑德烈打磨出來的璀璨碎鑽在艾勃利可的地盤興風作浪。有天卡翠安娜對戴文坦承（某些日子，她會不知怎地忽然覺得他又配當說話對象了），她是在去年加入的，但雅列森如今的行動比去年積極激烈許多。戴文猜測是桑德烈的影響，但卡翠安娜搖搖頭。她認為一部分是由於桑德烈，可是還有別的因素，她不明白這份從前沒有的急迫感是源於何處。

我們春天就知道了，戴文聳了聳肩這麼說道。卡翠安娜瞪了他一眼，彷彿他的鎮定惹到了她似的。

然而當時節轉入冬初，反倒是卡翠安娜提出了最為激烈的行動：在托傑亞偽造自殺事件，留下一疊那位年輕詩人為桑德烈家族撰寫的詩作。雅列森曾告訴他們那位詩人名叫雅列安諾，當時他的情緒出奇低落。根據羅維戈的消息，艾勃利可為了反擊這些詩歌，隨機抓走十二個詩人用死輪處死，雅列安諾這個名字也在其中，此事帶給雅列森的震動大得令人意外。

羅維戈那封信一如既往寫了些做生意的小細節當作掩飾，當中夾雜其他情報。信函事先寄到了北托傑亞的旅店等他們領取，那間旅店也兼營郵站，替許多東北部的商販收取信件。當時他們正往南走，抓住各種機會散播軍人之間發生騷亂的謠言。羅維戈的最新信件二度提及，由於傭兵再次要求提高酬勞，稅金可能很快就會提高，對篡君的心思瞭若指掌的桑德烈也同意這個判斷。

吃過晚餐，火爐旁只剩他們時，卡翠安娜提出了她的計畫。戴文只覺得不敢置信，他見過托傑亞的橋有多高，底下的河水又有多湍急，何況那時已是冬季，氣溫一日日變得更冷。

雅列森仍為了阿斯提拔的事件而懊喪，此外他的想法顯然跟戴文相同，當即駁回這個提議。卡翠安娜指出兩個事實。第一，她自小在海邊長大，比他們任何人都擅長游泳，也游得比他們任何人以為的更好。

第二——雅列森自己也清楚，她如是說——像這樣投河自盡，尤其是在托傑亞，恰好和他們在東掌地區想達成的目標搭配得天衣無縫。

「我不想這麼說，」戴文記得在一陣沉默後，桑德烈開口：「但確實是如此。」

雅列森不情願地同意前往托傑亞，親眼瞧瞧那裡的河與橋。

過了四夜，戴文和貝爾德在托傑亞城的河畔矮身藏匿於暮色的暗影中。戴文覺得那裡距離卡翠安娜選中的橋遙遠極了，尤其在這狂風凜冽的冬日，夜色迅速轉濃，一旁洶湧的河水愈顯迅猛地在身邊奔流，看來幽深、黑暗、冰冷。

一面靜候，他一面徒勞無功地梳理自己對卡翠安娜複雜的情緒。可是他太過心焦，而且實在太冷。

他只知道，一見到卡翠安娜不偏不倚地在他們守候之處游上岸，自己的心雀躍了一下，三種心情奇妙地相互交織，有慶幸、有敬佩，也有嫉妒。卡翠安娜甚至一手還抓著假髮，免得它卡在某處遭人發現。戴文把那頂假髮塞進他帶在身上的包袱，貝爾德則拚命摩擦卡翠安娜哆嗦的身軀，替她披上他們帶來的層層衣物。戴文看著她無法控制地發抖，肌膚凍得幾乎發青，牙齒顫得格格作響，他內心的嫉妒逐漸褪去，取而代之的是引以為豪。

她屬於提嘉納，他也是。即便這世界尚未知曉，但他們正一同致力於讓提嘉納回歸——無論手段再怎麼迂迴。

隔天一早，一行人駕著兩輛貨車緩緩出城，滿載著山區產的凱琲往西北行去，再次前往斐洛。當時正飄著小雪，他們身後的城市由於身分成謎的鄉下黑髮少女自殺而亂成一團，騷動不安。經過這次，戴文越來越難對卡翠安娜說些酸言酸語或小心眼地計較，起碼是大多數時候。卡翠安娜倒是保持本來的作風，三不五時就把他當成隱形人。

他越來越難以相信他們真的曾經溫存過。難以相信自己曾感受她柔軟的唇覆上來，她的雙手插入自己髮間，引導著自己進入她。

不用說，他們對這件事絕口不提。戴文不會特意避著她，但也不會主動找她談話；卡翠安娜的情緒起伏太難以捉摸，他總是判斷不了對方會有什麼反應。他抱持著新近培養的耐性，等她在她想要的時候坐同一輛貨車，或一起坐在旅店的爐火前。有時她會。

托傑亞的投河事件過後，他們在那個冬天第三度進入斐洛城，受到茵格妮妲盛情款待——她仍為他們送來的那張床心花怒放。塔奇歐的妻子看似特別喜歡喬裝成黝黑模樣的公爵，對他格外殷勤，雅列森私底下老愛拿這回事取笑桑德烈。身材豐腴、臉色紅潤的塔奇歐則是用喝不完的好酒灌飽他們。

那時羅維戈從阿斯提拔捎來另一個包裹，等著他們拆閱。一拆之下，只見裡面有兩封信，其中一封在經歷郵寄過程後仍傾瀉濃濃的香氣。

雅列森浮誇地挑起雙眉，極其意味深長地將這團淺藍色香氛交給戴文。茵格妮妲驚呼一聲，交握雙手，那手勢毫無疑問代表了甜蜜的愛情。塔奇歐笑容燦爛，替戴文又斟一杯酒。

錯不了，那是瑟薇娜的香水味。戴文謹慎地接過信封，臉上的表情顯然流露了什麼，只聽卡翠安娜忽然噗哧一笑。戴文特意不去看她。

瑟薇娜的信箋是一氣呵成的長句，很符合她的性格。不過她拋出了一個活色生香的提議，逼得戴文在其他人故作無辜地詢問能否一讀時慌忙拒絕。

但說實在的，戴文不得不承認，艾蕾附在她父親信末那五行筆跡端正的字句反而更勾起他的興趣。她以整齊的小字簡單寫道，她在阿斯提拔某間神廟發現另一個版本的〈亞達昂輓歌〉，並且抄錄下來，期待在大家下次前往東部時與他們分享。她只簽了姓名縮寫當作署名。

在信件本文，羅維戈回報自從十二名詩人和謀反的家族一齊在大廣場遭到處決，阿斯提拔無風無浪。莊稼的價格仍節節攀升；最好替他買點笙席歐綠酒，以現價收購越多越好；許多人認為，艾勃利可很快就會宣布把抄來的尼耶沃雷領地分割一大塊，賞賜給其中一個軍團司令；根據可靠消息，笙席歐亞麻布在阿斯提拔的售價目前仍偏低，但可能就要上漲了。

尼耶沃雷領地的情報在雅列森和公爵之間激起新一波討論，火花迸濺。

而後，這些火花燒成了火海。

一行五人行經路況良好的公路向北趕往笙席歐，路上順道迅速做了幾筆宗教文物的買賣，再用販賣神像的利潤收購綠酒，另外成功談到了一大批亞麻布（有些讓人意外的是，在這方面最擅長談判的居然是貝爾德）。隨後他們連忙趕回塔奇歐那裡，經過邊境要塞與入城時都繳了大筆關稅。

有另一封信等著他們。在各種掩人耳目的經商消息之間，羅維戈提及尼耶沃雷領地的事預料將在本週尾聲宣布，並說情報來源很可靠。信是五天前寫的。

那一夜，雅列森、貝爾德與戴文跟塔奇歐借了第三匹馬（他很高興他們沒說打算幹什麼），策馬馳向路途迢遙的阿斯提拔，越過邊境，在通往尼耶沃雷大門的那條路旁躲入陰溝。

他們在七天後歸來，帶回一輛新貨車，裝滿從鄉間買來、未經捻紡的羊毛，交給塔奇歐販賣。據桑德烈說，關於火災的風聲來得比他們更早，斐洛城裡好幾間酒館都爆發了第一與第二軍團的鬥毆事件。

他們把新貨車留給塔奇歐，隨即啟程緩緩返回托傑亞。他們用不了三輛貨車，畢竟他們只是跟人合夥做個小買賣，在壓得人喘不過氣的關稅夾攻下勉力賺取微薄的利潤。他們常常議論那些賦稅，通常都在公眾場所，有時言論之直白會超出周遭聽眾習於聽到的程度。

雅列森在數十間路旁的旅店或客棧與尖酸刻薄的凱勒敦武人發生口角，又雇用了他數十次；有時戴文會軋上一角，有時則是貝爾德。他們謹慎地避免在同樣的地方重複相同的演出，卡翠安娜留有一份嚴謹的紀錄，記下去過的地點、說了什麼、做了什麼。戴文曾告訴她讓他來記就好，不過她仍舊做著她的筆記。

如今公爵在外自稱「托瑪」。「桑德烈」這個名字在孤掌半島不算常見，假如來自凱勒敦的傭兵也叫桑德烈，未免過於蹊蹺。公爵是在秋天把他決定的新名字告訴大家，戴文記得他當下思緒萬千，思忖著不得不親手送兒子上路是什麼感覺？比自己的每個兒子都長命，心知每個與自己有一丁點血緣關係的人都被活活處以輪刑，屍首呈大字型綁在龐霸狄厄的死輪之上……他試著想像經歷這一切究竟會是什麼感受。

經過這個秋冬，生命這回事對戴文而言更是複雜得令人痛苦，無論是活著的過程，抑或是活著對人的影響。他常常想起瑪拉，想著她的人生尚未臻至成熟便毫無道理地戛然而止，沒有機會活出她可能成為的模樣。對她的思念在他心底隱隱作痛，有時那份痛楚會變得沉重而難熬。她會是很適合討論這類話題的對象，其他人各有各的煩憂，他不想給他們添麻煩。他想起艾蕾．羅維戈，不知她會不會明白他內心的鬱結。他想大概不會吧，她的生活被保護得太好，太與世隔絕，想來不至於為這些念頭所困。但有天夜裡戴文夢見了她，夢中的情景出乎意料地激情；隔日早晨，他騎著馬走在卡翠安娜所駕的第一輛貨車旁，整個人出奇沉默，由於卡翠安娜就在身旁、她那頭襯著冬日白茫大地的豔紅長髮而意亂情迷，侷促不安。

他偶爾會想到尼耶沃雷馬廄的那名士兵，那人不過是輸了一次骰子，帶了一壺酒孤伶伶守在那個遠離歌聲的地方，就這麼在睡夢中被割斷喉嚨。這個士兵之所以降生於世，難道只是為了成就戴文．提嘉納的成長試煉？

這樣的想法很駭人。在凜冽寒冬的漫長旅途上，戴文反覆琢磨，最終得出的結論是並非如此。那個人在生命中與他人交際往來過，毫無疑問使人高興過、傷心過，想必也很清楚悲喜的滋味。他迎向結局的瞬間不能總結他在伊安娜的光輝下走完的整趟人生旅程，無論這趟旅程在龐霸狄厄帝國喚作什麼稱呼。

可是太多事教人想不透了。伊嘉斯的史蒂芬之所以活過又死去，難道是為了讓他悲痛欲絕的父親一手毀滅一個小省邦、省邦之民與人民的記憶？瓦倫廷．提嘉納王爵之所以誕生，難道只是為了揮下造成這一切的奪命一劍？他的么子又是如何？

至於某個人在艾瓦勒淪為史蒂芬城之際逃出城，在阿索里落腳種田，他的么子又是為何而生呢？這些疑問實在令人百思不得其解。

在笠席歐的某天早上，頭一絲飄渺的春意稍稍融化了北境的空氣，貝爾德去了遠近馳名的武器裝備市集，回來時他帶了一把劍送給戴文，劍身清亮，手感平衡得恰到好處，劍柄鑲了顆黑寶石。他沒有多作解釋，不過戴文明白這和尼耶沃雷馬廄的事有關。這個禮物沒能解答他新生的任何疑惑，但仍舊幫到了他。貝爾德開始在午間停下來歇息時教戴文一些劍術。

戴文有些擔心貝爾德，有個原因是他曉得雅列森會為貝爾德擔憂。

他在木屋對貝爾德的第一印象幾乎全是錯的。本以為貝爾德一頭金髮，體型魁偉，冷靜沉著、本領高強得嚇人；殊不知貝爾德是深色頭髮，身材一點也不高大，儘管他精通的技藝的確多得令人吃驚，即便在認識半年之後他多才多藝的程度還是頗為嚇人，但他其實並不沉著。他只是內心戒備，十分謹慎，緊緊把守著心底懷抱了大半輩子的傷痛。

戴文領悟，雅列森某方面而言比貝爾德輕鬆一些。王爵能找到暫時的宣洩出口，比如談天，比如說笑，其中又屬音樂最為重要，他也幾乎每次都會透過音樂抒發。然而貝爾德似乎沒有任何出口；他所行走的世界是根據提嘉納已逝的事實形塑而成，每分每秒也都隨著這個認知不斷重塑。偶爾他會因此在夜裡出外遊蕩，遠離夢鄉，遠離一行人在路旁升起的火堆。他會毫無預警地起身，乾脆俐落，沉默無聲，獨自遁入黑暗。

戴文會看著雅列森目送貝爾德遠去。

「我認識一個像他這樣的人，」有天晚上桑德烈說。當時是個霧氣繚繞的冬夜，他們在靠近布里法特的托傑亞山區投宿，貝爾德卻走出了溫暖的旅店房間。「他會獨自離開，以克制殺戮的衝動。」

「那是原因之一。」雅列森說道。

那是屬於冬日的思緒，屬於冬夜的氛圍。

不過春天已經到來，越發暖和的日光將大地映出金綠相織的色彩，他們縱馬行過燃起生機與活力的世界，戴文感到心情隨之飛揚起來。

等春天，雅列森是這麼說的，他說這句話時秋季的樹木仍是紅褐交雜，收成完的葡萄藤光禿裸露。如今春日已至，餘燼節就在眼前，他們終於——好不容易終於——啟程前往切譚多，迎向等在那裡的解答。戴文壓抑不住內心如同林間綠意般持續迸發高漲的情緒，也不想壓抑，總覺得無論未來將發生什麼，一切都很快就會展開。

他和貝爾德一同坐在第二輛貨車內，自覺生命力無限、光輝爛漫、意氣風發；午後的璀璨陽光在前方照耀著卡翠安娜的髮絲，讓他湧現奇異而美妙的感受，心神激盪。他曉得貝爾德正好奇地端詳他，察覺貝爾德臉上勾著淡淡的笑意，但他不在乎，甚至頗感高興。貝爾德是他的朋友。

戴文唱起歌來，是一首關於旅行的古老歌謠，名叫〈旅人之歌〉：

我與家園相隔千里
腳下不過是另一條曲折道路
待太陽沉落，雙月升起
伊安娜之星會聽我講述旅途……

雅列森不管心情如何，幾乎總是很樂於加入旋律，果不其然，戴文唱到第二段便聽見托傑亞笛跟著吹奏起來。他往旁一瞧，只見騎馬走在車旁的王爵對他擠了一下眼睛。

卡翠安娜回頭一瞥，眼裡帶著責備。戴文對她燦然一笑，聳了聳肩，雅列森的笛聲倏地舞得更加飛揚，宛若邀請。卡翠安娜努力壓住笑意卻終究失敗，在第三段跟著唱了起來，然後帶大家唱起下一首歌。

日後，待到夏天，戴文會憶起一行五人向南踏上漫漫長路時第一個小時的光景，這份回憶會令他自覺無比蒼老。

那一日的他還很年輕。某方面來說，他們那時都短暫地年輕過——就連桑德烈也是，當他用唱得不錯的男中音歌喉一起唱他聽過的段落，那一刻的他正以嶄新的身分迎接新生，長久以來未曾熄滅的夢也燃起嶄新的希望。

第三首歌又從卡翠安娜換回戴文領唱，他嘹亮清澈的歌聲順著道路向前飄揚，率先行過晴光照耀的蜿蜒道路，向著切譚多而去，向著他素未謀面的波索堡夫人，向著雅列森必須前往那片高原尋求的事物。

然而在那之前，夕陽即將沉落之際，他們巧遇了一名旅人。

遇見旅人本身並不稀奇。他們仍在斐洛境內，正行經修羅聶堡以北略有人煙的鄉間地區，許多發源於托傑亞和寇爾帖的公路都在此與他們腳下的南北向道路交會。然而孤身上路的旅人就頗為少見，起碼是罕見到讓戴文跟貝爾德立刻一起細看道路兩側，提防有誰躲在暗處打算偷襲。

那算是例行的預防措施，不過他們正身處竊賊存活不了多久的野外，況且此時還是大白天。隨著他們越來越接近那個旅人，戴文看清對方背上掛了一把小豎琴——原來是個遊唱詩人。戴文咧嘴笑起來，遊唱詩人幾乎個個都是很好的旅伴。

那男人已經轉過身來，正等著他們追上。卡翠安娜把領路的貨車停在他身旁，他對卡翠安娜深深一鞠躬，行禮的姿態充滿宮廷架式，斯文優雅，在人跡罕至的路上看來有些滑稽。

「前面那一哩我都沉浸在妳的歌聲中。」他直起身說道：「我得說，妳的容貌甚至比歌聲更動人。」他的個子很高，稱不上年輕，長髮略顯灰白，眼神敏銳犀利。他對卡翠安娜露出孤掌半島遊唱詩人典型的笑容，一張膚質粗糙的臉露出一口齊整的白牙。

「跟著春意一道向南嗎？」卡翠安娜問，對他的恭維報以有禮的微笑。「走舊道？」

「正是，」他答道：「照例在這個時候走舊道。瞧妳這麼青春美貌，真不想讓妳知道我這麼走了多少年。」

坐在貝爾德身旁的戴文跳下車，朝男人走近幾步想確認一件事。「我大概猜得出來，」他咧嘴笑道：「因為我好像記得你，有一年的婚禮季節我們在切譚多一起演出過。你兩年前是不是替布魯內．寇爾帖彈過豎琴？」

那雙銳利的眼眸上下打量他。「是，」過了半晌，遊唱詩人承認道。「我名為厄蘭．笙席歐，的確曾與該死的布魯內合作一季，結果他在酬勞上擺了我一道，所以我想還是自己單幹更好。我剛才就想後面那群人唱得很專業。請問貴姓大名？」

「戴文．阿索里，」謊言撒得不費吹灰之力。「我在梅尼柯．斐洛的團待了幾年。」

「顯然如今走上了更好的行業。」厄蘭說著瞥了他們滿載的貨車一眼。「梅尼柯還在巡演嗎？他會不會比先前更胖了？」

「兩者皆是，」戴文說道，藏住每次想起前團長就會襲來的內疚。「聽說布魯內也是。」

「叫他爛死，」厄蘭一派和氣地說：「他欠我錢。」

「這個嘛，」雅列森在馬上俯視他們。「那方面我們幫不上忙，但你願意的話，我們有辦法在宵禁開始前送你到修羅聶，讓你有床能睡。你可以跟貝爾德坐同一輛車。」注意到厄蘭瞥向卡翠安娜身邊的空位，他連忙補上最後一句。

「實在感激不盡——」厄蘭開口道。

「我不喜歡修羅聶堡。」桑德烈忽地打岔：「那裡都是騙子，太多傢伙會知道你帶了什麼貨、要去什麼地方，太多有問題的傢伙。今晚天氣不錯，我們在外頭過夜比較好。」

戴文詫異地瞥了公爵一眼。以前他從沒給過這樣的意見。

「這個嘛，托瑪，說真的我看不出——」雅列森開口。

「你自己要僱我的，商人。」桑德烈低吼。「你僱我做事，我現在就是在做我的工作。你要是不想聽我的話，馬上把酬勞付清，我另外找個會聽的。」塗黑的臉龐上，那雙深陷於眼窩的眼眸精光如炬。

眾人都聽得出他的語氣別有深意。無論用意為何，桑德烈這麼說自有他的道理。

「給我放尊重點，」雅列森叱道，調轉馬頭面對公爵。「否則我真的會把你解僱，讓你扛著一把老骨頭去找另一個願意忍受你的呆瓜。」他回頭對厄蘭說：「我怎麼偏偏找上了全孤掌半島最傲慢自大的凱勒敦人。」

「凱勒敦人沒有不高傲的，」遊唱詩人搖頭道：「誰叫他們善使彎劍。」

雅列森大笑，戴文也配合雅列森跟著笑了。

「天色還要過好一陣子才會暗，」貝爾德用抱怨的口吻說：「我們可以輕鬆趕到修羅聶堡，何必睡在地上？」

雅列森嘆了口氣。「我明白。」他說道：「抱歉了，我們是頭一次走這條路線，但托瑪不是。我想我們是得聽他的話，否則豈不是白白浪費了付給他的酬勞？」他回頭望向厄蘭，聳了聳肩：「你到修羅聶的便車就這麼飛了。」

「本來就沒有的東西丟了也不可惜，」遊唱詩人微笑：「不要緊。」

「你可以和我們一起烤火，不用客氣。」戴文插嘴道，決定相信自己沒有讀錯公爵方才迅速投來的一瞥。但他仍舊想不通桑德烈打算做什麼。

想不到厄蘭臉上一紅，看起來有些困窘。「多謝好意，只可惜各位招待的餐食或爐火我無以回報。」

「不愧是在江湖上行走多年，」桑德烈用較溫和的語氣說道：「我很多年沒聽到生長於孤掌半島的人說這句話了，這是早已消亡的傳統。」

「你有豎琴，不是嗎？」卡翠安娜說，時機抓得恰到好處，用了她最甜美的聲調。她直視厄蘭一瞬，然後矜持地再度垂下眼簾。

「我是有。」過了半晌，遊唱詩人證實了顯而易見的事。他那眼神簡直要把卡翠安娜吞吃入腹。

「那麼你就不算是空手而來。」雅列森輕快地說：「正如你剛才聽見的，戴文和我妹妹都會唱歌，我也能用笛子吹幾支小曲。吃完晚餐，在星空下聽著柔和的豎琴聲是再醉人不過了。」

「不必再說了，」厄蘭說道：「比起一個人自言自語大道理給自己聽，和你們作伴實在好得多。」

雅列森再次大笑。

「倘若我沒記錯，西邊有個樹林，過了樹林就是一條河，」桑德烈說：「是個紮營的好地方。」

眾人還來不及說些什麼，厄蘭．笙席歐直接跳上貨車，坐在卡翠安娜身側。戴文目瞪口呆，但見到桑德烈悄悄匆忙做了個手勢，他迅即將嘴閉上。

卡翠安娜駕車離開道路，領著大家往西走向公爵所說的樹林。戴文耳裡聽見她格格一笑，不知是遊唱詩人說了什麼。

但他盯著桑德烈，貝爾德和雅列森也是。

公爵看了一眼背對他們四人的厄蘭，接著迅速豎起左掌，中指與無名指特意向下曲起。他意味深長地注視雅列森，隨後再度瞥往卡翠安娜身邊的男人。

戴文想不透。起誓？他一頭霧水地思忖。桑德烈把手放下，雙眸仍定定凝視著王爵，眼裡帶著奇異的挑戰之色。雅列森的臉色唰地一白。

剎那間，戴文懂了。

「喔，亞達昂，」貝爾德悄聲道，音調不自禁往上拔。戴文躍上貨車，坐在他旁邊。「怎麼可能！」

戴文也不敢置信。

桑德烈十分明白地告訴他們，厄蘭．笙席歐是個巫師——一個砍斷兩指，讓自身與孤掌半島的魔法相繫的巫師。

而雅列森．瓦倫廷是擁有提嘉納王室血脈的王爵。假如關於亞達昂與蜜凱拉的古老傳說所言不虛，這就代表他能夠與巫師締結拘束之約，讓巫師任他差遣。戴文還記得秋天在木屋裡時，桑德烈壓根不相信這個傳說。

但他現在打算給雅列森一個機會。所以他的目光才帶著挑戰之意。

這是個機會，至少是機會的開端。戴文的思緒以此生最快的速度飛轉起來，轉頭望向貝爾德。「到那裡之後配合我，」他低聲道：「我有個點子。」直到事後，他才有餘裕回顧過去六個月帶來多大的變化——短短六個月，不過是從一個餘燼季節流轉到下一個餘燼季節，但他已經能對貝爾德這麼說了，不僅說了，也獲得了採納……

正如桑德烈所知或所料，確實有這麼一條河。一夥人在河岸不遠處停下貨車，展開入夜後的例行準備工作：卡翠安娜照料馬匹，戴文去森林裡撿柴火，雅列森和公爵攤開鋪蓋，擺出攜帶的炊具和食物。

貝爾德拿起弓晃進森林中不見蹤影，不到二十分鐘再度現身，手裡已提著三隻兔子外加一隻無翅的肥美鷂雞。

「厲害，」在卡翠安娜與馬匹身邊的厄蘭說，雙眼圓睜：「實在厲害。」

「用這些買你待會的音樂。」貝爾德面露難得的笑容，他通常只有在城鎮的市集跟人交涉談判時才會這樣笑。

這段時間，戴文盡可能不引人注意地觀察著厄蘭。他的目光設法鎖定這位遊唱詩人的左手（他那隻手似乎一刻也不曾靜止），只見那隻手確實有種異樣的模糊感，彷彿有團空氣圍繞在四周。

剛才他都等著貝爾德回來，此時他不再拖延。

「你這傢伙自己就挺像獵物的，」他開口說，對打獵回來的貝爾德咧嘴笑起來，「我們遇到的每個斯文商人想必都會被你嚇壞。朋友啊，你一定要剪個頭髮才有辦法回歸社會。」

貝爾德反應奇快。

「我要是你才不敢這麼說，臭小子。」他邊回嘴邊將獵物拋給桑德烈，桑德烈正待在收集好的柴火旁。「也不瞧瞧你自己是什麼德性。你是不是故意要這麼不修邊幅，好嚇跑波索堡的愛麗諾？」

雅列森笑出聲來，厄蘭也是。

「哪有什麼嚇得走愛麗諾，」遊唱詩人呵呵笑道：「再說他的年紀正合她口味。」

「什麼叫『合她口味的年紀』？」雅列森不懷好意地露齒一笑，「超過十二歲、還沒進棺材的，她一概來者不拒。」

五個男人哄然大笑。卡翠安娜正經地說：「我不喜歡聽這種話。」

「抱歉。」雅列森努力繃出嚴肅的神情。卡翠安娜往他面前一站，雙手穩穩插在腰間。

「你才不覺得抱歉，但你是該抱歉！」卡翠安娜怒聲說：「你明知道我不喜歡這種話。你覺得旁人會怎麼想我？而且你只有太閒的時候才會說這些，快去做點有用的事。替戴文剪個頭髮，他看起來的確亂糟糟的，比平常還亂。」

「我？」戴文嚷了起來，抗議道：「我的頭髮？什麼意思？亂的是貝爾德，不是我！那他呢？他才是那個——」

「你們全部都該剪頭髮。」卡翠安娜毫不客氣地說，語調果決，不容他們辯駁。她毫不留情的審視目光批判地落在厄蘭那頭亂髮上，停留一瞬，張開嘴，一個遲疑後又閉上，精彩地演繹出基於禮貌把話收回的模樣。厄蘭臉上頓時一紅，右手不自在地扯了扯及肩的頭髮。

他的左手持續把玩著從河畔撿來的石子，一刻不停。

「我一個字也沒說，戴文。」她惱火道。

戴文冷冷地說：「我想妳冒犯到我們的客人了，他這下鐵定覺得賓至如歸。」

「妳無需開口，」厄蘭憂傷地說：「那雙迷人的眼眸顯然對眼前所見不太滿意。」

「我妹妹的眼睛甚少對她看到的東西滿意。」雅列森低哼道。他蹲在一袋行李旁翻找半晌，抽出剪刀和一把梳子。「不用說，看來得由我奉命完成任務了。天色大約還有半小時的亮光，誰要當第一個受害者？」

「我，」貝爾德忙道：「不准在黃昏後碰我的頭髮，我告訴你。」

厄蘭饒有興趣地旁觀雅列森引領貝爾德走向河畔的一塊石頭，開始修剪他的頭髮，手上功夫其實頗為出色。卡翠安娜回到馬匹旁邊，不忘朝厄蘭拋去神祕難解的一瞥。桑德烈堆好要生火的木柴，動手剝起兔子與鷓雞的皮，自顧自哼著不成調的旋律。

「小子，再去拾點木柴來。」他驀地對戴文說，頭也不抬。這句話的時機恰到好處。

茱里安在上，戴文暗忖，興奮與驕傲相互交織，暈陶陶地竄遍全身。這些人實在是太厲害了。

「晚點去，」他只說，散漫地靠坐在地上，「現在柴火還夠，下一個就換我剪了。」

「下一個不是你。」雅列森抓住桑德烈抛出的話題，從河邊揚聲道：「去撿柴火，戴文，天黑前的時間不夠剪完你們三個人。明天再替你剪，我現在先幫厄蘭，如果他想剪的話。只能讓卡翠安娜多忍耐你嚇人的外表一個晚上了。」

「說得好像他剪個頭髮就長得不嚇人了！」空地另一頭的她高聲道，厄蘭和貝爾德都笑起來。

戴文埋怨著起身，慢吞吞朝樹林走去。

身後傳來厄蘭的嗓音。

「先謝謝你了，」遊唱詩人對雅列森說：「我可不希望還有其他女人用你妹妹那種眼神盯著我。」

「別在意她。」戴文聽見貝爾德一面走回火堆一面笑道。

「她這樣的美人，哪可能不在意。」厄蘭說，刻意提高聲音好讓這句話傳到拴馬的地方。他站起身走向河岸，在雅列森面前的石塊坐下。夕陽宛若紅輪，在河流的盡頭向西沉落。

戴文抱著滿懷的柴火，走在逐漸蔓延的暗影下，悄悄繞到站在馬匹間的卡翠安娜身邊。她聽見他靠近的聲響，但仍繼續替栗色母馬刷毛，兩眼始終沒離開河畔的兩個男人。

戴文也一樣。他瞇眼望向太陽西沉的方向，雅列森與遊唱詩人在他眼裡彷彿成了兩個小人，映在超越光陰的風景之中。暮色漸濃，周遭一片靜謐，他們的說話聲傳了過來，清晰得出奇。

「你上一次剪頭髮是什麼時候？」他聽見雅列森狀似隨意地問道，剪刀忙碌地在厄蘭糾結的灰色長髮穿梭。

「我記都記不清了。」遊唱詩人承認道。

「這個嘛，」雅列森笑道，彎腰用河水沾溼梳子，「反正出門在外的衣著打扮也不必趕宮廷的流行。稍微往這邊傾一點，對，很好。你習慣把頭髮從前面往旁邊梳，還是全部往後梳？」

「我習慣全部往後。」

「沒問題。」雅列森的雙手來到厄蘭頭頂，剪刀在最後的夕照下反射亮光。「這髮型有點老派，但遊唱詩人就該看起來老派點，是吧？那也是魅力的一部分。以亞達昂與我之名將你束縛，我乃是提嘉納王爵雅列森，巫師啊，你已屬於我！」

戴文不自禁往前踏了一步。只見厄蘭反射動作地試圖掙脫，但締約之手按住了他的頭，前一刻仍在飛舞的剪刀此時尖端抵住了他的喉嚨，讓他渾身僵了一瞬，而一瞬便已足夠。

「你這傢伙就該渾身爛光！」厄蘭咆哮。雅列森放開他，後退一步，巫師彷彿被燙著般一躍而起，旋身面向王爵，整張臉因怒火而扭曲。

擔心雅列森安危的戴文奔向河邊，一面把手伸向自己的劍，隨即瞥見貝爾德已在弓上搭了一支箭，瞄準厄蘭的心臟。戴文放慢腳步，停了下來。桑德烈就在他旁邊，彎劍已然出鞘，他看了公爵黝黑的臉龐一眼，儘管昏暗的天色讓他看得不太真切，但公爵臉上似乎流露懼色。

他把視線轉回河邊的兩人。雅列森已將剪刀與梳子整齊地擱在石頭上，站著不動，雙手垂在身側，然而呼吸急促。

厄蘭怒不可遏，渾身氣得打顫。戴文看著他，感覺就有一道遮簾被掀開——巫師眼裡的憤恨和驚恐相持不下，一張嘴不時抽動，抬起左手指著雅列森，比劃了一個激烈的否定手勢。

這一刻，戴文清楚瞧見他的中指與無名指的確砍斷了，那正是巫師自身的魔法已與孤掌半島相繫的古老特徵。

「雅列森？」貝爾德問道。

「不要緊，他已經無法用他的力量做任何違背我意志的事了。」雅列森聲音很輕，幾乎顯得疏離，彷彿這一切都發生在另一個人身上。這時戴文才醒悟，巫師方才的手勢是為了施咒。魔法。他這輩子從沒想過自己會離魔法如此接近。他的後頸寒毛直豎，並不是由於日暮晚風的緣故。

厄蘭緩緩垂下手臂，渾身的顫抖慢慢止住。「願三神詛咒你，」他低聲說道，嗓音冰冷。「詛咒你先人的遺骨，詛咒你子嗣的性命，詛咒你子嗣的子嗣，竟敢對我做這種事。」那種聲調，唯有蒙受殘暴且刻骨之冤的人才發得出來。

雅列森沒有退縮，也沒有撇開頭。「我將近十九年前早已蒙受詛咒，同遭詛咒的還有我的先祖，以及我和我人民的後代子孫。我決意窮盡一生，趕在為時已晚之前解除這個詛咒。將你束縛於我正是出於這個理由，別無其他。」

厄蘭面露怨毒。「歷代的正統提嘉納王爵，」巫師激動地恨聲說：「打從一開始都深知神君賜予的贈禮多麼可怕，深知能夠主宰一個活生生的自由靈魂是多麼野蠻的力量。你知不知道——」他臉色發白，雙拳緊握，不得不停下來重新控制住情緒，「你知不知道，這個天賦真正使用的次數有多稀少。」

「兩次，」雅列森冷靜地說道：「就我所知是兩次。此為古書所記載，雖說書籍恐怕已全數焚毀了。」

「兩次！」厄蘭重複，音量飆高。「打從這個半島開始記載歷史，迄今為止過了多少世代，在此期間唯有兩次！但你這個只知哭天喊地、連一片領土都沒有的小王侯，居然這般輕率隨意——這般殘忍狠毒地奪取我的人生！」

「並不輕率，正是因為我失去故鄉才不得不如此為之。正是因為提嘉納正瀕臨消亡，倘若我坐視不管勢必覆滅。」

「說得振振有詞，但你這番話哪裡賦予了主宰我生死的資格？」

「我有義務得盡。」雅列森嚴正地答道：「手邊凡是能用上的工具，我都非用不可。」

「我不是工具！」厄蘭打從心底發出嘶吼：「我是自由的、活生生的人，我的命運由我自己掌控！」

戴文凝視著雅列森的臉龐，看得出這聲吶喊狠狠刺穿了他。良久，河畔只有靜默。戴文看著王爵謹慎地吸氣，像要穩住自己來承擔又一個重負；他已經背負了那麼多，如今又追加了新的重量，是他的血統必須付出的又一個代價。

「我不會撒謊說我很愧疚，」雅列森終於開口，字斟句酌地說：「我有太多年都夢想著找到巫師。但我可以說——而且絕不虛假——我明白你方才的話，也明白你為何恨我。我可以告訴你，不得不採取這種手段讓我萬分哀傷。」

「沒有什麼所謂的不得不！」厄蘭叫道，自視為站在公理的一方，毫不屈服。「我們都是自由人，無論何時都有選擇。」

「有些選擇是某些人選不了的。」桑德烈出乎意料地開了口。

他向前一踏，站在戴文身前。「無法選擇或許是由於缺乏意志，或許是由於缺乏力量，而有些人必須為這些無法選擇的人做出選擇。」他走近幽暗中佇立於靜靜流淌的河水旁的兩人，「雅列森是可以選擇不束縛他的人民、他的子孫可能需要的巫師，正如有人企圖害死我們的孩子時，我們是可以選擇不殺對方。厄蘭．笙席歐，對任何一個高風亮節的人而言，在這兩種場合選擇不作為都不是可行的選項。」

「高風亮節！」厄蘭啐道：「把一個笙席歐人跟提嘉納的命運束縛在一起，又是出於哪門子的氣節？強迫一個自由人步上必死之路還滿口仁義道德，這是哪門子的王爵？」他搖了搖頭，「分明是純粹的濫用力量，就乾脆承認了吧。」

「我拒絕。」公爵用他低沉的嗓音說道。天色已相當昏黑，戴文看不清他那眼皮下垂的雙眼。他聽見所有人的身後傳來貝爾德動手生火的聲響，頭頂上的藍黑夜空開始點亮第一批星星，越過河流向西望去，可以看見地平線上的最後一抹暗紅。

「我拒絕，」桑德烈重複道：「一名統治者的氣節與職責在於照看他的領土與子民，唯有這才是真正的衡量準則。其中一部分的代價便是他必須違逆自身靈魂的需要，把令他痛心至極的舉措貫徹到底。就好比，」他輕聲補上一句：「提嘉納王爵方才對你所做之事。」

然而厄蘭隨即反擊，語調輕蔑，絲毫不感信服。「不過是個拿錢辦事的凱勒敦傭兵，」他厲聲道：「怎敢大言不慚地說什麼氣節，說什麼王爵該承擔的代價？」戴文聽得出他這番話是為了傷人，但音調流露的卻是徬徨與畏懼。

一陣寂靜。眾人身後，火堆轟地一聲點燃，橘光向外漫溢，照亮緊繃如弦、盛怒當中的厄蘭，以及桑德烈被映照得骨骼高聳的瘦削黑臉。在他們兩人後方，戴文瞧見雅列森動也沒動。

桑德烈說道：「我所知的凱勒敦武者都極為重視氣節，但我不敢將這樣的美譽攬在自己身上。好好看清楚，我並非凱勒敦人。我名為桑德烈．阿斯提拔，曾是該省邦的公爵，對所謂的力量略知一二。」

厄蘭目瞪口呆。

「我亦是巫師，」桑德烈以陳述事實的口吻說：「因此你才會暴露——我識破了你遮掩那隻手的薄薄一層咒語。」

厄蘭合上嘴定定盯著公爵，像是想看穿他的喬裝，或是從那雙眼皮深垂的眼眸中找到證明。隨後他幾乎是禁不住地往下瞥。

桑德烈已攤開他的左手手指，五指俱在。

「我並未完成最終的締約儀式。」他說：「十二歲那年，魔法出現在我身上。然而我亦是阿斯提拔公爵特拉尼之子兼繼承人，於是我做出選擇，捨棄魔法，擁抱世俗法則。我的力量極其微小，這一生只施展過大約五次。或六次，」他更正道：「其中一次是最近的事。」

「所以確實是有密謀推翻那個龐霸狄厄人的計畫。」厄蘭喃喃說道，掙扎著消化這一切，怒氣暫歇。「之後……是啊，當然了。你做了什麼？殺了你被關在地牢裡的兒子？」

「是。」語調平穩，一絲情緒都沒有洩漏。

「你大可斬斷兩指把他救出來。」

「或許吧。」

戴文聽了倏地望向他，大為驚詫。

「我不知道。我多年前就做了選擇，厄蘭．笙席歐。」伴隨他輕聲說完的這句話，另一份苦痛彷彿籠罩在這片空地上，在火光映照之下幾乎肉眼可見。

厄蘭勉強發出譏諷的笑聲。「選得可真好！」他嘲笑道：「這下你丟了公爵頭銜，沒了家人，還被綁在傲慢自大的提嘉納人身邊當奴隸巫師，想必快活得不得了！」

「並非如此。」河畔的雅列森旋即反駁。

「我在這裡是出於自己的選擇，」桑德烈溫和地說：「因為提嘉納的理想，正是阿斯提拔、笙席歐與齊亞萊的理想——我們人人都面臨同樣的抉擇。是作為心甘情願的犧牲者而死，還是為了爭取自由而死？是否要如你一樣，多年來只能鬼鬼祟祟地藏匿，避免遭法師發覺？或者說，難道我們不能彼此掌心貼掌心，將兩個法師逐出島外——在這愚昧的半島上，各個省邦總是囿於傲氣相互爭戰，難道我們就不能團結一回？」

戴文熱血沸騰，公爵的話音迴盪在火光照亮的黑夜，有如對夜晚下的戰帖。然而當他說完，他們只聽見厄蘭．笙席歐嘲弄的掌聲。

「說得太棒了，」他鄙夷地說：「你一定要把這段話好好記住，等你找到一支傻瓜大軍要號召他們上戰場的時候可以用。原諒我，今晚我對關於自由的演說實在感動不起來。日落前我還是自由之身，走在可自由來往的道路上，現在我卻成了個奴隸。」

「你本來就不自由。」戴文脫口道。

「我認為我自由！」厄蘭猛地轉過身面對他，厲聲道：「也許是有法律限制我，也許有哪個負責統治的政府是換一個更好，但相較於這個男人治理的阿斯提拔或那傢伙的父親治理的提嘉納，如今出外旅行比以往安全多了——我這條命愛去哪裡就去哪裡。原諒我不識好歹地說，伊嘉斯的布蘭庭對提嘉納之名施下的法術可不是我時刻放在心上的事！」

「會的，」雅列森的語氣冷得不尋常：「我們都會原諒你說了這種話。我們也無意立即讓你改變想法。但我要告訴你，當提嘉納之名再次被世界聽見，你將重新獲得剛才所說的自由。或許我這樣的期盼終究是徒勞，但我仍盼望你終有一日會心甘情願與我們聯手，在那之前，亞達昂之禮的強制力對我而言就足夠了。為了爭取自由，我父王以身殉國，兩位兄長陣亡於戴薩河畔，一整個世代的生命之花隨之凋零；我如此煎熬地活著，投入如此漫長的奮鬥，可不是為了聽一個懦夫恥笑整個民族及其歷史傳承慘遭消滅。」

「懦夫？」厄蘭喊道：「爛光吧你，你這個氣焰囂張的小王侯！你又知道什麼了？」

「我知道的全是你自己親口所說。」雅列森正色答道：「你說旅途更安全，說也許換一個政府會更好。」他朝厄蘭踏了一步，彷彿想出手擊打對方，原先冷靜克制的外表終於開始崩裂。「你堪稱我所知最卑劣的人，竟心甘情願任由兩個篡君支配，你對自由的認知正是他們得以征服我們、主宰我們的原因。你說你自由？你擁有的不過是東躲西藏的自由，倘若哪個法師或他們的追蹤師走進你那小小隱蔽咒方圓十哩的範圍，你就等著嚇得屁滾尿流。你所謂的自由是走過你被綁在死輪上腐爛的巫師同胞，是背過身去繼續走你的路。到此為止，厄蘭．笙席歐，在三神的安排之下，你已無法置身事外！你置身其中，正如孤掌半島上的每一個人！我在此下達第一個命令：用魔法按照原樣隱蔽你的手指。」

「不。」厄蘭冷冷地說。

雅列森沒有多說什麼，只是等待。戴文看見公爵朝兩人邁出半步，隨即停住，想起桑德烈先前並不相信這個傳說是真的。

現在，他親眼瞧見了——就著星光與貝爾德升起的火堆之光，每個人都瞧見了。

厄蘭奮力抵抗。儘管戴文幾乎什麼都不明白，只是因眼前發生的一切緊張不安，他仍逐漸察覺巫師身上展開了激烈的拉鋸戰。只見他的站姿僵硬緊繃，牙關死死咬住，粗重的呼吸越發短促，兩眼緊閉，身側的雙手倏地捏緊。

「不，」厄蘭喘氣道，起初說了第一次，接著重複了一遍又一遍，每一遍都越發費力。「不，不，不！」他雙膝一沉，猶如被砍倒的樹木跪倒在地，慢慢垂下頭，雙肩高聳，似乎正抗拒著排山倒海而來的侵襲。接著肩膀抖了起來，不規律地抽動，渾身打起了顫。

「不，」他用尖銳的氣音再次啞聲說，雙手攤開按住地面。他的整張臉在火焰的紅光映照下滿是痛苦，目光空洞，汗水在清冷的夜裡順著臉龐涔涔流下。他忽地嘴巴大張。

戴文又是憐憫又是驚恐地別開頭，巫師的慘叫隨即撕裂夜空。與此同時卡翠安娜兩步奔了過來，把臉埋進戴文的肩膀。

痛苦的哀號恍若野獸慘遭折磨的嚎叫，在篝火與星辰之間迴盪，持續時間長得可怕。之後戴文意識到四周陷入濃烈的沉默，只聽得見火堆不時發出的爆裂聲，河水輕柔的低語聲，以及厄蘭・笙席歐粗重不穩、氣息哽噎的呼吸聲。

卡翠安娜一聲不吭地直起身放開戴文的手臂，戴文瞄了她一眼，但她迴避了他的眼神。戴文回頭望向巫師。

河畔新長的春草中，厄蘭仍舊跪倒在雅列森面前，仍舊渾身顫抖，但現在伴隨著嗚咽。他抬起頭，戴文瞧見他的淚痕、汗水，以及因雙手沾上的泥污。厄蘭緩緩抬起左手瞪著看，就好像那是根本不屬於他的陌生之物。所有人都看清方才發生了什麼，或者該說方才出現的幻影。

五根手指。他施了咒。

有隻貓頭鷹忽地啼叫一聲，是從北邊河岸靠近樹林之處傳來的，聲音短而清晰。戴文察覺天空有所變化，抬頭一望，只餘一彎月牙的藍色伊萊琉已從東方升起。鬼焱，戴文思忖道，隨即盼望自己沒這麼想。

「高風亮節！」厄蘭・笙席歐說，幾乎細不可聞。

雅列森自從下令便沒有動過。他低頭注視遭他束縛的巫師，輕聲道：「我並不享受這個過程，但我猜我們非得經歷一遍不可。希望一次就夠了。來吃點東西吧？」

他經過戴文、公爵與卡翠安娜身邊，走向在火堆旁等待的貝爾德，他已經煮起肉來。戴文心緒紛亂，瞥見貝爾德探詢地凝視雅列森，接著回過頭，恰巧看見桑德烈伸出手，協助厄蘭起身。

厄蘭無視他好一陣子，然後嘆了口氣，抓住公爵的前臂站直身體。

戴文尾隨卡翠安娜走回篝火，只聽身後的兩名巫師跟了上來。

晚餐幾乎是在寂靜中度過。厄蘭取了他那一份杯盤，走向河邊的石頭獨自坐著，待在火光的最外圍。桑德烈望向他黯淡的輪廓，低喃著說換作年紀更輕一點的人，很可能就會拒絕進食了。「這人很有求生精神，」公爵補充道：「每個存活至今的巫師都得如此。」

「那他跟著我們會沒事嗎？」卡翠安娜輕聲問道。

「我想會的。」桑德烈答道，啜了幾口酒。他轉向雅列森，「但他今晚會試著逃走。」

「我知道。」王爵說。

「我們要阻止他嗎？」開口的人是貝爾德。

雅列森搖搖頭，「你們不用，我會。沒有我允許的話他無法離開我身邊，只要我召喚，他非得回來不可。我已將他……與我的精神相繫，感覺很奇異。」

確實是奇異，戴文這麼想道。他的視線從王爵身上挪向河邊的黑色人影。他完全想像不出那會是什麼感覺——或者該說，他幾乎可以想像，可是那個感覺讓他大不自在。

他發覺卡翠安娜在看他，轉頭迎上去，這次她沒有避開。她的神色也很奇特，戴文恍然醒悟，她想必跟自己一樣坐立不安、缺乏真實感。他忽地想起一小時前卡翠安娜將頭靠在他肩上，那觸感此刻想來依然鮮明；當下他全神貫注於厄蘭身上，幾乎沒意識到她的動作。他試著露出安撫的微笑，但不覺得自己有做到。

「遊唱詩人，你答應過要彈奏豎琴讓我們一聽！」桑德烈突兀地嚷道。黑暗中的巫師沒有應聲。戴文早就把這件事給忘了，他不怎麼有心情唱歌，他想卡翠安娜大概也是。

結果是雅列森面無表情地拿起托傑亞笛，獨自在火堆旁吹奏起來。

笛聲動聽，簡單樸實。懷抱當下的心情聽見如此美妙的旋律，戴文幾乎覺得頭頂的伊安娜群星與獨自高懸的藍色月牙暫時停止了運行，只因不願無情地遠離那雅致的樂音。

過了半晌，戴文倏地明白雅列森正在做什麼，驀然間感到有些想哭。為了避免失態，他紋絲不動，兩眼越過橘紅色的火焰望向對面的王爵。

雅列森閉著雙眼吹笛，瘦削的臉龐簡直像是只剩骨架，顴骨明顯可見。他在笛聲灌注彷彿從神廟獻缽傾湧而出的情感，注入驅使著他的渴盼，也注入戴文深知埋藏於他本性的正直與關懷。然而，那並不是讓戴文想哭的原因。

真正的原因是雅列森所吹奏的每一首歌、每一段旋律，都是笙席歐的歌謠——一曲接著一曲，全都悠揚甜美得令人神傷，清澈得叫人心碎。

那是給厄蘭．笙席歐的歌，是給獨坐在河畔的夜色暗影中、滿心怨憤的那個人。

我不會說我很愧疚，雅列森在日落後如此告訴這名巫師：但我能告訴你，我感到萬分哀傷。

那一夜，戴文聆聽著提嘉納王爵以笛子奏出的旋律，明白了這兩者的差別。他凝視著雅列森，接著逐一瞥向正注視著王爵的其他人，落淚的衝動在望向貝爾德之際強烈得難以按捺。山笛喚起他內心的悲傷——為了雅列森與被支配的厄蘭，為了貝爾德心緒不寧的深夜漫遊，為了桑德烈的十指與他殞命的兒子，為了卡翠安娜、他自己和一整個飄零無依、在這世上無鄉可歸的無根世代，為了無數積累的失落，以及人們為求改正現狀不得不做的舉措。

卡翠安娜走向行李，再次打開一瓶酒來斟。那已是今夜的第三杯酒，照慣例是杯藍酒。她默默斟酒給戴文，整個晚上她沒說幾個字，但他卻覺得今夜是他長久以來與卡翠安娜最靠近的時候。他慢慢喝著，凝視冷冽的煙霧自杯中升起，在帶著涼意的夜裡飄散。天空的星辰恰似火舌的冰冷尖端，月亮湛藍如酒，遙遠如自由，如家鄉。

戴文喝乾他那杯酒，放下杯子，伸手拉開他的毯子自行躺下，用毯子裹住全身。他不自禁想起父親與雙胞胎兄長，這是他許久以來頭一次想到他們。

過了不久，卡翠安娜在不遠處躺下。平時她都會把鋪蓋與毛毯鋪在篝火旁離戴文最遠的那一端，緊鄰公爵。如今的戴文更為敏銳，明白她這樣的舉動多少隱含遞出橄欖枝的意思，今晚說不定甚至有機會成為和解的開端，治癒他們之間的裂痕。可是他已精疲力盡，不知在各種錯綜複雜的悲傷中該做些什麼、該說些什麼。

他輕輕對卡翠安娜道了聲晚安，但她沒有回應。他不確定卡翠安娜有沒有聽到，不過他沒有再說一次，只是閉上了眼睛。過了半晌他再度睜眼，望向火堆另一頭的桑德烈，公爵正定睛注視火焰，戴文不禁好奇他在其中看見了什麼。好奇，但其實不真的想知道。厄蘭已成一道暗影，襯著河岸的黑夜，化為更黑暗的世間一隅。戴文用一隻手肘撐起上身尋找貝爾德的蹤跡，但他已然離去，孤身在夜裡遊蕩。

雅列森沒有動，也沒有睜眼。戴文入睡之際他依舊吹著笛，高音聽來孤寂而淒楚。

貝爾德有力的手搭在他肩上，叫醒了他。天還沒亮，頗為寒冷，火堆已大致熄滅，只剩些許殘火和餘燼。卡翠安娜跟公爵仍在夢鄉，雅列森則佇立於貝爾德身後，臉色蒼白，但神態沉著。戴文暗忖，不知他究竟有沒有睡下。

「我需要你幫忙，」貝爾德悄聲道：「來吧。」

戴文哆嗦著翻身離開毛毯，動手套上靴子。月已沉落，他望向東方，不過地平線上並無曙光將現的跡象。萬籟俱寂，他睡眼惺忪地穿上艾蕾請託塔奇歐轉交的羊毛背心，完全不曉得自己睡了多久，也不曉得現在是什麼時刻。

他穿妥衣服，去河邊的樹叢解手，呼吸在冰寒的空氣裡凝結成霧。春天近在眼前但仍未真正到來，起碼夜半時分毫無春意可言。夜空澄澈清朗，繁星熠熠，待日出之後想必會是明媚的一天，不過此時他只是打著顫，重新綁妥褲頭的繫繩。

然後他察覺，四處都沒見著厄蘭的蹤跡。

「出什麼事了？」回到營地時他低聲問雅列森：「你說你能叫他回來的。」

「我叫了，」王爵簡短答道。此時戴文站得離他更近，看得出他有多疲憊。「他竭力掙扎，剛剛昏了過去，大約在那個方向的某處。」他朝南邊跟西邊比劃。

「來吧，」貝爾德重複一遍，「帶著你的劍。」

他們得渡過河流，寒冷刺骨的河水驅走了戴文所有的睡意，凍得他倒抽一口氣。

「抱歉，」貝爾德說：「我本來打算獨力解決，但我不確定他走了多遠，也不曉得這片荒野野外還有些什麼。雅列森希望趁他清醒前帶他回來，兩個人同去比較妥當。」

「不，不，沒關係的。」戴文忙道，上下牙齒敲得格格作響。

「我想我還是把老公爵從睡夢中喊醒的好，不然或許卡翠安娜也可以幫我。」

「什麼？沒有，真的，貝爾德，我沒事，我——」

戴文打住，因為貝爾德在笑。他這才慢了半拍地察覺貝爾德話裡的戲弄之意，說也奇怪，他反倒心頭一暖。其實這是他頭一次夜裡單獨和貝爾德在外行動，他決定把這視為貝爾德更加信賴他或接納他了。他一點一點地感受到自己越來越是他們的一份子，共同參與雅列森與貝爾德這麼多年來投注心血的大業。他挺直肩膀，盡可能抬頭挺胸地隨著貝爾德一路向西，走入黑暗。

他們在一道山坡上的橄欖樹林邊緣找到厄蘭．笙席歐，離營地約莫一小時的腳程。一見到眼前的景象，戴文不自在地嚥了一下口水，貝爾德則輕輕在齒間吹了聲口哨——那光景實在觸目驚心。厄蘭昏迷不醒。他把自己綁在樹幹上，繩子看來打了少說十幾二十個結。貝爾德拾起巫師的水壺舉高一瞧，壺裡已空，顯然厄蘭還把繩結給浸溼，讓結咬得更緊。他的行囊和刀一同擱置在地上，刻意放在無法觸及的距離。

繩子有些磨損，相互糾纏，看起來已有好幾個結被鬆開，不過仍有五、六個結撐住了。

「看他的手指。」貝爾德凝重地說，抽出匕首，動手割起繩索。

厄蘭的雙手都皮開肉綻，滿是乾掉的血跡。稍早發生了什麼顯而易見：他企圖讓自己不可能臣服於雅列森的召喚。戴文不禁疑惑，他究竟期盼著什麼？難道他希望王爵誤以為他不知用了什麼法子逃脫，就此將他拋在腦後？

戴文猜想，說不定厄蘭這些舉動壓根不是出於理性思考，只是純粹的反抗意志，令人不得不發自內心佩服他的頑強不屈。他從旁協助貝爾德切斷剩下的繩索，厄蘭仍有呼吸，但並無醒轉的跡象。戴文醒悟到他的痛苦必定是劇烈難忍，腦海閃過巫師跪倒在河邊慘叫的記憶。他暗想，在這荒涼無人之地，不知有什麼樣的痛嚎響徹了黑夜。

他低頭注視頭髮灰白的遊唱詩人，百感交集，混雜了敬佩、憐憫與怒氣。他何必讓他們那麼難為？為何迫使雅列森獨自額外承擔這麼多苦痛？

不幸的是他自己明白其中一部分答案，那些想法絲毫安慰不了人。

「他會不會企圖自殺？」他忽然問貝爾德。

「我想不至於。正如桑德烈所說，他很有求生精神，我想他不會再這麼做了。他非得試一次不可，這樣才能確定他面臨的後果會嚴重到什麼程度，換作是我也會這麼做。」他一個遲疑，「但我沒料到他會用繩子。」

戴文拿起厄蘭的行囊跟裝備，以及貝爾德的弓、箭袋和劍。伴著一聲低哼，貝爾德把不省人事的巫師扛在肩上，隨後兩人向東踏上歸途。回程的速度比較慢，走到河畔時，前方的地平線已亮起黎明前的第一道灰色天光，蓋過了較晚升起的星辰。

其他人都醒了，正等著他們。桑德烈已重新燃起篝火，貝爾德在火堆旁將厄蘭放下。戴文也卸下裝備和武器，拿了個水盆返回河邊，回來之後，卡翠安娜跟公爵開始清理、包紮厄蘭血肉模糊的雙手。他們解開他的上衣，捲起袖管，露出一道道紅腫的傷痕，是他為了重獲自由奮力扭動著想掙脫繩索而造成的。

或者該反過來說？戴文凝重地想著。他正是為了重獲自由才會用繩索綁住自己，不是嗎？他轉頭一瞥，只見雅列森垂頭凝視厄蘭，但他從王爵的神情中讀不出任何情緒。

朝陽升起，厄蘭過不久也甦醒了。

他們瞧得出厄蘭漸漸明白自己在什麼地方。

「來杯凱琲嗎？」桑德烈泰然自若地問道。他們五人坐在火堆旁吃早餐，就著熱氣蒸騰的杯子啜飲。東方亮起的曙光色調輕淺柔和，宛若希望之光，映得河水波光粼粼，樹梢初萌的新芽綠中帶金。空中一片啁啾鳥鳴，河裡傳來鱒魚躍起後水花四濺的嘩啦聲。

厄蘭慢慢坐起身，望向他們。戴文看得出他察覺了自己手上的繃帶，接著厄蘭瞥向已套上馬鞍的馬匹，以及載滿行囊準備出發的兩輛貨車。

他的目光驟然折回，鎖定雅列森的臉。藉由不可思議的力量彼此相繫的兩人相互凝望，一言不發。接著雅列森面露微笑，那是戴文熟悉的笑容，讓他原本嚴峻的神色染上暖意，點亮他灰藍色的雙眸。

「說真的，早知道你這麼痛恨托傑亞笛，」雅列森說：「我就不吹了。」

過了半晌，厄蘭．笙席歐竟笑了起來，有些駭人。他的笑聲中毫無愉快之意，壓根感染不了誰，無法與旁人共享。他雙眼緊閉，淚水溢出來滾落臉頰。

其他人都沒吭聲，動也不動。就這麼過了許久，等厄蘭終於冷靜下來，他小心地避開手上包紮之處用袖口抹了抹臉，然後再次看向雅列森，張嘴想要說話，接著又閉上。

「我明白，」雅列森輕輕地告訴他。「我真的明白。」

「來杯凱琲？」過了片刻，桑德烈再次問道。

這次厄蘭接過杯子，有些笨拙地用包紮起來的雙手捧著。不久他們便收拾營地，啟程繼續向南。

第十章

五天後的春季餘燼節前夕，一行人抵達波索堡。

往南前行的最後一個下午，戴文始終眺望著群山。每個從小生長於阿索里那片潮溼低地的人，想必都會為南方的高聳山脈驚嘆：切譚多的布拉丘山、東邊向托傑亞延伸而去的帕拉維山，以及他從未見過但曾經耳聞的斯伐洛尼山，據說此山最高，白雪覆蓋，坐落於西，正是提嘉納原本所在之處。

時間已晚。就在同日下午，伊嘉斯的依索拉喪命於遙遠的北方，死無全屍，倒臥在齊亞萊宮廷的謁見廳，覆蓋於一塊染血的布之下。

日頭在突起的山脊後方西沉，將山峰染得赭中帶紅，混雜幽暗的紫色；最高的山巔上白雪皚皚，依然在最後的天光中反射光輝。戴文依稀認出那一條延伸向下的布拉丘隘道，它是著名的三大隘道之一，連通孤掌半島與位處南方的奎雷亞——儘管兩地只能在某些季節往來，而且從來都不容易。

在女子掌權的制度於奎雷亞鞏固之前，被山脈分隔的兩地曾通商貿易，潛心清修的春季餘燼節一向預告著隘道即將再次開放通行，商業活動即將復甦，重現活力。在那個年代，南方高原這裡的城鎮與要塞都生機勃發、富有朝氣，同時也防衛森嚴，畢竟商隊可通過之處軍隊亦可通行。不過歷代奎雷亞王沒人把王位坐得夠穩，只要國內仍有女祭司長虎視眈眈地等他戰敗或陣亡，他就不可能揮軍北侵。在切譚多，私人軍隊的劍刃箭尖會染血大多源於彼此互鬥，南方兇殘血腥的爭鬥已綿延好幾個世代，甚至成為傳說故事。

在那之後，到了阿奇思與帕希費雅掌權的時代，奎雷亞終究確立了女子統治制度，那是幾百年前的事。女祭司長統治下的奎雷亞迅即自我封閉，宛若在夕暮時分閉合的花，商隊來往亦隨之終止。

南方城市有的漸趨衰微，只剩村莊，有的擅於變通、活力充沛，改變了自身特色，將目光轉往北部與其他領域，例如提嘉納的眾塔之城艾瓦勒。在切譚多高原，原本武力強大的一眾勛爵從前在軍事要塞般的大城堡過著浮華的宮廷生活，此後卻與時代愈發脫節；他們之間的突襲與交戰本來緊扣整個孤掌半島的局勢走向，此後越來越無關大局，儘管仇恨暴戾程度絲毫不減。

戴文跟著梅尼柯．斐洛在各地旅行時，偶爾會覺得他們唱的歌謠有一半都是關於哪個領主或年輕公子遭敵軍追殺，在險峻山巖之間奔逃，或是情路坎坷的南方戀人因父輩的仇怨被迫分離；要不就是述說那些父輩的殘暴行徑，他們宛若鷹隼那般桀驁不馴，盤踞於高高聳立在布拉丘山麓的冷峻城堡。

這些歌謠之中，無論是關於征戰攻伐、腥風血雨、村落烈焰沖天的狂烈之歌，抑或是苦命鴛鴦在霧氣氤氳的山間悄悄投湖自盡的哀嘆之歌，戴文總覺得其中又有一半唱的都是波索一族的故事，圍繞著位處布拉丘隘道正下方那層層相疊、沉鬱壯觀的恢弘波索堡。

已經很久沒出現新的歌謠了，應該說打從奎雷亞商隊停止前來便少有新曲。但過去二十年，倒是有許多新的軼聞與謠言四處流傳——多得可觀。波索堡的愛麗諾以她獨特的方式，雖仍在世卻已成為旅人口耳相傳的傳奇。

如同許多古老的歌謠，這些新故事同樣是以情愛為主題，但描述的並非傷心欲絕的年輕男女在狂風呼嘯的山崖慟哭命運不公，而是波索堡內的某些改變：那些廳室曾見證剛硬的鐵漢深夜在長桌邊策畫突擊作戰，狂野的獵犬在鋪有燈心草的地板上爭搶他們隨手扔下的骨頭，如今卻妝點著編織緻密的地毯和掛畫，自外地進口的綢緞、蕾絲花邊、絲絨，以及陳列於各個房間、看了教人難為情的藝術作品。

戴文和厄蘭同坐第二輛貨車，他將目光從山巔餘暉移開，投向逐漸接近的城堡。波索堡四周山巒圍繞，此時已籠罩於陰影之中，城堡之外圍著護城河，不遠處便是一座小村。就在戴文凝視之際，城堡窗戶的燈光一一點亮，那將是餘燼節結束前最後一次燃起的燭光。

「愛麗諾是我們這邊的，」之前雅列森只這樣告訴他們：「老朋友了。」

愛麗諾的總管是些微駝背的高個子，臉上留著一大把白鬍，他態度莊重地引領一行人走進爐火熊熊的溫暖大廳，接著愛麗諾給雅列森的熱烈歡迎證明了他倆之間確實交情匪淺。

待城堡女主人修長的手指鬆開雅列森的頭髮，唇瓣從他的雙唇挪開，雅列森臉上已泛起少見的酡紅。她吻得不急不慌，耐人尋味的是雅列森也不急著結束。愛麗諾後退一步打量他的夥伴，微微一笑。

她特別對厄蘭點了點頭，顯然認得他。「歡迎回來，遊唱詩人。兩年不見了吧？」

「正是，夫人。很榮幸您竟然記得。」厄蘭那一鞠躬彷彿重現他的年輕時期，令人想起雅列森束縛他之前大家見過的模樣。

「我記得你當時是孤身前來，很高興看你多了如此出眾的旅伴。」

厄蘭張開口，但沒答腔便閉上了。愛麗諾瞥了雅列森一眼，顏色極深的眼眸閃過探詢之意。見雅列森沒有回應，她轉向公爵，臉上頓時顯露濃濃的好奇。她若有所思地用一根手指輕點臉頰，微微偏頭，易容後的桑德烈毫無反應地任她端詳。

「真是維妙維肖，」波索的愛麗諾說，聲音極輕，以免立在門邊的僕役和總管聽見。「貝爾德想必騙得整個孤掌半島都以為你是凱勒敦人。你這番打扮之下的真實身分可真讓人好奇。」她的笑容明豔動人。

戴文不知自己究竟該驚嘆還是驚恐，但他的兩難隨即變得無關緊要。

「您不知道嗎？」厄蘭．笙席歐大聲道：「真是天大的疏漏，就讓我來介紹吧。夫人，容我為您引見——」

他沒能說下去。

率先行動的是戴文，事後回想連他也暗自驚訝。不過他一向反應敏捷，而且他離巫師最近，他做了當下唯一想到的事——猛地旋過身，用盡全力一拳打向厄蘭的腹部。

結果他只比站在厄蘭另一邊的卡翠安娜快了一瞬：卡翠安娜一躍上前，想摀住巫師的嘴。然而戴文那一拳打得厄蘭痛叫一聲彎下身去，無意間導致卡翠安娜失去平衡，向前踉蹌了一步，恰巧被愛麗諾穩穩接著，扶住了她。

整個過程大約不出三秒。

厄蘭雙膝一屈跪在華麗的地毯上，戴文在他身旁跪下，耳裡聽著愛麗諾屏退周圍的僕人。

「你這蠢材！」貝爾德對巫師怒喝。

「確實是。」愛麗諾附和的語調跟方才截然不同，全是誇張的任性與惱怒，「怎麼會有人以為我想給自己惹麻煩，非要知道一個易容的凱勒敦武人是什麼身分？」她毫無必要地繼續摟著卡翠安娜的腰，直到這時才放手，臉帶笑意看卡翠安娜快步退開。

「妳這人還真急躁，是不是？」她嫵媚地細語道。

「還好。」卡翠安娜剛強地說，拉開好幾呎才停步。

愛麗諾嘴角一勾，犀利的眼光上下打量卡翠安娜。「我實在太嫉妒妳了，」她終於宣告：「即使妳剪去那頭髮絲，縫起那雙眼睛，我一樣會嫉妒。跟妳一同旅行的這些男人是多麼威猛無匹！」

「是嗎？」卡翠安娜語氣冷淡，但雙頰倏地紅了起來。

「『是嗎』？」愛麗諾高聲重複。「妳的意思是妳還沒親身體驗？親愛的孩子，妳究竟怎麼消磨那麼多個夜晚呀！他們當然是了！別浪費妳的青春，親愛的。」

卡翠安娜直視著她。「我不覺得我在浪費。」她說道：「但我猜我們對浪費青春的看法不一樣。」

戴文不禁一抖，但愛麗諾回答的語氣一派溫和。「或許吧，」她不以為意地附和道：「不過說實話，我覺得共通之處其實比妳以為的更多。」她頓了一頓，「隨著年歲增長，說不定妳也會發現冰霜只和死亡與終結相襯，而不適合開端——無論是任何開端。但話說回來，」她補上一句，露出充滿友善的微笑：「我會確保妳有充足的被褥，溫暖地度過今夜。」

厄蘭呻吟一聲，把戴文的注意力從兩名女子身上拉開。只聽卡翠安娜說：「多謝關心。」戴文沒看見她的表情，但從那個語氣就能猜出她的臉色。

他扶住厄蘭的頭，巫師大口喘息，想把氣緩過來。愛麗諾沒搭理他們，親切客套地招呼起貝爾德，戴文直覺地意識到貝爾德也用相仿的客氣態度應對，狀似愉快。

「抱歉，」他悄悄對厄蘭說：「我想不到別的方式。」

厄蘭虛弱地揮了揮尚未痊癒的手，走進城堡前他堅持拆下繃帶。「我才要說抱歉，」他喘道，讓戴文吃驚不小。「我忘了旁邊有僕人。」他用手背抹了抹嘴唇，「要是害大家全部送命，我自己也討不到什麼好處。那可不是我想要的自由。坦白說，我現在的姿勢也不像我心目中有尊嚴的中年人就是了，既然是你把我打倒在地，就煩請你扶我起來吧。」戴文第一次從遊唱詩人的語氣聽出玩笑之意。正如桑德烈所說，他有強烈的求生意志。

他以盡可能替厄蘭留面子的方式扶他起身。

「最暴力的這一位，」雅列森正調侃道：「名叫戴文·阿索里。他也會唱歌，要是妳這位主人當得夠好，他說不定會為妳獻唱幾曲。」

面向厄蘭的戴文轉過身去。也許是他剛才由於那一連串發展而分了心，他對此刻迎上的眼眸毫無防備。

*眼前的女子怎麼可能年屆四十？*他不禁想道，出於反射動作行了梅尼柯教他的樂師之禮，遮掩自己的困惑。他很確定愛麗諾將近四十歲了，波索的柯納洛是在龐霸狄厄軍侵略切譚多時戰死沙場，她結婚兩年便守寡，其後不久，南方城堡有個美麗寡婦的傳聞軼事便流傳開來。

那些傳說的描述完全及不上她本人——眼前的女子身穿一襲深得近乎黑色的藍色長裙，頭髮則是純正的黑，高高盤在頭上，配上一頂鑲有寶石的白金頭冠，幾綹髮絲頗具美感地特意垂落，修飾她完美無缺的鵝蛋臉。長睫毛下的眼眸是幾近紫色的靛藍，唇瓣豐滿紅潤，在注視戴文時勾起微小的笑意。

他逼著自己回望她的目光，一望過去，體內每條血管的閘門彷彿全數猛地旋開，血液有如澎湃的江河奔流過陡峭險峻的河道，愈漸迅急。見狀，她的笑容更深、更顯私密，深色雙眸睜圓了一

下，彷彿她看得清戴文體內的變化。

「既然如此，」切譚多的愛麗諾在回頭看雅列森之前這麼說道：「我只能盡力當個待客周到的主人，好讓你替我唱幾首了。」

戴文瞧見她豐滿高挺的雙峰，禁不住就是留意到了。長裙的領口極低，掛在頸間的鑽石墜子緊貼她的肌膚，宛若白中透藍的火焰般吸引目光。

他搖了搖頭，奮力讓思緒恢復清明，對自己的反應有些驚愕。這太荒唐了，他嚴正告訴自己；他是被那些傳說故事給沖昏了頭，加上屋裡各式各樣滿足感官享受的奢華擺設，更讓他的想像力一時脫韁。他抬眼向上一瞥，想轉移注意力，隨即懊悔不迭。

天花板上，某位對房事不陌生的畫匠描繪了亞達昂在原初與伊安娜交歡的情景，女神的面容顯然是以愛麗諾為本，畫上也可明顯看出她正處於快感的頂峰，就要在極樂之中流瀉滿天的繁星。

天花板那幅壁畫的背景的確到處點綴著星辰，然而注視壁畫的背景實在令人難為情。戴文逼自己垂下目光，碰巧對上卡翠安娜的一瞥，幫助他冷靜下來；她那眼神混雜了尖酸的嘲諷，以及某種他認不出來的情緒。儘管卡翠安娜同樣擁有無與倫比的美貌及一頭奔放的豔麗紅髮，但此刻的她看起來卻格外稚嫩。幾乎像個孩子，戴文老成地想——尚未徹底明白或發揮她的女性魅力。

波索堡的夫人已臻完滿，無論是她踩著細帶鞋的雙足，抑或是她閃爍光澤的秀髮。戴文後知後覺地注意到她的指甲也塗上危險魅惑的藍黑色，和長裙同樣的色調。

他嚥了嚥口水，再次把目光別開。

「我原以為你昨天會到。」愛麗諾正對雅列森說道：「我精心梳妝打扮等著你來，你卻沒出現。」

「這樣正好，」雅列森微笑著低聲道：「要是見到妳比現在更美的模樣，我說不定永遠下不了決心離開。」

她勾起淘氣的笑容，轉頭望向其他人。「你們看看這人怎麼折磨我的，才來我家不到一刻鐘就提起要走！這樣的朋友還夠意思嗎？」

這個問題剛好是對著戴文問的。他只覺口乾舌燥，愛麗諾那一瞥打亂了他腦袋到嘴巴之間原本秩序井然的訊息傳遞路徑，他試著微笑，但心底懷疑他擠出的笑容大概介於憨傻和愚癡中間。

給我酒，戴文絕望地想道。他迫切需要灌一杯夠烈的東西。

好似受到比巫術更幽微的力量召喚，三名身穿藍色制服的僕役在這個巧妙的時機重新現身，每人各端一個盤子，盤上各有七個玻璃杯。戴文瞧見其中兩盤分別放了一瓶紅酒，無疑是產自切譚多。第三盤所放的酒是藍色。

戴文轉頭看向雅列森，王爵正注視著愛麗諾，神情透露他們久遠之前曾共享過什麼祕密。她的表情與姿態有那麼一剎那變了，彷彿在那個瞬間放下了編織魅惑之網的本能。戴文的觀察力比六個月前細膩許多，總覺得愛麗諾眼中隱隱浮現一絲哀愁。

接著她開口說話，戴文於是確信那哀愁的確存在。不知為何這件事微妙地令他心神一定，也在屋內灑落另一種和緩溫潤的氛圍。

「我不太可能把這給忘了。」她柔聲對雅列森說，朝藍酒比劃了一下。

「我也是，」他答道：「畢竟那正是始於這裡的習慣。」

她眼瞼低垂，沉默半晌。隨後那樣的氛圍就過去了，愛麗諾再次抬眼時，眼裡已重新綻起光亮。「我照例有一些信函等著轉交給你，不過其中有一封剛剛送達。」她說：「是兩天前有位非常年輕的伊安娜祭師送來的。他待在這裡時從頭到尾都怕我怕得要命，明明他日落才抵達，卻連住一宿都不肯。他策馬奔出去的速度之快，絕對是擔心一留下來用餐袍子就會被我脫了。」

「妳會嗎？」雅列森咧嘴笑道。

她撇了撇嘴。「不太可能，伊安娜那一派的人多半不值得費那麼多心思。但他確實相當俊美就是了，現在想想，幾乎足以和貝爾德匹敵。」

貝爾德渾不在意，只是一笑，愛麗諾眼神挑逗地瞥了他一眼。又是這種互動，戴文暗忖——相識多年、共同經歷許多事件才會有的互動。他忽感自己太過年輕，太過淺薄。

「新的信函是從什麼地方送來的？」雅列森問道。

愛麗諾一個遲疑。「西邊。」她只說，朝其他人一看，眼裡藏著疑問。

雅列森留意到了。「妳直說即可，我信賴這裡的每個人。」他特意避免看向厄蘭。戴文倒是看了，但期待巫師會有反應的他只是大失所望。

愛麗諾手一擺示意僕人退下，年邁的總管已先行離開去察看他們住宿的房間準備得如何。等大廳只剩他們，愛麗諾步向四座壁爐中的其中一座，從爐邊的寫字桌抽屜取出一個密封的信函，走回來交給雅列森。

「是丹諾里昂親筆所寫，」她說：「來自你那個我仍無法聽見、無法言說的省邦。」

戴文完全沒料到她會說這句話。

「恕我失陪。」雅列森低喃道，快步走向距離最近的壁爐，一面走一面撕開信封。愛麗諾開始忙著斟紅酒給大家喝，戴文從他杯裡灌了一大口，接著察覺貝爾德擱著酒沒碰，兩眼牢牢釘在大廳另一頭的雅列森身上。戴文順著他的視線望去，只見王爵已將信讀畢，渾身僵直地站著，呆呆凝視爐火。

「雅列森？」貝爾德問道。

愛麗諾聞言迅速轉身。雅列森沒動，好像連聽也沒聽見。

「雅列森？」貝爾德再次詢問，這次語氣更急迫。「出什麼事了？」

提嘉納王爵緩緩從爐火轉過頭來，看著他們。確切來說不是他們，戴文暗自這麼修正；他注視的是貝爾德，神情帶著陰沉與冷峻。冰霜只和終結相襯，戴文不由得想起。

「很遺憾，確實是丹諾里昂的手筆。是從聖所捎來的。」雅列森的語氣毫無起伏，「母親病危，我明天就必須趕回去。」

貝爾德的臉色霎時和雅列森一樣慘白。「那會面呢？」他說：「明天的會面？」

「先去會面，」雅列森說道。「會面結束後，無論如何我都必須啟程回去。」

由於這個消息的衝擊，加上雅列森的言語神態對他們所有人的影響，戴文深夜聽見房門傳來敲門聲時，心底半是迷惑半是驚訝。

他尚未入睡。「稍等。」他輕聲發話，手忙腳亂地趕緊穿上褲子，套了件寬鬆的衣服，只穿著襪子踩過地板，被地毯沒鋪到的石面凍得瑟縮。他頂著一頭亂髮，自覺十分邋遢，滿心疑惑地開了門。

門外的走廊上站著愛麗諾，她端著一根蠟燭，兩側牆壁搖曳著詭譎的暗影。

「跟我來。」她只道。她沒有笑，戴文看不清她被燭光遮擋的雙眼。她身披縫有毛皮滾邊的乳白色袍子，在頸部扣起，但戴文看得出袍下隆起的雙乳；長髮已經解開，滾過肩膀再順著後背垂落，宛若黑色長瀑。

戴文一陣躊躇，再度口乾舌燥起來，思緒變得凌亂遲滯。他抬起手，試著梳理糾結不堪的頭髮。只見她搖搖頭，說：「別整理，這樣就好。」她伸出空著的那隻手，長長的深色指甲梳過他的褐色捲髮。「別整理。」她又說一遍，接著轉身。

他尾隨在後，追隨著她、那根蠟燭、渾身洶湧翻騰的血液，走過一條長長的走廊，接著是較短的一條，然後穿過一連串錯落排列的空曠廳堂，再登上一道迴旋梯。在樓梯頂端，橘光自一道打開的雙開門漫溢而出，戴文跟隨波索堡夫人穿過那道門扉，只見房內有燒得正旺的爐火，牆上掛有豐富精巧的掛飾，地上鋪設華美奢侈的地毯，另外擺了張設有幃幔的大床，床上鋪滿大大小小的各色枕頭。有隻瘦削的灰色獵犬身姿優雅地趴伏在火邊，打量他幾眼，但並未起身。

愛麗諾放下蠟燭，關上兩扇門轉身面對他，背脊靠在打亮的木頭門板上，雙眼圓睜，瞳色黑得詭譎。戴文感到脈搏有如重鎚般狂敲，體內奔流的血液轟轟作響。

「我好燙。」愛麗諾說。

戴文內心深處仍有個部分尚存理智與反諷能力，想要反駁，甚至對她這句話感到好笑。但他定睛細看，只見她輕淺短促的呼吸越來越快，雙頰也染上濃濃的紅暈……他的一隻手像有自我意志般地抬起，碰觸愛麗諾的臉。

她臉頰發燙。

愛麗諾從喉嚨深處迸出低吼，牢牢抓住他的手，往他手心一咬。

那份疼痛釋放了戴文此生從未體驗的強烈慾望，他聽見一聲扭曲的奇異悶哼，之後才明白是他自己的聲音。他朝愛麗諾踏出一小步，她隨即投入他懷裡，手指深深插進他的頭髮，揪住髮絲，嘴唇帶著熱切與飢渴吻上來，將他體內逐漸高漲的慾火越激越高，直到所有的神智蕩然無存，飄散至遙遠的天邊。

一切都消逝了，或是正在消逝——提嘉納、雅列森、艾蕾、卡翠安娜、他的回憶，以及作為他最穩固的基石、他最引以為傲的記憶力……他甚至忘卻了通往這個房間的走廊、道路、歲月與無數房間，將引領他來到此處、來到她面前的那些房間全部忘卻。

他扯開她袍子的繫帶，把臉埋入迸彈而出的酥胸，她倒抽一口氣，手指扒拉著他的上衣，將之扯掉。他感受指甲劃破他背上的皮膚，把頭一轉，咬了她一口，嘴裡嚐到血味，耳中聽見她的笑聲。

他從沒做過這種舉動，從來沒有。

他們不知怎地挪到床上，陷入在床面鋪開的繽紛枕頭，隨後愛麗諾光裸地騎在他身上，將他的男根沒入體內，雙唇落在他嘴上，兩人共赴高潮，藉著這一度春宵拋開整個世界，盡可能拋到最遠的遠方。

有那麼一瞬，戴文以為他明白。某個電光石火間，在毫無思考的肉體接觸中他彷彿掌握了什麼，以為他明白了愛麗諾這麼做的理由，以及她這份慾求的本質——那並沒有表面所見那麼單純。只要再給他一點時間，在這天穹中給他一個靜止的剎那，他就能探手觸及，喚出其名，為模糊朦朧的意識確立一個框架。他向前一探……

她在高潮來臨時喊出聲，雙手撫過他的皮膚，順著身體曲線往下滑。慾火抹消了思考，抹消任何企圖思考的努力。他猛地將身體一扭，幾乎是將她甩到一側，然後翻身至她上方，自始至終都沒離開她腿間溫暖的花穴。靠枕在他們身周散開，落到地上。她緊緊閉著雙眼，口中吐著無聲的字句。

戴文開始往她體內抽送，像要驅散所有的陰影與傷痛，驅散他們身處的孤掌半島如今令人意志消沉的殘酷現實。自身的高潮襲來時他微微打顫，渾身一軟，迷失於此時此刻，在意識模糊之中只牢牢抓住一個名字，他記得那是自己的名字。

他聽見她反覆柔聲呢喃著那個名字。她輕輕從他身下挪出去，他闔著雙眼翻身仰躺，感覺到她的手指劃過他的皮膚。他沒有力氣動彈。她把玩著他的雙手，一面撫摩，一面把兩隻手從他身側帶開。接著嘴唇和手指輕落在他胸口，一路向下挪，越過腹部，來到他饜足的陽物，然後繼續往下，順著他的大腿、小腿探索，再往下。

等他意識到她做了什麼，他的手腳已分別綁縛於四根床柱，在她身下呈大字型張開。他猛然睜眼，又是驚嚇又是警覺，開始掙扎但全是徒勞——打成繩結的絲綢已經把他綑綁得動彈不得。

「真是美妙的開端。」愛麗諾以沙啞的嗓音說道：「夜還長著，現在讓我來教你一些東西吧？」她未著寸縷，曼妙的胴體泛著紅潮，殘留著他留下的印記，此時她探身從床邊地板拿起了什麼。一看清她手中的物事，戴文不禁瞪大了眼。

「妳違背我的意願束縛我，」戴文有些惶急地說：「對我來說，在歡愛中結合不該是這樣的。」他再度用力一掙，扭動肩膀與腰，但絲綢繩結依然穩固。

愛麗諾回以耀眼的微笑。此刻的她豔麗無方，超越了戴文對一名女子能有多美的想像。她的一雙大眼宛若幽暗的深潭，裡頭有某種原始而危險的事物甦醒過來，令人意亂情迷得可怕，他感覺自己的性器再次昂揚，快得不可思議。她瞧見了，笑意變得更深，一根長指甲沿著他逐漸腫脹的肉棍輕輕撫弄，近乎禪修的節奏。

「你會接受的。」他深沉幽暗的一夜情人，波索堡夫人如是說。她雙唇微啟，露出尖銳的皓齒，張開雙腿再一次跨坐於戴文身上，堅挺的乳尖映入他眼裡。他看著愛麗諾摩娑她從床邊的地毯上取來的東西。在她身後的爐火旁，狼犬昂起俊秀的頭凝視他們。

「你會接受的，」愛麗諾重複了一遍：「相信我。我現在就來教你，示範給你瞧，先是這樣，再來是這樣，很快地你就會接受結合正該如此。啊，沒錯，戴文，很快就會的。」

她挪動到他身上，隨著她趴伏下來，燭光先是被擋住，隨後徹底消失於視野。他掙扎起來，可是只維持了片刻，因為他的心臟再次撲通狂跳，無可抵擋的情慾將他籠罩，一如他上方無可抵擋的愛麗諾，複雜的慾望顯然再度高漲於她體內，流露於她闔上之前的幽深雙眸，顯露於她在戴文身上的動作，展現於她粗重、急喘、抽高、短促的呼吸。

隨著冬日最後的蠟燭越燒越短，沒等這一夜走到盡頭，甚至連一半都沒過完，她便證明她所言不假，證明她的話千真萬確，證明了一遍又一遍。末了甚至換她受到綁縛，整個人大大敞開在四根床柱之間，床上便是整個世界，戴文再也無法確定自己是誰，自己究竟該不該對她做這些他正在做的事。那些事讓她翻來覆去呼喚他的名字，或細聲呢喃，或高聲呼喊……但他可以確知愛麗諾改變了他，在他體內找到了同樣渴求忘卻自我的那個部分，不亞於她自己的渴求。

過了一段時間，他那一側的蠟燭燃盡，飄起細細一縷帶著味道的煙霧。房裡的光影一變，兩人都還沒睡著，不約而同注意到了。壁爐裡只剩殘火，獵犬依舊伏在爐前，英挺的頭擱在兩隻前爪上。

「你最好趕快回去，」愛麗諾說，心不在焉地撫摩他離她較近的那側肩膀。「趁現在還有蠟燭能讓你端著。在黑暗裡容易迷路。」

「妳會過餘燼節？」他問，有些詫異愛麗諾這麼虔誠。「不點火？」

「不點火。」她悵然說道：「否則替我打理家務的僕人會走掉一半，至於佃農跟村民會做什麼我想都不敢想。說不定會攻進城堡，或用被血浸透的麥穗對我下什麼遠古的詛咒。這裡是南方高原，戴文，百姓對宗教儀式重視得很。」

「像妳那麼很重視妳的儀式？」

她聽了笑起來，貓一樣伸展身體。「我想是吧。農民在今夜跟明天會做些我不太想知道的事。」她姿態婀娜地朝床腳彎身，從床腳旁的地毯上拾起什麼東西。燭光輝映之下，她的軀體看來柔滑白嫩，凹凸有致，他留下的印記仍泛著紅色。

她挺直上身，把褲子遞給戴文。這舉動頗為突兀，顯然是要打發他走，戴文定定看著她好半晌，動也沒動。她回望，但眼神並不強硬，也無敷衍之意。

「別動怒。」愛麗諾柔聲說：「美妙如你，不適合帶著怒氣離開。我告訴你的都是實話：我的確會遵守餘燼節的規矩，而你少了燭火的確不好回去。」她遲疑片刻，加上一句：「況且從我丈夫死後，我一向獨自入睡。」

戴文一語不發。他起身穿衣服，在從床邊走到房門的途中找到破爛不堪的上衣，那破爛的程度本來會把他逗笑，但他此刻並不覺得好笑。說實話，他的確是動了氣——或者那是某種超越怒氣的情緒，也可能是混雜了怒氣的情緒，總之更加複雜。愛麗諾渾身赤裸、一絲不掛，躺臥在床上散落的枕頭間，凝視著他穿上衣物。他望向愛麗諾，依舊為她曼妙如貓的身姿驚嘆，甚至相當清楚她再次勾動他的慾望會是多麼輕而易舉，儘管現下的氣氛已然改變。

然而就在注視她之際，被過去幾小時的原始狂亂慾望驅趕至角落的思緒重新回歸，有個蟄伏的念頭浮上表面。他盡可能整理好衣著，走過去端起一根插在黃銅燭台上的蠟燭。

這時她追隨戴文的動作轉為側躺，一手撐著頭，黑髮傾瀉在身周，軀體宛若獻禮般一覽無遺，在搖曳的光影中燦爛奪目。她圓睜雙眸，眼神毫不迴避，微笑寬宏大方，甚至稱得上充滿善意。

「晚安。」她說：「不曉得你是否明白，但只要你願意過來，這裡隨時歡迎你。」

他沒料到她會說這句話。用不著多解釋什麼，他便理解愛麗諾是藉此給他面子。然而他的思緒、內心稍早湧現的躁動此時愈趨強烈，儘管他點了點頭回以微笑，但心裡感受到的既非驕傲，亦非榮耀。

「晚安。」他說，轉身要走。

到了門口，戴文停下腳步，回過身看著她。不只是由於他當下察覺或後來想通的任何一個原因，也由於他想起雅列森說過藍酒是因她而始。她仍然沒動。戴文注視著布置奢華的房間、床上大方任他觀賞的美女，把將這一切盡收眼底。在他佇立之際，房間另一頭又有一根蠟燭熄滅。

「這就是我們產生的改變嗎？」戴文悄聲說道，搜索詞彙來描述這個令人難以下嚥的新念頭。「當我們失去自由……人的情愛就會變成這樣嗎？」

即便隔著一段距離，光影閃爍搖曳，戴文仍看得出她的眼神一變。她凝視戴文良久。

「你很聰明，」她終於開口：「雅列森沒有看錯你。」

戴文繼續等待。

「哎呀！」愛麗諾故作震驚，低喊道：「這人竟然真的想要一個答案，想要在世界盡頭的城堡女主人給個真正的答案。」可能是燭光閃爍不定造成的錯覺，但她那一刻似乎別開了目光，把視線投向戴文身後，甚至越過了房裡掛著織錦畫的牆壁。

「這是我們會發生的變化之一。」她終於說道：「一種黑夜裡的反叛，藉此違逆在白晝束縛我們、已經無從打破的法則。」

戴文琢磨半晌。

「這是一種可能。」他低聲附和，整理思緒。「也說不定這是在內心深處承認我們只配這個，配不上更深刻的事物。因為我們並不自由，也接受了自身的不自由。」

只見她渾身一縮，閉上雙眼。

「這麼說對我公平嗎？」她問。

一陣強烈的哀傷襲向戴文，他有些困難地嚥了嚥口水。「不，」他說：「對妳不公平。」

踏出房間時，她的雙眼依然緊閉。

他身軀沉重，彷彿承擔了重負，遠遠不只是疲憊而已——思緒的重量沉甸甸壓下來，拖慢他的腳步。他腳步不穩地走下樓梯，不得不伸出空著的那隻手扶著石牆，但這麼做就無法替蠟燭擋風，燭火因而熄滅。

夜色濃黑，城堡內寂然無聲。戴文小心翼翼地前進，走到樓梯底部，將熄掉的蠟燭擱在那裡的壁架上。牆上每隔一段距離便高高開有細長的窗子，月光斜照在走廊上，但在這個時間、這個角度起不了多大的照明效果。

戴文考慮了一下是否要回去再拿根蠟燭，不過他還是只停在原地半晌讓雙眼適應，隨後便順著印象中的路往回走。

他旋即迷了路，但他並不怎麼緊張。在靜謐的夜裡悄然行過高原古堡的幽暗走廊，踩過冰冷的石磚，倒也切合他此時的心情。

沒有所謂的走錯路這回事，只有我們還不知道自己注定要走的路。

這是誰告訴他的？這句話自沉眠的記憶突如其來地浮上心頭。他轉進一條不熟悉的走廊，經過一個掛滿畫作的長型房間，走到一半時想起了說這句話的嗓音：阿索里老家的田地旁有間茉里安神廟，是那裡的老祭師說的。老祭師先是教雙胞胎讀書識字跟算數，接著教了戴文；當他發現那年紀最小、身材瘦小的孩子有動聽的歌喉，是他率先教了戴文和聲的基礎。

沒有所謂的走錯路這回事，戴文又想了一遍。接著他壓抑不住地打了個哆嗦，想起此刻並不只是普通的深夜，更是冬季的結束，是餘燼節的第一日——據說亡者將在這一夜回到人間漫遊。

亡者。他的亡者是誰？瑪拉。他素未謀面的母親。提嘉納？一個國度、一個省邦可以說是已經死亡嗎？能像個活生生的人那樣被失去、受到哀悼嗎？他想起在尼耶沃雷馬廄殺死的那個龐霸狄厄人。

想起那人，他不自禁加快腳步，穿過空曠靜默的城堡，走過斷斷續續由月光照亮的石磚。

戴文彷彿走了無窮無盡的一段時間，也或許已超脫時間之外——路上一個人也沒經過，什麼聲響都沒聽見，只有他自己的呼吸聲、自己輕悄的腳步聲。最後他終於認出一個壁龕中的雕像，稍早他曾就著火把的光欣賞了那座雕像一番，他的房間就在前方右轉處。不知怎地他完全走反方向，從波索堡最遠的廂房繞了一大圈過來。

稍早他也得知，在那座蓄鬍弓手正張弓搭箭的精巧小雕像對面，正是卡翠安娜的房間。

他打量長廊，但只看見一束束皎潔月光從上方灑落，其間夾雜或深或淺的陰影。側耳傾聽，但他什麼也沒聽見。假如亡者當真重返人間，幽魂也默然無聲。

沒有所謂的走錯路這回事，好久以前祭師普羅托這麼告訴他。

他想起愛麗諾，想起她閉著眼躺臥在色彩鮮亮的枕頭與林立的蠟燭之間，不禁對自己最後向她說的話深感懊悔。有許多事讓他懊悔遺憾：雅列森的母親病危；他自己的母親則早已亡故。

冰霜只和死亡與終結相襯，愛麗諾在大廳對卡翠安娜這麼說過。

他冷極了，也傷感極了。他向前挪動，打破寂靜，輕輕敲響卡翠安娜的房門。

許多原因使她輾轉難眠。愛麗諾讓她心煩意亂，既是因為那女子毫不節制地散發著肉慾魅惑，也因為她顯然跟雅列森及貝爾德有著不為人知的親密過往。

卡翠安娜討厭她不知道的事，討厭有什麼資訊瞞著她。她仍然不曉得雅列森明天打算做什麼，不曉得在高原的神祕會面究竟是怎麼回事，這樣的無知令她坐立不安。儘管她不太想承認，但也有些害怕。

她暗暗希望自己偶爾能更像戴文一點，像他一樣看似平淡地接受他能知道什麼、不能知道什麼。她旁觀戴文默默記下他得知的零碎資訊，然後耐心等待接收再一點資訊，最後將那些情報有如孩童的拼圖遊戲般拼湊在一起。

有時她佩服這種心態，有時瞧他這麼坦然接受雅列森時不時把某些事略過不說、貝爾德長久以來的沉默寡言，她又不由得心生怒氣與輕蔑。卡翠安娜迫切需要知道；原本她不曉得自己的身世，在阿斯提拔的小漁村裡什麼也不知道地過了大半輩子，她總覺得有太多錯過的時間必須彌補，有時這讓她揪心得直想落淚。

她今晚就是這種感覺，等她好不容易陷入躁動的淺眠，她夢見了家。離開後她經常夢見老家，尤其是她母親。

這次她看見自己在旭日初升之際穿過村子，經過最後一棟房屋（是譚多住的屋子，她還瞥見了他養的狗），繞過熟悉的彎曲海岸線，來到父親當年買下的荒廢小屋，他把小屋修繕妥當以後就在這裡養活一家大小。

夢裡，她望見他們的漁船已出海，拖著漁網在清晨起伏的海潮中前行。似乎正是春天，母親在小屋的門口趁著日出之際天光正亮修補漁網，她的視力許多年前就越來越差，要在晚上縫補並不容易，卡翠安娜離家的前一年本來正逐步接手夜裡的縫補活。

夢中的清晨燦爛明媚，海灘的石子閃爍水光，清爽的微風輕盈地自海上拂過。其他漁船也都趁著早晨出海了，不過要認出他們家的船很容易。卡翠安娜沿著路向上走，佇立於剛修好不久的門廊，等著母親抬頭看見她以後迸出驚呼，一躍而起，將女兒摟入懷裡。

她母親確實從手上的針線抬起了頭，卻只是瞇眼迎著光線望向海洋，確認他們家漁船的位置。這是她出於擔心而養成的老習慣，視力受損大概和這個習慣脫不了關係，可是畢竟她的丈夫與三個兒子都在那艘小船上。

她完全沒看見女兒。伴隨一陣奇異的心痛，卡翠安娜恍然明白這裡沒人看得見她——因為她出走了，因為她離開了家人，再也沒回來這個村子。她發現母親的髮絲摻了更多灰白，在和煦的陽光下，只見母親的雙手越發磨損粗糙，那張慈愛的臉又是多麼疲憊。從前她總覺得母親很年輕，直到六年前剛出生的提耶娜死於瘟疫，那之後一切就變了。

這不公平，她這麼暗想。她在夢裡大聲呼喊起來，卻無人聽見。

母親沐浴著晨光坐在門廊的木椅上，一面縫補漁網，一面不時抬頭察看某艘小船的位置，那艘船和其他眾多漁船一同沉浮於東部這片陌生的汪洋，離她曾經深愛的那片海如此遙遠。

卡翠安娜驚醒過來，身體猛力一扭，像要閃開那幅畫面深埋的傷痛。她睜開眼，等待心跳緩和下來，意識到自己正蓋了好幾條被毯躺在波索堡的房間裡頭。在愛麗諾的城堡裡頭。

愛麗諾跟卡翠安娜歷盡風霜、心力交瘁的母親同年。這真的不公平。憑什麼就因為她離家，她就要內心滿載愧疚，在睡夢中見到這麼令人傷心難過的光景？憑什麼——明明是母親在嬰孩過世的那年把戒指交給了她，當時她十四歲。那枚戒指代表她來自提嘉納的臨海地帶，凡是認得上面那古老符號的人都會知曉，也只有他們會知曉。

正是由於這枚戒指，兩年前她在漁村北邊的艾汀鎮賣鰻魚和新鮮塔蘭葵時，和貝爾德同行的雅列森·瓦倫廷才會認出她的來歷。

十八歲的她對人充滿戒心，可是她卻相信了他們，在市集結束後和兩人到鎮外在河邊朝上游散步了一陣子，至今她仍說不上來為什麼。假如非要問出一個答案，她會說是貝爾德身上的某種特質讓她安心。

就在那次散步，他們將戒指和提嘉納的真相告訴了她，卡翠安娜的人生自此天翻地覆。時間從那一刻起展開新的流轉，隨之而來的是她對知的渴求。

那天夜裡，用過晚餐，等弟弟們都睡了，她告訴父母她知道了他們一家的出身，知道了戒指的意義。然後她問父親，他打算怎麼幫助她奪回提嘉納，這些年來又做了些什麼。那是她這輩子唯一一次見到溫和無害的父親勃然大怒，也是父親唯一一次打了她。

母親泣不成聲，父親氣沖沖地在屋裡四處踱著，神態帶著不慣發怒的人特有的不自在感。他以三神之名賭咒，說他趕在伊嘉斯軍入侵、家園陷落前攜妻女逃離，就是為了不再被捲入那陳年舊怨之中。

卡翠安娜就這麼得知了改變她人生的第二個事實。

么弟哭了起來，這時父親氣勢洶洶地大步走出屋子，把門甩上，窗戶震得格格作響。卡翠安娜與母親對望，良久無言，嬰孩被嚇壞的哭聲自上方的小閣樓傳來，逐漸停歇。卡翠安娜舉起手，露出她戴了四年的戒指，用眼神傳達疑問，已經止住淚水的母親點了一下頭。她們擁抱對方，彼此都心知這大概會是她們最後一次擁抱。

卡翠安娜在艾汀鎮最有名的客棧找到了雅列森跟貝爾德。她還記得那是個明亮的夜，高掛的雙月近乎滿盈，客棧的夜班守衛色瞇瞇盯著她，在她側身閃過他上樓時趁機摸了她幾把，她走向守衛所說的那間客房。

她敲響房門，雅列森聽她報上名字，將門打開。怪的是她還沒開口，雅列森的灰眸便顯得陰暗，彷彿預料到即將承擔重負或哀痛。

「我跟你們一起走。」她說：「我父親太懦弱，我們全家在敵軍進犯前就逃走了，我要彌補這一切。但我不會跟你們睡，我從來沒跟男人睡過。我能信任你們嗎？」

她清醒地躺在波索堡，想起這段回憶時不禁在黑夜裡臉上一熱，當時她這番話聽在他們兩人耳中想必青澀得不可思議。可是他們倆都沒笑，連一抹微笑也沒有，她永遠忘不了這點。

「妳會唱歌嗎？」雅列森只說。

她再次陷入夢鄉，心裡想著音樂，想著兩年來周遊孤掌半島的旅途上她跟雅列森唱過的每首歌。這次她夢見了水，夢見在家鄉的海裡游泳，那是她最熱愛、最美妙的愛好，她會在夏日黎明縱身入海，潛入魚身閃爍、驚慌失措的魚群，感受海水有如第二層皮膚般包覆她全身。

接著夢境毫無預警地轉換，她再次佇立於托傑亞的橋上，冬季夜色漸濃，狂風呼嘯，她內心滿載的驚恐早已超越想像。全都只能怪她自己，怪她的倨傲，怪她心底不斷嚙咬、淹沒一切、無從滿足的渴求，渴求著彌補他們當年逃離家鄉的事實。她看見自己再次爬上欄杆平衡住身體，看見湍急的幽暗河水在遙遠的下方奔騰，儘管水聲喧囂，依然蓋不過猛烈撞擊的心跳聲……

然後在她縱身一躍的噩夢重演前二度醒來。會醒來，是因為她誤認為心跳的聲音其實是有人敲她的房門。

「是誰？」她提高聲音道。

「我是戴文。妳願意讓我進去嗎？」

她猛地在床上坐起，把最上層的毯子直拉到下巴。

「什麼事？」她揚聲問道。

「其實我也不確定。我可以進去嗎？」

「門沒鎖。」她終於開口。她確認了一下全身都已經用被毯遮好，不過房裡一片漆黑，遮不遮其實沒什麼差別。

她聽見戴文進了房間，只依稀看清他的輪廓。

「謝謝。」他說：「妳還是鎖門比較好，妳懂的。」

她暗忖，戴文知不知道她多痛恨別人這樣指教她。「今晚唯一可能在外蹓躂的人就是此地的女主人，她不太可能找上我。你左手邊有張椅子。」

她聽見戴文伸手摸索，靠坐在那張頗深的扶手椅中，發出嘆息。

「這倒是真的。」他用虛脫無力的嗓音說：「抱歉，妳不需要我來指點妳怎麼照顧自己。」

卡翠安娜細聽他的語氣是否帶著譏諷，但沒有找到。「少了你的教誨，目前我看起來過得還行。」她平淡地說。

戴文沉默半晌。然後他開口：「卡翠安娜，我其實不曉得我來這裡做什麼。我今晚的心情好奇怪，傷心得可笑。」

他的語調摻雜了極其異樣的情緒。卡翠安娜躊躇片刻，謹慎地調整好被褥，接著伸手打算拿打火石點火。

「妳會在餘燼節點火？」他問。

「我做給你看了。」

她點起床邊的蠟燭，微微後悔方才回得太沒好氣，補上一句：「我母親習慣點一根蠟燭——只點一根，她說是對三神的提醒。不過我到認識雅列森以後才明白她的意思。」

「奇怪，我父親也會。」戴文驚訝道：「我從沒仔細想過這件事。我從來不曉得他為什麼要這樣做，父親一向什麼都不太解釋。」

她轉頭看著戴文，但他深陷在椅子裡頭，兩邊的扶手擋住了他的臉。

「提醒祂們不要忘了提嘉納？」她說。

「想必是了。就好像……就好像容許這種事的三神不配得到全然的信奉或完整的祭祀。」他頓了頓，用若有所思的口吻續道：「這個例子又體現了我們的傲氣，不是嗎？桑德烈總愛說提嘉納人就是狂妄高傲。我們跟三神討價還價，每一筆帳都要跟三神算清楚：祂們拿走我們的名字，我們就拿走祂們儀式的一部分。」

「也許吧。」她說，雖然她不是真的這麼覺得。戴文偶爾會這樣講話。她不認為這樣的舉動是出於高傲或討價還價，只不過是提醒自己別忘記曾發生如此深重的不義。那是個提醒，像雅列森的藍酒也是。

「我母親不是心高氣傲的人。」她開口說，連自己也有些意外。

「我不知道我母親是什麼樣的人，」他用那個緊繃的聲音說道：「我甚至不曉得我父親算不算高傲。我猜我也不是很了解他。」他聽起來真的不太對勁。

「戴文，」她語氣尖銳地說：「往前靠過來，讓我看看。」她檢查身上的被毯，確定下巴以下都遮得妥貼。

他慢慢往前挪，燭光逐步打亮他凌亂不堪的頭髮、扯壞的衣衫、清晰可見的抓痕與齒痕。卡翠安娜一時之間火氣直往上衝，隨後從內心更深處漸漸泛起一股跟戴文無關焦灼，起碼不是直接與戴文相關。

她用奚落的笑聲掩飾這兩種情緒。「看來她的確出來蹓躂過了。你一副上過戰場的樣子。」

戴文勉強擠出一閃而過的微笑，可是他眼裡的沉重卡翠安娜只憑燭光也瞧得出來。

這讓她有些不安。「所以是怎麼了？」她直白地嘲諷道：「她吃不消了但你還想要，所以跑來找我？我告訴你——」

「不是，」戴文忙道：「不是，不是這樣。我……壓根沒這麼想，卡翠安娜。今晚……很不好過。」

「從你的外表看來是不容易。」她回嘴道，雙手緊抓著被毯。

他固執地繼續往下說。「不是那方面的。真的太奇怪了，太複雜了。我覺得我在那裡明白了一件事。我覺得——」

「戴文，我真的不想聽細節！」她氣自己一碰到這種話題就如此侷促。

「不，不，不是那件事，雖然一開始的確跟那有關。但是……」他深吸一口氣，「我想我明白了篡君對我們的影響。不只是布蘭庭，也不只是在提嘉納。也包括艾勃利可。他們兩個都是，我們所有人都一樣。」

「這麼了不起的洞見，」卡翠安娜反射性地嘲諷道：「她的床上技巧一定比你原本以為的更高超。」

這句話讓他閉上了嘴。他再度往椅背一靠，使卡翠安娜看不見他的臉。隨後一陣靜默，她的呼吸平靜了些。

「對不起，」她終於說道：「我不是那個意思。我太累了，今晚做了一些惡夢。戴文，你究竟想要我做什麼？」

「我也不確定，」他說：「我猜是當朋友吧。」

卡翠安娜再度有種被逼迫的不自在感。她直覺地冒出一個緊張不安的衝動，想叫戴文不如寫信給羅維戈的哪個女兒去，但她把這股衝動壓了下去。她說：「我一向不擅長交朋友，從小時候就是這樣了。」

「我也是。」戴文說，再次挪向前來。他把頭髮梳理過了，看來勉強整齊了點。他說：「但妳跟我之間的問題不只如此。有時候妳厭惡我，對吧。」

她的心猛地一跳。「我們不需要討論這種事，戴文。我不討厭你。」

「妳有時候會。」他用那固執的異樣聲調鍥而不捨地說。「因為桑德烈宮的事。」他打住，顫抖地吸了口氣。「因為我是第一個和妳歡愛的男人。」

她閉上雙眼，徒勞無功地想用意志力讓他收回那句話。「你早就知道了？」

「當時不曉得。後來想通的。」

另一個謎題的拼圖。耐心地拼湊成形，把她弄明白。她睜開雙眼，陰冷地注視著戴文。「所以你覺得我們談這個有趣的話題就會變成朋友？」

他瑟縮一下。「大概不是吧。不曉得。我本來只想告訴妳，我想當妳的朋友。」一陣沉默。「我真的不知道，卡翠安娜。對不起。」

意外的是，她的驚愕與怒火一起消退。她看著戴文再度疲憊地靠回椅背上，她也跟著向後往木製床頭板一靠，思索半晌，頗為驚嘆自己的冷靜。

「我不討厭你，戴文。」她終於說道：「真的，完全不討厭。我不否認那段經歷很尷尬，但我不認為這會妨礙我們做該做的事，說到底那才是最要緊的，不是嗎？」

「或許吧。」他說，卡翠安娜看不見他的臉。「假如那是唯一要緊的事。」

「我的意思是，我剛剛說的並不是假話：我一向不擅長交朋友。」

「為什麼？」

又在蒐集謎題的拼圖。但她說：「身為女性，我也不確定。可能我生性害羞，也或許我性格高傲。我在村子裡從來沒自在過，即使對我而言那裡是唯一的家。不過自從貝爾德讓我知道了提嘉納，自從我聽見了這個名字，提嘉納就成了我生命的全部，我人生中唯一在乎的事物。」

卡翠安娜幾乎聽得見他思緒轉動。

戴文說：「冰霜只和終結相襯。」

這正是愛麗諾對她說的話。戴文續道：「妳依然是個活生生的人，卡翠安娜。妳有心，有該過的人生，有近在眼前的友誼，甚至是愛情。為什麼妳非要封閉自己，一心一意只有一個目標？」

她聽見自己答道：「因為我父親根本沒反抗。在河畔的戰役展開前，他就貪生怕死地逃出了提嘉納。」

一說出口，她只想把舌頭從口裡扯掉，血淋淋地連根拔出。

「噢。」戴文說。

「不要說話，戴文！一個字都不准說！」

他照辦，動也不動地僵坐著，幾乎整個人隱沒在深深的扶手椅裡頭。卡翠安娜倏地吹滅蠟燭，她現在不想要任何光線。多虧四周陷入漆黑，也多虧戴文聽話地一聲不吭，她漸漸恢復冷靜，暫時撐過這意義深重的一刻，忍住沒有掉淚。她在黑暗中耗費許久，總算有辦法平穩地吸一口長氣，確定自己沒事了。

「謝謝。」她說，不太確定自己要謝戴文什麼。主要是他的沉默吧。

他沒答腔。卡翠安娜等了半晌，輕聲喊他的名字，仍舊沒有反應。她側耳傾聽，最終分辨出戴文在睡夢中穩定起伏的呼吸聲。

她意識到其中的諷刺之處，不禁有些好笑。但今夜對戴文來說顯然很難熬，而且不是只在最能看出來的那方面。

她考慮叫醒戴文讓他回房睡，要是早上被人看見他們一起離開房間，想必會招來側目。但她發現自己不怎麼在乎。她也察覺，她沒有原先以為的那麼介意戴文想通了關於她的一個事實，接著方才又得知另一個事實。那件事雖說和她父親有關，但其實更是關於她自己。她思忖著為何自己沒有更介意。

她考慮在戴文身上蓋一件毯子，但壓下了這個衝動。不知為何，她並不希望戴文早上醒來時知道她做了這種事。這是羅維戈的女兒才會做的舉動，不是她。不對——要是那個年紀較小的女兒，這時候早就把戴文拉上床翻雲覆雨了，管他有什麼奇異的心情又有多累。年紀大的那個呢？大概會用奇蹟般的速度織完一條新毯子，替他蓋得好好的，附上一張字條解釋這些羊毛出自什麼血統的羊，她挑選的花樣有什麼歷史淵源。

卡翠安娜在黑暗裡悄悄微笑起來，躺回床上睡下，這次不再睡得不安穩，也不再做夢。她在破曉時分醒來，戴文已不見人影。後來，她才知道他去了多遠的地方。

第十一章

艾蓮娜佇立在馬提歐家敞開的門扉前。眼前的道路通往護城河與收起的吊橋，她順著這條昏黑的道路遠遠望去，凝視波索堡窗邊的燭光一個個先是閃爍，繼而熄滅。不時有人經過她走進屋裡，什麼也沒說，頂多對她點個頭或簡短打個招呼。今夜將有一場鏖戰，到來的每個人都心知肚明。

後方的村莊悄無聲息，全無光亮。所有的蠟燭都早已掐滅，爐火蓋妥，窗子掩蔽，連門縫都用碎布或抹布塞得嚴實。人人皆知，亡者會在第一個餘燼夜遊蕩人間。

她身後的屋裡沒什麼聲響，雖然已有少說十五到二十人抵達，擠在馬提歐這棟位於村莊外圍的房子裡頭。艾蓮娜不確定還有多少行者會來，或者稍後在集結之地現身，但她知道人數一定不足。去年就嫌太少了，前年也是，那幾場戰役都全面潰敗。行者死於餘燼夜戰爭的速度，遠遠超過包括艾蓮娜在內的年輕一代行者成長起來替補的速度；因此他們每年春天都節節敗退，今夜也幾乎注定會輸。

夜空繁星熠熠，只有一個月亮升起，是維朵霓漸虧的白色月牙。迎來初春的高原依然寒涼，艾蓮娜用雙臂環住自己，雙手抓著手肘。不出幾個小時，待戰役開打，眼前將變成截然不同的天空，變成氣氛截然不同的夜。

卡倫娜走進屋裡，對她溫暖地笑了一下，但沒停下來多作交談。此刻不是談天的時候。艾蓮娜很擔心卡倫娜今晚的狀況，她兩週前剛生孩子，現在就來參戰實在太早了。可是她不可或缺，他們每個人都不可或缺——餘燼夜戰爭不會為任何人、世間發生的任何事而停歇。

她向一對不認識的夫妻點頭回禮。那兩人跟在卡倫娜身後進屋，衣服上帶著塵土，看來是從東方遠道而來，特意算準時間，等太陽西沉後全村及孤立於田野間的農家都已門窗緊閉才抵達。艾蓮娜知道，在那些緊閉的門窗後，南方高原的人民會在黑暗中一面等待，一面祈禱。

祈求降雨，祈求陽光，祈求土地在春夏兩季結實累累，迎來秋季的豐收。祈求穀物播種後秧苗欣欣向榮，向下生根、向上抽高，從烏黑、潮溼、無私給予的土壤長出澄黃的成熟穗子，充滿未來的希望。祈求——儘管他們置身於嚴密封閉的黑暗屋子，絲毫不知曉今夜真正會發生的一切，但仍將祈求夜行者拯救田園、拯救季節、拯救穀物，拯救每個人的生活。

艾蓮娜本能地伸手把玩掛在頸間的皮製小飾品，裡頭裝有一小塊乾癟的殘片，是她出生時所帶的胎衣。所有行者出生之際都留有胎衣——包裹於透明的胎囊中，自子宮呱呱墜地。

在孤掌半島其他地區的產婆眼裡，胎衣是好運的象徵，據說包裹在胎囊中降生的嬰孩注定一生受三神眷顧。

在孤掌半島這個位處南端的偏遠地帶，在山腳之下的荒僻高原，卻流傳著不同的教誨與傳說。在此，這些古老習俗有著更深刻、更久遠的淵源，從久遠以前的最初便口耳相傳，一路傳承下來。在切譚多高原，帶著胎衣出生的孩子沒有能免於海難的傳說，也不曾被天真地認定為幸運之子。

那是戰爭的標記。

也就是這場在每年第一個餘燼夜開戰的戰爭——第一個餘燼夜是春天的開端，亦是一年之始。在田野中奮戰，為了田野而戰；為了尚未拔高的秧苗而戰，它們是希望與生命，替萬象更新的大地帶來光輝的前景。為了大城市的人民而戰，他們對土地的真相渾然不覺，毫無所悉；為了在切譚多生活的人民而戰，他們蜷縮在四壁之內，只知禱告，只知懼怕夜裡可能代表亡者返回人間的響動。

艾蓮娜身後有隻手輕碰她肩膀，她轉過頭，只見馬提歐面露疑問。她搖搖頭，一手將頭髮往後拂。

「還沒看到什麼。」她說。

馬提歐沒說話，淺淡的月光照亮他的臉，黑色落腮鬍上方的雙眸顯得陰鬱。他輕捏艾蓮娜的肩，沒有別的意思，純粹是安撫的習慣動作，接著轉身回到屋內。

艾蓮娜目送他回去，他步伐沉穩，體格結實，俐落能幹。透過敞開的門扉，艾蓮娜看著他再次於長桌邊在多納對面坐下，凝望兩人好半晌，心底想起了維爾撒，想著愛，想著情慾。

她再度轉頭，望向城堡巨大沉鬱的輪廓，她一生都在那座堡的陰影下度過。她驀地覺得自己很蒼老，遠比實際年齡更老。她有兩個幼子，此時正與她父母睡在門戶緊閉、不點火燭的小屋。她還有個丈夫，此時正沉眠於墓地；他和許多人在去年的慘烈戰爭中戰死，當時異靈的數量驟增，遠超以往，殘酷邪惡地取得了勝利。

戰敗後不出幾天維爾撒就過世了，殞落於夜之戰爭的人都是如此。

在餘燼夜戰爭被死神碰觸的人不會死於戰場。他們會感覺靈魂迎來冰冷的最後一觸（維爾撒告訴她就像心臟被手指輕點了一下），接著返回家中入睡、甦醒，度過一天、一週或一個月，然後臣服於早已將他們納為己有的死亡。

北方的那些城市裡，人們會說起掌管最終門扉的茉里安，說起終將在她的殿堂迎來渴望已久的安寧，並說起在蠟燭與淚水中響起的祭師代禱。

在南方高原帶著胎衣降生的人在餘燼戰爭奮戰，親眼目睹前來交戰的異靈，他們從來不提這些話。

不是因為他們愚昧到不信奉門扉之神茉里安、伊安娜或亞達昂，只是因為他們深知有些力量比三神更加久遠，更加黑暗。多納有一次告訴她，那些力量之古老超越孤掌半島，甚至超越這個雙月伴單陽的世界。每一年，切譚多的夜行者都能在陌生的天穹下一窺真相——不得不見證真相。

艾蓮娜打了個哆嗦。她心知今晚將有更多人被烙上死亡的標記，導致明年能戰鬥的人更少，後年又會更少。何時會迎來終結她不知道，她沒受過這方面的教導。她只有二十二歲，是生活於這片高原的人母、遺孀，是車輪匠的女兒；她也是帶著胎衣降生的孩子，注定成為夜行者，面對這個年復一年每戰皆輸的時代。

她也是他們一群人裡頭在黑暗中眼力最好的，所以馬提歐才安排她守在門口，望著道路，留意多納說過會到來的那個人。

***

時值旱季，護城河的河水如他所料十分低淺。許多年前，波索堡領主喜歡在護城河裡養滿能取人性命的猛獸；貝爾德不認為如今還會遇到那種獸類，已經多年不可能見到了。

頂著朗朗星空，就著維朵霓從天上灑落的薄光，他渡過水深及腰的河。河水很冷，不過他多年前便不再為這種事困擾，也並不介意在餘燼夜出外遊走。說實話，多年來這反而成了他獨有的例行儀式。全孤掌半島都在過神聖的節日，人人守在屋內，在黑暗中靜靜等待，這個事實讓貝爾德更深切感受到自己獨自一人，那份孤寂似乎正是他的靈魂需要的。他深深著迷於穿越這個彷彿呼吸靜止的世界，好似世界正靜臥於星辰下最原初的黑暗，沒有一絲來自凡塵的火光照向天際，除非三神藉著從天擲下的雷電創造些許屬於祂們的火焰。

假如夜裡真有魂魄鬼影在外飄蕩，他倒想見一見。假如來自他過往的亡者正在外漫遊，他想懇求祂們的原諒。

他的痛苦源於那些不肯放過他的回憶。回憶中的畫面有逝去的寧靜，有淺色雕像沐浴在與今夜相仿的月光下，有造型和諧美好、值得窮盡一生研究的典雅柱廊，有來自隔壁房間、睡意朦朧的孩子幾乎能聽清的細語，有隨後爽朗自信的笑聲，有灑落陽光的熟悉庭院，以及他肩上沉穩有力的雕刻家之手，父親之手。

緊接著是烈焰沖天，血濺大地，灰燼飄揚，正午豔陽染為赤紅。

煙硝、死亡、雕像被擊成碎塊，神祇頭顱迸飛，宛若一塊大圓石般彈落於焦黑的土地，無情地碾為粉塵，恰似細沙。恰似海灘上的沙子，那年稍後他在黑夜中走過那一望無際、毫無意義的沙灘，一旁的海洋冰冷淡漠，漫不在乎。

這些回憶陰鬱地來訪，伴他度過黑夜，此外還有更多數不清的記憶，就這麼糾纏著他將近十九年。他背負這一切，將之當作包袱，當作車軛扣在他肩上的貨車，當作心中的一顆圓石：那些是關於他同胞的回憶，關於他們慘遭摧毀的世界、慘遭消滅的名字。是真真確確地消滅了，那幾個音節年復一年漂得離人世之岸越來越遠，彷彿冬日黎明天光灰濛之際的退潮。既似退潮，卻又相異，畢竟浪還會回來。

他學會與這些回憶共處，因為他別無選擇，除非是選擇屈服。選擇一死，或選擇如母親那般遁入瘋狂。他以自身的傷痛定義自我，對那些傷痛無比熟悉，恰似其他男人熟悉自己的雙手長什麼模樣。

不過唯有一件事令他清醒無比，完全無法成眠，得不到任何安寧；正是這件事逼得他此刻在外遊蕩，如同他青少年時期遊蕩於斷垣殘壁之間，但這件事卻與上述那些回憶毫無關係。既不是關於消逝榮光的印象，亦不是關於死亡與失落的畫面——反而是記憶中自毀敗的灰燼閃現的愛，鮮明得超越了一切。

面對那年春夏兩季與他姊姊黛安諾拉相伴的回憶，他在黑暗中毫無招架之力。

於是貝爾德會在夜裡外出，不分雙月、單月抑或唯有星辰的暗夜，走遍孤掌半島，走過斐洛長滿石楠花的夏日山丘，阿斯提拔或笙席歐秋季結實累累的葡萄園，托傑亞白雪覆蓋的山坡，或是這裡：在春天初始的餘燼夜穿過高原。

他會在四合的夜色裡出外漫步，嗅聞土地，感受土壤，傾聽冬風之聲，品嘗葡萄和月光照亮的水，文風不動地躲藏於樹梢觀望暗夜的猛獸飛禽捕獵。久久一次，倘若遭遇襲擊、匪徒或傭兵，貝爾德會動手殺人——他亦是暗夜捕獵者的化身，蠢蠢欲動，迅即遠去；是另一種形式的鬼魂，只因一部分的他已隨著戴薩河戰役的死者死去。

除了他逝去的家鄉，他在孤掌半島本島上的每個角落都這麼做過，積累了年復一年的時光，感受四季緩慢更迭，在這片森林、那片原野、這條幽暗河水、那道山稜摸索著夜的意義，時時刻刻伸手向前、向後、朝向內心，尋覓始終得不到的宣洩。

他在同樣的餘燼夜來過高原這一帶許多次。他和雅列森跟波索的愛麗諾相識已久，交情深厚，但他們之所以每隔一年就會在年初南下前來山間，有著另一個更重要的原因。他想到從西方傳來的消息，那正是故鄉的方向；想起雅列森讀著丹諾里昂的來信時臉上的表情，心臟不禁一揪。但那是明天的事，是唯有雅列森才能面對的負擔，無論他再怎麼盼望（他一向這麼盼望），他都沒辦法替雅列森紓解煩憂、減輕重擔。

今夜只屬於他，夜晚向他發出呼喚。他在黑暗裡獨自前行，黛安諾拉的幻夢攜手相伴，就這麼遠離城堡。以往他總是向西而去，然後拐向波索之南，繞一圈轉進布拉丘隘道下的山丘間；可今晚不知何故，腳步卻引領他踏上另一個方向，朝著東南方前進。雙腳帶他沿著道路一逕走下去，來到城牆下的村莊外圍，經過一棟出乎意料門戶敞開的房屋，此時貝爾德只見一名金髮女子立在月光之下，彷彿正等著他。於是他停下腳步。

***

馬提歐坐在桌邊，抗拒著再清點一次人數的衝動，努力表現得好像一切正常，起碼是在這開戰之夜尚屬正常的範圍。此時只聽屋外的艾蓮娜喊了他的名字，接著又喊多納。她音量不大，但他的注意力一向擺在艾蓮娜身上，這情況已經維持了好幾年，甚至在可憐的維爾撒過世前就是如此了。

他瞥向桌子對面的多納，年紀較長的多納已伸手摸向拐杖，起身打算踩著單腳一拐一拐走向門口，馬提歐也跟了上去。其他幾個人望了過來，神態焦慮憂懼，馬提歐強迫自己露出令人放心的笑容。卡倫娜對上他的目光，開口安撫幾個顯然比較緊張的人。

但馬提歐自己絲毫沒安下心來，他隨多納走出屋外，只見外頭來了個人。那人一頭黑髮，蓄著整齊俐落的短鬍，中等身高，動也不動地站在艾蓮娜面前，視線從她身上挪向他們兩人，一語不發。他身後斜揹一把收在鞘裡的劍，是托傑亞的揹法。

馬提歐看了多納一眼，對方神色淡然。儘管他並非第一次見識餘燼夜戰爭或多納的天賦，他依然忍不住打了個顫。

「可能會有人來。」他們這位少了一條腿的領袖昨晚如是說，而今果真有人來了，就在開戰的前一刻，立在眼前的月光下。馬提歐朝艾蓮娜一瞥，她的雙眼始終沒離開陌生人。她站得很挺，纖細的身子紋絲不動，雙手交互抓著手肘，盡全力掩飾畏懼與驚嘆。可是馬提歐已默默注視她許多年，察覺她的呼吸淺而急促。他愛慕她此時靜止的姿態，愛慕她努力掩飾懼怕。

他又看了多納一眼，接著向前一踏，對陌生人遞出攤開的雙掌，冷靜地說道：「歡迎，雖說今夜不宜在外遊蕩。」

那男人點了點頭。他雙腳張開，穩穩踩在地面上，看來是個懂得使劍的人。他說：「依我對高原風俗的了解，今夜也不應門窗大開。」

「你憑什麼自以為了解高原風俗？」馬提歐脫口反問。艾蓮娜依然盯著男人不放，神情有些奇特。

馬提歐朝她挪近些許，站在她身旁，忽地醒悟他見過這個男人。這人造訪夫人的城堡好幾次，印象中是個樂師，要不就是什麼商販，是那種居無定所、在孤掌半島的路途上奔波不休的人。馬提歐見到那把劍時本來稍稍燃起希望，此時心又微微一沉。

陌生人並未回擊他語氣尖銳的反駁，就著朦朧的月色，隱約看得出他反倒認真思索起這個問題，然後給了出乎馬提歐意料的答案。

「抱歉，」他開口道：「若我出於無知驚擾了此地的習俗，還請見諒。我在外走動有我的理由。我馬上離開，不打擾各位的清靜。」

說罷他果真轉身，顯然打算要走。

「別走！」艾蓮娜急忙道。

與此同時，多納打破沉默。「今夜並不清靜，」他用眾人全心信賴的低沉嗓音說道：「你也並未驚擾。我預料有人可能會走這條路前來，艾蓮娜就是在此等你的。」

陌生人聞言回過身，雙眼在昏暗中似乎瞪大了些，閃現某種新的情緒，更冷酷、更具掂量意味。

「來這裡要做什麼？」他問。

沉默片刻。多納挪動一雙拐杖向前，艾蓮娜移到一旁，讓他能站在陌生人的正前方。馬提歐轉頭看她，她的髮絲垂落於一側的肩膀，在月光照耀下透著白金色。她的雙眼始終定定注視著黑髮男人。

那人則定定看著多納。「來這裡做什麼？」他重複一遍，語氣還算溫和。

可是多納仍躊躇不言，此時馬提歐愕然明白這位開磨坊的長老心有懼意。馬提歐忽然意會到多納接下來打算做什麼，胃裡一絞，一陣驚懼湧現。

然後多納真的做了。他對一個北方人洩露了祕密。

「我們是切譚多的夜行者，」他說，嗓音平穩低沉。「今天是春天的第一個餘燼夜，是我們必須行動之夜。容我請教：無論你出生於何地，是否有任何印記……為你接生的產婆是否宣告你受到祝福？」他緩緩將手探入衣衫，拉出隨身佩帶的小皮囊，裡頭裝的正是出生時將他標記為特殊之人的胎衣。

馬提歐從眼角餘光瞥見艾蓮娜咬住嘴唇。他看著陌生人，看對方思索多納的話，暗暗衡量起逼不得已的話自己有多少勝算能殺了這個人。

這回的靜默延續良久，連他們身後的屋裡隱約傳出的聲響都顯得震耳欲聾。黑髮男人睜圓了雙眼，高高仰起頭來，馬提歐看得出他正在推敲乍然得知的真相背後隱藏什麼意義。

隨後陌生人依舊一言不發，一手挪向喉頭，探入衣內。藉著星月的光輝，三人都瞧見他拉出了同樣隨身佩帶的小皮囊。

馬提歐聽見一個細小的聲音，是個吐氣聲，後知後覺地意識到就是自己發出來的。

「讚美大地！」艾蓮娜情不自禁低喃，閉上雙眼。

「讚美大地，萬物自地中生長，復又回歸。」多納跟著說道，嗓音令人驚詫地發著顫。

馬提歐接上最後一句。「回歸大地，復又萌芽，循環不息，永無終點。」他看著陌生人說，看著他隨身攜帶的小囊。那個小皮囊與馬提歐自己的幾無二致，艾蓮娜也有，多納也有，他們人人都帶著一個。

聽聞三人輪流念誦的禱詞，貝爾德總算明白他無意間撞見了什麼。

兩百年前的時代，瘟疫似乎永不終結，作物連年歉收，社會動亂血腥。值此之際，卡洛契的異教學說在這個南方之地扎根，繼而從高原傳播至整個孤掌半島，以驚人的速度蓬勃發展，信徒日增。根據卡洛契的核心教義，三神的歷史其實較短，另有某種更悠久、更幽暗的力量統御使役著三位神祇。為了與這個宗教抗衡，孤掌半島的祭師如臨大敵，決定攜手合作。

眼見三神的祭師如此罕有地堅決站在同一陣線，加上長達十年的瘟疫與飢荒引發了騷亂，各邦的公爵、大公，甚至連當年的提嘉納王爵瓦崁提都認為別無他途。於是在那段時期，全半島的卡洛契教徒都遭到緝捕、審判，以每個省邦各自的方式行刑處決。

那是動亂而血腥的年代，已過去兩百年之久。

此刻他卻佇立於此，和三名自承為卡洛契教徒的人對話，還取出皮囊給對方瞧——裡頭裝有他出生時的胎衣。

而他們的身分沒有那麼單純。夜行者，那名獨腿老人如是說；那是卡洛契教派的先鋒，是教派的祕密軍團，沒人曉得這些人是根據什麼方法選出來的。但他現在知道了，他們透露給他了。他倏然意識到獲得這項情報可能反倒引來危機，那名身材高壯的蓄鬍男人看來也的確一副警戒態勢，彷彿隨時準備動手。

但守在門口的女子卻落下淚來。她清麗絕俗，有著與愛麗諾不同的美。愛麗諾的一舉一動、一言一語都透著貓一般的危險氣息，眼前的女子則太過年輕、太過羞澀，貝爾德無法想像她能帶來任何威脅，至少像這樣潸然淚下的她絕對不可能。隨後三人都說出感謝與讚美的禱詞，他基於本能保持戒備，但並無危機近在眼前的預感。貝爾德強迫自己放鬆身體，說道：「那麼，你們要告訴我什麼？」

艾蓮娜抹去臉上的淚水，再度望向陌生人，確認昂首挺胸、端正俐落、沉默寡言的他扎實真切地存在於此，不可思議地出現於此。她有些困難地嚥了嚥口水，清楚感受到自己飛快的心跳，試著停止回想她望見這名男子的瞬間——那一刻，他從夜色與暗影現身，來到她的面前；月光下兩人彼此相望，佇立良久，她衝動地碰觸他的手，確定他真的存在，之後才出聲叫喚馬提歐跟多納。似乎有某種奇異的變化降臨在她身上。她逼自己專心聆聽多納的話。

「我現在告訴你的一切，將賦予你決定許多人生死的力量。」他輕聲說：「祭師仍然想把我們趕盡殺絕，阿斯提拔的篡君在這方面會遵從祭師的意見，我想這些你都明白。」

「我明白。」黑髮男子同樣低聲重複道：「能否告訴我，為何要向我吐露祕密？」

「因為今夜是開戰之夜。」多納說道：「今晚，我將率夜行者投身戰役。就在昨天的日落時分，我墜入夢鄉，夢見一個陌生人來到我們面前。我早已學會信賴我夢境的指引，儘管我無法確知這些夢何時來臨。」

艾蓮娜看著陌生人點頭，神態鎮定，絲毫不顯慌亂，坦然接受了這番話，一如他接納艾蓮娜守在路上的身影。她注意到男人衣衫下健碩的雙臂，姿態一看便知戰鬥經驗豐富。他臉上彷彿透著憂傷，但外頭暗到難以看清，艾蓮娜責備自己不該在這種時候放任想像力飛馳。

但話說回來，他確實是在餘燼夜孤身在外閒蕩。艾蓮娜確信心中沒有傷痛的人是不會做這種事的，不禁好奇這個人來自何方，但她不敢詢問。

「看來你是這支軍團的領袖了？」他問多納。

「正是，」馬提歐語氣不善地插口，「你別以為他身有殘缺就好欺負。」

聽那桀驁不遜的語氣，他顯然誤會了對方的問題。艾蓮娜深知他多麼護著多納，她非常敬重馬提歐的這一面，但此刻事關重大，至關重要，不容任何誤解，她轉向馬提歐著急地搖頭。

「馬提歐！」她開口，多納已伸手按住鐵匠的手臂。這時陌生人頭一次露出微笑。

「你太急著發怒了，我並無冒犯之意。」他說：「我見過一些人儘管身有同等甚至更嚴重的傷殘，卻能領軍治國。我的本意只是想了解情況，在我眼中，此地比對你們而言要幽暗得多。」

馬提歐張開嘴，隨即閉上，用肩膀跟雙手尷尬地小小比劃一下，表示歉意。出聲回答的人是多納。

「是的，我乃行者長老。」他說道：「因此領軍作戰的是我，馬提歐則從旁輔佐。然而你要知道，我們今晚面對的戰爭和你往昔所知的戰鬥天差地別。等我們再次踏出這棟屋子，眼前將是跟此時截然不同的天空，在那片夜空底下，在那個充斥幽魂與陰影的掉換世界，我們之中很少人會維持與這裡相同的外貌。」

黑髮男人首度不自在地動了動，幾乎像是不太情願地垂眸瞥向多納的手。

多納微笑起來，舉高左手，五指攤開。

「我並非巫師，」他柔聲說：「此地的確有魔法存在，但我們是踏入魔法，受魔法改變，而不形塑魔法。這並非巫術。」

良久，陌生人總算點了點頭，接著謹慎而有禮地說道：「我知道了。儘管我不明白，但我料想你對我說這些是有原因的。你是否願意告訴我是什麼？」

於是多納終於道出口：「我們想請求你在今晚的戰役伸出援手。」

隨之而來的是一陣沉默。換馬提歐開口，艾蓮娜可以想像他是吞下多少傲氣才說得出來：「我們需要援手。極其需要。」

「你們的敵人是誰？」那男人問道。

「我們稱對方為異靈，」眼見多納和馬提歐都沒吭聲，艾蓮娜自己說道：「他們年年進犯，世代不休。」

「他們前來踐踏田野，令幼苗與穀穗凋萎。」多納說：「長達兩百年之間，切譚多的夜行者在餘燼夜與其廝殺，多年來我們都在異靈自西方入侵之際設法擋下了他們的攻勢。」

馬提歐說：「但將近二十年來，戰況對我們越來越不利。最近三年的餘燼夜更是輸得一敗塗地，死傷慘重，切譚多的旱災也隨之加劇——你想必聽說過旱災，還有此地的瘟疫，那些……」

但陌生人倏地抬起一隻手，是個突如其來的猛力手勢。

「將近二十年？從西方而來？」他沉聲說，朝多納往前一踏。「兩個篡君也是近二十年前率軍來襲，伊嘉斯的布蘭庭正是自西方登陸。」

多納的目光沉著平靜，倚靠著拐杖，凝視對方。「的確，」他說：「我們有些人也曾想到這點，但我不認為兩者有關。我們每年在這一夜的戰役牽連極廣，遠遠超越孤掌半島在某個世代由誰治理、治理得如何、統治者從何方而來的世俗之事。」

「話雖如此——」陌生人張口。

「話雖如此，」多納點頭道：「這一切仍有許多奧祕難解之處，在在超出我的理解範圍。倘若你洞悉我沒能看穿的模式，我又有什麼資格質疑或否定這樣的可能？」

他伸手至頸間輕碰皮囊。「你身上帶著我們人人皆有的標記，我也夢見你今晚將會來臨。即便是這樣，我們仍然無權左右你的行動，而且我必須告訴你，異靈侵襲時我們將在原野迎接死亡。但我也能告訴你，我們守護的事物超越這片原野、超越切譚多，我想甚至超越了整個孤掌半島。你今夜願意和我們攜手作戰嗎？」

陌生人良久不語。此時他別開頭，仰面朝天凝視細瘦的月亮與星辰，可是艾蓮娜覺得他真正注視的是內在，不是天空的那些光亮。

「求求你，」她聽見自己的聲音：「好嗎？」

他看似沒聽見她的話。回過頭時，他再次望向多納。

他說道：「我對這一切有許多不明白的地方。我有我必須投身的戰役，有我誓言效忠的對象，但我在你們的言詞聽不出任何惡意與虛假，而我也想親眼一探所謂異靈的究竟。既然你夢見我的到來，我願意追隨你夢境的指引。」

正當艾蓮娜眼中再度泛起淚水，只見他轉頭看了過來。「好，我願意，」他平靜地說，臉上不帶笑容，黑眸肅穆：「今夜我將與你們攜手戰鬥。我名叫貝爾德。」

看來他終究聽見了她的話。

艾蓮娜克制住眼淚，站得盡可能筆直。但她內在湧現騷動，一陣無比的紛亂，在那紛亂之中艾蓮娜彷彿聽見一個聲響，有如奏響她心弦的一顆音。多納另一側的馬提歐不知說了什麼，她沒聽清。她只是凝視著陌生人，就在與他四目相交的剎那，艾蓮娜領悟到自己起初想的沒錯，她的直覺正確無誤。那人眼裡積蓄著深不可測的悲傷，即使是在暗影密布的夜，只要是有眼睛的人都不可能看漏。

艾蓮娜別開視線，用力閉了一下雙眼，試著把心頭的什麼給壓下，阻止它追隨今晚的魔法與奇異氛圍奮不顧身滋長。啊，維爾撒，她如此心想：啊，我已逝的摯愛。

她再度睜開眼，小心翼翼吸了口氣。「我名叫艾蓮娜，」她說：「你願意進屋見見其他人嗎？」

「對，」馬提歐有些不情願地說：「跟我們一起進來吧，貝爾德，在我家不必客氣。」

這次艾蓮娜聽出了他語氣中的受傷，儘管他試著掩飾。艾蓮娜心裡不禁一疼，她關心馬提歐，敬重他的力量與慷慨，不願令他難受。但今晚是餘燼夜，即便是白晝的光明也難以左右心潮湧動的方向。

更何況就在四人轉身進屋時，她內心已深深懷疑起來——無論是乍然降臨在她身上的變化，抑或是這名回應多納的夢境或受其召喚、步出黑暗在她面前現身的陌生人，真能帶來任何歡欣喜悅嗎？

***

貝爾德注視名為卡倫娜的女人塞進他手中的杯子，那是手感粗糙的陶杯，其中一邊有缺口，保留了紅泥的外觀，並未染色。

他的視線從卡倫娜移向身有殘疾的長者多納（旁人喚他為長老），再瞥向蓄鬍男人，最終落在另一名女子艾蓮娜身上。她回望的臉上煥發了某種光彩，即便在暗影重重的屋內仍熠熠閃耀，貝爾德不禁別過頭去——他沒辦法面對，那說不定是他唯一面對不了的東西。此刻做不到，也許一輩子都做不到。他掃視在屋裡集合的軍團，總共十七人，九男八女，人人都手捧一個杯子等著他。稍早馬提歐提及到了集結之地會有更多人，但他們無法斷定究竟會多幾個。

他心知自己的決定太過衝動。他任憑自身受到牽引，包括餘燼夜的力量、多納那場真實無疑的夢境，以及眾人都等待著他的事實；真要坦白說的話，其中也包括艾蓮娜在他初次走近之際流露的眼神。或許多少是出於一種不要命的複雜心態，儘管他甚少做這種事。

但他這麼做了，或眼看就要做了。他想起雅列森，想起自己多少次責備或取笑與他情同兄弟的王爵，說雅列森老被自身對音樂的熱愛沖昏頭，一次次踏上危險的道路。雅列森這下會怎麼說？嘴上不饒人的卡翠安娜呢？戴文呢？不，戴文什麼也不會說，只會專注而審慎地旁觀，順著自己的步調找出答案。桑德烈會說他是傻瓜。

說不定他的確是。可是多納說的那些話深深撼動了他的內心。他一輩子都把胎衣裝在皮囊中隨身攜帶，是個微不足道的小小迷信，小時候別人告訴他那是保佑他不致溺水的護身符。但這東西在此地卻承載更多意義，而他手裡的陶杯將是他接受了這一切的象徵。

將近二十年，馬提歐這麼說。

自西而來的異靈，多納這麼說。

這些話可能沒有什麼，也可能寓意深遠；可能無關緊要，也可能關乎所有。他看向名叫艾蓮娜的女子，把杯中的液體一飲而盡，只剩渣滓。很苦，苦得要人命。有那麼一瞬間他驚慌起來，理智全無地心想自己完了，被下毒了，就要在神祕的卡洛契春之儀式中慘遭獻祭。

接著他瞧見卡倫娜一臉苦相地喝她那一杯，馬提歐也由於那味道慘兮兮地縮了一下，驚慌之情這才退去。

眾人將長桌的桌板從支架上抬起並收妥，屋裡鋪滿供人躺下的榻墊。艾蓮娜走向他，以手勢示意，此時退縮不前的話反倒失禮，於是他跟隨艾蓮娜來到一面牆邊，接受她指引的那張鋪蓋。她一聲不吭地往旁邊那塊墊子坐下。

貝爾德想起姊姊，腦海浮現清晰的畫面：他與黛安諾拉牽著手默默走在夜晚的路上，廣袤的天地間只有他們兩人。

開磨坊的多納拄著拐杖走向貝爾德另一側的臥墊，把拐杖靠在牆邊，往軟墊上一坐。

「把劍放下。」他說。貝爾德揚起雙眉，多納面露微笑，但僅止於皮肉，並無喜悅之意。「劍在我們要去的地方沒有用武之地，我們會在戰場取得武器。」

貝爾德又遲疑一陣。明知這樣的行為更加莽撞，連他自己也無法解釋如此謎樣的愚昧，但他仍將收在背後的劍鞘高舉過頭取了下來，靠著牆安放在多納的拐杖旁。

「閉上眼睛。」他聽見身邊的艾蓮娜說：「這樣比較容易。」她的嗓音出奇地遙遠，貝爾德喝下的東西顯然開始發揮效用。「感覺會近似於入睡，」她說：「但那不是睡眠。願大地賜予我們恩澤，天空賜予我們光明。」這是貝爾德聽到的最後一句話。

這不是睡眠。無論這是什麼，這絕對不是睡眠——夢不可能這麼鮮明，夢裡拂在臉上的風也不可能感受如此清晰。

他身處曠野，是一片夜色籠罩、未經耕作的開闊田地，飄著春天土壤的氣味，但他完全不記得是怎麼到達這裡的。和他同在曠野的人很多，可能有兩百人以上，可是他也對這些人毫無印象。他們想必來自高原的其他村落，在像馬提歐家那樣的屋裡集合。

光線十分異樣，他抬頭一望。

高掛天際的渾圓滿月映入貝爾德眼中，月亮很大，綠得猶如春季新發的金綠色嫩芽，閃耀著綠中摻金的光輝，周遭的星辰組成他從未見過的星宿。他倏地轉身，尋覓就他所知天空該有的星座，只覺頭暈目眩、迷茫無措，心臟猛烈狂跳。向南望去，那裡本該是山脈矗立之處，然而在綠色月光下他再怎麼瞧向遠方，都只見得到綿延無際的田野，有些沒有種植作物，有些結滿夏日的熟穗，但此時照理應是春天。完全看不到山脈，沒有白雪皚皚的山顛，沒有橫亙於奎雷亞前方的布拉丘隘道。他再度旋身張望，北方或東方都看不見波索堡。那西方呢？

西方！他驀地湧上不祥之感，轉身向西遠眺，唯見連綿不絕、凹凸起伏的低矮丘陵。貝爾德也注意到那些山陵一草一木皆無，也無花朵與灌木，看來蕭索、荒涼、貧瘠。

「對，看看那裡，」多納低沉的嗓音在他身後響起：「你就能明白我們為何而來。若我們輸掉今晚的戰役，待明年重返，此刻身處的原野都將如那些山丘一般荒蕪。異靈已侵入田地，我們過去幾年來不斷輸掉山嶺上的戰役，如今換到平原戰鬥，假如這種情況持續下去，我們的子孫在不久以後的某個餘燼夜將被逼退至海邊，輸掉最後一場仗。」

「然後會怎麼樣？」貝爾德雙眼仍盯著西方，盯著冷硬殘敗的灰暗山崗。

「然後所有作物都將枯亡，而且不只是在切譚多。百姓將死於飢荒或瘟疫。」

「全孤掌半島都逃不過？」他無法將視線從眼前寥落的景象挪開，腦中閃現整個世界了無生氣的畫面，恰如此景。他打了個寒顫，那光景令人想吐。

「不只是孤掌半島，貝爾德。別以為這是僅限於地方的爭鬥，是僅限於小小半島的戰役。這樣的交戰發生在世界各地，說不定也發生於這個世界之外；傳說中，至高力量在時光與繁星之間灑下眾多世界，我們的世界並非唯一。」

「這是卡洛契傳揚的教義？」

「正是。若我沒有誤解他的教誨，我們此地的災禍與其他異域更嚴重的劫難息息相關，那些是我們從未見過也永遠不可能見到的世界，或許在夢中才有機會一睹。」

貝爾德搖了搖頭，仍遠望著西邊的山丘。「那對我來說太遙遠了，太艱深了。我不過是個石匠，偶爾做點生意，縱然不喜爭鬥，多年下來卻不得不學會了戰鬥。來自海外的敵人在我生活的半島上肆虐，我能夠領會的惡最多就到這個程度。」

他將頭從西邊山丘的方向轉開，看著多納。儘管他們事前警告過了，他還是驚異地瞪大雙眼。這名磨坊主人用完好無損的雙腳站著，原本逐漸稀薄的灰髮成了茂密的深褐色，如同貝爾德自己的頭髮。他挺直寬肩，昂首佇立，看來正當盛年。

有名女子走近，貝爾德認出她是艾蓮娜，因為她的外表沒有太大的變化。不過她在這裡顯得比較年長，也沒有那麼纖弱，頭髮長度略短一些，在奇異的月光映照下依舊泛著淡金色。他注意到艾蓮娜的雙眸是極深的湛藍。

「妳的眼睛一小時前是這個顏色嗎？」他問。

艾蓮娜愉快地微笑起來，有些羞澀。「已經過了不只一小時。我也不曉得我今年是什麼樣子，每次我的外貌都有些不一樣。現在是什麼顏色？」

「藍色。奇藍無比。」

「那沒錯，我的眼睛本來就是藍色。可能不是奇藍無比，但的確是藍色。」她的笑意更深，「要不要我描述你的模樣？」她的聲調帶著有些衝突的清快，連多納的嘴角也泛起笑意。

「說吧。」

「你看來是個男孩，」她輕笑道：「約莫十四、五歲，少了鬍子，瘦得不得了，一頭蓬亂的棕髮，有機會的話我很想替你剪一剪。」

貝爾德的心臟猛地一跳，有如胸口被重錘一敲。他覺得心跳當真停了一拍，然後才費力地重新跳動。他猛然轉身背對其他人，低頭審視自己的手，看起來確實不一樣：較為細嫩、較少紋路，五年前在托傑亞留下的一道刀疤不見了。他閉上眼，忽地渾身虛軟。

「貝爾德？」艾蓮娜在背後擔憂地說：「抱歉，我不是故意——」

他搖搖頭，試著開口卻出不了聲。他想安撫艾蓮娜，想告訴她跟多納他不要緊，但難以置信的是他禁不住落下淚來，是將近二十年來第一次流淚。

打從那一年他再也沒哭過——那年他只有十四歲，王爵和父親都禁止他參戰，不讓他和他們並肩作戰，一同死在戴薩河紅土覆蓋的河岸。一切的燦爛美好都在那時終結。

「沒事的，貝爾德，」他聽見多納低沉的嗓音柔聲說道：「沒事的。這裡總有層出不窮的奇異之事。」

隨後有女子的手輕按他的肩頭一下，接著從身後環抱住他，在他的胸口交扣。當他抬起雙手掩面哭泣，她的臉頰貼著他的背，就這麼穩定有力、大方寬宏地擁抱著，像要替他分擔所有。

在這個餘燼夜，他們頭頂上懸著金綠色的滿月，周遭是陌生的田野。那些田地有的休耕，有的才剛播種，有的卻在種植期尚未來臨時便已結滿完熟的穗子，西方的土地則光禿赤裸、荒涼無望。

「他們來了！」有人一面說一面走來，「看，我們最好趕快取武器。」

他認出那是馬提歐的聲音。艾蓮娜鬆手退開，貝爾德抹了抹雙眼，再次眺望西方。

剎那間，他醒悟到餘燼戰爭是他的第二次機會，給他機會導正世界在他十四歲那年夏天徹底走錯的路。

越過西邊的山崗，儘管相隔遙遠，然而反常的月光照得那光景反常地清晰。只見異靈正在逼近——而且全數身穿伊嘉斯軍服。

「茉里安啊！」他倏地倒抽一口氣，喃喃說道。

「你看見什麼？」馬提歐問。

貝爾德回過身來。馬提歐的體格更精實，黑鬍子換了造型，但外貌大致相去無幾。「是伊嘉斯人，」他越說越激動：「伊嘉斯之王的士兵。身處遠東地帶的你們可能從沒見過，但你們口中的異靈正是伊嘉斯軍。」

馬提歐驀地若有所思，搖了搖頭，不過開口說話的是多納。

「別被矇騙，貝爾德。記住我們身處的是什麼地方，以及我告訴過你的話：你此刻並非置身於孤掌半島，這也不是你們迎擊海外侵略大軍的白晝戰役。」

「我看見了，多納，我很確定我看到的是什麼。」

「那容我告訴你，我見到的是形貌醜惡、或灰或褐的怪物，渾身裸露，沒有毛髮，或亂跳亂舞，或彼此交媾，數量多得令人憎惡。」

「我眼中的異靈則又不同，」馬提歐直率地說，語調近乎憤怒：「他們的體型比人類還高大，背脊的毛髮一路蔓延披散，形成山貓般的尾巴，以兩腳走路，手上卻有爪子，口中的尖牙鋒利如刀。」

貝爾德心臟狂跳不止，再度轉身向西一望，藉著亮得詭譎的綠光看向異靈所在之處，但結果還是一樣：隔著一段距離，他眼中湧下山丘的仍是手持武器的軍人，武器有劍、有矛，也有伊嘉斯特有的波浪狀彎刀。

他轉頭看著艾蓮娜，有些急切絕望。

「我不想說出我看見的東西，」她垂眸低語道：「那是我兒時最恐懼的怪物，我太害怕牠們了。但他們絕不如你眼前所見，貝爾德，相信我。相信我們。你眼裡的異靈是你內心最憎恨的對象，但這並非你在白晝世界的戰爭。」

他搖著頭，堅決不願相信，內心湧現萬丈的士氣，熱血在體內奔流。異靈愈發逼近，成百上千地自山坡蜂擁而來。

「我一直打著同一場戰爭，」他對艾蓮娜說，對她和另外兩個男人說。「一輩子都是，無論何時何地。我很清楚我在那裡看見的是什麼。我確定現在的我是十五歲，不是十四歲，否則我不會在這裡，他們不可能允許我來。」他靈光一現，「告訴我，西邊是不是有條河？就在他們正走下來的山坡下？」

「是，」多納說道：「你想在那裡迎戰嗎？」

一陣血紅而澎湃的喜悅竄過貝爾德全身，既狂烈又無法控制。

「想，」他說：「太想了。馬提歐，該去哪裡取武器？」

「那邊。」馬提歐往東南方一指，不遠處的一小塊田地高高生長著麥子，雖說此時照理不是麥子的產季。「走吧，他們很快就要抵達你說的那條河了。」

貝爾德沒答腔，只是尾隨馬提歐而去，艾蓮娜與多納也跟了過來。其他男女都已走進那片麥田，貝爾德看著他們各自彎身拔起一桿麥子，充當今夜的武器。這實在太詭譎古怪、不可思議，但他已開始領略此地的運作法則，了解在這裡發揮作用的魔法，內心深處有個角落不受白晝那套嚴謹常識的束縛，意會到這數量稀少的黃色細長穀物是今晚唯一可用的武器。他們得手持穀穗，為田野而戰。

他踏進麥田上的人群間，小心留意自己所踩的位置，彎腰抓住一桿麥子。青綠的夜裡，那株麥子輕而易舉離開土壤，甚至可說是心甘情願落入他手中。他走出田外，回到未經耕作的土地，舉起來掂量了一下，謹慎地一揮，竟發現麥稈已硬挺得有如鍛造過的金屬，發出清脆的呼嘯聲劃破空氣。他伸出手指一試，指尖見血。麥稈變得極其鋒銳，不亞於他揮舞過的任何一把劍，拿起來十分稱手，而且具備多個刃面，如同數百年前奎雷亞打造的名刀。

他轉頭遠望向西，伊嘉斯軍正奔下距離最近的山坡，可以看見武器在月色下反射光亮。這不是夢，他如此告訴自己。不是夢。

多納佇立在他身旁，神色嚴峻，毫不動搖；馬提歐站得較遠一些，臉上帶著慷慨激昂的反抗之色。他們身後與周遭聚集了男男女女，人人手持麥劍，人人面帶相同的表情：嚴肅、堅定、無所畏懼。

「準備好出戰了嗎？」此時多納開口，轉過身望著眾人。「準備好出戰，為田野與人民擊退他們了嗎？各位是否願意隨我奔赴餘燼戰爭？」

「為田野而戰！」全體夜行者喊道，將手中有生命的劍高舉向天。

貝爾德．提嘉納．賽瓦沒有出聲，只在內心呼喊屬於他的口號，但他跟著所有人一同衝向前去，像握著長劍般手握麥稈，準備好在這魔幻之地頂著淺綠色的月亮上陣殺敵。

那些異靈沒有視力，灰色皮膚帶有鱗片，渾身爬滿了蛆，被擊倒時從來不會見血。艾蓮娜明白為什麼，多納好幾年前為她解答過：血是生命的象徵，但他們對抗的異靈恰恰是生命之敵，是生命的相反；所以異靈被麥劍擊殺時身上不會流出任何東西，什麼也不會從他們體內溢流至土地。

異靈多得不計其數。一向如此，它們有如成群的蛞蝓，一大團灰亂紛紛地簇擁著，自山坡蜂湧而下，擠向多納、馬提歐及貝爾德組成防線之處。

在這殺聲震天、浸染青光、風暴般席捲而來的混亂之夜，艾蓮娜做好戰鬥預備。她心有懼怕，但她曉得自己能應付那份恐懼。記得首度參與餘燼戰爭時她嚇得魂飛魄散，心想自己在白晝世界連把劍都舉不起來，怎麼可能擊退眼前與夢魘如出一轍的醜怪魔物。

然而，多納和維爾撒安撫了她的畏懼。在這個充滿魔法的青綠之夜，是靈魂與精神決定勝敗，是勇氣與渴望形塑他們在此現形的軀體，並驅使這樣的身體行動。在餘燼夜，艾蓮娜覺得自己比平時強大得多、輕盈敏捷得多，第一次參戰時她同樣為此驚嚇不已，甚至連之後仍心有不安：青月之下，她成了有辦法動手殺戮的人。這是她不得不面對的體悟，不得不加以調適。每個人或多或少都經歷了這個過程。到了這個地方，沒有人會跟置身於家鄉的太陽或雙月之下時一模一樣，比如多納每逢戰爭之夜肉體都愈顯年輕，一年年越發青春，恢復成早已逝去的盛年樣貌。

就像貝爾德顯然也回到了過去的樣子，年齡倒退的程度遠超猜想和預料。十五歲，他是這麼說的：不是十四歲，否則他們不可能允許。艾蓮娜不明白這句話的意思，但沒有時間讓她推敲了，現在不是時候。異靈已涉入河川，正試圖攀登上岸，一個個都包裹著她內心投射的醜陋皮囊。

一隻魔物爬上岸衝著她而來，渾身滴著水，她閃過橫劈過來的斧，牙關一咬，本能地揮出致命一擊，一劍往下砍，她本不曉得自己能這麼痛下殺手。她感受活劍的劍刃猛力劈穿鱗狀的身甲，埋入敵人爬滿蛆蟲的軀體。

她使勁抽回武器。儘管厭恨自己的行為，但她更厭恨異靈，那是無比的憎惡。她一轉身，驚險格擋朝她襲來的另一擊，退後一步，面對兩個新出現在她右側、張著大口的敵人，慌忙舉劍企圖防守。

突然間，眼前只剩一個異靈。接著兩個都不見了。

她垂下劍來看著貝爾德，注視這名路上的陌生人，注視自夜裡現身的轉機。他站在剛被他擊殺的異靈屍體旁，緊抿嘴唇，神色緊繃地對艾蓮娜微笑了一下。他微笑了，他救了她一命——可是他什麼也沒對她說，只是回過身趕往河邊。艾蓮娜目送他遠去，望著他用少年的軀體闖入戰事最激烈之處，不知該為他一招斃命的精湛劍藝燃起熊熊的希望，抑或是為他過於年少的雙眸流露的眼神而心碎。

但眼下不是想這些的時候。異靈涉水過河，將河流攪動得翻騰激盪不止，慘叫與怒吼化為聲音之刃劃破綠夜。她望見在南岸的多納雙手握劍揮舞，形成無法靠近的圈；望見他身邊的馬提歐劈砍戳刺，在倒落的屍體間依然步伐俐落，英勇無畏；在她身周，切譚多的夜行者前仆後繼投身激戰。

她看見一名女子倒下，接著又是一個，被來自西方的魔物以數量壓制、打倒。她不禁迸出恨惡的怒吼，回頭趕向河岸上，朝卡倫娜所在的位置奔去，手中的劍向前揮砍，熱血澎湃，亟欲將異靈逼退——那熱血正是生命，也是迎來生命的希望。今夜必須將異靈逼退，一年後再逼退一次，接著是在那之後的隔一年，年復一年的餘燼夜都要重來一遍，唯願春日播下的種子能夠豐收，土地入秋後能夠結實纍纍，今年、明年、又明年。

喧騰與騷亂之中，艾蓮娜抬眼一瞥，確認仍在升起的月亮爬得多高，隨後禁不住望向河川後方距離最近的荒蕪山崗，畏怖緊揪著心臟。那裡一片空曠。還沒有人。

但那裡遲早會有身影出現，她幾乎可以肯定。然後呢？她不讓自己往下想。會發生的就會發生。此時此刻她周遭激鬥正酣，面前仍有大批異靈帶來的無比恐怖，無數異靈仍持續從河裡湧出，攀上兩邊的河岸。

她將思緒從那個山崗斷開，猛然向下一劈，感受劍刃咬進布滿鱗片的肩膀，只聽異靈發出血沫噴濺的慘號。她把劍抽回，旋過身，千鈞一髮之際架住從側邊而來的攻擊，狼狽地試著穩住腳步。卡倫娜用空著的手替她在背後撐住，即使她連瞥過去的餘裕也沒有，但她知道是卡倫娜。

陌生星辰高懸，青綠月光籠罩，戰場上慘烈廝殺，一片狂亂，到處充斥著嘶叫吶喊，堤岸上泥濘不堪，滑溜而危險。艾蓮娜眼裡的異靈皮膚灰暗，渾身是水，軀體遍布寄生蟲與爛瘡。她咬緊牙關戰鬥，讓靈魂指引她的餘燼夜之身優雅進退，作為長劍的麥稈充滿生命力地舞動，不光是她賦予的生命，更像是自己擁有生命。泥水潑濺在她身上，她很確定自己身上也有血，但沒有時間察看，此刻唯有擋格、重敲、砍劈，同時奮力在河岸的斜坡上站穩腳步，因為跌倒就是死路一條。

在宛若幻覺的零星片段中，她恍惚察覺多納在她和卡倫娜身邊共同作戰了一陣子，接著見到他跟幾個人大步趕往南邊平息那裡的騷亂。貝爾德一度來到她左方，替她防禦那一側洞開的破綻，但再次望去時貝爾德已經走了。月亮已高掛夜空。

這時她瞧見貝爾德人在哪裡。他等不及異靈上岸撲向他，闖入河中，直接在河水裡向異靈進攻，口中不成句子地嚷著艾蓮娜聽不明白的話。年少纖弱的他看來無比俊美，卻又危險致命；艾蓮娜眼看異靈的屍體在他腳邊堆積，有如灰泥般阻斷河水的流動。她知道貝爾德看見的異靈會是不同樣貌，他已經告訴了他們：他眼中的是伊嘉斯士兵，是西方篡君布蘭庭率領的大軍。

他揮劍之快，劍身幾乎化為一團光影，整個人不動如山地屹立於深度及膝的河川，異靈無法將他逼退，也無法在他面前存活。異靈從他那裡開始向後撤，踉蹌退後，企圖繞過死去的同伴渡河。他獨自在水中奮戰，迫使異靈退卻，奇異的月光灑落在他臉上、作為長劍的活麥稈上，可他只是個十五歲的少年，才不過十五歲。儘管艾蓮娜的倦意排山倒海襲來，卻依舊為他心疼。

她逼自己守住陣線。此時她在貝爾德北方的泥濘河岸上，卡倫娜在更南一些的河畔，和多納並肩作戰。來自另一個村落的兩男一女趕來艾蓮娜身旁，四人一同死守他們所在的那一塊溼滑地面，試著相互配合、分進合擊。

他們並非戰士，從未受過打仗的訓練；他們不過是農人與農人之妻，是磨坊工人、鐵匠、織工，是石匠與女侍，是布拉丘山脈的牧羊人。但他們每個人都帶著胎衣降生於高原，打從幼時便注定遵從卡洛契的教誨，注定投身餘燼戰爭。越過天頂的青月即將下沉，在其映照之下，他們發自靈魂的激昂引導著雙手，以長稈化作的劍刃發出生命之聲。

切譚多的夜行者就這麼在河畔酣戰，守護著田園的夢，那些田野在每一座城市的高牆外一望無際，是最深切也最古老的夢——夢裡有大地，有賦予生機的土壤，肥沃潮溼的泥土在更迭循環的四季與歲月中草木繁榮；夢裡，異靈被他們擊退，不斷節節敗退，最後終於消失遠走，迎來他們此生不會見到的光明燦爛之年。

在河畔激烈的混戰、喧天的殺伐聲、迅速閃掠過去的刀光血影中，艾蓮娜與三名戰友一度奪回喘息的空檔。她趁著餘裕抬頭一望，看見河裡的敵人愈趨減少，異靈在河川西岸盲目兜轉，亂了陣勢，迷茫無措。她瞥見貝爾德繼續往河裡衝，潑濺著水花踏進水深及腰之處，嘶喊著要敵人過來，厲聲咒罵，聲調悽苦得幾乎聽不出是他的嗓音。

艾蓮娜幾乎站不直，倚著劍拚命呼吸，喘得幾乎哭出聲來，整個人精疲力竭。她轉頭一瞧，在她身邊一同作戰的其中一個男人單膝跪地，緊抓著右肩，撕裂的猙獰傷口鮮血淋漓。艾蓮娜在他身邊跪下來，虛軟無力地試著從衣衫扯下一條布料替他包紮，卻被他攔阻了。

他攔住艾蓮娜，輕碰她的肩膀，無言地指向河的對岸。艾蓮娜順著他所指的方向朝西望去，內心的恐懼再度湧現。就在這個看似即將勝利的時刻，艾蓮娜瞧見最近的那座山崗不再空曠，多了一個身影站在上面。

「看！」此時下游有人喊道：「他又來助陣了！大勢已去！」

繼那叫聲之後，岸邊各處此起彼落地響起呼喊，或悲痛、或驚惶、或畏怖，因為他們都看見了，人人都瞧見那個闇影來了——在艾蓮娜最不願面對的內心深處，她早就明瞭他必然會來。

過去數年，他幾乎年年現身。十五年、二十年，但多納曾說在此之前那身影從沒出現過。每逢綠色滿月即將下沉，每逢——數不清多少次——他們看似就要逼異靈撤退，那闇影總會顯現，圍繞著裹屍布般的氤氳霧氣，佇立在敵軍後方。

夜行者戰敗的這些年，每當他們被逼得向後退守，戰線後撤，總會見到那個身影步向前來。正是這個身影踏上經歷生死較量的戰場，踏上丟失的土地，將之據為己有，所經之處、所踩之地必定草木枯萎，疫病蔓延，只餘荒蕪。

此時他立在河流以西的蕭疏山丘，隱蔽身姿的雲霧在身周起伏繚繞。艾蓮娜看不清他的面容，沒有一個人看清過，但在瀰漫的幽暗煙氣之間，她只見那身影舉起雙手向他們直指，直往岸上的一眾夜行者探來。就在他這麼做的剎那，艾蓮娜只覺一陣寒意倏地刺穿心臟，凍徹心扉，令人渾身麻木。雙腿開始哆嗦，她看見自己的手也顫了起來，似乎什麼都無法留住她的勇氣，沒有任何辦法。

那些異靈不知算是他的大軍、盟友，抑或是他以各種形貌所體現的精神，無論如何，河流對面的異靈都看見他朝戰場伸出雙臂。艾蓮娜聽見它們忽地歡聲雷動起來，呼聲帶著暴戾，眼見它們在河的溪邊集結，預備再次進攻。她疲乏不堪、體力耗盡，深沉的絕望逐漸侵襲內心，想起去年正是同樣的情況，再前一年、更前一年的春天也是。她拚命想讓勞累的身軀振作起來面對另一波攻勢，卻鬥志頹喪，心知勢必敗退。

馬提歐在她身邊，只聽他喘道：「不！」他用絕望無力的語調堅持道，不顧一切地抗拒山丘闇影的力量。「這次不行！不可以！讓他們殺了我！不能退！」

他幾乎沒力氣說話，艾蓮娜發現他在流血，右腹及腿上各有一道傷口。他挺直身軀往河邊移動，艾蓮娜注意到他走得一瘸一拐，可是他仍堅持走下去，堅持前進，即便要直面衝著他們而來的那份力量。艾蓮娜乾渴的喉嚨迸出一聲嗚咽。

眼下異靈再度進發，她身旁那個受傷的男人頑強地掙扎著從跪姿起身，左手持劍，派不上用場的右手垂在身側。順著河岸的更遠之處望去，許多男女都身負同樣嚴重或更悽慘的傷勢，但每個人都站了起來，舉起了劍——在艾蓮娜眼前，夜行者拒不撤退。她心中不由得充滿了愛，一股驕傲之情刺得她近乎發疼。沒有一個人打算退，他們都準備好堅守陣線，起碼要盡力一試。艾蓮娜知道會有人死在此處，很多人都將喪命。

緊接著多納出現在她身旁，見到他慘白臉龐上的神色，艾蓮娜不禁一震。「不行，」他說：「這麼做太愚蠢了。我們別無選擇，非退不可，萬一今晚折損太多人，明年春天會戰得更辛苦。我只能拖延時間，冀求能夠扭轉局面的契機到來。」他彷彿費盡力氣才從喉間擠出這番話。

艾蓮娜感到淚水滴落，既是因為疲累，也是因為其他的一切。她沉浸在倦意的深淵，擠出力氣點頭，努力向多納展現理解與支持，只盼能緩解他深沉的痛苦，縱使異靈正以勝利之姿再度進逼，醜怪的外貌毫無疲態。但艾蓮娜驀地察覺貝爾德沒跟他們回到岸上。她旋過身面向河川尋找貝爾德的身影，就這麼見證了奇蹟。

他心底從無懷疑。霧氣包裹的身影在灰黑山頭現身的剎那，貝爾德便確知對方的身分；奇異的是，甚至早在闇影到來之前他就知曉了。貝爾德恍然明白，自己就是為此而來的。或許多納自己也不知道，但長老正是因此做了有人到來的夢，貝爾德的腳步今夜正是因此邁向在黑暗中守候的艾蓮娜。那些都像是久遠以前的事。

他無法看清那個身影，但不要緊，真的不要緊。他知曉這一切的意義。彷彿他一生所有的哀傷、體悟與辛勞，甚至加上雅列森的，全都是為了指引他來到青月映照的河畔，讓他指認那枯黑山崗上的人影是誰，以及這份力量的本質為何。夜行者的力量無法招架，是因為他們未能明白。

身後傳來水花濺起的聲響，他直覺判斷是馬提歐，頭也沒回便將奇異的劍交了過去。異靈頂著他日思夜想、全心憎恨的伊嘉斯人外貌，再次於西岸聚集。

他不理會異靈。異靈不過是工具，此時此刻異靈根本無關緊要，它們早已敗在多納與行者的勇氣之下。現在具有特殊意義的唯有那道闇影，貝爾德很清楚對付它需要的是什麼。不是精妙的劍技，甚至用不著這些麥劍，使用麥劍的時機已經過去了。

他深吸一口氣，抬起身側的雙手指向山頭霧氣包裹的身影，和那身影朝下指著他們的動作如出一轍。貝爾德心中盈滿長久的悲痛與新生的確信，想著雅列森一定能說得更好，但也明白這已成為他的任務，明白自己必須做的是什麼。然後他在這奇異之夜高喊道：

「退去吧！我們對你毫無懼意！我知曉你的真面目，知曉你的力量何來！若不退去，我將指認你為何物，使你的法力破滅——你我都清楚，名字在今夜具備何等力量！」

河對岸喧鬧的吼叫逐漸停息，行者的低語也漸漸止住。周遭鴉雀無聲，萬籟俱寂。貝爾德聽見就在身後的馬提歐正發出粗重、煎熬的喘息，但他沒有回頭，只是等待，拚盡全力看穿裹住山頭那道身影的迷霧。正當他瞪視之時，他精神一振，察覺對方高舉的雙臂略為放低，掩蔽的霧氣散去些許。

他沒有再等。

「退去吧！」他再次高呼，這回更加嘹亮，聲音充盈著如雷貫耳的篤定。「我說我知曉你的真面目，這話千真萬確。你是進犯此地之人的精神，是伊嘉斯在這個半島上的化身，亦是龐霸狄厄，你兩者皆是！這裡本是自由之地，而你是這塊土地的篡奪者，是這些田野的枯朽與凋敗；你在西方以魔法行玷污蹂躪之舉，消滅了一個名字；你的力量在這片月光下引來黑暗與陰影。但我知曉你的面目，能夠指認你為何物，你的暗影也將因此退去！」

他目不轉睛，口中吐出自然湧現的話語，與此同時見證他所言果真不假！這些話正在實現，他看著迷霧逐漸散去，彷彿被風吹開。然而在喜悅之中他也驟然清醒，明白這場勝利僅僅發生於此處，僅限於這虛幻的所在——他的心既激動昂揚，也備感空虛。貝爾德想起在戴薩河畔陣亡的父親，想起母親，想起黛安諾拉，兩側伸出的雙手不禁僵直起來，儘管他聽得見背後逐漸響起不敢置信、燃起希望的低語。

馬提歐啞聲低喃了一句話，貝爾德知道那應該是句祈禱。

異靈在河流之西毫無章法地亂轉。貝爾德思緒紛亂，維持雙臂平伸的姿態注視著，只見遮擋異靈領袖的陰影越發向外散逸，從山頂吹了開來。有那麼一瞬間，貝爾德好像看清了那個身影；他好像看見那人蓄著鬍子，體型瘦長，中等身高，他頓時領悟那是哪一個篡君，是哪一個自西邊來襲。一見到那個人，某種情緒在他體內翻湧，直衝而上，恰似打向他靈魂的大浪。

「劍給我！」他嘶啞道：「快！」

他伸手往後探，馬提歐把劍塞進他手中。他們面前的異靈開始往後退，起初速度很慢，然後越來越快，接著倏然狂奔四散。但這些都不重要，根本無關緊要。

貝爾德抬頭望向山頂的身影，只見最後一絲陰影褪去。他再次揚聲大喝，喊出靈魂中的激昂：「別逃！若你是伊嘉斯人，若你果真是那名伊嘉斯法師，我馬上來取你性命！別逃，我即刻就到！以我家鄉與我父親之名，我馬上過去與你決一死戰！我名為貝爾德．提嘉納．賽瓦！」

他激動難抑，口中的戰書尚未喊罷，腳下已踏著水花攀出河水，爬上對岸，溼透的靴子踩在枯瘠的土地上，只覺地面冷冽如冰。他恍然明瞭自己踏入了容不下生命的領域，可是在今夜的此刻，看著眼前立於山丘的身影，這些都無關緊要，縱使他死去也無關緊要。

異靈大軍潰散奔逃，一面逃竄一面扔下武器，沒人擋住他的去路。他又一次抬眼一瞥，月亮沉落的速度似乎異常地快，此時那渾圓巨大的滿月恰似正安坐於枯黑的山頭。貝爾德望見站在那裡的人影襯著綠月映出輪廓，陰影已消失無蹤，他幾乎可以越過橫亙於前方的乾枯土地再次看清那副面容。

隨後他聽見嘲弄的長笑，像是回應他喊出的名字。那正是他夢裡的笑聲，是覆亡那年一千軍人的訕笑。那人影笑聲不絕，從容不迫地轉身步下山巔，朝著西邊遠去。

貝爾德狂奔起來。

「貝爾德，等等！」他聽見名叫卡倫娜的女子在背後大喊：「月落後不能留在荒原上！快回來！我們贏了！」

他們是贏了，但他還沒有贏，不管高原的這些行者怎麼想、怎麼說。相較於今夜之前，他的戰爭——他和雅列森共同的戰爭，並沒有更接近休止之日；無論他為切譚多的夜行者貢獻了什麼，今晚的勝利都不屬於他，不可能屬於他，他內心深切明白這個事實。以他恨之入骨的形象現身的敵人也對此了然於心，即便已走下低矮的山丘，離開視野，那身影仍縱聲發出嗤笑。

「別逃！」貝爾德又一次嘶吼，早已不存在的稚嫩嗓音劃破夜空。

他傾力飛奔，疾馳過壞死的大地，胸腔滿溢著對疾速的渴求。他超越落在軍隊後方的士兵，一面馳騁一面將他們格殺，腳步未曾稍停；這麼做對他幾乎無關緊要，只是為了幫助行者明年的戰局。異靈往南北兩方潰散，試圖避開他，避開通往山丘的路線。貝爾德抵達山坡向上爬，在溼冷荒蕪的地面忙亂地尋覓踏腳處，然後使勁一衝，急喘了一口氣登上山頂。

他佇立於坡頂，恰恰是那闇影先前所站之處，朝西遠眺，凝望底下的空谷殘丘，卻什麼也沒看見。眼前一個人影也沒有。

他胸口猛烈起伏，慌忙轉身向北，隨後又向南，只見異靈似乎也全數消逝無蹤。他回過身面向西方，隨即恍悟。

青月已沉。

他獨自身處荒原，仰頭便是清朗高闊的天穹，陌生的星辰輝光斑斕，可是提嘉納依然無法恢復往日的榮光。他父親依然不在世上，永遠無法死而復生，母親和姊姊也都死了，或者失散在世間的某個角落。

貝爾德跪倒在殘破的山丘上，土地冰寒如冬。更甚於冬。手指忽地沒了力氣，長劍滑落。他就著星光凝視雙手，凝視從前那個少年纖細的手掌，然後在這個餘燼夜二度將臉埋入那雙手中，哭得像是他的一顆心才正開始破碎，而不是久遠以前便已碎成片片。

艾蓮娜趕到那座山丘開始往上爬，由於奔跑而氣喘吁吁，好在坡度不陡。就在她邁步正想衝進河裡時，馬提歐抓住了她的手臂，說月落後置身於枯敗之地可能會死，不過多納說現在不要緊了。自從貝爾德令闇影退去，多納便止不住笑意，臉上煥發著震驚不已、似乎難以置信的光彩。

行者個個疲困帶傷，卻沉醉於勝利之中，紛紛返回他們取得武器的那片田地。日出之前，他們會從那裡被牽引回家，往年都是如此。

艾蓮娜小心地迴避馬提歐的目光，渡過河川追向貝爾德。身後響起歌聲，她很清楚餘燼戰爭獲勝後那些隱蔽的低谷和昏暗的曠野上會發生什麼，一想到便心跳加快。她可以想見馬提歐是用什麼表情看著她離開身邊，走進河裡渡向對岸。她暗自在內心道歉，腳下的步伐卻未曾動搖。後來她驀地害怕起來，不僅是為了她尋覓的那個人，也是為了孤身處在一望無際、黑暗空無之地的她自己，於是在前往山丘的半途中邁步跑了起來。

貝爾德坐在山巔，正是闇影逃逸前背對沉落的月亮所站之處。她走近時貝爾德抬頭一瞥，星光照耀的黑夜裡，只見他臉上倏忽閃過反常的驚惶之色。

艾蓮娜停住腳步，心下猶疑。

「是我。」她說，試著緩過呼吸。

貝爾德沉默片刻。「抱歉，」他說：「我沒料到有人會來。剛才有一瞬間……有一瞬間，妳看起來像……像我年少時見過的東西。改變我一生的東西。」

艾蓮娜不知該回答什麼。她沒想過抵達之後要怎麼辦，此時找到了貝爾德，她忽地又不知該如何是好了。她面對著貝爾德在壞死之地坐下，貝爾德注視著她，但沒有再說什麼。

她深吸一口氣，鼓起勇氣說：「你該知道有人會來才對。你該想到我會來。」她用力嚥下口水，心臟狂跳。

貝爾德整個人定住良久，頭微微傾往一邊，像是傾聽著她這番話的回聲。接著他微笑起來，笑意點亮了他過於瘦削的青澀臉龐，以及空虛、傷痛的雙眸。

「謝謝妳，」他說：「謝謝妳這樣告訴我，艾蓮娜。」這是他頭一次直呼她的名字。遠遠傳來麥田的歌聲，頭上的繁星襯著黑色穹頂，看來燦亮得不可思議。

艾蓮娜感到雙頰發燙，垂下視線，避開他直率的目光，有些尷尬地說：「畢竟你不知道在壞死之地上很危險，因為你從沒來過。我是說，沒跟我們來過。你連怎麼回去都不曉得。」

「我大致猜得到，」他嚴肅地說。「我猜想我們會在此處停留到日出。況且無論如何，這片土地已經不是壞死之地了，今晚我們贏回了這些土地。艾蓮娜，看看妳走過的地面。」

她回頭望去，呼吸一滯，訝異又雀躍地望見原先貧瘠的土地綻開了白花，沿著她奔往這座山丘的路線盛放。

凝望之際，花朵從她踏過的路途往四面八方擴散。淚水盈滿她的眼眶，隨後溢落，她任由淚珠滑下兩頰，視野模糊成一片。不過眼前所見已足以讓她明瞭，這是大地在回應他們今夜的付出。嬌嫩的白花在星空下綻放，她畢生從沒見過如此美麗的景象。

貝爾德低聲道：「這是妳喚醒的，艾蓮娜，是因為妳在這裡。妳要把這件事教給多納、卡倫娜跟其他人。贏得餘燼戰爭不能只是守住戰線，更要驅逐異靈令其退卻，艾蓮娜。多年前在戰役丟失的土地依然有機會奪回來。」

她點著頭，貝爾德這些話似曾相識，讓她憶起早已忘卻的教誨。她道出記憶中的字句：「大地永遠不會徹底死絕，永遠能夠回復生機，否則四季與歲月的更迭意義何在？」她抹掉眼淚，注視著貝爾德。

黑暗之中，他的神情在這種時刻顯得太過憂傷。艾蓮娜只希望自己知道化解這份憂傷的方法，不只是今夜短暫的忘卻。貝爾德說：「我想這句話大致沒有說錯，或者該說宏觀而言是沒錯。但微小的事物是會死絕的，例如人，例如夢想，例如家鄉。」

艾蓮娜衝動地伸出手握住他的。他的手纖瘦細嫩，靜靜留在艾蓮娜的手中，但沒有什麼反應。河流之東的遠方，夜行者唱著曲子謳歌並迎接春天，高唱將在夏天帶來穀穗的春日祝福。艾蓮娜滿心只盼自己更有智慧，只盼能夠化解深深埋藏於這個人心中的傷痛。

她說道：「我們若是死了，那也是循環的一部分，我們會以另一個形式回歸。」但那是多納的觀點、多納的說法，而不是她的。

貝爾德沒吭聲。艾蓮娜看著他，但想不出有什麼適合說或不拾人牙慧的話，於是她開口詢問，心想讓貝爾德多說一些或許對他有幫助：「你先前說你知道闇影的真面目。貝爾德，你是怎麼知道的？能告訴我嗎？」呼喚他的名字帶給她異樣的、近乎不正當的喜悅。

他聞言對艾蓮娜微笑，笑意溫柔。他有張溫柔的面孔，此刻年輕的模樣更突顯了這一點。「多納手上掌握著全部的線索，馬提歐也是，你們每個人都有。你們說過夜行者二十年來屢戰屢敗，多納也說過我太執著於白晝世界彈指即逝的戰役，妳記得吧？」

艾蓮娜點頭。

「他說的不算全錯。」貝爾德續道：「我在這裡見到了伊嘉斯軍，他們當然不是真正的伊嘉斯人，即便我再怎麼期盼都不是，現在我明白這一點了。但我說的也沒有全錯。」他的手首度施加回應的力道，「艾蓮娜，惡會相互餵養滋生。白晝的惡再怎麼稍縱即逝，都必定使你們餘燼夜在此面對的敵人更強大——必定如此，艾蓮娜，這是必然之理。萬事萬物彼此相繫，眼裡千萬不能只看見自身的目標，這是我的生死之交教會我的道理。這座半島的篡君在此地結下血海深仇，遠勝歷年來統治過的任何一個君主，這樣的惡自然也蔓延到了你們高舉光明之旗對抗黑暗的這片戰場。」

「黑暗滋養黑暗。」她說。她不確定自己為什麼這樣說。

「正是，」貝爾德說道：「正確無誤。現在我明白你們在這裡的戰鬥了，我明白這些戰役牽連廣大，甚至超越我自身在白晝世界的戰爭。然而超越不代表無關，這就是多納搞錯的事。所有的線索都在他面前，只是他沒看清。」

「那指認呢？」艾蓮娜問：「指認名字和這些有什麼關係？」

「指認名字和一切息息相關。」貝爾德輕聲說。他把手從她掌中抽回，揉了揉眼。「在這個充滿魔法的世界，名字更是比凡人出生死去的塵世還重要。」他一陣躊躇，那片刻的沉默襯著遙遙傳來的歌聲更顯靜謐。接著他悄聲道：「妳有沒有聽見我喊出自己的名字？」

這問題聽來幾乎有點傻，當時他那樣扯開喉嚨吶喊，人人都聽得見。但他的臉色太過肅穆，艾蓮娜只能回答。

「聽見了，」她說：「你自稱貝爾德．提嘉納．賽瓦。」

聞言，貝爾德極其緩慢、極其慎重地握住她的一隻手，拉到唇邊，彷彿她是什麼高原城堡的貴夫人，而不只是住在波索堡外的村莊、失去丈夫的車輪匠之女。

「謝謝妳，」他用奇異的聲調說：「太感謝妳了。我就想……我就想今晚可能會不一樣。在這裡可能不一樣。」

他嘴唇輕吻過的手背一陣酥麻，艾蓮娜的心倏地飛快地亂跳起來。她拚命維持鎮定，問道：「我不明白。我做了什麼？」

他臉上的憂傷仍在，但不知怎地沖淡了些，不那麼一眼可見。他頗為平靜地說：「提嘉納是一片土地被奪走的名字。招致提嘉納陷落的邪惡，也令闇影現身於這座山崗，現身於二十年來的每一片戰場。艾蓮娜，接下來我說的妳不會徹底理解，那是不可能的，但請相信我：換作在妳的村莊，不管是在明亮的白日抑或是雙月之下，妳都不可能聽見那片土地的名字——就算我像現在這麼靠近地對妳訴說，或是比我在河裡呼喊時更響亮，妳都不會聽見。」

這一刻，她總算懂了。她懂的不是貝爾德試圖傳達但難以理解的事，而是對她而言更要緊的：他那份哀痛、他深沉雙眸流露的那種眼神究竟從何而來。

「提嘉納是你的故鄉。」她說。這不是疑問，而是她已確知的事實。

貝爾德點了點頭，極其冷靜。艾蓮娜意識到他仍握著自己的手。「提嘉納是我的故鄉，」貝爾德重複了一遍：「如今別人喚它為下寇爾帖。」

她靜默好半晌，努力思考。「你一定要把這件事告訴多納，」她說道：「趕在我們清晨返回之前。他對這類事情或許會知道些什麼，或許能幫上什麼忙，他也會想幫忙的。」

有什麼在他臉上閃過。「我會的，」他說道：「我離開之前會找他談談。」

話一出口，兩人都是一靜。離開之前。艾蓮娜盡可能把這個念頭推得遠遠的。她察覺自己口乾舌燥，心臟仍撲通直跳，幾乎和在戰場上一樣快。貝爾德沒有動。他看起來好稚嫩，他說過是十五歲。艾蓮娜又不知所措起來，別開視線，卻見周遭圍繞著白色花海，鋪滿整座山丘。

「你看！」她又驚又喜地說。

貝爾德環顧四周，打從心底微笑起來。

「妳把花帶來了。」他說。

山丘之下的東方，河對岸的麥田只剩幾個聲音繼續歌唱，艾蓮娜明白這代表什麼。今夜是春季的第一個餘燼夜，是一年之始，播種與收成的循環將於焉展開，況且今天還打贏了餘燼戰爭，她很清楚那塊田上的男女之間會發生什麼。頭頂上的星空似乎靠近了些，幾乎和花海一樣近。

她嚥了一下口水，再次鼓起勇氣，說：「今晚還有其他與平時不同之處。在這個地方。」

「我知道。」貝爾德柔聲說。

然後他終於動了，在初綻的遍野白花之間雙膝著地，跪在艾蓮娜面前。他鬆開艾蓮娜的手，用雙掌捧住她的臉，動作輕得好似生怕她會一碰就碎或是受傷。心跳聲飛快地越變越響，艾蓮娜聽他開口呼喚了一遍自己的名字，像一聲禱告，她只來得及回應一次貝爾德的名字，呼喚他的全名作為贈禮，隨後他便低頭吻上她的雙唇。

之後她再也沒辦法開口言說，慾望和渴求沖刷著她，將她捲走，有如在洶湧大浪上漂搖的木屑或一小塊樹皮。但貝爾德與她一起渡過，他們共同置身於此處，接著裸裎相見，周圍環繞著山崗上盛放不久的白花。

她拉他向下，引他進入，心頭湧上熾烈的渴盼與揪心的溫柔，這時艾蓮娜抬頭越過他的肩膀一望，凝視餘燼夜轉過天空的燦亮星辰，滿懷喜悅地浮現了一個美妙的念頭：每一顆璀璨如鑽的星子，都有專屬的名字。

隨後上方的貝爾德改變律動的節奏，牽動她被喚醒的情慾，所有思緒頓時消散，恰似散落在星辰之間的塵沙。她挪動頭尋覓他的嘴唇，雙臂勾住他緊緊擁住，閉上眼睛，任由高高掀起的浪頭乘載他們奔向春的開端。

第十二章

日出前一小時，冷意與腰酸背痛讓戴文醒了過來，過了半晌才想起自己身在何處。房裡依舊昏暗，他揉揉脖頸，傾聽床上的卡翠安娜從被毯下發出輕柔的呼吸聲。他的臉龐掠過一陣悵惘。

說也奇怪，他這麼暗忖，左右轉著頭試著緩解痠疼——在柔軟的扶手椅上才睡幾個小時，身體竟然比整夜睡在冷地板上更僵硬不適。

可是他清醒得出奇，雖然他才剛經歷那樣的夜晚，而且算起來睡不到三小時。他考慮回自己床上睡，但隨即醒悟他這一夜是再也睡不著了，於是決定下樓到廚房去，看看有沒有辦法哄哪個僕人泡一壺凱琲給他。

他步出房間，全神貫注於無聲地把門關上，等他瞥見雅列森人在走廊，站在他自己的房門前注視著他，竟不由自主驚跳了一下。

王爵走了過來，雙眉挑得老高。

戴文堅決地搖頭，「我們只是聊聊而已。我睡在椅子上，我痠痛的脖子可以證明。」

「我想也是。」雅列森低聲道。

「不，是真的。」戴文堅持道。

「我想也是。」雅列森重複一遍，露出微笑。「我相信你。要是你企圖踰越界線，我應該會聽到尖叫聲——而且八成是你受了傷痛得慘叫。」

「很有可能。」戴文同意道，兩人離開卡翠安娜的房門前。

「不過愛麗諾怎麼樣？」

戴文感到臉上一燒。「什麼怎麼樣……」他開口，接著反應過來自己渾身衣衫不整，雅列森略帶笑意地打量著他。

「挺有意思的。」他說。

雅列森又是一笑。「跟我一起下樓，替我想想解決某個問題的辦法。反正我也得喝點凱琲才好上路。」

「我也正打算去廚房。給我兩分鐘換件衣服。」

「這主意不錯，」雅列森瞅著扯裂的衣衫輕聲道。「我們樓下見。」

戴文匆匆回房迅速換了身衣裳，還特別套上艾蕾捎給他的背心。想到她，想起她備受保護、寡言少語的純真，戴文卻被拉回了截然相反的昨夜。他在房間中央靜靜杵了片刻，試著好好理解他究竟做了什麼，承受了什麼。

挺有意思的，方才他這麼說。言語。有時候，以言詞描述給別人聽的行為顯得多麼徒勞。離開愛麗諾以後殘留的憂愁回頭襲來，其中也混雜了卡翠安娜的悲傷，他覺得自己就像在灰濛天光下被海浪沖上灰茫的岸邊。

「喝凱琲，」戴文大聲說出口：「不然永遠擺脫不了這種心情。」

下樓途中，他慢了半拍地想通雅列森說「才好上路」是什麼意思。會面之日正是今天，儘管他還不曉得地點——為了這場會面，他們已經等待了半年。

在那之後，雅列森將縱馬向西趕回提嘉納，他病危的母親正在伊安娜聖所等著他。

戴文無比清醒，心思從對夜晚的回顧轉換為對白晝更鮮明的焦躁。他循著光線走向波索堡的大廚房，在拱形的門口停下腳步往裡頭一瞧。

雅列森坐在燒得熾烈的爐火旁，捧著大杯子小心翼翼啜飲熱氣直冒的凱琲；他身邊有張椅子，上面坐著厄蘭・笙席歐，正做著和他相同的動作。兩人都凝視著火焰，周遭的整個廚房早已上工，忙亂不已。

誰也沒留意到戴文，他在門口佇立片刻，禁不住細看那兩人。他們之間的氣氛沉默凝重，在戴文眼中，他們像是置身於一幅壁畫、一張圖像，複雜幽微地呈現了天亮前踏上漫漫旅途之人的縮影。戴文曉得兩人都對這樣的清晨不陌生，才會在破曉前最後一抹夜色中這麼坐在城堡廚房的爐火前，身旁的僕人來來往往，一面靜待神智清明，一面抓住稍縱即逝的暖意，準備再次啟程，迎接尚未展開的白日可能帶來的任何岔路。

戴文隱隱覺得，這麼坐在一塊的雅列森與厄蘭在某方面有著連結，不光是那日黃昏在斐洛河畔痛苦締結的拘束之約。這份聯繫與身為王爵或巫師毫無關係，而是來自他們做過的事，來自相同的經驗。那是他們能相互分享的回憶，前提是他們在發生過那一切之後還能真正敞開心胸。

他們都長年在外旅行，想必有許多共通的記憶能夠喚起同樣的感受、情緒，同樣的聲音與氣味。就好比此刻：外頭天色昏黑，眼看就要迎來陰灰的黎明，城堡即將隨著日出忙碌喧囂起來；走廊寒涼，心下了然牆外必定冷風呼嘯，穿插著廚房爐火的嗶剝聲和燒得正旺的轟轟聲；捧在手裡的杯子飄起令人心定的熱氣與香味；睡意和夢境逐漸褪去，心思緩緩轉向接下來的一天，這一日將在霧氣氤氳的大地上展開。戴文凝視著在繁忙的廚房靜止不動的兩人，心頭驀地重新湧上一陣感傷。

在高原的這個奇異長夜似乎注定讓他滿懷愁緒。

感傷之餘，也掀起一陣清晰的嚮往。戴文意識到他也渴望擁有那份共通的經歷，渴望成為像這樣孑然獨行、閱歷豐富、對這番風景再熟悉不過的男人。他還年輕，品味得出這之中的浪漫，但也足夠成熟（尤其是和梅尼柯在外旅行又經歷過這個冬天之後），猜得到面前兩個男人自制、獨立、老練的神態與那樣的回憶必須付出何種代價。

他踏進門口，有位秀麗的僕人注意到他，羞澀地笑了笑，一聲不響地端來一杯熱燙的凱琲。雅列森瞥向他，長腿一勾，把第三張椅子拖到壁爐旁靠近他身邊的位置，戴文走過去，心懷感激地在溫暖的火邊坐下。他的頸子依舊僵得發疼。

「沒想到我甚至不用想辦法施展魅力，」雅列森快活地說：「厄蘭老早自己下來喝起了一壺新泡的凱琲。廚房裡整夜都有人守著避免爐火熄滅，因為餘燼節不能生起新的火。」

戴文點頭，感恩不已地小心從熱氣蒸騰的杯中啜著。「你說的問題是什麼？」他瞄了厄蘭一眼，略帶戒備地問。

「解決了。」王爵應聲答道。他看起來愉快得不自然，彷彿像火苗一樣易於澆滅。「厄蘭必須跟著我走才行。我們確認了他不能離我太遠，否則我就召喚不了他，這麼一來只能我走到哪他就跟著到哪了，所以他得隨我一路向西。看來我們是真的被綁在一塊，是不是？」他對巫師露齒一笑。厄蘭壓根懶得搭理，只是繼續啜他的熱飲，面無表情盯著火焰。

「你怎麼這麼早起？」過了半晌，戴文問他。

厄蘭面露苦相，對著凱琲悶聲說：「當奴隸讓我睡不好。」

戴文選擇忽視這句話。他有時是真心替這位巫師感到難受，但厄蘭一味自怨自艾還動不動掛在嘴邊是另一回事。

一個念頭猛地浮現，他轉頭看雅列森。「早上的會面他也去嗎？」

「我想是吧。」雅列森看似渾不在意。「當作他效忠於我、晚點又將踏上漫長旅途的小小獎勵。這趟路上我不打算多作停留。」他的語調真的頗為異樣，太故作輕鬆，像要否定他內心會有任何負擔的可能。

「我明白了。」戴文說道，語調盡可能不流露情緒，把視線轉回火焰直直盯著。

一陣沉默。見沒人打破沉默，戴文回過頭，發現雅列森看著他。

「你想一起來嗎？」王爵問道。

*他想一起去嗎？*打從戴文與桑德烈加入他們三人，雅列森便不斷告訴他們，他們想達成的一切都將指向餘燼節首日在南方高原的這場會面，也取決於這場會面。

他想一起去嗎？

戴文咳了幾聲，噴了一些凱琲到石地板上。「這個嘛，」他說：「假如我會礙事的話那當然就算了。要是你認為我能出一點力，我也說不定真的能幫上忙……」

他聲音漸小，因為雅列森在笑他。

連原先一臉鬱悶的厄蘭都帶著不甘願的笑意輕嗤一聲。兩名年紀較長的男人互望一眼。

「你撒謊的功力真差。」巫師告訴戴文。

「我同意，」雅列森說，依然輕笑不止。「但不要緊。我不覺得你能出什麼力——我要做的事不需要你出力。不過我很確定你不至於造成什麼傷害，此外你跟厄蘭還能互相作個伴。這趟路程會很漫長。」

「什麼？赴會的路程嗎？」戴文詫異道。

雅列森搖頭。「去那裡只消兩到三個小時，視隘道今早的路況而定。不是的，戴文，我是邀請你隨我啟程向西。」他的嗓音微變，「返回家鄉。」

「小鴿子！」還隔著一段距離，那頭髮微禿、胸膛壯碩的男人便高呼道。他坐在巨大的橡木轎上，坐轎穩穩擺在布拉丘隘道的正中央。高度較低的山坡已有初春的花朵盛放，在這麼高的地方則開得不多；道路兩旁堆積的亂石之外生長著森林，南邊的更上方則只見山岩與積雪。

橡轎上附有擔杖，六名男子身穿酒紅色制服立於轎後。戴文原以為他們是僕役，更靠近一瞧才知道自己想錯了，他們佩有武器，可見是軍人兼侍衛。

「小鴿子，」轎上的男人又大嚷了一遍：「我看你是出人頭地了！這次居然帶了同伴隨行！」

戴文心底一陣混亂，察覺遠遠傳來的那些呼喝都是對著雅列森喊的，那個稚氣的綽號也是在喊雅列森。

雅列森驀地露出極為奇異的神情，可是他沒有回話。一行人騎著馬接近等在隘道上的七人，隨後雅列森翻身下馬，身後的戴文與厄蘭跟著照做。轎上的男人並未起身迎接，但那雙明亮的小眼睛追著雅列森的一舉一動，一雙大手靜靜擱置於坐轎的兩個雕花扶手。他戴了少說六枚戒指，在朝陽之下閃耀發光；斷得徹底的鼻樑顯得歪扭，臉龐皮膚粗糙，飽經風霜，有兩道猙獰的傷疤。一道看來是舊傷，像條白線般斜劃過右頰，另一道則新得多，紅紅地刮過額頭，直達左耳之上略顯花白、逐漸後退的髮線。

「帶他們在這趟旅程上作伴，」雅列森淡然說道：「是因為我不確定你會不會來。他們都會唱歌，起碼能在回程路上給我撫慰。年輕的那位名叫戴文，另一位是厄蘭。一年不見，你肥得不成人樣了。」

「我怎麼不能肥？」對方樂不可支地吆喝道：「你又怎麼敢懷疑我不會來！我有哪一次沒相信你嗎？」他吼得極其熱烈激昂，但戴文留意到那雙小眼始終清明，十分機警。

「從來沒有。」雅列森平靜地附和道。他稍早的焦躁亢奮蕩然無存，取而代之的是異乎尋常的鎮定。「但兩年前局勢改變，你已經不需要我了。從去年夏天起就不需要了。」

「不需要你！」壯碩的男人喊道：「小鴿子，我當然需要你啊。你是我的青春，是我對昔日之我的追憶，更是我在戰鬥中的幸運符。」

「不過再也不必戰鬥了。」雅列森輕聲道：「容我致上最誠摯的祝賀。」

「不許！」那人低吼：「我不容許，你不准對我說這些可憐巴巴、油腔滑調的場面話。我只要你過來給我一個擁抱，別再東拉西扯地說些蠢話！我們的交情還需要這樣客套？我們兩個什麼交情！」

他喊著最後一句，兩隻粗壯的手臂猛然一推，撐起身體。巨大的橡木坐轎向後傾倒，三名身穿制服的侍衛連忙一個箭步將之穩住。

孔武有力的男人半走半跳，一瘸一拐地勉強向前挪動兩步，雅列森邁開大步迎上前去。就在這一剎那，戴文彷彿當頭澆了一盆冰水，陡然想通這個渾身傷痕、身有殘缺的男人是誰。

「大熊！」雅列森說，笑聲微噎，張開雙臂用力抱住那個男人。「哦，馬略斯，我是真心猜不透你會不會來。」

馬略斯。

戴文傻愣在原地，不只是因為他正身處高山還一夜未眠。就是這個瘸腿男人在神聖橡林地赤手空拳連殺七名全副武裝的挑戰者——只見自立為王的奎雷亞王抱住提嘉納王爵，一把將他抬離地面，在他兩頰分別落下響亮的吻，然後才把整張臉脹得通紅的雅列森放回路上，抓著他近距離細看。

「你沒說假話，」他終於開口，雅列森的笑容逐漸消褪。「我看得出來，你真的對我存疑。我真該大發雷霆，小鴿子，我真該傷心難過。小鴿子二號怎麼說？」

「貝爾德斷言你會來，」雅列森帶著悔意承認：「這下我欠他錢了。」

「至少你們其中一個人有點長進，腦袋裡有點常識。」馬略斯低吼，接著似乎才意會過來。「什麼？你們兩個小混球拿我下注？你們怎麼敢！」他大笑出聲，忽地往雅列森肩頭大力一拍，拍得對方一個踉蹌。

馬略斯步履不穩地回到轎子坐下，視線掃過他們一行人，彷彿把一切看在眼底的目光令戴文再度大感衝擊。他的雙眼只掠過戴文一瞬，戴文卻有種毛骨悚然的感覺，好像馬略斯在頃刻間已將他摸透，縱使再隔十年才相見也認得出他來。

他心底閃過奇妙的憐憫，可憐起那七名被迫與這個男人交手的戰士。他們竟然只能憑藉劍或長矛，外加盔甲與健全的雙腿，就得在夜裡的橡林地跟這個男人廝殺。

光看那壯如樹幹的雙臂以及那副眼神，戴文就能明白在戰鬥中哪一方會佔上風——即便王夫本該臣服於更崇高的大母神與女祭司長，在橡林地捨身赴義，也因此必須接受儀式割斷腳筋致殘。

但馬略斯沒有死，沒有屈服於地位更崇高的任何人。一連七戰，他未曾敗亡。第七戰後的如今，最後一任女祭司長喪命，奎雷亞再次迎來真正的王者。戴文忽地憶起第一個把消息告訴他的人是羅維戈，就在臭氣薰天的飛鳥酒館，明明不過半年前卻恍如隔世」。

「你一定是去年夏天就身手退步了，或者那時候就胖了。」雅列森說著，往馬略斯額上的傷疤一比：「否則托納略斯怎麼可能持劍搶到離你那麼近的距離。」

說實話，奎雷亞王臉上的笑容顯得猙獰。「他沒有，」馬略斯冷峻道：「我們在一踢之下雙雙墜下第二十七號樹，我借力使力，他還沒落地就斷氣了。這道疤是最後一次跟我亡妻相會時她留下的臨別紀念，願聖母守護她恆久蒙福的靈魂。你們願不願意喝杯酒，共進午餐？」

雅列森眨了眨灰眸，說：「樂意之至。」

「好極了。」馬略斯說道，對侍衛做了個手勢。「讓我的人替我們把東西攤出來，與此同時你可以告訴我，也希望你老實告訴我——小鴿子，你為何遲疑了一下才接受邀請？」

這回換戴文眨了眨眼，他根本沒察覺雅列森頓了一下。但雅列森笑了，自嘲地勾起嘴角：「真希望你偶爾眼力別這麼好。」

馬略斯緊抿嘴唇淺淺一笑，但沒吭聲。

「接下來我有一段漫長的路程得趕，全力趕路少說也要三天。但我非去見那個人不可，而且越快越好。」

「比我更重要的人嗎？小鴿子，我的心都要碎了。」

雅列森搖頭，「並不比你重要，否則我不會在這裡。或許可以說更不容拒絕吧。昨晚有封丹諾里昂的來信在波索等著我，說我母親病危。」

馬略斯的臉色迅即一變。「我深為遺憾，」他說道：「雅列森，真的。」他頓了一頓，「接獲這個消息後，你要先趕來此地一定不好受。」

雅列森做了他常見的動作，微微一聳肩。他的視線離開馬略斯，越過他順著隘道投向後方的高聳山巔。侍衛在坐轎前的平地鋪妥一塊頗為華麗的金布，正擺出好幾個色彩繽紛的軟墊，放下裝有食物的籃子與碗盤。

「先讓我們用完餐，」馬略斯明快地說：「商談我們來此計議之事，談完你就走吧。這個消息可信？你回鄉會不會遭遇任何危險？」

戴文壓根沒想到這一層。

「我想會吧，」雅列森說得漫不經心。「不過我相信丹諾里昂，當然相信他。畢竟一開始就是他把我送到你身邊。」

「這我清楚，」馬略斯平和地說：「我記得他。但我也知道除非情況大有改變，否則伊安娜聖所的祭師不是只有他，而你們孤掌半島的神職人員可不是以值得信賴著稱。」

雅列森又那麼聳了聳肩。「我能怎麼辦？母親命不久矣。我將近二十年沒見到她了，大熊。」他嘴角一彎，「就算沒有貝爾德替我喬裝，我也不認為有多少人認得出我。你不覺得我跟十四歲相比也有些改變嗎？」他的語氣隱隱帶著挑戰意味。

「是變了一些，」馬略斯輕聲道：「但沒有你以為的那麼多。那時候你在許多方面都稱得上是個大人了。當時來找你的貝爾德也一樣。」

雅列森的雙眼再度順著隘道望去，彷彿向南追索著一段記憶或某個遙遠的情景。戴文強烈感覺到，這段對話傳達的意義遠比他實際聽見的更多。

「來吧，」馬略斯說道，雙臂扶住坐轎的扶手。「我們去草地上的地墊坐坐。」

「坐著別起來！」雅列森厲聲道，衝突的是他的臉色依舊溫和平靜。「大熊，你帶了幾個人來？」

馬略斯沒動。「有一隊人馬跟著我到山麓，這六個人隨我上這條隘道。為何要問？」

雅列森帶著漫不在乎的微笑，動作自然地在奎雷亞王腳邊的地墊坐下，「帶這麼少人上山似乎不太睿智。」

「這裡沒有多少危險。你也知道我的敵人都迷信得不敢進山，小鴿子；多年前他們下了對孤掌半島的貿易禁令，從那時起這幾條隘道就被視為禁忌。」

「這樣說來，」雅列森說，笑容不曾退去：「那我就不曉得我剛才看到的弓箭手是什麼來頭了，他躲在上面山路的岩石後方。」

「確定沒錯？」馬略斯的口氣和雅列森一樣輕鬆，眼裡卻驀地結了一層冰霜。

「看見兩次了。」

「實在令我憂慮。」奎雷亞王如此說道：「這樣的人在此現身，多半就是為了殺我。假如他們甘冒山間禁忌，我原先的幾個判斷就必須推翻了。要不要來點酒？」他把手一揮，一名身著酒紅的男人用微微發顫的手斟起酒來。

「多謝。」雅列森低聲說。「厄蘭，你能在不被察覺的情況下從這裡做些什麼嗎？」

巫師臉色一白，但他的聲調同樣保持平穩。「攻擊的話辦不到。會耗費太多力量，這裡也沒有任何東西能遮掩魔法，避免被高原的哪個追蹤師察覺。」

「替陛下張開一面障壁？」

厄蘭一陣躊躇。

「吾友啊，」雅列森凝重地說道：「我需要你，往後亦將持續需要你。我明白使用魔法有其危險，會使我們所有人身陷險境，但你一定要坦誠回答我，我才能做出明智的決策。給他斟一點酒，」

他對那名奎雷亞軍人說。

厄蘭接過酒杯一飲。「我可以在他背後張開一道簡易屏障，抵擋箭矢。」他打住。「你要嗎？會有一點風險。」

「我想我也需要。」雅列森說：「盡可能隱密地張開障壁。」

厄蘭抿緊嘴唇，但沒多說什麼，左手十分輕微地左右一擺。戴文此時能看清他缺了兩根手指的手，不過看不出來除此之外發生了什麼。

「好了。」厄蘭臉色嚴肅，「張開的時間越久，風險就越大。」他再次喝了一口酒。雅列森點頭，從一名奎雷亞人手中接過一塊麵包，以及滿滿一盤肉和乳酪。

「戴文？」

戴文老早等著了。「我看見那塊岩石了。」他悄聲道：「山路前方，右側，弓箭射程範圍。讓我回去。」

「騎我的馬去。馬鞍上收著一把弓。」

戴文搖頭，「他可能會察覺，何況我沒那麼擅長射箭。我會想辦法的。你們能不能在約莫二十分鐘後製造一些響亮的聲音？」

「我們要吵可以非常吵。」奎雷亞的馬略斯說道：「順著山路下去以後，到了這條路拐彎之處，往左邊走會比較容易繞一圈爬回來。順帶一提，我非常希望留這人活口。」

戴文微微一笑。馬略斯陡地爆出轟然笑聲，雅列森隨即跟進。厄蘭沉默不語，這時雅列森態度高高在上地對著戴文將手一揮。

「忘了的話你自己回去拿啊，沒腦袋的傢伙！我們會留在這裡享用這一餐，說不定會留點吃剩的給你。」

「又不是我的錯！」戴文大聲抗議，笑容轉為惱怒。他轉身走向拴馬之處，搖了搖頭故作懊喪，翻身騎上他的灰馬沿著來時的路下山。

一到山路彎曲處便停了下來。

他下了馬，將馬拴妥，思量片刻後把掛在馬鞍上的劍留在原位。他心知這個決定也許會賠上他的小命，可是他已見過隘道兩旁林木覆蓋的山坡，等他開始往上爬，帶著劍不僅妨礙行動還會製造聲響。

他直切向西，很快便置身林間，然後往南折回，在地形允許的限度下盡可能遠離隘道，動手向上攀登。爬起來十分艱辛，汗流浹背，但又絲毫拖延不得，好在戴文身手矯健，儘管體型不高不壯卻一向迅捷靈活。他手腳並用攀上陡坡，抓住深埋於傾斜土壤中的樹根，在高山樹木與深黑的賽拉諾椒矮樹叢之間穿行。

半途上有一小塊地沒有樹林，取而代之的是往西南方延伸的短小陡崖，他可以選擇爬上去，或是回頭朝隘道的方向走，繞過陡崖。戴文試著判斷自己所在的方位，但要確認並不容易，他已經離山路太遠，什麼聲響都聽不見，難以確定自己的位置是否已經比舖設奎雷亞方巾的用餐地點更高。二十分鐘，他自己是這麼說的。他把牙關一咬，飛快地對亞達昂禱告了一句，接著開始攀上山岩。他忽地想到，一個來自北方沼地的阿索里農人之子拚命爬上布拉丘山脈的懸崖，實在很不相稱。

但他不是阿索里農人之子。他與父親都來自提嘉納，如今他的王爵交付了這項任務給他。

戴文側身沿著石面迅速挪動，努力避免任何石子向下滾落。接著他抵達一塊外露的岩板，他改變抓握姿勢，在空中懸了半晌，隨後往上一撐爬上岩板。他疾奔過一段平坦的地面，向下趴臥在地，喘著粗氣探頭向南一望。

然後直看向下。他屏住呼吸，恍然發現自己多幸運：就在他的正下方，有個人影藏在一塊巨石後。在爬上這裡的最後一段路上，那塊懸崖表面突出了樹林之外，讓戴文毫無遮蔽，幸好他移動得寂然無聲，底下的人影仍對他渾然不覺，只一心一意緊盯在隘道上宴飲的一群人。戴文看不見他們，不過在這裡聽得見他們的聲音了。一抹雲翳遮住了太陽，戴文本能地壓低身體，恰巧刺客在此時抬頭一瞥，衡量光線的變化。

戴文明白光線對弓箭手而言很重要。這個射程相當遠，目標位於下坡，又有侍衛在一旁遮擋；除此之外，時間多半只夠他射一箭。戴文思忖箭尖會不會餵毒，隨後猜測八成是有。

他萬分小心地爬往上坡，試著進一步繞到刺客後方。他閃進上方的幾株樹木之間，思緒一面飛馳。要對付這個弓箭手，該怎麼做才能把距離拉得夠近？

雅列森的笛音就在這一刻傳來，吹了一個小節後，厄蘭的琴音也跟著響起。又過半晌，幾個歌聲唱起了最為古老、氣氛最活潑熱鬧的高原歌謠。那首歌描述一夥傳奇山賊在這些山陵峭壁間橫行霸道，無人可治，最後終於敗在奎雷亞與切譚多的聯手奇襲之下：

三十名猛士自北馳援
四十名奎雷亞人與其攜手作戰；
山野之中個個立下壯語豪言
誓要將狂妄的甘．勃達許擊敗！

馬略斯宏亮的歌聲領著眾人唱起副歌。戴文想起一件事，知道他該怎麼辦了。他明白自己的計畫頗為瘋狂，然而他更明白所剩的時間不多，也沒有多少選擇。

他整顆心撲通狂跳，雙手在褲管上抹乾，用更快的速度順著方才所爬的岩板穿過樹林。身後是悠揚歌聲，下方是手握弓箭的刺客，方位差不多在這塊地勢較高的岩板以東十五呎處，二十呎之下。太陽自雲後探了出來。

戴文來到了那個奎雷亞人背後的上方。倘若他帶著弓，加上弓藝小有所成，那個人已經任他宰割了。

可是他有的只是一把刀、對自己敏捷身手的自傲與信任，以及一棵高聳巨大的山松——這棵樹恰好自弓箭手藏身的巨石後方拔地而起，直達戴文所在的岩板。現在他能清楚看見對方，那個人穿著便於在山路上躲藏的一身綠衣，一旁有已裝妥弓弦的弓和五、六支箭矢。

戴文清楚他必須做什麼。他也清楚——畢竟他家鄉雖然沒有隘道，卻同樣樹林繁茂——爬下樹去的話絕不可能保持靜默無聲，就算底下有響徹雲霄、嚴重走音的歌聲遮掩他製造的聲響。

如此一來，根據他的判斷，只剩一條路可走了。其他人或許能提出更好的計畫，可是其他人不在這裡。戴文極其小心地再度抹乾汗溼的掌心，把心思集中於一根打橫延伸、偏離其他旁枝的粗大枝椏上，那是唯一有機會幫上他的枝椏。他試著計算角度和距離，儘管他對接下來的舉動毫無經驗，但也只能盡力推估。不管在什麼地方，他待會要做的事都不是任何人平時會練習的動作。

他確認了一下掛在腰間的匕首，抹了最後一次手，隨後站起。荒謬的是，這一刻他腦中浮現的竟是從前他從樹上倒掛下來想拉長身高，卻遭兩個哥哥突襲的記憶。

戴文苦澀地一笑，踏向懸崖邊緣。那根枝椏看起來遙遠得不可思議，而且距離隘道的地面還有一半的高度。他暗暗發誓，要是活下來，一定要叫貝爾德教他好好射箭的方法。

底下的山路傳來粗啞的嗓音，以凌亂的拍子越唱越響，直逼歌謠的高潮：

甘・勃達許在山林囂張跋扈，
率眾賊從峭壁肆虐至深谷，
哪知七十猛士大破匪窟，
待到月落，山間已盜寇全無！

戴文縱身一躍。風刮過雙頰，枝椏化為模糊光影一下子向他迎來，速度奇快。他伸長雙手抓住那根枝幹，隨後一蕩——只小小一蕩，稍微改變降落的角度，同時減緩下墜的勢頭，讓他直接撲在岩石後的刺客身上。

枝椏撐住了他的重量，但樹葉在他一蕩之際發出響亮的刷刷聲。他本來就知道會這樣。奎雷亞人一驚，抬頭朝天望來，伸手就要抓弓。

可是速度不夠快。戴文放聲大吼，有如盤踞於高處的猛禽般俯衝而下。對手才剛要動，戴文已然殺到。

我們在一踢之下雙雙墜下第二十七號樹，他想道。

他一面墜落一面扭轉身軀，側身橫對奎雷亞人的上半身，隨後雙腳用盡力氣一踢。衝擊力大得可怕，他感覺自己的雙腿猛然踢中，接著整個人砸到對方身上，衝撞劇烈得令他無法呼吸。

兩人一同摔在地面，從巨石邊一路翻滾出去。戴文痛苦地試著大口呼吸，視野中的世界似乎正猛烈搖晃，他用力咬緊牙關，摸索匕首。

然後意識到沒有這個必要。

還沒落地就斷氣了，馬略斯是這麼說的。戴文顫抖著喘了一大口氣，強迫空氣灌進飽受折磨的肺部；右腿傳來刀刺一般的異樣痛楚，他逼自己無視。他從失去意識的奎雷亞人身上滾開，喘吁吁地拚命想吸進另一口寶貴的空氣，然後定睛一瞧。

刺客是名女子。鑑於當前的局勢，這點不怎麼讓人驚訝。她沒死，額頭大概是在戴文猛撲下來時擦撞到了岩石，此時側躺在地，頭部的傷血流如注。戴文那一踢八成踢斷她好幾根肋骨，兩人從山坡滾下來也令她傷痕累累。

戴文這才察覺自己也是。他的衣服又破了，半天之內第二度全身滿是大小傷痕。這當中好像能說個笑話，有什麼理當引人發笑之處，但他不願想下去。現在不是時候。

不過他活下來了，也辦到了受託的任務。他設法較為平穩地吸飽一口氣，只見雅列森帶著一名奎雷亞軍人奔了上來，戴文詫異地發現厄蘭緊跟在後。

他施力想要站起，然而整個世界天旋地轉，雅列森把他扶住。奎雷亞侍衛把刺客翻成仰面朝上的姿勢，站在那裡低頭瞪著她，然後極為刻意地往她滿是鮮血的臉上啐了一口。

戴文別開目光。

他對上雅列森的眼睛。「我們從底下看到你跳下來了。你要先長翅膀才能做這種事，」王爵說道：「沒人跟你說過嗎？」

灰眸流露的眼神背叛了他輕快的語氣。他又輕聲補上一句：「剛才我真替你害怕。」

「我想不到別的方法。」戴文懷著歉意說，察覺心底逐漸湧現強烈的自豪。他聳了聳肩。「歌聲快把我逼瘋了，我得想辦法讓你們停止。」

雅列森笑意更深，伸手攬住戴文，在他肩膀上輕捏一下。貝爾德在尼耶沃雷馬廄也這樣做過。

聽了戴文的玩笑，厄蘭發出笑聲。「回去吧，」巫師說：「我替你清一清傷口。」

他們扶著他走下斜坡，那個奎雷亞人負責扛那女子和她的弓。戴文注意到那把弓是由深得近乎黑色的木頭製成，雕成類似月牙的形狀，其中一端掛有一綹扭轉成束、略顯灰白的髮絲。他打了個寒顫。這綹頭髮屬於誰，他心中大致有底。

馬略斯正一手扶住坐轎的椅背站著，注視他們走下來。他的目光只掠過四個人和被扛下來的刺客，卻冷峻地盯住了彎曲的黑色月弓，神色極為嚇人。

更嚇人的是，他看起來毫不畏懼——戴文思忖道。

「我想以我們的情誼就不必拐彎抹角了。」雅列森說：「我打算直說我需要什麼，你告訴我能否辦到，除此之外都不必多說。」

馬略斯抬起手阻止他說下去。

他現在跟三人一同坐在金布的軟墊上，籃子與碗碟都已收拾妥當。有兩名奎雷亞人帶著那女子循原路回去，行經隘道前往其他人馬靜候之處；另外四人在一段距離之外把守。日頭高照，至少對這個最南之地、初春之時的中午而言，這已是太陽最高的時候。天氣變得和煦宜人。

「小鴿子，大熊我相當不善辭令，」奎雷亞王正色道：「這點你很清楚。你應該也清楚另一件事：拒絕你提出的任何要求，我都將心痛不已。我想換個方式，由我告訴你有什麼是我做不到的，你就不至於開口要求，逼得我不得不拒絕你。」

雅列森點點頭，一言不發地凝視這位君王。

「我給不了你軍隊，」馬略斯斷然說道：「現在給不了，或許永遠都給不了。我即位的時日尚短，國內根基未穩，遠遠不足以領軍或甚至派兵翻越這幾座山脈。我必須著手改變積累幾百年的傳統，時間卻極其緊迫。我已經不年輕了，小鴿子。」

戴文內心倏地一陣激動，只得努力克制；這個嚴肅的場合不該有如此幼稚的心思。然而他簡直難以相信自己身在此處，如此靠近這般國家大事，甚至置身於核心。他悄悄瞥了厄蘭一眼，然後再仔細一瞧，對方臉上也閃過了同樣興味盎然的光采。雖然這名遊唱詩人兼巫師已年紀不小，而且長年在外遊歷，戴文仍舊不認為他曾有國家大事近在眼前的時候。

雅列森搖著頭。「大熊，」他說：「我絕不會向你提出這種請求，不光是為了你，也是為了我們。我不希望後世將我視為引入奎雷亞勢力的頭一人，記住是我容許這個新興強國北進孤掌半島。假如有朝一日奎雷亞當真揮軍穿過這些隘道——但願屆時你我都早已歸天——我將發自內心盼望奎雷亞軍屍橫遍野，大敗而歸，死傷慘重到再無南方之王膽敢進犯。」

「前提是到時南方還有國王，而不是又被母神與女祭司統治四百年。那好，」馬略斯道：「你需要的是什麼，說吧。」

雅列森端正地盤腿而坐，修長的手指交扣著擱在腿上。瞧他的姿態，彷彿他討論的不是什麼要緊事，頂多是晚間演出的曲目順序。

可是戴文注意到他的手指用力得發白。

「先回答我一個問題，」雅列森控制著語調說：「你是否收到了提議開放貿易的來函？」

馬略斯點頭。「兩個篡君都捎來了——有賀禮、有賀詞，再加上條件大方的提案，希望重啟舊時的貿易航道與陸路。」

「雙方都敦促你拒絕另一方，理由是對方不可信賴，政權不穩固。」

馬略斯泛起微笑。「小鴿子，難不成你偷偷攔截了我的信？他們兩人確實都這麼說。」

「那麼，」雅列森問道，直快一如飛箭：「你作何答覆？」他的語氣破天荒地緊繃如弦，無可錯認。

馬略斯也聽出了那個語氣。「什麼都還沒回覆。」他說，笑意漸消。「我打算等雙方多捎點訊息來再作行動。」

雅列森垂下目光，似乎頭一回注意到自己緊扣的手指。他鬆開手，毫不令人意外地抬起一手梳過頭髮。

「但你非採取行動不可，」他有些艱難地說。「你需要貿易，這是顯而易見的。以你的立場，你必須開始讓整個奎雷亞看到你能帶來什麼好處，與北方通商是最快的辦法，不是嗎？」他的聲調隱隱帶著彆扭的挑戰之意。

「那是自然。」馬略斯簡潔地說道。「我非這麼做不可。否則我為何當王？問題只在於遲早，有鑑於今天的事件，我想我必須行動的時機又提前了。」

雅列森點頭，好像早已了然於心。

「那你打算怎麼做？」他問。

「讓他們兩個都能使用隘道。不偏私於誰，也不施加關稅於誰。艾勃利可和布蘭庭愛送多少贈禮、貨物、使節就送多少，我要藉著和他們的貿易成為真正的王，也就是讓人民更加繁榮富足的王。這件事我得盡快去做，現在我猜只能馬上開始了。我必須引導奎雷亞穩健地踏上新的道路，盡我所能讓舊的道路消亡，否則我將一事無成地斃命，充其量只是比大多數歲君活得久一點。在我屍骨未寒之際，想必女祭司便將再度掌權。」

雅列森闔上雙眼。戴文意識到周圍的樹葉摩娑聲，以及不時穿插的鳥鳴。隨後雅列森再次抬眼望向馬略斯，圓睜的灰眸十分冷靜，單刀直入地說道：

「我的要求是，等我六個月的時間再決定通商事宜。在此期間還希望你做另外一件事。」

「光是這麼長一段時間就非同小可了。」馬略斯柔聲道：「但你繼續說吧，小鴿子，所謂的另一件事。」

「三封信，大熊。我需要你捎三封信到北方。第一封信：答應布蘭庭，但有條件。告訴他讓奎雷亞接受境外的影響前，你需要時間鞏固地位。對他清楚表明你更願意與他開展貿易，因為他看起來比艾勃利可更強大，政權更有機會長久。第二封信：滿懷遺憾地將來自阿斯提拔的提議一概拒絕。寫信給艾勃利可，表示你對布蘭庭的恐嚇深感懼怕；儘管你極其樂意與龐霸狄厄帝國貿易，也需要與他們貿易，但伊嘉斯人在孤掌半島的勢力太過強大，你不願承擔激怒布蘭庭的風險。你誠心祝福艾勃利可，並請他祕密與你保持聯絡，說你會密切留意北方局勢，說你尚未給布蘭庭最終答覆，而且會盡可能拖延。最後，你向皇帝致上最溫暖的問候。」

戴文一頭霧水。他採取冬天那時候的老做法：傾聽，記住，晚點再細細琢磨。然而馬略斯目光熠熠，臉上再度勾起嚇人的冷峻笑意。

「第三封信呢？」他問。

「給笙席歐省邦的總督。提議立即開放貿易，不設關稅，給予主要商品優先挑選權，你的港口將為他們的船提供錨地。說你無比佩服笙席歐面臨這般逆境仍無畏地保持獨立，積極進取。」雅列森一頓。「當然，第三封信會——」

「被龐霸狄厄的艾勃利可攔截。小鴿子，你知道你將引發什麼樣的效應嗎？知道這場賭局有多麼凶險嗎？」

「等一下！」厄蘭·笙席歐倏地插口，打算起身。

「你住口！」雅列森近乎怒喝地下令，戴文從沒聽他用過這種聲音。

厄蘭的嘴猛然合上，安靜下來，激烈地喘著氣，雙眼有如燒著怒火的黑炭，燃起豁然開朗的光亮。雅列森看也沒看他，馬略斯也是。兩人端坐於高踞山間的金色布巾上，看似對外界的一切渾然不覺，只是注視著對方。

「你知道，對吧？」馬略斯終於開口。「你一清二楚。」他的語氣隱含驚嘆。

雅列森點頭。「三神在上，我琢磨這件事的時間夠充分了。我認為一旦貿易路線重啟，我的省邦與它的名字將萬劫不復。有了你能夠帶給他的好處，布蘭庭將被西方視為英雄，而非篡君。大態，屆時他的統治基礎將牢不可破，讓我無從撼動。你的登基可能招致我的末路。也可能招致我家鄉的。」

「你後悔幫助我稱王嗎？」

戴文注視著雅列森為此掙扎。在他能看清與理解的表層之下，潛藏著暗流湧動的情緒。他傾聽著，銘記著。

「我該後悔才是，」雅列森終於呢喃道。「某方面來說，不後悔形同叛國。但我並不後悔，我們費盡千辛萬苦才實現這個目標，怎麼後悔？」他露出惆悵的笑容。

馬略斯說：「你知道我是真心愛你，小鴿子。深愛你們兩個。」

「我知道。我們都知道。」

「你知道我在國內面臨的局面。」

「我知道。我銘記在心。」

隨之而來的是沉默。戴文感到一陣憂傷襲來，呼應著他在前一夜結束時的心情。他隱隱覺得人與人之間總是橫亙著寬深的鴻溝，連單純的觸碰也必須跨越深谷。

對於像馬略斯和雅列森的人來說，這樣的深谷又更是相隔萬里——只因他們懷抱長久的夢想，背負身分與自我的重擔。要想跨越如此漫長的歷史、如此沉重的責任與失落讓彼此的雙手相觸，看來是多麼艱辛，簡直難如登天。

「小鴿子啊，」奎雷亞的馬略斯說道，聲音低如耳語：「你就像從白月射出的箭矢，在十八年前穿透我的心。我愛你如親子，雅列森．瓦倫廷。我答應你要的六個月和那三封信。若你聽聞我的死訊，就升起一堆篝火緬懷我吧。」

縱使戴文身處於這一切的最外圍，能夠明白的並不多，他仍感到喉頭微噎，難以吞嚥。他凝視兩人，說不出自己此刻更敬佩誰：是心知自己提出了什麼請求卻依舊開口請求的人，抑或是心知自己給予了什麼卻依舊給予的人？但他無可避免地自愧不如，體認到自己若希望承襲兩人的風範，還有很長一段路得走，也說不定永遠無法企及。

「你們兩個有沒有想過，」厄蘭．笙席歐打破靜默，聲調嚴峻冷硬：「你們預計展開的行動會害死多少無辜之人？」

馬略斯一語不發。然而雅列森倏地轉頭直面巫師。

「你有沒有想過，」他的雙眸恰似灰色碎冰：「你這句話幾乎讓我殺了你？」厄蘭臉色一白，但沒有退讓，目光也沒有避開。

「生於這樣的時代，只因生於王家便擔起導正一切的使命，這些都非我所願。」雅列森說，嗓音再度緊繃得如同拉緊的繩，「我是么子，這個責任本該由我兩個兄長其中一人或兩人共同擔起，可是他們死於戴薩河畔。是在戴薩河戰死的幸運兒。」他的語調一度洩漏怨懟，隨即被他強壓下去。「我嘗試追求的是整個孤掌半島的利益，不光是為了提嘉納與她已逝的名字。這麼做已讓我承擔叛徒和蠢貨的罵名，母親曾為此詛咒我。我願任她唾罵——若我失敗，在她面前我願意負起血染山河、曾經的提嘉納徹底覆滅的罪責，但我沒有道理受你批判，厄蘭．笙席歐！我不需要你告訴我什麼人或什麼事將被置於險境，我只需要你照我的話做，別無其他！假如你反正都要以奴隸之身而死，那還不如聽我使役而不是別人。你非和我一同奮戰不可，笙席歐人！無論是自願抑或被迫，你都得和我一同為爭取自由而戰！」

話音落下。戴文渾身微顫，好似山上的天空猝然劈過一道驚雷。

「你為何留他活口？」奎雷亞的馬略斯問道。

雅列森奮力讓自己冷靜下來，看起來思量了一下這個問題。「因為他有他的勇敢。」最後他答道：「因為他那個省邦的人民確實會因此面臨極大的危險。因為無論是根據他或是我的是非觀念，我的確都虧欠了他。也因為我需要他。」

馬略斯搖了搖那顆龐然巨頭。「需要一個人不是好事。」

「我知道，大熊。」

「即便事過境遷多年，他依然有可能回頭找你，向你索要天大的補償。而你的心將令你無法拒絕。」

「我知道，大熊。」雅列森說。兩人在金布上凝坐不動，注視彼此。

戴文撇過頭，自覺像個意外撞見他們如此對望的不速之客。布拉丘山峰之下的這條隘道沉寂無聲，忽地有鳥兒清亮婉轉地唱了起來，戴文抬頭望向南方，發現高空的白雲已徹底散去，露出山巔上閃耀著陽光的眩目積雪。這世界似乎是如此美麗，卻又如此痛苦，兩者都遠遠超越他的想像。

他們駕著馬從隘道返回，貝爾德等在城堡南方幾哩開外，獨自騎著馬立在山腳的草地上。見到戴文跟厄蘭時他雙眼瞪大，即便被鬍子遮住也能看出少見的打趣笑意，此時雅列森勒馬停在他面前。

貝爾德說：「你嘴上那樣說，但你根本比我還糟糕。」

「沒有比你糟糕。頂多是一樣糟吧。」雅列森說，有些哀傷地垂下頭。「畢竟你之所以不肯來，理由只是不想帶給他多餘的壓力，讓他覺得——」

「然後你嘴上把我損得不留餘地，結果轉頭就帶了兩個徹頭徹尾的陌生人，進一步減輕他的壓力。我再說一遍：你根本比我還糟糕。」

「看現在是誰把誰損得不留餘地？」雅列森說。

貝爾德搖頭。「他怎麼樣？」

「算是夠好了。處境有些艱難。戴文在山上阻止了一次暗殺。」

「什麼？」貝爾德迅速瞥了戴文一眼，看見他勾破的衣褲與滿身的擦傷。

「你之後一定要教我怎麼用弓，」戴文說：「衣服比較不會弄壞。」

貝爾德微微一笑，「沒問題，一有時間就教。」接著他似乎反應過來，「暗殺？」他對雅列森說，「在山上？怎麼可能！」

雅列森神色嚴肅，「可惜發生了。女刺客帶著一把月弓，上面綁著一綹他的頭髮。他們顯然解除了上山的禁忌，起碼為了謀殺可以不管。」

貝爾德一臉憂慮，在馬上默然半晌，接著道：「所以他基本上別無選擇，只能馬上採取手段。他拒絕了？」

「他答應了。他給我們六個月，也會寄那三封信。」雅列森一個遲疑，「他說若是他死了，要我們升起篝火緬懷他。」

貝爾德猛然轉開馬頭，坐著呆望西方。午後的太陽將山丘的石楠花與蕨類罩上一層琥珀色的光輝。

「我愛那傢伙。」貝爾德說，兩眼仍舊凝視著遠方。

「我知道。」雅列森說。貝爾德緩緩掉轉回來面對他，兩人無言地互望一眼。

「笙席歐？」貝爾德問道。

雅列森點頭。「你得告訴愛麗諾怎麼安排攔截。他們兩個跟我一起去西方，卡翠安娜和公爵跟你一起向北，然後前往托傑亞。現在該來收割之前播下的種子了，貝爾德。你跟我一樣了解行動的時機，你會曉得在我們會合前該怎麼做、該從東方找來哪些人。羅維戈我不太確定，這就交給你判斷了。」

「我不喜歡分頭行動。」貝爾德喃喃說道。

「我可以告訴你，我也不喜歡。要是你有替代方案，我很樂意一聽。」

貝爾德搖了搖頭，「你打算做什麼？」

「在路上順道跟一些人談談。見我母親。那之後的事就看我得到什麼消息了，趁著夏天來臨前我自己會在西方收割。」

貝爾德的視線掃過戴文與厄蘭，說：「別太覺得受傷。」

雅列森像他習慣的那樣聳了聳肩。「她活不久了，貝爾德。再說過去十八年來我也傷她夠多了。」

「你沒有！」貝爾德陡地氣憤道：「你這麼想只會讓自己難過。」

雅列森嘆了口氣。「她命在旦夕，無人知曉，在名為下寇爾帖的省邦孤獨地待在伊安娜聖所，而不是提嘉納的臨海宮。你不能說她沒有受傷。」

「但傷她的不是你！」貝爾德抗議道：「你何必這樣對待自己？」

又是那個聳肩的動作。「我們自奎雷亞歸來之後的那十幾年，我做了幾個選擇，我願意接受其他人不認同這些選擇的事實。」他向厄蘭一瞥。「別說了，貝爾德。我保證，即便沒有你在身旁，我也不會讓這件事動搖我。萬一我需要援手，戴文會幫我的。」

貝爾德鬍子下的嘴角一撇，一副想爭辯到底的模樣，不過再次開口時已換了副語調。「所以你認為是時候了？你認為真的要發生了？」

「我認為要發生的話就是今年夏天，否則永遠都不會發生。除非奎雷亞真的有人殺了馬略斯，屆時我們勢必會陷入僵局，沒有任何手段可施展，那就代表我母親和許多人都是對的。到時候你我唯有駕船航向齊亞萊港，單槍匹馬殺進宮殿手刃伊嘉斯的布蘭庭，坐視孤掌半島淪為龐霸狄厄帝國的前哨陣地。屆時提嘉納又將付出什麼代價？」

他克制住自己。隨後他壓低聲音續道：「馬略斯是我們長久以來唯一能掌握的關鍵變數，我這麼多年的等待與努力都是為了這個，如今他答應聽憑我們使用他這張牌，我們的機會來了。未來這段時間不妨偶爾祈求一下上蒼，我們大家都是。等這一刻的到來已經等太久了。」

貝爾德文風不動。「是太久了。」最終他附和道，語調令戴文渾身一個戰慄。「在這個餘燼節與往後，願伊安娜始終照亮你的路途。」他頓了頓，瞧了厄蘭一眼。「你們三個都是。」

雅列森的神情已傳達一切。然而他只道：「也願祂照亮你們三人的路途。」隨即撥轉馬頭，啟程向西。

戴文跟在他身後，回頭一望，只見貝爾德動也沒動，騎在馬背上注視他們。陽光落在他的髮梢與鬍子上，染回戴文記憶中初次見面的金黃色，可是距離太遠，看不清楚他的表情。

戴文抬手做出五指張開的手勢道別，接著又驚又喜地見到厄蘭猝然做了相同的動作。

貝爾德高高舉起一隻手臂向他們致意，隨後韁繩一抖，轉向北方縱馬離去。

雅列森保持穩健的步調騎向落日，完全沒有回頭。

第四部

血脈的代價

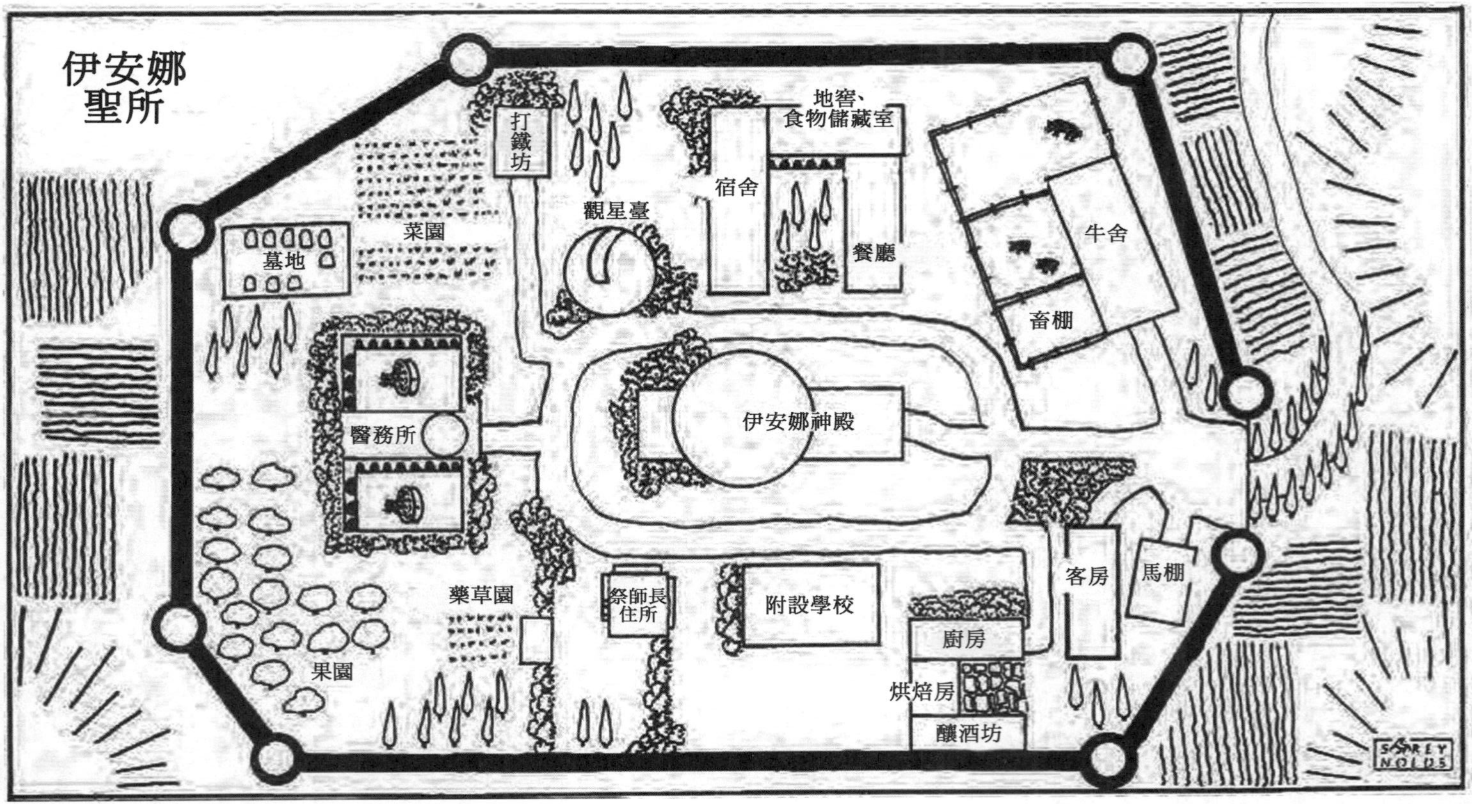
伊安娜
聖所
墓地
菜園
打鐵坊
觀星臺
宿舍
地窖、
食物儲藏室
餐廳
牛舍
畜棚
醫務所
伊安娜神殿
藥草園
祭師長
住所
附設學校
果園
廚房
烘焙房
釀酒坊
客房
馬棚

第十三章

破曉前不久（她不確定究竟是什麼時辰），黛安諾拉下床走向陽臺邊的窗戶。到頭來，她一夜未曾闔眼。碰巧就在遙遠的南方，她弟弟同樣徹夜未眠；他在餘燼戰爭奮戰，之後在山巔與人共度從黑暗力量手中奪回的春之開端。

她的那一夜沒有跟任何人共度，只是獨守空床，面對來訪的幽魂與記憶。此刻她放眼眺望，唯見冷冽的黑暗，當中沒有多少春意，也看不出未來蓬勃生長的前景。月亮早已沉落，但晚星依然璀璨，海的方向吹來清風，她依稀能看見沉戒碼頭後的港口有船隻停泊，桅杆上的旗幟獵獵翻飛。其中一艘船是近日才從伊嘉斯駛來的。那艘船載著歌師依索拉前來，卻不會載著她歸返。

「夫人，要喝杯凱琲嗎？」謝托在她身後悄聲問。

她點頭，沒有轉身。「麻煩了。然後過來跟我坐一坐，我們有些事要談談。」她思忖，假如她動作夠快，假如她馬上執行整個計畫，不讓自己有時間猶豫或害怕，那她說不定辦得到。否則她將迷失方向。

她聽得見謝托在她寢居的小廚房動作俐落地忙著。爐火燒了一整夜；儘管伊嘉斯在春秋兩季並不奉行與孤掌半島相同的習俗，不過布蘭庭甚少干涉當地傳統或信仰，而黛安諾拉在餘燼節從來不點燃新火。真要說起來，色善多數女子都不會點，今明兩天日落之後，整個東殿都將漆黑一片。

她考慮去外頭的陽臺，可惜看起來太冷了。下方還沒有任何人聲動靜。她想到卡梅納・齊亞萊，一到黎明他大概就會渾身骨頭全斷地被帶出來，等著在民眾的注視之下死於輪上。她把思緒從那幅光景轉開。

「凱琲來了。」謝托說，接著有些彆扭地補上一句：「我泡得很濃。」

這話讓她轉過頭去，見到謝托眼裡流露無助的憂慮，心裡不禁微微一痛。她深知謝托昨晚多麼替她悲傷，他臉上有睡眠不足的跡象，她想自己大概也有，今天早上她看起來怎麼樣不難想像。她勉強一笑，接過謝托遞過來的杯子，捧在手裡十分溫暖，還沒喝下去便令她感到窩心。

她在窗邊的一張椅子坐下，示意謝托坐另一張，他遲疑半晌後坐了。她默然不語，斟酌著用詞，驀地意識到她想不出婉轉表達的方式。虧她被形容為憤世嫉俗的操弄者，她自嘲地暗想。

她深吸一口氣，說道：「謝托，我早上得單獨去山上一趟。我明白很困難，但我有很重要的理由得這麼做。我們可以怎麼安排？」

他光滑的額頭擠出了凹紋。不過他沒多說什麼，黛安諾拉醒悟到他是在思考她的問題，而不是要批判或試著搞懂。原本她生怕會迎來不同的反應，這時才慢了一步地豁然明白壓根用不著擔心。她在謝托面前永遠不必擔心。

他道：「這取決於今天是否舉行登山競奔。」

黛安諾拉心中盈滿對他的溫情。他甚至沒問原因。「為什麼不會辦？」她傻傻地問，但謝托回答時她便想通了。

「卡梅納。」他說道：「我不確定陛下會不會讓春奔跟處刑在同一日舉辦。若是舉辦競奔，妳將受邀前往陛下在草地上的帳篷觀賞比賽結果，一如往年。」

「我得單獨上山一趟。」黛安諾拉重複道。

「單獨帶著我去。」他修正，語氣近乎懇求。

她啜著凱琲。這是最困難的部分。「其中一段路可以，謝托。」她說：「有件事我非一個人做不可，上山途中我只能把你留下。」

她看著謝托為此掙扎，沒等他開口又追加道：「要不是別無他法，我是不會這麼說的。你是我最希望能陪著我的人。」

黛安諾拉沒說究竟是什麼事有這樣的必要，她看得出謝托努力想把這個問題嚥下。但他成功把疑問吞了回去，黛安諾拉明白他內心的煎熬。

他站起身。「那我就得去打聽今天會怎麼安排了，我很快就回來。假如照常舉辦競奔，起碼我們會有出宮的理由；假如不辦，我們就得進一步計議。」

她感激地點頭，目送謝托乾脆明快地離開，對他的幹練無比放心。喝完凱琲，她向窗外眺望，外頭天色仍暗，她走進另一間房間梳洗穿戴，多費了點心思，心裡明白今天的穿著可能至關緊要。她挑了件樸素的褐色羊毛袍子，繫上腰帶。今天是餘燼節，不是盛裝打扮的時候，況且袍子上有個兜帽可以藏起她的頭髮，說不定也會發揮作用。

等她梳妝完畢，謝托回來了，臉色有些異樣。

「競奔照常舉辦，」他說：「卡梅納不會被處以輪刑了。」

「他怎麼了？」她問，本能地憂懼起來。

謝托一陣躊躇。「他們對外放出風聲，說已經讓他死了個痛快。說是因為真正的主謀來自伊嘉斯，卡梅納不過是個工具，是被利用的受害者。」

她點了點頭。「實情是什麼？」

謝托面露不安，「夫人，或許不要知道比較好。」

大概是吧，她暗忖。可是她在黑夜裡已走了那麼遠，目的地又仍舊離她那麼遠。這個早晨不該視若無睹只求心安，也不該妄圖尋求慰藉。「或許吧。」她只說道：「但我比較希望你告訴我，謝托。」

謝托頓了一下，開口說道：「我聽說他會被……改造。儒恩年紀大了，陛下不能沒有弄臣，必須提前備妥遞補的人選。但根據不同情況，準備起來可能會很花時間。」

不同情況，黛安諾拉有些作嘔地心想。比方說候補弄臣是不是身體健康、才華洋溢，又深愛著家鄉的普通年輕人。

即便明白伊嘉斯的弄臣對國王的意義，即便了解卡梅納昨天的作為等同於放棄性命，謝托這些話的弦外之音依舊令她胃裡止不住地翻騰。她記得儒恩昨天亂刀猛砍依索拉的屍身，記得布蘭庭的神情。她強迫自己轉移心思，這個早上她最好別多想布蘭庭。實際上，她最好什麼都別多想。

「陛下召見我了嗎？」她直截了當地問。

「還沒。但會的。」她聽得出謝托的語氣有些緊繃。卡梅納的消息顯然也讓他心煩意亂。

「我知道會的，」她道：「可是我不認為我們有辦法等。和其他人一同出宮的話，我就別想溜走了。假如我們兩個現在下樓試試看，你覺得會怎麼樣？」

她的口氣平穩鎮定，謝托面露思索之色，片刻之後說：「可以試試。」

「那走吧。」

她的恐懼很單純：萬一等太久或考慮太久，她勢必會由於猜疑而動彈不得。關鍵在於行動，然後繼續前進，直到抵達她要的地方。

屆時會發生什麼，又是否真會發生，全都交由三神決定。

帶著飛快的心跳，她隨著謝托步出寢居，踏進色善殿主廊。曙光初露，透過窗子淺淡地投射在長廊東側，兩人往另一頭走，經過兩個正走向文賽勒寢室的年輕閹人。黛安諾拉直視他們，只見兩名少年眼裡都閃現畏懼，她頭一次為此心喜。恐懼在今天是個武器，是個工具，她手邊有任何工具都必須用上。

謝托不慌不忙領她走下寬闊的階梯，邁向通往外界的雙開門，黛安諾拉在他敲門之際走到他身旁。外頭的侍衛一開門，她不等對方出言質疑也不等謝托宣告便一逕往外走，經過時冷淡地盯住了侍衛，看見他瞪大雙眼認出她來。她踏上長廊，走過另一名侍衛時注意到對方是昨天她投以微笑的年輕人。今天她沒有笑。

她聽見身後的謝托簡短說了句含糊不明的話，隨後回答了一個問題，接著只聽他的腳步聲沿著走廊跟過來，片刻後門在他們身後關上。謝托追上了她。

「今天敢攔妳的人都要很有勇氣。」他低聲道：「每個人都曉得昨天出了什麼事。選在今天早上是個不錯的時機。」

黛安諾拉心想：她會嘗試這件事的日子也只有今天了。

「你怎麼跟他們說？」她問，腳下不停。

「說我唯一能想到的理由。說妳要去見德蒙，討論昨天發生的事。」

她略略放慢腳步，琢磨半晌，思索的同時腦中隱約浮現一個真正的計畫，有如旭日自東方山頭升起的第一道微光。

「很好，」她點頭說道：「好極了，謝托。我就是要這麼辦。」又有兩名侍衛經過，完全沒對他們多加留意。「謝托，」等他們身邊沒有旁人了，她說：「去找德蒙，說我想在午後出宮觀賞賽事結果以前私下和他談談，告訴他兩小時後我會在御花園等他。」

兩小時或許夠，或許不夠，她不確定。但御花園位於宮殿北邊，她知道那片廣闊園林的某處有道門通往外面的草原，其後便是桑加里歐山脈的山坡。

謝托煞住腳步，讓她不得不跟著停下來。

「妳想撇下我一個人去，是不是？」他說。

黛安諾拉不願騙他。「是，」她說：「我預計在碰面時間前回來。傳話給他之後你就回色善殿去，他不曉得我們已經出來了，一定會派人去找我。確保傳話的人直接把口信給你，用什麼方法都無所謂。」

「通常都是直接給我。」他小聲說，明顯鬱鬱不樂。

「我知道。等他派人來，我們就有人在殿外的藉口了。兩小時後你自己下來，我會跟他一起在花園裡，去那裡找我們。」

「要是妳不在呢？」

她一個聳肩。「拖延時間。保持希望。謝托，我說了，我非做不可。」

謝托繼續注視她半晌，然後點了一下頭。他們再度向前。即將抵達位於他們左側的綿長王宮大階之際，謝托向右一轉，兩人順著另一道較小的樓梯來到一樓，置身於又一條東西向走廊。廊上全無人影，整個宮殿才剛要甦醒。

她望向謝托，對上他的目光。有那麼一剎那，她滿心渴望對謝托坦白一切，想讓這個朋友進一步成為她的戰友。但她該說什麼？在迎來曙光的走廊上，如何解釋引領她來到此處的暗夜與歲月？

黛安諾拉把手放在他肩上輕握。「去吧，」她說：「我會沒事的。」

她頭也不回沿著走廊再往前一小段路，推開通向御花園迷宮的雙開玻璃門，踏入灰冷的破曉。

從前這裡並不叫做御花園，也不若如今這麼狂野不羈。歷代齊亞萊大公依自身喜好打造這片遊樂場，隨著島上宮廷的品味與風格改變，這個庭苑也隨著時間變遷。

伊嘉斯的布蘭庭初訪此地時，整個庭園滿是精緻的造型園藝：灌木叢精巧地修剪成鳥獸的形狀；綠樹以完全相同的間隔，種遍整個以圍牆圍起的廣袤園地；道路寬闊，每隔一段不長的距離便放有造型優美的長椅，每張椅子旁都種有瑟柚椏，既芳香又可遮蔭。園裡有個以方正樹籬打造的齊整迷宮，中央設有雙人座椅，還種了一排又一排精心配置、色彩互補的花。

平淡無味，伊嘉斯王初次遊覽花園時下了這樣的評語。

不到兩年，花園再度一變，這次可說是改頭換面：小徑收窄，在夏秋兩季有樹葉蔽蔭，灑落光點。路線看似毫無規則地彎曲盤繞，穿過密密種植的叢叢樹木，那些樹種是費了好些力氣從島嶼北部的山坡與森林運來。部分造型長凳保留了下來，繁茂而飄香的花床也是，不過鳥獸形狀的灌木馬上就被撤掉了，原先修剪得對稱整齊的矮樹與賽拉諾椒則自由生長，越長越高、越長越幽暗，儼然像高聳的樹林。小迷宮不復蹤影——如今整座花園都是迷宮了。

他們接引地下水源，四處都聽得見淙淙流水聲。信步逛去，隨時可能遇上四周草木蔥蘢的池潭，一旁的樹梢枝葉低垂，宜於夏季乘涼。現在的御花園是個奇妙之地，稱不上雜草叢生，也絕對不是疏於照料，但卻刻意營造出靜謐孤絕的氛圍，有時甚至顯得危機四伏。

比方說此刻——黎明的風仍然冷冽，初升的朝陽剛開始把空氣曬暖。枝頭只見得到初結的花苞，也只有初春最早開的花（銀蓮花和凱雅娜野玫瑰）為這黯淡的早晨添上幾抹色彩。冬日的樹木襯著灰暗的天空黑沉沉地聳立。

黛安諾拉打了個哆嗦，帶上玻璃門，深深吸入凜冽的空氣，抬頭遠望在山巔高高堆疊、遮住桑加里歐山峰的雲。東邊的雲正逐漸散去，晚點將迎來和暖的一天，然而不是現在。狂野蔓生的花園正處於冬季尾聲，她站在花園外圍，試著讓自己鎮定冷靜下來。

她曉得北邊的圍牆有一道門，可是她不確定自己是否記得位置。好幾年前的一個夏夜，布蘭庭帶她去看過一次，當時他們漫無目的地散步了好幾哩，四周圍繞著螢火蟲、蟋蟀鳴叫，在火把照亮的小徑之外有看不見的溪水潺潺流淌，水聲自黑暗中傳來。他帶黛安諾拉來到他某天誤打誤撞發現的柵門，那道門半掩在攀爬的藤蔓與玫瑰花叢之間，黑夜中他就著身後的火光與頭頂的藍色伊萊琉月光，把門指給她瞧。

她記得那天晚上他牽著她的手散步，和她談著藥草，談各種花的特性。他講了一個伊嘉斯童話，說遙遠的異世界有位森林公主降生於一整片充滿魔法的雪白花朵上，那些花只在夜裡綻放。

黛安諾拉搖了搖頭，甩掉那段回憶，快步踏上一條穿過樹林朝東北方而去的石子小路，才走了二十步，回頭時已看不見宮殿。上方有鳥開始吟唱，氣溫依然寒冷，她戴上兜帽，覺得自己有如敬拜不知名森林之神的褐衣女祭師。

這個念頭浮現之際，她不禁向自己熟知的神君祈禱，也向茉里安與伊安娜祈禱，祈求三神賜予她智慧和澄明的心，她在這個餘燼節早晨正是為了尋找這兩樣事物而出宮。她無比強烈地意識到今天是什麼日子。

幾乎就在同一時刻，提嘉納王爵雅列森自波索堡縱馬而出，馳騁過切譚多高原，奔赴布拉丘隘道，前往他認為可能改變世界的一場會談。

黛安諾拉經過一片銀蓮花，幼嫩的花朵尚小，還不是採摘的時候。這些銀蓮花是白色，代表它們屬於伊安娜；紅色的是茉里安之花，只有在托傑亞流傳另一種說法，那裡認為紅花是被亞達昂在山上所濺的血給染紅。她停下腳步低頭注視花朵，嬌弱的花瓣隨風搖曳，但她的思緒卻飄向布蘭庭的童話故事：有個遙遠之地的公主正是在這樣的花朵上，在夏日星辰之下誕生。

她閉上眼，心知自己這樣下去不是辦法。

然後她緩慢而刻意把痛苦找出來，當作鞭笞，當作動力；她在腦中喚起父親騎馬遠去的畫面，接著是母親，然後是貝爾德在廣場上面對那群士兵。等她睜開眼繼續前進，內心已沒有童話。

小徑極其蜿蜒曲折，但最大的那片雲位於山脈之北，所以她盡可能讓那片雲保持在前方。像這樣在樹林裡近乎迷失地遊蕩感覺十分奇特，黛安諾拉悚然一驚地意識到，自己已經許多年沒有真正獨自一人了。

只有兩個小時，可是路途遙遙，她不由得加快腳步。不久，太陽在她右手邊升起，等她再度抬頭一望，頭頂的天已是一片湛藍，海鷗襯著藍天飛翔。她拉下兜帽，甩了甩頭任長髮披落，此時她透過一排橄欖樹瞥見了以灰石建成、厚實高聳的北邊圍牆。

牆面爬滿了藤蔓與一叢叢或紫或深綠的萊倫苔。橄欖樹的位置正是小路的盡頭，分別往東西兩邊岔開。她猶豫不決地佇立片刻，試著從夏日與黑夜火光的回憶尋找方向。接著她聳了聳肩朝西走去，因為她的心永遠朝著西方。

十分鐘後，黛安諾拉繞過一潭映著白雲、波紋盪漾的水池，來到一道柵門前。

她停住腳步，忽然再度渾身發冷，即便在太陽露面後此刻的早晨已經暖和了些。她注視拱形的柵門以及鏽跡斑斑的鐵製鉸鍊，柵門看來年代久遠，上頭本來雕刻著什麼，但曾經存在的那個圖樣或標誌幾乎徹底磨損了。整道門被各種藤蘿覆蓋，如今不過是春季的第一天，她記憶中的玫瑰叢一朵花都還沒開，然而尖刺又長又利。她瞥見一個沉重的門閂，跟鉸鍊同樣老鏽，上頭沒有任何鎖，但她驀地懷疑起自己究竟有沒有辦法拉動鏽蝕的門閂，心裡思忖著上一次穿過這扇門前往外頭草原的人是誰——是誰，是在什麼時候，又是為什麼？她考慮爬牆，於是抬頭往上一瞧。石牆足有十呎高，可是她想應該會有能夠抓握或踩踏的地方才是。正打算向前之際，身後傳來一個聲響。

事後她試著思索為何她當下不覺得多害怕。她想，在她心底一定早就想到可能會發生這樣的事。半山腰的灰石不過是個起點，沒道理認定她真能找到那塊岩石，或是在那裡找到她需要的事物。御花園中，獨自身處林木與初春花朵之間的她轉過身，只見鱺瑟迦在池邊梳理著綠色長髮。

她們想被看見時才會讓人瞧見，她想起了這句話。腦中隨即閃過另一個念頭，立刻迅速環顧周遭，確定有沒有別人在場。

但花園裡看來並無旁人，起碼花園這一帶沒有。鱺瑟迦彷彿看透黛安諾拉的心思，淺淺一笑。她一絲不掛，嬌小的身軀極為纖瘦，可是頭髮長得幾乎能當作袍子穿在身上，肌膚如同布蘭庭所說近乎半透明，淺得幾近乳白色的眼眸大得有些駭人，嵌在白皙的臉蛋上。

她很像妳，布蘭庭這麼說過。不對，他說的是：她讓我想到妳。黛安諾拉有種背脊發涼的奇異感覺，似乎能夠明白布蘭庭的意思。她記得自己在提嘉納淪陷那年的樣子：過於瘦削，臉色慘白，凹陷臉頰上的雙眸幾乎和眼前這雙一樣大。

可是當年的她布蘭庭分明從未見過，也從不認識。

黛安諾拉打了個顫。鱺瑟迦笑意更深，但在她身上感覺不到一絲溫暖或撫慰。黛安諾拉不曉得自己是不是期待溫暖或撫慰，其實她不確定自己以為會找到什麼。她來此是為了尋求那首古老預言詩所說的明朗路途，如今看來，假如她真能找到方向，那正是在御花園錯綜複雜、曲折迂迴的路徑之間。

鱷瑟迦美得令人心痛，是無關世俗美醜標準的美。黛安諾拉口乾舌燥起來，甚至連句話也沒試著說。她動也不動地站著，身上一襲樸素的褐色袍子，黑髮不受拘束地順著背部散落下來，兩眼凝視鱷瑟迦把純白如骨的梳子擱在池邊的石椅上，對她招了招手。

黛安諾拉的雙手開始發顫。她緩緩踏出小徑，來到樹木的拱蔭之下，立在傳說中行蹤飄忽的白皙生靈面前，距離之近讓她看見綠髮在柔和晨光下的光澤，淺色的眼眸摻雜著或深或淺的陰影，深不見底。鱷瑟迦抬起一隻手，比任何人都來得纖細修長的手指伸到黛安諾拉面前，觸碰了她。

那一碰帶著涼意，但沒有她原先害怕的那麼冷。鱷瑟迦溫柔地撫摩她的臉頰與頸子，隨後聖潔而奇異的笑容再次加深，手掌進一步向下滑去，解開黛安諾拉袍子上的一顆鈕扣，探進去觸摸她的雙乳。先是一側，接著另一側，動作從容不迫，臉上始終帶著捉摸不透的笑意。

黛安諾拉渾身戰慄，無法克制，既不敢置信又心懷畏懼，身體不由自主地被那隻遊走探索的手勾起反應。她能看見鱷瑟迦孩子般的乳房在披瀉的長髮下若隱若現，雙膝忽地發軟。鱷瑟迦笑起來時，露出了極其潔白、小巧尖利的牙。黛安諾拉嚥下口水，一種她無從理解的傷痛湧了上來，只能無聲地搖頭，說不出話，感覺淚水開始流下。

鱷瑟迦的笑意褪去。她抽回手，近乎帶著歉意地重新扣好袍子，伸手觸碰黛安諾拉面頰上的一顆淚珠，動作如同先前那般溫柔。然後她把手指湊到唇邊，嚐了淚水的味道。

她確實是個孩子，黛安諾拉倏然這麼想道，這念頭有如浪潮般沖上她內心的海灘。想法浮現的瞬間，她立即明白這就是事實，無論這個生靈活過多少歲月。她心想，不知貝爾德離鄉那一夜在月下海灘見到的，是否正是眼前身姿纖瘦、神祕奧妙的存在。

鱺瑟迦輕觸另一滴淚珠品嚐，那雙眼睛大得讓黛安諾拉覺得自己會跌進去，從此無法脫身。這個想像無比誘人，彷彿是條能讓她忘卻一切的道路。她又凝視片刻，接著有些費勁地緩緩再一次搖頭。

「拜託了？」她呢喃道，充滿企求，卻又對自身的企求感到害怕。害怕任何言語、渴盼、嚮往——任何東西——可能會嚇走鱺瑟迦。

綠髮生靈轉過身去，黛安諾拉垂在身側的雙手不禁握緊。但鱺瑟迦隨即回頭望來，臉色轉為嚴肅，毫無笑容，黛安諾拉頓時明白是要她跟上去。

他們來到池邊，鱺瑟迦低頭凝視水面，黛安諾拉也照做。她看見池水倒映著頭頂的藍天，一隻白色海鷗掠過水上的空氣，深綠色的柏樹如哨兵般挺立，也看見其他樹木尚未長出新葉的枝條。正看著，她渾身泛起好似冬日提早回歸的寒意，想通是哪裡不對勁。她們上方與身周都有風徐徐吹拂，聽得見風吹過樹林，感覺得到風拂過她的臉和髮絲；然而池水竟恰似鏡面的玻璃，平靜無波，全無被微風或池中動靜帶起的波紋。

黛安諾拉從池邊退開，轉頭注視鱺瑟迦。鱺瑟迦凝視著她，一頭綠髮在微風中飛揚，飄在她白皙的小臉後方，雙眼顯得比先前更深暗，陰影重重。她看起來不再像個孩子，而是一股大自然的力量、或是這種力量的使者，對凡人毫無溫情，不會給予任何慈悲或撫慰。但黛安諾拉將逐漸湧現的恐懼強壓下去，提醒自己，她不是為了尋求撫慰而來，是為了自身路途的指引而來。只見鱺瑟迦手握一顆白色石子，在她眼前將石子拋進池中。

毫無波瀾。毫無任何響動。石子直沉下去，卻沒有入水的痕跡。但水面隨即一變，顏色加深，倒影消失，再也看不見柏樹，看不見早晨的一方天空，看不見光禿的樹木圍繞著斜飛過天際的海鷗，水色深到映不出任何事物。可是黛安諾拉感覺到孋瑟迦牽起她的手，溫柔卻不容反抗地帶她來到池邊，於是她低頭看去。她從色善殿出來就是為了尋求這個真相，這個預兆。在深黑的水面，她瞥見了倒影。

既不是她，不是孋瑟迦，也不是這個餘燼節首日會在御花園見到的一切。那光景屬於另一個季節，也許是春末或夏季，在另一個色彩斑斕、擠滿人潮的地點，不知為何，她甚至聽得見畫面中傳來那些人的聲音，人聲之下襯著海潮起落的聲響，無一時停歇。

深潭之中，黛安諾拉看見自己的倒影，身穿一襲綠得像孋瑟迦髮色的袍，在聚集的人群間獨自前進。隨後，她在池中看見她的腳步正帶她走向何方。

剎那間冰寒的恐懼攫住她的心，但轉瞬消逝。飛快的心跳開始緩和下來，越來越慢，她迎來無比的沉靜，隨後是接納，儘管免不了伴隨沉重的哀傷。多年來，她早在許多個夜晚夢見過這樣的結局。今天早上她離開色善殿正是為了確認；此刻，她的道路終於在水潭邊明朗，黛安諾拉看見那盡頭將是海洋。

人群的喧鬧聲逐漸淡去，接著所有畫面、耀眼的夏日太陽全數消逝，池水恢復為什麼也映不出來的深黑。

不知過了多久，或許只有片刻，或許是好幾小時，黛安諾拉才重新抬起頭。孋瑟迦仍在她身旁，黛安諾拉望進那雙淺色眼眸，那顏色雖比施了魔法的水潭要淡，看起來卻彷彿一樣深遂，她在眼裡瞧見兒時的自己，是好多好多年前的她。然而也稱不上多少年，對這樣的生靈而言，不過是一轉眼或一片秋葉飄落的時間。

「謝謝。」她悄聲道。接著又說：「我明白了。」

鸝瑟迦踮起腳尖，黛安諾拉紋絲不動地站著，絲毫沒有瑟縮，讓鸝瑟迦在她唇上落下一吻，輕柔得恍若蝴蝶撲翅。這次沒有摻雜任何慾望，無論是給予或接受的一方；結合的瞬間早已來了又走，這不過是殘留的餘韻。鸝瑟迦唇上有鹹味，黛安諾拉知道是由於她自己的淚水。她不再害怕，只留下沉靜的悲傷，像一顆壓在心上的光滑石塊。

她聽見水聲波動，回頭望向池子，只見水面又一次映出柏樹，風吹得池水蕩漾，在倒影上帶起皺褶，碎影斑駁。

等她再度轉開目光，把臉上的髮絲向後拂，她發現周遭只剩自己一人。

返回宮殿門前的空地時，德蒙已經等著她了。他身穿灰色正裝，頸間掛著官印，正坐在一張石椅上，官杖擱在手邊。謝托在門前徘徊，黛安諾拉從樹林裡現身時，他臉上閃過藏不住的慶幸。

她停下腳步直視總理大臣，勾起一抹微笑。笑自然是裝出來的，不過她如今演這種戲已是駕輕就熟。德蒙本來一向難以捉摸的臉上有著焦躁與怒火，以及其他和昨天的事件有關的跡象，她猜德蒙巴不得找人吵上一架。切換回公事公辦的態度處理國務非常困難，難得出奇——但卻也是必要的。

「你遲到了。」她走向德蒙，一派輕鬆地說。一面走近時，他也禮節周到地站起身來。「我去花園走了走，已經有些銀蓮花開了。」

「我到的時間分毫不差。」德蒙說。

從前的她可能因此畏縮，但現在不會了。德蒙帶著官印是為了鞏固他的權威，但她很清楚昨日之事一定把他嚇得不輕。她料定昨夜德蒙八成表示要以死謝罪，他是個老派的人。無論如何，黛安諾拉都有辦法抵禦他——說到底，她今天早上見到了鱷瑟迦。

「那想必是我來早了，」她漫不經心地說：「恕我失禮。昨天亂成那樣，現在看你氣色這麼好真是太好了。你等了很久嗎？」

「夠久了。看來妳想談昨天的事。妳想說什麼？」

黛安諾拉好像從沒聽德蒙說過不相干的閒話，遑論寒暄。但她可不想被他催趕，反倒在德蒙剛起身的石椅坐了下來。她撫平褐色袍子在膝蓋部位的布料，雙手在腿上十指交扣，抬起頭，忽地把臉一沉，神色和德蒙一樣冷。

「他昨天幾乎沒命。」她冷聲說，幾乎在那一瞬間才決定方針。「他本來是會死的。總理大臣，你可知道為什麼？」她沒等對方答腔。「陛下差點喪命，是因為你的部下太過安逸，或者行事草率到懶得替從伊嘉斯來的人搜身。你們在想什麼？以為危機只會從孤掌半島來嗎？你最好處置昨天的侍衛，德蒙，而且最好盡快。」

她刻意不稱呼他的官銜，反而直呼他的名字。他張開嘴，隨即閉上，顯然嚥下了衝到口邊的辯駁。她正挑戰他的界限，三神知道她挑戰得多過火，但假如真有什麼機會能讓她挑戰，最適合的就是現在了。德蒙又驚又怒，氣得臉色發白，深吸一口氣克制住自己。

「已經處置了。」他說道：「他們被處決了。」

黛安諾拉沒料到這個回答。她費了點力氣，避免自己的眼神流露動搖。「不只這件事，」她繼續利用優勢進逼：「我要知道，去年卡梅納・齊亞萊前往伊嘉斯時為何沒派人監視。」

「當然監視了。妳還希望我們怎麼做？妳也知道昨天的刺殺是誰在幕後主使，妳都聽見了。」

「人人都聽見了。你為何對依索拉與王后的關係一無所悉？」這次她的斥責之意是發自真心，不只是出於策略。

她頭一次瞥見德蒙臉上閃過猶豫。他撥弄官印，接著似乎意識到自己的動作，任手垂落在身旁。一陣短暫的靜默。

「我知道。」他終於說道，直視黛安諾拉，眼中帶著彷彿挑釁的疑問。

「原來如此。」黛安諾拉過了半晌說，別開視線。此時日頭已爬得更高，斜照在空地上大部分區域，只要她順著石椅挪動一些，陽光的暖意就會灑在身上。德蒙眼裡沒有明言的殘酷疑問揮之不去：假如是妳知悉關於王后的這些事，會不會告訴陛下？

黛安諾拉默然不語，仔細梳理所有言外之意。她倏地明瞭，德蒙招認這個事實代表他已視黛安諾拉為自己人，或許自從他昨日如此失職，而黛安諾拉出手救了國王，他就已經這麼認定了。然而她暗忖，這也代表她隨時都會面臨險境；總理大臣這個人永遠不容輕忽，多數色善女子都懷疑過克洛哀思．齊亞萊十年前是怎麼死的，又是因何而死。

她抬起頭，讓越發旺盛的怒火阻止內心的慌亂表露在外。「太好了，」她尖酸地說：「真是卓有成效的保護。這下因為我不得不做的舉動，你中意的那個朝臣涅梭當然是一定要封去阿索里當官了，畢竟他因為救了陛下一命光榮負傷。你可真是聰明絕頂，德蒙！」

她失算了。德蒙首度微勾笑容，當中毫無欣喜。「所以妳在意的是這個？」他聲音很輕。

黛安諾拉嚥下已到口邊的否認，意識到讓他這麼想倒也方便。

「這是其一。」她裝作不甘不願地承認道：「我想知道你為何屬意給他阿索里的官職。之前我就想找你談談了。」

「我想也是。」德蒙說，恢復些許平素的驕傲自負。「我還掌握了過去幾週謝托以你的名義收受的一些禮物，那些無疑不是全部。順帶一提，昨天的項鍊真是美極了。是用涅棱的錢買的嗎？他想讓妳在我面前替他美言幾句？」

他的消息極其靈通，城府深密，這些黛安諾拉一向清楚。低估總理大臣絕非明智之舉。

「他給的是付了一部分。」她簡短地說：「你沒回答我的問題。你為何屬意於他？你想必知曉他的為人。」

「當然知曉，」德蒙不耐煩地說道：「否則妳以為我為何想把他攆出去？我希望他去阿索里當官，正是因為我不相信他在朝廷會安分。我要他離陛下遠遠的，去一個殺了他不至於惹太多麻煩的地方。這應該解答了妳的問題吧？」

她嚥了一下口水，再度提醒自己：*永遠不要小看這個人*。「的確。」她道：「誰來下手？」

「那用不著我多說。事後會放風聲說是阿索里人自己幹的，我料想不消多久涅棱就會給他們動手的理由了。」

「當然。接下來呢？」

「接下來陛下派人調查，發現涅棱犯下貪腐重罪，他無庸置疑會犯。我們隨便抓個人當成謀殺犯處決，陛下會宣告他堅決譴責涅棱的行事手段和貪婪無厭，然後指派新任稅務官，保證未來將會更公正。我想這麼做能讓北阿索里平靜一陣子。」

「很好。」黛安諾拉說，試著不去在意他那句「隨便抓個人」說得多隨意而漠然。「非常乾淨俐落。我只有一件事要補充：新任稅務官會是拉曼努斯。」她明白這是在冒另一個險。她說穿了不過是個俘虜兼妾室，對方卻是伊嘉斯與西掌的總理大臣。然而勢力也有其他平衡方式，她設法把心思專注於這些。

德蒙冷然俯視她。黛安諾拉與他對望，圓睜著毫不坦率的雙眼。

「我從以前就覺得很有意思，」他終於說道：「妳竟然如此中意將妳抓進宮裡的人。不禁讓人覺得妳根本就不介意，覺得妳本來就想進宮。」

這話只差那麼一點點便正中要害，近得危險，但黛安諾拉看得出他只是在引她上鉤，並非認真發動攻勢。她逼自己放鬆，面露微笑。「能進宮我怎麼會介意？不進宮的話，我怎麼有機會像這樣愉快地談天。何況不管怎麼說——」她語調一變，「我是中意他沒錯。這是為了半島的人民，你也明白我永遠會把這點放在心上，總理大臣。他是個正派的人，只可惜這樣的伊嘉斯人並不多。」

他默然半晌。接著他道：「沒有妳以為的那麼少。」但沒等黛安諾拉讀懂他這番話的真意以及他有些出人意表的語氣，他加上一句：「昨晚我認真考慮下毒殺了妳。要不就毒殺，要不就是請旨讓妳恢復自由之身，歸化伊嘉斯。」

「我親愛的，這兩者未免太極端了！」但她感覺得到自己渾身發寒，「維持勢力均衡最是重要，這不是你對我們的教誨嗎？」

「是，」德蒙沉著地說道，沒有上鉤。他從沒上鉤過。「妳知不知道妳對宮廷的均衡造成了什麼破壞？」

「不然你希望我昨天怎麼做？」這次她發自內心怒道。

「重點當然不在那裡。」德蒙的雙頰難得一紅，但再次開口已恢復平時的聲調。「我自己也屬意拉曼努斯，就照妳的建議吧。說到這裡，差點忘了提，陛下派人召見妳，傳話的人沒到色善殿就被我攔下來了。陛下在圖書館等妳。」

她倏地彈起，一如德蒙預料的那樣慌亂。「過多久了？」她忙問。

「不怎麼久。怎麼了？妳似乎不是會介意遲到的人。妳可以告訴他花園的銀蓮花開了。」

「我也有別的事可以告訴他，德蒙。」怒火幾乎讓她說不出話來，她奮力克制。

「我也可以。我想索洛莉絲一樣可以。但我們很少這麼做，對吧？如妳方才所言，維持勢力均衡最是要。這就是為什麼即便昨日發生那樣的事件，我依然會保持謹慎，黛安諾拉。均衡重於一切。千萬別忘了。」

她試著想出一句回應，一句最終的反擊，但什麼也沒想到。腦中思緒紛雜，他說要殺了她、要給她自由、同意她為阿索里推薦的人選，最後再威脅她一次，整個過程不出幾分鐘！與此同時國王一直等著她，而且德蒙心知肚明。

她猛然轉身，心中一沉，意識到自己只穿了樸素無華的袍子，可是她沒時間回色善殿更衣。她感覺得到怒氣與焦慮讓她臉頰漲紅。

謝托顯然聽見了總理大臣最後那幾句話，斷鼻上方的雙眼流露濃濃的擔憂及歉意。但既然是德蒙要攔，他也束手無策。

黛安諾拉在宮門前停下，回頭一望。總理大臣拄著手杖獨自佇立於花園，光禿的枝椏襯托出他高瘦的灰色身影，他頭頂上的天空再度陰雲密布。*正好跟他匹配*，黛安諾拉恨恨地想道。

但她隨即想起水池，心情頓時一改。這些宮廷的勾心鬥角到頭來算得上什麼？德蒙不過是做他該做的事，接下來她也會做她該做的事。她已經看見自己的道路了。她察覺自己又有了微笑的餘裕，內在重獲寧靜，儘管中央依然壓著哀傷之石。她低低彎下膝蓋，行了個非常正式的屈膝禮。德蒙吃了一驚，手忙腳亂地回了一禮。

黛安諾拉轉頭，穿過謝托為她扶著的宮門，循著原路走過長廊，登上樓梯，再穿過一條南北向的廊道，經過兩扇沉重的大門，在第三道雙開門前停步。純粹是出於反射動作和習慣，她透過牆上懸掛的銅盾檢查自己的倒影，調整袍子，兩手梳了梳被風吹得凌亂不堪的頭髮。

接著她敲敲圖書館的門，走了進去，牢牢把持住內心的冷靜與水池中的未來，期盼內心的已知之事與悲傷之石能夠將其穩穩壓在胸口，不至於飛走。

布蘭庭背對門口站著，凝視一張極為古老的地圖，那張圖畫有現今所知的世界，掛在較大的火爐上方。他沒有回頭。黛安諾拉抬頭望向地圖。圖中有孤掌半島，隔著山脈是國土更廣袤的奎雷亞，一路向南延伸至冰陸；東西兩邊各有龐霸狄厄帝國及伊嘉斯隔海相望，孤掌半島與奎雷亞相形之下顯得狹小。

圖書館的絲絨窗簾拉了起來遮擋晨光，爐中燒著火焰，讓她心裡略感不安。她很難不去介意在餘燼節生火這回事。布蘭庭一手拿著撥火棒，穿得和她一樣隨意，一襲黑色騎馬裝和馬靴，靴子沾有泥濘，顯然一早外出騎馬過。

她拋開和德蒙的一席談話，可是沒有忘卻花園中的鱺瑟迦。她的生活繞著眼前的男人打轉，無論其他事情怎麼改變，這一點都沒有變過；可是鱺瑟迦的預言為她指了一條路，而布蘭庭昨天讓她孤枕難眠，一夜未睡。

她開口道：「陛下，恕我來遲。早上我去見了總理大臣，他這時候才轉告你在這裡等我。」

「妳為何跟他碰面？」總是充滿幽微變化的熟悉嗓音此時只微露興趣，他似乎整個心思都沉浸在地圖裡。

黛安諾拉沒對國王撒謊。「阿索里的稅務官問題。我想知道他為何屬意涅梭。」

他的口吻染上一絲笑意，「我想德蒙一定給了妳說得過去的理由。」此時他終於轉身，視線頭一次落在黛安諾拉身上。他看起來一如往常，黛安諾拉非常清楚每一次他們的目光乍然相遇，都會產生什麼樣的效應。

然而她一小時前見到了鱺瑟迦，有什麼好像變了。她的冷靜仍在，一顆心留在原位。她雙眼閉了一瞬，主要是為了領會這個改變的意義，體認到一個持續多年的事實就此終結。如果不是因為她此刻如履薄冰，她或許會為了許多原因而流下淚來。

布蘭庭坐進爐邊的椅子，看似疲憊至極。他只有顯露蛛絲馬跡，不過黛安諾拉早就相當了解他了。「這下我不得不把官位給涅梭了，」他說道：「我想妳已經知道了。抱歉。」

看來有些事情依然沒變——對她說這些話題時，布蘭庭總會在出乎意料的時候以禮鄭重相待。伊嘉斯王何必為選了哪個臣子又撇下另一個臣子對她道歉？她抓牢決意往屋裡走，在布蘭庭的手勢示意之下坐在他對面的椅子。布蘭庭雙眼凝視著她，帶著近乎疏離的奇特目光細細端詳。她好奇他會看到什麼。

她聽見室內另一頭傳來聲響，循聲一瞥，只見儒恩坐在第二個爐火前，隨意翻閱一本圖畫書。他的身影提醒了黛安諾拉，怒火驟然回歸。

「當然要把官位給涅梭，」她說：「阿索里是他英勇護君該得的封賞。」布蘭庭幾乎沒什麼反應，只是嘴角短暫一勾，神色微顯嘲弄，但他看似正想著其他事情，只用一半的心思地聽她說話。

「英勇護君、奮不顧身，旁人八成會這麼形容吧。」他心不在焉地說：「說穿了只是來不及避開罷了。德蒙昨夜已著手安排，要散播是涅梭救了我的消息。」

她不會為此激動的。她拒絕。她甚至不懂為何要把這些告訴她。

黛安諾拉沒看著國王，反倒望著屋子另一頭的儒恩，開口說道：「這個安排很合理，你想必明白我並不在意。我不明白的是何必放出謊言，隱瞞卡梅納的命運？」她深吸一口氣，接著一往直前。「我知道真相。那樣做實在太可怖、太殘忍了。假如一定要準備接替儒恩的弄臣，為何非要摧殘一個健全的人？為何要做這種事？」

布蘭庭默然良久，黛安諾拉不敢看他。儒恩距離太遠，理應聽不見，卻停下翻書的動作朝他們望來。

「實際上，這是有些先例。」最終布蘭庭開口說，語氣依然溫煦。但過了半晌他又道：「也許我早該把謝托從妳身邊調走。你們都學得太快，知道得太多。」

她張嘴卻說不出話來。能說什麼？這是她自找的。徹底自找的。

然而她從眼角餘光瞥見布蘭庭在微笑。那是個異樣的微笑，他凝視著黛安諾拉時，眼神顯得有些奇妙。他說道：「另外，雖然謝托的消息在早上是正確的，不過現在已經錯了。」

「什麼意思？」黛安諾拉打從心底隱隱不安起來。布蘭庭今天的言行舉止有種她說不上來的古怪，她只能確定那不只是疲憊。

「我騎馬回來之後撤回了昨天的詔令，」布蘭庭低聲道：「卡梅納此時應該已經死了。是個痛快的死法，和放出去的消息一樣。」

她察覺自己用力交握著放在腿上的雙手。她呆呆脫口問道：「真的嗎？」

布蘭庭只是挑起雙眉，她隨即感到雙頰火燙。「我沒有必要欺瞞妳，黛安諾拉。我事先要他們找幾個齊亞萊人當見證，以免產生任何疑慮。給妳什麼證據妳才會相信？要我派人把他的首級送去妳寢宮嗎？」

她再度垂頭，想起依索拉的頭顱像被打爛的水果那樣爆開。布蘭庭只用一個手勢就辦到了那種事，她不禁吞了一下口水。她重新望向國王，無聲地搖了搖頭。他騎馬時怎麼了？現在究竟是怎麼回事？

隨後黛安諾拉驀地想起他昨天還遇到了什麼：在半山腰，在競奔路線旁灰岩矗立之處——一名男子見到鱺瑟迦，命運自此分岔。

布蘭庭把頭轉回火爐的方向，雙腿交疊，放下撥火棒，棒尖抵住壁爐的石塊，棒身靠著椅子。「妳沒問我為何收回詔令。這不像妳，黛安諾拉。」

「我不敢問。」她坦白地說。

聞言布蘭庭瞥了過來，深色眉毛平復如初，灰眸閃著令人生畏的聰敏。「這也很不像妳。」

「今天你自己也……不太像你。」

「這話倒是沒錯。」他輕聲道。他靜靜注視黛安諾拉片刻，接著似乎思量起別的事來。「告訴我，德蒙方才可有為難妳？有沒有警告妳，還是威脅妳？」

這不是法術，她堅決地告訴自己。也不是讀心術。布蘭庭不過是像平時一樣，清楚察知繞著他打轉的人受到哪些細小變化的影響。

「他沒有明白這麼說。」她有些不自在地說道。以往她可能會將此視為一個機會，可是今天的氣氛實在太古怪了。「昨天的事讓他大為懊喪，我想他是擔心宮廷的勢力平衡改變。只要涅梭救了你的風聲順利散布出去，我想總理大臣就會放心一些了。要散播這樣的傳聞不難，畢竟一切發生得很快，我不認為當下有誰看清楚。」

這次布蘭庭傾聽時，臉上帶著她熟悉也珍愛的微笑：視她為對等，彼此腦中轉著同一條複雜的思路。但等她說完，布蘭庭的神色變了。

「我看見了。」他說：「看得很清楚。」

她別開視線，再次往下注視著腿上的雙手。

妳的路途已然明朗，她盡可能嚴厲地告訴自己：好好記住。皭瑟迦讓她看見她身穿綠袍佇立於海邊的未來，她的心經過了昨夜已只屬於自己。有塊石頭壓住了她的心，穩妥地收在胸口。

布蘭庭說道：「散播涅梭的版本很容易，這我同意。可是昨夜我百般思考，到了今晨騎馬時仍在思量。晚點等我們觀賞競奔完賽，我會找德蒙談一談。外界流傳的版本會是真實的版本，黛安諾拉。」

她起初不確定自己究竟有沒有聽錯，接著她確定自己沒有聽錯。內心不知什麼達到了極限，傾溢出來，彷彿她內在翻倒了一個酒杯。

「你應該多去騎馬。」她嘟噥。布蘭庭聽見了，輕聲笑出來，但她沒有抬頭。她有種強烈的感覺，覺得自己抬了頭一定承受不了。

「為什麼？」她問，全神貫注於交扣的手指。「為什麼要做這兩件事情——卡梅納的下場，還有現在這個？」

他沉默太久，黛安諾拉終於小心地抬頭一看。但他已把頭轉回爐火的方向，正用撥火棒撥弄著。房間另一頭，儒恩闔上書本，正站在桌邊凝望著他們。他理所當然穿著黑色服裝，和國王毫無分別。

「我有沒有跟妳說過，」伊嘉斯的布蘭庭說：「在我兒時，乳母曾告訴我關於芬納維爾的傳說？」

她再度喉嚨一乾。也許是因為他的語調，他的坐姿，他跳躍的話題。

「沒有。」她說，試著想些機智的話卻想不出來。

「芬納維爾，又稱芬瓦爾。」他續道，沒真的等黛安諾拉答腔，也沒有轉頭看她。「我長大以後在書上尋找這個故事，發現有這兩種稱呼，有時也寫成其他一兩種寫法。在以文字記載歷史之前就流傳下來的故事常有這種現象。」

他再次把撥火棒倚在扶手旁，向後一靠，雙眼仍注視著火光。儒恩彷彿受到故事吸引，稍稍走近了些，此時倚在厚重的窗幔前，兩手抓著一捲皺褶的窗簾揉捏。

布蘭庭說：「伊嘉斯流傳著這樣的傳說。有些人相信，從位於南方的此地，到比沙漠和雨林更北的北方——不管那裡存在著什麼——我們所在的這個世界，不過是眾神在廣袤時空中撒下的無數世界之一。據說其他世界與我們相距遙遠，散落在星辰之間，我們無從窺見。」

「半島上也有這樣的信仰，」布蘭庭頓了頓時，黛安諾拉低聲說。「在切譚多。從前高原上流傳著類似的教義，不過敢宣揚這種思想的人會被三神的祭師處以火刑。」這是真的，在許多年前的大疫年代，大批人民由於信仰卡洛契異教而慘遭燒死。

布蘭庭說道：「我們從未因為這些思想將人民處以火刑或輪刑。有時那些人會遭到訕笑，但那是另一回事。乳母告訴我的故事是她從她母親口中聽說的，她母親想必也是從母親口中聽來的。傳說有些人會不斷輪迴轉世，降生於不同的世界，等到在一世又一世獲得認可，最終會重生於芬納維爾或芬瓦爾，因為那是距離一眾真神最近的世界。」

「那之後呢？」黛安諾拉問。他輕柔的說話聲似乎是今日又一個逐漸發揮力量的魔咒。

「那之後的事沒人知道，也可能是沒人肯告訴我。我長大以後翻遍了羊皮卷與書籍仍不得而知。」他在座位上挪動了一下，漂亮的雙手擱置在雕有花樣的椅子扶手。「我從沒喜歡過乳母告訴我的芬納維爾傳說。但不知為何，儘管世上還有其他各式各樣的傳說故事，有些與此截然不同，也有許多令我鍾愛，我卻始終沒忘記芬納維爾的故事。它令我在意。這故事彷彿是說，我們在這個世界的人生不過是個前奏，過得如何都無關緊要，唯一的意義只在這次人生將引領我們去往何方。我總是很需要確認，我做的一切在當下此刻是有意義的。」

「我想我贊同你的看法。」黛安諾拉說。她置於腿上的手已放鬆下來，布蘭庭的話轉換了氣氛。「但既然你不喜歡這個故事，為什麼要告訴我？」

非常單純的問題。

然後，布蘭庭說：「因為過去一年多以來的夜晚，我反覆夢見自己轉世於遠離這一切的芬納維爾。」他這時直視黛安諾拉，是他說起這個故事之後的第一次，灰眼沉靜，語調平穩：「每一個夢裡妳都在我身邊，什麼都無法使我們分開，誰也不能將我們拆散。」

她猝不及防。毫無心理準備，但或許線索始終在她眼前，只是她看不見。猝然間她真的看不見了，驚喜交集的淚水不自禁溢出眼眶，伴隨著狂烈急促的轟響，她知道那是自己的心跳聲。

布蘭庭說道：「黛安諾拉，我昨晚是那麼渴望妳，渴望得連我自己都害怕。我沒有召見妳，純粹是因為在妳擋下卡梅納的那一箭之後，我必須好好面對我遭遇的一切。索洛莉絲只是瞞騙朝廷的幌子，免得旁人以為這場危機嚇得我雄風盡失。整晚我一時來回踱步，一時坐在桌前，試著釐清我的人生如今落得什麼局面——而我妻子和僅剩的兒子企圖殺我，卻被妳一手阻止，這又意味著什麼。我滿腦子轉著這些念頭，直到天將破曉，才醒悟我竟讓妳孤衾獨枕了一宿。親愛的，妳願意原諒我嗎？」

希望時間停止，她這麼想道，徒勞無功地抹著眼淚想將他看清楚。希望我永遠留在這個房間，希望他對我一遍遍地說這些話，永不停止，直到我生命終結。

「我在騎馬時做了個決定。」布蘭庭說：「我想著依索拉的話，終於承認她說的沒錯。既然我不願意也不可能改變我決意在此地完成的目標，那我必須準備好親自付出所有代價，而不是讓伊嘉斯的其他人來付。」

黛安諾拉渾身顫抖，完全止不住淚水。布蘭庭沒有觸碰她，甚至沒有靠向她。他身後的儒恩整張臉糾結在一起，交織著痛苦、渴求以及另一種情緒，黛安諾拉偶爾會在他臉上見到那個她無法面對的神情。她閉上眼。

「你打算做什麼？」她悄聲問，幾乎說不出話來。

於是布蘭庭告訴了她。全盤托出，向她指明他所選擇的岔路。她傾聽著，從滿溢的心傾洩而出的眼淚趨緩了些，最後終於明白命運回到了原點。

在餘燼節的火焰燃燒聲中，黛安諾拉聆聽布蘭庭鄭重嚴肅的嗓音，心中卻只看見池水。花園那個池子的深色池水，以及她在那裡見到的海洋。縱使她沒有預知能力，她依然看得出布蘭庭的話語將把他們帶往何方，牽引著所有人一起前進，這一刻，她明白了池中情景的含義。

她翻遍心底，哀痛至極地想通這顆心終究沒有回到她身邊，仍舊屬於布蘭庭。最悲哀的是即便如此，她相當清楚此後將發生什麼，她又將怎麼做。

在色善殿裡的歲月，她在許多獨眠的夜裡夢見自己找到方向，如同此刻一面聆聽布蘭庭說話，一面在她眼前展開的道路。聽著聽著，這麼想的她再也無法忍受彼此之間的距離，於是離開椅子坐在他腳邊，把頭靠在他的大腿上。他輕觸她的髮絲，一路向下，反覆輕撫，口中傾吐他在夜裡和騎馬時領悟的念頭，傾吐他終於願意接受他在孤掌半島的作為必須付出的代價，也對她傾吐她永遠不可能準備好擁有的那個東西。傾吐愛。

　　壁爐中的火焰逐漸熄滅，她無聲地哭泣，止不住淚珠滴落，聽著他的話語不斷流淌。她落淚是為了對他的愛，為了她的家人與家鄉，為了她在那些年歲失去的純真，為了他失去的一切，但最令她慟哭的是尚未來臨的背叛。那些背叛在門外等待，永不停步的時光將乘載著他們迎上前去。

第十四章

「繼續騎！」雅列森高喊，指向山嶺之間的間隙。「那後面有個村子！」

戴文咒了一聲，俯下頭貼近坐騎的頸部，腳踝用力扣住馬身，跟隨厄蘭・笙席歐往西馳向那道山隙，迎向紅輪般的低矮落日。

在他身後，一群高原山賊自暮色蒼茫的褐色山丘縱馬奔出，蹄聲如雷，數量少說有八人，說不定有十幾個。打從驚見這群匪徒、聽見要他們勒馬的叱喝，戴文始終沒有回頭。

他不認為有辦法脫身，無論村莊再怎麼近。他們已經快馬急馳好幾個小時，愛麗諾給的馬匹早已疲乏，要跟才剛騎上馬的盜匪比快的話，他們八成是死定了。戴文咬緊牙關策馬狂奔，忽視腿上的痛楚，今天稍早在山間一躍的擦傷也重新綻裂，隱隱刺疼。

他們向前馳騁，風在戴文身邊呼嘯而過。他看見雅列森在馬鞍上回過身，一枝箭搭住了拉滿的弓，肌肉由於發力而緊繃鼓起，隨後王爵向後放出一箭，接著又朝暮色射出一箭——在呼嘯飛馳之際，仍不顧一切地冒險一搏。

只聽兩人慘叫，戴文迅速回頭一望，瞧見其中一人摔落。幾枝箭矢凌亂地飛來，落在離三人不遠之處。

「他們慢下來了！」同樣回頭看的厄蘭喘道：「村子還有多遠？」

「穿過間隙再二十分鐘的路程！繼續騎！」雅列森沒繼續放箭，傾身伏低，催促灰馬加速。兩旁滿覆石楠的山嶺投下陰影，他們順著殘陽的路徑遁入風中，竄入山崗間的裂隙。

但他們沒能騎出去。

就在山路順著愈漸收窄的兩側山嶺轉彎之處，八個人騎在馬上排成一列橫擋在前方，沉著地搭弓穩穩指著三人。

他們連忙勒馬，馬匹被勒得直立起來。戴文回頭匆匆一瞥，只見追趕的匪徒也已進入他們身後的窄路，有匹馬上沒坐人，另外有個男人正緊緊按著插了一枝箭的肩膀。

他望向雅列森，瞧見王爵眼裡流露不顧一切的反抗之意。

「別異想天開了！」厄蘭厲聲道：「你闖不過去的，也不可能解決這麼多人。」

「總是可以一試。」雅列森說，雙眼掃視狹小山路，隨後往上望向兩旁陡峭的山壁，狂亂地尋覓出路。然而他停下馬來，也沒有舉起弓。

「居然就這麼闖進圈套——二十年的大夢這樣收場可真是輝煌！」他酸澀地怨聲說道，語調滿是自恨。

戴文了悟到他說的沒錯，儘管為時已晚。夾在山丘間的這條小道是天然的埋伏地點，況且三神知道切譚多南部曠野的盜匪多不勝數，連龐霸狄厄傭兵都甚少前來，做正經生意的人更不會在夜幕即將降臨時在外逗留。但話又說回來，他們路途迢遠，必須盡快趕路，實在沒有多少選擇。

看來他們是無法趕到目的地了，也許哪裡都去不了了。此時的天光仍足以看清這些盜匪，他們的外表絲毫不讓人心安。即便每個人的穿著都不一致，看似隨便，但他們的馬不像多數山賊那般憔悴委頓。面前的一夥匪徒似乎訓練有素，指著三人的武器也十分精良。顯而易見，這是精心布置的陷阱。

有個男人從靜默無聲的山賊當中出列，向前騎了幾步。「把弓丟了，」他說，聲調帶著從容的威嚴。「我不喜歡跟手握武器的人談話。」

「我也不喜歡。」雅列森瞪著那男人冷冷地說，但片刻後他鬆開手任弓落地，戴文身邊的厄蘭也跟著照做。

「那個少年也一樣。」匪徒首領說道，聲音仍然柔和。他是個壯健的中年男人，一張大臉上的落腮鬍在漸暗的餘暉裡呈現深紅，頭上的寬沿帽遮住了他的眼睛。

「我沒帶弓。」戴文簡短地說，把劍拋下。

面前的一夥人傳出揶揄的笑聲。

「馬吉安，剛才你的人怎麼在射程內？」蓄鬍男人提高音量說。他沒有笑。「你很清楚我給的指令。你很清楚我們都是怎麼做的。」

「我不覺得在射程裡，」在錚錚的馬蹄踩踏聲中，有個怒氣沖沖的聲音從背後傳來。追趕的人圍上來了，陷阱已然收束，將他們前後包夾。「那麼暗的天色跟狂風，他射得未免太遠了。他歪打正著而已，杜卡斯。」

「要是你把你該做的事做好，他根本沒有歪打正著的機會。阿巴爾呢？」

「大腿中箭落馬，托勒回去帶他了。」

「浪費。」紅鬍子男人臉色一沉。「我不喜歡浪費。」他高壯的身軀顯得晦暗，在低沉的落日前形成剪影。他身後騎著馬的七人繼續舉著弓。

雅列森說：「你討厭浪費的話，今晚的成果想必讓你高興不起來。我們什麼也沒辦法給你，頂多只有武器——再不然就是我們的性命，如果你是會殺人取樂的那種人。」

「偶爾吧。」名為杜卡斯的男人說，沒有大呼小叫。戴文暗忖，這個人聽起來冷靜得可怕，而且把整團盜賊控制得服服貼貼。「我手下那兩個人會死嗎？你的箭有沒有餵毒？」

雅列森面露不屑。「我就算遇上龐霸狄厄人也不用毒箭。怎麼，你會嗎？」

「偶爾吧。」盜匪首領又說了一遍。「對龐霸狄厄人更是要用。畢竟這裡是高原。」他頭一回勾起微笑，如狼一般的冷酷笑容。戴文忽地覺得他完全不想擁有跟這個人一樣的回憶，或是夢境。

雅列森一語不發。山道越來越暗。戴文捕捉到他瞥了厄蘭一眼，面露鮮明的疑問，但巫師幾乎細不可察地搖了搖頭。「太多了。」他悄聲道：「何況——」

「灰頭髮的傢伙是巫師！」一聲大喝從杜卡斯身後那排人傳來。

一個身材矮胖的圓臉男人騎馬走到首領身邊。「想都別想，」他直勾勾盯著厄蘭，續道：「你不管做什麼我都擋得下來。」戴文一驚，瞥向那人的手，然而光線太暗，在這個距離無法看清對方是否缺了兩根手指。但一定是少了。

他們遇上了另一個巫師——這下更是面臨絕境。

「然後呢，你以為追蹤師要花多久才找得到你？」厄蘭柔聲說：「我們兩個的魔法都會產生回溢，循著回溢就能找到這裡。」

「瞄準你心臟與喉嚨的箭矢就夠多了，」首領打岔道：「可以確保不會發生那種事。但我得承認事情越來越有意思了——一個弓箭手和一個巫師挑在餘燼節趕路，你們就不畏懼亡者嗎？那個少年又是做什麼的？」

「我是歌師。」戴文神色緊繃地說道：「我名叫戴文．阿索里，曾是梅尼柯．斐洛的團員，也許你聽說過他。」當務之急顯然是想辦法延續對話；況且他聽過一些傳聞（縱使那也許只是旅人一廂情願的盼望），據說曾有山賊以樂師獻唱一晚為交換，放過了樂師的性命。他心念一動，「你遠遠見到我們，以為我們是龐霸狄厄人，對不對？所以你才設下陷阱。」

「一個歌師。還是個聰明的歌師。」杜卡斯低語道：「可惜沒有聰明到在餘燼節乖乖留在家裡。我們當然會認為你們是龐霸狄厄人，除了龐霸狄厄人或法外之徒，這種日子有誰會在外遊蕩？而方圓二十哩以內的法外之徒全是我的人馬。」

「有的法外之徒是單純的匪賊，有的卻是俠盜。」雅列森輕聲說。「既然你們想追殺的是龐霸狄厄傭兵，你我其實有志一同。讓我告訴你——這話絕無虛假，杜卡斯——你要是攔阻我們的路途或殺了我們，等於是送了龐霸狄厄人和伊嘉斯人作夢也想不到的大禮。」語畢，一陣靜默不出所料地降臨。寒風如刀劍般刮進小路，在漸濃的夜色裡吹動初長的小草。

「你自視頗高。」杜卡斯終於若有所思地說道：「也許我該搞清楚為什麼。我想你是時候表明身分了，說說你在餘燼節的黃昏騎著馬要去何方，我自然會下我的判斷。」

「我名為雅列森，正趕向西方。母親病危，要我前去她身邊。」

「真有孝心，」杜卡斯說：「但持弓的朋友啊，一個名字告訴不了我什麼，何況西方的範圍如此之廣。你是什麼人，要去何方？」這次他的聲調恍若長鞭甩出，戴文驚得一跳。杜卡斯身後，七把弓的弓弦向後拉開。

戴文心臟狂跳，只見雅列森一陣遲疑。太陽已快要隱沒，被山道前方的地平線切成半個紅輪，狂風似乎愈發猛烈，第一個春日就要迎來冷意侵人的夜晚。

戴文渾身也漫過一陣寒意。他瞄了厄蘭一眼，發現巫師瞪著他，好像在等什麼。雅列森還是沒開口。坐在鞍上的杜卡斯意味深長地調整姿勢。

戴文吞了吞口水，心裡明白這對他而言就算再怎麼艱難，終究比對雅列森容易些，於是開口道：「提嘉納。他是提嘉納人，我也是。」

說出口時他刻意直盯著山賊的巫師，而不是杜卡斯等人。他從眼角餘光瞥見雅列森也這麼做，不想看見他們明知會迎來的茫然呆滯神色。巫師不一樣，巫師聽得見。

身前身後的眾山賊交頭接耳起來。接著，有個男人在那暮色漸臨的寂寥之地大喊出聲——那聲音從擋在他們背後的一排人當中傳來。

「神血顯化！」那個嗓音發自內心高喊，戴文倏然回頭。一個男人翻身下馬快步奔上前，站在他們前方。戴文看見那人身材矮小，不比他高壯多少，約莫三十出頭，由於臂上插著雅列森的箭矢而動作不太靈活，明顯頗為疼痛。

杜卡斯盯著他的巫師，「賽提諾，這是怎麼回事？」他語氣尖銳地說：「我不明——」

「是法術。」那位巫師直白地說道。

「什麼？他施的？」杜卡斯的頭往厄蘭一點。

「不是，不是他。」受傷的那個人回答，他的目光始終沒離開雅列森的臉龐。「不是這個可憐的巫師。這是力量強大的法術，是伊嘉斯的布蘭庭害你們聽不見那個名字。」

杜卡斯惱火地摘下帽子一揮，露出光禿的頭頂，周圍有一圈鮮亮的紅髮。「那你呢，納督？你怎麼聽見的？」

地面上的男人步履不穩地搖晃了一下，說道：「我也在那裡出生，這個咒語對我無效，也可以說我同樣是咒語的受害者。」戴文聽得出他語調緊繃，彷彿正用盡全力克制情緒。只聽名為納督的男人抬頭望著雅列森說：「首領要你報上姓名，但你只說了一部分。你是否願意說出全名？能告訴我嗎？」此時看不清他的眼眸，但他的聲音滿溢他們再熟悉不過的情感。

雅列森輕鬆自如地騎在馬上，在策馬奔馳一整日後仍不顯疲態，也毫無這個處境應有的緊張感。但他隨即抬起右手，下意識地抓過本就凌亂不堪的頭髮。見到這個熟悉的動作，戴文明白不管自己內心多麼激動，他所追隨的這個人必定感受到了十倍百倍。

山道一片肅靜，耳中只聞吹過山嶺間隙的呼嘯、馬匹在小草上的躁動聲，然後他聽見了——

「我名為雅列森．提嘉納．瓦倫廷。納督．提嘉納，若你的年紀與外貌相符，你必然知道我是什麼人。」

話音未完，戴文便見到納督在冰冷的地面跪落，後頸不禁寒毛直豎，渾身止不住一個激靈。

「啊，王爵殿下！」受傷的男人啞聲哭喊，行動自如的那隻手掩住臉，淚流不止。

「王爵？」杜卡斯聲音極輕。山賊一陣騷動。「賽提諾，給我解釋！」

巫師賽提諾的視線從雅列森挪到厄蘭身上，接著低頭望向落淚的男人，蒼白的圓臉閃過帶著驚懼的好奇神色。

他說：「他們來自下寇爾帖，在伊嘉斯的布蘭庭侵略之前，那裡本來是另一個名字。布蘭庭用法術把那個名字奪走，能聽見其真名的只有在當地出生的人，以及擁有魔法的巫師。就是這麼回事。」

「『王爵』又怎麼說？納督剛才這樣叫他。」

賽提諾沒答腔。他往厄蘭一瞥，臉上仍是一副坐立不安的奇特表情，問道：「那個是真的嗎？」

厄蘭．笙席歐面露似笑非笑的嘲弄神色，答道：「別讓他替你剪頭髮就行了，兄弟。除非你喜歡掄為被束縛的奴隸。」

賽提諾的下巴一掉。杜卡斯抓著帽子往膝蓋用力一拍。「這些話我根本理解不了。」他斥道：「搞不懂的事情太多了，你們通通給我解釋清楚！」他聲調嚴厲，比先前大聲不少，但他沒看著雅列森。

「我倒是弄懂了不少，杜卡斯。」後方冒出一個聲音，是率領小隊將他們逼入山道的馬吉安。眾人轉頭看他，他催馬向前。「我搞懂的是我們今晚發大財了。既然這人是個王爵，還來自布蘭庭憎恨的省邦，那我們只要抓著他去西邊，送到邦界另一頭的佛雷瑟要塞，把他交給那裡的伊嘉斯人就行了。甚至還附贈一個巫師呢。誰知道，搞不好有哪個伊嘉斯人在床上偏好男孩——會唱歌的男孩。」他咧嘴笑開，在暗影中顯得猖狂。

他說：「想必能拿到獎賞，拿到土地，說不定還會有……」

他沒能往下說。他再也沒辦法說話了。渾身僵硬的戴文不可置信地看著馬吉安嘴巴一張，雙眼剎那間瞪大了一下，整個人往旁一歪緩緩滑下馬，倒在厄蘭旁邊的地上，掉落的劍與弓鏗然作響。

他背上插了一把長柄短劍。

他背後那排山賊之中有個人從容不迫地下馬，拔出短劍，仔細在死人外套上擦拭乾淨，收回腰間的劍鞘。

「馬吉安這種話不是什麼好主意，」他低聲說，直起身看著杜卡斯。「完全不是好主意。我們不是告密者，也不聽命於篡君。」

杜卡斯猛然把帽子拍回頭上，顯然極力控制著情緒，深吸了一口氣。「巧的是我贊同你這句話，不巧的是，我們有條不對自己人刀劍相向的規矩，艾金。」

艾金個頭很高，幾乎稱得上枯瘦，戴文在昏暗的暮色中仍看得出他那張長臉一片慘白。他說：「我知道，杜卡斯。這太浪費了，我知道。你得原諒我。」

杜卡斯好一段時間沒吭聲，其他人也沒說話。戴文的視線越過屍體，瞧見兩名巫師在重重暗影中直盯著對方。

艾金仍注視著杜卡斯。

杜卡斯終於打破沉默，說：「算你走運，我贊成你的看法。」

艾金搖了搖頭，「若不是這樣，我們也不會是這麼多年的夥伴。」

雅列森俐落地下馬，無視仍對準他的箭矢走向杜卡斯。「既然你會獵殺龐霸狄厄人，」他輕輕說道：「我大概猜得到理由。我也以我的方式做著相同的事。」他一個躊躇，「如你死去的部下所言，你大可把我交給伊嘉斯人，我想你的確會得到賞賜。你也大可就在這裡把我們殺了算了，或者放我們離開。但你還有一個迥然不同的選擇。」

「是什麼？」杜卡斯看似恢復自制，語調重歸最初的冷靜。

「加入我。和我一同實現目標。」

「目標又是什麼？」

「在今年夏天結束前，將兩名篡君逐出孤掌半島。」

納督猛地抬頭，臉上燃起光采。「殿下，真的嗎？我們辦得到嗎？即便都到了現在？」

「有機會辦到，」雅列森說道：「尤其是現在。我們有生以來第一次有機會成功。」他再度望向杜卡斯，「你是哪裡人？」

「托傑亞。」對方頓了一下才答道。「我生於托傑亞的山區。」

戴文頃刻間意識到形勢已大為改變，提問的人換成了雅列森。他內心一動，希望與驕傲重新燃起。

王爵聞言點了點頭。「我也這麼猜想。我曾聽聞當年托傑亞的布里法特遭龐霸狄厄軍圍困，領兵反抗的其中一人是姓杜卡斯的紅髮隊長，他在布里法特被攻陷後不知所蹤。」他遲疑一下，「我注意到了你的頭髮。」

兩人有好半晌都靜止不動，一人立於地面，一人騎在馬上，宛若壁畫。然後，杜卡斯．托傑亞驀地笑了。

「我所剩無幾的頭髮。」他自嘲地悄聲道，大動作把手一揮，再次摘下帽子。

他鬆開韁繩，翻下馬背大步走向前，朝雅列森伸出攤開的掌心。雅列森同樣報以笑意，同樣伸出手去。

戴文鬆了一大口氣，慶幸之情湧遍全身，接著和二十餘名山賊在天色昏茫的切譚多山路上扯開喉嚨高聲歡呼。

然而在歡聲雷動間，戴文卻注意到兩名巫師都沒有加入高呼。厄蘭與賽提諾文風不動坐在馬上，近乎僵硬，像是心思正專注於什麼上面。他們望著對方，嚴峻的臉色幾無二致。

由於他注意到了，由於他似乎逐漸成為會察覺這種事的人，戴文率先停下呼喊，甚至本能地舉起一隻手示意眾人安靜。雅列森和杜卡斯慢慢放下互貼的雙掌，山道重歸沉寂，人人都注視著兩名巫師。

「怎麼了？」杜卡斯說。

賽提諾轉頭看著他，「有追蹤師。在東北方向，距離很近，方才我感受到他的試探。但他不會找到我，我很久沒施展魔法了。」

「我有。」厄蘭．笙席歐說：「今天稍早在布拉丘隘道我施了個小咒語，只是替人展開一個障壁，顯然光是這樣就夠了。南方的哪個堡壘想必有追蹤師。」

「幾乎隨時都有。」賽提諾不客氣地說。

「你們跑去布拉丘隘道做什麼？」杜卡斯問。

「採花。」雅列森說道：「晚點再告訴你，眼下得先解決龐霸狄厄人。追蹤師會帶多少人？」

「少說二十個，大概會更多。我們在南邊的山上設有營寨，要不要趕回去？」

「他們會追到那裡。」厄蘭說：「他已經掌握我了，我的魔法留下的外溢印記至少會再維持一日。」

「反正我也不想躲躲藏藏。」雅列森柔聲說。戴文當即轉頭看他，杜卡斯也跟著瞧去。納督動作不太靈活地站起身。

「你這些部下身手如何？」雅列森說，口吻和灰眸帶有挑戰之意。

天色幾近全暗，戴文看見這名托傑亞匪徒首領的一口白牙倏地在陰影中一閃。「對付二十名龐霸狄厄人綽綽有餘。我們是從沒迎擊過這麼多人，但我們也從沒跟王爵並肩作戰過。」他用深思的語氣補上一句：「我想我也突然厭倦了躲躲藏藏。」

戴文望向兩個巫師。黑暗中難以看清他們的面容，但厄蘭口吻尖銳地說：「雅列森，追蹤師必須立刻格殺，否則他會把這個地方的情景傳送給艾勃利可。」

「會的。」雅列森低聲道。他的嗓音也染上新的音調，戴文從來沒聽過。過了一瞬，他才意識到那是殺意。

一陣強風吹得雅列森斗篷翻飛。他極其鄭重地拉起兜帽，遮住臉孔。

對戴文而言，最難面對的是艾勃利可的追蹤師原來年僅十二歲。

他們安排厄蘭往西騎出山道，由正受人追蹤的他充當誘餌。另一名巫師賽提諾・切譚多與兩名山賊與他同行，其中一個是負傷的納督，他堅持縱使無法戰鬥也要在旁支援。他臂上的箭已經拔出，盡可能妥善包紮，儘管他明顯行動有些不便，但更明顯的是他不肯在雅列森面前屈服於這樣的傷。

不久，在繁星與低懸東方的維朵霓月牙之下，一隊龐霸狄厄人進入山道，除了追蹤師以外共有二十五人。其中六人手持火把，讓人省了些麻煩——雖說對霸狄厄人而言恰恰相反就是了。

雅列森和杜卡斯的箭分別自小道兩旁的山坡發出，正中追蹤師胸口。十一名傭兵在第一波箭雨中倒下，之後藏身於山壁凹陷處的戴文和其他五、六名山賊隨著雅列森縱馬疾奔，意欲擋住西邊出口，杜卡斯則在同時另率九人封鎖龐霸狄厄隊伍進入小路的東方入口。

於是在這個餘燼夜，在遠離已逝故鄉的土地上，提嘉納王爵雅列森・瓦倫廷與出沒於切譚多高原的亡命之徒攜手作戰，儘管他為了重返家園而奮戰多年，這卻是他第一場真正的戰役——經過運籌帷幄、刺探情報、巧妙引導局勢的漫長歲月，他終於在那月光照耀的山徑拔劍與篡君的兵馬廝殺。

不耍陰謀詭計，不躲在舞台幕後暗暗操控，這是貨真價實的戰鬥，正面交鋒的時刻已然到來。

儘管違背理智與經驗，儘管希望渺茫，但奎雷亞的馬略斯那天仍對他許下了承諾。馬略斯的諾言改變了一切，等待的時光結束了，他總算能夠鬆開多年來緊鎖心扉的牢固束縛。在今夜的山道上他能放手殺戮，以此緬懷在戴薩河之戰與其後殞命的父兄和無數亡魂，就在他不被允許赴死的那一年。

那年他被人祕密帶走，藏匿於山脈之南的奎雷亞，當時在女祭司長身邊擔任護衛隊長的馬略斯收留了他。出於某些原因，這個男人決定隱匿來自北方的年幼王爵，加以撫養。自從開始躲藏以來，已過去將近十九個年頭。

他厭倦了東躲西藏。逃跑的日子結束了，戰爭的季節已然到來。的確，此刻與他們交手的是龐霸狄厄軍，而非伊嘉斯人，但到頭來其實兩者都一樣，兩個篡君並無分別。他和貝爾德北上重返半島以來的這些年，他始終這麼主張，這個事實像塊金屬，在他心口的剛硬熔爐敲鑄成形——若不同時推翻兩個篡君，他們將無法真正自由。

就在這個早晨的布拉丘隘道，推翻行動業已展開，他設計的門扉終於打下楔石。正因如此，他在這個暗夜小徑終於得以解放積壓已久的熱血、長久以來失去許多事物的回憶，隨心所欲揮舞手中的劍。

戴文拚命追上王爵的速度，騎著馬闖入他的第一場戰鬥，免不了心驚膽寒，胸中卻也湧上非勝不可的慷慨激昂。他沒像大部分山賊那樣咆哮，專心致志於忽略腿傷的痛楚。他手握貝爾德買給他的黑劍，按照冬日清晨的教導把劍刃向上斜舉；在今晚的事件當中，那些日子感覺遙遠得不可思議。

他看著雅列森一逕殺入聚在一起的敵陣，恰似他的箭那般筆直不移，像要藉著這次正面交手甩脫不容許這麼做的多年光陰。

戴文咬緊牙關，慌忙在雅列森身後追趕。但就在他獨自落在相距好幾個馬身的後方時，一個黃鬍子龐霸狄厄人從他身側直欺過來，端坐馬上的身形高大魁梧，戴文脫口驚呼，憑藉盲目的生存本能和天生的反射神經才保住性命。他用力將馬往左一帶，鑽進他瞥見的空隙，隨後全身往回朝右方一歪，盡可能壓向地面，同時使盡全力向上一砍。腿傷一個劇痛，他差點跌落。龐霸狄厄人的刀刃揮過戴文的頭方才所在之處，此時只劃過空氣，又過一拍，戴文感覺到自己巧妙斜砍的劍身劈開皮甲，深入皮肉。

龐霸狄厄人發出帶著咳血聲的慘叫，在坐騎上猛然搖晃，劍從手中鬆脫，一手摀住了嘴，那動作看起來出奇地像個孩子。然後他在馬鞍上朝著側邊滑落，摔至地面，宛若緩慢傾頹的山中樹木。

戴文已經把劍拔出，兜了個小圈引領馬匹轉向，尋找其他對手的身影，但沒有人過來。雅列森和其他人衝在前方向著傭兵猛攻，逼退敵軍，杜卡斯與艾金率領的人馬則從東邊包抄。

已經快結束了，戴文醒悟道。他沒有什麼好做的了。心頭湧現一陣他此刻無力理解的複雜情緒，他望著王爵三度手起劍落，望著三個龐霸狄厄人斃命。六支火把逐一落地，就此熄滅，然後——在戴文眼中，從他們策馬進入山道以來彷彿只過了片刻——最後一個龐霸狄厄人也被擊倒，一命嗚呼。

戴文就是在這時瞥見追蹤師的殘屍，發現他的年紀有多小。屍首在混戰中被踐踏得不成人形，以不自然的扭曲姿勢攤在地上，只有臉不知怎地逃過一劫，但對低頭看去的戴文來說這反而才是最糟的。兩枝箭依然插在那孩子身上，其中一枝的箭桿折斷了。

戴文把頭撇開，輕撫愛麗諾給他的馬，對牠柔聲低語，接著逼自己騎馬回去看他殺的那個人。這次跟在尼耶沃雷馬廄熟睡的軍人不一樣。不一樣，他這麼告訴自己。這次是正面交戰，這個龐霸狄厄人全副武裝，揮舞巨大的劍刃意圖斬殺戴文。倘若這些龐霸狄厄軍帶著追蹤師追上在荒野中落單的他、雅列森與厄蘭，戴文非常清楚他們會落得什麼下場，萬分清楚。

這次跟馬廄不一樣，他暗自重複一遍，逐漸意識到隘路似乎陷入令人暈眩的詭譎沉寂，唯有風依然呼嘯，冷冽如初。他抬起頭，這才察覺雅列森已悄悄騎到他身旁，也低頭注視著死於戴文劍下的那個人。兩匹馬都跺了幾下腳，噴出鼻息，被剛結束的騷亂和血腥味弄得躁動不安。

「戴文，相信我，我很抱歉。」雅列森以其他人聽不見的音量輕聲道：「第一次都是最難的，我卻沒有給你做好準備的機會。」

戴文搖頭，感到氣力放盡，近乎麻木。「你沒有多少選擇。也許這樣也比較好。」他有些尷尬地清了清喉嚨，「雅列森，你有更重要的事得操心。去年秋天在桑德烈森林沒有人強迫我做決定，你用不著為我負責。」

「某方面來說我是需要負責。」

「但你不需要那麼放在心上。這是我自己的選擇。」

「友誼不值得放在心上嗎？」

戴文默然無語，心底驟然一虛。雅列森就是有辦法給人這種感覺。王爵過了半晌又開口，像是忽地想到：「我從奎雷亞回來時，正是你這個年紀。」

有一剎那他似乎想再說些什麼，到頭來仍舊沒說。不過戴文約略猜得出他的意思，有什麼在他心中靜靜燃起，宛若燭火。

他們繼續俯視死者好半晌。儘管維朵霓只有細細一道彎月，月光仍照出了他眼神空洞的痛苦表情。

戴文說：「這是我自己的選擇，我也明白這麼做的必要，但我大概永遠習慣不了。」

「我從來沒習慣過。」雅列森說，猶豫一下又道：「旁人保住我的性命要我實現的理想，我的兩位兄長都能做得比我好太多了。」

聞言戴文轉頭，試著在陰影中解讀王爵的神色，過了半晌說：「我不認識他們，但假如我說我很懷疑，你相信嗎？我真的很懷疑，雅列森。」

片刻後，王爵碰了碰他的肩膀。「謝謝你。恐怕有些人不會認同，但還是謝謝你。」

說罷，他似乎想起或聯想到什麼，音調一變。「該上路了。我得跟杜卡斯談談，然後我們得跟厄蘭會合繼續趕路。還有一大段路程得走。」他以掂量的目光審視戴文，「你一定累壞了。我該早點問你才對——你的腿傷怎麼樣？能再騎嗎？」

「我沒事，」戴文連忙強調：「當然能繼續騎。」

背後有人發出譏諷的笑聲。他們一齊轉頭，原來厄蘭一行人已返回山路。

「告訴我，」巫師對雅列森說道，語氣飽含尖酸的嘲弄：「你以為他會說什麼？他當然會說他還能騎。為了你，他會奔馳一整夜，直到奄奄一息。這個人也一樣——」他朝他背後的納督一比，「——就算你們相識不到一小時。雅列森王爵啊，不知擁有這等左右人心的力量是什麼感覺？」

厄蘭說話時，杜卡斯也策馬過來，但他沒有開口。少了火把，在這麼昏暗的夜色裡看不清任何人的面容，唯有仰賴言語和說話的抑揚頓挫。

雅列森低聲道：「我想你知道我的答案。再怎麼說，有你在身旁提點這種事，我不太可能有多洋洋得意。」他頓了頓，續道：「三神保佑你不會為了別人自願奔馳一整夜。」

「我早就沒得選了。」厄蘭冷冷地說：「你忘了嗎？」

「我沒忘。但我現在沒心思重複同樣的爭執，厄蘭。杜卡斯他們剛冒著生命危險救了你，要是你——」

「救我！要不是受你強迫，我怎麼會面臨這種危機——」

「厄蘭，夠了！我們有許多事該做，我沒心情和你辯。」黑暗中，戴文看見厄蘭在馬背上諷刺地鞠了一躬。「還請饒恕小的失禮，」他用浮誇的語氣說：「麻煩您有心情辯論的時候不吝告知，要知道這件事對我來說小有意義。」

雅列森沉默良久，然後溫聲道：「我想我猜得出來這是怎麼了。我明白。是因為遇見了另一個巫師，對不對？見到賽提諾，你就更深刻感受到自身的處境了。」

「少裝作很了解我的樣子，雅列森！」厄蘭勃然大怒。

雅列森依然冷靜，「那好，我不會。在某些方面我可能永遠無法理解你，還有你一直以來的人生——在我們相遇的那天黃昏，我就這麼告訴過你。就目前而言，這個話題到此為止。篡君從孤掌半島退去的那一天我很樂意一談，在那之前就免了。」

「在那之前你就會沒命，我們都會沒命。」

「別碰他！」雅列森厲聲說，戴文這才察覺納督舉起沒受傷的手作勢要打巫師。王爵音量轉低，輕聲說：「假如我們都送命，我們的魂魄可以在茉里安的殿堂繼續爭論不休，厄蘭。在那之前就到此為止。未來幾週還有許多大事需要你我攜手合作。」

杜卡斯咳嗽一聲。「說到合作，」他說：「我們最好也談一談。雖說今晚這一戰大快我心，但假如要進一步聯手，我有不少事得先問清楚。」

「我知道。」雅列森在暗夜裡轉頭看他，略一遲疑。「你願意和我們走一程嗎？到村子就好。還有納督，為了他的手臂。」

「為何是那個村子，為何是因為他的手臂？我不明白。」杜卡斯道：「你該曉得我們不怎麼受那村子歡迎，原因就不用說了。」

「我想也是，但在餘燼夜不要緊的。到那裡你就會明白了，一起來吧。我打算讓我這位好友厄蘭．笙席歐看看某個東西。我想賽提諾最好也跟來。」

「給我全阿斯提拔的藍酒，我也不想錯過。」矮胖的切譚多巫師說道。有意思的是他始終與王爵保持安全距離，換作其他場合都會逗人發笑。他這話聽來像玩笑話，語氣卻萬分正經。

「那走吧。」雅列森簡短說道，調轉馬頭經過厄蘭，幾乎是擦過他，接著催馬向西騎出隘路。被他指名的幾個人跟了過去。杜卡斯簡潔地對艾金下了幾個指令，聲音低微得戴文聽不見，艾金一時猶疑，顯然由於想和首領同行而掙扎不已，但他隨後便把馬撥轉到反方向。過了片刻戴文回頭一瞥，只見眾山賊正在搜索龐霸狄厄人屍首上的兵器。

再過一陣子他又回頭一望，這時他們已馳入開闊的曠野，東南兩方的山巒形成層層暗影，草原一路綿延向北，再也看不到山路的入口了。戴文知道艾金等人不久也將離開山路，唯有死屍留下。唯有死屍留下來任獸類啃食——其中一具死於他的劍下，另一具則是個孩子。

＊＊＊

老人躺在床上，置身於餘燼夜的黑暗，置身於自身殘疾導致的永夜。睡意遙遠，他傾聽屋外的風，傾聽身處另一個房間的女人撥動念珠，翻來覆去吟誦同樣的禱詞。

「伊安娜愛憐我們，亞達昂護持我們，茉里安守衛靈魂。伊安娜愛憐我們，亞達昂護持我們，茉里安守衛靈魂。伊安娜愛憐我們……」

他聽力絕佳。多數時候這能發揮彌補視力的作用，有些時候卻形同格外毒辣的詛咒——好比聽那女人發狂禱告的今晚。她用的是舊念珠，縱使擋著隔開兩個空間的牆，他依然聽得出那尖利短促的聲響。三年前他用拋了光的珍稀唐木做了串新念珠，送給她當作命名日禮物，平時她會用那一串，然而餘燼節例外。到了餘燼節，她會改用舊念珠朗聲禱告三日三夜。

初到此地的那幾年，那毫不間斷的禱告令他不勝其擾，因此每年這三夜他都和帶他來此的兩名少年睡在馬舍。如今他年紀大了，一把骨頭咯吱作響，每逢這種狂風呼嘯的夜晚便痠痛不已，他只得留在床上，蓋滿層層被毯，盡可能忍耐她的聲音。

「伊安娜愛憐我們直到永遠，亞達昂護持我們免受一切災厄，茉里安守衛靈魂、提供庇佑。伊安娜愛憐我們……」

餘燼節是懺悔贖罪的時節，但也是清點自己獲得什麼禮物並報以感恩的時節。他是個憤世之人，這背後有各種充分的理由，不過他仍自認算是有點信仰；說實話，儘管他已失明將近二十年，他也不認為自己不受眷顧。他大半生過著榮華富貴、大權近在眼前的日子，多虧了上蒼的恩賜，他才能活到今日，還擁有伴他一輩子的木雕才華。起初不過是做著好玩，是種消遣，來到此地之後的這些年卻愈漸重要。

他還有另一項天賦，不過知情的人相當少。若非如此，他絕對無法在這個位於高原的村子隱居，而他又非隱居不可，因為他必須隱藏行跡。至今他仍在藏匿。

眼盲的他能從多年前的漫長旅途存活，本身便是特殊的恩典。他非常清楚現實：若不是兩個年輕僕從忠心耿耿，他不可能活下來。那兩人是當年唯二獲准留在他身邊的人，也是唯二想留在他身邊的人。

如今他們已不復年輕，也不再是僕人。現在他們轉而務農，在和他共有的田地上耕作，不必像過往那樣睡在第一間小農舍的客廳，也不必像早年那樣睡在外頭的馬舍，而是在自己家中與妻子同榻而眠，兒女圍繞在旁。他躺在黑暗裡為此感謝上天，有如自身所受的恩惠一般感激。

他們兩人想必都願意讓他借住三宿，逃離隔壁女人永不停息的念誦，但他不想提出這麼過分的要求。餘燼夜不妥，任何一夜都不妥。他對何謂妥當合宜自有一套標準，何況隨著歲月流逝，他越來越喜歡自己這張床了。

「伊安娜愛憐我們如同親子，亞達昂護持我們如同親子……」

他顯然是不可能睡著了。他考慮起床找一根手杖或弓來磨光，不過他知道會被門娜聽見，更知道一旦她知曉他膽敢做體力勞動褻瀆餘燼夜，鐵定會教他付出代價：稀得像水的粥、酸掉的酒，或是狠心地把他的鞋子從他放下的位置挪開。

「擋到我的路了。」門娜會在他埋怨時這麼說。再來，等到能生火的時候：焦掉的肉、難喝的凱琲、酸苦的麵包……起碼持續個一週。門娜自有辦法讓他知道她在意什麼。這麼多年來他們倆早就像老夫老妻，對彼此有著心照不宣的了解，雖說他從未正式娶她為妻。

他清楚自己的身分，清楚何謂妥當合宜——縱使如今淪落至斯，漂泊異鄉，遠離記憶中的富裕繁華，在他用金子買下的這塊小小田產上；那些金子是十七年前他在看不見的漫長旅程中心驚膽顫帶在身上的，心底深信要置他於死地的追兵正緊追在後。

但他活下來了，那兩個年輕人也是。他們在久遠以前的秋日來到這個村落，成了在黑暗時刻來臨的異鄉人——當時隨著篡君入侵，無數人死於戰禍，無數人被殘酷地逼迫離鄉，在整個孤掌半島流離失所。然而他們三人設法熬了過來，甚至在豐年想辦法種出足以維持生計的收成。後來切譚多連年歉收，他不得不散盡僅剩的金子，不過事到如今黃金不這麼花還能做什麼？是啊，還能做什麼？能繼承他財產的就是門娜跟那兩個年輕人——雖說當然已經不年輕了。現在，他們是他僅有的家人，僅有的一切，撇開那些依然會在夜裡侵襲的夢。

他是個憤世之人，眼前尚未陷入黑暗時見過不少世面，其後則以不同的方式看盡風浪，但他還不至於尖刻憤懣到失去智慧。他深知流亡者無一不會夢見故鄉，蒙受大冤者從來不會真正忘卻，他未曾奢望自己能夠倖免。

「伊安娜愛憐我們，亞達昂護持我們——三神救命！」

門娜猝然一靜，老人也出於同一個原因從床上陡地坐起，脊椎傳來強烈的抗議，讓他瑟縮了一下。他們都聽見了——屋外的夜色裡有個聲響。可今晚是餘燼夜，根本不該有人在外逗留。

他專注傾聽，再次捕捉到那個聲音：外頭的黑夜有一縷微弱柔細的笛聲傳來，穿透他們的屋牆。老人凝神細聽，認出了腳步聲，心下暗數。隨後他心臟狂跳，用最快速度翻身下床，動手穿戴。

「是亡者！」門娜在遠處的房內號哭道。「亞達昂護持我們免受怨靈報復，免受一切傷害，伊安娜垂愛！亡者來找我們了，門扉之神茉里安守衛我們的靈魂！」

儘管內心焦灼，老人依舊頓了一下，注意到門娜連在恐懼中也把他包含在禱告裡頭。有那麼一瞬間，他深受感動。但他隨即傷感地體悟到無可逃避的事實：接下來至少兩週，他的家庭生活可能會是純粹的折磨。

他自然打算出門，外頭是什麼人他一清二楚。他穿戴妥當，伸手拿起門邊他最喜愛的枴杖，盡可能輕手輕腳，可惜牆壁太薄，門娜的聽力又幾乎和他一樣好，想在不被聽見的情況下偷溜出去只是徒勞。她一定會知道他做了什麼，然後一定會讓他付出代價。

畢竟同樣的事先前就發生過了，無論是在餘燼夜或其他夜晚，持續將近十年。他在屋內步伐穩健地走向前門，用拐杖推開地板上的門縫擋，打開門走了出去。門娜已再度禱告起來：

「伊安娜愛憐我，亞達昂護持我，茉里安守衛我的靈魂。」

老人冷然微笑。少說兩週——早上的稀粥，焦苦走味的凱琲，苦澀的瑪芶提茶。他帶著淺淺的笑意佇立半晌，呼吸乾燥涼冷的空氣。幸虧風轉小了點，這把骨頭感覺還行。他抬頭迎向夜風，幾乎嚐得到即將到來的春天。

他小心將門關上，敲著拐杖一路走向馬舍。這把手杖是他尚未失明時所刻，經常在宮中拿著，在那沉淪放縱的朝廷顯得裝腔作勢，卻沒想過日後需要這麼使用它。杖首雕成老鷹的頭，精心刻製的鷹眼栩栩如生地睜得渾圓，桀驁不馴。

也許是因為戴文在那一夜生平第二次殺人，他想起了去年冬天在阿斯提拔那一棟更大的馬廄。這間馬舍寒酸得多，只拴著兩隻乳牛和一雙耕田的馬，但做工堅實，相當溫暖，飄著動物和潔淨乾草的氣味。牆壁沒有會刮入刺骨寒風的縫隙，鋪成一堆的乾草十分新鮮，地面打掃得乾乾淨淨，工具整整齊齊堆放在牆邊。

坦白說，稍有不慎的話，這間馬舍的氣味就會帶他回到比去年冬天更遙遠的過往——帶他回到阿索里老家的農場，那個他始終試著不去想的地方。可是接連兩夜沒睡的他實在累了，累得精疲力竭，他想自己無力抵擋這些回憶也無可厚非。在山上扭傷的右膝劇痛不已，腫成平時的兩倍大，一碰就疼，他不得不慢慢走，費了不少力氣才不致走得一瘸一拐。

沒人說話。自從抵達這個約莫二十戶人家的村子外圍，沒有人吭聲過。他們拴好馬匹開始步行，此後這段時間，雅列森輕柔的笛音是唯一的聲響，吹奏著來自艾瓦勒的某首搖籃曲。戴文思忖著會不會只有他曉得這段旋律的來歷，還是納督也認得出這首歌。

雅列森在馬舍裡頭繼續吹奏，笛聲柔和如前。這段旋律同樣不停將戴文的思緒拉回家人身上，他拚命抵抗，假如真的往那方面想，以他現在的狀態八成會潸然落淚。

戴文試著想像，一般人在這個餘燼夜躲藏於毫無光亮的家中，聽見這首幽幽傳來、忽隱忽現的旋律會是什麼感覺。大概會誤以為他們一群人是行經此地的幽魂吧，追尋著世人遺忘的飄渺旋律、在外飄蕩的亡魂。他想起卡翠安娜在桑德烈森林唱的：

> 但無論身在何方，無論哪時哪刻
> 管他是激流奔騰，抑或枝椏輕搖
> 我的心會帶我遠離一切
> 回到夢中眾塔林立的艾瓦勒

他好奇卡翠安娜今晚在什麼地方。還有桑德烈，以及貝爾德。他好奇自己還有沒有機會見到他們。傍晚在追殺之下逃進小路時，他原以為自己就要沒命了；兩小時後的此刻，他們卻跟追殺自己的同一群山賊聯手剿殺二十五個龐霸狄厄人，其中三人還跟他們一起來到這間陌生的馬舍，聽雅列森吹著搖籃曲。

他想，就算活到一百歲，他也理解不了人生的變幻無常。

外頭傳來一個聲響，隨後門板猛地旋開，戴文不由得一僵。杜卡斯·托傑亞也是同樣的反應，一手伸向劍柄。雅列森望向門口，笛上的手指未曾中斷，旋律未曾停止。

一個老人背著忽然照進來的月光佇立於門口，他有些駝背，獅子般蓬亂的白髮向後梳起。站了半晌後他步入馬舍，用手裡的拐杖將門關上，屋裡再度陷入黑暗，有好一陣子什麼也看不清。

沒人開口，雅列森甚至沒再抬眼，只是滿懷柔情地吹完曲調。戴文注視著他吹笛，思忖在場的人當中是否只有自己明白音樂對王爵的意義。他聽著曲子迎來惆悵的尾聲，回想雅列森光是這一天就經歷多少事件，之後又將催馬迎向什麼，心底不禁泛起複雜而微妙的情緒。他眼看王爵把笛子放下，動作帶著惋惜——放下他情緒的出口，再度扛起重擔；那些重擔都繼承自他的先人，是血脈的代價。

「老朋友，謝謝你過來。」此時他輕聲對門口的老人說。

「你欠我一次，雅列森；」老人用中氣十足的清晰嗓音說道：「你害我整整一個月只有餿牛奶可喝、酸掉的肉可吃。」

「我就擔心會這樣。」雅列森在黑暗中說，戴文從他口吻聽得出對老人的喜愛，以及出人意表的笑意。「看來門娜還是沒變？」

對方嗤之以鼻。「門娜跟改變是不能共存的。」他說道：「你身旁都是新夥伴，有個朋友不見蹤影。出了什麼事？他還好嗎？」

「他沒事，他要騎馬往東趕上半天的路。說來話長，我來找你是有原因的，里諾多。」

「這我瞧得出來。有一個人腿內受了撕裂傷，另一個人身負箭傷；那兩個巫師很不開心，可惜我對他們缺少的手指愛莫能助，他們也都沒生病。現在第六個人開始怕我了，但實在不必。」

戴文大吃一驚地倒抽一口氣，身旁的杜卡斯迸出咒罵。

「快解釋！」他怒氣沖沖地低吼：「全都給我解釋清楚！」

雅列森笑起來，被他喚作里諾多的人也發出低笑。「你這個任性驕縱又小心眼的老頭，」王爵仍不住輕笑：「你就是喜歡沒來由地嚇人。你真該覺得丟臉。」

「我這種年紀能找的樂子不多了，」對方反駁道：「連這點樂趣你也要剝奪？你方才說什麼說來話長？那就快說。」

雅列森的語調轉為正經。「我今天早晨在山上見了一個人。」

「啊，我正好奇這件事！接下來呢？」

「一切，里諾多。接下來我們將展開一切，就在今夏。他答應了，他會替我們寫那三封信，一封給艾勃利可、一封給布蘭庭，一封給笙席歐總督。」

「啊，」里諾多說道：「笙席歐總督。」他話聲極輕，卻掩不住語調中的振奮。他往屋裡踏了一步，「作夢也沒想到我會活著看見這一天。雅列森，我們要開始行動了嗎？」

「已經開始了。杜卡斯和他的弟兄今晚與我們聯手出擊，剷除了一隊龐霸狄厄人與追蹤師，那些人在追蹤與我們同行的巫師。」

「杜卡斯？這位是杜卡斯？」老人低低吹了聲口哨，顯得異常不搭調。「這下我明白他為何害怕了。你在村裡樹立了不少敵人，這位朋友。」

「我清楚得很。」杜卡斯略帶挖苦地說。

「里諾多，」雅列森說道：「你記不記得艾勃利可剛入侵時的布里法特圍城戰役？其中一個領兵作戰的托傑亞人是個紅鬍子隊長，你記不記得關於他的傳說？那個下落不明的隊長？」

「杜卡斯．托傑亞？就是這一位？」又一聲口哨。「那真是幸會，隊長，但說起來我們並非首次見面。若我沒記錯，二十餘年前我出訪托傑亞時，你就在托傑亞公爵身邊隨行。」

「從哪裡出訪？」杜卡斯問，顯然努力試著掌握狀況。戴文相當明白他的心情——他自己也一樣，縱使他知道的已經比這位紅鬍子隊長多了。「是來自……來自雅列森的省邦？」杜卡斯猜測道。

「提嘉納？那還用說。」厄蘭．笙席歐態度惡劣地打岔，「當然是了，這人不過是又一個來自西方、心靈受創的可悲小貴族。你帶我來就是為了見他嗎，雅列森？想讓我瞧瞧一個老人可以多勇敢？恕我跳過這堂課。」

「你開頭說的詞我沒聽見，」里諾多溫聲對巫師說道：「你說什麼？」

厄蘭閉上了嘴，視線從雅列森轉向門邊的老人。儘管四周一片漆黑，戴文仍看得出他驀地困惑起來。

「他提到我的省邦。」雅列森道：「他們兩人都以為你來自我的故鄉。」

「真是大謬不然。」里諾多平靜地說，頭髮蓬大、五官俊朗的頭朝杜卡斯及厄蘭轉去。「我這人有點妄自尊大，還以為你們早就認出我了呢。我名為里諾多．笙席歐。」

「什麼？笙席歐？」厄蘭大驚失色，嚷道：「不可能！」

一陣寂靜。

「這個自以為是的傢伙究竟是什麼人？」里諾多對整個屋子問道。

「很遺憾，是我的巫師。」雅列森答道：「我藉由亞達昂賜予王爵血脈的贈禮，將他束縛於我。有一次我跟你提過這個力量。他名叫厄蘭，厄蘭．笙席歐。」

「啊！」里諾多緩緩吐了口氣，「原來如此，是個遭到束縛的巫師，還是笙席歐人。難怪這麼憤怒。」他再度往前走幾步，拐杖在前方的地面左右掃動。

戴文此刻才察覺里諾多雙眼失明。杜卡斯也在同時反應過來：

「你沒有眼睛。」他說。

「對。」里諾多平淡地答道。「以前自然是有，可惜我姪子聽信兩名篡君之言，認定我不宜擁有雙眼。到這個春天就滿十七個年頭了。當年我行事莽撞，挺身反對卡薩里亞自願拋棄公爵之位，將頭銜改為總督。」

雅列森在里諾多說話之際定睛凝視厄蘭，戴文追隨他的視線一瞧，他從沒見過巫師這麼茫然迷惑的模樣。

「那我知道你是誰了。」厄蘭說，幾乎有些結巴。

「當然了，正如我知道你是誰，我還認識你父親，艾蘭之子厄蘭。我是最後一任笙席歐正統公爵的弟弟，亦是卡薩里亞的叔叔──那個懦夫兼國族之恥，如今他竟自稱笙席歐總督。我多麼以其中一個身分為榮，就有多以另一個身分為恥。」

厄蘭顯然拚命壓住情緒，說：「但你曉得雅列森的計畫，你曉得那些信，他告訴你了，你知道他打算用那些信做什麼！你知道那會讓我們的省邦面臨什麼後果！儘管如此你依然支持他？依然幫助他？」他的音調在最後猛地拉高。

「你這愚昧蠢笨、眼界狹隘的小鬼。」里諾多緩緩說道，字字分明，充滿重量，語調冷硬如石。「我當然要幫他。否則我們還能怎麼對抗篡君？除了我們不幸的笙席歐之外，眼下的孤掌半島還有哪個地區可能成為兩方的戰場？龐霸狄厄與伊嘉斯恰似兩匹狼在笙席歐四周兜著對方打轉，我那驕奢無度的姪子還沉溺酒色，只知在女人堆裡頭縱慾淫樂！艾蘭之子厄蘭，你以為自由有這麼唾手可得嗎？你以為自由會如同橡實，秋天一到就從樹梢落下嗎？」

「他自認自由，」雅列森直白地說道：「或者該說他認為要不是因為我，他會是自由之身。他認定上週在斐洛的河邊遇見我之前，他都是自由的。」

「那我對他無話可說。」里諾多．笙席歐輕蔑道。

「你怎麼……你怎麼會找到這個人？」賽提諾開口問雅列森，戴文注意到這位切譚多巫師仍然縮在離王爵最遠的一角。

「超過十二年以來，我都致力於尋覓像他這樣的人。」雅列森說道：「這些男男女女可能來自你我的家鄉，來自阿斯提拔、托傑亞……來自半島各處。我尋覓我認為值得信賴的人，出於各自的理由如我一般對兩名篡君深惡痛絕，對自由的渴望足以與我匹敵。他們追求真正的自由——」他說著再度一瞥厄蘭，「追求在半島上成為我們自己的主人。」

他嘴角微勾轉向杜卡斯，「可惜你藏得太好了，朋友。我想過說不定你還活著，但對於你會在哪裡卻毫無頭緒。我們曾斷斷續續在托傑亞住了超過一年，卻沒人知道你的下落，或是沒人願意告訴我們。能夠把你引出來自己找上我，看來今晚的我真是才智過人。」

杜卡斯聽了大笑，自胸腔發出沉厚的笑聲。隨後他神色一正，說：「但願我們早點相逢。」

「我也這麼想，你絕對想不到我有多麼盼望。你想必會跟我的一位朋友很投緣。」

「我是否該見見他？」

「這個春天稍晚，你就會和他在笙席歐相見，只要形勢發展如同預想。只要我們能讓形勢發展合乎預想。」

「既然如此，你最好馬上告訴我們你打算讓形勢怎麼走。」里諾多煞風景地說：「我來治療兩位傷患，你一邊把我們該知道的事說一說。」

他輕敲前方的地面，走到戴文身旁。「我是巫醫，」他正色解釋，語調不再鋒銳。「你的腿傷頗為嚴重，需要治療，你是否願意讓我一試？」

「怪不得你一下子摸透了我們，」杜卡斯說，口吻再度染上驚異：「我從未見過真正的巫醫。」

「我們人數不多，也習慣隱藏身分。」里諾多空洞的眼窩凝視著虛無。「早在篡君侵略前便已如此——這份天賦有其侷限，也有其代價。如今我們仍避人耳目，是基於與巫師相同或該說相去不遠的理由：篡君巴不得逮住我們，逼迫我們為其效力，直到力量耗盡。」

「他們真的能做到這種事？」戴文出聲問道，嗓音沙啞，這才發現自己許久沒說話了。想到今晚要是開口唱歌會唱出什麼音色，他不禁一顫。他好久沒這麼精疲力竭了。

「當然可以。」里諾多簡單答道：「除非我們寧願死在輪上。那也不乏前例。」

「我倒想知道那種脅迫跟這人對我幹的好事差別何在。」厄蘭冷冷地說。

「我很樂意告訴你，」里諾多迅即回應：「等我治療完畢。」他對戴文說道：「你背後應該有乾草堆，躺下來讓我瞧瞧能做什麼。」

過不多時，戴文已趴臥在乾草之上，里諾多以老人特有的謹慎動作小心挪到他身邊跪下，隨後這位巫醫雙掌互貼，慢慢搓起手來。

里諾多回頭說道：「雅列森，我說真的，趁我治療時快說。先從貝爾德說起，我想知道他怎麼沒和你同來。」

「貝爾德！」有個聲音打岔，「你所說的朋友就是他嗎？是貝爾德．賽瓦嗎？」出聲的人是受了傷的納督，他有些踉蹌地走到乾草前。

「是的，他是賽瓦之子。」雅列森說：「你知道他？」

納督激動難抑，幾乎說不出話。「知道他？我當然知道。我是……我……」他用力一嚥口水，「我是他父親的最後一位學徒，貝爾德對我就像……就像哥哥一樣。我……我們……分別時鬧得很不愉快。我在淪陷隔年決定遠走他鄉。」

「他也是。」雅列森溫柔地說道，一手按住納督顫抖的肩膀。「你離開之後不久他也離開了。這麼一來我明白你是什麼人了，納督，他常對我提起你們分別的那一天。我可以告訴你，他對於當年以那種方式離別深感悔恨，而且悔恨至今。等你們相見，我想他會親口這麼告訴你。」

「那就是你提到的朋友？」杜卡斯輕聲問道。

「正是。」

「他對您提過我？」納督的音調驚異地揚起。

「沒錯。」

雅列森再度露出微笑，疲憊不堪的戴文也不自禁浮起笑意。眼前的男人在那一刻聽來簡直像個孩子。

「你們可曾……他知不知道他姊姊黛安諾拉過得如何？」納督問。

雅列森的笑容消退。「我們不曉得。我們找了好幾年，在許多地方打聽，每當遇見提嘉納淪陷那年的倖存者都會詢問，然而名字相同的人實在太多了。貝爾德啟程來找我之後，她隔了一陣子也獨自離鄉，沒人知道箇中原因或她去了何方，他們的母親不久後撒手人寰。她們……就我所知，失去她們是貝爾德心中最深的痛。」

納督沉默不語，過了半晌，眾人才明白他正強忍淚水。「我能體會，」他終於沙啞地說道，「她是我所知最勇敢的女孩。最勇敢的女人。就算在旁人眼中她算不上美麗，她依然是那麼……」他打住話頭，奮力阻止自己失態，接著悄聲道：「我想我愛過她。我很確定。那年我才十三歲。」

「倘若兩位女神和神君垂愛，」雅列森溫聲道：「我們總會找到她的。」

戴文從來不曉得這些事情。他不知道的事似乎多到數不清。他滿腹疑問，說不定比杜卡斯還多，但跪在他身旁的里諾多恰巧在這時停止摩娑掌心，湊向前來。

「你亟需休養，」他低語，聲音低微得其他人都聽不見。「你不只是腿傷需要照料，也需要睡上一覺。」說著，他伸出手輕柔地覆上戴文的額頭。儘管戴文滿懷疑問與煩憂，神志卻驀地朦朧起來，宛若躺在平靜無波的廣闊海面漂向睡夢的彼岸，遠離眾人交談之處，遠離那些說話聲、哀愁與渴盼。大家後來在那一夜的馬舍裡頭說了些什麼，他都沒有聽見。

第十五章

三日後的破曉，他們跨越兩座堡壘以南的邦界。打從兒時被父親帶走以來，戴文首度踏上提嘉納。

只有最困頓潦倒的樂師會來下寇爾帖，那些樂團往往時運不濟，急需演出機會，無論酬勞多微薄、環境多惡劣都肯接。即便在篡君征服此地的多年後，巡遊孤掌半島各處的表演者依舊深知下寇爾帖代表著霉運和低薪，還極有可能在該省邦或出入邊界時觸怒伊嘉斯人。

背後的緣由倒也不是祕密：下寇爾帖殺了布蘭庭的兒子，因此不得不以鮮血、金錢和殘酷的暴政來償還。幹了這種事是不太可能被人家笑臉相迎——每當這個話題在斐洛或寇爾帖的酒肆宿坊被提起，行走江湖的眾表演者都如此同意。只有填不飽肚子或初入行的新人會冒險進入這個西南部的可憐省邦，接下風險高報酬低的工作。戴文入團之初，梅尼柯・斐洛已旅行多年，累積起足夠的名聲讓他能避開九邦之中的這一個。法術也多少有關係：縱使沒人真的懂法術，但在外走跳的旅人多半迷信，只要有選擇的餘地，很少人願意闖進據說有魔法正發揮作用的地方。人人都知道在下寇爾帖會惹上什麼麻煩，人人都聽過那些傳聞。

因此這是戴文的第一次。在夜裡騎馬趕路的幾個小時以來，他不斷等待入境的那個瞬間，心知稍早瞥見西納維要塞處在他們北方就代表邦界已經不遠，心知邦界的另一頭有著什麼。

此刻，黎明的第一道輕淺曙光在身後升起，他們抵達以石塊畫出的邊界線。這道石線位於兩座堡壘之間，向著南北延伸，其上林立飽經風霜、外表平滑的古老石柱，他抬頭望向最平整的那一柱，縱馬經過，就這樣越過邊界進入了提嘉納。

令他懊喪的是，他不曉得該怎麼想或該作何反應，只覺得思緒紛亂錯落，迷茫困惑。幾個小時前，一行人在黑暗中遙遙望見西納維的燈火，那時他不由自主地渾身打顫，想像力靜不下來地奔馳。*我要回家了*，他這麼告訴自己：*我要回到我出生的土地了*。

此刻他們已向西騎過邊境線，戴文克制不住地四面環顧，不斷尋覓。天光緩緩擴散開來，打亮整片天空，接著是山巒之頂、樹木，最終籠罩了眼前整個春意盎然的世界。

這片風景和他們過去兩日騎馬經過的相差無幾。丘陵連綿，南方逐漸高起的山坡覆蓋著茂密的森林，其後露出山脈。他瞥見一隻在溪流邊飲水的鹿抬起頭，一時僵住盯著他們瞧，之後才慌忙逃開。

他們在切譚多也見過鹿。

*回到故鄉了！*戴文再次告訴自己，探尋著本該油然湧現的反應。在這片土地上，父親遇見了母親，向她求愛，他和哥哥出生，而後喪妻的蓋麟．提嘉納帶著稚子逃向北方，避過了伊嘉斯的殺伐之怒。戴文試著想像那幅光景：父親駕著貨車，雙胞胎其中一個坐在他身邊的位子，另一個跟他們僅有的財物坐在後頭（他們想必會輪流坐），戴文抱在父親懷裡，一家人駛過暗紅的日落，地平線上的烽煙掩蔽了天際。

出於某些戴文無法解釋的原因，這個畫面有些不對。或者該說這畫面未必哪裡不對，但不知為何不像真的。這個想像太理所當然了。問題在於這個景象說不定是真的，說不定完全正確，然而戴文不會知道。不可能知道。他沒有任何記憶，無論是對那一趟旅程，抑或是對這個地方；他在此地沒有根，沒有過往。這裡既是家鄉，卻也不是——他們行過的土地甚至不能稱為提嘉納。半年前他聽都沒聽過這個名字，遑論它過去的任何故事、傳說或紀史。

這個省邦是下寇爾帖，他這輩子都這麼以為。

他甩了甩頭，方寸大亂，焦躁不安。身旁的厄蘭投來視線，嘴角浮現嘲弄的笑意，讓戴文更加煩躁。雅列森獨自騎在前方，自從過了邊界，他就沒說過一句話。

他有此地的回憶，戴文非常明白。某方面而言他竟有些嫉妒王爵的記憶，無論那些記憶多痛苦。他深知這種心態很古怪，甚至是扭曲——但至少那些回憶是牢牢根植、形塑於這塊土地，無可撼搖，這裡是雅列森真正的家鄉。

雅列森此刻無論感受到什麼、回想起什麼，都絕無不真實之處；他所有的記憶都是切身經歷，真確得殘忍，是他人生遭到踐踏的殘片。戴文騎著馬走過鳥語啁啾、春光爛漫的早晨，試著想像王爵的感受。他覺得自己能揣摩些許，但也只有些許；何況撇開別的不談，當下最重要的是雅列森正趕赴病危的母親身邊。也難怪他催馬騎在前方，難怪他此刻沉默不言。

他有這樣的資格，戴文如此思忖，凝視背脊挺直的王爵極其自制地騎在他們兩人面前。他有資格獨處，有資格以他需要的任何方式宣洩。他背負著一整個民族的夢，縱使大多數人根本不知道。

戴文思索著這些，逐漸走出自身的迷惘，不再掙扎著適應他們身處之地。藉著把心思專注於雅列森身上，戴文找回熱忱，內在重新熾烈地回應起曾發生於此地的苦難——苦難至今仍未停歇，在這個被掠奪一空、改名為下寇爾帖的殘破省邦，每分每秒，日日夜夜。

持續了整個漫漫長冬的思考，以及靜聽比他年長、比他有智慧的人談話，在戴文心底結出了果實。他明白正因熱愛某個抽象的理念或夢想太過困難，自己才會將之寄託在一個具體有形的人身上，他不會是第一個這樣做的人，也不會是最後一個。

那一瞬間，戴文環顧無垠蒼穹下的廣袤大地，驀地感覺有什麼撥動他的心弦，彷彿他的心是一把琴——彷彿他整個人是一把琴。戴文感受身下坐騎的馬蹄達達敲擊堅實的土地，緊追王爵，那撒腿奔馳的節奏好似呼應著琴弦。

他們的命運在前方等待，在他心中顯得鮮明燦亮，宛若三年一度的三神賽當日會在原野上架起的帳篷。他們投入的志業是有意義的，這個世界將因此改變，他們正奔馳於當代世局的中心。戴文感覺有什麼牽引他向前，他飄飄蕩蕩地乘上一陣激流，捲入未來的漩渦，奔往他蓋棺之時他這一生將如何受到論斷的關鍵。

他察覺厄蘭再度向他一瞥，這次戴文報以微笑，一抹堅決而昂揚的微笑。只見巫師瘦削的臉龐斂起平時那幾如反射動作的嘲弄之色，代之以一閃而逝的自我懷疑。戴文幾乎又要可憐起這個人來了。

出於衝動，他引領馬匹湊近厄蘭的栗色馬，靠過去捏了捏厄蘭的肩頭。

「我們會成就一番大事的！」他開朗地說，近乎雀躍。

厄蘭整張臉揪成一團。「你這傻子，」他簡短地說：「年輕無知的傻子。」但他的語氣並不果斷，只是反射性地回嘴。

戴文朗聲笑起來。

日後他也會記住這一瞬間：他的話，厄蘭的話，他的笑聲響徹清朗無雲的藍天。左手邊是森林與山脈，史沛利昂河在遙遠的前方初現，有如一條閃耀的絲帶，湍急的河水奔湧向北，其後折向西方流入大海。

***

伊安娜聖所坐落於史沛利昂河與從前的艾瓦勒西南方，位處一座地勢較高的山谷，環繞的山丘遮擋於四周，十分孤絕。離此不遠的道路可通往位於高聳山脊的斯伐洛尼隘道，這條路線上曾有如織的旅人在提嘉納與奎雷亞之間往返經商。

這類為伊安娜、茉里安、亞達昂的祭師而設的靜修場所遍布九大邦，矗立於半島上的偏遠位置（有時偏僻得不可思議），是新進神職人員的修習與教導中心，是存放三神典籍與智慧箴言的寶庫，更是避靜潛修之處。選擇靜修的祭師可以放下塵世的生活節奏與負荷，在此待上一陣子或甚至一輩子。

能夠在此靜修的不是只有神職人員。有時一般信徒也會前來，前提是他們負擔得起適當的「奉獻」，換取由這類靜修所庇護幾日或幾年的特權。

人們前來聖所的原因有千百種。有個長年流傳的笑話說亞達昂女祭師是全孤掌半島最優秀的接生婆，因為有太多貴族名門或有錢人家的女兒在可能為家族惹上麻煩的時刻，會選擇來到這位神祇的靜修所暫居。當然了，儘管確切的比例難以界定，但有不少神職人員正是這些女兒沒帶回家的活獻禮，這是人盡皆知的事。生女孩就追隨亞達昂，生男孩則追隨茉里安，伊安娜的白袍祭師則一向聲稱他們不做這種勾當，但也有不少傳聞顯示實情並非如此。

這種情況並未因篡君的到來有多少改變。不管是布蘭庭抑或艾勃利可，兩人都沒有魯莽或無謀到挑起三神祭師對政權的不滿。他們容許祭師一切照舊；即便這個宗教在來自海外的新統治者眼中可能十分怪異，甚至稱得上野蠻原始，但孤掌半島的人民仍舊能保有信仰。

不過兩名篡君倒是都曾挑撥相互競爭的神殿，也多少有所斬獲，畢竟他們很難不察覺三神各自的教派之間不時泛起波瀾、引發爭端的緊張關係與敵意。這種手段並不新鮮，半島上歷代每個公爵、大公或王爵都這麼出手過，試圖利用不斷轉變與摩擦的三方關係實現自身目的。流轉的光陰可以改變許多事物，有些會經歷天翻地覆的巨變，有些會徹底遭到湮滅或忘卻，但這件事絕不會變——政權與教會之間奧妙幽微、你來我往的舞步。

因此神殿依然屹立，香火最鼎盛者仍有收不完的黃金和瑪珂哀金，立不完的神像，穿不完的儀式用金織祭袍。唯有一處例外，也就是下寇爾帖——這裡神像傾頹，黃金蕩然無存，藏書庫被洗劫一空、慘遭燒毀。但那牽涉到另一回事，過了篡君統治的初期，那些事就很少人提起了。縱使是這個陷入暗夜的省邦，城鎮和聖所的神職人員依舊能大致維持精確嚴謹的一日作息。

時不時就有形形色色的男女來到這些靜修所。當中有難為情的待產女子基於隱情騎馬或乘車遠離陷入混亂的人生，但會來的不是只有她們。在動盪不安的時刻，無論動盪的是靈魂抑或外在世界，孤掌半島的人民永遠明白聖所矗立在白雪覆蓋的峭壁之巔、隱身在瀰漫霧氣的低谷，隨時迎接他們到來。

人民也知曉，只要付出一定的代價，他們都能在這類靜修所隱居——好比位於山谷的這座伊安娜聖所——遁入按表操課的生活，遁入嚴格控管的每個時辰。可以是一陣子，可以是一輩子，不管他們在山巔之外的城中曾經是什麼身分。

不管他們從前是什麼人。

一陣子，一輩子，老婦人如此心想，透過房間窗戶眺望陽光照耀、春意回歸的山谷。她一向阻止不了自己的心思回到往日。過去有那麼多事物等著她，當下的卻是那麼少，她只能熬過流逝速度緩慢得令人痛苦的歲月，看季節一個接一個降臨世間，有如被箭射中胸膛的鳥那般墜落，落盡屬於她的這一生，她唯一一次的人生。

她傾一生追憶，就著鷸鳥在拂曉時分的啼叫或禱告會的召集聲，就著黃昏點起的燭光，就著眼前在冬季灰茫熹微的天光中自煙囪直升而起的黑煙，就著冬日將盡之際猛烈打著屋頂和窗戶的雨聲，就著床鋪在夜裡發出的吱軋聲，就著又一次的禱告會召集聲，就著祭師在禱告會單調平板的吟誦，就著夏日天空向西墜落的一顆星，就著餘燼節嚴酷冷峻的黑暗……她自身或這世界的每個動靜、每個聲音、每一抹色彩、每一縷山谷清風捎來的氣味，都有回憶夾帶其中。她追憶逝去的事物，那些她所失去的讓她來到此地，身處於白袍祭師之間，旁觀他們永不停歇的祭祀、永不停歇的小肚雞腸，旁觀他們接受降臨在所有人身上的那場劇變。

最後這點在她剛來的頭幾年幾乎要了她的命。實際上她到現在仍會這麼說——上週她就這麼對丹諾里昂說了——說那才是正慢慢殺死她的東西，哪怕祭師醫生說什麼她胸口長有宿瘤。

秋天他們尋到一名巫醫，巫醫也應允前來。他是個焦慮不安、容易激動的男人，身材瘦高，外表邋遢，常有緊張的小動作，額頭泛著潮紅。但這男人一在她床邊坐下端詳她，她便明白此人確實擁有巫醫的天賦；只見他的焦躁之氣平緩下來，額頭也一掃陰霾。他輕碰她身上幾處時，那隻手十分穩定，她也不覺疼痛，唯有稱不上不適的倦意。

可是男人最終搖了搖頭，她在那雙淺色眼眸讀出意料之外的悔恨，雖然他不可能知曉她的身分。他的哀戚純粹是出於失去，出於無力回天，不管將死之人是誰。

「這會賠上我的性命，」他低聲說：「已經蔓延太廣了。我會因此而死，即便我死仍救不了妳。

我什麼也做不了。」

「還有多久？」她問。她唯一說的幾個字。

他告訴她最多半年，端視她有多強韌。

她有多強韌？非常強韌，遠超任何人的預料，或許只有認識她最久的丹諾里昂料得到。她遣走那位巫醫，接著也請丹諾里昂離開，最後屏退動作遲慢的僕人。教會只允許這一位僕人來服侍她，因為就那些祭師所知，她不過是個來自史蒂芬城北部莊園的寡婦。

她碰巧認識被她冒用身分的這個女子。從前那女孩曾在宮中擔任她的女官，金髮綠眼，性情隨和，很愛笑。名字叫梅莉娜．托納多。守寡了一週——不到一週。第二次戴薩河戰役的消息傳到時，她在臨海宮自盡了。

為了隱藏身分必須假冒他人才行，丹諾里昂如此建議。那是將近十九年前的事了。敵軍會來找她和那孩子，祭師長如是說。把那孩子交給他帶走，不久後他將安全逃離，身上乘載著他們的夢；只要他活著，希望就會活著。當年她同樣是金髮，那是多麼久以前的事啊。她化身為梅莉娜．托納多，來到這座伊安娜聖所，聖所高踞山間幽谷，臨眺下方的艾瓦勒。

臨眺史蒂芬城。

她來了，她等了。等過更迭改換的四季，等過一成不變的歲月。等那孩子成長為肖似他父親或兄長的男人，貫徹身為蜜凱拉與神明的直系子孫就該明白自己非貫徹不可的夙願。

她等待。季復一季，季節是自天墜落的中箭之鳥。

直到去年秋天，巫醫說出她早已心裡有數、冷酷而沉重的事實。最多半年，他是這麼說的。如果她夠強韌的話。

她把眾人請出房間，躺臥在鐵床上，望向窗外看著山谷林木的樹葉。葉片開始變色了。她曾經深愛這樣的風景，以前她最喜歡在這個季節騎馬，在少女時代，在成年以後。她醒悟，這將是她此生最後一次看到的秋葉。

她把思緒從這樣的念頭轉開，開始計算。算著日期、月分，然後是年分。她算了兩回，最後算了第三回加以驗證。但她那時沒對丹諾里昂說什麼，時候未到。

等到冬季尾聲，樹枝光禿，屋簷的冰霜剛要消融，她才喚來祭師長，交代他捎一封信，送往她知道兒子今年春天餘燼節會去的那個地方——祭師長也知道，祭師之中唯有他知悉。她計算過了，算了很多次。

她也把時機抓得很精準，這並非偶然。她看得出丹諾里昂想要反駁，想勸她打消念頭，想告訴她有多危險、該多謹慎，可是他對這一切措手不及，瞧他那雙大手無處安放，藍眼掃視著房間，彷彿有什麼論點會寫在素淨的牆壁上。她耐心等待，直到他總算對上她的目光，一如她所料的那樣，然後看著他緩緩低下頭去，接受了。

誰忍心阻止一個垂死的母親捎信給她僅剩的孩子？忍心阻止她懇求那孩子在她跨越門扉投向茉里安前，回來與她道別？何況那個多年前由他親自送往南方、翻越山脈的男孩是她與過往僅剩的連繫，連結著她殘破的夢，連結著他們整個民族消逝的夢。

丹諾里昂承諾替她寫信、送信，她謝過他，等他離去後躺回床上。她是真的疲倦不已，真的渾身疼痛，只拖著一口氣。再過半年恰好會是春季的餘燼節結束的日子，她算過了。她會活著見到他的，如果他回來的話。他一定會回來——她知道，他一定會來到她身邊。

窗戶開了些許，儘管那天依然寒冷。外頭的雪輕柔地落在谷地，層層疊疊堆起皺褶，向上延伸至山坡。她望著外面的景色，腦中卻出乎意料地想著海。眼裡沒有淚，自從一切傾敗後她從沒落淚過，一次也沒有，永遠也不會；她不帶淚水地在記憶中行過久遠以前的宮殿，看著浪潮捲進來拍打岸邊的白沙，在蜿蜒的海灘留下貝殼、珍珠與其他禮物。

她是帕希提亞．提嘉納．賽拉契。曾是王爵夫人，從前居住於臨海的宮殿；育有已逝的兩子，另有僅剩的一個兒子存活至今。依然等待，等著那年的山上冬去春來。

***

「記住兩件事。首先，我們是樂師。」雅列森說道：「樂團剛剛創立。第二：不要叫我的本名。這裡不行。」他的嗓音轉為扼要冷硬，像戴文記憶中在桑德烈木屋的那一夜，也就是戴文投身這一切的開端。

在午後清亮日光的照耀下，三人俯瞰切向西方的山谷，史沛利昂河在他們身後流淌。稍早他們走在崎嶇狹窄的山路，繞著高度不斷爬升的連綿山陵蜿蜒向上，費了好幾個小時才抵達這個最高處。此刻整個凹谷在他們眼前一覽無遺，樹木青草染上初春的金綠，一條支流自山麓穿出，往西北斜切而去，挾帶著融雪激流奔騰，波光閃耀。一段距離之外，聖所的神殿穹頂反射著銀光。

「那要叫什麼？」厄蘭輕聲問。他看起來很溫順，戴文不確定是因為雅列森的語氣，抑或是因為他明白危機四伏。

「雅列安諾。」王爵頓了半晌之後說。「今天我名為雅列安諾．阿斯提拔，是個回來與親人團聚的詩人，風風光光、喜樂無限地回鄉。」

戴文記得這個名字，是「桑德烈輓詩」醜聞爆發後，去年冬天慘遭艾勃利可處以死輪之刑的年輕詩人。他凝神細看王爵一陣，然後別開目光——今天不適合過問太多。假如他來到這裡是為了什麼，那就是想辦法讓雅列森在面對之後的一切時心裡好受一點。只可惜他不曉得該怎麼辦到。他又一次深感心有餘而力不足，早先澎湃的興奮之情在見到王爵這般嚴正的神態後逐漸退去。

在他們南邊，斯伐洛尼山脈的巔峰居高臨下俯瞰山谷，高度超越鄰近波索堡的群山。山峰仍留有積雪，連未達頂峰的山坡上也有；在這麼南方的地帶，高山上的冬天不會太快遠去。然而放眼往下朝著蜿蜒山麓的北邊一望，在山嶺環繞的那塊東西向谷地上，戴文看得見點點新芽自樹梢冒出頭來。上升氣流托著一隻灰鷹停留片刻，幾乎凝止不動，隨後牠向南一旋往下飛去，消失在山巒之間。位於谷地的聖所安坐於圍牆內，宛若對清靜安寧的許諾，遠離世間一切邪惡。

戴文知道實情絕非如此。

他們驅馬下山，現在不急著趕路了，畢竟三名在日正當中到來的樂師急於趕路會顯得不太尋常。戴文心下焦躁不安，深知他們身在險境。騎在前方的男人是提嘉納最後的繼承人——他暗忖，倘若王爵遭到背叛，在過了這麼多年以後被擒獲，不知伊嘉斯的布蘭庭會對雅列森做什麼。他仍記得奎雷亞的馬略斯在山上隘道問的那句話：這個消息可信嗎？

戴文這輩子從不信任伊安娜的祭師。他們太精於算計，神職人員中就數他們最擅於暗中操弄，最懂得如何把局勢引導至對自己有利的方向，而他們著眼的可能是好幾個世代以後的未來，一般人根本瞧不出個所以然。他猜想比起一般人，侍奉女神的僕人可能更擅長把眼光放遠。但半島上人人皆知，三神的神職人員都與來自海外的篡君保持某種默契：用三個教派的集體沉默與不明說的配合，換取維繫宗教習俗的權利。對他們而言，宗教習俗似乎比孤掌半島的自由更重要。

早在認識雅列森以前，戴文本來就對這種情況心存批判。他父親從不吝於對關於神職人員的話題表達意見。此時戴文再度想起兒時在阿索里，每逢一年兩度的餘燼夜，蓋麟總會反抗似地點起一根蠟燭；如今想來，那些在暗夜搖曳的燭光暗藏許多幽微的涵義，也為他那看似冷硬木然的父親增添不少他從未想過的層次。戴文搖了搖頭。現在不是細想這件事的時候。

他們總算順著曲折的山路抵達谷地，一條較為寬闊平坦的道路斜斜伸向位於山谷中央的聖所。離石砌外牆大約半哩之處，道路兩側出現兩排樹木，是正長出新葉的榆樹。越過那些榆樹，戴文瞧見左右兩邊的田裡都有人幹活，有的是一般僕役，有的是祭師，正展開冬季結束時必經的整地工作，那些祭師身上穿的不是儀式用的白袍，而是樸素的米色袍子。有個男人正在唱歌，唱著甜美清亮的男高音。

前方是通往聖所群樓的東側大門，敞開的鐵門樣式簡單，除了伊安娜的星星標記之外沒有過多雕飾。不過戴文注意到鐵門相當高，是極為沉重的鍛鐵。圍住整個聖所的外牆一樣頗為高聳，以厚重的石塊建成，寬厚的石牆上還矗立著八座塔，相隔一段距離的塔與塔形成弧線圍住廣闊的腹地。無論這些建築是多少個世紀以前所建，顯然都是為了經受各種考驗而設計。伊安娜神廟位於群樓之間，祥和的拱頂超越眾樓，在他們騎向敞開的鐵門進入聖所時反射著陽光。

一進入聖所範圍，雅列森便勒馬停下。左前方一段距離之外傳來出乎意料的孩童笑聲，原來在馬棚和一棟大型宿舍的後頭有片開闊的草地，幾個男孩身穿藍衣，正手持棍棒用一顆球打馬拉可比賽，有個穿著米色工作袍的年輕祭師在旁監督。

看著他們，戴文驀地感到強烈的哀傷與懷念。他鮮明地記得五歲那年，波瓦跟尼柯領著他去農場附近的森林，替他砍他人生第一支馬拉可棍帶回家；他也記得他們三個會在日常雜務中偷閒幾個小時（更常的是只偷閒幾分鐘），拿起馬拉可棍和破爛不堪的球，在穀倉後的泥濘空地又揮又劈，想像自己是下一屆三神賽的阿索里代表隊。他們打的球一個換過一個，都是尼柯無比耐心地用一塊塊布縫合而成。

「在神殿讀書的最後一年，有次比賽我一人得了四分。」厄蘭用緬懷的語氣說：「我從來沒忘記。大概一輩子也不會忘。」

戴文有些詫異地瞥向巫師，但也感到頗有意思，雅列森同樣在馬鞍上回頭瞧來，過了半晌，三人互相一笑。遠處，男孩的呼喝與笑聲逐漸平息，想來是看見了他們。在這個地方，有陌生人到來想必不是尋常的事，尤其是在雪才剛開始融化的這個時期。

年輕祭師離開球場朝他們走來，中央大路的另一頭有個年紀更長的男人也過來了，那人原先待在養著牛羊的畜棚，米色袍子外套了件長長的黑色皮製圍裙。他們正前方往前一段距離便是神殿的拱門，神殿右後方不遠處可以看見觀星台的穹頂，尺寸比神殿略小——在每個伊安娜聖所，祭師都會追尋、觀察她所命名的星辰。

整個樓院占地極廣，感覺比在山坡上眺望時見到的還大。眾多祭師與僕役在各處穿梭來去，進出神殿、照料牲畜或照顧菜園，戴文看得見觀星台後有好幾個菜圃，同一個方向也傳來鏗鏘之聲，無疑是來自鐵匠的打鐵坊。有黑煙自那裡升起，乘著微風飄走。他又一次在上空瞧見那隻鷹（也說不定是別隻老鷹），正在藍天中悠悠盤旋。

雅列森下了馬，戴文與厄蘭跟著照做。兩名祭師幾乎是同時走到他們面前，年輕那位有一頭沙棕色的頭髮，身形跟戴文一樣嬌小，他笑著往自己和同僚比了一下。

「抱歉，給不了多盛大的歡迎。我得說，我們沒料到這麼早的時節就有來客，連你們騎馬下山都沒人發現。不過還是歡迎各位，不管你們是因什麼理由而來，在伊安娜聖所都不用客氣。願女神知曉各位的存在，並稱你們為祂的子民。」他十分開朗，掛著隨和的笑容。

雅列森報以微笑。「願祂知曉居住於聖所的每個人，稱每個人為祂的子民。坦白說，受到更正式的迎接我們也不知如何是好，我們還沒設計好樂團進場的橋段。至於為何在這麼早的時節過來——唔，誰都知道新成立的樂團必須比老樂團更早展開巡演，否則很有可能餓肚子。」

「三位是樂師？」年紀較大的祭師嚴肅道，雙手往身上沉重的圍裙抹著。他頭頂微禿，褐髮花白，本該有兩顆門牙之處只剩缺口。

「正是。」雅列森故作很有派頭的樣子，「我名為雅列安諾．阿斯提拔，吹奏托傑亞笛；旁邊這位是厄蘭．笙席歐，他是全半島最出色的琴師。我還要真誠地告訴各位，沒聽過我們這位年輕夥伴戴文．阿索里的歌聲，別說你聽過什麼叫唱歌。」

年輕祭師再次笑了。「啊，好極了！我該找你們去聖所附設的學校，替我的學生上一堂修辭學課。」

「我教吹笛會教得更好，」雅列森笑道：「假如你們的課程包括音樂的話。」

年長祭師的嘴角一抽。「只教雅樂。」他說：「畢竟這裡祭祀的是伊安娜，不是茉里安。」

「那是自然，」雅列森忙道：「在這裡寄宿的孩子當然要學最雅的雅樂。但是女神的僕人自己呢……？」他挑起一邊的黑眉。

「我承認，」沙棕色頭髮的年輕祭師又是一笑：「我個人偏愛勞德早期的樂曲。」

「那些樂曲沒人表演得比我們好，」雅列森圓滑地接口：「看來我們是來對地方了。我們是否該去拜見祭師長？」

「是。」年長的祭師毫無笑意地說道，動手解開圍裙背後的結。「我帶各位過去。薩凡迪，你負責的學生眼看要打起來了，說不定會闖出更嚴重的禍來，你就這麼管不動他們嗎？」

薩凡迪旋身一看，發自內心迸出毫無祭師表率的咒罵，拔腿奔向球場，一路上罵聲不斷。戴文遠遠望去，只見薩凡迪監督的男孩揮舞著馬拉可棍，那種用法完全不在公認的比賽規則內。

戴文注意到厄蘭看著那些男孩咧開嘴一笑。巫師笑起來的時候，瘦削的臉龐會整個改變——如果是真正的笑容，不是他臉上經常斜勾的嘲弄笑意，平時那種笑不過是為了以高高在上的姿態表達怨憤的輕蔑。

年長的祭師臉色嚴正，將皮製圍裙拽過頭頂脫下，摺疊整齊後掛在一旁羊圈的柵欄上。他高聲喚了個戴文沒聽清的名字，另一個年輕人（這次是個僕人）自左手邊的馬棚匆匆趕來。

「把他們的馬牽去馬棚，」祭師直截了當地命令：「行李送去客房。」

「笛子我帶著就好。」雅列森忙道。

「琴我也拿著。」厄蘭補上一句：「你明白的，不是不信任你們，但樂師總是樂器不離身。」

相較於薩凡迪，這名祭師的神態少了點從容自在。「請便。」他只道：「跟我來。我名叫托列，是聖所的看門人。請隨我拜見祭師長。」他轉過身，沒等他們跟來便踏上一條通往神殿左方的路。

戴文與厄蘭互望一眼，不約而同聳了聳肩。他們跟在托列和雅列森後面，經過其他好幾位祭師跟非神職的僕人，大部分的人都朝他們微笑，多少彌補了自願幫他們帶路的托列那副陰沉的臉色。

他們在繞過神殿南側時趕上了前面的兩人，只見托列停下了腳步，雅列森站在他身邊。微禿的看門人狀似不經意地環顧四周，接著幾乎同樣隨意地說道：「不要相信任何人。除了丹諾里昂或我，不要對任何人說出實情。這些是他要我帶的話。我們正恭候大駕，原以為諸位再過一兩晚才會抵達，但她斷言就是今天。」

「所以我證明了她是對的。可喜可賀。」雅列森用異樣的語氣說。

戴文忽然渾身一冷。左邊的球場上，薩凡迪監管的男孩再度笑鬧起來，套著藍衣的勻稱身形追在白球後頭奔跑；神殿穹頂之內隱約傳來吟唱祝禱的聲音，下午的祈禱已近尾聲；兩個身穿正式白袍的祭師自這條路的另一頭走來，手挽著手，正充滿活力地爭論不休。

「這是伙房，這是烘焙房。」托列清晰地說，一面說一面指。「那邊是釀酒坊。各位想必聽說過我們出產的啤酒吧。」

「當然了。」厄蘭有禮地低聲說，雅列森則沉默不語。

兩名祭師放慢腳步，看了一下在場的陌生人以及他們身上的樂器，接著繼續向前。「那方向再過去就是祭師長的居所，」托列繼續說道：「在廚房和附設學校後方。」

兩名祭師重拾爭論，迅速繞過這條路通往神殿正門口的轉角。

托列打住話頭。隨後，他極其低微地說道：「讚美伊安娜最仁慈無私的愛，願眾生之音皆讚美伊安娜。王爵殿下，歡迎回歸。啊，以愛之名，恭賀您終於返鄉。」

戴文不自在地嚥了嚥口水，把視線從托列挪到雅列森身上，背脊不由自主竄過一陣哆嗦：看門人眼裡蓄著淚水，在明亮的陽光下反射晶瑩的光。

雅列森沒有回答，只是低下頭，戴文看不清他的雙眼。他們聽見孩童的笑聲，以及祈禱歌的最後幾個音。

「所以她還活著？」雅列森終於抬頭問道。

「是的，」托列激動難抑地說：「她還活著。她病得很——」他說不下去。

「你這樣像個小孩一樣哭泣，我們三個行事再怎麼小心都沒用。」雅列森語調嚴厲：「夠了，除非你想要我的命。」

托列倒抽一口氣。「原諒我，」他喃喃道：「原諒我，殿下。」

「不對！別喊『殿下』，私下也不行。我是樂師雅列安諾．阿斯提拔。」雅列森口吻強硬，「快帶我見丹諾里昂。」

看門人動作很快地抹了抹眼睛，把背挺直。「不然你以為要去哪裡？」他斥道，語調幾乎恢復如初，接著轉身沿著路往前走。

「對，」雅列森從後面對祭師低語道：「做得很好，朋友。」尾隨於他們身後的戴文看見托列因這番話揚起了頭。他瞥了厄蘭一眼，不過這次巫師若有所思，沒有看向他。

他們先是經過廚房，接著是附設學校，薩凡迪的學生正是在此讀書住宿。他們都是貴族或富商之子，被送來聖所接受教育。在孤掌半島各處，這樣的教育都是神職人員職務的一部分，也是一大資金來源，各個聖所相互爭搶劃設學區的界線，以及學生父親的錢財。

那棟廣大的樓房此時一片寂靜。假如跟薩凡迪在球場的十幾個男孩就是整個聖所全部的學生，看來下寇爾帖的伊安娜聖所狀況不怎麼樣。

換個角度想，戴文如此思忖道：留在下寇爾帖的人民有多少負擔得起送孩子進聖所讀書的學費？即便有精明的商人從寇爾帖或齊亞萊南下，在此購置廉價地產，誰不是將兒子送回家鄉受教育？來自他鄉的聰明人可以想法子從下寇爾帖人民的破敗生活賺取財富，但這個地方可不適合生根長住。誰想在遭布蘭庭怨恨的土地上定居？

托列領著他們上了階梯，來到一條有廊頂的門廊，走進祭師長居所敞開的前門。必須門窗緊閉的神聖餘燼節剛過，每扇門似乎都在燦爛春陽下大敞。

他們站在天花板挑高的客廳，空間寬闊，裝潢雅致，西南端有一座大型壁爐，長毛地毯上擺了好幾張舒適的椅子和小几，一個邊櫃上放有幾個水晶酒壺，裝著幾種不同的酒。戴文看見南邊牆上有兩個書架，卻一本書也沒有，只是白白立在那裡，空得令人心驚。他聽說過提嘉納的書籍全被燒了。

東西兩側的牆壁都有拱門，通往晨昏會有陽光照耀的陽臺。客廳另一頭有扇緊閉的門扉，門後想必就是臥房。四面牆上分別挖了極具巧思的方形壁龕，壁爐上還有一個較小的，當中本應放置雕像，但那些雕像也不見蹤影，只剩畫在牆面上充當裝飾的銀色伊安娜之星遍布各處。

臥房門打開，兩名祭師走了出來。

見到看門人領著三名訪客等在外面，他們略顯驚訝，但不算驚訝得過分。其中一人中等身高，正值中年，臉龐稜角分明，黑灰相間的頭髮理得極短，手捧放了香草與粉末的醫生用托盤端在面前，脖頸上綁了條支撐托盤的束帶。

然而戴文目不轉睛盯住的是另一個人——手持祭師長權杖的那個人。他無疑就是丹諾里昂，戴文凝視著他，心想他就算沒有權杖也必定會吸引旁人的注意力。

祭師長體型高壯，肩膀寬大，胸膛宛若酒桶，上了年紀依舊背脊筆挺；一頭長髮，長鬍子遮住半個胸膛，即使襯著身上的白袍，鬚髮仍然白如新雪；筆直的濃眉臥在神態安詳的額上，其下的雙眼如孩童般澄澈湛藍；巨大的權杖握在他手裡，卻好似不過是牧牛人的細榛樹枝。

假如大家都像他一樣——面前便是伊嘉斯軍進犯時在提嘉納擔任伊安娜祭師長的人，戴文崇敬地仰望他：假如當年的領袖都是像他這樣的人物，提嘉納陷落前該有多少才俊英傑？

他理智上知道其實當年不至於跟今時今日相差太遠，無論經歷多少變遷、多少事物消逝，戰爭也僅是二十年前的事。縱然如此，在這個充滿氣勢的男人面前很難不心生膽怯。他把目光從丹諾里昂轉向雅列森，且看他身軀單薄，毫不引人注目；一頭亂髮過早添了銀絲，雙眸清冷警醒，身上的騎馬裝束單調樸素，滿是旅途的塵土和風霜。

但戴文再度瞥向祭師長，卻見到丹諾里昂緊閉雙眼，顫抖著吸了口氣。剎那間戴文豁然明瞭，真正握有力量的人是誰絕不如表面所見，心中一陣激動，奇怪的是那感受近似於痛楚。他記得許多年前，正是丹諾里昂帶著年紀尚小的提嘉納末代王爵雅列森前往南方，送往山脈的另一端藏匿。

他應該從那時起就沒見過雅列森了。如今立在祭師長面前的疲憊男人頭上也摻了灰髮，丹諾里昂想必看在眼裡，想必也試著接納這樣的事實。戴文倏地替他們兩人感到哀傷，想著無論是當時抑或此刻橫亙在兩人面前的歲月，無數失落的光陰有如落葉或飄雪，在他們之間翻滾、打轉、飛舞。

他盼望自己已然年歲更長，是個更有見地、更了解世事的人。最近似乎有那麼多領會或體悟在他的內心邊緣徘徊，幾乎觸手可及，等著被他抓取、捕獲。

「有客來訪。」托列用他直白的方式說：「三個樂師，是新成立的樂團。」

「哈！」端著治療用品的祭師冷著臉嗤道：「新成立？這麼早的時節也只有新樂團會冒險跑來，上一次真正有些本事的樂師前來聖所都不記得是多久以前的事了。你們三個有辦法演奏不會嚇跑滿屋子人的曲目嗎？啊？」

「看聽眾是什麼樣的人。」雅列森和氣地說。

丹諾里昂勾起微笑，雖然他看起來試著忍住。他轉頭看那位祭師，「伊卓西，如果我們更親切地歡迎訪客，客人說不定有那麼點可能會更樂意一展長才。」對方在和煦的藍眼注視之下低哼一聲，聽不出究竟是不是道歉。

丹諾里昂轉回來看著三人。「恕我們失禮。」他低聲道，沉厚的嗓音令人安定。「近日我們得知了一些教人不安的消息，又有病患正飽受痛楚的折磨。這位伊卓西．寇爾帖是我們的醫生，他手上有這樣的病人時往往心煩意亂。」

戴文頗為懷疑這位寇爾帖祭師的無禮跟那有關，但他沒說出口。雅列森微一鞠躬，接受了丹諾里昂的致歉。

「很遺憾聽聞此事。」他對伊卓西說道：「我們是否幫得上忙？音樂舒緩疼痛的奇效是長久以來出了名的，我們很樂意為你的病人演奏幾曲。」戴文注意到他暫時忽略了丹諾里昂所謂的消息。丹諾里昂提及伊卓西的姓氏應該不是偶然，這麼做清楚地揭露了他是寇爾帖人。

醫生把肩一聳。「隨你高興吧。反正她無法成眠，聽點音樂也沒什麼損害。無論如何，她的病勢已經不是我能掌控的了。祭師長不顧我的反對將她挪來這裡，但我也做不了什麼，坦白說她已經屬於茉里安了。」他轉頭看著丹諾里昂，「要是樂師鬧得她太勞累，也就罷了。她睡著的話就是萬幸。我會在醫務所或我自己的菜園，晚上再回來瞧瞧，除非你提早叫我來。」

「那你不留下來聽我們表演了？」雅列森問道：「也許聽了會讓你驚豔。」

伊卓西嘴角一抽。「我沒空搞這些東西。也許晚上在食堂可以聽一聽，到時再讓我驚豔吧。」他臉上掠過出乎意料的微笑，一閃而逝，隨即踏著惱怒而明快的步伐走過他們身邊。

一陣短暫的沉默。

「他是個好人。」丹諾里昂輕聲說，幾乎帶著歉意。

「他是寇爾帖人。」托列陰沉地咕噥。

祭師長搖了搖他面目英俊的頭。「他是個好人，」他重複道：「病人在他的照料下過世總會讓他氣惱。」他的視線轉回雅列森，握著權杖的手微微一動，張口就要說話。

「大人，我名為雅列安諾．阿斯提拔。」雅列森堅決地說：「這位是戴文……阿索里，你說不定記得他父親，是出身自史蒂芬城的蓋麟。」他一頓，丹諾里昂瞪大藍眼，注視著戴文。「至於這位，」雅列森續道：「是我們的朋友厄蘭．笙席歐，不只能彈琴，手上也有其他技藝。」

說出最後一句話的同時，雅列森舉起左掌，屈起兩根手指。丹諾里昂迅速朝厄蘭一瞥，再看向王爵，臉色一白，戴文驀然察覺祭師長多麼蒼老。

「伊安娜庇佑我們。」身後傳來托列的細語。

雅列森意味深長地環顧四周，看著通往陽臺的開放式拱門。「看來你們所說的這位病人已性命垂危？」

戴文覺得丹諾里昂盯住雅列森的目光無比貪戀，眼神中的不知饜足清晰可見，是飢餓已久的人才有的渴望。「恐怕是如此，」他說，顯然費了點力氣穩住語調。「我把自己的寢室讓出來給她，這樣她才聽得到神殿的祈禱，醫務所和她自己的房間都太遠了。」

雅列森點點頭。他像用一條韁繩緊緊拘束自己，嚴密掌控自己的一言一行。他拿起裝在褐色皮製笛袋裡的托傑亞笛，低頭注視。

「那我們或許該進去為她表演了。午後禱告聽來已經結束。」

的確，吟誦聲已然停息。在屋後的球場，附設學校的男孩們仍在陽光下追逐歡笑，戴文能從敞開的門扉聽見他們的聲音。他一個遲疑，不知該如何是好，接著有些尷尬地咳嗽一聲，說：「說不定你可以單獨為她演奏？笛聲能安撫人心，或許有助她入睡。」

丹諾里昂焦灼地點頭附和，然而雅列森回頭一瞥戴文，接著也看向厄蘭，神色不露情緒，令人捉摸不透。

「怎麼？」他終於開口說：「樂團才剛成立，這麼快就想拋下我？」然後他壓低音量，「我們要說的沒有什麼是你不能知道的，有些事或許該讓你聽一聽。」

「可是她就要死了，」戴文反駁，依稀感到有什麼不對勁，有些蹊蹺。「她就要死了，她是——」他自己住了嘴。

雅列森的眼神好奇怪。

「她是我母親，而她就要死了。」他悄聲道：「我知道。那正是我希望你在場的原因。況且似乎還有一些消息，我們最好都聽一聽。」

他轉身走向寢室門。丹諾里昂站在門前，雅列森在祭師長面前停下腳步，和他對望。王爵耳語了一句戴文聽不清的話，隨後靠向前親吻老人的臉頰。

然後他走過丹諾里昂身邊，在門邊停住腳步，深吸了口氣穩定心神。他抬手像是要抓頭髮，卻又打住，臉上閃過奇異的微笑，彷彿憶起了什麼。

「壞習慣。」他悄聲低喃，但不是對著任何人說。接著他開門進去，眾人跟在他身後。

祭師長的寢室和前方的客廳差不多大，陳設卻簡陋得出奇：兩張扶手椅、兩張磨損的素樸地毯、一個盥洗臺、一張寫字桌、一個收納用的櫃子，有間小型茅廁遠遠設在東南方的角落。北面的牆上有個壁爐，外型與前廳的爐子相仿，共用同一根煙囪。今日天氣宜人，但這一側的壁爐點起了爐火，雖然兩扇窗戶都已打開，房內仍比外頭溫暖。窗簾拉起，幾縷天光從西邊的門廊屋簷下斜射進來。

遠處的牆壁上繪有一顆伊安娜的銀星，星下擺了一張床，尺寸頗大，畢竟丹諾里昂身材魁梧。但那張床同樣簡單樸素，沒有帷幔，四角立著素淨的松木床腳，外加一片松木床頭板。

床是空的。

戴文緊張地跟在雅列森和祭師長後面進門，本以為會看到一個病危的女子躺臥在床上，隨後他頗感尷尬地瞥向毛廁的門。接著只聽一個嗓音從火爐邊的陰影傳來，驚得他一跳。自窗戶穿透的光照不到那個位置。

「這些陌生人是誰？」

雅列森一進門便徑直轉向爐火，戴文完全想不透他是用哪個感官覺察到的，也因此那個冰冷的聲音響起時，他看來鎮定自若，毫不訝異。一名女子從暗影中踏向前，往一張扶手椅旁一站，然後坐進椅中，背脊筆挺，昂首注視著他。注視著所有人。

她正是帕希提亞．提嘉納．賽拉契，瓦倫廷王爵之妻。她青春時想必姿容絕代，因為即便到了此地、即便到了如今，即便一腳踩進茉里安的最後一道門扉，那份美麗依舊殘存。她身材高眺，形銷骨立，一部分顯然是由於病痛的摧殘，這點從她的病容就看得出來：她那張臉毫無血色，近乎半透明，顴骨極其突出。她的衣袍有硬挺的高領，遮住脖頸，袍子本身則是緋紅色，襯托出她不自然、超脫塵俗的蒼白——戴文暗想，她彷彿早已走入茉里安之門，正從遙遠的彼岸回望他們。

但她修長的手指戴有幾枚極為世俗的金戒，頸間掛著一條璀璨的藍寶石項鍊，垂落袍前。她將頭髮束攏起來向上挽起，盤在一籠黑紗網中，是在孤掌半島早就退流行的式樣；但戴文確信不疑，對這名女子而言，當前的時尚根本毫無意義。此時，她的目光帶著令人坐立不安的打量之意迅速掠過戴文，接著掃過厄蘭，最後才落在她兒子身上。

自他十四歲那年分別至今的兒子。

她的眼睛和雅列森一樣是灰色，但眼神比他冷硬，煥發著光彩卻十分凜冽，高深難測，像是有誰把找到的半寶石放在靠近水面的水下。就著房裡的光亮，那雙眼眸閃動著暴烈而挑釁的流光。她沒等第一個問題獲得解答便再度出聲，就在她開口前，戴文恍然明白在那雙眼裡見到的是狂怒。

怒氣在她傲慢的臉容，在她昂首挺胸的姿態，在她緊握著座椅扶手的手指；那是在體內灼燒的怒火，久遠之前便熾烈得超越語言，超越所有表述形式。她身在死亡邊緣，隱姓埋名度日，看著殺了她丈夫的那個人統治她的故土——但凡了解一些梗概，誰都看得出她的憤怒，清清楚楚。

戴文吞了一下口水，抵抗著想退往門口離她遠點的衝動。過了半晌，他明白過來自己根本用不著費這個力氣。對坐在椅中的婦人來說，他不過是個無名小卒，什麼也不是，甚至形同不存在。她那個問題不需要任何人回答，其實她壓根不在乎他們是誰。她要對話的是另一個人。

良久，那一連串的瞬間好似永遠懸於沉默之中，她只是一語不發地上下打量雅列森，自恃尊貴的白皙面龐顯得無法捉摸。末了她緩緩搖頭，說道：「當年你父親是那麼英俊。」

她這句話和語氣令戴文一縮，可是雅列森竟幾乎沒有反應，只平靜地點頭附和。「我知道，我記得。兩位兄長也是。」他勾起嘴角，是一絲自嘲的笑意。「血脈一定是還沒到我就耗竭了。」

他語調平和，但話畢他目光銳利地對丹諾里昂使了個眼色，祭師長讀出他的意思，轉而對托列低聲交代幾句，托列快步走出房間。

是為了在門口把風，戴文如此醒悟，儘管燒著爐火卻仍竄上一陣寒意。剛才所說的幾句話就足以害他們送命。他朝厄蘭望去，只見巫師悄悄從琴盒取出琴，接著這位笙席歐人面色嚴肅地走到東邊的窗子附近，輕聲調起音來。

也對，戴文思忖道：厄蘭很懂得該做什麼。他們進來這裡的托詞是要為命不久矣的女人演奏樂曲，沒有樂聲從房裡傳出去未免蹊蹺。但話又說回來，他這個當下並沒有唱歌的心情。

「樂師。」椅子上的女人鄙夷地對兒子說，「可真了不起。你來是為了表演什麼俚歌小調給我聽嗎？為了讓我瞧瞧你多麼精通這種大事？在我死之前撫慰我這個做母親的靈魂？」她口吻中的情緒令人難以承受。

雅列森沒動，但他臉上也失去血色。不過除此之外他身上絲毫看不出緊繃，只是他的站姿過分輕鬆，刻意表現出自在卻略顯誇張。

「母親大人，假如能討妳開心，我很樂意為妳演奏。」他輕聲道：「我還記得，從前妳也會因能夠聆賞音樂而發自內心感到喜悅。」

椅上的女子眼裡閃現冷光。「從前自然有適合聆賞音樂的時候。那時我們君臨此地，家族中個個是有骨氣的男兒，而非空有虛名。」

「哦，我知道，」雅列森說，口吻略顯尖銳：「一身傲骨、氣節可佩的真男兒，沒有一個例外，他們會孤身殺入齊亞萊的城防擊殺布蘭庭，憑藉凶悍的決意將布蘭庭活活嚇死。母親，都到了這種時候，不能暫時放下這個話題嗎？我們是家族唯二的倖存者，又已十九年不見。」他聲調一變，柔軟下來，出人意表地流露窘迫。「事到如今，還要這樣爭執不休嗎？難道我們的對話非要與那些書信無異？妳命我前來，難道純粹是為了複述妳已寫過千百次的內容？」

老婦人搖搖頭，依舊高傲冷峻，如同已前來迎接她的死神那般無可打動。

「不，」她道：「我沒有那麼多口氣能浪費。我命你前來，好以你的血脈之名，作為一個母親對你發下死前的詛咒。」

「不！」戴文脫口喊道。

丹諾里昂也在同一剎那往前邁出一個大步。「夫人，萬萬不可，」他低沉的嗓音滿是悲苦：「這不是——」

「我就要死了，」帕希提亞．賽拉契厲聲打斷，兩頰浮現不自然的鮮豔紅暈。「我再也不必聽你的建言了，丹諾里昂，誰的建言都一樣。這些年來你叫我等，叫我保持耐心，好了，我已經沒有保持耐心的時間了。我一天之內就會死，茉里安正等著我，我沒有任何時間可以揮霍，白白看著我這懦弱的孩子玩遍整個孤掌半島，只知跑去鄉野婚禮吹彈小曲。」

忽然響起一陣不和諧的琴音。

「這麼說未免無知又不公道！」在東邊窗前的厄蘭．笙席歐開口，說完頓了頓，似乎也被自己迸出的話給嚇到了。「三神有知，我可沒有任何喜歡妳兒子的理由，現在我更是明白他的傲慢是從誰而來，又為何如此枉顧人命，眼裡只有自身的目的。但假如妳只因為他沒有殺了伊嘉斯的布蘭庭便稱他懦弱，那妳到死都只是個愛好虛名的愚婦罷了。坦白說，在你們這個省邦我是一點也不意外！」

他往後靠著窗沿，大口喘氣，避開眾人的目光。隨後的沉默中，雅列森終於動了。先前他毫不動彈的模樣看來不似人類、違反自然，此時他在母親的椅邊跪下。

「妳已經詛咒過我了，」他沉重地說：「記得嗎？我大半輩子都活在那個詛咒的陰影下。從各方面而言，在許多年前早早戰死都比較簡單：就讓貝爾德和我犧牲性命，只為刺殺齊亞萊的篡君……說不定真的會發生奇蹟成功殺死他。妳可知道，我們年少時還在奎雷亞的那些年，我們會在夜裡討論策略，夜復一夜，設想幾十種在島上行刺的計畫，幻想恢復省邦之名的我們死後將獲得多少愛戴與榮光。」

他聲音低微，帶著幾乎令人聽得出神的抑揚頓挫。戴文看見丹諾里昂臉上情緒難抑，坐進另一張扶手椅。帕希提亞宛若雕像般靜止，也如雕像般面無表情，冰冰冷冷。戴文悄悄挪向爐火，徒勞無功地試著平息忽然激盪全身的顫抖。厄蘭一動不動地待在窗邊，重新彈起琴，輕撥個別的音符和隨意挑選的和絃，但沒湊成完整的曲調。

「然而我們年歲漸長。」雅列森說了下去，語調添了一絲急迫，懇切地尋求理解。「有一年的仲夏夜，馬略斯在我們的幫助下成為奎雷亞的歲君，此後我們三人討論的內容就變了。貝爾德和我開始了解關於權力和世界的真相，從那時起我的思考再也不同了。新的想法在那段時間浮現，逐漸積累成長，那是個念頭，是個夢想，比企圖誅殺篡君更加遠大、更加深刻。我們返回孤掌半島，開始遊歷。沒錯，是以樂師的身分，也當過工匠、行商，在三神賽舉辦的某一年擔任選手，還當過石匠、建築工、某個筆席歐錢莊的守衛、十幾艘不同商船上的水手。可是母親，早在我們踏上這些旅途之前，早在我們北上翻越山脈回歸之前，一切對我而言就已經不同了。我終於看清我該背負的人生使命，終於看清該做或者該嘗試的是什麼。妳知道，丹諾里昂也知道；多年前我便寫信說明我的領悟，請求妳的祝福。那個道理是如此單純：我們必須一舉擊垮兩個篡君，整個半島才能重獲自由。」

這時他母親壓過他沉穩中帶著熱忱的說話聲，語調嚴厲，毫不退讓也毫不寬宥：「我記得。我記得那封信送達的日子。當年我揩去那個切譚多淫婦的城堡給你的信上寫了什麼，我如今再告訴你一次：你替寇爾帖、阿斯提拔跟托傑亞謀求的自由，犧牲掉的是提嘉納的名字，是我們在世上存在過的痕跡，你犧牲掉布蘭庭侵略前我們擁有過的認同與一切，斷送復仇的機會與我們的傲骨。」

「傲骨，」雅列森重複道，低微得只能勉強聽清。「啊，我們的傲骨。我從小就對我們的傲氣再熟悉不過，母親，這是妳教給我的，比起父親我從妳身上甚至學到更多。可是我後來也學到其他事情——成年後在各地流亡的日子，我學到阿斯提拔的傲氣，學到笙席歐、阿索里和切譚多的傲氣，學到在篡君侵略的那一年，正是傲氣毀滅了孤掌半島。」

「孤掌半島？」帕希提亞尖聲質問：「孤掌半島算什麼？不過是塊狹長之地，充其量只是岩石、土地與水，這什麼半島，我們為何非在乎不可？」

「提嘉納又是什麼省邦？」厄蘭．笙席歐直截了當地反問，手中的琴悄無聲息。

帕希提亞目光逼人。「我還以為一個被束縛的巫師早該知道了！」她譏刺地說，意在戳人痛處。她這麼快便洞悉這件事，讓戴文吃驚地眨了眨眼——沒人告訴過她厄蘭的事，是她根據零碎的蛛絲馬跡頃刻推斷出來的。

她說道：「提嘉納是在世界依然稚嫩之時，亞達昂選擇臨幸蜜凱拉之地，祂將愛和一個孩子賜予蜜凱拉，並把神的力量賦予那孩子與其後裔。自那一夜，世界歷經漫長光陰，如今人神結合的末裔就在這個房間中，任由他子民的所有歷史從他指縫間滑落。」她傾身向前，灰眸灼然如炬，音調在控訴之中越來越高。「從他指縫間滑落！他既是蠢人，也是懦夫，這攸關的遠遠不止是半島在某一個世代的自由！」

她咳嗽著向後倒，從袍子口袋抽出一方藍色絲帕。戴文看到雅列森膝蓋一動像要起身上前，但隨即止住動作。他母親劇咳不止，戴文還來不及別開視線，便瞧見她咳完拿開的絲帕染著紅色。跪在她身邊地毯上的雅列森低下頭去。

身在房間另一端的厄蘭或許是因為距離較遠，沒看見血跡，只聽他道：「要不要換我告訴妳那些描述笙席歐多麼得天獨厚的傳說？或是阿斯提拔的？妳想不想聽我歌唱伊安娜是如何在齊亞萊島上與神君交歡，在輝煌巔峰綻出漫天星斗？妳可知曉切譚多自稱為孤掌半島的心與靈魂？妳可還記得卡洛契信仰，記得兩百年前高原上的夜行者？」

扶手椅上的婦人重新把身軀推直，怒瞪著他。儘管戴文對她心存畏懼，厭惡她對兒子的態度與惡劣言行，卻仍禁不住折服於她強大的勇氣與意志。

「但那正是關鍵。」她放輕聲音，保存氣力。「這正是一切的癥結。你看不出來嗎？我的確記得那些故事，任何一個受過教育、在圖書館讀過書的人，任何一個聽過遊唱詩人傷春悲秋、哀哀哭嚎的蠢蛋都會記得這些故事，都能聆賞二十幾種歌頌伊安娜和亞達昂纏綿於桑加里歐山脈的不同歌謠，但卻獨漏我們。你還不明白嗎？再也沒有提嘉納了。隨著我們逝去，誰會歌唱星夜海灘的蜜凱拉？等又一個世代在這世間活過又復死去，誰還會在這裡歌唱？」

「我會。」戴文說，雙手垂在身側。

只見雅列森抬起頭來，帕希提亞則轉頭以冰冷的雙眼盯住了他。「我們都會，」他盡可能用最堅定的語氣說，瞥了王爵一眼，然後逼自己繼續看著命在旦夕卻仍因傲氣而狂怒的老婦人。「全孤掌半島都將再次聽到那首歌，夫人。因為妳兒子不是懦夫，也不是只求年少赴義、貪圖虛名的虛榮蠢人。他想完成的是更高遠的大業，也將盡力實踐。今年春天有大事發生，他將放手執行他誓言實現的目標：讓半島重獲自由，也令提嘉納之名回歸世界。」

說完他喘著粗氣，活像剛跑完一場賽跑。半晌之後，他萬分羞窘地紅透了整張臉——帕希提亞．賽拉契縱聲大笑，孱弱消瘦的身軀在椅子上抖動不止，恥笑著他。高亢的笑聲化為又一陣猛烈的咳嗽，藍色絲帕揚起，重新放下時上頭再度沾滿了血。她抓住椅子扶手，穩住身體。

「你不過是個小孩子，」她終於斷言道：「而我這兒子縱然頭髮灰白，也仍然是個孩子。我毫不懷疑貝爾德．賽瓦亦是如此，連他父親一半的優雅和才華都及不上。『今年春天有大事發生』，」她模仿道，精準得殘忍，隨後語調轉趨冷硬，如同隆冬冰雪：「你們幾個小兒，究竟曉不曉得孤掌半島剛發生什麼大事？」

她兒子緩緩起身，站在她面前。「我們晝夜兼程趕路好幾天，並未接獲任何音訊。出什麼事了？」

「我說過有消息要告訴你，」丹諾里昂忙道：「但我還沒機會——」

「這可真令我欣喜，」帕希提亞打岔：「欣喜之至。看來在我永遠拋下兒子以前，我還有一些事能告訴他，一些他尚未得知或自己推想出來的事情。」她再次於椅上挺直腰桿，雙眼冰冷明亮，宛若藍色月光下的寒霜。可是她聲調隱隱帶著狂亂與迷茫，幾乎要衝破表象，那是強烈的恐懼，而且不止是對死亡的恐懼。她說：

「昨天日落時分，就在餘燼節即將結束之際有一名信使抵達。是個伊嘉斯人，從史蒂芬城趕來報知齊亞萊的消息，那個訊息十萬火急到布蘭庭特別透過連結法術告知所有總督，交代他們廣為公告。」

「是什麼消息？」雅列森看似正穩住方寸，像要準備好承受打擊。

「消息？我昏庸糊塗的孩子啊，消息是布蘭庭放棄了伊嘉斯王位。他將命令軍隊與各地總督返國，選擇留在他身邊的人都必須歸化為半島之民，臣服於全新的政權——西掌王國。亦即齊亞萊、寇爾帖、阿索里、下寇爾帖，由身在齊亞萊島的布蘭庭所統轄的四大省邦。他宣布我們不再受伊嘉斯控制，不再是殖民地，稅賦將由四個省邦平均分擔，並且減半。昨日即刻生效。對下寇爾帖而言減免的遠不止一半，如今我們負擔的將與其他省邦無異。據信使所言，這個省邦的人民——你父親治理的人民——正在史蒂芬城的街道上歌頌布蘭庭的名字。」

雅列森轉向丹諾里昂，動作無比小心，彷彿正搬運稍有晃動便會掉落的龐然重物。丹諾里昂點了點頭。

「聽說三日前島上有人行刺未遂，」祭師長說道：「陰謀源於伊嘉斯，是王后與身為監國的布蘭庭之子指使。刺殺行動會失敗全因為他的一個貢女，那個差點引發戰爭的切譚多女人，也許你還記得，大約十二、十四年前的事了。經此一事，布蘭庭似乎對他的方針改變了想法。這無關他是否繼續留在孤掌半島，也無關提嘉納和他的復仇計畫，而是他若長留半島就必須在伊嘉斯採行的措施。」

「而他決意長留此地，」帕希提亞說道：「提嘉納注定消逝，由於他的報復而永遠消亡，我們的人民卻會在提嘉納死滅之時謳歌篡君的名字，謳歌你的殺父仇人。」

雅列森出於反射動作點著頭。實際上，他看來幾乎沒有在聽，整個人像是忽地遁入腦中的思緒。帕希提亞見狀收住話頭，只凝視著兒子。屋裡陷入一片死寂。外頭球場上男孩失控的大叫大笑再度遠遠傳入他們耳中，被裡頭的寂靜襯托得愈發震耳。戴文聽著那遙遠的歡聲笑語，試著平撫紊亂的心跳，消化方才聽到的情報。

他朝厄蘭一瞥，厄蘭已把琴擱在窗沿上往屋裡踏了幾步，神色煩亂而戒備。戴文拚命試著思考，試著整合零散的念頭，然而這個消息實在殺得他措手不及。*不再受伊嘉斯控制。*這就是他們想要的，不是嗎？但卻也不是。布蘭庭要留下來，他們並未擺脫他的宰制，依舊承受著他的魔法。而且提嘉納呢？提嘉納之後會怎麼樣？

接著猝不及防地，他在意起另一件事來。另一件不同的事。他意識到了什麼，這念頭在腦海的角落纏擾不休，令他分心，告訴他有件事該注意到，該記起來。

然後同樣突如其來地，那東西向前一湊，扣合得嚴絲合縫。這麼說來……

這麼說來，他明白究竟哪裡不對勁了。

戴文閉眼片刻，對抗著驟然襲來、令他動彈不得的恐懼。隨後他離開自己原本站在壁爐旁的位置，盡可能無聲無息沿著西側的牆壁挪動。

雅列森開口，幾乎是自言自語地說道：「這當然會使情勢改變，會大幅改變整個局面，我需要一些時間全盤思考，但我認為這說不定對我們有益。說不定這是我們之幸，而非詛咒。」

「哪裡是幸？你真有這麼蠢笨嗎？」他母親厲聲斥道：「人民都在艾瓦勒的街道上歌頌篡君了！」

那聲舊名與這句呼喊埋藏的絕望痛苦令戴文一顫，但他逼自己繼續向前挪，心頭逐漸湧現駭人的確信。

「我聽見了，我也明白。但妳看不出來嗎？」雅列森重新在母親椅邊的地毯跪下。「伊嘉斯軍即將返國，假如發生戰事，他能指揮的將士就只剩我們的人民，以及少數留下來效忠他的伊嘉斯人。一旦……啊，母親……一旦阿斯提拔的那個龐霸狄厄人聞訊，妳想他會怎麼做？」

「他什麼也不會做。」帕希提亞冷冷地說：「艾勃利可這人膽小如鼠，深陷於自己設下的網中，一心只想奪取皇帝頭上的冠冕。伊嘉斯軍起碼會有四分之一留下來效忠布蘭庭，而正在謳歌的那些人可是整個半島最受壓迫的族群，如果連他們都歡欣鼓舞，你以為其他地區的人民會作何反應？眼見布蘭庭甘願為這個半島放棄自己的王國，你以為齊亞萊、寇爾帖和阿索里不會有人願意參軍迎戰龐霸狄厄人嗎？」她再次咳了起來，全身震動得比先前更厲害。

戴文不曉得答案，連猜都無從猜起。他只確定局勢的平衡已徹底改變，那是雅列森長久以來反覆提及也設法操弄的平衡。他還確定另一件事。

他來到窗邊。窗沿的高度差不多在他胸口，畢竟他身材瘦小，他不是第一次為此惋嘆。然後他轉而感謝自身其他彌補身高的優勢，迅速對伊安娜默禱了一句，隨即雙手在窗沿上一撐，使勁提起身軀，體操選手般翻越窗子躍入門廊。身後的帕希提亞仍咳嗽不止，咳得劇烈而痛苦。丹諾里昂發出驚呼。

他絆了一下，失足跌倒，肩膀和腰側撞上一根柱子，他推離那根柱子起身，手腳並用地站起來，只見有個蹲伏在窗邊的米袍人影一躍而起，嘴裡罵聲不迭地撒腿狂奔。戴文摸索腰間的刀，體內湧現理智全失的震怒，消滅所有思緒。球場的喧嘩聲吵得太過頭了——和那個祭師拋下學生時如出一轍。

只不過，這次祭師丟下他們是為了竊聽房裡的對話。

雅列森趕到窗邊，厄蘭緊隨其後。

「薩凡迪！」戴文喘著氣，「他在偷聽！」他一面回頭啐道，腳下已開始追趕那個男人。他用一閃而逝的瞬間感謝巫醫里諾多，讚嘆巫醫在切譚多馬舍替他做的治療，之後怒火再次襲來，伴隨著恐懼，心知非得逮到那個人不可。

他翻過門廊盡頭的石欄杆，速度絲毫不減。薩凡迪死命奔逃，切向西邊，朝聖所後方的區域跑去。隔著一段距離，戴文可以看見孩子們在左手邊的球場嬉戲，狠咬牙關繼續飛奔。這些該死的祭師！他暗想，幾乎被盛怒給噎住。事到如今，會不會被他們害得前功盡棄？

萬一雅列森的身分在這聖所一隅遭到洩漏，戴文猜想風聲瞬時就會傳到伊嘉斯的布蘭庭耳中。至於屆時會發生什麼，他更是絲毫不用猜。

緊接著另一個念頭狂亂地來襲，令他心驚膽寒，不禁逼自己跑得更快，雙腿疾馳，肺部拚命吸取空氣。心靈連結。萬一薩凡迪跟國王心靈連結呢？萬一布蘭庭的臥底能直接聯絡身在齊亞萊的他呢？

戴文在心底暗咒，但沒有吐出口，把氣留著換取速度。薩凡迪本身同樣輕靈迅捷，領先戴文約莫二十步沿著路一逕飛奔，經過左手邊的一棟小屋後猛地急轉向右，繞過神殿後側。

戴文衝過轉角卻不見薩凡迪的蹤影。他僵住半晌，滿腔驚慌，這裡沒有能進神殿的入口，唯有左邊一道剛抽出新芽的厚樹籬。

接著他察覺樹籬微微顫動，立刻大步趕上前，只見下方有個被擠開的缺口。他雙膝一跪，手腳並用爬過去，雙臂和臉頰都留下擦傷。

他置身於一個迴廊環繞的大庭院，清麗幽靜，布置優雅，中央有一座流水潺潺的噴泉。但他沒有欣賞這些的餘裕，庭院西北角通往又一道門廊，盡頭是帶有一個小拱頂的長形建築，薩凡迪正竄上通往門廊的階梯，穿過一道門進了屋。戴文抬頭一瞧，從二樓的一扇窗可以看見一名雙頰凹陷的白髮老人，正神色木然地俯瞰陽光照耀的庭院。

戴文全力朝那道門飛馳，豁然明白這是什麼地方。這裡是醫務所，那座小圓頂所在之處想必是個神廟，讓無法走到大穹頂神殿的病人能在此尋求伊安娜的撫慰。

他一個大步跨越門廊前的三階，闖入門內，刀握在手中。他心知假如薩凡迪決定守株待兔，像他這樣緊追在後很容易中對方的埋伏。但他不認為會發生這種情況——也因此他越發恐懼。

那個人似乎打算遠離可能有其他祭師同伴在的地方，比如神殿內、廚房裡、宿舍或食堂中。這代表他不認為會得到協助或支援，不認為他脫得了身。

換言之，他打算做的事大概只有一件。只要戴文給他夠多時間。

門後是條長廊以及一道向上的樓梯。四處都找不到薩凡迪的身影，但戴文往腳下一瞥，頓時用簡短的禱詞暗謝伊安娜：祭師鞋底由於奔過庭院的潮溼地面沾上了泥，在石地板留下不容錯認的腳印，一路延伸至走廊，而不是朝樓上而去。

戴文加快速度追趕，飛跑過走廊，在盡頭的轉角處打滑往左一拐。一路上經過相互間隔一段距離的房間，有道拱門通往位於另一頭的醫務所小神廟。大部分房門都敞開著，大部分房間都空著。然而就在這條短短的走廊，他找到一扇緊閉的門扉，薩凡迪的腳印延伸至此就停了。戴文握住門把，肩頭用力撞向沉重的木門。鎖住了，破不開。

他氣喘吁吁跪了下來，在口袋摸索那捲鐵線，這東西他從不離身——打從瑪拉還活著，打從瑪拉教他開鎖，他這方面的知識都是她教的。他把線捲掰直，試著扭成需要的形狀，可是他的手在抖。汗水涔涔流入眼裡，他猛力抹去，拚命逼自己冷靜下來。他非得及時打開這扇門不可，趁裡面的人尚未送出會毀了他們所有人的訊息。

身後有扇通往外面的門開了，腳步聲迅速順著走廊而來。

戴文頭也不抬便道：「膽敢動我或擋我者必死。薩凡迪是伊嘉斯王派來的奸細，替我取來這扇門的鑰匙！」

「好了！」一個他認識的聲音說：「門已開，快去！」

戴文回頭一瞥，只見厄蘭．笙席歐立在背後，手握長劍。

戴文一躍而起，再次轉動門把，門板旋開，他直衝進去。牆邊的架子擺滿瓶瓶罐罐，桌上則有各種工具，薩凡迪人在房間中央的長凳上，兩手按住太陽穴，顯然正奮力集中精神。

「疾厄蝕盡你的靈魂！」戴文暴喝道。薩凡迪像是猛然驚醒，怒吼一聲，伸手摸向身邊桌上的手術刀。

他來不及拿到。

戴文咆哮著撲向他，左手往祭師的雙眼挖去，右手往前朝上一揮，穩穩劃出致命的圓弧，刀刃插入薩凡迪的肋骨間。他捅了一次，接著再一次，殘暴地往上一拉，感覺刀刃扭轉，抵住骨頭，手感令人暈眩。年輕祭師嘴巴大張，雙眼震撼地瞪大，迸出高亢短促的慘叫，身側的雙臂往外一攤，就這樣斷了氣。

戴文放開他跌坐在長凳上，大口喘氣。血液在腦中轟隆撞擊，他感覺得到有根血管在額角猛烈跳動。眼前忽地一陣模糊，他閉上眼，再度睜眼時，他察覺雙手仍抖個不住。

厄蘭已收劍入鞘，來到戴文身旁站著。

「他……他傳出去了嗎？」戴文這才發現他連話都沒辦法好好講。

「沒有。」巫師搖頭。「你趕上了。他沒能連結上，沒有傳送任何消息。」

戴文低頭呆看那雙空洞發直的眼睛，呆看那具屍體，這個年輕祭師打算背叛他們。多久了？他思忖，他做這種事多久了？

「你怎麼找來的？」他沙啞地問厄蘭。手還在打顫。他鬆手把刀放開，任其鏘啷一聲落在桌面上。

「我從寢室那邊跟過來，看到你往那個方向跑，但在神殿後面跟丟了。之後我只能靠魔法追蹤薩凡迪的氣場來到這裡。」

「我們是鑽過樹籬穿越庭院過來，他想甩掉我。」

「看得出來。你又流血了。」

「不要緊。」戴文深吸一口氣。外頭的走廊傳來腳步聲。「你為什麼要來？為什麼要幫我們？」

厄蘭一瞬間面露防備，但隨即恢復譏嘲之色。「幫你們？說什麼傻話，戴文。雅列森死，我也會死，我被跟他束縛在一起，忘了嗎？這不過是自保罷了，沒有別的意思。」

戴文抬頭注視他，想再多說幾句話，多說些重要的什麼，但腳步聲就在這時來到門口，丹諾里昂快步走進來，托列緊隨其後。兩人看著眼前的景象，一言不發。

「他打算跟布蘭庭建立心靈連結，」戴文說：「厄蘭和我及時趕上了。」

厄蘭發出漫不在乎的聲音。「是戴文趕上的。但我為了追上他們施了個咒語，然後用了另一個咒語開門。我想這些咒語沒有強大到會引起注意，不過以防有追蹤師人在這一帶，我們最好早上以前就動身。」

丹諾里昂彷彿連聽都沒聽見。他低頭凝視薩凡迪的屍身，臉上有淚。

「別浪費力氣為食腐鳥難過了。」托列厲聲說。

「不能不難過，」祭師長輕聲道，倚住了權杖。「不能不難過啊。你不明白嗎？他生於艾瓦勒。他是我們的一份子。」

戴文猛然別過頭去，一陣強烈的反胃，稍早澎湃的狂怒重新湧現，正是這股怒火催著他狂奔而來，驅策他這麼凶暴地殺了對方。我們的一份子。他記得那夜，在林中木屋的桑德烈・阿斯提拔就是被孫子背叛。他真的生怕自己吐出來。我們的一份子。

厄蘭・笙席歐笑出聲，戴文怒不可遏地旋身面對他，雙手緊捏成拳。他眼中的怒火想必逼近殺意，因為巫師倏地回過神來，臉上笑容頓失，像被一塊布抹去。

一陣短暫的靜默。

丹諾里昂直起身子，挺起寬闊的肩膀，說道：「此事得小心處理以免風聲走漏，薩凡迪之死不能追溯到我們的客人身上。托列，離開時把屍首鎖在房裡，等夜裡大家入睡，我們再來處理。」

「晚餐時，大家就會發現他消失了。」托列說。

「不會的。你是看門人，就說你今天傍晚看著他騎馬出了大門，要回鄉探親。這合情合理，畢竟餘燼節剛過，加上齊亞萊傳出那個新消息。他原本就常騎馬外出，而且並非每次都取得我的准許，我想我大概曉得為什麼了，不知他是否真有哪一次是去探訪他父親。不幸的是，薩凡迪這次剛離開山谷，就被路上的盜賊給殺了。」

祭師長的語調流露戴文從未聽過的剛硬。*我們的一份子*。他又一次低頭凝視死者，是他第三個手下亡魂。可是這次不一樣。尼耶沃雷馬廄的守衛、在山上隘道的軍人，都只是執行他們前來孤掌半島必須執行的任務，忠於他們效命的政權，未曾隱藏本性，貫徹著清楚明白的使命。戴文悲悼他們的死，悲悼命運之線牽引他與他們相遇。

薩凡迪則是另一回事，他的死是不同的。戴文搜索內心，發現他無法為自己剛才的舉動悲悼。他大感不自在地意識到，他費盡力氣才忍住不再拿刀往屍身上捅；這名年輕祭師對同胞的卑劣背叛、以微笑包裝的欺騙行徑，彷彿激發了他內心連自己也從未察覺的狂暴激情。他忽地想到波索堡的愛麗諾，這和她做的事簡直如出一轍，只是兩者分別屬於生命中天差地別的面向。

但也許，追根究柢並沒有那麼不同。然而這個糾結太過難解，想試著馬上解開太危險了，尤其是面對不容迴避、近在眼前的死亡。這念頭讓他想到了什麼，他驀地醒悟眼前少了個人，立刻抬頭看向丹諾里昂。

「雅列森呢？」他急問：「他怎麼沒過來？」

疑問尚未獲得解答他就想通了。王爵沒有過來，原因只有一個可能。

祭師長低頭看他，「他還在我寢室，留在他母親身邊。恐怕已經結束了。」

「不，」戴文說：「喔不。」他起身，走向門口，踏上走廊，穿過醫務所東側的入口，在傍晚斜射的陽光下再度邁步跑了起來。

沿著神殿圓拱後方的曲線前行，經過先前那一棟小屋以及過來時沒注意到的一個小菜園，然後在通往祭師長居所的路上往反方向飛馳，奔上梁柱之間的門廊，回到他不久之前一躍而出的那扇窗。彷彿要把一連串事件像一球毛線般捲回去，彷彿他不僅能回頭追上薩凡迪，追上他們來到此地的那一刻，更要追上一切的開端——他忽地浮現無法言說的想望，只盼回到篡君入侵、這份悲痛的種子被種下的那個瞬間。

然而時間不會倒流，無論是在心中，抑或在他們所知的這個世界。時間不斷前進，世事隨之變遷，也許更好，也許更壞；四季更迭，陽光普照之日的分分秒秒流過，夜幕落下，駐足，讓步給破曉的天光，一年緊接著一年來了又走，人們誕生於世，聽憑三神的恩典活過一生，然後死去。

終究死去。

雅列森依舊在房間裡，依舊跪在樸素的地毯上，不過換到了床前，不是像先前跪在沉重的深色橡木椅邊。他移動了，時間也移動了，天穹的太陽愈發靠近西方。

戴文只希望有辦法回溯著流逝的時間往回奔。只希望沒讓雅列森獨自留下，沒讓他獨自面對這件事。這是雅列森自少年時期以來第一次回到提嘉納，他的頭髮已摻著灰白，不再是個少年。時光推移，流轉過二十年的歲月，他終於重返故鄉。

而他母親躺臥在祭師長的床上。雅列森的雙掌包覆住她的一隻手，溫柔地裹著，像捧著一隻小鳥，抓得太急會令牠驚嚇過度猝死，鬆了手又會永遠飛不見。

大概是戴文在窗邊弄出什麼聲響，王爵抬起頭來，兩人互望。戴文的內在隱隱作痛，無言以對，滿腔憂傷，一顆心只覺腫痛發疼，緊緊揪起。他對這樣的時刻該如何是好毫無頭緒，只希望貝爾德就在這裡，或者桑德烈也好，就連卡翠安娜都會比他清楚該怎麼做。

他說道：「他死了。薩凡迪。我們及時抓到了他。」雅列森點頭表示明白，隨後視線再度往下，落在母親臉上。他母親的面容展露先前沒有的寧靜安詳——在她人生最後這段漫漫歲月，她很可能確實沒體會過這般安寧。她的時間毫不留情地前進，帶走記憶，帶走傲氣。帶走愛。

「我很遺憾，」戴文說：「雅列森，我真的很遺憾。」

王爵再次抬頭，灰眸清明，卻顯得無比遙遠，順著線團般的光陰追溯往日的情景。他似乎想說些什麼，卻終究沒開口，只是在半晌之後像平時習慣的那樣微一聳肩，是他們都無比熟悉的動作：冷靜中帶著安撫，代表他已經接受了，他已背起又一個重擔。

戴文倏地感到再也無法承受，雅列森的默然接納是打在他心上的最後一記重擊。他只覺得像被撕裂，為這世界的殘酷真相、事物的消逝心如刀割。他垂頭靠向窗沿，在沉重得他無力負荷的現實面前，像個孩子淚流不止。

房間裡，雅列森靜靜跪在床邊，雙掌握著母親的一隻手。午後西沉的太陽從窗戶斜斜射入金色光束，橫越寢室地板，落在他身上，落在床上，落在躺臥的女子身上，落在覆蓋於她灰色雙眼的金幣上。

第十六章

阿斯提拔城早早迎來春天。這個省邦的西北部一向如此，那一帶不受嚴寒侵襲，臨灣遠眺海上的一列群島。東部與南部由於海風不受阻擋，生長季會推遲數週才開始，尺寸較小的漁船在這麼早的時節仍不會出航。

據阿斯提拔港的商人所言，笙席歐的花已開始綻放，瑟柚椏樹的白花使空氣中瀰漫花香，暗示夏日也不遠了。聽說齊亞萊依舊寒冷，不過這種情況在那座島的春初不算少見。再過不久，來自凱勒敦的微風就會令島嶼周圍的空氣與海水漸趨和暖。

笙席歐和齊亞萊。

龐霸狄厄的艾勃利可夜裡入睡時想著這兩個省邦，早晨起床時同樣想著。這些夜裡他煩躁焦灼，幾乎睡不了多少，接連做著真實鮮活、令人難安的夢。

倘若這個充斥各種小意外與紛飛流言的冬天算是令人心神不寧，初春的局勢就完全是另一回事了——而且沒有一件事稱得上「小」，沒有一件事不是挑釁意味十足。

一切都像是同時發生。艾勃利可從寢室下樓前往辦公廳，每走一步心情便越發陰鬱，憂懼著稍後可能會聽聞什麼報告。

宮殿的窗子都開著，好讓微風吹入。上一次天氣和暖到能開窗已經是好些時日以前了，況且大半個秋冬以來，廣場上總有屍體正掛在死輪上腐爛。桑德烈家、尼耶沃雷家、斯考維亞家、十幾個隨意選來處決的詩人。這種事實在不利於開窗，不過處刑仍是必要的，況且獲利頗豐，叛黨的土地全被他抄沒。他喜歡兼顧必要與利益，符合條件的事不常有，但只要發生了，對龐霸狄厄的艾勃利可而言，兩者的結合堪稱一個人能從掌權獲得的至純歡愉。

然而這個春天他得到的歡愉既少，亦顯瑣碎。眼看新的禍端正在醞釀，冬季那些事件相形之下有如轉瞬即逝的小小煩惱，不過是夜間短暫紛飛的小雪。眼下他非面對不可的是滔滔洪水，從四面八方襲來。

春季伊始，有個巫師在南方高原使用魔法被察知，西費瓦隨即派遣追蹤師及二十五名兵士前往追捕，想不到竟在一條隘路慘遭匪賊屠殺，無人生還，其中的囂張氣焰與叛逆之心教人難以置信。

而他甚至沒法施加相應的報復，因為散落於高原的村子與農莊都痛恨那些匪徒，恨意之深不亞於龐霸狄厄人，甚至有過之而不及。此外事發之際正值餘燼夜，正常人根本不會在野外遊蕩，因此沒人目擊究竟是誰做了這等前所未聞的行徑。西費瓦從歐提茲堡壘調撥一百人緝捕盜賊，卻找不到任何蹤跡，唯有山間早已熄滅的篝火。那二十五名兵士就像被鬼殺了——毫不意外的是，高原的人民已經開始這麼傳了。說到底那天正是餘燼夜，人人都知道那夜亡者會在外徘徊，而亡者總是亟欲報仇雪恨。

「亡者還懂得用剛裝好箭羽的箭矢，真是太聰明了。」西費瓦的書面報告如此挖苦道。他派了兩名隊長北上捎來音訊，一見到艾勃利可的臉色，兩人便嚇得面色如土，慌忙告退。歸根究柢，還不是第三軍團放任二十五名人馬被殺，接著派了一百個廢物在山上晃蕩卻什麼也沒辦成，白白遭人笑話。

實在叫人氣得發狂。艾勃利可很想一把火燒掉最靠近那一帶山區的切譚多村莊，但不得不吞忍下來，心知長遠而言這麼做只會招來毀滅性的惡果。一旦那樣做，他在桑德烈叛亂事件傾盡自制力換來的好處都將白費。那晚他的眼皮再度往下垂，恰似初秋那時。

其後不久，奎雷亞的消息傳來。

驚聞奎雷亞的女性政權傾覆之後，他本來懷抱著深切的期待。那是多麼龐大而成熟的嶄新貿易市場，對帝國而言絕對收穫可期，最重要的是，假如這個市場能納入龐霸狄厄的羽翼之下，這都將歸功於殷殷守望帝國西境、駐守於東掌的艾勃利可。

奎雷亞乘載了如此深厚的期望與前景，可預見的阻礙又是那麼少；即便殺了女祭司的瘸腿馬略斯出於大權未穩的理由，選擇同時與西掌的伊嘉斯展開貿易，那也無妨。奎雷亞之廣大足以讓兩邊都吃到甜頭，起碼能維持一段時間。不消多久，想必有辦法讓那個粗鄙之人明白，專注與龐霸狄厄通商能在多少層面帶給他多少好處。

在龐霸狄厄帝國的演進史上，他們發展出不少引導一個人採取特定觀點的手法，有的巧妙迂迴，有的較為直接，不過都經受過時間的淬鍊。對於如何遊說見識短淺的君主改採合他心意的觀點，艾勃利可自己還有幾個更新潮的點子，他非常樂意細加探究，只要等他回鄉。

以皇帝之尊返鄉。畢竟那正是重點，一切的重點。偏偏春天以來的局面就是不肯配合。

奎雷亞的馬略斯迅速回覆了艾勃利可大發慈悲提出的最新貿易條件，速度快得叫人滿意。一名使者將回信直送歐提茲堡壘，交給西費瓦。

不幸的是，他的滿足感在那封信送抵阿斯提拔後徹底粉碎，消滅殆盡。西費瓦深知這封信事關重大，親自將信送來北方。信中的用字遣詞出人意表地華美巧妙，然而那些字句再怎麼有禮、再怎麼拐彎抹角，傳達的意思卻是再直白明確不過：那個奎雷亞人深感悔恨地判斷，伊嘉斯的布蘭庭是孤掌半島上最強大穩固的政權。他自身根基不穩，無論他多麼想與艾勃利可貿易，都不敢冒著觸怒伊嘉斯王的風險，畢竟艾勃利可不過是帝國的下級勛爵。

任誰收到那封信，都會輕易被挑起滿懷殺意的怒火。

艾勃利可奮力克制，看得出一眾臣僚面露懼色，畏縮不已，連第三軍團團長眼裡都迅速掠過一抹驚懼。然後西費瓦呈上第二封信函，解釋說多虧他精心安排，才從那喋喋不休的奎雷亞使節身邊的馬鞍袋摸走這封信，照抄一份。一讀之下，艾勃利可只覺得全身的自制力盡數離他而去。

他不得不轉身大步走向辦公廳後方的窗前，大口抽氣，試著平撫沸騰不止的思緒。他感覺得到右眼瞼又開始預告似地顫動，打從差點死在桑德烈森林的那一晚，他始終沒能擺脫眼瞼的抖動。他用一雙巨手鐵箍般地抓住窗沿，努力重拾沉著鎮靜，以便仔細周密地衡量這封攔截而得的信函代表什麼意義，然而冷靜不過是迅速消退的幻象。晨光之下，他晦暗的念頭滾滾冒出白沫，恰似風暴來臨的海洋。

笙席歐！那個奎雷亞蠢貨，居然想和第九省邦那些縱情聲色的傀儡打交道！不管他對世界局勢再怎麼陌生，一個人癡呆至此真是殊難想像。

艾勃利可背對朝臣與團長，俯瞰窗外過於燦亮的大廣場出神，忽地思索起這事看在整個世界眼裡成什麼樣子——看在這世間最要緊的那個人，也就是皇帝的眼中；看在那些能左右皇帝想法的人眼中；看在自視為艾勃利可之敵的人眼中。倘若伊嘉斯的布蘭庭忙碌地和南方貿易，倘若笙席歐商人歡歡喜喜駕船航過群島，沿著海岸一路往南，經過托傑亞與群山直抵奎雷亞海港，取得那片土地上長久以來被女祭司私藏、傳說中的各種貨品——整個世界會如何解讀這種消息？

假如唯有帝國無法進入這個新市場，理由是對方認定龐霸狄厄的艾勃利可政權比西部的伊嘉斯人脆弱得多……艾勃利可感覺自己開始冒汗，一滴溼潤的水珠冰涼地滑下側臉。心臟附近的肌肉一緊，胸口隨之一個抽疼，他逼自己緩緩呼吸，直到疼痛過去。

本以為前景光明之處彷彿倏地幻化出一把匕首，比他本來在龐霸狄厄的任何仇敵所能想出的計謀更鋒利，更致命。

笙席歐。冰雪連天的那幾個月，他連作夢也想著第九省邦，在輾轉反側的夜裡苦思突破之道，尋找重新掌控局面的方法。情況越來越像是整個局勢左右著他，而不是他作為自身命運的主宰左右局勢。

他早在冬天就有這種感覺，當時山脈另一頭的消息甚至尚未傳來。

不久，阿斯提拔的花園剛綻放第一批花朵，更多事件接踵而至。就在同一週，西方傳來情報：伊嘉斯的布蘭庭遇刺。

行刺未遂。在那美妙的一夜，艾勃利可夢裡上演著稱心快意的輝煌情景，懷抱無比濃烈的愉悅，反覆做著刺客成功得手的夢——聽說用的是十字弓——啊，那會是多麼完美，時機對他而言會是多麼恰到好處，和他的需要配合得多麼天衣無縫。真是如此的話，那想必是帝國的崇高眾神賜予他的禮物，閃耀在他臉上的光輝。不出一年，整個孤掌半島都將落入他手中，不，只消半年。奎雷亞那個瘸了腿的君王正處於迫切需要外面世界的時刻，不管艾勃利可屆時決定開出什麼貿易條件，他都只能接受。

至於帝國？注定是他的囊中之物，最多再過一年就能到手。

他在此地將掌握無人能夠挑戰的大權，以此作為後盾，他根本不必等疾病纏身的皇帝嚥下最後一口氣，就能以最終贏家與百姓的英雄之姿揮軍渡海返鄉，在那之前他還會先讓人民享盡穀物、金子、孤掌半島橫流不盡的美酒，外加再次從奎雷亞賺取的財富。

那會是多麼輝煌的榮光。那一夜，艾勃利可盡情作夢，在睡夢中微笑。醒來以後，他再度走下樓梯前往辦公廳，只見三名團長都等著他，面色凝重。他們身邊有另一名信使，又是自西方而至，和第一位信使相隔僅僅一天，捎來的消息將二十年的平衡就此打碎，化為尖利細小的殘塊，再也不可能拼湊回原本的樣貌。

布蘭庭放棄伊嘉斯王位，自立為西掌國王。

信使見了主君的面色慄慄發抖，稟報說詔令頒布後不到幾個小時，齊亞萊人民便歡慶起來了。

「伊嘉斯人呢？」卡勒留斯語調犀利，雖然他嚴格說來無權開口。

「大部分都會返國，」信使說道：「留下來的人必須歸化為新王國的國民，只能享有跟其他人平等的權利。」

「你說他們會返國，」艾勃利可說，目光冷漠沉重，掩飾著他激烈翻騰的情緒。「這是你確定的情報，還是有人告訴你的，或者只是你猜的？」

信使頓時臉如死灰，支支吾吾地說什麼邏輯、什麼顯而易見的結果、什麼每個人都預想得到……

「把這個人的舌頭拔了，然後弄死他，」艾勃利可說道：「怎麼弄死我不在乎，餵給禽獸吃也行。我的信使只負責回報蒐集到的情報，下判斷的是我。」

信使當場暈死過去，身軀往旁一歪，軟倒在地板上，看得出他溼了褲子。第二軍團團長格朗蕭迅速示意兩個人把他帶走。

艾勃利可懶得多瞧。某方面來說，他很高興那傢伙說話這麼不經大腦，他碰巧需要找個藉口殺人。

他用兩指比劃了一下，總管匆匆將所有人請出房間，只留下三名團長。其他位階較低的官員看來也不想在這時候多逗留就是了。正該如此。那些人他都不怎麼信任。

他也不完全信賴三個團長，可是他需要他們，他們也需要他，而且他非常謹慎地使三人相互猜忌、彼此不和。這樣的關係對他還算有益。起碼到現在為止是如此。

但現在才是最重要的，而布蘭庭一下子讓整個半島陷入大亂。不是說孤掌半島有什麼重要，它本身並不重要，可它是個管道，是個踏腳石。離開龐霸狄厄時他年紀尚輕，一心想在外面的世界崛起，在生涯的顛峰以王者之姿回歸；假如他無法衣錦還鄉，漂泊異地的這二十年就沒有意義，完全沒有意義。他不只要衣錦還鄉，更要登上大位。

他轉身背對三位團長走向窗戶，一面悄悄按揉他的眼睛。然後他等待，看誰會先開口，又會說什麼。內心有股恐懼逐漸茁壯，他用盡全力掩飾。沒有一件事的發展合他心意，他的審慎和深思熟慮似乎都沒結出該有的果實。

卡勒留斯在他身後開口說話，聲音極輕：「大人，此事或許是個良機。大好良機。」

他正是怕卡勒留斯會這麼說。他怕，因為他明白這話說得沒錯，也因為這話代表他必須再次進發，採取危險、果決的行動，而且得盡快。但到時他會是在這個半島採取行動，而不是家鄉的帝國——他原本都已經打起了回歸的盤算，打算在那裡開戰，遠遠拋下這座野蠻又難纏的半島；要是留在這個地方，他搞不好會失去一切，白白耗費大半生的耕耘，只為換取他壓根不怎麼在乎的征服成果。

「我們最好謹慎行事。」格朗蕭忙道。艾勃利可知道他多半只是為了跟卡勒留斯唱反調，但「我們」這個詞他可不能忽略。

他回過頭，用寒冰似的眼神冷瞪第二軍團團長。「我的確不會未經思考就採取任何動作。」他說，清楚地強調第一個字。格朗蕭別開目光，西費瓦捲曲的金色鬍子下揚起微笑。

卡勒留斯沒有笑，神色依然冷靜嚴肅，若有所思。艾勃利可深知，他是三人之中最優秀的——也是最危險的，這類型的人身上必然同時存在這兩種特質。艾勃利可挪步走到寬大的橡木書桌後方，再次坐下，抬頭注視第一軍團團長，靜靜等著。

卡勒留斯重複一遍：「如今正是良機。西方將陷入動盪，騷亂不安，伊嘉斯軍啟程返國，您可要聽一聽我的想法？」他越說越興奮，白皙的皮膚隨之泛紅，艾勃利可明白他的心思：他看見了自身的機會，看見自己將迎來土地與財富。

放任卡勒留斯說太多就不妥了，他會以為整個主意都要歸功於自己。艾勃利可說道：「我很清楚你在想什麼，連你接下來要說什麼都一清二楚。住口。我知道西方接下來會發生什麼，唯獨不知道一件事：我們還不確定有多少伊嘉斯軍會留下。我推測多數人會選擇離開，以免屈就於跟他們多年來支配的人民同等的地位，他們來到孤掌半島可不是為了當個無足輕重的小人物。」

「我們也不是。」西費瓦別有深意地說。

艾勃利可再度壓下怒火。近來他面對這三人似乎經常必須按捺怒氣。不過他們都有自己的打算，都有已經拖上許多年的漫長計畫，箇中關鍵便是名與利。懷有雄心壯志的帝國男兒為的無非都是這些，否則雄心壯志的人又該為了什麼而籌謀？

「這我知道。」他盡可能冷靜地說。

「那我們如何是好？」格朗蕭問，這是真心誠意的提問，而非挑戰。三人之中，最弱的就數格朗蕭，但他也最忠誠——原因正在於他弱。

艾勃利可抬起眼，望向的不是格朗蕭，而是卡勒留斯。

「召集我的軍隊，」他一字一句地緩緩說道，儘管脈搏正狂跳不止。此舉凶險之至，可能是最終一搏，他渾身的本能都這麼告訴他；但他也明白，時間與眾神從天堂對他拋下了一顆璀璨發亮的寶石，倘若不採取行動，寶石遲早會滾遠。

「召集我在四個省邦的所有軍隊，向北進發。我要他們以最快的速度集結。」

「往哪裡去？」卡勒留斯眼中的期待幾乎熠熠生輝。

「自然是斐洛。斐洛北邊與笙席歐接壤的交界。」笙席歐，他想著。第九省邦，皇冠實鑽，最終戰場。

「你們要花多少時間？」他問三人。

「不出五週。」格朗蕭隨即答道。

「四週。」西費瓦微笑道。

「第一軍團，」卡勒留斯說：「三週後抵達邊境。相信我。」

「我會的。」艾勃利可說，然後便令他們退下。

接著他在桌前坐了許久，一面把玩紙鎮，一面從各個方面思索此事，變換角度來來回回細加琢磨。然而他再怎麼推敲，一切看來都像是完美嵌合。有大權、有勝利等著他抓取，他幾乎要看見那光彩奪目的寶石從空中落下，越過海水，越過土地，掉入他伸出的手中。

他將會行動。由他親手掌控局面，而不是遭到局面宰制。直到西方近期這個亂局塵埃落定之前，他的敵人都將弱點畢露，破綻百出；奎雷亞的決定可以透過強硬手段來左右，令其別無選擇；帝國方面，等他最終凱旋歸國，自然有法子讓他們明白他的法術與大軍是多麼強大。時間果真為他獻上了一顆寶鑽，自天堂墜落，等著被他握入掌心，等著安坐於他的額上。

可是他依然大不自在，幾乎是不安得詭異。他獨自坐到早晨的天光轉亮，試著說服自己那光輝燦爛的前程都是真的。其實他不只是不安——他口乾舌燥，春天的陽光在他眼中顯得詭譎，幾近刺痛。他疑心自己病了。腦中未曾見光的角落，不知什麼像隻老鼠在漆黑中不住嚙咬，他逼自己面對那東西，試著以他審慎的理智思維作為火炬，照亮內心，將那焦慮連根拔除。

隨後他確實看清了，也在同一剎那明白，這份焦慮絕不可能拔除，也絕不能向任何一個活人透露。

只因真相是——那酸毒怨苦的真相是，他心懷畏懼。在他體內的最深之處，他怕那個人怕得魂飛魄散。他怕伊嘉斯的布蘭庭——如今是西掌國王布蘭庭了。隨著名字更改，勢力平衡也徹底改變。

唯獨恐懼的真相依然如故，已持續近二十年。

過了不久，他離開辦公廳，步下階梯前往地牢，瞧瞧信使是怎麼個死法。

***

艾蕾心下了然，她之所以得到這前所未有的大禮，與父親一同搭乘海女號踏上旅途，起因是瑟薇娜就要在夏末成婚了。

就在春初，卡提尼．艾迪紐向羅維戈提親求娶他的次女。卡提尼的父親在阿斯提拔北部擁有大片土地，其上種滿橄欖樹與葡萄，在城裡還經營規模不大但事業興旺的錢莊。羅維戈事前便收到次女十萬火急的叮囑，於是同意了這樁婚事，他下這個決定除了有其他盤算外，也是為了預防瑟薇娜履行她經常掛在嘴邊的那番話：要是到了秋天仍單身未婚、住在家中，她就要鬧自殺。卡提尼雖然有些無趣，卻是個討人喜歡的老實人，羅維戈從前也和艾迪紐做過生意，對他很有好感。

瑟薇娜欣喜若狂，既為婚禮的籌備而歡喜，也為經營自己的小家庭而歡喜（艾迪紐主動提議，他葡萄園附近的山上有一棟小屋，能給這對年輕夫妻住）。有天晚上羅維戈偶然聽見她跟兩個妹妹說話，談著她揣想夫妻間的床上生活會多麼享受。

他很為女兒的幸福而高興，也挺期待婚禮。每當他偶有感傷，盡力掩藏之餘，總認定那是內心尚未做好準備的自然反應，畢竟當初的小女兒居然這麼快長大成人。看著瑟薇娜織新婚之夜要用的那隻紅手套，羅維戈內心的觸動比他原本預期的更加強烈。他會撇開頭，不去聽瑟薇娜興奮歡快地跟端莊文靜、細膩觀察的艾蕾滔滔說話，即使身處全家上下滿懷期盼的忙亂吵嚷之中，他心中依然會浮現近似哀愁的情緒。

艾麗榭似乎懂他的心情，或許比他自己還了解。近來他妻子不時在出乎意料的時刻拍拍他的肩頭，有如安撫躁動難安的獸。

他的確躁動難安。春天以來，外頭總是傳來出乎意料的消息，一樁樁似乎都將伴隨嚴重的後果。路上開始擠滿往斐洛北邊行進的龐霸狄厄軍，意欲在笙席歐邊境集結；面對這個挑釁之舉，剛宣布成立的西掌王國遲遲沒有明確的回應，至少還沒有風聲抵達阿斯提拔。羅維戈早在餘燼節前就沒再收到雅列森的隻字片語，但他許久以前便知曉，今年春天可能會展開新的局面。

空氣中確實有什麼在蠢動，一種腳步加快的感覺，改變的感覺，恰與正在萌芽的春之氣息相合，進而超越，演變為危機與可能迸發的暴力。這樣的跡象他似乎走到哪裡都會聽見、瞧見，比如軍隊行軍的踏步聲，比如人們在酒館壓低嗓音交談，每當有人進門便慌忙抬頭一望。

有天早上羅維戈醒來，一個情景在他腦中揮之不去：多年前他踏上漫漫航程，順著奎雷亞的海岸航向遙遠的南方，曾見到河上扎實地擠著大塊大塊的浮冰。他半夢半醒地躺在床上，彷彿看見心中的冰開始崩裂，河水重新奔湧起來，挾帶相互撞擊擠壓的浮冰直流入海。

同一天早晨，他站在廚房喝著凱琲，宣布他要進城給海女號採買裝備，準備春季第一次出海。預計帶點貨物南下去托傑亞做生意，或許也帶點酒——或許帶點艾迪紐家的酒——然後載著滿船的初春羊毛和托傑亞山羊乳酪回來。

這個決定有些衝動，但並非不合常理。他通常會在春天南下一趟，只是以往更晚出發，主要是為了做買賣，順道替雅列森打探消息。他基於這兩個動機走這趟航程已經好幾年了，一切始於他認識雅列森和貝爾德；當年他和兩人在南方的一家酒館度過漫長的一夜，離開之際已從靈魂深處湧現與他們共享的熱血，肩負起可能得耗費一輩子實現的使命。

所以，這趟春之航行本來就是他每年的慣例。不屬於慣例的是，他啜著早晨的凱琲，出於純粹的衝動，提議要帶艾蕾和他同行。

他的長女，他的驕傲，他最聰明的孩子，在他心中她的美麗超越言語。沒人提過她的婚事。儘管他明白艾蕾是真心為瑟薇娜高興，絲毫不為自己難過，但隨著籌備瑟薇娜婚禮帶來的興奮激動越發高漲，每次他在這樣的氛圍中瞥見艾蕾，總是止不住一陣難熬的哀愁。

因此他問了，態度略過隨意地問艾蕾想不想一起來。在廚房忙到一半的艾麗榭登時抬起頭，深色眼眸投來擔憂的犀利目光，但艾蕾用更快的速度開口，帶著少見的熱烈：「喔，三神在上，當然！我很樂意去！」

原來那是她的夢想。

是她懷抱最久的夢想，從未要求，從未啟齒。艾蕾感覺得到她的面色頓時飛紅，洩露她的心情，看著父母互望一眼。有時候她羨慕他們兩人光靠眼神就能交流，一個字也沒說出口，他們大多時候似乎根本無須言語。隨後艾蕾瞧見母親點了點頭，她及時轉過頭去，瞥見父親臉上緩緩浮現回應的笑意，她頓時確定自己即將搭上海女號，生平頭一遭出海。

她想出海旅行已經好久了，甚至想不起內心有哪個時候不曾埋藏這份渴望。她記得自己還輕得可以被父親舉起來的孩提時代，父親扛著她，母親抱著瑟薇娜，四人一起去阿斯提拔港邊看新船，這艘船是他們在這世界打拼積累一小筆資產的希望。

她好愛這艘船。船上的三根桅杆在當時的她眼中是那麼高，直伸向天，船頭有著黑髮少女的人像，欄杆塗著一層鮮藍色的新漆，繩索與木板咿軋作響。還有那座港——樹脂、松木、魚、啤酒、乳酪的氣味，以及羊毛、香料和皮革；載滿貨物的貨車轆轆遠離，前往已知的世界當中某個遙遠的所在，或從遙遠之地前來，那些地點的名字對她而言恍若魔法。

一名身穿紅綠衣裳的水手經過，肩上站著一隻猴子，父親看似熟識地對他打招呼。父親在這裡顯得十分自在，他認識這裡的人，知道他們從哪些蠻荒異域前來，又要去什麼地方。艾蕾聽見叫嚷，聽見驟然爆出的哄笑，聽見有人提高音量破口大罵，爭執著這東西的重量或那東西的價錢；然後不知是誰大喊海灣裡有海豚，父親將她舉起來坐在他肩上，讓她有機會一瞧。

艾蕾記得這些吵雜的喧囂讓瑟薇娜哭了起來，過不多時他們便返回馬車，駛離港口，經過在四周徘徊監看的龐霸狄厄人，這些金髮男人體格高壯，騎著高頭駿馬看守阿斯提拔港。她年紀太小，不懂那些人代表的意義，然而父親駕車經過他們時倏地沉默下來，面無表情，這讓她意識到了什麼。後來她家鄉遭到占領的現狀中年齡漸長，體會更多現實。

她對船隻與港口的熱愛從未消褪，一有機會就隨羅維戈去港邊。冬天會比較容易，那時他們會遷至阿斯提拔城的住宅居住，不過即便是春夏或初秋，她也能找出各種藉口、原因或方法陪父親進城，前往海女號停泊之處。見到海女號，她總是沉浸在喜悅之中，夜裡她會夢見她夢想中的情景：大海在她面前展開，鹽霧隨著浪頭噴濺。

夢想。她是女人，女人不出海。恪守義務的聰慧女兒絕不會帶給父親煩惱，這種事連問都不該問。但看來在某些時候，在某些完全意想不到的早晨，伊安娜會從光輝燦爛的天空低頭俯視，露出微笑，從未奢求的奇蹟就這麼不請自來。

結果她似乎是個當水手的料，輕鬆適應了船隻在海浪上的搖晃顛簸。阿斯提拔的海岸線從他們右手邊緩緩行過。他們沿著海灣航向北方，穿梭於群島一帶的小島之間，駛進廣袤的開放海域，羅維戈和五個水手游刃有餘地操控船隻，在艾蕾眼中顯得既輕鬆寫意又精準。艾蕾興奮昂揚，看遍這個未知世界的所有，認真專注得讓旁人都笑了，還會以此逗她。但他們的戲弄不帶任何惡意，這五個水手都是她從小就認識的。

一行人彎過阿斯提拔省邦的北角，有個水手告訴她那是風暴角。但在那個春日，海角天朗氣清。船回頭向南時她站在欄杆邊，凝視故鄉的綠丘經過眼前，逐漸低平的地勢延伸向海灘的白沙，沿岸有漁村點綴。

過了幾晚，他們果真遇上風暴，是在托傑亞南部的懸崖外。羅維戈在日落時分察覺了風雨來臨的跡象，也或許是嗅到了氣味，可惜這裡的海岸礁岩嶙峋，難以接近，無處可靠岸躲避風雨，他們只得做好被風暴侵襲的準備，與岸邊拉開一段距離以避開岩石。暴風雨來襲時，艾蕾躲在甲板下方的艙房內，免得礙手礙腳。

她滿懷感激地發現，連這樣的天氣對她而言也不怎麼難捱。整個過程自然不怎麼令人愉快，她感受海女號的搖晃震盪、雜音連連，在黑夜中承受雨打風吹；可是她告訴自己，父親在海上生活三十幾年，熬過比這可怕得多的險境，這不就是個從東襲來的小規模春季風暴，她絕不會驚怕不安。

一感受到風浪漸小，她便特意回到甲板上。雨仍在下，她戴上斗篷的兜帽，小心避開水手正在忙碌的區域，站在欄杆邊抬頭仰望。他們東邊有雲朵迅速掠過，雲的間隙中顯露清朗的天空，維朵霓的月光短暫灑落。稍後風進一步平息，雨停了，雲翳散去，只見伊安娜遙遠燦亮的群星在海洋上方現身，宛若一句承諾，一個禮物。她拉開兜帽，任由黑髮散落，深深吸入新鮮清淨的空氣，一瞬間體會到無比純粹的快樂。

她轉頭一瞥，見到父親凝視著她，她於是對父親微笑。父親沒有報以笑容，但他走過來的時候，她看得出父親眼中滿載柔情與凝重。父親在她身邊倚住欄杆，向西注視海岸，頭髮和蓄到一半的短鬍上摻著反射光芒的水滴。托傑亞的峭壁在不遠處緩緩經過，是月光下連綿不斷的巨大黑影。

「妳有這樣的靈魂，」父親低聲道，襯著浪潮的輕拍與嘆息。「在妳的心中，流淌在妳的血液之中，甚至更勝於我，想必是傳承自我父親與祖父。」他默然片刻，然後緩緩搖了搖頭。「可是艾蕾啊，我的寶貝，女子是無法在海上生活的。在目前的世界不可能。」

她的夢想——那麼清晰明亮，恰似白月維朵霓照耀浪潮的點點輝光，就在那三言兩語中攤了開來，隨即摧折殆盡。

她嚥了嚥口水，然後說出在心底排練已久卻從未啟齒的那番話：「你沒有兒子，而我是長女。等你……等你不想過這樣的生活了，你情願割捨海女號和你費盡心血爭取來的一切嗎？」

「等我死後？」

他說得溫柔，但某種沉重疼痛的東西化為有形，壓在她的心頭。她把手穿過父親的臂彎緊緊摟住，湊近他，把頭靠在他的肩上。

他們默然無語，注視移過船前的峭壁與海上躍動的月光。船永遠沒有靜默的時候，但她喜歡船的聲響，過去幾天她都把海女號無止無休的聲音當成搖籃曲，聽著入睡。

她繼續倚著父親的肩頭，說：「能教我嗎？我是說幫忙你的生意，就算不會真的出海旅行。」

父親沉默了一陣子。她靠在父親身邊，感覺得到他穩定的呼吸。他的雙手在欄杆上鬆鬆地交扣。

他說：「能是能，艾蕾，妳想要的話是可以。孤掌半島到處都有經營生意的婦女，大多是寡婦，但也不只她們。」他一陣遲疑，「我想這個生意也可以由妳母親接手，如果她想的話，如果她身邊有好顧問的話。」他轉頭俯視她，但她沒把頭從他肩上抬起來。「但這樣的生活嚴厲又冷酷，我的寶貝。不光對女子而言是如此，對男人亦是，假如在一天的尾聲沒有爐火給妳溫暖，假如沒有愛承載著妳出外，再引領妳回家。」

她聽了閉上雙眼。這些話直指問題的核心。他們從未對她施加壓力，從未在旁煩擾或催逼，即便她已將近二十歲，已值適婚年齡，或說早已超過了適婚年齡。不僅如此，在剛離去的那個幽暗冬季，好幾個夜晚她都做了同樣的怪夢：一個背對月亮的人影，一個男人立在不知名的高丘上，置身花海，星穹之下他俯身靠向她，她則向上伸出手，擁他入懷。

她抬起頭，抽回手臂，垂眼注視浪濤，字斟句酌地說：「我喜歡卡提尼，也很替瑟薇娜高興。她準備好了，她一直很想要這一切，我覺得卡提尼很適合她。可是父親，我需要的不只是她將會擁有的事物。我不曉得是什麼，但我需要的不只是那些。」

父親聞言微微一動，她看著父親深吸一口氣，緩緩吐出。「我知道，」只聽父親說道：「我知道妳需要更多，我的寶貝。假如我知道妳需要什麼，知道如何得到也有辦法給妳，那就會是妳的。整個世界和伊安娜的繁星都會屬於妳。」

她掉下淚來。她很少哭，可是她深愛父親，她不只讓父親煩愁，如今父親又兩度說出自己終將離世的話。眼前是懸崖上的白月、暴風雨後的海面，這是她畢生未見的情景，也許一生都不會再見到這樣的景色。

***

卡翠安娜從窪地爬上山坡。她從這裡看不見馬路，不過根據遠處傳來的聲響，加上貝爾德跟桑德烈佇立在樹林外的草地上，姿態僵硬，神色戒備，她便知道一定有哪裡不對勁。她老早就明白，在這種時候男人遠比女人更不擅長掩飾情緒。

方才她在池塘沐浴，這是她頗為鍾愛的地方，每次他們往返斐洛與切譚多一定都會行經這裡。顧不得頭髮仍是溼的，她慌忙加快腳步一探究竟。

見她在身邊出現，兩人都沒吭聲。貨車停在這條南北向馬路旁的樹蔭之下，兩匹馬正自由地吃草。貝爾德的弓與箭袋藏在樹旁的草叢裡頭，離他不遠，以備不時之需。她朝馬路望去，望見龐霸狄厄軍正行經此地，有的徒步，有的騎馬，兵馬四周揚起厚厚的塵沙。

「也是第三軍團。」桑德烈說，嗓音帶著冰冷的怒意。

「看來是全軍出動了，對吧？」貝爾德面色嚴峻地低語。

那這就是好事，比好事更好，完全吻合他們的期待，根本不必一副怒氣沖天、嚴肅冷峻的態度。這似乎是男人一發現周遭出現敵人就會有的本能反應，卡翠安娜只想猛搖他們兩個。

一切其實是如此明晰。雅列森入山與馬略斯會面、隨後與戴文和厄蘭縱馬向西的那一日，貝爾德就對她、桑德烈以及波索的愛麗諾解釋過了。

那天卡翠安娜一面逼自己在愛麗諾面前保持鎮定，一面聆聽，終於明白雅列森翻來覆去說必須等到春天是什麼意思。他們在等馬略斯的回應，看他是答應抑或拒絕，看他是否願意為他們冒這個險，即便可能賠上尚未戴穩的王冠，賠上性命。在布拉丘隘道的那一日，他說他願意。貝爾德約略告訴了他們一些原因，但說得相當少。

十日後，她和貝爾德、桑德烈在歐提茲堡壘外的山丘上監視，望見攜有奎雷亞旗幟的使節隊伍順著馬路騎來，在城牆外受到龐霸狄厄人的隆重歡迎，迎入堡內。

隔天早晨，奎雷亞隊伍再度啟程，不疾不徐一路往北。他們走後兩個小時，堡壘的大門再一次打開，一隊六人急馳而出，桑德烈留意到其中一名正是第三軍團團長西費瓦本人。

「成功了，」貝爾德說，語氣帶著驚嘆：「難以置信，但我想我們成功了！」

又過約莫一個多星期，第一批部隊開始動身，他們於是明白貝爾德說對了。在那之後過了數天，他們在北切譚多的一個工匠村落收購雕刻品與加工布料，這才慢了一步地得知伊嘉斯的布蘭庭在齊亞萊做了什麼。西掌王國。

「你是個賭徒嗎？」桑德烈對貝爾德說。「骰子已開始滾動，在骰子停止滾動以前，誰都阻止或控制不了。」貝爾德沒有答腔，但他臉色一怔，近乎驚詫，那表情讓卡翠安娜想過去握住他的手。這種行為一點也不像她。

可是一切都變了，或者正逐漸改變。打從餘燼節在波索堡留宿那日，貝爾德就跟以前不同了。他在那裡遇到了一些事，不過他並未多加解釋。雅列森離開了，戴文也是——她不想承認，但她的確想念戴文，甚至和對王爵的想念不相上下。就連他們在東方的任務也徹底改變了。

一開始，他們在高原守候使節隊伍，以防事情出任何差池。現在貝爾德領著他們全力趕路，從一個城鎮奔往另一個城鎮，停下來報信給卡翠安娜連聽都沒聽過的人，大多是男人，也有一些婦女，指示他們做好準備，夏天可能將揭竿起義。

對於其中某些人（數量不多，只有精挑細選的少數人），他給的口信極其具體：笙席歐——趕在仲夏前北上前往笙席歐。如果可以，帶著武器過去。

最後那句話讓卡翠安娜無比強烈鮮明地感受到，起事的時機果真到來了。那時機近在眼前，他們不再只能迂迴地擾亂局面，不再只徘徊於事件的外圍。世局變化有了重心，也就是——或者很快就會是——笙席歐，他們都將趕赴那裡。她還不曉得究竟會發生什麼，貝爾德縱使知道也閉口不提。

他告訴卡翠安娜與桑德烈的，是人們的名字。

那是一長串名單，他把這些名字牢牢記著，有些已經記了十幾年。這些名字是與他們同一陣線的人，能夠信賴的人；他們身在受龐霸狄厄統治的幾個省邦，需要知道艾勃利可的部隊展開行動便是給他們的訊號，他們終於能夠著手準備，靜觀事態發展，隨時準備響應號召。

貝爾德、卡翠安娜和桑德烈會在夜裡圍在一塊，有時坐在星空下的篝火旁，有時坐在某個村中小酒館的隱密角落，聽貝爾德背出他們必須知道的名字。

一直到第三夜，卡翠安娜睡著之前才遲鈍地想通，必須把名字告訴他們的原因是以防貝爾德在雅列森遠走西方時喪命。

「利卡索．德拉諾，」貝爾德會這麼說：「馬西里恩的修桶匠，那是修羅聶堡南邊的第一個村子。他生於艾瓦勒，當年腿腳不便無法參戰。傳話給他，他沒辦法北上，但他認識附近的其他人，會把消息散播出去，假如起義的時刻來臨，他能帶領那一帶的人民。」

「利卡索．德拉諾，」她會重複：「在馬西里恩。」

「波蕊娜．庫琉，住在德隆戈，那地方就在托傑亞境內離邦界不遠處，位於從斐洛延伸過去的主要幹道。她比妳大幾歲，卡翠安娜，父親在戴薩河畔戰死。她知道要把話帶給誰。」

「波蕊娜，」桑德烈會喃喃說道，專注記誦，筋脈浮凸的枯瘦手掌緊緊交握。「在德隆戈。」卡翠安娜不禁驚嘆這些名字的數量；貝爾德和雅列森自奎雷亞回歸以來，在那十幾年的旅程中，原來他們觸及了那麼多人的生命，在積蓄自身實力的同時，也激勵那麼多陌生人準備迎接未來的某個時機、某個季節、某個時刻——也就是此時，他們都活著見到了這個時候。她內心充盈著希望，口中悄聲一遍遍念誦著名字，彷彿那是充滿力量的護身咒。

此後幾週他們馬不停蹄，以近乎不計後果的速度快馬行過繁花盛放的春天，差點顧不得維持商人的偽裝。每在一地停下腳步，他們便匆忙做些不划算的生意，不想多加盤桓交涉更好的條件，只肯逗留到找出能在某個村子或農莊發揮關鍵作用的那個人，找出認識其他夥伴、能把話傳出去的那個人。

他們賠了不少錢，不過愛麗諾資助他們不少阿斯提幣以供花用。坦白說來，對於那女子在雅列森多年的奔走謀劃中扮演的要角，卡翠安娜依舊不怎麼甘願承認。畢竟卡翠安娜當時只是個阿斯提拔漁村的小孩，什麼也不知道地長大。

有一回在某個鎮上，貝爾德讓她去帶話。傳口信的對象是名女織工，技藝之精湛廣為人知。卡翠安娜在村鎮外圍找到她居住的屋子，走上前時有兩隻狗對她狂吠，被屋內傳來的溫和女聲制止。一進屋裡，只見對方是個只比她母親略小幾歲的女子。卡翠安娜確認過四周別無旁人，依貝爾德的指示亮出海豚戒指，道出雅列森的名號，傳達口信——跟其他地方相同，是要她做好準備的訊息。接著卡翠安娜小心地吐露兩個男人的名字，說出貝爾德的第二個口信：笙席歐，仲夏，要他們可以的話帶上武器。

卡翠安娜一開口說話，眼前的女人臉色便倏地一白，猛然站起。她個子很高，甚至高過卡翠安娜。等第二個口信說完，她動也不動愣了半晌，然後向前一步，吻在卡翠安娜的唇上。

「三神祝福妳，願三神庇護妳和他們兩個，」她說：「想不到我能活著見證這一天。」她淚流不止，卡翠安娜在嘴唇上嘗到鹹味。

她走出屋外，踏進陽光，回頭找貝爾德與桑德烈。他們剛買下十幾桶切譚多啤酒，這樁交易簡直虧大了。

「我們是要北上，你們兩個蠢蛋！」她氣急敗壞地嚷道，做生意的直覺蓋過了其他念頭。「啤酒在斐洛賣不好！你們明明知道！」

「那我們只好自己喝掉了。」桑德烈說，大笑著上馬。本來貝爾德是個很少笑的人，但他在餘燼節過後略有改變，此時忽地也輕笑起來。和貝爾德一同坐在貨車上的她聽著兩人的笑聲，不由得跟著笑出來，貨車一路駛出鎮外，澄淨清新的微風拂過她的髮絲，似乎也吹過了她的心。

就是在這一日，一行人在午後經過了她鍾愛的窪地，想起這回事的貝爾德於是把貨車停在路邊，讓她到下方的池塘梳洗。等她爬回坡上，兩個男人都止住了笑聲，笑意全無地注視龐霸狄厄軍走過。

一定是他們兩個那麼站著的樣子招來了麻煩，卡翠安娜非常確定。等她回到兩人身旁，一切都已太遲。惹人注目的八成是貝爾德，龐霸狄厄人幾乎不會對桑德烈所喬裝的凱勒敦人多瞥一眼。但一個商人，身邊只有一輛貨車和一匹瘦馬的小生意人，竟敢像這樣站著直盯大軍路過，眼神冰冷，傲慢地高高昂起了頭，絲毫不顯順從或敬服，更別說這種場合該有的一丁點懼怕……

在卡翠安娜看來，肢體語言傳達的訊息有時清晰得超乎想像。她朝身旁的貝爾德一瞥，只見他的深色雙眸牢牢盯住正在行軍的軍團，臉色森冷地打量。卡翠安娜暗忖，那不是傲慢，也不只是男人的傲氣；那是更久遠的另一種情緒，是面對篡君展現的軍力產生的本能反應，他無從掩藏，正如他藏不了貨車上滿載的十幾桶啤酒。

「收斂一點！」她嚴厲地悄聲說，話才說出口，只聽有個龐霸狄厄人大喝幾句簡短的口令，隨即有五、六名軍人脫離正在前進的一列列兵馬，策馬朝他們奔來。卡翠安娜喉嚨一乾，瞥見貝爾德的目光掃向藏在草叢中的弓，微微挪動調整全身重心，桑德烈也做了同樣的動作。

「你們在幹什麼？」她用氣音怒道：「別忘了我們在什麼地方！」

她來不及再多說什麼。龐霸狄厄士兵來到他們面前，個個身高體壯，騎在馬上俯視他們這一行人：一對孤掌半島的男女，外加面容枯瘦、年紀老邁的灰髮凱勒敦人。

「我不喜歡你的表情。」領頭的瞪著貝爾德說。那人的髮色比其他大部分的人都深，但他的雙眼顏色輕淺，目光冷峻。

卡翠安娜嚥了一下口水，過去一年來，他們從未這麼直接與龐霸狄厄人交鋒。她垂眼往下看，拚命祈求貝爾德保持冷靜，適當應答。

她不知曉的是貝爾德眼中見到了什麼，當年不在現場的人不可能知曉。

他眼中不是六個龐霸狄厄兵騎馬立在切譚多的路旁，而是久遠以前，同樣數量的伊嘉斯軍人站在他父親屋前的廣場上。分明是好多年以前的事了，記憶卻依舊鮮明，宛若昨日的傷口般發疼，在這種時刻，平時用以衡量時間的單位似乎都裂解粉碎，隨風飄散。

貝爾德逼自己迴避龐霸狄厄軍人的瞪視。他心知自己犯了錯，也明白倘若他不夠小心，他永遠都會繼續犯這個錯。他太激昂了，眼見這列行軍隊伍隨著他和雅列森吹奏的曲調起舞，渾身頓時熱血上湧翻騰；然而現在為時尚早，還早得很，未來仍有許多無法控制的未知因素，他們必須活著見證那樣的未來，否則一切都會白費——多年的光陰、多人的性命、耐心把夢想化為現實的心血，全都會白費。

他垂下視線，低聲道：「如有得罪實在抱歉。我只是不禁嘆為觀止，我們好多年沒在路上見到那麼多軍人了。」

「我們特地挪到路旁，以免擋路。」桑德烈沉聲補上一句。

「你住嘴，」帶頭的龐霸狄厄人嘶聲說：「我要跟下人說話的時候自然會讓你知道。」另一個士兵引領馬匹往桑德烈的方向一挪，逼得他後退一步。他身後的卡翠安娜雙腿不禁發軟，用力抓住貨車的護欄，掌心滿是驚懼的汗水。她注意到兩個龐霸狄厄兵毫不遮掩地盯著她，帶著竊笑上下打量，她驀然意識到方才在池塘裡泡過水後，此時衣物想必緊貼著她的身軀。

「原諒我們，」貝爾德壓抑著語氣重複道：「我們沒有惡意，完全沒有。」

「是嗎？那你為何要點算我們的人數？」

「點算？人數？我為何要做這種事？」

「你告訴我啊，生意人。」

「沒這回事，」貝爾德反駁，暗罵自己簡直是個外行人，是個呆瓜。江湖闖蕩十二年，居然犯這麼蠢笨的失誤！事態正逐漸脫離掌控，而他剛才的的確確是在清點龐霸狄厄軍的數量。「我們只是經商的，」他加上一句：「只是小小的商人。」

「特地找了個凱勒敦武人當保鑣？我看也沒那麼小。」

貝爾德眨了眨眼，雙手交握，姿態恭敬。他闖了個大禍，這個軍人敏銳得危險。

「我擔心我妻子的人身安全。」他說：「傳聞說南方有盜賊出沒，局勢很亂。」這是實話，而且不只是傳聞。有二十五個龐霸狄厄人在一條山道慘遭殲滅，他頗有把握那跟雅列森脫不了關係。

「擔心你老婆，還是你的貨物？」另一個龐霸狄厄人嗤笑道：「誰都知道你們更看重哪一樣。」

他的視線越過貝爾德投向卡翠安娜的位置，臉上不由得露出色瞇瞇的表情，其他士兵迸出笑聲。貝爾德連忙再次低下頭，不想讓眼裡的殺意被察覺。他記得那種笑聲，記得那些笑聲的回音，記得接下來局面會怎麼發展，記得在十八年前的提嘉納廣場上是怎麼發展的。他保持靜默，目光低斂，心中埋藏著與回憶緊緊相伴的殺機。

「你們車上是什麼？」第一個龐霸狄厄人厲聲道，嗓音如抹刀直刮過來。

「啤酒，」貝爾德答道，用力握緊雙手。「只是幾桶要載去北方做生意的啤酒。」

「去斐洛賣啤酒？你果然在撒謊。要不就是太蠢。」

「不，不，」貝爾德慌忙道：「不是斐洛。我們拿到很好的價錢，一桶十一枚阿斯提幣，這價錢好到大老遠運到北方還是划算，我們打算帶去阿斯提拔，在那裡可以賣三倍的價。」

這個說法也沒錯，只不過他一桶其實花了二十三枚阿斯提幣。

領頭的軍人把手一揮，兩名龐霸狄厄兵下馬，用配劍撬起其中一桶酒的桶蓋掀開一條縫，切譚多啤酒帶著土味的辛辣香氣頓時瀰漫開來。

帶頭的那個人望了過去，瞧見部下點頭，視線接著轉回貝爾德，臉上勾起惡毒的微笑。

「一桶十一枚阿斯提幣？果真是好價錢。既然這麼划算，想必就算是個貪財商人，也會不假思索地把酒獻給保衛你們這些傢伙的龐霸狄厄部隊吧。」

貝爾德早就猜想他會這麼說。他謹慎地繼續演好角色，說道：「如果……如果各位想要，那當然好。各位可願意……可願意出點錢買下？只要成本價就好？」

一陣沉默。六個龐霸狄厄士兵身後，整批部隊繼續在馬路上前進，幾乎已全數走過，他已大致掌握人數。隨後面前這名騎在馬上的軍人抽出劍來，貝爾德聽見背後的卡翠安娜迸出輕呼。龐霸狄厄人傾身向前，越過馬的脖頸把劍往前直探，輕巧地把劍身平貼在貝爾德帶鬍的臉頰上。

「我們不討價還價，」他柔聲說：「不偷不搶。但我們收禮。把禮物獻給我們，生意人。」他微動劍尖，貝爾德感到劍刃輕戳皮膚，在他臉上一磨。

「請收下……請收下這些啤酒，這是我們獻給第三軍團弟兄的禮物。」他說，費了些力氣保持眼神迴避，不看那男人的臉。

「哎呀，多謝你了，生意人。」男人懶洋洋地嘲諷道，緩緩把劍收回，劍身滑過貝爾德的臉頰，有如陰狠的愛撫。「既然你都把這幾桶酒送給我們了，想必不會介意我們一併收下載酒的馬跟貨車吧？」

「請把貨車也拿走。」貝爾德聽見自己說。他忽地覺得自己似乎脫離了身軀，正飄浮在這個場面的上空，低頭俯瞰。

他彷彿從那居高臨下的抽離視角，旁觀龐霸狄厄人上前霸占他們的馬車，將車軛繫回拉車的馬身上。其中一個士兵拖出他們的行李和食物往地上拋，他的年紀比旁人輕，有些羞赧地回頭朝卡翠安娜一望，看來略顯難為情，隨後迅速爬上座位，對馬叱喝幾聲，貨車便緩慢地駛向在馬路上行進的龐霸狄厄部隊尾端。

其餘五人牽著他的馬跟上去，笑聲不絕，那是男人之間輕鬆開懷、自然流瀉的大笑，對自己的安身之處與人生走向充滿把握的人才會這麼笑。貝爾德再度瞥向他的弓。他頗有自信能在任何人插手前殺光那六個傢伙，就先從領頭的那人開始。

他沒有動。他們三人都沒動，直到部隊的最後一列消失於視野，他們的貨車轆轆跟隨在後。然後貝爾德才轉過身去，看著卡翠安娜。她渾身打顫，但貝爾德了解她，明白那不光是出於懼怕，也是出於怒火。

「對不起。」他說，伸手輕觸卡翠安娜的手臂。

「你嚇壞我了，貝爾德，我真想殺了你。」

「我知道，」他說：「我真的死了也是活該，是我低估了他們。」

「情況倒也還不算最糟。」桑德烈平淡地說道。

「哦，是沒那麼糟，」卡翠安娜酸溜溜地說：「我們本來搞不好會全部死在這裡。」

「那樣就確實更糟了。」桑德烈一臉正經地附和。

她過了半晌才意會到桑德烈是在逗她，連她自己也嚇了一跳的是她迸出有些失控的笑聲。

桑德烈這時忽地說了意想不到的話，黝黑的面孔十分嚴肅。「妳絕對猜不到，」他低喃：「我多盼望妳是我的血親，女兒也好，孫女也好。妳是否願意讓我以這樣的妳為傲？」

她驚詫不已，一時之間想不出能說什麼，但她大受感動，片刻後向前在桑德烈的臉頰落下一吻。他伸出修長枯瘦的雙臂環住卡翠安娜，將她摟在胸前半晌，動作小心翼翼，彷彿她輕脆易碎或極其珍貴，也或許兩者皆是。她不記得有誰這樣擁抱過她。

桑德烈退開一步，有些尷尬地清了清喉嚨。她瞥見貝爾德凝視著他們兩人，神色溫柔得出奇。

「真是感人肺腑。」她故意用揶揄的口吻說道：「我們不如在這裡待上一天，互相誇我們彼此有多棒？」

貝爾德咧嘴笑起來。「聽起來不錯，但不是最好的主意。我想我們只能折回買啤酒的地方了，還需要新的貨車和馬。」

「好極了，我正想再來一壺啤酒。」桑德烈說。

卡翠安娜飛快地瞥他一眼，對上他戲謔的目光，不由得一笑。她明白桑德烈是故意這麼說，但她絲毫想不到在剛目睹一把劍貼在貝爾德臉頰之後，自己這麼快就笑得出來。

貝爾德從草叢取回弓和箭袋，他們背起行李，要卡翠安娜騎留下來的那匹馬，桑德烈宣稱這樣才不會啟人疑竇。她本想爭辯，卻想不出理由；其實她暗自慶幸能騎馬，她的雙膝還有些發軟。

接下來約莫一、兩哩，整條路都由於大軍經過而塵沙瀰漫，他們於是走在路旁的草地上。馬匹驚起一隻兔子，她還沒意識到這件事，貝爾德已搭弓放箭，兔子應聲斃命。過了不久，他們跟一戶農家用兔子換了一壺啤酒、幾塊麵包與乳酪，繼續上路。

當天稍晚，他們一路徐行返回村落之後，卡翠安娜已經說服自己：這場意外雖然來得不巧，但用不著太放在心上。

八天後，一行人抵達托傑亞城。這週他們走的路線遠離主要道路，沒再見到其他士兵。他們將新馬車和貨物留在平時下榻的旅店，接著走路前往鎮中心的市集。時間已近傍晚，天氣以春日來說溫暖宜人，卡翠安娜朝北邊的碼頭望去，透過樓房的間隙窺見一根根船桅，是冬季過後第一批沿河而上的船隻。桑德烈在一個皮匠的攤位停下來，商量著要維修他用來掛佩劍的皮帶。卡翠安娜與貝爾德穿過人群擁擠的廣場，此時有個龐霸狄厄傭兵從酒館蹣跚而出，那人的年紀比多數士兵來得大，走路一瘸一拐，八成喝多了春季的酒，一見到卡翠安娜便踉蹌撲來，眼看就要笨手笨腳地往她胸部和兩腿間胡摸一通。

她尖叫出聲，但主要原因是嚇了一跳。

她隨即對自己叫出聲來後悔不迭，因為就在她前面的貝爾德倏地回過身，看見那個男人，登時反射性地發揮那日射殺野兔的迅捷與致命，一記重拳揮向那個龐霸狄厄人的頭側，把人打趴在地。

卡翠安娜當下頓時無比篤定地明白，他出拳痛打的不只是那個醉醺醺的備役衛兵，更是一星期前在切譚多樹林邊以劍威嚇他的軍官。

身周驟然陷入驚恐的寂靜，隨即又掀起一陣竊竊私語。他們兩人對望了一個混沌紛亂、電光石火的剎那。

「快跑！」貝爾德聲色俱厲地指揮道：「今晚在妳去年冬天從河裡上岸的地方碰面，假如我沒出現，妳自己繼續行動。名字妳都曉得了，剩下的沒幾個。願伊安娜庇佑你們！」

話一說完他的身影迅即消失，順著來時的方向拔腿奔過廣場，幾個傭兵與此同時穿過人群，一面散開隊形一面朝他們走來。躺在地上的男人動也不動，卡翠安娜沒多逗留看他是否還活著，卯足全力往另一個方向飛跑。眼角餘光瞄到皮匠攤前的桑德烈望著他們，一臉驚愕，她極其小心地特意避免看向桑德烈，避免跑向他那一邊，只盼能有一個人——啊，求三神允許，他們至少要有一個人活著以自由之身離開此地，帶著所知的那些名字，繼續懷揣著那份夢想，邁向仲夏的烽火。

她竄進一條人來人往的街道，在第一個岔路向左急彎，拐進錯綜複雜的曲折巷弄。這裡靠近河畔，是托傑亞最古老的城區。頭頂上，二樓的加蓋部分自樓房張狂地延伸而出，相互逼近，只有些微陽光勉強自縫隙灑落，街道兩側岌岌可危的房屋之間偶爾搭起四面圍起的橋道，徹底擋住光線。

她回頭一望，只見四個傭兵在後追趕，踏著響亮的腳步聲奔過小路，其中一人大喝著命令她站住。卡翠安娜暗忖，萬一他們之中有誰帶著弓箭，她不出幾秒就會斃命。她左右閃躲，猛地切進右邊的一條窄巷，隨即在第一個岔路再度右轉，折回來時的方向。

貝爾德的名單上也有居住在托傑亞的人，她知道那兩個人可能身在何處，但龐霸狄厄人緊追在後，她不可能上門尋求他們的幫助。她必須設法自行甩掉追兵，聯繫的任務只能交給桑德烈了。或是貝爾德，假如他逃脫的話。

有人將晾曬的衣物高掛在街道上方，她閃身躲進那些衣衫隨風飄動的下襬，陡然向左一轉，朝著河水而去。小路上走著幾個人，在她奔過之際略顯好奇地抬頭一瞥，她知道再過不久，等他們見到龐霸狄厄人腳步聲如雷地追在她後頭，臉上的表情就會變了。

這裡的街巷是盤根錯節的迷宮，她不確定自己身在何方，只知河流位於她的北邊，她不時會驚鴻一瞥地捕捉到那些船隻最高的桅杆。但去河邊的話太危險了，那一帶過於開闊，無處躲藏。她再次折向南，肺部拚命吸取空氣，聽見身後傳來碰撞的巨響，伴隨一陣刺耳吵鬧的怒吼與咒罵。

她繞過右邊的另一個轉角，腳下微微踉蹌。每一個剎那，每拐一個彎，她都預想糾結混亂的巷道會帶她迎面撞上追兵。萬一那些傭兵展開包圍網，她八成就完了。小路上擋著一輛車輪匠的貨車，她側身貼著牆壁擠過去，面前又是一個岔路，這次她直向前衝，經過五、六個正在玩跳繩的孩子，在第二個岔道轉彎。

就在這一刻，她的右手肘被人一把抓住。她張口就要放聲尖叫，但一隻手迅即摀住她的嘴，她猛烈掙扎著想要逃脫，露齒打算咬下去，接著倏地不敢置信地一僵。

「小聲點，親愛的。跟我來。」羅維戈．阿斯提拔說道，鬆開按在她嘴上的手掌。「別跑。他們在離這裡兩條街之外的地方。裝作妳是跟我一起走的。」他一手扶著卡翠安娜的手臂，引領她快步走進一條幾乎無人的窄巷，回頭看了一眼，接著把她推進一間布行的門內。「躲進櫃檯後面，快。」

「你怎麼……」她喘著氣道。

「在廣場看到妳就跟著過來了。快進去！」

她挪動腳步。一名老婦人抓住她的手輕握一下，掀起裝有鉸鍊的櫃檯板，卡翠安娜鑽過去，伏下身蜷縮在櫃檯後方。過了片刻櫃檯板再次掀起，一個人影居高臨下出現在她身邊，手持看似尖銳的長形物體，她的心臟差點一停。

「對不起，」艾蕾．羅維戈在她身旁跪下，悄聲道：「父親說我們要離開時，妳的頭髮可能會讓妳被認出來。」她亮出手中的剪刀。

卡翠安娜渾身僵了半晌，然後閉上雙眼，一聲不吭地緩緩轉身背向對方。過不多久，她感覺自己的紅色髮絲被收攏、拉直，銳利的長布剪接著喀擦作響，在肩膀上方俐落地一直線剪過，轉瞬在暗影中切斷留了十年的頭髮。

外頭一陣喧鬧，一個哐啷聲、沙啞的叫喊聲……嘈雜聲逐漸接近，來到門外，然後吵鬧地過去了。卡翠安娜察覺自己在發顫，艾蕾輕觸她的肩膀，隨後沒什麼自信地收回。櫃檯另一頭，老婦人在布行的重重陰影裡平靜地四處走動，羅維戈則不見蹤影。卡翠安娜一抽一抽地吸入空氣，身子右側有些發疼，一定是在四處狂奔時撞到了什麼，可是她不記得了。

有什麼散落在她腳邊的地上，她伸出手，聚攏被剪斷的那一頭濃密紅髮。這件事發生得太快，她幾乎沒有反應的時間。

「卡翠安娜，真的很抱歉。」艾蕾再次耳語道，語氣流露真誠的憾恨。

卡翠安娜搖了搖頭。「沒什麼……這根本算不上什麼。」她說。她有些說不出話來。「只不過是虛榮心而已。這哪有什麼要緊？」她好像流下了眼淚。肋骨疼得不得了。她抬手輕觸削短的頭髮，接著略略往旁轉，維持坐在布行櫃檯後方地板上的姿勢，疲憊地把頭倚在對方肩上。艾蕾抬起雙臂環住她身軀，在她啜泣時緊緊摟著她。

櫃檯另一頭，老婦人哼著不成曲調的旋律給自己聽，就著午後微光忙來忙去，將各種色彩、各種質地的布料摺疊分類。日光從擋住大半太陽的歪斜房舍之間穿透，落在這個城區的街道上。

***

貝爾德蹲伏在河邊的輕淺夜色中，想起上一回待在這裡時有多冷。那時他和戴文在冬日的薄暮裡守候，等待卡翠安娜從上游漂來與他們會合。

幾個小時前他便擺脫了追兵。他對托傑亞瞭如指掌，從奎雷亞回來之後，雅列森跟他在此地斷斷續續生活了超過一年。他們認為這個群山綿延的奔放省邦很適合作為起點，可以在此尋覓與培養緩慢燃燒的革命星火，事實也證明他們的判斷沒錯。

當初他們的首要目的是尋訪在布里法特圍城一戰成名的隊長，儘管始終沒能找到他，但卻發現了其他人，也成功說服那些人同意投身他們的理想。多年來他們無數次返回此地，有時在城中，有時在城郊的山間，從這個省邦嚴酷而簡樸的生活汲取力量，汲取那純淨的爽直，幫助他們兩人行過緩慢難熬、迂迴曲折的人生之路。

他對城裡迷宮般的街道了然於胸，遠比駐紮在此的龐霸狄厄人熟悉得多。他曉得哪棟房子可以迅速攀登，哪個屋頂通往其他屋頂，哪條路是應當避開的危險死路；對他們這種亡命天涯的生活而言，了解這些事情至關重要。

他從市集往南狂奔，拐向東邊，來到他們常去的牧羊杖老酒館，把旁邊那個木柴堆上方斜放的一塊木板當成跳板，手腳並用地攀上酒館——他想起自己好幾年前也做過同樣的動作，當時是在宵禁後躲避巡夜的士兵。他壓低身子迅速向前跑，跨越兩個屋頂，再沿著一道七拼八湊架在兩側房屋之間的廊橋爬到街道對面。

追兵很快便遠遠落後，身後傳來他們被各種看似不小心釀成的意外給阻撓的聲響，貝爾德猜想得到會是什麼樣的意外：載著牛奶的拉車車輪失控；兩個男人在街上大吵，火速引來人群圍觀；酒桶在正要滾進酒館時潑濺出來。他了解托傑亞，這代表他也了解托傑亞人的脾氣。

不消多久，他已將市集所在的廣場遙遙拋在後頭，整段路程都在屋頂上飛奔，腳步輕快地掠過一棟又一棟屋樓，無人發覺。要不是他太擔心卡翠安娜，他說不定會享受起這段追逐。越是靠近托傑亞地勢較高的南邊外圍一帶，房屋就越高，街道也愈發寬闊。他的記憶依舊可靠，心知該拐往哪個方向才能持續向上爬，直到他抵達要找的那間屋子，躍了過去，在屋頂上落地。

他在原地停留半晌，仔細傾聽底下的街道是否傳來有人被驚動的聲音，但只聽見傍晚尋常的行人來往聲。於是貝爾德把手探到一塊焦黑的瓦片底下，那是藏鑰匙的老位置。他用鑰匙打開扁平的暗門，無聲地向下一溜，閃進列馬索的閣樓。

他放下門，等待雙眼適應黑暗。他能清楚聽見樓下藥劑行傳來的說話聲，很快便聽出列馬索難以錯認的低沉嗓音；他們許久沒見了，不過有些事看來永遠不會變。身周飄揚著肥皂與香水味，以及或苦澀或甜膩的各種藥劑味。等他在黑暗中稍微能看清周遭，他找到列馬索從前為他們擺在這裡的破爛扶手椅，坐了下去，這個動作勾起許多年前的回憶。有些事永遠不會變。

樓下的說話聲總算歸於沉寂，他細細聽去，只辨認出一個沉重的腳步聲在店裡走動。貝爾德傾身向前，刻意搔抓地板，恰似老鼠會在閣樓製造的響動，但沒有什麼老鼠會快速連抓三下，接著再抓一下。三代表的是三神，最後那一下代表神君；托傑亞跟提嘉納一樣和亞達昂有著古老的淵源，因此他們在設計暗號時決定以此為記。

他聽見樓下的腳步聲一停，過了一會又恢復原本慢條斯理的步伐，彷彿什麼也沒發生。貝爾德往後一靠，靜靜等待。

他沒等太久，剛巧時間已經晚了，差不多到了關店的時候。他聽著列馬索打掃櫃檯和地板，然後是前門關上的砰然一響，門閂喀啦一聲扣上。又過片刻，有梯子搬動到位，腳步聲逐漸往上，底下的門被推開，列馬索端著一根蠟燭爬進閣樓，累得呼呼喘氣。他的身材又比從前胖了一些。

列馬索把蠟燭擱在一個箱子上，雙手叉住寬胖的腰，低頭俯視貝爾德。他衣著光鮮，黑鬍子修得整整齊齊，貝爾德隨即察覺他身上飄著香氣。

貝爾德咧嘴笑著站起身來，往列馬索講究的打扮比劃了一下，假裝嗅聞，藥師不禁面露無奈。

「誰叫客人喜歡，」他咕噥道：「這年頭就流行這套，客人覺得藥行就該這樣，我們很快就會變得跟笠席歐一樣糟了。下午那麼大的騷動是你鬧出來的嗎？」沒有一句多餘的廢話，沒有寒暄，沒有激烈的真情流露。列馬索一向如此，冷靜直接得恰似一陣山風。

「恐怕是我，」貝爾德答道：「那個士兵死了嗎？」

「哪有可能，」列馬索用熟悉的輕蔑語氣說：「你沒孔武有力到那種地步。」

「有沒有另一個女人被抓的傳聞？」

「沒聽說。她是誰？」

「是我們的同伴，列馬索。聽我說，有重大消息要告訴你，而且我需要你替我去找一個凱勒敦武人，帶個口信給他。」

貝爾德的話讓列馬索微微瞪大雙眼，然後微微瞇起，專注傾聽貝爾德交代一切。解釋沒耗費多少時間，列馬索是個聰明人。這個身材圓胖的藥師不會親身北赴笠席歐涉險，但他能聯絡與傳話給其他願意過去的人，此外應該也有辦法在他們下榻的客棧找到桑德烈。列馬索爬下梯子，之後再度氣喘吁吁地回來，帶著一塊輪狀麵包、幾塊冷肉，還有一壺好酒配著喝。

他們掌心輕碰了一下，隨後列馬索便出發尋找桑德烈。貝爾德坐在藥劑行閣樓的雜物之間吃喝，等待夜色降臨。待他確定日已西沉，他再次溜到屋頂上朝北折返，一路穿過托傑亞城；過了一陣子，他回到地面，一邊留心避開巡夜士兵的火把，一邊往東走過蜿蜒盤繞的街巷，來到卡翠安娜冬季跳河之後在城外上岸之處。他坐在河邊的草叢間，在近乎無風的夜裡沉住氣等待。

他從來沒真的擔心自己會被抓。這種生活他過了太多年，身手飽經打磨鍛鍊，感官訓練得無比敏銳，思緒能飛快憶起各種事物，引領他把握機會採取行動。

但這一切都無法解釋或推託他害大家落入這種處境的行為。他出於衝動揍了龐霸狄厄醉漢一拳，那完全是不假思索的愚蠢行徑，就算廣場上大多數人都曾經幻想要這麼做。在如今遭篡君統治的孤掌半島，一個人只能壓抑這種幻想，否則下場唯有一死，或是眼睜睜看著所愛之人死。

他的思路由此回到了卡翠安娜身上。在這繁星熠熠的春夜，他憶起卡翠安娜從冬日河水現身，姿態宛若幽魂。他靜靜藏在草叢裡，想著卡翠安娜，過一陣子或許有些理所當然地想起了艾蓮娜。接著他一如既往地想起黛安諾拉——永遠都會想起她，恰似朝來暮去、四季更迭那樣必然，想著可能已經死去或是在茫茫世間與他失散的黛安諾拉。

背後的樹葉一陣窸窣，十分輕微，用不著警戒。半晌，有隻歌鸝引吭歌唱。他聆聽歌鸝的鳴叫，在黑暗中既孤單又自在，對獨處的需求與沉默的追憶塑造了他，也定義了他。

巧合的是，他父親在戰死前夜也如此坐在戴薩河畔。

沒過多久，他西側的河岸有隻貓頭鷹出聲啼叫。他輕輕模仿貓頭鷹叫喚幾聲加以應和，打斷了歌鸝的吟唱。桑德烈悄然走近，腳下的雜草幾乎沒有響動，低哼了一聲彎身坐下。他們對看彼此。

「卡翠安娜呢？」貝爾德低語道。

「不知道。但我想沒被抓，否則我會聽說才對。我在廣場附近停留了一段時間，看見衛兵折了回來。你打的那個人沒事，事後其他士兵都在取笑他。我想風頭很快就會過了。」

貝爾德讓緊繃的肌肉放鬆下來。他閒聊似地說道：「有時我真是愚蠢至極，你有沒有發現？」

「不算有。有時間你一定要說給我聽。那個來找我搭話、胖得不得了的人是誰？」

「列馬索，他加入我們很久了。我們住在這裡時會在他的閣樓儲藏室密談，之後也常在那碰頭。」

桑德烈悶哼一聲。「他在客棧外跟我攀談，說要賣我能使人春心大動的藥水，我渴望的任何男女都必定隨我擺布。」

貝爾德不由得咧嘴笑開。「看來關於凱勒敦人癖好的流言傳得很廣。」

「顯然如此。」桑德烈的白牙在黑夜裡一閃。「告訴你，他開的價錢很漂亮。那東西我買了兩瓶。」

貝爾德輕笑起來，忽然有種奇異的感覺，彷彿一顆心向外延展開來，納入了坐在身邊的這個人。他還記得與桑德烈相識的那一夜：在這樣的暮年，桑德烈所有的謀劃算計一朝盡毀，整個家族落入萬劫不復、兇殘血腥的結局；那一夜的尾聲，公爵運用魔法潛入艾勃利可的地牢，親手了結了親生骨肉。了結了托瑪索。我渴望的任何男女都必定隨我擺布。

貝爾德嘆服於身邊這位老者的堅毅。在超過半年的嚴酷旅程上，在留下轆轆車痕的凜冽寒冬，桑德烈從未要求暫歇片刻或放慢腳步，從未抗拒交代給他的任何事務，從未顯露疲態，從未在溼意未褪的破曉時分貪睡；每當更多人死於輪上的音訊自阿斯提拔傳來，他內心必定滿溢著狂怒或哀痛，卻從未流露。他把他的一切當成贈禮送給了他們，包括他對孤掌半島、對這個世界、尤其是對艾勃利可所知的全部，包括一輩子的巧妙手腕與領導能力，不帶傲慢、不帶保留地給了出去，全數傾盡。

貝爾德尋思，在孤掌半島被攻陷前，正是像桑德烈這樣的人一手掀起半島的輝煌與悲哀——輝煌在於他們叱吒風雲，悲哀在於他們的怨仇與戰爭引來了篡君，將孤傲不合的省邦逐一拿下。

在黑夜下的河畔，貝爾德再次由衷確信，雅列森的目標——他和雅列森共同努力的目標是正確的。他堅信那是值得投身的目標：為孤掌半島的團結一體而努力，驅逐篡君，所有省邦聯合一心，迎接共同的未來。為此值得拚上一生的日日夜夜，無論這個理想最終是否達成，是否會有真正落實的一天。與這個目標形影相隨、緊緊相繫的，是另一個沉重無邊的苦澀願望，那就是提嘉納與她的名字。

對貝爾德．賽瓦而言，打從提嘉納淪陷、他的青春時光遭到剝奪的那一年，要做到某些事情格外困難，甚至根本不可能。但就在剛過不久的餘燼夜，他在魔法盈溢的異域和一名女子纏綿，緊箍在他心上的剛硬桎梏似乎在那青綠的黑夜逐漸鬆開。此刻他同樣置身黑暗，河水潺潺流動，一片靜謐；曾經深怕此生無緣見證的未來，正在孤掌半島逐漸成形。

「大人，」他對坐在身旁的老人輕聲說道：「你知道嗎？在我們相處的這段日子，我已漸漸對你心生敬愛。」

「三神在上！」桑德烈回答的速度有些太急：「我根本還沒讓你喝藥水！」

貝爾德微笑起來，沒說什麼，明白老公爵內心也有屬於他的桎梏。但片刻後他聽見桑德烈語氣一改，低聲道：

「我對你也一樣，吾友啊。對你們所有人都是。你們讓我重獲新生，給了我再活一遍的理由，甚至重燃希望，期盼迎來值得見證的未來。為此我將深愛你們，直到我嚥氣之日。」

他肅穆地伸出手掌，兩人在黑暗中手指互觸。他們像這樣凝坐著，此時河上響起船槳輕輕濺起水花的聲音。兩人都悄悄起身，各自伸手取劍，接著只聽河上傳來貓頭鷹的叫聲。

貝爾德柔聲應和。過沒多久，一艘小舟輕撞河岸的斜坡，卡翠安娜腳步輕巧地走上岸來。

見到她，貝爾德登時大大鬆了一口氣，他對卡翠安娜的憂心簡直難以言喻。她背後的船上有個男人手持船槳，只不過雙月尚未升起，貝爾德看不清那人的面貌。

卡翠安娜說：「你那一下打得可真狠。我該覺得受寵若驚嗎？」

他身後的桑德烈輕笑起來。貝爾德內心滿溢著對她的驕傲，深深以她沉著冷靜、腳踏實地的勇敢為傲。他有些費力地仿效卡翠安娜的口吻，只說：「妳不該尖叫的。半個托傑亞都以為妳要被強上了。」

「是啊，這個嘛，」她揶揄地說：「請見諒，當下我自己也說不太準。」

「妳的頭髮怎麼回事？」後方的桑德烈忽地出聲發問，貝爾德往側邊一挪，才發覺卡翠安娜的頭髮的確被剪掉了，略高於肩膀的髮尾參差不齊。

她聳了聳肩，故作淡漠。「礙事，我們決定剪了。」

「我們是誰？」貝爾德問，心底為她哀傷，也為她故作漫不在意的模樣哀傷。「船上的人是誰？既然他在這裡，我想應該是朋友。」

「猜得沒錯。」船上的男人自己開口答道：「但我得說，我本來會挑更好的地點來開合股商團的業務會議。」

「羅維戈！」貝爾德愕然低喊，隨即一陣欣喜。「來得正好！好久不見了。」

「羅維戈．阿斯提拔？」桑德烈忽道，邁步上前。「是他嗎？」

「我就想我聽過那個嗓音。」羅維戈說道，收起槳後猛地站起，貝爾德連忙趕到岸邊穩住船身。羅維戈跨出兩個精準的大步，縱身一躍，擦過他身邊跳上岸來。「我其實認出來了，只是我不敢相信那是我聽見的聲音。門扉之神茉里安在上，大人，你難道死而復生了嗎？」

口中還沒說完，他已在阿斯提拔公爵桑德烈面前高高的草叢間跪下。伊萊琉在他們東邊升起，懸掛於河川入海的交會點之外，藍色光輝沿著河面一路灑來，也照耀河畔搖曳的青草。

「某方面來說確實是。」桑德烈說道：「貝爾德用他的技藝替我改換了膚色。」他伸手拉羅維戈起身，兩人對望。

「雅列森去年秋天不肯告訴我是誰，但他說過等我知道另一個合夥人的身分一定會很高興。」羅維戈低聲道，顯然大為震動。「他這話說得真是不能再對了。大人，你怎麼還活著？」

「我從來沒死。」桑德烈簡單地答道。「純粹是詐死，那是個可悲又愚昧的老人設想的詭計。萬一雅列森和貝爾德當晚沒有返回木屋，我想必會在龐霸狄厄人來過以後自我了斷。」他一頓，「這麼說來，我能有現在大概也得感謝你這位近鄰，羅維戈。多虧你這些年來好幾晚躲在我窗外，竊聽我們謀劃那無用的陰謀。」

映著斜斜落下的藍色月光，他眼裡閃著戲謔。羅維戈略微後退，但他高昂著頭，沒有迴避桑德烈的視線。「你現在知道那是出於什麼目的了，大人，」他說道：「現在你也投身於相同的理想。我寧願剪斷自己的舌頭也絕不會背叛你，我想你一定清楚這點。」

「我是清楚。」桑德烈停頓半晌才說：「這就遠勝我自己的親族了。」

「親族的其中一個而已，」羅維戈慌忙接口：「他已經死了。」

「他是死了。」桑德烈重複道：「他們都死了，我是桑德烈家族僅存之人。對此我們該如何是好，羅維戈？我們該如何對付龐霸狄厄的艾勃利可？」

羅維戈默然不語。應聲的是立在水邊的貝爾德。

「擊潰他，」他說：「把他們兩方一舉擊潰。」

第五部

星火的記憶

伊嘉斯
桑加里歐
山脈
御花園
城區
王宮
港口
城區
齊亞萊
神殿或聖所
村莊
S

第十七章

儀式當日，謝托一大早將她喚醒。她依循古禮獨自度過這一夜，前一晚分別在亞達昂與茉里安神殿供奉了祭品；如今布蘭庭在這方面格外留心，想讓人民知道他遵從孤掌半島的所有習俗和儀禮。神殿中，一眾男女祭師對她關懷備至，到了近乎諂媚的地步；她要做的一切能賦予他們權力，那些祭師都深知這個道理。

她睡得不久，也不安穩。謝托輕觸她，溫柔地把她叫醒，手裡已備妥凱琲。夜裡最後的夢境緩緩流逝，她半夢半醒地閉上雙眼試著追逐那段夢，感覺夢正逐漸退去，像是沿著她腦海中的走廊走遠。她鍥而不捨，試著重拾能讓她抓住夢境的任何畫面，就在整場夢眼看要消散如煙之際，她想了起來。

她慢慢在床上坐起身，接過凱琲，雙手捧著汲取溫暖。房裡並不冷，只是她剛想起今天是什麼日子，內心泛起寒意，那已超越了預感，幾近確信。

在黛安諾拉年紀尚幼時（也許是五歲，或稍小一些），有一夜她夢見自己溺水。夢裡的海水在她頭上合起，眼前似乎有什麼烏黑的形體逐漸接近，以決絕而駭人的姿態，意欲把她扯入無光的深淵。

她尖叫著醒來，喘不過氣，在床上激烈掙扎，分不清自己身在何處。

接著母親出現在黛安諾拉身邊，摟她入懷，低聲呢喃著前後輕搖，直到她淒厲的哭聲止息。等黛安諾拉終於從母親胸口抬起頭，她藉著燭光瞥見父親也趕了過來，抱著貝爾德站在門口。只見弟弟一樣在哭，想必是在對面房間被她的尖叫給驚醒。

父親露出微笑，抱著貝爾德走近。一家四口三更半夜擠在黛安諾拉床上，蠟燭在他們身周投下一圈燭光，形成黑暗中的一座島。

「說給我聽。」她記得父親這麼說。後來父親用手在牆上變幻各種手影給他們看，貝爾德本就昏昏欲睡，情緒平撫後就在父親腿上再度睡著。「把夢說給我聽，寶貝。」

把夢說給我聽，寶貝。將近三十年後在齊亞萊，黛安諾拉感受到失去的痛楚，彷彿那還是不久前的事，只經過了幾日、幾週，不過是短暫一瞬。她房裡的蠟燭何時失去了逼退黑暗的力量？

那一天，她把回想起來的惡夢片段磕磕絆絆地告訴了父母，說得很小聲，免得吵醒貝爾德：關於四面八方包裹住她的海水，關於在深海將她往下拖的影子。她記得母親比了個辟邪的手勢，祈求夢境反映的真實能夠解除、退散。

隔日一早，在前往雕刻室展開一天的工作之前，賽瓦帶著兩個孩子經過港口，走過宮殿大門，沿著海灘一路往南，來到一處不受大浪與西風侵襲的淺灣，開始教他們游泳。想通他們正往哪裡走的時候，黛安諾拉本以為自己會膽怯，不過只要父親在身邊，她一向不太會害怕——結果在嬉鬧中，她和貝爾德雀躍地發現他們簡直如魚得水。

她記得——人會記得的事物真奇妙——學游泳的第一個早晨，貝爾德在淺灘上彎腰，雙手抓住一隻亂竄的小魚，他抬起頭來，對自己的成就滿懷驚異，誇張地雙眼大睜、嘴巴圓張，父親的驚呼聲充滿笑意與驕傲。

那年夏天，每逢天氣晴朗的早晨他們都會去淺灣游泳。等微涼的秋日挾著雨水到來，黛安諾拉在水中已經輕鬆自如，彷彿水是她的第二層皮膚。

她記得有一次（這段回憶會留下完全不叫人意外），王爵在他們經過宮殿時跟了上來。瓦倫廷屏退隨從，和他們三人一同漫步至淺灣，脫下袍子跟父親縱身入海。他直遁入浪中，在賽瓦停下來之後仍持續向前，甚至游出遮擋淺灣的海岬，鑽進波動起伏的白色碎浪，之後才掉頭游回他們身邊。他臉上的笑容燦亮得恍若神祇，身軀結實精瘦，水珠在閃著金輝的鬍子上閃爍。

連年紀還小的黛安諾拉也馬上看出王爵的泳技比父親好。但她不知為何並不在意；他是王爵，凡事都做得更好是正常的。

但父親仍舊是世間最好的人，她想無論她未來知道多少事情，都不可能改變這個事實。

這個事實的確沒有變過，身處色善殿的她暗忖，徐緩地搖了搖頭，彷彿要甩脫蛛絲般纏繞不放的回憶之網。從來沒被任何事物動搖過。不過，假如換作另一個更美好的世界，假如是布蘭庭想像中的芬納維爾，說不定布蘭庭能……

她揉揉雙眼，再次搖頭，仍努力讓自己清醒。她驀地尋思，不知父親和伊嘉斯王是否見過彼此——在戴薩河畔悲慘的那一日，他們是否凝視過對方的雙眼？

這個念頭太令人心碎，她生怕自己會落下淚來。這可不行。今天不行。接下來幾個小時，除了內斂的傲氣與對成功的信心，絕不能讓任何人瞧見她流露其他任何情緒，連謝托也不能。謝托尤其不能，他太了解她了。

接下來幾個小時。最後幾個小時。

在這幾個小時，她將邁向海濱，縱身投入深青色的汪洋，如同鱺瑟迦透過水池預示的景象。她將邁向終於清晰的道路，然後在不偏不倚的那個時機，懷抱著恐懼、滿腔的失落與一絲慶幸，迎來道路的終點。

打從那一日她立在御花園的池邊，看見自己置身於人群簇擁的碼頭，隨後獨自在水下潛向幽暗中的形影，一切便彷彿豁然開朗，看起來如此直白而單純。水中的那個陰影不再是童年擔驚受怕的原因，反而成了解脫的象徵。

同一天在圖書館，布蘭庭對她說他決定退位，將伊嘉斯王位交給吉拉德，但他妻子朵羅提亞必須以死謝罪。他一生都活在世人眼前，他如是說。縱使想饒朵羅提亞一命，他也別無選擇。

況且他不想饒過朵羅提亞，布蘭庭這麼說。

接著他說那天早晨，他策馬騎過島上破曉前的霧氣，一個想法在他腦中成形：那就是成立西掌王國的願景。他要實現這個未來，他這樣說。為了伊嘉斯本身，為了在此受他統治的省邦百姓，為了他自己的靈魂，也為了她。

他說，伊嘉斯人必須願意歸化於他統轄的四大省邦才能留下，不願意的人都可以自由返國，效忠吉拉德。

他要留下。不只是為了史蒂芬，以及他為兒子之死所設想的計畫，雖說他推行計畫的決意不可能改變；但他也想在此建立團結一統的國度，創造他所知最美好的世界。

他推行計畫的決意不可能改變。

黛安諾拉聽著他的話，感覺淚水溢出眼眶，她挪到爐火邊把頭枕在布蘭庭膝上。布蘭庭摟著她，雙手撫過她的黑髮。

他說，他會需要王后。

他說這句話的嗓音黛安諾拉從未聽過，那是她夢想已久的語調。布蘭庭說，如今他想在孤掌半島生兒育女。他想重新開始，在失去史蒂芬的哀痛之上構築新的事物，也許會有什麼璀璨美麗的東西從多年的傷痛中誕生。

然後他說起了愛。他的雙手溫柔撫過黛安諾拉的髮絲，說著他愛她，說他終於真切地領會了這個事實。她曾經以為一輩子都不可能聽見布蘭庭對她說這些話，要她親手抓住月亮還比較簡單。

她淚如泉湧，止也止不住。只因布蘭庭的話讓全貌拼湊成形，她可以看清一切都串了起來；對一個凡人而言——對她這個凡人而言，預見如此清晰的未來實在太難承受，這是只屬於三神的仙酒，杯底殘留太多酸苦哀傷的渣滓。可是她已經見過鱺瑟迦，她知曉未來將發生什麼，知曉他們將踏上什麼路途。有那麼一霎，在幾個心跳之間，她揣想假如布蘭庭在前一晚就對她說這些話，而不是留她獨自與回憶的烈火共處，事情又會如何發展？這念頭令她揪心不已，幾乎超越她這輩子經歷過的所有傷痛。

放下吧！她想這麼說，不得不咬住嘴唇才嚥下這些話。吾愛，解除咒語吧，就讓提嘉納重生，世間所有的光明都將隨之回歸。

但她什麼也沒說，心底清楚布蘭庭做不到，清楚恩典沒有那麼容易降臨，她早已不是孩子了。畢竟已過了這麼漫長的光陰；畢竟提嘉納和史蒂芬早已糾纏不清，深埋於布蘭庭內心的痛楚；畢竟他對她的故鄉已犯下那樣的暴行。在他們身處這個世界，恩典不可能到來。

何況最關鍵的是她見到了鱺瑟迦，隨著在爐火邊呢喃的每一個字，她的道路越來越明晰。黛安諾拉覺得自己彷彿知道即將說出口的每一句話，知道將接踵而來的每一件事。流逝的分分秒秒都引領他們踏向海洋，那光景浮現於她眼前，在屋裡閃著微光。

留下來的伊嘉斯人有將近三分之一。比他預期的多，布蘭庭兩週後這麼告訴她。他們站在臨眺海港的陽臺，目送艦隊的大部分軍力遠去，航向他們的故國，航向他曾經的家鄉。如今他基於自身意志真正將自己流放海外，比他以往做的更加決絕。

同一日稍晚布蘭庭又告訴她，朵羅提亞死了。她沒有深究是怎麼死的，也沒問布蘭庭怎麼會知道。她依然不願面對布蘭庭的法術，永遠都不想。

然而過不久便傳來壞消息，龐霸狄厄軍開始往北行進，穿越斐洛，三支部隊顯然都向著笙席歐的邊境進發。她看得出此事超出布蘭庭的意料。他沒料到會來得這麼快，如此果決的行動實在不像作風謹慎的艾勃利可。

「那裡發生了什麼，有什麼原因迫使他採取行動。」布蘭庭說道：「但願我知道是什麼。」問題在於他此刻不堪一擊，無力防禦。誰都明白他需要時間——伊嘉斯軍去了大半，布蘭庭需要在西方省邦重建新秩序，把他那些詔令引發的興奮狂喜轉化為羈絆與忠誠，那才是真正奠定一個王國的基石，唯有如此他才能召集被他攻克、不久前仍備受壓迫的人民，組成軍隊，以他之名而戰。

他亟需時間，但艾勃利可不打算給他。

「你可以派我們去。」眼見危機愈漸具體明朗，總理大臣德蒙有天早晨如是說。「派遣留下來的伊嘉斯人過去，讓艦隊駐守在笙席歐的海岸外，瞧瞧艾勃利可是否會暫時按兵不動。」

總理大臣選擇留下，從一開始就沒人真的懷疑過他會這麼決定。布蘭庭頒布詔令後，德蒙一連數日看來憔悴蒼老，但儘管他深受打擊，黛安諾拉依然明白他最深切的忠誠與愛（他想必會窘迫地避免稱之為愛）不是獻給國家，而是獻給他效力的男人。這些天來黛安諾拉渾渾噩噩，內心的撕裂幾乎麻痺了她，德蒙這樣的純粹簡直令她嫉妒。

然而布蘭庭一口回絕了他的建議。黛安諾拉記得他當下的神情，他從地圖和散落桌面、寫滿數字的紙張上抬起頭來，解釋理由。他們三人在緊鄰國王寢室的起居室，圍在桌邊，身為第四人的儒恩坐在起居室另一端的椅榻，看來緊張煩亂。西掌國王依舊留著他的弄臣，雖說伊嘉斯王已經是吉拉德了。

「我不能讓他們孤軍奮戰，」布蘭庭低聲道：「我才剛宣告他們要與這裡的百姓平起平坐，我不能把保衛這些人民的重責大任全部交給他們承擔。這不能演變成伊嘉斯人的戰爭。一則兵力不足，我們必然戰敗，但原因尚不只如此。若要派遣軍隊或艦隊，將士必須由所有人組成，否則我還沒開始治理，這個王國就完了。」

德蒙激動地從桌邊站起，明顯心焦如焚。「那我唯有把已經說過的話再說一遍：這麼做太不明智了。回國整頓伊嘉斯才是上策，那裡的人民需要你。」

「那倒未必，德蒙。我可不會往自己臉上貼金，吉拉德已經統治伊嘉斯二十年了。」

「吉拉德是個叛徒，早該跟他母親一樣被處決！」

布蘭庭抬頭看著他，灰眸倏地一冷。「我們非要把這個對話重複一次嗎？德蒙，我在這裡有我的原因，你很清楚那是什麼。我不能收手，否則就違背了我這個人的本質。」他換了個神色，「沒有人需要和我一起留下，但我已和這個半島緊密相連，這是出於愛、出於悲悼，也出於我自身的本性，我將為了這三樣事物留在此地。」

「黛安諾拉夫人可以和我們一道回去！既然朵羅提亞已死，你勢必需要新的伊嘉斯王后，她可以——」

「德蒙！住口。」那是不容置喙的口吻，宣告話題結束。

但總理大臣是勇敢之人。「陛下，」他正色堅持往下說，音量低微，語調急切：「假如你既不准我說這些話，又不派遣艦隊抵擋龐霸狄厄軍，我就不知道還能怎麼向你進言了。我們都心知肚明，現階段各個省邦都不會願意為你上戰場，這太快了，他們需要時間見證，接著才會真心相信你是他們的一份子。」

「可我沒有時間。」布蘭庭答道，經過方才的針鋒相對，他此刻顯露反常的冷靜。「所以我得立刻辦到。針對這一點為我進言吧，總理大臣。我該如何馬上讓他們明白？如何讓他們相信我真心願與孤掌半島同進退？」

一切的關鍵於焉浮現，黛安諾拉知道時刻終於來臨。

*我不能收手，否則就違背了我這個人的本質。*她從沒真的幻想過布蘭庭會自願收回與解除他所下的咒語，她太了解布蘭庭了。他絕非會中途變卦或出爾反爾之人，無論面對任何事情。那是他的本質，無論是面對愛、面對恨，抑或對他那份真確的傲氣。

她站起身。耳邊奇異地轟隆作響，她很確定要是閉上雙眼，會看見一條路向前延伸，筆直清晰得宛若海上的一線月光，在她面前熠熠閃耀。萬事萬物都引導著她來到此處，引導他們所有人。布蘭庭防備單薄，破綻畢露，但他絕不會回頭。

起身之際，她心中綻現提嘉納的景色——即便是此時此地，她依然看著故鄉的風景。在鱺瑟迦的深潭裡，她走向海邊時有許多民眾圍觀，空中飄揚著每個省邦的旗幟。

她輕輕把雙手按在自己的椅背上，俯視依舊坐著的布蘭庭。他的鬍子摻雜著灰，每一次黛安諾拉注意到時似乎都愈顯灰白，可是他的雙眸始終如故，當他回望過來，那雙眼裡既無畏懼，也無懷疑。黛安諾拉深吸一口氣，說出那一席話，這些字句彷彿許久以前就已傳達給她，彷彿只等著這一剎那到來。

「我來替你辦到。」她說：「我來讓他們相信你。我會完成齊亞萊大公的投海尋戒儀式，如同往昔必定在開戰前夕舉行的傳統。等我從海中帶回海戒，你將與半島之海成婚，在百姓眼裡，你會與孤掌半島和幸運結為一體。」

她定定凝視布蘭庭，深色眼眸清澈冷靜，在經過漫長歲月之後終於吐出會讓她走上最終道路的話——包括布蘭庭在內的所有人，無論是生者抑或死者，無論是保有名字抑或失去名字，都將因這段話踏上最後的道路。她懷著一顆破碎但深愛著他的心，吐出了謊言。

她喝乾凱琲，離開床鋪。謝托已拉開窗簾，她瞧見剛開始上升的太陽照亮幽暗的海面，天空清朗無雲，依稀可見港口的旗幟在黎明的微風中悠悠飛揚。儀式仍有幾個小時才要開始，但已經有人潮聚集，許多人索性在碼頭廣場過夜，確保搶佔到靠近碼頭的位置看她投海尋戒。她好像看見有人伸手指向她的窗戶，那人的身影遠遠看來十分微小，她連忙往後退開。

謝托已經備妥她要穿的衣物，那是儀式專用的裝束。前往海邊時她會一身深綠，包括外袍、細帶鞋、固定頭髮的絲網，以及潛入水中的貼身絲質衣服。之後等她自海裡歸來則會披上另一件外袍，那是繡滿金色圖樣的白袍，因為屆時她將象徵——將成為自海洋而來的新娘，把手中的金戒指獻給國王。

等她歸來。假如她歸來。

她冷靜得連自己都驚詫。這其實比預想的容易，因為她依照儀式的規矩，從前一天起就沒有見到布蘭庭。加上所有的畫面都是那麼鮮明清晰，如此順暢地引導她來到此刻，彷彿她什麼也無須抉擇、什麼也無須決定，只消遵從久遠以前便在某處安排妥當的一套流程。

最後，也因為她已明白、深深接受與確信一個事實——她降生於這個世界的此生，注定不可能獲得圓滿。

永遠不可能。這裡不是芬納維爾，不是夢裡的哪個異界，當下的人生、眼前的世界就是她唯一能夠擁有的。在她此生，伊嘉斯的布蘭庭來到半島，想為兒子打下一方江山，而瓦倫廷·提嘉納殺了伊嘉斯王子史蒂芬，這些都是已然發生、無法改變的過往。

由於愛子之死，布蘭庭大力報復提嘉納與其人民，把他們從已知的過去剪除，逐出這個世界持續開展的未來，並留在此地確保這片全然的空白化為永恆的現實，只為替兒子報仇雪恨。這一切已然發生、正在發生，非得破除不可。

於是她為了刺殺布蘭庭而來，以父母之名，以貝爾德和她自身之名，以家鄉每一個亡故失散、人生盡毀的百姓之名。可是到了齊亞萊，她卻在憾恨、哀痛與欣喜之中發現島上自成一個世界，這裡和其他地方不同。多年前她便明瞭自己愛著布蘭庭，如今又在幸福、痛苦與驚嘆交織下得知他也愛著自己。這些全都發生了，她曾試著改變，卻宣告失敗。

她的人生注定不會圓滿。此時的她看得分外清明，就在這份透澈、這份終極的領悟中，黛安諾拉找到了平靜的源泉。

有些人注定不幸。有些人注定有機會塑造世界。看來她兩者皆是，當初誰能料到？

這便是雕刻匠之女黛安諾拉·提嘉納·賽瓦的命運——起初是黑髮黑眼的孩子，接著長為舉止拙笨、其貌不揚的少女，性格嚴肅正經，只偶爾閃現幾分機伶與溫柔；她的美貌來得晚，智慧來得更晚，來得太遲。遲至今日才來。

她沒吃東西，但她屈服於多年的習慣，忍不住喝了凱琲。她想這應該不至於觸犯任何禁忌，但她也心知有沒有觸犯根本不要緊。謝托協助她更衣，然後在一片靜默中仔細小心地收攏她的頭髮，固定在深綠色的絲網裡，讓她投身入海之際不至於遮擋眼睛。

完成後，她起身讓謝托審視她的全身上下，這是她每次走向外界之前的慣例。日頭已經升起，陽光穿透拉開簾幕的窗子灑滿整個空間，遠遠傳來港口愈漸響亮的喧鬧聲。現在一定已經人滿為患了，她這麼想，但沒有走回窗邊瞧，反正她很快就會見到那些人了。那持續不退的微弱聲響挾著期待，尤為清楚地體現了這個早晨是一場多大的豪賭。

攸關一個半島。攸關兩個不同政權的未來。說不定也將連帶影響龐霸狄厄帝國本身，人人都曉得皇帝臥病在床，時日無多。還攸關最後一項事物，儘管只有她知道，而且永遠不會有第二人知曉，也就是提嘉納——那是賭桌上最後一枚祕密籌碼，藏在以愛為名而攤開的牌面下。

「我的樣子還行嗎？」她問謝托，堅決保持一派輕鬆的語氣。

他沒有配合黛安諾拉。「妳讓我害怕，」他低聲道：「妳彷彿不完全屬於這個塵世，好像妳已經拋下我們所有人而去。」

他看穿黛安諾拉的眼力強得嚇人。不得不欺騙他、無法在他的陪伴下完成最後這件事，想來便令人心痛。可是他什麼都做不了，沒理由讓他傷心難過，何況讓他知情也有風險。

「我不太確定這是不是在奉承我，」黛安諾拉說，口吻依然輕快：「但我就當它是了。」

謝托不肯笑。他說：「妳應該曉得我多不希望妳這麼做。」

「謝托，再過兩週艾勃利可的全數軍力就會兵臨笙席歐，布蘭庭別無選擇。倘若他們攻入笙席歐，他們絕不會就此停止推進。布蘭庭如果想及時與孤掌半島建立連繫，這就是他最好的機會，大概也是唯一的機會。這些你都知道。」她逼自己裝出有些惱火的語調。

這是客觀的事實，全部都是，只不過沒有一句是她的實話。在這個早晨，𩰫瑟迦才是她的真實，這些年來在色善殿獨自做過的每一個夢才是她的真實。

「我知道，」謝托說，明顯鬱鬱不樂。「我當然知道。況且我怎麼想都不重要。只是……」

「拜託！」她打岔，搶在謝托惹哭她之前打斷他的話。「謝托，我現在沒辦法跟你爭這個。我們走吧。」啊，親愛的，她暗忖：謝托啊，你會讓我前功盡棄。

他住了口，因黛安諾拉的斥責震了一下。她看著謝托用力一嚥，垂下視線，過了片刻才再度抬眼。

「請恕罪，夫人。」他悄聲說，向前一踏，出乎意料地執起黛安諾拉的雙手，拉向唇邊一按。

「我會說這些純粹是為了妳。我為妳害怕。請恕罪。」

「當然。」她說道：「當然。沒什麼好恕罪的，謝托。」她緊握謝托的手。

她在心中暗自向謝托道別，告訴自己絕對不能哭。她注視謝托充滿關愛的真誠臉龐，這是她多年來最真心待她的朋友，應該說是她從童年以來唯一一個真正的朋友。她緊抱著一線渺茫的希望，但願在未來的日子裡，謝托會記住的是她如何緊握住他的手，而不是她口中看似漫不經心、毫不在乎的言語。

「走吧。」她又說一遍，把臉別開，準備踏上漫長的路途穿越宮殿，走進早晨的陽光，然後入海。

整個孤掌半島上，就屬齊亞萊大公的投海尋戒儀式最戲劇化，也賦予最大的世俗權力。在這座島嶼展開統治之初，齊亞萊的領袖便深知他們的權力來自圍繞島嶼的海洋，也受這片海掌控。海守護他們，餵養他們，讓他們擁有能用以交易與掠奪的船隻（齊亞萊的艦隊規模一向稱霸半島），包圍他們，將他們封閉起來，在這個世界中自成一個世界。正如說書人所言，無怪乎伊安娜和亞達昂是在這個島嶼上結合，誕下茉里安，使三神體系終告完整。

四面環海，自成世界。

據說後來演變為投海尋戒的儀式就是由是第一任大公開創，但早期的版本和現今不同。一個差別是不會有人真的投海，只是在這世界仰頭迎接日光、出海季正式展開的日子，將戒指拋入海中當作平息神怒的贈禮，也象徵感謝。

在那之後過了許多年，某個春日，一名女子在當年的大公拋出戒指後縱身躍入海裡。後來有人說她是為愛痴狂或執迷於宗教，有人說她不過是野心勃勃又狡猾機巧。

無論是哪一種，她都從港邊破海而出，手中的戒指閃耀生輝。

聚集的人群本是為了觀看大公與海洋成婚，這下在萬分的困惑與驚奇中喧騰起來，此時齊亞萊的茉里安祭師長忽地大喊出聲，他所說的話從此流傳於世，未曾佚失：「看啊！滄海接納了大公，視他為夫，並歸返海戒當作贈予戀人的嫁妝！」

隨後祭師長走向碼頭的尾端，在大公身邊跪下來扶起從海中現身的女子，就這麼推動了接下來的一切。當時的沙羅特大公才剛繼位，尚未娶妻，做了這空前之舉的樂蒂西亞則來自城郊的農莊，一頭金髮，相貌標緻，極為年少，兩人當場在海邊締結婚盟，就在茉里安祭師長梅里達的見證下，沙羅特將戒指套上了樂蒂西亞的手指。

他倆在仲夏時節完婚。同年秋天，齊亞萊和阿索里、阿斯提拔兩個省邦爆發戰爭，其中一場海戰發生於島嶼南方的寇爾帖灣，年輕的沙羅特．齊亞萊大捷而歸，至今齊亞萊仍會慶祝這場勝仗的紀念日。新的投海尋戒儀式從此保留下來，在齊亞萊危難之際派上用場。

過了三十年，沙羅特長年的統治即將告終之際，由於三神教派為了爭奪至尊地位互鬥不休，一名剛承接聖職的伊安娜祭師長揭露，樂蒂西亞與將她從海中拉起、讓她與大公締結婚盟的茉里安祭師梅里達其實是近親。至於茉里安教會做了多少陰謀算計，又是怎麼永不休止地爭奪至高之位與權力，伊安娜祭師則任憑島上百姓自行揣測。

此事暴露之後一連數月，三神的僕人之間爆發一連串不怎麼愉快的事件，不過這些紛爭都沒能動搖這個全新儀式的神聖地位。儀式已牢牢抓住了人民的想像力，似乎勾起了百姓內心深處對某個東西的共鳴，也許是犧牲奉獻或致上崇敬，也許是愛或危機，也或許到頭來是與滄海之間某種黑暗、真確的聯繫。

大公的投海尋戒習俗就這麼保留下來，即便歷經漫漫時光，當初相互爭鬥的三神祭師都已入土為安，連姓名都幾乎遭人忘卻，即便有誰記住他們，也是由於他們在投海尋戒儀式扮演的角色。

直到更為近代的兩百五十年前，凱梭大公的夫人歐涅絲塔殞命，這才終結了傳統。

她絕不是第一個死於投海尋戒的人。自願為大公尋戒的女子一向會清楚知悉，她們的性命遠遠比不上她們希冀從海中取回的戒指。若是沒找到戒指就回來，該名女子將被終生逐出齊亞萊島，在整個半島都為人所知，處處遭人奚落。然後會換另一個姑娘、另一枚戒指再度進行儀式，直到其中一枚戒指被帶回來。

相對地，成功將海戒帶回碼頭的女子將被尊為齊亞萊的幸運女神，一生過上富裕的日子：財富、榮耀、安排嫁入名門望族。不只一人為大公產下孩子，有兩人追隨樂蒂西亞的腳步坐上公爵夫人之位。許多少女出身於前途黯淡的家庭，毫不介意冒著生命危險追求如此光明璀璨、令人美夢聯翩的未來。

但歐涅絲塔．齊亞萊跟她們不同。因為她，在她之後的一切都變了。

這位凱梭大公的年輕新婚之妻擁有絕世美貌，也有著不遜於美貌的傲氣，堅持親自投海尋戒，拒絕在惡戰前夕把如此輝煌的儀式交給出身低微的鄉下女孩。她身穿深綠色的儀式服飾走入海中之際，當天在場的每一個史官都同意，他們畢生從沒見過這樣絕美的身影。

在圍觀人潮的眾目睽睽之下，她毫無氣息地浮上與岸邊有一段距離的海面。凱梭大公發出姑娘般的尖叫，當場昏死過去。

此後，島上掀起暴動，空前絕後的恐慌騷亂蔓延開來。在北海岸一座遠離人煙的亞達昂神廟，女祭師聽聞同伴回來報訊後集體自盡。人民認為這些凶兆代表神君即將降下怒火，齊亞萊上下都深陷於恐懼之中。

那年夏天，面對寇爾帖和斐洛的聯軍，萬念俱灰、只剩一腔蠻勇的凱梭大公戰敗身亡，隨後齊亞萊經歷兩個世代的衰敗，直到昔日共同擊敗齊亞萊的盟友反目成仇，爆發慘烈的激戰，島嶼才再度崛起。像這樣的變遷自然沒有什麼細究的必要，畢竟這有史以來便是孤掌半島的常態。

不過自從歐涅絲塔斷送性命，再也無人投海尋戒。

所有的象徵意義都隨著她變了，代價變得太過高昂。倘若又有女子死於投海尋戒，混亂與敗北將隨之而來。

後世的歷代大公紛紛宣告儀式太過危險，他們停止從這個最強大的儀式尋求庇佑，而是尋找各種辦法讓齊亞萊保有海上霸權，也保障島嶼的安全。

十九年前伊嘉斯艦隊現身後，末代齊亞萊大公在伊安娜神廟的階梯上自我了斷，因此當年沒有人能將戒指拋入海中，即便有哪個女子願意為戒指縱身入海，尋求茉里安與亞達昂的神蹟。

和謝托一同走出寢居時，整個色善殿靜得奇異。平時在這個時間，廊上處處能夠聽聞閹人忙碌奔走的動靜，眼前會飄過眾女子懶洋洋前去梳洗或用餐的各色衣衫，鼻間充盈她們的香氣。可是今天不同，走廊一片空蕩靜悄，唯有他們倆的腳步聲。空無一人、回音陣陣的色善殿看來是那麼陌生，黛安諾拉壓下一陣戰慄。

他們經過浴堂的門扉，走過飯廳的入口，兩個地方都空曠寂靜。兩人拐過一個轉角，面對階梯，從那裡下樓即可一路走出姬妾居所，這時黛安諾拉瞧見至少有一個人留了下來，正等著他們。

「來讓我好好瞧一瞧，」文賽勒說出照例的那段話：「有了我的准許，妳才可以下樓。」色善總長一如往常橫臥在移動檯子上五顏六色的靠枕間，見了他龐大的身軀，聽到這些熟悉的話，黛安諾拉幾乎微笑起來。

「當然。」她說道，慢慢轉了一圈供文賽勒審查。

「尚可。」他總算說道。他的批判也是慣例了，不過他高亢獨特的嗓音比黛安諾拉從前聽過的更溫和。「但或許……或許妳會想把那顆凱勒敦瑰石戴在脖子上？祈求好運？我從色善庫把它拿過來了。」

文賽勒看來幾乎有些缺乏自信，伸出一隻柔軟肥胖的手，只見他拿著伊嘉斯的依索拉暗殺國王那日黛安諾拉配戴的紅色寶石。

她正想推辭，倏忽想起那天她正要為離開寢居打扮以前，謝托特地帶了這顆寶石回來給她，當作別具一格的配飾。想起這個回憶，加上文賽勒的心意打動了她，她於是說道：「謝謝，我很樂意。」她遲疑一下，「你願意替我戴上嗎？」

他露出近乎羞怯的笑容。黛安諾拉在他面前跪下，身形臃腫的色善總長以靈巧細緻的手指替她將寶石鍊子繞過頸間扣上。如此近距離跪在他身邊，他身上從不散去的銀花香濃濃地撲面而來。

文賽勒收回手，往後一靠端詳著她，黝黑臉龐上的一雙眼睛柔和得出奇。「在凱勒敦，我們會對即將啟程的旅人這麼說：願福星照看你的旅途，引你返鄉。這也是我今日的願望。」他把雙手藏進白袍的皺褶，別開視線，望向空蕩蕩的走廊。

「謝謝。」黛安諾拉重複一遍，不敢再說更多。她站起身，瞥了謝托一眼，瞧見他眼裡含著淚水，但他匆匆抹去，抬步帶領黛安諾拉下樓。走到一半她回頭望去，文賽勒以層層白衫包裹的軀體龐大得幾乎不似人類，躺臥在種類繁多、繽紛鮮豔的枕頭堆中，不帶表情地目送他們兩人，恰似來自異世界的神祕物種，不知怎地飄洋上岸，從此禁錮於齊亞萊的色善殿中。

到了樓梯最底部，她瞧見雙開門的門閂已經拔起，謝托無須敲門。今天不必。他把門推開，接著退後讓黛安諾拉通過。

外頭的長廊上，一批茉里安與亞達昂的祭師正等著她，她看得見眾人眼中幾乎遮掩不住的意氣風發，以及不約而同閃爍的期盼。

伴隨眾人倒抽一口氣的聲音，她步出那道門，身披兩百五十年未見的綠色儀式袍，頭髮向後挽起，收在碧青如海的綠網當中。

神職人員畢竟是神職人員，相當擅於自制，很快便回歸沉寂，默默讓道給她，排成整齊的紅衣與灰衣隊列尾隨在她身後。

她清楚祭師會指示謝托跟在隊伍的後頭，他沒辦法加入行進的隊伍。她知道自己沒能好好跟謝托道別。她的人生注定得不到圓滿。

他們向西行過走廊，走向宮前大階，黛安諾拉在寬闊的大理石階前停步往下一瞧，終於明白為何色善殿如此靜謐。所有色善姬妾和閹人都聚集在階下，他們獲准離殿來到此處，觀看黛安諾拉經過。她高高抬起頭，雙眼直視前方，一腳踩上第一階開始向下走。她已經不是她自己了，她如此思忖；她已經不是黛安諾拉，或者該說不只是黛安諾拉。隨著踏出的每一步，她逐漸與傳說合而為一。

到了階梯下方，她踏上錦磚拼貼的鑲嵌地板，這才察覺等在王宮大門前準備送她出宮的人有誰，心跳差點停止。

大門前聚集了一小撮人。其中有德蒙，也有拉曼努斯；拉曼努斯如她所料留在了孤掌半島，獲封為布蘭庭的艦隊大臣。他們身旁是代表齊亞萊人民的詩人多爾德，她原本就知道他會在場，這個聰明的點子是德蒙提出來的，他認為讓一名島上詩人參與儀式，能抵銷另一名島上詩人的罪行與死亡。多爾德旁邊有個身材魁梧、面容稜角分明的男人，身穿褐色絲絨製成的衣裳，配戴的金飾多到足以贖回一個人質，明顯是個事業有成的寇爾帖商人，極有可能是靠著二十年前被摧毀的提嘉納發財的豺狼。這人背後是個瘦削的灰衣茉里安祭師，顯然來自阿索里，瞧他的膚色就知道了，土生土長的阿索里人都有類似的特徵。

另一個能斷定他是阿索里人的原因是，最後一個在此等候她的人來自下寇爾帖，而且她知道這個人是誰。此人存在於她內心牢記的傳說，存在於支撐她至今的各種神話與希望，也正是此人的身影令她渾身血液幾乎凍結。

提嘉納的伊安娜祭師長丹諾里昂佇立於此，身著一貫的白袍，如她兒時記憶中那般莊嚴崇高，手握已經成為他個人特色的巨大權杖，身高壓過了在場的每個男人。

就是他帶著雅列森王爵逃往南方——貝爾德是這麼告訴她的，在他見到孋瑟迦、啟程尋找雅列森的那一夜。

她認識丹諾里昂。每個人都認識丹諾里昂，都見過他挺胸闊步、威嚴尊貴的姿態，聽過他在神殿講道時悅耳如樂器的低沉嗓音。黛安諾拉走向大門，奮力壓下剎那間的驚慌失措，重新堅定地掌控住自己。丹諾里昂不可能認出她的。他從沒見過小時候的黛安諾拉，畢竟她父親只是個與宮廷略有關係的工匠，丹諾里昂怎會認識這個工匠的十幾歲女兒？何況她也變了，跟那時相比變了太多。

可是她挪不開視線。她早知道德蒙會安排下寇爾帖的人參加，但沒料到來的會是丹諾里昂本人。在史蒂芬城的王后飯店工作那些日子，人人都曉得伊安娜祭師長遠離塵世，遁入南方山間的伊安娜聖所隱居。

如今他卻重返俗世，來到此地。黛安諾拉盡情凝視真真切切站在面前的他，眼見他光是佇立於此氣勢便壓倒全場，心底不禁湧現荒唐卻強烈無比的驕傲。

為了他，為了像他一樣的男男女女，為了已經消逝或依然生活於殘破土地上的人們，黛安諾拉決心完成她今天要做的事。丹諾里昂以探尋的眼神注視她——其實每個人都用同樣的目光望著她，但在丹諾里昂清澈的藍眼面前，黛安諾拉把背脊挺得比先前更直。她彷彿在他們背後瞧見孋瑟迦的道路，直伸向尚未開啟的宮門之外，愈趨燦亮。

她停下腳步，六人同時向她行禮，筆直伸出一腳踏向前，深深欠身鞠躬。這套禮節已數百年未曾使用，但這是傳說、是儀式，也是蘊含各種力量的祈禱，黛安諾拉感覺得出來，在他們眼中，此刻的她想必宛如走出古老織錦卷軸的聖潔人物。

「夫人，」德蒙肅穆說道：「若妳願意，請准許我們引妳前往西掌國王等候之處。」這番話說得謹慎小心，清清楚楚，因為他們說出口的每一句話都將受到記載，傳誦後世。一切都將為人所記，這是讓祭師和詩人在場的一個理由。

「我准許，」她簡單地說道：「請引路。」她沒有多說別的話，她說什麼並不那麼重要。今日將流傳於世的不會是她說了什麼。

她的視線依舊離不開丹諾里昂。她恍然醒悟自從來到齊亞萊島以後，丹諾里昂是她見到的第一個提嘉納人。這讓她的心頓時一寬，提嘉納人都是伊安娜的子民，她深謝伊安娜讓她在投海前見到丹諾里昂一面。

德蒙點頭示意，龐然銅門緩緩開啟，只見宮殿到碼頭的路上已群集大批人潮。她瞧見人群溢出來漫過廣場，直達海港最遠處的盡頭，甚至擠在停泊於港中的船上；隨著宮門打開，持續整個早晨的嗡嗡低語頓時增強，接著在群眾見到她之際驟然打住，退去，一片凝結的死寂籠罩藍天之下的齊亞萊——然後，黛安諾拉踏進那片靜謐。

他們步入燦爛陽光，走上特意鋪設供她前行的耀眼道路。就在這個瞬間，她瞥見布蘭庭在海濱等待著她，身穿國王的軍服，沒有浮華的裝飾，頭上未戴王冠，立在春日陽光之下。

他映入眼簾的身姿讓黛安諾拉內心一揪，好似有把刀捅進傷口一轉。就快結束了，她沉穩地告訴自己：再過一下子就好，很快就會結束了。

於是她走向他，邁步時帶著王后的氣勢，身形纖細高䠷，姿態高貴倨傲，披著似海的深青，喉間點綴一顆暗紅寶石。她知道她愛他，也知道若不驅逐或誅殺他，自己的故鄉將徹底消亡，而她全副身心都哀嘆著一個單純的事實：多年以前，父母生下了她這麼一個女兒。

＊＊＊

像他這麼瘦小的人，站在碼頭廣場根本不可能看到什麼。就連從寇爾帖載著他們前來的那艘船甲板上也全是人，每個都付了錢給船長，只盼來到較高的位置有機會一睹投海尋戒。戴文想辦法擠到主桅，手腳並用地往上爬，跟其他十幾個人一起緊抓著繩索站在海面上方的高空。起碼他還有靈活的身手來彌補他的個子。

厄蘭跟群眾一起擠在底下的甲板上。抵達齊亞萊已經三日，但被迫如此靠近伊嘉斯的法師之王仍然使他驚懼不已。在南方隱蔽行跡躲避追蹤師是一回事，但要一個巫師主動接近法師又是另一回事——先前他怒氣沖沖地這麼說。

雅列森人在港口邊的人潮裡，戴文一度瞥見他擠向碼頭，但現在找不到他了。丹諾里昂身處宮殿，擔任下寇爾帖人的儀式代表，戴文每次想起這件事便深深感受到箇中的諷刺。他盡量不去想，因為他總會擔憂起來，深怕他們一行人遭遇險境。

然而那日諭令下達時，雅列森力主祭師長前來赴會。諭令以恭敬有禮的詞藻邀請祭師長動身向北，和其他三個省邦的代表一同擔任投海尋戒的正式見證人。

「你當然要出席。」王爵說道，好似這是全天下最自然的事。「我們也去，我要衡量齊亞萊在這些變化之後的局勢。」

「你徹底失心瘋了嗎？」厄蘭倒抽一口氣，毫不遮掩他的難以置信。

雅列森只是笑了幾聲，但在戴文聽來毫無真正的欣喜之意。他的心思在他母親過世後變得幾乎無從解讀，戴文深感無力，不知該如何跨越那道鴻溝或打破隔閡。帕希提亞死後那幾日，他好幾次由衷盼望貝爾德也在他們身邊。

「薩凡迪的事怎麼說？」厄蘭質問道：「這會不會是給丹諾里昂設下的陷阱？或甚至是給你的陷阱？」

雅列森搖搖頭。「不太可能。你自己說過了，薩凡迪沒把消息傳出去，何況就像托列安排的那樣，他在荒郊野外被劫匪所殺是合情合理的事。在這個當下，比起一個小密探，西掌國王還有更要緊的事得煩惱。我對這方面並不擔心，厄蘭，但還是多謝你的關切。」他冷淡一笑，厄蘭沉下臉來，大步走開。

「那你擔心的是什麼？」戴文這麼問王爵。

可是雅列森那天沒有回答。

戴文緊抓著繩索高高站在「埃瑪鷹號」的桅杆上，與眾人一同等候宮門打開，試著控制狂跳不已的心臟。但實在太難了，興奮企盼的氛圍已在島上醞釀整整三天，到了今晨越發鋪天蓋地，布蘭庭現身時那氣氛更是濃烈得伸手可觸；只見他與一小群侍衛沉著地走向碼頭，身邊跟著一名彎腰駝背的禿頂老人，打扮得和國王一模一樣。

「那是布蘭庭的弄臣。」聽戴文問起，旁邊跟他一樣站在繩索間的寇爾帖人指著說道。「跟法術有關，是伊嘉斯的習俗。」他悶哼一聲：「別知道太多比較好。」

這是戴文生平第一次見到摧毀提嘉納的人。他試著想像自己手裡有弓，又具備貝爾德或雅列森的射箭技藝。距離很遠，但並非完全不可能，畢竟對方在下，只要橫越那一段海面，就能擊中那個佇立於海邊、身穿莊重服飾的蓄鬍男人。

他想像那支箭矢在朝陽下破空，隨後想起抵達齊亞萊的那夜，他和雅列森在埃瑪鷹號的欄杆旁曾有一段對話。

「我們希望發生什麼？」戴文問。

啟航前不久他們在寇爾帖灣聽聞，艾勃利可麾下的龐霸狄厄傭兵第二軍團主力已調離斐洛的邊境堡壘與城市，正連同其他軍團一起向笙席歐進發。雅列森得知後面色一白，灰眸倏忽閃現冷硬的光輝。

和他母親十分相似，戴文這麼思忖，但作夢也不敢說出口。

在船上，雅列森聽了他的疑問，轉頭瞥了他一眼，又將目光轉回海面。時間已經很晚了，與其說是午夜更接近拂曉，他們兩人都睡不著。雙月高掛天際，海水在交融的月光下閃爍粼粼波光。

「我們希望發生什麼？」雅列森重複一遍。「我也不是非常確定。我有些想法，但我還不敢肯定，這就是我們要去看投海尋戒的原因。」

他們傾聽船在夜裡的海上發出的響聲。戴文清了清喉嚨。

「假如她失敗呢？」他問。

雅列森默然良久，戴文以為他不會回答了。但接著雅列森聲音很輕地說道：「倘若那個切謂多女子失敗，我想布蘭庭會戰敗。我幾乎可以肯定。」

戴文迅速朝他看去。「這樣的話，那就代表……」

「就代表好幾件事，對。首先是我們將重獲真名。再來是艾勃利可將君臨孤掌半島。就在年底之前，差不多可以肯定。」

戴文試著消化這番話。想推翻篡君，就必須一舉將兩人推翻，他記得當初躲在桑德烈木屋的閣樓時聽王爵這麼說。

「假如她成功呢？」他問。

雅列森聳了聳肩。藍銀交織的月光下，他的側臉看來不像血肉，倒像石雕。「你覺得呢？倘若國王透過生於孤掌半島的海之新娘，與孤掌之海締結婚盟，各個省邦會有多少人願意追隨他迎戰龐霸狄厄帝國？」

戴文思索半晌。

「很多。」最終他開口：「我想很多人會願意參戰。」

「我也這麼想。」雅列森說道。「那下一個問題就是，誰會贏？再下一個問題是：我們對那有沒有什麼辦法？」

「有嗎？」

雅列森望向他，嘴角自我調侃地一勾。「我一生都相信有。這個想法也許很快就會受到檢驗了。」

戴文沒再繼續問下去。兩個月亮交映的夜晚十分明亮，不久之後，雅列森輕碰他的肩膀，另一隻手往前一指。戴文順著看去，一段距離之外有高聳幽暗的土地自海面隆起。

「齊亞萊。」雅列森說。

這是戴文頭一次見到這座島。

「你來過嗎？」他小聲問。

雅列森搖了搖頭，雙眼始終不離地平線上山巒聳立的暗影。

「只有在夢裡。」他說。

「她來了！」旁邊那艘阿索里船上的船帆最頂端有人喊道，那聲呼喊立刻被眾人聽進耳中，一艘接一艘傳遍港邊船隻，匯聚為滿懷期待的震天喧嘩。

接著隨即歸為令人渾身一涼的異樣寂靜，只見齊亞萊宮的巨大銅門完全打開，顯露立在其間的女子。

她開始邁步，但現場依然沉默。她緩步前行，走過聚集於廣場的人潮面前，看似對群眾渾然不覺。戴文離得太遠，還看不清她的臉，但他忽地感受到一種令人駭異的絕美與優雅。都是儀式的緣故，他這麼告訴自己——純粹是因為她處在這種場合罷了。他瞥見丹諾里昂跟在女子身後，身高壓過其他隨行的人，在隊伍中一起前進。

然後他本能地將視線從那列隊伍轉向碼頭，看著伊嘉斯的布蘭庭。國王離他較近，角度也剛好，他看得見那個男人凝視女子走近的模樣：面無表情，冷若冰霜。

他在算計整個局勢，戴文暗忖道。他在計算數字，評估機率，盤算著利用所有的一切——那名女子、整場儀式、激動不已齊聚在此的每個人，一心追求政治利益。戴文意識到比起其他原因，這點更讓他唾棄這個人。眼看著願意為自己犧牲性命的女子走向前來，這人竟一臉木然，毫無情緒，那樣的目光讓戴文厭惡。三神在上，他不是應該深愛著那個女子嗎？

戴文注意到，就連布蘭庭身邊那個佝僂老邁、打扮與國王毫無二致的弄臣都翻來覆去扭絞雙手，憂心忡忡，臉上寫滿了焦慮擔憂。

相形之下，西掌國王的面容只是一張漫不在乎的僵硬面具。戴文連看也不想看他，把目光轉回女子身上，此時她已經走近不少。

正因她走了過來，正因她已接近海岸，戴文察覺他第一眼感受到的絲毫無誤，但他胡亂設想的理由卻大錯特錯：身著海綠色投海尋戒禮服的黛安諾拉．切譚多，是他畢生所見最美麗的女人。

我們希望發生什麼？三日前的夜晚，他在航向這座島嶼時這樣問雅列森。

他仍然不曉得答案，可是當他凝視那女子走到海邊，心底驀地湧現一股恐懼，以及突如其來的憐憫。他用力抓住繩索，準備好從高空旁觀一切。

***

她對布蘭庭的了解，遠超過她對任何人的了解。這是為了生存而不得養成的能力，尤其是在最初，在可能喪命的危險宮廷，她必須了解布蘭庭才知道什麼話該說、什麼事該做。隨著光陰流逝，原本的不得不為逐漸炮煉轉化為其他事物──轉化為愛，苦澀冷硬得令人難以面對的愛。她來此是為了奪取性命，記憶與憎恨如雙蛇盤繞於她的心頭，可到頭來她對布蘭庭的了解卻超越她對世間任何人的了解，因為再也沒有別人比他更重要。

也因此當她行經大批人潮來到碼頭，見到布蘭庭如此拚盡全力避免流露內心情感，她幾乎心碎。他的靈魂彷彿亟欲從雙眼的門扉逃脫，但他生於王家，作為王者，卻認定非得在這麼多人面前壓抑住不可。

可是布蘭庭在她面前隱藏不了。她甚至無須觀察儒恩，就能讀到布蘭庭的心思。他捨棄故國，捨棄他生命中所有的支柱，佇立於被他征服的異地人民之間，請求他們的援助，需要他們的信賴。黛安諾拉是他此刻僅有的一線生機，是他與孤掌半島唯一的橋樑──應該說，是他無論在此地或他處能有未來可言的唯一機會。

然而提嘉納的殘磚敗瓦橫亙在他們之間，宛如橫亙於世上的巨大鴻溝。黛安諾拉想，她這一生學到的教訓很單純：有愛是不夠的。無論遊唱詩人的歌謠怎麼唱，無論愛可能帶來何種希望，愛就是不足以消弭她面前的鴻溝。所以她來到這裡，迎接鱺瑟迦在御花園承諾她的未來，讓她得以終結心中深不見底的殘酷裂痕。但必須付出代價，這點不容商量。人是不能跟神討價還價的。

她來到碼頭尾端的布蘭庭面前，立定腳步，其他人也在她身後停住。廣場的人群吐出一口氣息，那聲音揚起又消逝，恰似逐漸淡去的風。出於某種奇特的錯覺，她的視野彷彿一瞬間從雙眼離開，變成從高空俯視碼頭，她看得見聚集在此的群眾眼中的她是什麼樣子：超脫塵俗，不似凡人。

恰如上一回投海尋戒的歐涅絲塔。歐涅絲塔沒能回來，災禍隨之而至。因此這正是她的良機：歷史為她開啟了這扇黑暗的門扉，她在色善的多年夢想即將成真。

陽光燦爛，碧藍的海上浮光躍金，這是多麼色彩繽紛、豐富絢爛的世界。在儒恩背後，她瞧見有個身穿鮮黃色袍子的女人、一個藍配黃衣著的老人，還有一個年紀較輕、黑髮褐衣的男子，肩上跨坐著一個小孩。每個人都是來看她尋戒的。她閉眼半晌，接著轉身面向布蘭庭。不看他會比較容易，容易多了，但她明白迴避他的目光有其危險之處，何況儘管結局就在眼前，這終歸是她深愛之人。

昨晚她清醒地躺在床上，凝望雙月在窗外緩緩挪移，試著思考在碼頭的盡頭要對布蘭庭說什麼。試著想出能超越儀式用詞的言語，乘載著多重意涵，持續到往後的歲月。

但這也有危險之處，可能打壞這一刻該有的面貌。況且她想說的字句只不過又是企圖尋求圓滿的手段，不是嗎？企圖跨越鴻溝的手段。到頭來這就是關鍵，不是嗎？她什麼也跨越不了。

這輩子不可能。

「陛下，」她謹遵禮儀，慎重說道：「我自知並無資格，未敢僭越，但若蒙您與齊聚此地的人民允許，我願盡力一試，為您從海中帶回海戒。」

布蘭庭的雙眸顏色恰似雨前的天空，目不轉睛凝視著她，開口道：「吾愛，妳並未僭越，也擁有無限的資格。這場儀式因妳而榮耀。」

她大惑不解，這不是他們事先準備的詞句。但布蘭庭接著緩緩移開視線，像是從光芒之前把臉別開。

「西掌的子民！」他高喊，清亮有力的嗓音充滿王者與領袖風範，迴盪整個廣場，進一步向外傳播至大型船隻和漁船。「黛安諾拉夫人問我們是否認為她有資格替我們投海尋戒，是否願意將贏取幸運的希望投注在她身上，在龐霸狄厄掀起的戰事中尋求三神的祝福。各位有何答覆？她正等著傾聽！」

隨之響起如雷的贊成之聲，歡呼響徹天際，無比堅定。他們早已預見累積這麼高昂的期待氛圍之後會有這樣的結果，但在喝采聲裡黛安諾拉卻深深感受到這其中殘忍的諷刺，苦澀的笑話。

贏取幸運的希望——投注於她？三神的祝福——藉她之手賦予？

那一瞬，立於海濱的她頭一次感覺恐懼揪住了心臟。因為這是貨真價實的祈神儀式，歷史悠久，具備超凡玄妙的力量，她卻意欲利用它達成自己暗中的目的，實現一介凡人內心的想望。無論是為了多麼純粹的大義，這種行為真能獲得允許嗎？

她回過頭，望向長久以來侷限她生命的宮殿與山脈。桑加里歐山巔積雪已融，據說伊安娜正是在那個山峰上創造星辰，一一取名。黛安諾拉挪開視線往下一瞧，只見高大的丹諾里昂低頭俯視著她，她望進那雙溫和平靜的藍眼，感覺自己伸出手穿透過往，從丹諾里昂的平和中汲取力量和堅定。

恐懼像被拋下的衣袍般褪去。她之所以在此是為了丹諾里昂，為了像他一樣的已故之人，為了灰飛煙滅的書卷、雕像、歌謠與名字。等她由於這樁瀆神之舉被帶往神前接受最終裁量，三神想必能理解的吧？亞達昂想必會記得海濱的蜜凱拉？名字之神伊安娜想必會心懷仁慈？

待震耳的鼓譟終於消退，黛安諾拉緩緩點頭。見狀，穿著暗紅長袍的神君女祭司長走上前，幫她脫下深綠色外袍。

接著她立在海邊，身上僅餘一件勉強及膝的綠色貼身薄衣。布蘭庭舉起手中的戒指。「奉亞達昂與茉里安之名，」他說出預先排練、悉心準備的儀式禱詞：「亦生生世世奉光輝女王伊安娜之名，吾人在此祈求滋養與庇佑。浩瀚滄海可願迎我們入懷，如同母親懷抱兒女？半島之洋可願接受以我之名、以此處所有人之名獻上的戒指，再將其送回，證明我們的命運已緊密相繫？我名為西掌國王布蘭庭．齊亞萊，在此祈求諸神的祝福。」

聽見他最後那句話，聽見他自稱的名號，群眾再度掀起一片驚詫的細語。此時布蘭庭轉向她，藉著那片交談聲的隱藏與掩護，低喃了另一句只有她聽見的話。

然後布蘭庭轉身朝向大海，手臂向後一揮，金戒指順著高高的曲線拋出，閃爍著飛向明亮的天空與炫目的太陽。

她看見戒指到達最高點後下落，看見戒指擊中海面。她縱身躍入。

年初的海水冷得嚇人。她用力踢動雙腳，利用跳入海中的力道往下潛，裹住頭髮的綠網讓她得以看清眼前的景象。布蘭庭拋出戒指時已有所斟酌，但他也明白不能隨便扔在靠近碼頭之處，會有太多人注意到他在鑽漏洞。她使勁連划好幾下，斜斜往下方推進，雙眼拚命藉著水中藍綠色的光線看清前方。

索性就游過去也好。試試看有沒有辦法在死前找回戒指，也未嘗不可。她可以把戒指當作供品，帶著往下潛入茉里安的懷抱。

神奇的是，她的恐懼消失無蹤。或許也說不上有什麼神奇的。否則，鱷瑟迦和預兆為的又是什麼？不就是為了帶給她確信與果決，好讓她克服幼時對幽暗深水的懼怕，邁向茉里安的最後一道門扉？一切即將結束。一切早該結束。

她什麼也沒瞧見，再度一踢，逼自己游得更深更遠，朝戒指墜落的方向而去。

她心中確實堅信著，那是種燦亮的清明，知曉所有的事件是如何導向這一刻——在這一刻，只要用她的死就終於能把提嘉納換回來。她知道歐涅絲塔和凱梭的故事，這個碼頭上的每個人都曉得，人人都知曉歐涅絲塔死後發生了什麼樣的災禍。

面對過早逼到眼前的戰事，布蘭庭不得不把一切賭在這場儀式上，但如此一來艾勃利可將擊敗他，不可能有別種結果。她深知自己一死會發生什麼事：動亂紛擾，口誅筆伐，人民會認定這是三神對自命為西掌國王的傲慢之人降下的裁決，西方集結不了對抗龐霸狄厄人的軍隊，孤掌半島會任由艾勃利可像採收葡萄一樣大肆收割，宛如麥子被他的野心之石磨得粉碎。

她想那將是憾事，然而把那份愁苦加以導正的任務只能交給另一個人了，那將是另一個世代畢生追求的使命。她自己的夢想——許多年前在父親的房子裡，她坐在熄滅的火堆前懷著少女的傲氣立誓實踐的目標，是把提嘉納的名字帶回世界。

假如黑暗將她徹底包圍之前能許一個願望，她唯一的心願便是布蘭庭能在局面無可挽回以前逃離，前往離這個半島遠遠的某個所在。無論他去了何方，也許他會漸漸明瞭，他的生命是她的愛所贈予的最後一份禮物。

她自身的死沒有什麼要緊。和侵略者同床共枕過的女人都會被殺，會被視為叛徒，用各式各樣的手段殺掉。溺死也不差。

她好奇會不會在這裡看見鱸瑟迦，看見那屬於海洋的海綠色神靈，命運的使者，門扉的守護者。她好奇在死亡到來前是否會看見最後的神兆，冷峻而輝煌的亞達昂會不會在她面前現身，如同祂久遠以前在蜜凱拉面前的海灘現身。但她不是蜜凱拉，不是那樣耀眼清麗、青春純真的少女。

她不認為會見到海神。

但她看見了戒指。

戒指在她右邊略上方，宛若一句諾言或獲得應允的禱告般漂浮著，在離陽光如此遙遠的深處，穿過徐緩冰冷的海水往下沉。她伸出手，如同所有在海裡的動作那樣帶著如夢的遲緩，抓住金戒，套進手指。這麼一來她就能戴著海戒，以海之新娘的身分死去。

她所處的位置已經很深，在這樣的深處，穿透水面的光線幾乎完全消失。她心知殘存的最後一口氣很快就會用盡，浮出水面的渴求會變成無比迫切的本能。她望向戒指，那是布蘭庭的戒指，布蘭庭唯一的、最後的希望。她對戒指一吻，然後把她的目光、她的生命、她漫長的追尋之旅轉移方向，遠離水面，遠離陽光，遠離愛。

她往下，逼自己盡可能潛向深處。就在這個剎那，幻象開始浮現。

她在內心清晰地瞥見父親的身影，他手持鑿子與槌，雙肩與胸膛蒙著細細一層大理石灰，正與王爵在庭院裡漫步，瓦倫廷一隻手臂親暱地攬著他的肩膀；接著是父親臨去時的模樣，他姿態笨拙而凝重，騎馬奔赴戰場。然後貝爾德在她心中浮出：年幼時的他貼心乖巧，似乎總是在笑；納督離開的那一夜，他在她門外落淚；在月光照耀、殘破不堪的世界，被她緊緊摟在懷中；最後是他離家那一夜，他站在房子的門口。再來是母親——黛安諾拉覺得自己像是游過漫長的光陰回到家人身邊，那些畫面中的母親是提嘉納陷落之前的她，尚未神智失常，當時母親的嗓音彷彿能把夜晚的空氣變柔，觸摸能平撫所有疾病，消除所有對黑暗的懼怕。

四周變得很黑，海裡很冷。她感到第一絲躁動，預告著她很快就會迫切渴求空氣。這時她看見自己離家以後的日子，一個個片段有如在心中展開的捲軸：切譚多的小村；從地勢較高的偏遠田野，望見艾瓦勒飛揚的塵沙；那個想娶她的男人——她甚至連名字都不記得；曾經在樓上的小房間與她有肌膚之親的其他人；史蒂芬城的王后飯店；奧敦尼；駕著河船把她帶走的拉曼努斯；他們眼前開闊的海洋；齊亞萊；謝托。

布蘭庭。

於是在最後的最後，她心中浮現的終究是他。十多年來的片段接連掠過，黛安諾拉驀地再度聽見他在碼頭上說的最後一句話。她奮力不去細想那句話，甚至試著不去聽、不去理解，生怕那句話會動搖她的決心。生怕布蘭庭會動搖她的決心。

吾愛，他悄聲道：妳要回到我身邊。史蒂芬已離我而去，我不能再失去妳，否則我寧可一死。

她不想聽這些，不想聽這樣的話。言語就是力量，言語會試著改變你，會搭起渴盼的橋樑，實際上根本沒人真的能夠走向對方。

否則我寧可一死，他這麼說。

於是她豁然明白，她再也沒辦法對自己否認這個事實——他會選擇死亡。認定布蘭庭會活在另一個地方溫柔地追想著她，這不過是她自以為良善的虛假想像，是靈魂深處的又一個謊言。他不可能過這種日子。吾愛，他這麼喚她；她深知愛對這個男人的意義，深知他的愛能有多深，神啊，她和她的故鄉都再清楚不過。

多深。她耳際轟轟作響，是海水深處的水壓。肺部彷彿就要炸開，她有些費力地轉過頭。

旁邊的黑暗中似乎有個什麼，那道影子正游向更遠的海洋，身軀閃著若隱若現的光，只能略微瞥見人形，不知是人是神。但在這裡不可能是人，這是離陽光與海浪極其遙遠的深海，何況那身影還閃耀著光輝。

又一個內心的幻象，她這麼告訴自己。看來是最後一個了。那身影似乎正逐漸離開她游向遠方，身周光芒籠罩，恰似一個光圈。她筋疲力盡，內心抽疼著渴求寧靜，嚮往寧靜，只想追隨那道不可思議的柔和之光。她已經準備好安息了，準備好成為圓滿，無慾無求，再也不受折磨。

然後她忽地想通，或者該說覺得自己想通了。那個身影一定是亞達昂，是神君來迎接她。可是祂轉過身去了。祂正在游開，祥和的光輝緩緩沒入深海的黑暗。

她還不屬於祂。時候未到。

她往手上一瞥，光線黯淡，幾乎看不見戴著的戒指。但她感覺得到戒指的存在，她知道這枚戒指屬於誰。她知道。

幽暗的海洋深處，距離凡人生存呼吸的世界無比遙遠的水下，黛安諾拉轉過方向。她使勁把雙臂向上伸，手掌相貼，接著分開，朝上劈開海水，讓身體如長矛般刺穿層層汪洋，劈開暗綠色的死亡，重返生命，重返無從跨越的裂痕四處遍布的空氣、光亮與愛。

***

一看見她浮出海面，戴文登時淚流滿面。他之後才瞥見金光閃過——她疲憊不堪地舉起手來，讓所有人瞧見她手上閃爍光輝的戒指。

戴文抹著不停滑落的眼淚，喉嚨因高喊而嘶啞。整艘船上歡聲雷動，歡呼聲響遍每一艘船，響遍整個齊亞萊港，接著另一個畫面映入戴文眼簾。

伊嘉斯的布蘭庭——如今他已自稱為布蘭庭．齊亞萊，他跪倒在碼頭上，雙手掩住臉，肩膀無法克制地顫抖。戴文恍然明瞭他先前所想大錯特錯，原來布蘭庭並非一心只在乎策略是否見效的那種人。

女子以奇慢無比的速度游向碼頭。一位祭師和一位女祭師迫不及待幫著她步出海水，扶住她，用白金相間的袍子裹住她不斷哆嗦的身軀。她幾乎站不穩，但仍淚流不止的戴文瞥見她轉身面向布蘭庭，高高昂起頭，伸出打著顫的手向他獻上海戒。

接著戴文眼前的這位君王，這個篡君，這個用充滿怨恨的滅亡之力一手摧毀他們的法師將女子摟入懷中，動作溫柔，充滿愛憐，卻又帶著毫無疑問的急切，彷彿已經匱乏太久，飢渴太久。

***

雅列森舉起手把跨坐在肩上的孩子抱下來，小心地在孩子母親身邊放下。母親對他微笑，她的髮色跟身上的長裙一樣鮮黃。雅列森反射動作地報以微笑，卻不自覺想要抽身遠離——遠離她，遠離旁邊正激動擁抱的一對男女。他只覺得反胃想吐。放眼望去，整個港口到處爆發慶賀的歡騰。胃裡一陣翻攪。他閉上雙眼，奮力壓下噁心和暈眩，壓下洶湧而來、就要傾覆的一切。

睜開雙眼之際，他的目光落在弄臣身上——儒恩，據說是叫這個名字。當國王釋放自身的情感，帶著一覽無遺的渴求緊緊抱住那個女子，身為替代的弄臣頓時變得空洞無物，親眼見到這個情景令人深感畏怖。儒恩散發一股空白、沉重的哀傷，在周遭的狂歡裡形成刺眼的斷裂，這個喧嘩吵鬧、又哭又笑的世界當中，唯有他是凝結不動、沉默而麻木的一個點。

雅列森注視他的身影，看著那漸禿的頭髮、彎腰駝背的身姿、畸形怪異的面容，忽地心生令人迷惑、朦朧幽微的親切感。就好像他們兩個在此產生了連結，只因他們都不知該對這一切作何反應。

他一定張開了障壁，雅列森心底不知是第十次、第二十次重複道，*一定有*。他再度望向布蘭庭，再度別開視線，滿懷著困惑與哀傷的痛楚。

在奎雷亞，他和貝爾德花費多少年編織那些年少輕狂的計謀？他們計畫潛入此地，突襲篡君，誅其性命，屆時他們呼喊的提嘉納之名將響徹天空，回歸這個世界。

就在這個早晨，就在此時此刻，他與凌虐他父親至死的仇人相距不到十五呎。他的身分無人知曉，無人懷疑，腰間佩有匕首，與對方只隔著一排民眾。

他一定張開了障壁，提防刀刃偷襲。

但問題是——一個單純的事實是，雅列森無法確定。他沒有測試，沒有嘗試，只是站在那裡望著，觀察著，推演著他冷酷的計畫，設想要如何形塑局勢，引領所有人邁向某個更遠大的理想。

他雙眼發疼，眼窩後傳來一陣陣悶痛，彷彿日光對他來說太過閃亮。黃衣婦人沒有走開，依然抬頭瞧著他，那流盼的眼波蘊含的心思不難理解，他不曉得孩子的父親是誰，不過這婦人此時顯然不怎麼在意。他腦中時時存在一個與現實抽離的反常思維，想著這下有意思了，不知九個月後齊亞萊會有多少小孩出生。

他再次對婦人露出不帶任何意義的微笑，含糊地找了個藉口，隨後獨自回頭穿過熱烈慶祝、喧囂吵鬧的人群，走向他們三個下榻的旅店，過去三天他們都在那裡以音樂演出換取住宿。音樂說不定對現在的他有幫助，他這麼尋思。許多時候，音樂是唯一有用的撫慰。他的心仍古怪地狂跳不已，是從看到那個女人浮出水面時開始的——她潛入海中待了那麼久，終於戴著戒指現身。實在太久了，他本來甚至已經動念開始算計，尋戒女子之死必然引發的驚怖是否能加以利用。結果她游了上來，出現於眾人眼前的海面。在群眾扯開喉嚨歡呼的前一秒，伊嘉斯的布蘭庭——打從她躍入水中便動也不動僵在原地的布蘭庭，竟在那個瞬間跪倒在地，恰似從背後遭到重擊，渾身氣力全失。

然後雅列森忽地一陣作嘔反胃，內心混亂至極，耳邊振奮與狂喜的喝采席捲整個港口和每一艘船。

這樣正好，他這麼告訴自己，用力擠過一群圍成圈子熱烈跳舞的民眾。這個發展合乎期待，可以想辦法引導至該有的方向。一切都能串在一起，正如我的計畫。戰爭將會爆發，他們將在笙席歐決戰。正如我的計畫。

他母親死了。方才他和伊嘉斯的布蘭庭只相隔短短十五呎，他腰間佩著匕首。

廣場上太亮了，太吵了。有人在他經過時一把抓住他的手臂，企圖把他拖進一個轉圈起舞的圓，他扯開了。有個女人腳步踉蹌地撞進他懷裡，正面吻在他唇上，然後又抽身。他不認識那個女人。他不認識這裡的任何人。他跌跌撞撞穿越人潮，一下往這裡推，一下往那裡擠，宛如洪水中飄蕩的一顆軟木塞，麻木地試著返回歌鸝客棧，那裡有他的房間，有酒可喝，還有音樂。

等他總算回到客棧，戴文已經在人滿為患的酒吧裡了。四處仍見不著卮蘭的蹤影，他八成還沒下船，留在海上，盡可能離布蘭庭遠遠的，好像那個法師在這一刻會有那麼一丁點追捕巫師的心思。

謝天謝地的是戴文一句話也沒說，只推來一壺酒和一個斟滿的酒杯。雅列森把那杯酒一飲而盡，隨即又乾了一杯。他斟了第三杯，剛抿一口，戴文連忙輕碰他手臂，他才渾身一震地恍然大悟自己竟忘了誓言。藍酒。第三杯酒。

他推開酒壺，把臉往雙手一埋。

身邊有人說話，是兩個男人在爭辯。

「你還真的要去？你這個山羊生的白痴！」第一個人吼道。

「我要參軍，」第二個人答道，他操著阿索里特有的扁平口音。「既然那女人幫布蘭庭做到了，我看布蘭庭已經得到了好運的祝福，再說會自稱布蘭庭．齊亞萊的傢伙比那個龐霸狄厄屠夫好太多了。怎麼樣啊，朋友，你難不成怕打仗？」

對方爆出刻薄的笑聲。「真是頭腦單純的傻蛋，」他說，故意把嗓子壓扁誇張地模仿，「既然那女人幫布蘭庭做到了。誰不知道那個女人每天夜裡都在幫布蘭庭做什麼，那婆娘就是個伺候篡君的娼婦，向侵略我們的人投懷送抱十幾年，為自己的利益打開雙腿，結果你啊——你們這些人啊，還心甘情願把這種妓女當成你們的王后。」

雅列森把頭從掌心抬起來。他挪動雙腳，身體向後一旋好加強力道，接著一聲不吭地出拳砸在那個人的臉上，灌注了渾身的力量，也灌注了滿腔煎熬的混亂。他感到骨頭在他的一擊之下裂開，那男人直往後飛，撞上吧檯，半癱在檯面上，酒杯酒瓶的碎片伴隨著咣啷巨響四處飛濺。

雅列森低頭一看自己的拳頭，指節上沾了血跡，手已經開始腫起來了。他暗想，不知是不是弄斷了手骨。不知他會不會被攆出酒吧，或是由於這個愚蠢的行為捲進失控的鬥毆。

兩個都沒有發生。聲稱準備好上戰場的阿索里人快活地猛拍一下他的背，歌鸝客棧的老闆（原來是他們兩個的雇主）咧嘴大大一笑，壓根不在乎吧檯上噴滿了碎玻璃。

「我正希望有誰來讓他閉嘴呢！」他壓過店裡的喧嘩騷亂高聲嚷道。不知是誰湊過來緊握了一下雅列森的手，那隻手痛得出奇。三個男人喊著堅持要請他喝酒，另外四個搬起失去意識的那人，把他用不怎麼光彩的姿態架去看醫生，有人在他被架走時往他被打爛的臉啐了一口。

雅列森轉身背面這一切，回到吧檯，面前多了一杯阿斯提拔藍酒。他迅速一瞥戴文，但戴文什麼都沒說。

「提嘉納，」他低喃道，有個寇爾帖水手在他背後大聲讚賞了他幾句，揉亂他的頭髮，又有個人擠過來重重拍他的背。「啊，提嘉納，願我對你的記憶如同直透靈魂之刃。」

他把酒喝乾。不知是誰——不是戴文——立刻伸手過來拿走酒杯，往地板一砸，毫不意外地引起其他人跟進，紛紛砸起自己手上的酒杯。等他判斷這時離開不至於太失禮，他立刻離開酒吧上樓，臨走前沒忘了輕碰戴文的手臂表示感謝。回到房裡，只見厄蘭躺在床上，雙手墊在腦後，目不轉睛盯著天花板，雅列森進房之際巫師瞥了過來，兩眼隨即一瞇，流露顯而易見的好奇。

雅列森一言不發，直往他的床榻一倒，閉上仍在抽疼的雙眼。喝酒自然沒有任何幫助。他無法克制地不斷想著尋戒女子，想著她做了什麼，想著她走出海面時宛若超乎自然的存在。他無法不去想布蘭庭跪下來掩住臉的那一幕。

布蘭庭遮住了眼睛，但在那之前，與他相距不過十五呎的雅列森已經瞧見了——他眼中閃現壓倒一切的慶幸和絢爛奪目的愛意，宛若流星的白光。

他的手痛得很，不過他小心翼翼地伸展活動了一下，猜想應該沒有骨折。他說不上來他何必把那個男人揍倒。他所說關於那個切譚多女人的話並沒有錯，每一句都不是假話，卻沒有一句是真正的事實。今天的每件事都令人困惑得殘酷。

厄蘭出乎意料地識相了一回，清了清喉嚨，表示他有話想問。

「什麼？」雅列森沒睜眼，疲憊地說。

「這就是你要的結果，對吧？」巫師問道，反常地躊躇。

雅列森費了點力氣張開眼瞥了過去，厄蘭正用一隻手肘撐起身來望著他，克制的神色若有所思。

「對，」雅列森終於答道：「這就是我要的。」

厄蘭慢慢點頭。「所以接下來會開戰。在我的省邦。」

他的頭還在抽疼，但沒有先前那麼劇烈了。樓上比較安靜，雖說吵嚷聲仍然會穿透過來，慶祝的喧鬧化為穩定沉悶的背景之聲。

「對，在笙席歐。」他說。

一陣無窮的悲傷襲來。耗費這麼多年籌畫，如今終於走到這裡，可是他們處在什麼境地？他母親死了，死前詛咒著他，臨終之際卻讓他握住她的手。這表示什麼？這代表了他需要的那一種意義嗎？

他來到了這座島，見到了伊嘉斯的布蘭庭。他要對貝爾德說什麼？腰間那把纖巧的匕首感覺沉重得足以和劍匹敵。那個女人遠比他預期的更美麗。他的藍酒是戴文替他點的——他簡直不敢相信。方才他打傷了一個無辜的倒楣傢伙，下手之狠甚至打斷了對方的臉骨。他思忖：我看來一定狼狽至極，居然連厄蘭都對我這麼溫和。他們要在笙席歐開戰了。這就是我要的，他對自己重複一遍。

「厄蘭，我很抱歉。」他冒險說道，掙扎著想從這片憂傷振作起來。

他準備好迎來傷人的回應，他幾乎想聽這樣的回應，但厄蘭起初什麼都沒說，終於開口時竟語調和緩。

「時間好像差不多了，」他這麼說道：「要下去演奏了嗎？這樣你會好點嗎？」

這樣你會好點嗎？他什麼時候得被他的人——甚至還是厄蘭——照顧到這種程度了？

他們回到樓下，戴文已經等在歌鸝客棧後方臨時湊合的舞台上。雅列森拿起托傑亞笛，右手腫脹發疼，但這阻止不了他演奏音樂。現在的他迫切需要音樂。他閉上雙眼開始吹奏，擠滿了人的屋子為他靜默下來。厄蘭放在琴上的手沒有動，只是等著，戴文也是，留給他一個讓笛音獨自悠揚的空間，嚮往地探尋那一顆高音，在那裡，迷茫、痛苦、愛戀、死亡、渴慕都能被他短暫地拋在腦後。

第十八章

每次她在日落時分登上城堡的護牆，多半都是想眺望南方，看那日光變幻，色彩在山頭之上的天空轉換。但最近這些日子，隨著春季步入他們所等待的夏天，愛麗諾反而登上了北邊護牆，有時在城堞上的巡邏步道漫步，有時倚著涼冷粗糙的石塊，凝望遠方，身上裹著披肩抵禦日落後仍會來襲的寒意。

彷彿她有辦法望見笙席歐。

這條新披肩是奎雷亞使節所贈，貝爾德早已預告過使節會來，假如進展順利，他們捎來的信函將讓整個世界天翻地覆。不光是孤掌半島，也包括據說皇帝命在旦夕的龐霸狄厄、伊嘉斯，還有奎雷亞本身——因為馬略斯為他們做了這些之後，自身也可能性命難保。

奎雷亞信使依照禮數，在趕赴歐提茲堡壘的途中先行來此向波索堡夫人致意，帶來新任奎雷亞王的禮物：一條靛藍色的披肩，這是孤掌半島幾乎找不到的色調，她知道這顏色在奎雷亞是貴族的象徵。雅列森無疑對馬略斯透露不少她這些年來與他的關係。不過無妨，奎雷亞的馬略斯看來與他們站在同一陣線；在雅列森縱馬趕往布拉丘隘道、繼而奔赴西方的那一日，貝爾德對她解釋過了，馬略斯是整個計畫的關鍵。

奎雷亞信使離開後過了兩天，愛麗諾養成了騎馬享受春日的習慣，狀似隨意地一路漫遊至遠方，不得不在鄰近城堡住上一兩夜。趁著這幾夜，她向幾名特定人物傳遞了同樣特定的口信。

笙席歐。仲夏之前。

過了不久，一名絲綢商人與一名頗討她歡心的歌師一前一後來到波索堡，帶來龐霸狄厄軍正大動作遷移的消息。路上擠滿了行軍向南的傭兵，他們如是說。愛麗諾故作大惑不解地挑起雙眉，但這兩晚她都縱容自己喝了比平時更多的酒，稍晚也以她的方式分別獎勵了這兩個男人。

在黃昏登上城堞的此刻，她聽見身後的樓梯傳來腳步聲。她早就等著了。

她頭也不回地說道：「妳差點沒趕上，太陽差不多完全西沉了。」確實是如此，天空和西邊映著餘暉的雲彩已然轉暗，先是從粉色轉為豔紅，接著變紫，此時已逼近她肩上的靛藍。

艾蓮娜踏上城堞。

「對不起。」她毫無必要地說。她在城堡裡仍然待得不自在，一天到晚道歉。她來到巡邏步道，站在愛麗諾身旁，望向逐漸降臨於暮春原野的夜色，金髮散落在雙肩上，髮梢在微風中飄動。

表面上，她是以愛麗諾新進貼身侍女的身分待在堡內。餘燼節結束後過兩日，她便帶著一雙稚子和為數不多的行李搬進波索堡，據說這是個好主意，讓她提前早早在此生活，等待關鍵時刻來臨。說來不可思議，但待在這裡的她似乎可能在某個時候發揮重大作用。

那名枯瘦蒼老的凱勒敦武人托瑪表示，讓他們的其中一個人留守於此是必要的。這個托瑪很明顯並非凱勒敦人，也很明顯不願意揭露真實身分，但愛麗諾並不在意。重要的是貝爾德跟雅列森信賴他，看來在這方面貝爾德對這個膚色黝黑、兩頰凹陷的男人是言聽計從。

「他們是指誰？」愛麗諾問。現場唯有他們四個：她自己、貝爾德、托瑪，以及那個不喜歡她的紅髮女孩卡翠安娜。

貝爾德遲疑良久，才開口道：「夜行者。」

聞言她揚起雙眉，只用這小小的外在動作稍微表露她內在的震驚。

「當真？在這裡？他們還存在？」

貝爾德點頭。

「你昨晚就是去他們那裡？」

過了一秒，貝爾德再次點頭。

名叫卡翠安娜的女孩眨了眨眼，流露驚訝。愛麗諾想，她腦袋聰明也相當美豔動人，但她還有不少該學的。

「你跑去做什麼了？」愛麗諾問貝爾德。

但這回他搖了搖頭。這在愛麗諾的意料之內，貝爾德的界線黑白分明，她一向喜歡試著挑戰那些底線。十年前的某一夜，她確確實實碰到了貝爾德對隱私的界線，起碼是摸到了某一個領域的邊界。但說來或許令人驚訝，他們的友誼從那之後反倒更深厚了。

出乎愛麗諾意料的是，貝爾德咧嘴一笑。「當然了，妳也可以把他們全部找過來，而不是只讓一個人待在這。」

她面色一窘，臉上的嫌棄只有半分假。「一個人就夠了，多謝。前提是一個人就能達成你的需要？不管你的目的是什麼？」最後兩句是對喬裝成凱勒敦武士的老人說的。他的膚色確實很逼真，但愛麗諾很清楚貝爾德的易容術有多高明，這些年來他和雅列森曾用各種各樣瞞天過海的打扮現身。

「我也無法斷定我們要達成的目的是什麼，」托瑪坦白地說。「但就現階段而言，假如要實現貝爾德希望我們起碼能夠一試的那件事，我們需要一個錨點，讓一個夜行者留在堡中應該足以辦到。」

「辦到什麼？」她又試探地問了一次，其實心裡不期待會得到回答。

「讓我的魔法延伸到此。」托瑪直截了當地說道。

這回換她眨著眼睛，卡翠安娜則波瀾不驚，一副充滿優越感的模樣。這可不公平，事後愛麗諾這麼想道；那女孩鐵定早就知道那老頭子是巫師了，所以她才會毫無反應。愛麗諾還算挺有幽默感，覺得她們私下的較勁挺逗人發笑，卡翠安娜離開後她甚至有些落寞。

過了兩日，艾蓮娜來了。貝爾德事先提過夜行者會是個女人，還請愛麗諾多照顧她，這話又讓愛麗諾挑起眉來。

站在北牆之上，她就著暮光回頭一瞥，只見艾蓮娜沒披斗篷便上來了，用雙臂緊緊環住身軀，兩手握著手肘。愛麗諾毫無來由地惱火起來，猝然卸下披肩，披在對方的肩頭。

「妳早該學乖才對，」她語調嚴厲：「太陽下山以後這上面會很冷。」

「對不起，」艾蓮娜又說了一遍，慌忙作勢脫下披肩。「但這樣就換妳冷了，我自己下去拿一件穿的。」

「站著別動！」愛麗諾厲聲說。艾蓮娜一僵，眼裡流露恐慌。愛麗諾的視線掠過她，掠過她身後愈漸昏黑的田野，掠過底下屋舍農莊逐一閃現的暗夜燭火，掠過今夜第一顆星辰之下的萬物，兩眼極力向北遠望，想像力振翅飛向目光無法觸及之處，飛向此刻或近日將有人民集結的那個地方。

「留在這裡，」她說，語氣放柔：「留在我旁邊。」

她一瞥艾蓮娜，只見艾蓮娜睜大了藍眼，神情正經，若有所思。然後艾蓮娜出人意表地笑了，接著更令人震驚地靠了過來，一隻手臂挽住愛麗諾，將她拉近。愛麗諾僵了剎那，隨即讓自己放鬆下來倚著對方。是她開口要求對方的陪伴；數不清多少年來，她頭一次尋求陪伴，尋求一種截然不同的親密。最近，她體內似乎有什麼冷硬牢固的東西正鬆動開來——她等待這個夏天、等待這個夏天可能帶來的影響，已經好多好多年了。

那個叫戴文的年輕人是怎麼說的？什麼只要相信自己配得上，擁有的就能比倏忽即逝的情慾更多。這些年從來沒人對她說過這樣的話，從波索的柯納洛死於對龐霸狄厄軍的抗戰以來從沒有過。正是在柯納洛死後的黑暗歲月，他結縭不久的年輕孀妻悲怒交加，踏上了成為她如今模樣的道路。

他跟雅列森一道啟程了，那個戴文，想來現在大概也已抵達北方。愛麗諾遠遠望去，任由一個個念頭流逝，像疾飛過黑夜的群鳥，跨越千里，前往仲夏來臨時將決定眾人命運的那個地方。

兩位女子一深一淺的頭髮隨風飄揚交織，她們在那個高處一同站了許久，共享著暖意，共度這個夜晚與等待的時光。

***

有句話流傳已久，會說這話的人有時語帶譏嘲，有時帶著近乎敬佩的調笑：隨著夏日的天氣熱起來，笙席歐夜生活的熱度往往也隨之點燃。這個北部省邦擁有得天獨厚的肥沃土壤與宜人氣候，紙醉金迷的縱慾享樂更是在孤掌半島口耳相傳，甚至遠播海外。據說在笙席歐想要什麼都可以得到，只要你肯花錢——也要肯為了保住它跟別人打得你死我活就是了，說這話的人往往會補上這麼一句。

這一年的春季尾聲，說不定有人會以為既然情勢愈發劍拔弩張，加上戰爭的威脅近在眼前，笙席歐人（以及絡繹不絕的來客）對夜間尋歡的熱情會就此澆熄，少喝些酒，少嘗試各種組合的性事，少在酒館和街上鬧事鬥毆。

或許有人當真這麼想，但絕不會是了解笙席歐的人。實際上，眼見龐霸狄厄軍來意不善地集結於斐洛邊界，越來越多艘伊嘉斯艦隊停泊於笙席歐省邦西北外海的法薩羅島，這些近在眼前的凶兆，似乎反倒令笙席歐城的夜夜笙歌變本加厲。此地不實施宵禁，好幾百年來都不曾有過；儘管人人皆知兩大侵略陣營的使臣都派駐於如今的總督堡中，分別居住在方向相反的兩間廂房，笙席歐人依然自豪地宣稱他們是孤掌半島唯一自由的省邦。

然而隨著一個個尋常白晝與尋歡之夜過去，這種自吹自擂愈發顯得站不住腳，全半島都等著烽煙隨時升起。

面對不斷迫近的現實，笙席歐城只是加快了深夜時分本就狂亂不已的節奏。紅手套、瑟塔芙等知名酒肆每晚擠滿汗水淋漓、喧鬧不休的客人，這些店不僅給他們送上入口辛辣、要價過高的酒水，也送上看似享用不盡的胴體，有男有女，在樓上密不通風的窄小隔間辦事。

至於其他出於各種原因不做愛慾買賣的旅店，自然得為客人提供截然不同的誘因。索林奇旅店開設在城堡附近，對於以自己的名字當店名的店主而言，只要有佳餚、品質不錯的葡萄酒與美酒、給人睡覺的乾淨房間，縱使稱不上奢華，也已是夠讓人享受的待遇了；他的收入主要來自不想在燈紅酒綠的夜裡遊蕩的生意人，也有的行商縱使置身過於糜爛的腐敗氣息中，依然只想吃上一頓，睡上一覺。索林奇旅店引以為傲的另一個特色是，店裡從日到夜隨時都聽得見全城最出色的音樂。

此時此刻，晚春時節某一天的晚餐時間到來前，旅店裡頭幾乎滿座，有個不尋常的三人組合正為酒吧和用餐的客人表演曲目，分別是個笙席歐琴師、阿斯提拔笛手，以及年輕的阿索里男高音。好幾天前就開始流傳一個謠言，說那就是去年秋天在桑德烈・阿斯提拔的葬禮上演唱後下落不明的歌師。

這個春季的笙席歐各種流言滿天飛，但很少人相信這一則，畢竟那樣的天才哪有可能待在這種胡亂湊成的樂團裡。然而那位男高音確實有副出眾的嗓子，另外兩人的伴奏也配合得天衣無縫，他們過去一週的攬客效果讓索林奇．笙席歐喜出望外。

說實話，就算他們演奏的音樂堪比獵犬叫春，索林奇也會僱用他們、供他們住宿。索林奇和目前自稱雅列安諾．阿斯提拔的黑髮男子有快十年的交情，而且不光是朋友而已——說來湊巧，今年春天店裡的客人有將近一半是專程來笙席歐見這三名樂師的。索林奇守緊口風，只管斟他的酒、監督他的廚子和女侍，每晚睡前都向光明女神伊安娜祈禱雅列森知道自己在幹什麼。

這天下午，年輕男高音唱著振奮激昂的切譚多民謠，客人正敲著吧檯沉浸在節奏之中，卻忽地被推開的店門給打斷，一大群新客人走了進來。這本來沒什麼稀奇，直到歌師倏地中斷唱到一半的副歌，大聲嚷著打招呼，笛手匆匆擱開笛子躍下舞台，琴師雖然動作慢一些，但也放下自己的樂器跟了過去。

現場隨之陷入久別重逢的熱絡氣氛，基於笙席歐的風氣，旁人本來會對這群男人的關係心生輕蔑譏嘲的聯想；不過新來的那群人裡頭偏偏有兩位姿容出眾的年輕姑娘，一個是紅色短髮，另一個則是烏黑的長髮。就連那個性情格外陰鬱、不苟言笑的琴師也被強拉進那一團人裡頭，有個面容枯瘦、比其他夥伴高一截的凱勒敦傭兵硬是把他摟進骨瘦如柴的懷裡。

片刻後又發生一次重逢，這的氛圍大相逕庭，連一夥人剛相聚的興奮之情都被壓了下來。另一個男人站起身，有些猶疑地走向方才踏進店裡的五個人，有些仔細看的旁人發現他的雙手正在打顫。

「貝爾德？」眾人只聽他喚道。

一陣靜默。接著他所喚的那個人開口：「納督？」連最不經世事的笙席歐人都聽得出他那種語氣隱含的感情，即使還不敢確定，兩人隨後的擁抱也讓所有疑慮煙消雲散。

他們還哭了。

店裡不只一個男人本來就直瞅著兩名女子，毫不掩飾傾慕，這下頓時心想假如那群男人都是這種癖好的，自己上前攀談成功的機會說不定比最初以為的更大——搞不好能做的還不只攀談呢，誰知道。

***

自從離開托傑亞，艾蕾過著激動興奮的每一天，白皙的臉頰幾乎時時染著嫣紅，使她更加秀雅清麗，美得超過她自身所知。而她自身明確知曉的是，為何她能夠一起跟來。

那一日，登陸用小船悄悄返回在月色下停泊於托傑亞港的海女號，一併帶回了父親、卡翠安娜與他們去見的兩個男人，艾蕾登時察覺這一切遠遠不單純只是友情。

隨後那個膚色黝黑的凱勒敦人欣賞地端詳她，那張皺紋滿布的臉隨後看似頗有興味地看向羅維戈。父親只遲疑半晌，便將對方的真實身分告訴了她，然後抱持令她振奮的信賴，輕聲向她解釋他這些新合夥人前來此地的真正目的，以及他多年來暗中與他們合作的計畫。

原來去年秋天碩藤節回家途中，他們在家門外的路上巧遇那三位樂師，並不純粹只是巧合。

艾蕾專注地聽著，連一個音節或一個弦外之音都不想落下，她衡量內心對這一切有什麼感受，懷著難以言喻的喜悅發現自己並不害怕。這多少是由於父親的語調跟神態，也由於一個單純的事實：父親信賴她，信賴到願意把這些透露給她。

另一個被喚作貝爾德的男子這麼對羅維戈說道：「假如你真的打定主意要隨我們前往笙席歐，

我們得先在沿海找地方送你女兒上岸。」

「為什麼？」艾蕾不等羅維戈答腔便立即開口，所有人的目光一齊轉向她，她感到臉頰發燙起來。他們正待在甲板下，聚在父親的艙房裡。

燭光映照之下，貝爾德的雙眸顯得深黑。他是個看來頗為剛硬的人，甚至帶著危險的氣息，但他回答艾蕾的語調算得上和善。

「因為我不希望強迫他人冒不必要的風險。我們即將去做的事十分凶險，但我們基於自身的理由願意承受，至於妳父親和他信賴的那些船員，他們提供的協助對我們而言不可或缺。妳一起去的話，就是毫無必要的涉險了。這麼說妳能接受嗎？」

她強迫自己冷靜。「前提是你認定我不過是個小孩，而且什麼忙也幫不上。」她吞了一下口水，「我跟卡翠安娜年齡相仿，我想我現在明白整個情況了，明白你們一直以來想要實現什麼。我也……我可以告訴你，我跟你們每一個人一樣渴望自由。」

「她說得有理。我認為她該來。」讓人驚訝的是，開口這麼說的是卡翠安娜。「貝爾德，」她續道：「假如現在到了會左右未來的關頭，那我們沒資格撇下和我們志同道合的那些人，沒資格決定他們只能躲在家中，等著看夏天結束時他們究竟還是不是奴隸。」

貝爾德凝視卡翠安娜良久，不發一語。之後他轉頭看羅維戈，做了個手勢示意交給他決定。從父親臉上，艾蕾看得出擔憂與愛正和對她的驕傲拉鋸著，然後在燭火映照之下，她注視那場內在的交戰宣告終結。

「要是我們活下來，」羅維戈．阿斯提拔對女兒說道，她是他的命，是他一生的歡喜。「妳母親一定會殺了我，妳知道的吧？」

「我會努力保護你。」艾蕾嚴肅地說，但一顆心跳得狂亂。

她明白這是因為在船上欄杆邊的那場對話。她非常確定。那天，他們在暴風雨後的月色下遙望峭壁。

我不曉得是什麼，但我需要的不只是那些。她這樣說道。

我知道，父親如此答道：我知道妳需要更多。假如我有辦法給妳，那就會是妳的，整個世界和伊安娜的繁星都會屬於妳。

因為這番話，因為他深愛著她，因為他是真心如此允諾，所以他才答應讓她一同前行，遠赴他們熟悉的世界即將被置於天平上衡量的那個地方。

前往笙席歐的旅途上，有兩件事給她的印象格外深刻。某天早晨，船正沿著阿斯提拔的海岸北上，她和卡翠安娜佇立於欄杆邊，眼前是個小小的村子，接著經過另一個，再一個。家家戶戶的屋頂在晨光下反射發亮，許多小漁船在海女號到岸邊的浪潮中浮沉。

「那是我老家。」卡翠安娜驀地打破沉默，聲音輕得只有艾蕾能聽見。「那艘藍色船帆的漁船就是我父親的。」她的語氣很奇特，和話中含意相比有種微妙的疏離。

「那我們停船！」艾蕾急切地小聲說：「我去跟父親說！他會——」

卡翠安娜按住她的手臂。

「還不行，」她說道：「我還不能見他。之後吧。等笙席歐之後。也許到時再去。」

那是其中一段記憶。另一段記憶則迥然不同，那天他們一早繞過法薩羅島的北端，只見伊嘉斯與西掌的艦隊停泊於該島的港灣，等待開戰。當下她確實心生懼怕，這個情景讓她真切地意會到他們正航向什麼樣的現實，那個現實既顯得繽紛鮮明，又險惡得有如晦暗的死亡。她先是瞥了卡翠安娜一眼，接著是父親，最後是如今自稱托瑪的桑德烈老公爵，只見他們也各自流露幾分疑慮與不安——唯獨正仔細點算艦隊數量的貝爾德神色不一樣。

倘若非要用一個詞來描述，她會有些躊躇地形容為渴望。

隔天下午一行人抵達笙席歐，將海女號停靠在擁擠的港口後上岸，在傍晚來到一間其他人似乎都知道的旅店。五人踏進旅店的門，撞進倏忽迸現的一片歡欣之中，燦亮突兀得恰似自海面升起的朝陽。

戴文給了她一個緊緊的擁抱，往她唇上吻了一下；雅列森先是對她的出現流露顯而易見的不安，探詢地望了她父親一眼，隨後做了跟戴文完全相同的動作。他們身旁有個臉容瘦削的灰髮男子，名叫厄蘭，接著旅店中又有其他幾個男人走上前來——其中一個叫納督，一個叫杜卡斯，還有一位失明的長者，他身邊跟著兩位她沒聽清名字的人，手握一把大氣雅致的拐杖輔助步行，拐杖的杖頭是刻工極其精巧的老鷹，鷹眼銳利得幾乎能彌補他失去的雙眸。

除此之外還有其他人，似乎來自各個省邦，多數人的名字她都沒聽明白，店裡實在太吵雜了。店主送上酒來，兩瓶笙席歐綠酒，一瓶阿斯提拔藍酒，兩種她都謹慎地喝了一小杯，邊喝邊觀察大家，試著從亂哄哄的說話聲中理清一些頭緒。她注意到雅列森跟貝爾德離開片刻，等他們回到桌邊，兩人都顯得心緒紛雜，有些凝重。

後來戴文、雅列森跟厄蘭回到舞台上表演大約一小時，其他人繼續吃喝。精神無比高昂的艾蕾雙頰暈紅，心底悄悄重溫了兩位男子落在她唇上的吻。她不自禁對每個人投以羞澀的微笑，生怕自己的神色洩漏了內心的感受。

吃喝已畢，他們跟隨背脊寬闊的店主太太步上樓梯，進了房間。又過一陣子，等樓上一片靜謐，卡翠安娜領著她走出安排給她們兩個住的房間，穿過走廊，來到戴文、雅列森與厄蘭同住的客房。房裡除了他們三個之外還有好幾人，有的是她方才見過的，有的則素未謀面。沒過多久，父親跟桑德烈、貝爾德進來了。現場唯有她和卡翠安娜兩名女子，她一時感到有些奇異，又想到她離家如此之遠；但緊接著眾人便安靜下來，雅列森一手往上抓過頭髮，開口說了起來。

隨著他往下說，全神貫注傾聽的艾蕾和眾人逐漸明瞭他整個計畫的規模，明瞭那驚人的全貌。到了一個段落，他打住話頭，逐一凝視三個男人。首先是桑德烈公爵，再來是個坐在杜卡斯身邊、名為賽提諾的圓臉切譚多人，最後帶著幾乎像是叫陣般的眼神，望向厄蘭·笙席歐。

艾蕾曉得他們三個都是巫師。這個事實讓人難以置信，尤其是桑德烈——他既是遭到流放的阿斯提拔公爵，也是自她有印象以來便與他們同住城郊的老鄰居。

名喚厄蘭的男人坐在自己的床上，背靠牆壁，雙手環胸，呼吸粗重。

「我這下很確定你真的瘋了，」他說，聲線微顫。「你活在你的夢裡太久，已經久到分不清現實，你的瘋狂會害死很多人。」

艾蕾瞧見戴文張口，但一句話也沒說便猛地閉上。

「你說的不無可能。」雅列森說，態度出人意表地溫和。「我是有可能走上了瘋狂的道路，雖然我不這麼認為。不過的確，這可能會死非常多人，這是我們一直以來心知肚明的事實，假裝沒有人會死才是真正的瘋狂。但眼下你可以冷靜點，放寬心，你我都清楚現在什麼事也沒有。」

「沒事？什麼意思？」她父親問道。

雅列森的表情帶著嘲謔，幾乎有些尖酸。「你沒發現嗎？你們都到過港口、走過城裡的街道，有看到任何龐霸狄厄部隊嗎？有看到任何伊嘉斯人，任何從西方來的士兵嗎？什麼事都沒發生。龐霸狄厄的艾勃利可調集所有兵力在邊界集結，卻不肯下令往北進軍！」

「他沒有膽量。」桑德烈在隨之而來的靜寂中冷冷地說：「他怕布蘭庭。」

「或許吧。」她父親沉吟道：「也說不定純粹是謹慎。太過謹慎。」

「我們要怎麼做？」名叫杜卡斯的紅鬍子托傑亞人問道。

雅列森搖頭。「我不曉得。我當真一點頭緒也沒有，我從沒料到會這樣。告訴我，」他說道：「該怎麼讓他越過邊境？該怎麼讓他開戰？」他看著杜卡斯，接著逐一注視屋裡的每個人。

沒人答得上來。

***

旁人鐵定以為他是個孬種。那些人不過是傻子。淨是一群蠢蛋。蠢蛋才會輕易開戰，尤其是這種的戰爭，這種必須為他壓根不在乎的功績賭上一切的戰爭。笙席歐？孤掌半島？這都算得上什麼？哪值得他用二十年來累積的成果去拚？

每當有信使自阿斯提拔趕來，他的心便滿懷希望地提起。要是皇帝駕崩了……

皇帝一旦駕崩，他就要帶著兵馬揚長而去，拋下這個貧瘠荒蕪的半島，回鄉奪取龐霸狄厄的那頂皇冠。那才是他的戰爭，那才是他想打的、最要緊的一場仗，這麼多年來真正要緊的就只有這一場。他會率領三大軍團航向故鄉，一把搶過皇冠，任由那些宮廷寵臣在一旁流連徘徊，恰似無數隻四處飛舞的無用飛蛾。

那之後，他再傾龐霸狄厄全軍之力回歸半島宣戰，屆時再瞧瞧伊嘉斯的布蘭庭——現在是西掌王國的布蘭庭了，隨他要自稱什麼頭銜——屆時再看看他敢不敢阻擋在身為龐霸狄厄皇帝的艾勃利可面前。

眾神在上，那甜蜜的滋味……

偏偏東方並未傳來這樣的音訊，沒能給他如此燦爛美妙的解脫。他唯有面對殘酷的現實，和傭兵一同紮營於斐洛跟笙席歐的交界，準備迎戰伊嘉斯與西掌的軍隊，心知整個世界的目光都集中於他們身上。倘若戰敗，他將輸掉所有。倘若戰勝……唔，那取決於他付出多少代價。假如他的大半兵馬都折損在這裡，他哪湊得出軍隊殺回故鄉？

如今，折損太多兵力儼然是已可預見的未來，畢竟齊亞萊港出了那種事。多數伊嘉斯軍人確實如他的預料啟程返國，令布蘭庭大為衰弱，破綻百出，因此艾勃利可才會有所行動，和三大軍團一同集結於此。整個局面和往後的發展看似都站在他們這一邊，看似再清楚不過。

然後，那個切譚多女人就替布蘭庭從海裡撈出了一個戒指。

他從未見過那女人，但她卻在他夢裡糾纏不去。在他這輩子，那女人已經三度像個夢魇般忽地出現；早在布蘭庭將她納入色善殿之初，她便差點把艾勃利可捲進荒唐的戰爭。他還記得當時西費瓦亟欲一戰，這名第三軍團的團長提議越過邊界強襲下寇爾帖，逕取史蒂芬城。

眾神啊。即便多年過去，艾勃利可此時想來仍要打個寒顫，居然想深入西方迎擊處於鼎盛時期的伊嘉斯軍。那年他吞下滿腹怒火，忍下布蘭庭送來東方的各種奚落取笑；就連這麼久以前的當時，他也發揮了自制力，一心只專注於家鄉那個真正的獎賞。

而艾勃利可今年春天原本不費吹灰之力就能得到孤掌半島，恰似從天而降的大禮，偏偏又是那個叫黛安諾拉．切譚多的女人救了那個伊嘉斯人一命。一切本來都緩緩從天空飄下來了，眼看就要落入他手中：布蘭庭遇刺身亡的話，伊嘉斯軍將全數回國，使西方省邦門戶洞開，宛若熟透的果實任他摘取。

到時奎雷亞的瘸腿君王只能一跛一拐地翻山越嶺，在艾勃利可面前俯伏於地，哀求艾勃利可開放他亟需的貿易。根本不會寄來什麼詞藻華美的信函，說什麼畏懼伊嘉斯的威勢。一切都會無比簡單，無比……優雅。

但事態卻不如期望，都是因為那個女人。那女人甚至出身自他統治的省邦。其中的反諷是這麼顯而易見，簡直像腐蝕他靈魂的強酸。切譚多明明屬於他，布蘭庭撿回一命卻都是由於黛安諾拉．切譚多。

現在，這是他人生第三度遭那女人阻撓——就因為她，西方組成了一支軍隊，那支艦隊正停泊於法薩羅島的海灣，靜候艾勃利可採取任何一點動作。

「敵軍的數量比我們少，」他的斥候日日來報：「武裝也遜我們一籌。」

比我們少，三個團長不經思考地覆誦，彼此應和；裝備遜我們一籌，他們如是叨唸；出兵時機已至，他們異口同聲唱道，三張愚癡的面龐在他夢裡逼近，相互緊挨著懸在半空，有如太過靠近地面的可怖月亮。

他派駐在笙席歐總督堡的使節安吉亞派人傳話，表示總督卡薩里亞依然支持他們，說什麼卡薩里亞明白布蘭庭不如他們強大，說什麼經過一番遊說，卡薩里亞已然看清更進一步投誠於龐霸狄厄的好處。西掌的使臣是少數決定留下來效忠布蘭庭的伊嘉斯人，隨著一日日過去，他想求見總督是越來越難了，相比之下，安吉亞則幾乎夜夜與身材肥胖、醉生夢死的卡薩里亞宴飲。

在笙席歐的這些年來，安吉亞老早落得腦滿腸肥、放蕩奢靡，道德之敗壞不亞於任何一個笙席歐人，此時竟然連他也口徑一致地鼓吹著：笙席歐這個葡萄園的果實已熟，快來採收！

可以採收？他們不明白嗎？難道就沒有一個人想到，他們還有法術要對付？

他深知布蘭庭有多強——在他們各自登上半島的那一年，他曾試探過伊嘉斯王的力量，隨即迅速收手，當時他還正值巔峰，不像現在虛竭衰弱。自從去年在該死的桑德烈木屋差點喪命，他那條瘸腿和下垂的眼皮始終好不了。他已經不同於往日，即便其他人不曉得，他自己也一清二楚。假如要他上戰場，那必須是將這點考量在內的決定，他的軍力優勢必須足以彌補那個伊嘉斯人的法術實力，他要有十足的把握才行。只要腦袋不是太蠢，想必都瞧得出這跟孬不孬毫無關係！他不過是謹慎地斟酌得失，權衡風險與良機。

在邊境的營帳裡頭，夢中的他把三個團長愚昧無知的月亮臉打回天空，然後在五輪月亮而非雙月的映照之下，他把那個切譚多女人被五花大綁的身軀慢慢肢解，狠狠玷污。

然後早晨再度來臨，他消化著那些宛若餿水的消息，又開始永不休止地與另一個預感纏鬥，那預感在這個春天不停糾纏著他，有如感染發炎的傷口。

有哪裡不對勁。徹徹底底不對勁。打從秋天以來，這一系列發展隱隱有股違和感，恰似一段不和諧的刺耳琴音。

率領大軍駐紮於邊界的此刻，他照理該覺得整個舞步的節奏都由他主導，是他迫使布蘭庭和全孤掌半島呼應他的旋律，不再像整個冬天為了那些令人不安、逐漸累積的小事心煩，而是重新掌控情勢，塑造奎雷亞不得不主動來求他的局面，也讓帝國那些傢伙看清他的強大，他如虹的氣勢，他輝煌的偉業。

他照理該這麼認為才是。聽聞布蘭庭放棄伊嘉斯王位的那天早晨，命令三個軍團北上進軍至笙席歐邊界的那天早晨，他確實有一度這麼認為。

然而那天之後有什麼變了，變的不只是如今出現在法薩羅灣等著應戰的敵軍。還有別的什麼，那東西太過細微朦朧，就算他有人能夠商量也說不清那是什麼——他說不上來，但那東西的確存在，不停嚙咬著，宛如在雨天抽疼的舊傷。

龐霸狄厄的艾勃利可有辦法爬到現在的位置、累積只差臨門一腳就能奪取皇冠的實力，憑藉的正是他機巧的手腕、縝密的心機，以及對直覺的信賴。

縱然身在邊界，周圍的一眾團長、斥候、笙席歐使臣都央求著他進軍，直覺依舊告訴他有哪裡不對勁。

直覺告訴他，指揮旋律的人並不是他。指揮者另有其人。有人用了不知什麼手段，引導各方跳起這危險的舞步。他對於那人是誰毫無頭緒，可他每天早上醒來都有這種感覺，揮之不去，偏偏那感受遲遲清晰不起來，徒留他在春日裡頭停駐於邊界的原野，草地上點綴著龐霸狄厄的旗幟、點綴著鳶尾花與日光蘭，周遭的松樹飄著清香。

他就這麼等待著，向眾神祈禱故鄉傳來某人的死訊，痛苦難熬地心知一旦退兵很快就會招致全世界的嘲笑，心知就在斥候輪番馳來南方報告之際，布蘭庭集結於法薩羅島的軍力也一日日壯大；然而他的城府心計、他的生存本能、那疑心的抽疼仍把他留在邊境，等著某樣事物轉趨明朗。

日子一天天流逝，他依然拒絕配合可能由他人吹奏的旋律起舞，無論那隱藏形跡的笛子吹得多麼誘人。

***

她害怕得渾身麻木。這比托傑亞的橋那一次更可怕，可怕得多。托傑亞那時候，她擁抱、接納危險，因為縱身一躍之後的生存機會不低；底下的河流再怎麼冰寒也不過是水，況且有朋友在附近的黑夜中守候著她，把她從河裡扶上岸，擦熱她的身軀、保住她的生機。

今晚不同。卡翠安娜心慌地察覺雙手在打顫，她在小路的陰影下停步，試著穩定心神。

她緊張地整理黑色兜帽下的頭髮，手指摸了摸頭上鑲有寶石的黑色髮梳，是她特意插在髮間的。來笙席歐的船上，艾蕾說她常替妹妹們打理髮型，於是幫卡翠安娜修整了在托傑亞那間店裡匆匆剪去的頭髮。卡翠安娜很清楚，自己現在的外表已經可以見人了——遠遠不只是可以見人的程度，假如這幾天笙席歐男人的反應能代表什麼的話。

那些反應一定說明了什麼。她完全是憑藉這點才敢獨自潛入黑夜，緊靠著小巷的粗糙石牆，靜候一群喧鬧的尋歡之人經過她前方的街道。這裡緊鄰城堡，算是城裡治安較好的地區，但對於夜裡單獨在街上遊蕩的女子而言，笙席歐沒有哪個角落稱得上真正安全。

不過她出來並不是為了追求安全，這也是為什麼沒人知道她人在哪裡。他們絕對不會讓她來的。坦白說來，換作她自己，她也不會同意任何夥伴採取這樣的行動。

這麼做的結局唯有死亡。她沒有任何不切實際的期待。

整個下午，她一面與戴文、羅維戈跟艾蕾逛著市集，心底一面擬定計畫，同時憶起了母親。餘燼節的第一日，母親總在黃昏點亮一根蠟燭。她記得戴文提過他父親也有同樣的舉動，他覺得那是出於倨傲：由於三神允許那樣的災禍發生，因此不願向三神獻上所有。儘管她母親並非性格倨傲之人，但母親也沒有允許自己遺忘。

今晚，卡翠安娜覺得自己有如母親在餘燼夜點亮的禁忌之燭，除她之外的整個世界則靜臥於黑暗。她是一小朵星火，正如那些蠟燭——注定熬不過今晚，但倘若三神對她心存一絲慈悲，也許她能在熄滅前掀起燎原之火。

縱情享樂的醉鬼終於踉踉蹌蹌地走過，朝著港口的酒館去了。她多等了片刻，然後拉低兜帽快步走到街上，靠著邊往另一個方向前進，朝著城堡而去。

假如有辦法止住雙手的顫抖、緩和狂飆的心跳，那會好得多。早知道溜出來之前應該先在索林奇旅店喝上一杯，躲在後門外的樓梯上喝，這樣就不會被其他人瞧見。當時她要艾蕾先下去吃晚餐，假稱月事不適，答應等情況好轉就會盡快下樓。

謊言出口得如此輕易，她還擠出了安撫的微笑。接著艾蕾下樓，留下她自己一個人，就在房門輕輕關上的瞬間，她恍然明白，她再也見不到大家了。

街道上，她閉起雙眼，忽地有些暈眩，一手扶住某家店的店門撐住身體，深深吸進夜晚的空氣。不遠處有銀花綻放，此外還有瑟柚椏花難以錯認的幽香，看來她已經靠近城堡的花園了。她咬了咬嘴唇，好讓雙唇增添血色。維朵霓已在東方升起，藍月伊萊琉不久後也將追隨。隔壁街道驀地傳來清脆的笑聲，是個女子的嬌笑，緊接著是一聲大喊，是男人的嗓音。又是一串笑嚷。

那兩人往反方向走遠。她抬起頭，只見一顆星子在天際墜落，她順著軌跡望向左手邊，城堡花園的圍牆映入眼中，繞過去應該就是城堡的大門。登門入場，下台退場，她唯有獨自面對。但她從小本就性子孤僻，長大後依然離群，在自己的軌道上運行，與他人疏遠，甚至遠離願意與她為友的人。戴文跟艾蕾不過是最後嘗試過的兩個人，她離開家鄉前，漁村裡頭還有其他幾個。她知道母親曾為她的孤傲而憂傷。

又是傲氣。

河畔的戰役展開前，父親就逃出了提嘉納。

就是這個。就是這麼回事。

她小心地拉下兜帽，發現雙手已經不抖了，不禁誠心慶幸。她確認了一下耳環、戴在脖子上的銀頸圈、鑲有寶石的髮飾，戴上下午在市集買的紅手套，然後越過街道，繞過花園圍牆的轉角，走向總督堡門口的熾亮光芒。

門邊有四名衛士把守，兩個立在鎖起的鐵門外，兩個在門內。她任由兜帽斗篷敞開，讓那些人瞧見她穿在底下的黑色長裙。

門外的兩個守衛互望一眼，明顯放鬆下來，移開按在劍上的手。其他兩人湊了過來，好藉著火把的光看得更清楚。

她在頭兩個守衛面前停下腳步，勾起微笑。「勞煩通報一聲，」她說道：「跟龐霸狄厄的安吉亞說，他的紅狐狸來找他了。」她舉起裹著鮮紅手套的左手。

起初，戴文跟羅維戈在市集上的反應只讓她有些好笑。當時那身材臃腫、滿臉病容的總督卡薩里亞騎馬穿過市集，一旁便是龐霸狄厄的使臣，兩人正開懷大笑；布蘭庭的西掌使臣落在後頭幾步之遙，和一群地位較低的笙席歐人同行，畫面鮮明，其中蘊含的意義昭然若揭。

艾蕾跟卡翠安娜站在綢緞攤前，轉頭旁觀總督經過。

但他沒有走過去。龐霸狄厄的安吉亞迅速拉住卡薩里亞戴著鐲子的手腕，兩匹正昂首闊步前進的馬就這麼停在她們正前方。事後想來，卡翠安娜才意識到她跟艾蕾想必很引人注目。安吉亞顯然就這麼認為，他是個體格結實的金髮男人，小鬍子的尾端向上翹起，頭髮跟如今的她差不多長。

「這裡有隻貂跟一隻紅狐！」他用特意說給卡薩里亞聽的語調說。肥碩的總督報以笑聲，那反應略顯太快，音量也太過高亢。安吉亞那雙藍眼幾乎是在光天化日之下把兩個女子給剝個精光，艾蕾別開了視線，但沒有低下頭去，卡翠安娜則盡她所能地平穩直視這名龐霸狄厄人。她拒絕閃躲這些人。然而安吉亞的笑意反倒加深，「果真是隻紅狐。」他重複了一遍，這次不是對卡薩里亞說，而是對著卡翠安娜。

但總督仍舊不管三七二十一地大笑。他們繼續前進，整個隊伍尾隨其後，當中包括布蘭庭的使臣，儘管那個早晨風和日麗，他仍一臉抑鬱不樂。

這時卡翠安娜才察覺戴文站在她身旁，羅維戈則在女兒旁邊。她看著兩人，注意到他們眼裡壓抑的怒火。這時候她忽地覺得有些好笑，儘管那感覺稍縱即逝。

「就是這個表情，」她輕快地說：「貝爾德差點害我們在托傑亞被殺的時候就是這副表情。我可不想再經歷一遍，我沒有頭髮能剪了。」

艾蕾遠比卡翠安娜最初認定的聰明，她笑起來，就這麼化解了當下的氣氛。四個人繼續向前走。

「如果是我，我絕對會殺了他。」在一個皮件攤旁停下腳步時，戴文低聲對她說。

「當然會了。」她輕鬆地說，接著意識到她這話聽起來可能不太對，也明白戴文對他所說的話十分認真，於是輕捏一下戴文的手臂。六個月前的她是不會這麼做的。她一點一點地改變，他們每個人都是。

但差不多就在這時，隨著笑意與怒氣一併消褪，卡翠安娜開始琢磨起某件事。在她眼中，明亮的白晝有那麼一剎那倏忽暗影籠罩，儘管天空分明晴朗無雲。

後來回想，她幾乎是在腦中一浮現這個念頭就決定實踐了。

趁著早晨的市集收攤前，她找機會獨自行動了一段時間，買齊她需要的東西。耳環，裙子，黑梳……紅手套。

也正是在著手準備的期間，她想起母親，想起托傑亞的橋。這沒什麼稀奇，人心本來就會依循既定的規律，正因為有這樣的規律她才會這麼做，才會想到要這麼做。入夜後她必須獨自離開，不能跟任何人說。得想個謊話告訴艾蕾。不能道別，他們會阻止她的，換作其他人要去她也會阻止對方。

但每個人都心知肚明必須做點什麼。必須有人採取行動，就在早晨的市集，卡翠安娜覺得她知道該怎麼做了。

她獨自行過黑夜，前半條路上都暗暗盼望自己夠勇敢，盼望雙手不再這樣打顫。但當她走到花園圍牆前，望見一顆星墜下絲絨般的黑藍天空，她的手已經不抖了。

「我們得替妳搜身，妳懂的吧。」大門外那兩名守衛的其中一個說，嘴角斜勾笑容。

「那當然。」她低聲道，走近些許。「在這裡站哨的好處沒幾個，對不對？」另一個衛士笑起來，不慌不忙拉她向前，先踏進火光的範圍，再略略走幾步來到庭院外圍比較隱密的陰影下。她聽見大門另一端的兩個衛士壓低聲音爭辯幾句，最後是短短六個字的簡練命令句，其中位階不如對方的那人不甘不願地邁步穿越庭院走向裡頭，想必是要去找龐霸狄厄的安吉亞通報，說他美夢成真了之類的。另一人連忙用腰間掛的一串鑰匙打開大門，出來加入了那兩個衛士。

三個衛士慢條斯理地搜她，但還算客氣，最終也不算太過踰矩，畢竟倘若她見了那個龐霸狄厄人之後得到寵幸，這些守衛就倒楣了。這點正中她的盤算。過程中她假裝笑了一兩聲，不過沒到會讓他們壯起色膽的程度。她腦中仍想著所謂的規律，憶起她去找雅列森跟貝爾德的第一個夜晚，那間客棧的夜班看門人在她經過時亂摸了她幾把，一副色瞇瞇的嘴臉，自以為很了解她為何而來。

我不會跟你們睡，他們應門之後她這麼說：我從來沒跟男人睡過。糾纏不清的暗影裡頭，守衛的手順著她的身軀上下遊走，此時回想起來，她的人生真是充滿反諷。哪個凡人會知曉自己的命運之線走向何方？或許可說是無可避免地，她想起那一日在桑德烈宮跟戴文躲藏在狹小的密室，那一次的結果幾乎沒有一個方面合乎她的預期。雖說當天她並沒有想著未來或命運，那時候沒有。

現在呢？隨著同樣的規律再度顯現，她該想著什麼？那些意象——跟三個守衛站在陰影中的她這麼告訴自己：抓著那些意象不要放手——入場與退場，點燃燎原之火的燭光。

等他們搜夠，第四個衛士領著兩名龐霸狄厄人回來了。他們也帶著笑，不過大致以禮相待，引領她走進打開的大門，穿過中央的庭園，火光閃爍搖曳地自上頭的室內窗戶投下。踏進城堡內以前，她抬頭望向星空。那是伊安娜之光，每一顆都有自己的名字。

他們穿過由四名衛士駐守的巨大對開門，進入城堡，踏上兩道大理石長階，沿著最高樓的明亮走廊一路向前。就在這條長廊的盡頭，有個房間門扉半掩，走近之際，卡翠安娜瞥見屋裡用深沉濃烈的顏色妝點得十分奢華。

龐霸狄厄的安吉亞立在門前，身穿呼應他眸色的藍色袍子，手裡端著一杯綠酒，一天當中第二度用目光將她吃乾抹淨。

她勾起微笑，讓安吉亞用指甲修剪整齊的手握住她裹著紅手套的手指，領她走進房間，關上門，鎖了起來。房裡只剩他們兩人。到處都點著蠟燭。

「紅狐狸，」他說：「妳喜歡怎麼玩？」

***

戴文整週都如坐針氈，煩躁不安，他知道大家都有同感。情勢愈發緊繃卻不得不白白等待，加上（偶爾看雅列森的神情就會知道）心裡明白離衝突爆發只有一線之隔，人人身上瀰漫著危險的暴躁之氣。

面對這樣的氛圍，艾蕾的表現可謂非同凡響，過去幾日她堪稱眾人的救贖。隨著一天天過去，羅維戈的女兒似乎越發充滿智慧、越發溫柔，也越發自在與他們相處，彷彿覺察到某種需求、某種她身在此處的理由，於是展開行動填補起那塊需求。她觀察入微，時時保持樂觀，擅於提問，應答聰慧，滿懷熱情地聆聽每個人滔滔不絕話當年，不費吹灰之力就能帶起對話，少說有三、四次用餐時光，全靠她一人才不致變得抑鬱凝重或火爆怨憤。盲眼的巫醫里諾多對她無比鍾愛，只要她在身旁便精神煥發。有這種反應的不是只有他一個人，戴文如此思忖，幾乎慶幸當下的緊張氛圍讓他沒有餘裕面對內心的情感。

在筵席歐沸騰高漲的情緒中，艾蕾纖細白淨的美貌與端莊含羞的優雅讓她與眾不同，恍若從更清冷宜人的世界移植過來的庭園之花。當然，事實也是如此。戴文同樣身為善於觀察的人，偶爾他會捕捉到羅維戈凝視女兒和某個新同伴聊開來，眼裡流露的情感不言自明。

晚餐已告一段落，方才半小時艾蕾談著他們早上跟下午在市集的考察，說得像是一場貨真價實的海上探險之旅，此時她暫時告退，返回樓上的房間。她一離去，桌邊頓時回到凝重的氣氛，眾人無可避免地把心思轉回他們當下唯一關切的事物。連羅維戈也沒能倖免，他湊向雅列森，語調犀利地低聲詢問他們最近到城外探查的情況。

這些日子，雅列森跟貝爾德帶著杜卡斯、艾金與納督探查周邊城郊，找出可能成為戰場的地點，藉此判斷最適合他們藏身待命、展開最後一場豪賭之處。戴文不太喜歡細想下去，那跟魔法有關，魔法一向讓他不安。何況所有的前提都是必須開戰，偏偏龐霸狄厄的艾勃利可死守在邊境的草原上，毫無動靜，簡直教人發瘋。

他們開始跟彼此拉開距離，晝夜都是，一個原因是基於保險起見，但不可否認的是在這種氛圍中緊密相處對誰都沒好處。貝爾德跟杜卡斯今晚投宿在一間港口旅店，忍受一群皮條客的油嘴滑舌，以便與跟來自托傑亞的人馬及羅維戈的船員互通消息，順道聯繫幾個響應長久盼望的號召、千里迢迢趕來北方的人。

他們還要散播一個流言，說當初遭總督放逐的叔叔里諾多·笙席歐已經回城，正設法策動革命，意欲推翻卡薩里亞跟兩名篡君。原先戴文對於散布這種消息頗有疑慮，但還沒問出口，雅列森便解釋道：里諾多在這十八年間相貌變了不少，甚至沒幾個人知道他被弄瞎雙眼。當年他深受愛戴，萬一此事走漏風聲對卡薩里亞而言相當危險，所以在挖出里諾多的眼睛讓他成為廢人以後，他們把這個祕密守得滴水不漏。

正靜靜窩在索林奇一角的那個老人被認出來的可能性微乎其微，況且這些日子以來，他們唯一能做的只有盡可能使城內的氣氛更緊張。若是能讓總督更加焦躁，讓使臣更加不安的話……

里諾多沒說什麼，雖然一開始就是他自己提議散播這個謠言。他彷彿正積蓄力量，或試著穩住心思。面對近在眼前的戰爭，巫醫勢必得付出極大的心力，可是里諾多已經不年輕了。他有開口的話，多半是與桑德烈交談。在篡君到來前，這兩個老人本來互為仇敵，彼此的省邦勢不兩立，如今卻相互寬慰，替對方轉移注意力，悄聲談論著陳年往事，提起幾乎全都在多年前就投入茉里安懷抱的男男女女，述說他們的軼事。

過去這幾日，厄蘭甚少與他們待在一起。他會跟戴文和雅列森表演曲目，但吃喝多半一個人解決，有時在索林奇吃，大多時候都去別的地方。待在這裡的期間，有幾個笙席歐同胞認出了這位遊唱詩人，只是厄蘭看起來並不比對他們這群人熱情到哪裡去。有天早晨戴文看見他跟一名女子同行，那女子長得與厄蘭頗為相似，戴文當即斷定她是厄蘭的姊妹，一時之間考慮要走上前彼此引見，最終仍因不想承受厄蘭的冷言冷語而打消念頭。也許有人會天真地以為隨著事態陷入僵局、高潮一觸即發，這位巫師會終於放下心中的芥蒂，可惜沒有這種事。

他不擔心厄蘭總是不見人影，因為雅列森也不擔心。假如厄蘭做了任何背叛他們的事，他自己勢必同樣死路一條；也許厄蘭怒火中燒、怨憤不已、內心鬱結，但他再怎麼說都不是傻子。

今晚他也去了別家店用餐，不過他很快就會回索林奇了，再過幾分鐘就是表演的時間，厄蘭對於音樂演出從來不會遲到。這些天來，音樂是他們唯一能尋求和諧寧靜的避風港，但戴文明白這只適用在他們三個人身上，他沒法想像其他幾個四散於城內的人究竟都如何釋放壓力。不，其實可以想像——這裡畢竟是笙席歐。

「出事了！」他身邊的盲眼里諾多倏地開口，微微偏頭，像是嗅著空氣。雅列森停止在桌布上描繪城郊的地形，迅速抬頭，羅維戈也一樣，桑德烈已經從椅子上半站起身。

艾蕾慌忙趕向桌邊，還沒出聲，戴文心底已然浮現一絲恐懼。

「卡翠安娜不見了！」她說，拚命克制著音量小聲道，視線從她父親轉向戴文，最後落在雅列森身上。

「什麼？怎麼出去的？」羅維戈忙問：「如果她下樓，我們一定會看到吧？」

「後門外面的樓梯。」雅列森說，戴文注意到他的雙手忽地平壓在桌面上。王爵直勾勾看著艾蕾，「還有呢？」

艾蕾臉色煞白。「她換了衣服。我想不通為什麼。下午她在市集買了件黑色絲綢長裙跟幾件首飾，我原本打算問問她，可是我……我怕是我太多事，要問她問題太難了。但那些東西不見了，她買的東西全都不見了。」

「一條絲綢長裙？」雅列森不可置信地說，音量漸高。「看在茉里安的份上，這到底……？」

然而戴文已經想通了。他確信無疑。

雅列森早上沒跟他們同去，桑德烈也是，他們不可能猜到。心底湧現深入骨髓的憂懼，令他口乾舌燥，心臟狂跳。他倏地站起，翻倒座椅，酒也灑了出來。

「喔，卡翠安娜，」他說：「卡翠安娜，不要！」他說得怔愣，說得不假思索，彷彿卡翠安娜仍在屋裡，還有方法可以阻止她，可以把她留在他們身邊，可以勸她打消念頭，不要身披綢緞、穿戴珠寶，憑著她無可想像的勇敢與傲氣獨自步入黑夜。

「什麼？戴文，告訴我，究竟怎麼回事？」桑德烈的聲調尖銳如刀。雅列森沒說話，只是轉過頭來，灰眸已準備好承受痛楚。

「她去城堡了，」戴文斬釘截鐵道：「去刺殺龐霸狄厄的安吉亞。她認為這麼做能挑起戰火。」口裡說著，身體已動了起來，理智蕩然無存，某個比理智更加深沉、無限深沉的東西驅動著他，儘管卡翠安娜已經抵達城堡的話就絕對來不及了，連一線希望都沒有了。

他飛也似地直抵門口，雅列森甚至和他一樣快，羅維戈僅落後一步之遙。他們衝入黑夜之際，戴文撞倒了某個人，但他沒有回頭。

伊安娜，求祢垂憐——拔腿朝逐漸升起的雙月疾奔時，他如此在心中反覆默禱：光明女神，求祢別讓一切走到那個地步，別到那個地步。

但他沒有說出口。他在黑暗中向城堡疾馳，內心的恐懼宛若活物般竄動，讓關於死亡的可怕念頭不斷滋長。

戴文清楚自己跑得多快，他這輩子都以自己的速度為傲，但雅列森恰似被附身般地狂奔，幾乎足不沾地，兩人同時抵達總督堡。他們並肩繞過轉角，在花園圍牆外停下，抬頭將視線投向一株高大繁茂的瑟柚椏上方。身後傳來羅維戈追上來的聲響，更後面還有其他人，但他們沒有回頭。他們都注視著同一個東西。

在最高樓的某一扇窗戶，有個映著火光的人影。他們認得那個人影。那人影穿著黑色長裙。

戴文跪倒在月光灑落的小路上。腦海閃過想爬牆、想放聲大喊她名字的念頭，銀花的甜香圍繞著他。他瞥向雅列森的臉龐，隨即轉開視線，不忍再看雅列森的神情。

***

她喜歡怎麼玩？

她不常玩遊戲，尤其是這種遊戲。她素來不怎麼愛玩。她喜歡游泳，喜歡在清晨沿著海邊散步，通常都是一個人。她也喜歡往陸地走，步入森林，採集蘑菇或泡茶用的瑪苭提葉。她一向喜歡音樂，遇見雅列森之後就更喜歡了。大約六、七年前，她不免俗地偶爾編織起在世間找到真愛與熱情的夢，不過這種夢並不常有，夢裡的男人也甚少有清晰的面目。

但此刻她眼前有個男人的臉，而這既不是夢，也不是遊戲。這是死亡。入場與退場，在熄滅前掀起大火的燭光。

她躺臥在他的床上，未著寸縷，任他飽覽愛撫，只留下在手腕、頸間、耳垂和髮絲中閃爍光澤的首飾。房裡燈火通明，安吉亞似乎愛看女人被他撩動的反應。稍早他在她耳畔呢喃：到我身上來，她則答道：晚點，聞言他從喉嚨深處發出低沉沙啞的笑聲，動身挪到她身上，同樣全身精光，只留下被弄皺的白衫掛在身上大大敞開，胸口細緻的金毛一覽無遺。

他技巧高超，經驗豐富。到頭來，她也是藉此要了他的性命。

挺身進入她之前，他先把頭埋進她的胸脯，出乎意料輕柔地含住她的一顆乳尖，開始用舌在上面畫圈。

卡翠安娜閉上雙眼半晌。她發出一聲喘息，她想那樣的聲音應該是對的。她把手伸過頭，貓一般地伸展，讓身體在他的唇下、手下扭擺，指尖觸到髮間的黑梳。紅狐狸。她又低吟一聲。他的手在她的大腿摩挲，向上撫摸，探入腿間，一張嘴仍在她乳上忙碌。她抽出梳子，按壓機關使刀刃彈出，然後彷彿她有著用不完的時間，彷彿這一剎那匯集了她此生的每一個瞬間，她不疾不徐地動手，武器往下直落，刺穿安吉亞的喉嚨。

替他的性命畫下句點。

無論你想要什麼，笙席歐的武器市集都買得到，什麼都可以。包括藏有刀刃的女子飾品，刀尖上抹著毒。外觀看來不過是個黑色髮飾，上頭鑲有閃亮的珠寶，但只要按下其中一顆寶石就會彈出刀刃。極其精緻，卻又極其致命。

當然了，是伊嘉斯製造的。畢竟這在她今晚的計畫中是關鍵。

安吉亞驚駭地彈起頭，嘴巴不由自主地咧開，兩眼在劇痛之下瞪大。鮮血從他的喉嚨一波一波噴出來，灑在床褥上、枕頭上，淋遍她全身。

安吉亞迸出淒厲的慘號，翻身離開她，滾落床下，摔在鋪有地毯的地板上，絕望地緊抓著喉嚨。他又慘叫一聲，大量的鮮血不斷噴湧，他按住傷口試著止血，但沒有用，真正會了結他的不是那個傷口。卡翠安娜注視著他，聽著哀號停歇，接著是一聲抽噎般的低咳。龐霸狄厄的安吉亞緩緩軟倒下去，依然嘴巴大張，血液從喉嚨汩汩流到地毯，然後那雙藍眼失去神采，闔上了。

卡翠安娜低頭看著手。她的雙手沉穩如石，心跳也是。這個瞬間匯集了她此生的每一個瞬間。入場，以及退場。

鎖上的門傳來猛烈的敲擊聲，伴隨著慌亂的叫喊與一連串倉皇的咒罵。

該做的事情還沒完。不能被他們帶走，她知道法術能對人心產生什麼作用，倘若被他們活捉，她所有的朋友都會暴露，他們會知曉一切。她不抱任何不切實際的幻想，早在計畫成形之初，她便清楚自己該做的最後一步。

外頭的人開始撞門，不過那扇門大而沉重，還有辦法再支持片刻。她起身重新穿好長裙，說不上來為什麼，她此刻不想裸著身體。她傾身拾起床上的伊嘉斯武器，拾起那把閃爍光澤、奪人性命的暗器，小心避開染毒的刀鋒，放在安吉亞旁邊，以便讓它馬上被發現。它必須被發現。

門口傳來門板開始迸裂的脆響，伴隨更多叫嚷，走廊一片騷亂之聲。她考慮在房裡放一把火——以蠟燭掀起大火，她喜歡這個點子——但不行，必須讓那些人找到安吉亞的屍體與殺了他的凶器。她把窗戶向外推開，踩上窗沿，這扇造型優雅的窗子恰好夠高，可以讓她輕鬆站在窗邊。她往外低頭看了半晌，這個房間高踞花園上方，高度很夠了。瑟柚椏樹的氣味撲鼻而來，摻著銀花濃郁的甜香，還有其他夜晚盛放的花，她認不出是什麼。此時兩個月亮都已升起，維朵霓跟伊萊琉一同凝望著她，她注視雙月片刻，心底卻對著茉里安祈禱，因為她即將穿越眾生的最終門扉，投入茉里安的懷中。

她想起母親。想起雅列森。想起他的夢想，那後來也變成了她的夢想，如今她即將為了這個夢想在不屬於她的異鄉赴死。她短暫想起父親，心知這一切有很大一部分是為了彌補過往，每一代的人似乎都會以某種形式對下一代產生影響。但願這樣足夠了，她如此祈求道，將這個念頭化作心之箭矢，射向守候於殿堂的茉里安。

一聲轟然碎裂的巨響，房門向內崩塌，好幾個男人腳步踉蹌地闖進屋內。是時候了。卡翠安娜轉身背對繁星、雙月與庭園，在窗沿上俯視那群人，心中高唱起愈漸澎湃的希望與傲氣之歌。

「龐霸狄厄的走狗都去死吧！」她用盡全力嘶喊。「解放笙席歐！」她高呼，然後再加一句：「孤掌之王布蘭庭萬歲！」

有個人的反應比其他人快，拔腿衝過房間，但他還不夠快，起碼沒有卡翠安娜這麼快。她已然轉身，最後那句必要的台詞有如酸液腐蝕著她的腦。她再度望見雙月，望見伊安娜的星辰，望見星與月之間等待著她的浩瀚黑暗。

她縱身躍下。夜風吹過她的臉頰和頭髮，眼前漆黑的花園地面高速向她撲來，耳邊一剎那傳來人聲喧嘩，隨即消失，只餘風聲呼嘯。她獨自向下墜落。她好像總是獨自一人。退場。燭火。回憶。一個夢想，一聲星火的祈禱，期盼著火將燃起。然後是最終的門扉，出乎意料溫柔的黑暗在她面前的空中大張，在穿過黑暗前的那個瞬間，她闔上了雙眼。

第十九章

今夜很暖，花香芬芳。月光照耀樹梢，照耀花園圍牆的白色砌石，照耀佇立高窗前的女子。

戴文聽見左手邊傳來動靜，迅速轉身，是羅維戈奔過來之後順著雅列森的視線仰頭一望，震驚得止住腳步僵在原地。桑德烈跟艾蕾跟在他後面。

「快幫我！」公爵厲聲命令，在戴文身旁的石板路跪下，神情狂亂，手裡拿著一把刀。

「什麼？」戴文倒抽一口氣，大惑不解。「什麼意思……？」

「我的手指！快！砍掉！我需要力量！」桑德烈．阿斯提拔用力把刀柄塞進戴文手裡，左手握住街道路面一塊鬆動的石板，只伸出中指和無名指——能令巫師與孤掌半島相繫的手指。

「桑德烈……」戴文結結巴巴地說。

「別廢話！快砍，戴文！」

戴文依言照做。他微微瑟縮，咬牙忍住痛苦、忍住悲傷，將輕薄鋒利的刀刃對準桑德烈的手，一刀揮下，切斷露出的指節。他聽見有人驚叫出聲。是艾蕾，不是公爵。

可是在刀鋒俐落切開血肉、砍中石塊之際，耀眼的閃光乍現，桑德烈頭頂亮起一環白光，恍若燦星般迸發，照亮他黝黑的臉龐，隨即消褪，令他們由於光芒的殘影一時什麼也看不清。

艾蕾在公爵的另一側跪下，迅速用手帕裹住他流血的手。桑德烈有些費勁地把手舉起來，儘管疼痛卻默不作聲，艾蕾沒說一句話便替他扶住手臂。

高處隱約傳來猛烈的撞擊聲，然後是一群人的叱喝聲。卡翠安娜站在長型窗戶前的身影忽地緊繃如弦，嘴裡不知吶喊了什麼，可是他們距離太遠聽不清楚。離得實在太遠了。他們看著她轉過身，朝向黑暗，朝向夜晚。

「啊，親愛的，不！別這樣！」雅列森打從心底發出嘶啞的低喃。

太遲了。已經太遲了。

戴文跪在塵土覆蓋的街道上，望著她墜落。

不是狼狽地滾落或摔落而亡，而是一如既往地優雅，宛如投水般向下劈開黑夜。桑德烈將已斷指的巫師之手猛力向前一送，奮力舉高，飛快吐出一連串戴文聽不懂的話，夜空陡地出現詭異而朦朧的扭曲，閃著微光，恰似空中浮著一團不自然的熱氣。桑德烈的手筆直指向落下的女子，戴文的心登時一停，被難以成真的強烈企盼給緊緊揪住。

接著他的心再度跳了起來，沉重得如同年歲，如同死亡。無論桑德烈嘗試了什麼，那都不夠。他的距離太遠，魔咒太困難，他還沒能掌握新的力量……也許是上述任一原因，也許以上皆是，也許以上皆非。卡翠安娜直直落下，毫無停滯，毫無減緩，美得像是月色下的神話，述說的是一個能夠飛翔的姑娘，只不過邁向了在花園圍牆後粉身碎骨的結局。

艾蕾絕望地抽泣起來。桑德烈用完好的那隻手摀住雙眼，身軀前後搖晃。戴文眼裡的淚水幾乎蒙蔽了他的視野。在上方的高處，卡翠安娜原先所站的窗邊顯露朦朧的人影，低頭查看底下黑暗的花園。

「我們得離開才行！」羅維戈啞聲說，幾乎聽不清他說了什麼。「他們會派人搜索。」

的確如此，戴文明白這一點。假如他們還能用什麼方式回報已和茉里安一同看顧他們的卡翠安娜，那就是別讓她的死失去意義或白費。

戴文強迫自己從跪姿站起，扶著桑德烈起身，然後轉頭看向雅列森。雅列森動也沒動，兩眼仍呆看著那扇長型窗子，窗後有人站著比劃手勢。戴文記得王爵在母親過世那天下午的模樣，這次就像那個時候。這次更糟。他用雙手的手背抹去眼淚，轉頭對羅維戈說：「我們一起行動的話人太多了，你跟桑德烈帶著艾蕾走。千萬小心，他們可能會認出艾蕾——總督看到卡翠安娜的時候，艾蕾就在她旁邊。我們會走另一條路，回房間跟你們會合。」

然後他抓住雅列森的手臂，使力讓他轉身。王爵沒有抵抗，遵從著他的引導。兩人邁步往南走，跌跌撞撞踏上一條路，遠離城堡，遠離卡翠安娜葬身的花園。他意識到自己仍拿著桑德烈那把染血的刀，把刀插進腰帶。

他想起公爵，想起桑德烈方才自願承受的事。腦袋玩起了熟悉的那套把戲，玩弄著時間與記憶：他憶起去年秋天在桑德烈木屋的那一夜，對他而言，那是一路引領他走到這裡的第一夜。當時桑德烈告訴他們，他沒辦法把托瑪索活著帶出地牢，因為他的力量不夠，因為他從未自斷其指締結巫師之約。

現在他砍斷了手指，為的是卡翠安娜，不是他兒子，但卻白費了。這一切不知為何令人無比沉痛。托瑪索之死已過了九個月，如今卡翠安娜倒臥在笙席歐的花園，如同多年前魂斷戴薩河畔的提嘉納將士，性命葬送。

戴文知道，那正是她做這一切的理由。她在愛麗諾的城堡這樣告訴過他。他無法自抑地又開始掉淚，過了半晌，他感到雅列森伸手按住他的肩頭。

「忍一忍，再撐一下，」王爵說道，這是他自卡翠安娜墜下以來首度開口。「你引領我前進，接下來換我引領你，之後我們一同哀悼吧。」他繼續把手放在戴文肩上，兩人一同穿過巷弄，有的幽暗，有的則以火把照亮。

途中，笙席歐的街道已然喧嚷起來，一連串關於城堡出了事的流言在奔走相告之中漫天瘋傳起來。總督死了，有人一面飛跑過他們身邊一面激動吼道；龐霸狄厄軍越過了邊界，有個女人從客棧樓上的窗戶探身出來大叫，戴文瞥見她有一頭紅髮，不禁別開目光。路上還沒有衛兵出現，他們快步趕路，沒人出面阻攔。

事後回想那段路程，戴文恍然發現他自始便深信卡翠安娜躍下之前一定取了那個龐霸狄厄人的性命，不曾有片刻懷疑。

＊＊＊

返回索林奇，戴文只想上樓回房，閉上眼睛，遠離人群、遠離世間不斷蔓延入侵的紛亂。但就在他跟王爵踏進旅店時，擠滿了人的前廳忽地爆出已經等不下去的歡呼，迅速傳到旅店後場。他們今晚的表演早該開始了，縱使店外的喧囂越來越響，索林奇依舊擠滿了特意來聽他們演出的客人。

戴文跟雅列森互望一眼。音樂。

厄蘭不見蹤影，但他們兩人緩緩穿過人群，來到設置在前廳跟後場之間的架高平台。雅列森拿起笛子，戴文站在他身旁等待，王爵吹了幾個音來測試跟調音，然後沒說一句話便奏起戴文已經料到他會吹的曲子。

〈亞達昂輓歌〉第一顆哀愁的高音流淌進擠得密不透風的空間，一開始屋裡短暫響起不安的竊竊私語，隨後便悄然安靜下來。在那份沉寂中，戴文跟隨著雅列森的笛音，歌聲漸高，獻上哀悼，儘管歌詞未曾改變，這次哀悼的卻不是神君——不是自高處墜落的亞達昂，而是自高空墜落的卡翠安娜。

有人說從那以後，索林奇的桌邊再也不曾靜謐至斯，不曾有客人專注至斯。就連服務客人的侍者和吧檯後方廚房的廚子都停下手上的動作，站著傾聽；沒有人動，沒有人發出一點聲響，只有吹奏的笛聲以及唯一的歌聲，唱著孤掌半島最古老的輓歌。

在樓上的房間，艾蕾從淚水浸溼的枕頭抬起臉，慢慢坐起身。正在替桑德烈治療斷指的里諾多將失明的臉轉向門口，兩人都動也不動。貝爾德剛與杜卡斯相偕返回旅店便迎來這個消息，登時痛徹心扉，他從未想過他的心會再次這麼碎成千萬片，聽著雅列森與戴文在樓下的樂音，他感到自己的靈魂如同餘燼夜那般脫離軀體，飛過黑暗，尋求安寧，尋求歸處，尋求夢想中不會有年輕姑娘這麼死去的世界。

笛聲和清亮純粹的悼念歌聲傳到街道，行人停下大聲傳播流言的吵嚷，停下永無休止的夜裡尋歡，站在索林奇旅店的門外，傾聽滿載哀悼的音符、飽含珍愛之情的樂聲，充滿失落的音樂有如魔咒，將他們定在原地。

很久很久以後，笙席歐依然有人記得這一日，記得在那掀起戰爭的宜人月夜，有個地方出乎意料地奏起了令人心碎、縈繞心頭的〈輓歌〉。

＊＊＊

他們只表演一首便結束演出，兩人都一丁點心力也不剩。戴文從索林奇的吧檯後頭拿了兩瓶已開瓶的酒，尾隨雅列森上樓。其中一個客房的門半開半掩，是艾蕾的房間，原本也是卡翠安娜的房間。貝爾德在門口等著，他發出細微的哽噎聲，向前踏進走廊，雅列森擁抱住他。

他們站著相擁良久，微微搖晃，等他們各自退開，兩人的臉看來都沾著淚痕，顯得失魂落魄。戴文跟在他們身後走進房間，裡頭有艾蕾，有羅維戈，還有桑德烈、里諾多、杜卡斯、納督，以及巫師賽提諾，他們全擠在這間客房裡頭，就好像身處於她已遠離的這個房間能更靠近她的魂魄一些。

「有人想到要帶酒過來嗎？」里諾多嗓音微弱地問。

「我帶了。」戴文說著走向巫醫。里諾多看來臉色蒼白，精疲力竭，戴文瞥了桑德烈的左手一眼，瞧見血已經止住了。他引導里諾多的手去碰酒瓶，巫醫連杯子也沒要，直接喝了起來。戴文把另一瓶酒遞給杜卡斯，他也這麼做了。

賽提諾盯著桑德烈的手。「你得養成遮蔽斷指的習慣才行。」他說，舉起自己的左手，戴文瞧見那看似五指齊全的偽裝，現在他對這種幻象已經很熟悉了。

「我知道，」桑德烈說道：「只是我此刻實在沒有力氣。」

「那又如何？」賽提諾答道：「一旦你少了兩指被人看見，下場唯有一死。我們無論再怎麼疲累，都必須維持住遮蔽的魔法。快遮。現在就遮。」

桑德烈抬頭怒瞪他，然而切譚多巫師泛著嫩紅的圓臉只寫滿擔憂。公爵的雙眼閉了片刻，表情微一扭曲，然後慢慢舉起左手——戴文看見完整的五指，或者該說五指的假象。他腦裡止不住地想著死在阿斯提拔地牢的托瑪索。

杜卡斯把酒瓶向他一遞，他接過來喝，然後交給納督，走過去坐在艾蕾身旁的床上。艾蕾握住他的手，她從沒做過這樣的動作。她的眼睛哭得泛紅，皮膚有些發黑。雅列森靠坐在門邊的地板上，背部倚著牆壁，閉著眼，整張面容在燭光照耀下顯得凹陷空洞，顴骨的稜角形成鮮明的對比。

杜卡斯清了清喉嚨。「我們最好擬一下計畫，」他有些侷促地說：「若她當真殺了那個龐霸狄厄人，他們今晚就會大搜全城，三神才曉得明天他們又會幹什麼。」

「桑德烈也用了魔法，」雅列森說，仍舊沒睜眼。「倘若笙席歐有追蹤師在，他就危險了。」

「這種事我們有辦法應付，」納督強硬地說，目光從杜卡斯移到賽提諾身上。「我們已經搞定過一次了，記得吧？當時那個追蹤師旁邊還跟著超過二十個人。」

「但這裡不是切譚多高原。」羅維戈溫聲說。

「無所謂，」杜卡斯說道：「納督說得沒錯。只要我們有夠多人到街上，再讓賽提諾跟在旁邊找出追蹤師，假如沒辦法製造什麼爭吵鬥毆再趁機殺了他，我會為我的部下感到丟臉的。」

「這麼做有風險。」貝爾德說。

杜卡斯忽地露出狼一般的笑容，冰冷剛硬，毫無一絲喜悅，說道：「今晚要是有險可以冒，我倒是很感激。」

雅列森睜眼，從他靠牆而坐的位置抬眼望來。「那就做吧，」他道：「戴文可以負責把任何消息傳遞回來。我們把桑德烈移去別的地方，若有必要可以回船上。如果你傳話說——」

他打住話頭，輕盈靈巧地一躍而起。貝爾德已拿起原本靠著牆的佩劍，戴文鬆開艾蕾的手站了起來。

窗外的樓梯傳來又一陣嘰呀聲。接著有隻手將窗玻璃向外一扳，厄蘭．笙席歐小心翼翼跨過窗沿踏進房間，懷裡抱著卡翠安娜。

在一片呆滯的沉默中，他看了眾人半晌，細瞧眼前的場面，然後轉頭對雅列森說道：「你要是正在擔心魔法的事情，」他的聲音緊繃細微，「那你是很該擔心。我剛使用大量魔力，假如笙席歐有追蹤師，在我身邊的任何人都極有可能被逮捕處決。」他頓了頓，接著露出些微笑意。「但我及時接住她了。她還活著。」

戴文只覺得天旋地轉，聽見自己帶著難以言喻的狂喜大叫出聲。桑德烈整個人跳起來衝上前，從厄蘭懷裡接過不省人事的卡翠安娜，慌忙趕到床邊把她放下，戴文瞥見他的眼淚又落了下來，意外的是羅維戈也哭了。

戴文旋過身來轉向厄蘭所站之處，恰好見到雅列森兩個箭步越過房間，大力抱住疲憊不堪的巫師，甚至將厄蘭抱離地面，毫不理會厄蘭虛弱的抗議。雅列森鬆手後退一步，灰眸閃著淚光，無法克制地露出笑容，讓整張臉都亮了起來。厄蘭本想維持他一貫充滿怨氣的神色，卻沒能成功。接著換貝爾德上前，毫無預警地抓住巫師的雙肩，在他兩頰各吻了一下。

遊唱詩人再度奮力擺出惱火不悅的表情，然後再度失敗。他毫無說服力地勉強裝作像平時一樣繃著臉，說道：「你們小心點，你們一大群人衝出去的時候我被戴文撞倒在地，瘀青還沒消。」他瞪了戴文一眼，戴文報以開心的微笑。

賽提諾把一瓶酒遞給厄蘭，他喝了一大口化解乾渴，抹了抹嘴。「看你們那樣跑，不難猜到一定出了什麼嚴重的事。我跟了一段路，但我現在已經跑不了多快了，所以我決定用魔法。我抵達花園圍牆離城堡較遠的那一側時，剛好是雅列森跟戴文趕到靠城堡那一邊的時候。」

「為什麼？」雅列森犀利地問道，語氣滿是驚異。「你從來不用魔法，為什麼現在用了？」

厄蘭只聳了聳肩。「我從沒看你們跑得那麼急過，」他臉色微窘，「我猜我是有點被氣氛牽著走了。」

雅列森又微笑起來，似乎沒辦法將笑意給忍著太久。每隔幾秒他就飛快地往床上瞥一眼，像要再三確認躺在那裡的人是誰。「然後呢？」他問道。

「然後我看見她站在窗前，想通是怎麼回事。於是我用魔法越過圍牆，在花園裡的窗子下方守著。」他轉頭看桑德烈，「你隔著那麼遠發動了相當驚人的魔咒，但那是不可能成功的。從未試過的你自然不可能知道，但那樣做沒辦法接住正在墜落的人，你必須待在他們下方，而且對方通常必須失去意識。這類魔法幾乎只能在我們自己身上發揮作用，想對他人施展的話，必須先中止對方的意志，否則他們一旦看見眼前正在發生什麼，心智會自然而然開始抵抗，魔法就會受到干擾。」

桑德烈搖了搖頭。「我還以為是我太弱。以為即便締結誓約，我的力量依然不夠。」

厄蘭的神情有些奇特，有那麼一剎那他看似想要回答，但最終只是接著敘述他的故事。「我先用一個魔咒讓她在半途失去意識，然後施展另一個較強大的魔咒，趁她落地前接住她，接著用最後一個魔咒帶她再次越過圍牆。這時候我已氣力耗盡，又深怕萬一城堡內有追蹤師，我們就會立刻被循線找上，結果沒有。當下的狀況太混亂了，我想城堡裡還發生了別的事情。我們在伊安娜的主神殿後頭躲了一陣子，我才抱著她回來。」

「抱著她在街上走？」艾蕾問：「沒人察覺？」

厄蘭對她咧嘴露出不帶譏嘲的笑：「這在笙席歐沒什麼不尋常，親愛的。」

艾蕾頓時滿臉飛紅，不過戴文看得出她並不怎麼介意。不要緊的。一切都忽然不要緊了。

「那我們最好到街上去，」貝爾德對杜卡斯說道：「帶艾金跟其他幾個人一起。不管到底有沒有追蹤師，這麼一來情況勢必有變，一旦他們發現花園找不到她的屍體，今晚必定會如火如荼地搜檢全城，我想打鬥是免不了了。」

杜卡斯再次一笑，那笑比以往更像頭狼，只道：「但願如此。」

「且慢，」雅列森輕聲道：「有件事我希望大家做個見證。」他回頭看向厄蘭，遲疑半晌，斟酌用詞。「你我都明白，你今晚這麼做絕不是受我脅迫，甚至在各方面都違反你自身的利益。」

厄蘭瞥了床鋪一眼，蠟黃的臉頰忽然浮現兩團紅暈。「別想太多了，」他粗聲警告道：「人人都有做傻事的時候，我不過是喜歡紅髮姑娘而已。你一開始就是這麼設計我的，記得吧？」

雅列森搖搖頭。「也許你說的不假，但不只如此，厄蘭．笙席歐。我違背你的意願強迫你參與我們的計畫，但我想你剛才證明你已經出於自身意志加入我們了。」

厄蘭激動地連聲咒罵。「別傻了，雅列森！我說了我……」

「我知道你說的是什麼，但我會自己下判斷，我一向如此。事實是你和卡翠安娜讓我今晚恍然醒悟，無論是為了什麼使命，即便是為我自身的目的，我想做的、我希望別人做的終歸有個限度。」

說完，雅列森迅速向前一步，一手按住厄蘭的額頭。巫師縮了一下，但雅列森穩住他。「我乃提嘉納王爵雅列森，」他字句清楚地說道：「亦是蜜凱拉的嫡系後代。以亞達昂與祂賜予蜜凱拉子孫的贈禮之名，巫師啊，我在此放你自由！」

兩人都猝然踉蹌後退，彷彿有條緊繃的繩索驟然斷裂。厄蘭臉色煞白。「我再說一遍，」他嘶啞道：「你這傻子！」

雅列森搖搖頭。「你對我直呼過比這更惡劣的詞彙，理由也頗為充分。可我現在要用你八成會痛恨的詞來直呼你——我要揭露你的真面目：你是個正人君子，和在座的我們每個人一樣渴望自由。厄蘭，你再也不能藏身於你的脾氣和怨憤之後，再也不能將你自身對篡君的憎恨傾注於我。若你選擇離開也無妨，雖說我不認為你會。不過，歡迎你出於自身意志成為我們的同伴。」

厄蘭看似被逼得無路可退，一副遭到突襲的模樣，那困惑至極的神色讓戴文大笑出聲；整個情況在戴文眼前完全明朗起來，甚至有種奇異而扭曲的喜感。他走上前，抓住這位巫師。

「我很高興，」他說：「真高興你和我們站在同一陣線。」

「才沒有！我沒有那樣說！」厄蘭厲聲道：「我沒說這種話，沒做這種事！」

「當然有了，」開口的是桑德烈，稜角分明的黑臉上仍留著鮮明的疲乏與痛楚。「你今晚就做了。雅列森說得對。他比我們所有人都了解你，在某些方面甚至比你更了解你自己，遊唱詩人。你花了多久想讓自己相信，你除了自己之外什麼都不在乎？你讓多少人相信了這件事？我就是其一，貝爾德跟戴文也是，或許還有卡翠安娜。但你沒騙過雅列森，厄蘭。他藉著放你自由，證明我們所有人都錯了。」

一陣沉默。他們聽得見底下的街道傳來叫喊，以及奔跑的腳步聲。厄蘭轉頭看著雅列森，兩人對望。戴文腦海中驀地浮現另一個畫面，記憶又一次闖入：在斐洛的篝火邊，雅列森為厄蘭吹奏笙席歐的歌曲，河邊的厄蘭只留一幅震怒的暗影。眼前的情景隱含許多層次，隱含許多複雜幽微的意義。

他瞧著厄蘭．笙席歐抬起乍看五指齊全的左手，朝雅列森遞了出去。雅列森以右手相迎，掌心相碰。

「我猜我終究是支持你們的。」厄蘭說。

「我知道。」雅列森說。

「走吧！」過了一拍，貝爾德開口：「我們還有事要辦。」戴文跟杜卡斯、賽提諾、納督跟隨他走向窗外位於客棧後方的樓梯。

正要踏出去，戴文回頭看了床鋪一眼。厄蘭注意到他的動作，順著他的視線一望。

「她沒事。」巫師柔聲說：「她會沒事的。去做你該做的事，然後平安回到我們身邊。」

戴文抬頭看他，兩人對彼此露出幾乎有些羞澀的微笑。「謝謝你。」戴文說道，話中蘊含對好幾件事情的謝意。隨後他便跟著貝爾德下樓，投身於紛亂動盪的街道。

***

她甦醒了好一陣子，但遲遲沒睜眼。身下墊著柔軟的東西，觸感出乎意料地熟悉，身邊有說話聲飄來盪去，像在波動起伏的海上，也像在老家的夏夜緩慢飛舞的螢火蟲。起初她分辨不太出來那些嗓音，不敢睜開眼。

「我想她醒了，」有人說：「可否請各位幫我一個大忙，讓我單獨跟她說幾分鐘的話？」

她認得這個聲音。她聽見好幾個人起身離開房間的聲響，有扇門關上。那個嗓音是雅列森。

這代表她沒死。看來這裡並非茉里安的殿堂，周圍的交談也不是死者的說話聲。她睜開眼睛。

雅列森在拉到床畔的椅子上坐著。這裡是她在索林奇下榻的房間，她正躺在床上，蓋著一條被毯，有人替她褪下了黑色綢緞長裙，洗去了皮膚上的血跡。安吉亞的血，從他喉間噴泉似地傾洩而出。

驟然湧上的記憶令她暈眩。

雅列森悄聲道：「妳還活著。厄蘭在底下的花園等著妳，妳墜下時，他讓妳失去意識，然後用魔法接住妳，把妳帶了回來。」

她再次閉上雙眼，努力消化這一切。消化她活著的事實，呼吸時胸口的起落，心臟的跳動，以及這種輕飄飄的暈眩感，彷彿些許微風就能將她吹走。

但她不會的，她正在索林奇旅店，雅列森在她身旁。方才他把其他人都請走了。她轉頭再次注視雅列森，察覺他臉色慘白。

「我們以為妳死了，」他說：「我們從花園圍牆外瞧見妳墜落。厄蘭是自己行動的，當下我們沒人曉得。我們以為妳死了。」他停頓半晌又重複一次。

她思索著這回事。接著她問：「我成功了嗎？有什麼事情發生嗎？」

雅列森一手插進髮間往上推。「現在要斷言還為時太早，但我認為妳辦到了。路上一片騷亂，仔細聽就能聽到。」

她集中精神，的確聽出了叫喊聲以及奔過窗下的腳步聲。

雅列森看來異常低落，似乎掙扎著想說些什麼。但房裡非常寧靜，床舖比她印象中更加柔軟。她凝視著雅列森等待，看著他的頭髮，因為他總是伸手扒抓的關係，頭髮的凌亂已成常態。

他斟酌著開口：「卡翠安娜，我難以描述我今晚的驚駭。請妳仔細聽我說，試著仔細想想，因為這件事非常重要。」他的神色有些異樣，語調摻雜某種她摸不透的情緒。

雅列森伸手覆住她放在被毯上的手。「卡翠安娜，我從不用妳父親來衡量妳的價值。我們沒有一個人這麼想過，別再這麼對待自己了。妳沒有什麼罪過需要彌補，妳就是妳，是只屬於妳自己的妳。」

對她而言這是難以面對的課題，是所有課題之中最困難的，她察覺自己的心跳快了起來。她注視雅列森，藍眼緊鎖著灰眸。他纖細修長的手指包覆著她的手。她說：

「我們背負著過去，背負著歷史。一個人跟家人脫不了關係。他是個逃走的懦夫。」

雅列森搖頭，神情依然緊繃。「我們在評斷時必須十分謹慎。」他低語道：「在評斷他們的是非、他們當年採取的行動時，我們必須萬分小心。除了擔憂自身的安危之外，對一個家有妻子和幼女的男人來說，他還可能基於許多原因選擇留在妻小身邊，盡力保護她們。親愛的，那些年來為了孩子逃離家園的男男女女我見過太多了。」

她感覺眼裡泛起淚水，奮力將眼淚眨回去。她討厭談這件事，在她所做的一切當中，這份痛苦正是關鍵的核心。

「但那時戴薩河之戰還沒開打，」她悄聲說：「他在戰役之前就逃走了，甚至是在我們打贏的那場戰役之前。」

他再次搖頭，由於她的哀苦而眉頭緊蹙，驀地拉起她的手湊向唇邊。她不記得雅列森這麼做過，這整個情況都有種全然的奇異感。

「親與子……」他柔聲道，音量低微得卡翠安娜差點錯過。「這實在太剪不斷理還亂，我們又總是這麼急於評斷。」他躊躇了一下，「不知戴文是否告訴過妳，我母親臨死之前詛咒我，說我是叛徒，是懦夫。」

她眨著眼睛想要坐起，但動作太急，她無比虛弱，頭暈目眩。戴文沒跟她提過這種事，他對那天的事幾乎什麼也沒說。

「她怎麼可以？」她說，對那個素未謀面的女人油然心生憤怒，「你？懦夫？她……難道她不曉得你……」

「她幾乎全部知曉，」雅列森輕聲道：「只是她對於我該實現的使命看法不同。這就是我想說的，卡翠安娜——有時人會由於對這些事情意見相左，最終走到像我們這樣的慘痛境地。最近這些日子我學會許多道理，在我們身處的這個世界，同理之心正是我們最最需要的東西，我是這麼認為的，否則我們每個人都將孤單無依。」

這次她成功推起身子，在床上坐了起來。她注視雅列森，想像那一日他母親說出那樣的話，也想起自己在老家的最後一晚對父親說了什麼，就是那番話逼得父親憤而離家，步入黑夜。她遠走之際，父親仍獨自待在外頭。

她嚥了嚥口水。「那……你和你母親的關係就這麼結束了嗎？她就這樣過世了？」

「她沒有收回那些話，但她死前讓我握著她的手。我想我永遠不會知道這是不是代表……」

「當然是！」她立即道：「當然是了，雅列森。我們都是這樣的，我們會用手、用雙眼傳達害怕說出口的話。」她也不禁詫異，她不曉得自己明白這樣的道理。

他聞言微笑，垂眼看著他仍覆在她手上的手指。卡翠安娜臉上熱了起來。他說：「確實如此，我現在就是這麼做的，卡翠安娜。或許我終究是個懦夫。」

他稍早把其他人請出了房間。卡翠安娜的心仍然怦怦地跳。她看著雅列森的眼眸，隨即別開，擔心在她說了剛才那種話以後，這樣的舉動會像是試探。她覺得自己彷彿又變成了小孩，茫然困惑，心想一定是她漏掉了什麼線索。她一向痛恨搞不清狀況的感覺，一直都是。但與此同時，她內心有個非常奇特的滾燙暖意開始漫溢，還感受到一種奇異的光明，比屋裡能點上的蠟燭加起來都來得亮。

她奮力控制呼吸，急需一個答案，卻又荒唐地害怕那個答案會是什麼，有些結巴地說道：「我……你能不能……解釋給我聽？可以嗎？」

這次她密切端詳他，看著他泛起笑容，看著他眼眸燃起的光，甚至在他說話時讀他的嘴唇。

「看見妳墜落的瞬間，」他低喃，仍舊握著她的手。「我彷彿和妳一同墜入了深淵，親愛的。我為時已晚地終於明白，長久以來我禁絕自己的渴望，完全不允許自己追求重要的事物，甚至不願正視這樣的可能，只因提嘉納尚未回歸。可是人的心……自有其法則，卡翠安娜。事實是……事實是，我這顆心的法則就是妳。看見妳站在那扇窗前的瞬間，我明白了。在妳即將一躍而下的瞬間，我明白了我愛著妳。伊安娜的明星啊，請恕我如此傳達心意，但妳就是我漂泊的靈魂停靠的港灣。」

伊安娜的明星。他總是這麼喚她，打從一開始就是，輕快地喚，自然地喚，是許多愛稱的其中一個，是她發怒時的打趣之詞，是她出色完成某件事的讚美之詞。他靈魂的港灣。

她好像無聲地哭了，淚珠不斷溢出，緩緩滑落雙頰。

「啊，親愛的，不，」他說，嗓音困窘地噎了一下。「我真的很抱歉，我真蠢，妳今晚才經歷了這些，我說這個未免太突然了。不該是今晚，我一開始就不該說的，我甚至不曉得妳是否——」

他陡地停住，因為卡翠安娜用手指按住了他的嘴唇。眼淚仍在落下，可是屋裡好似亮起最璀璨的光芒，越來越閃耀，遠勝燭光，遠勝明月，宛若在黑暗的邊際逐漸升起的太陽。

她將手從他唇上挪開，轉而向下牽起他先前握住她的那隻手。我們會用雙手傳達說不出口的言語。她依然沒出聲；她說不出話，渾身不由自主地微顫。她想起今夜稍早踏出旅店時，雙手也在發抖。不久之前，她佇立於城堡的窗邊，心知自己即將迎來死亡。淚珠打在雅列森的手上，她低下頭，可是淚水止不住地繼續落。她覺得自己的心像隻鳥，像隻新生的歌鸝，張開雙翅，準備好放聲為此生高歌。

他跪在床邊，卡翠安娜伸出空著的那隻手撫過他的頭髮，徒勞無功地試著理順。她好像想做這個動作很久了。有多久？這樣的渴求分明存在，卻始終未曾知曉、未曾察覺、未曾允許，究竟持續多久了？

「小時候，」她終於開口，嗓音沙啞，但她非得說話不可。「我常常做這樣的夢。雅列森，難道我死過又復活了嗎？我是不是在做夢？」

他慢慢露出笑意，是個令人深深安心的微笑，他們都對這樣的笑很熟悉，她也一樣。彷彿她的話讓他從自身的恐懼解脫，讓他又能自由地做自己，又能露出這樣的神情：代表他與大家同在，一切都不會有事的。

然後他意想不到地向前挪，垂下頭輕靠在卡翠安娜蓋的薄毯上，像要尋求屬於他的避風港，只有她才能給予的避風港。她能明白——啊，有哪個女神預料得到？看來她還是有能力給予雅列森什麼，而不只是獻出自己的死亡。她伸手輕覆雅列森的頭，將他摟在身前，卡翠安娜靈魂中初生的歌鸝似乎在那一瞬間開始歌唱，唱著熬過的試煉、往後的考驗，唱著形塑凡人生命邊界的猜忌、黑暗和所有深沉的疑慮不安，但如今這一切的底層蘊含著愛，宛如光輝，宛如蓋起高塔的第一塊石磚。

***

那一天的深夜，戴文得知笙席歐的確有追蹤師，而這個追蹤師已經被殺了，但不是他們殺的；他們也用不著對付原先擔心會出動的搜城人馬。等到將近破曉，他們才拼湊出事件的全貌。

龐霸狄厄人似乎發狂了。

他們在安吉亞的屍首旁找到餵了毒的伊嘉斯小刀，加上聽聞那女子縱身跳下之前高喊的語句，於是滿懷殺意地下了顯而易見的結論。

笙席歐約有二十個龐霸狄厄人，擔任安吉亞的榮譽衛隊。他們披堅執銳，整隊集結，直奔總督堡的西側廂房，殺光在那裡守衛的六個伊嘉斯人，破門而入，突襲伊嘉斯的庫里昂，當時這位代表布蘭庭的使節連衣服都還沒穿妥。然後龐霸狄厄人好整以暇地虐殺了他，整座城堡迴盪著他的慘號。

接著他們回到樓下，穿過庭院來到前門，把那四個沒妥善搜身就把女人放進去的笙席歐衛士亂刀砍死。此時城堡的護衛隊長帶著一隊笙席歐人趕到，命令龐霸狄厄人放下武器。

根據多數目擊者的描述，已得遂最初意圖的龐霸狄厄人正打算照做，不料有兩個笙席歐人為朋友遭到殘殺而震怒，便朝龐霸狄厄人放箭。兩人中箭倒下，其中一個當場死亡，一個身受重傷，死的正是艾勃利可的追蹤師。火把照耀的城堡庭園登時展開腥風血雨的近身混戰，地面不久便滿是滑溜的鮮血，龐霸狄厄人全數喪命，但也一併帶走約莫三、四十個笙席歐人。

沒人知道在卡薩里亞總督嘶喊著住手匆匆下樓時，究竟是誰射出了那根殺死卡薩里亞的箭矢。

總督之死引發一片混亂，沒人想到要去花園找那個挑起事端的女子，查看她的屍首。隨著消息在夜裡傳遍全城，城裡的恐慌越演越烈，大批驚懼的人民聚集在城堡外。午夜剛過不久，有人目擊兩匹馬向城外疾馳，朝著南方的斐洛邊界而去。又過不久，代表布蘭庭的笙席歐使節團僅剩的五人同樣騎馬出城，在升起的雙月下緊挨彼此，理所當然朝著北方而去，奔往艦隊停靠的法薩羅島。

***

卡翠安娜在另一張床上熟睡，面容平和寧靜，安詳得幾乎像個孩子。可是艾蕾卻無法成眠，街道太過喧囂紛亂，況且她心知父親人還在外頭，置身於此刻的風波中。

後來羅維戈返回旅店，來房間看望她們兩個，告知情況看來不會立即發生危險，但艾蕾依然沒法入睡。今晚發生了太多，卻沒有一件是她直接經歷的，所以她不如卡翠安娜那麼精疲力竭，只是內心激動焦灼，情緒十分古怪地一陣一陣襲來，她也說不清自己身上到底是怎麼回事。最終她披上兩天前在市集買的袍子，來到敞開的窗前往窗沿一坐。

夜已深，雙月都低垂在西方的海面上。索林奇旅店離海邊太遠，她看不見港口，但她知道碼頭就在那個方向，知道海女號正在下錨之處吹著晚風浮浮沉沉。即便已是這個時間，路上依然有人經過，她看得見下方的巷弄有人影穿梭，酒館區的方向偶爾會傳來幾聲叫嚷，但這座沒有宵禁的城市本來就是熱鬧喧嘩的不夜城，那些聲音還算不上反常。

她思量著不知再過多久會迎來黎明，想看日出的話還得保持清醒多久。她想她可以等等看。今夜是不眠之夜——起碼是她的不眠之夜，艾蕾暗自在心中這麼修正，回頭瞥了卡翠安娜一眼。她想起另一次她們同睡一個房間的那晚，當時是在家裡她自己的房間。

她離家好遠。當初羅維戈寫了封字斟句酌、看似解釋卻又沒解釋清楚的信，從艾汀鎮的港口派信差跨越阿斯提拔送到她母親手上，收到時他們一行人已北上航向笙席歐，艾蕾尋思不知母親怎麼想。她尋思，但某方面來說她已經知道母親會有什麼反應了——她父母對彼此的信賴，是她的世界中最長久、最明晰的要素。

她抬頭望向天空。夜色仍黑，隨著雙月沉落，頭上的繁星看來愈發明燦，應該再過幾個小時就是破曉了。她聽見底下傳來一個女子的笑，忽地心生突兀感，意識到稍早一片騷亂，今夜她唯獨沒聽見笑聲。奇妙又出乎意料的是，聽聞那女人喘不過氣的笑，緊接著是一個男人的呢喃，艾蕾竟安下心來——無論未來將發生什麼，在這動盪的世間，總有些事會一如既往地持續下去。

外面的木頭樓梯傳來腳步聲，坐在窗沿的艾蕾忙向後一閃，為時已晚地驚覺底下的人可能看得見她。

「誰？」她壓低聲音說，以免吵醒卡翠安娜。

「是我。」戴文答道，走上來站在房間外的樓梯平台。艾蕾看著他，只見他衣衫沾染了泥濘，像是在地上打滾過，但他的語調頗為平靜。夜色太暗，看不清他的雙眼。他問：「妳怎麼醒著？」

艾蕾比劃了一下，不確定該說什麼。「可能一下子發生太多事了。我還不習慣這些。」

他笑起來，艾蕾瞥見他露出的牙齒。「沒人習慣，」他說：「相信我。但我想今晚不會再有別的事了，我們都要回去睡了。」

「我父親來過，他說事態似乎漸漸平息下來了。」

戴文點點頭。「暫時是如此。總督死在城堡裡。卡翠安娜成功殺死了那個龐霸狄厄人，城堡大亂，好像有人把追蹤師射死，我猜我們就是因此逃過一劫。」

艾蕾嚥了一下口水。「父親沒跟我說這些。」

「他大概不想打擾妳入睡。這麼說來，萬一我害妳睡不安穩，我很抱歉。」他的目光越過艾蕾，往另一張床望去。「她怎麼樣？」

「她沒事，真的。睡著了。」她察覺戴文語氣中迅速流露的擔心。但卡翠安娜今晚理當獲得這份擔憂與關切，早在今晚之前就是她應得的了，艾蕾難以想像她在各方面的付出。

「那妳還好嗎？」戴文回頭看著她問，語調一改。那嗓音略有不同，更顯低沉，不知為何讓她有些難以呼吸。

「我很好，真的。」

「我知道妳很好。」他說道：「老實說，妳遠遠不只是好而已，艾蕾。」

他一個遲疑，忽然看似有些侷促。艾蕾起初想不明白，直到他慢慢湊向前，吻在她的唇上。假如把在樓下擁擠大廳的那一吻算進去，這就是第二個吻了，但這次跟上次有十分美妙的不同；首先是他不慌不忙，再者現在只有他們獨處，周遭一片漆黑。她感覺到他的一隻手向上伸去，擦過她袍子的前襟，探入她的髮間。

他呼吸不穩地拉開距離。艾蕾睜開眼，站在樓梯平台上的戴文看起來面目朦朧，神態溫柔。底下的巷弄有腳步聲經過，速度和緩，不像先前那樣急奔。兩人默然不語地凝視彼此。戴文清了清喉嚨，開口道：「現在是……再過兩、三個小時就早上了。妳該試著睡一下，艾蕾，未來幾天……還會發生很多事。」

她微微一笑。戴文又躊躇片刻，接著轉身，沿著外頭的平台走向他跟雅列森與卮蘭同睡的房間。

她在原處繼續坐了半晌，抬頭仰望璀璨的星空，靜待急促的心跳漸趨平息，腦海中回味戴文最後那番話流露的不確定感與驚奇，聽來磕磕絆絆、無比稚氣。黑暗裡，艾蕾再次獨自微笑起來。對一輩子習於觀察的人來說，那種聲調傳達的訊息夠多了。想不到光是碰觸她，對他的影響已如此之大。反覆琢磨著、重溫著那一吻，愈發能感受到這有多麼不可思議。

她帶著笑意離開窗沿，回到床上，這次終究是睡著了，緊抓住這漫長的一夜幡然改變的最後幾個鐘頭。

***

隔日，所有人整天等待著，災厄將至的陰霾有如煙霧般籠罩笙席歐。城裡的庫務官企圖掌握城堡的控制權，然而護衛隊長不願聽從他的號令。等有人想到下樓查看，那姑娘的屍身早就被挪走了，沒人曉得帶去了哪裡，又是誰下的令。

整個城市驟然停擺，百姓在街上遊走，吞嚥著各種流言蜚語，被恐懼哽得無法呼吸。每拐過一個轉角就會聽說不同的謠言，有人說前任公爵的弟弟里諾多已經回城，打算重掌城堡的指揮權，時至中午人人都聽說了這個謠言的某個版本，可是誰也沒見到里諾多。

城裡迎來焦灼不安的黑夜，路上整晚都擠滿了人群，笙席歐似乎沒人睡得著。夜色明朗美麗，雙月行過無雲晴空，索林奇旅店外聚集一片人潮（屋裡已經完全擠不下了），聆聽三名樂師吹彈歌唱著自由，奏著笙席歐往日的榮光；自從卡薩里亞捨棄承襲自父親的公爵之位，接受總督頭銜並任命兩名篡君的使節擔任議政大臣，便無人敢唱這些歌。但卡薩里亞已死，兩個篡君的使臣亦雙雙斃命，於是樂聲自索林奇旅店飄入芳香的夏夜，順著巷道傳開，向著群星飛揚而去。

天色方亮，消息便傳來了。龐霸狄厄的艾勃利可在前一日下午就已越過邊界，率三大軍團往北進軍，一路放火燒盡村落農田。近午時分，北方的動向也傳了回來：布蘭庭的艦隊已從法薩羅灣拔錨開航，順風南下。

戰火已燃。

全笙席歐城的百姓離開家門，踏出旅店，穿越街道，事到臨頭才擠往三神神殿。

這天下午，在幾近空無一人的索林奇旅店前廳，有個男子持續吹著托傑亞笛，越吹越快，越吹越高，奏著幾乎已無人記得的狂亂旋律。

第二十章

他們背對海洋站著。從他們身後順坡而下，走過一條蜿蜒漫長的牧羊小徑，再往北一點便是他們停船上岸的沙灘；在此時站立之處，北邊約莫兩哩即是聳立的笙席歐城垣，從這個高處放眼望去，黛安諾拉可以看見反射光亮的神殿圓頂與城堡的護牆。太陽自東方的松林升起，在低矮的深藍天空中閃著黃銅色澤。時間還早，但已相當溫暖，到了正中午想必十分燠熱。

屆時，兩軍勢必已開始交戰。

布蘭庭正與德蒙、拉曼努斯和幾位軍團長商議，其中三人剛從各邦拔擢而來，分別是寇爾帖人、阿索里人和齊亞萊的當地人。理所當然沒有下寇爾帖人，不過在集結於下方谷地的軍隊中，有幾個兵士與她同鄉。有天夜裡她躺在法薩羅灣的指揮艦上無法成眠，曾短暫想過貝爾德會不會也在那幾人裡頭。但她知道不可能。如同布蘭庭在這方面不可改變，她弟弟同樣不會改變。這個事實將持續存在，無論世事如何變遷都會維持如初，直到知曉提嘉納的最後一個世代死絕。

她呢？打從在投海尋戒儀式步出海面，她便拚命什麼也不想，只是順著她觸發的一連串事件隨波漂流，接受布蘭庭對她那份耀眼的愛，接受這場戰爭令人心驚的不可預測。她心底再也看不見纚瑟迦的道路，她對這代表什麼含意有些想法，但她在白晝盡可能不去深思。夜晚則是另一回事——夢境總是另一回事。她的心酸楚地裂為兩半，她既是心的主宰，亦是心的俘虜。

帶著跟在身後的兩名衛士，她在山巔上向前邁步，眺望朝東西兩方延展的寬闊谷地。山谷邊緣有繁茂的綠色松林，南邊較為陡峭的山脊生長著橄欖樹，北邊則是一片平地，一路通往笙席歐城。底下，雙方的軍隊才剛甦醒。軍士從鋪蓋起身，踏出營帳，替馬披鞍上轡，擦拭佩劍，張弓上弦，初升旭日映出的金屬反光閃遍整個低谷。空氣清新舒暢，說話聲清晰地飄上來送到她耳邊。風力不強，但正好吹得旗幟飛揚，足以看清旗面。他們自己的軍徽是新設計的，象徵海洋的深藍背景上繡著顯眼的金色孤掌半島圖樣。布蘭庭選擇的意象傳達了再清楚不過的意義：他們雖以西掌之名應戰，但他們自命為全孤掌的正統主人，意在驅逐龐霸狄厄，統一孤掌半島。黛安諾拉明白這是個出色的徽記，這也是對整個半島而言最恰當、最該走的一步，但這一步卻被曾身為伊嘉斯王的人給奪走了。

除了來自西方四大省邦的兵士，布蘭庭的軍隊甚至有笙席歐人。在他們停靠於法薩羅灣南岸的那兩天，數百名笙席歐人從城裡趕來參軍；由於總督已死，堡中人馬為了毫無意義的權力相互爭鬥，笙席歐官方的中立政策也宣告破滅。艾勃利可為了報復龐霸狄厄人死於城內一事，決定將行經之地盡數化為焦土，然而此舉無疑助長了笙席歐人投入西掌軍的意願。假如龐霸狄厄軍的行進速度再快一些，拉曼努斯可能就趕不及讓艦隊靠岸迎敵，好在風向於他們有利，結果他們比艾勃利可早了整整一天抵達城外。布蘭庭因而得以搶佔這座好處顯而易見的山頭，在此可眺望谷地，指揮軍隊移動至他要的位置，人人都明白這是一大優勢。

然而到了隔天早晨，優勢看來就不那麼明顯了。龐霸狄厄軍的三大軍團步出南邊的滾滾黑煙，抵達戰場。他們的旗幟不只一面，而是兩面，其一是白布上繡著紅色山脈與金色皇冠的帝國旗，其二是艾勃利可自己的旗幟，繡著在黃色原野上的深紅野豬。騎兵和步兵在低谷東側俐落精準地排開訓練有素的陣型，與此同時兩幅旗面上的紅色點綴著平原，宛若兩點血漬。龐霸狄厄帝國的軍人已征服了這世上在東方的大部分土地。

他們過來時，黛安諾拉佇立於山巔遙望著。那過程彷彿無止無休，她數度走進營帳又出來，日頭都開始西沉了，等艾勃利可的傭兵全數或步行或策馬地進入谷地，太陽已經移到她背後，落到西方的海面上。

「三比一，或許再多一些。」布蘭庭走到她身邊說。他漸白的短髮上什麼也沒戴，傍晚的微風吹亂了他的髮絲。

「他們的軍力會太多嗎？」她問，壓低聲音免得遭人聽見。

布蘭庭很快地瞥了她一眼，牽起她的手。他現在經常這麼做，好似無法忍受沒有碰觸她的時刻，無論時間長短。投海尋戒儀式後，他們的歡愛多了一股迫切，事後總是疲憊不堪、氣力放盡，幾乎組織不了任何念頭，但黛安諾拉知道那正是她要的——她想要麻痺自己的心智，止住那些人聲與回憶，把那條明晰筆直的道路在幽暗深海中消失的畫面給抹消。

龐霸狄厄軍抵達那日，布蘭庭和她十指交扣，說道：「也許的確太多，這不好判斷。我的力量比艾勃利可強，我想在這個山丘上的話，我就足以彌補軍力差距。」

他聲音低微，只是謹慎陳述相關的事實，毫無狂妄自大之意，唯有一向存在的沉穩傲骨。她又有什麼理由懷疑布蘭庭的法術？二十年前的戰爭中那些法術做了什麼，她再清楚不過。

那是昨天的對話。後來她轉過身，凝望太陽沉入大海。當夜明亮清朗，維朵霓漸趨滿盈，伊萊琉則渾圓飽滿，這神祕的藍月正是魔幻之月。她想著不知他們晚上有沒有時間獨處，只是布蘭庭夜裡多半在平原上巡視軍營，然後和軍團長商討計議。她知道德蒙明日會和他一同留在此處，比起司令更像是水手的拉曼努斯也會待在山丘上，率領親衛隊在危急關頭保護君主。她明白，假若情勢當真演變到那個地步，他們想必都死定了。

等布蘭庭返回臨海的山丘，走進他們兩人的營帳，兩輪月亮都已沉落。黛安諾拉還醒著在床上等候，看得出他的倦色。他拿著地圖，打算再細看一次上頭描繪的地形，但黛安諾拉說服他把地圖放下了。

他來到床邊，衣裝未褪便躺下，過了半晌把頭枕在黛安諾拉腿上。良久，兩人都沒有說話。然後布蘭庭微微挪動，抬頭看她。

「我憎厭在谷底的那個男人，」他輕道：「我憎厭他擁護的一切。他心中毫無熱情，毫無愛戀，毫無傲氣，唯有野心。除野心之外，什麼都不重要；除了他自身的命運，世間沒有什麼能使他心生憐憫或哀痛，所有人事物都只是工具，只是手段。他想要皇帝之冠是人盡皆知的事，但他想要那頂皇冠並不是為了什麼，純粹就是想要罷了。我很懷疑他人生中究竟有沒有被任何事物打動過，令他為別人感受到任何情感……無論是愛或失落，什麼都好。」

他話音漸歇，累到開始重複某些字詞。黛安諾拉以手指輕揉他的太陽穴，低頭凝視他的臉龐，他再度挪動姿勢，閉上雙眼，額頭在她的撫摩之下逐漸撫平。最終布蘭庭的呼吸變勻，她曉得他睡著了。她醒著沒睡，雙手有如盲女那般繼續在布蘭庭臉上摩挲，心知外頭的亮度表示雙月都已落下，心知明早便將迎來戰爭，心知她愛這個男人勝過全世界。

***

她想必是睡著了，等她再度睜眼，天色已是黎明將至的灰濛。布蘭庭不在營帳內，她旁邊的枕頭上有一朵紅色的銀蓮花。她動也不動地注視那朵花半晌，然後拿起花直按到臉上，嗅聞那抹淡香，思忖著布蘭庭是否曉得這種花在半島的傳說。幾乎可以確定他不知道，她想。

她起了床，片刻後謝托端著一杯凱琲進來。他穿著傳令兵的硬皮背心，這是輕便但防禦力不足的護甲，姑且能擋一擋箭矢。他是自願加入的，像他這樣的傳令兵共有二十人，負責在山丘和谷地上下奔波傳達命令和消息，但他還是選擇先來伺候黛安諾拉，一如這十幾年來在色善的每個早晨。黛安諾拉生怕細想下去她會忍不住落淚，在這樣的日子這可是惡兆。她擠出微笑，要謝托回到國王身邊，在這個早晨國王會比黛安諾拉更需要他。

謝托走後，她慢慢啜著凱琲，傾聽帳外的動靜越來越響。接著她盥洗更衣，走出營帳，踏入越來越亮的陽光。

兩名親衛正在等候。他們如影隨形地跟著她，謹慎地相距一兩步，但絕不超過這個距離。她知道今天會有衛士保護她的安全。她尋找布蘭庭的蹤跡，結果先瞧見了儒恩，他們倆正站在這塊平坦山頂的最前方，兩人都沒戴冠冕，未披甲冑，只在腰間佩著一模一樣的劍。布蘭庭今天選擇身穿樸素的褐色軍服，看似普通兵士。

黛安諾拉沒被糊弄過去。他們沒有一個人被糊弄，也不可能被糊弄。

過了不久，眾人看著他獨自踏向丘頂的邊緣，一手高舉過頭，讓兩軍的所有人都能清楚瞧見。他一言未發，沒有一聲預警，只見一束耀眼的血紅光芒自舉高的手中射出，宛若火焰奔向蔚藍的天空。谷底頓時殺聲震天，人數居於下風的布蘭庭軍隊高呼著國王之名衝過谷地，迎向艾勃利可的大軍，展開將近二十年前便注定開打的戰役。

***

「再等，」雅列森沉穩地說，他已經說了至少五遍。「我們等了這麼多年，此時絕對不可躁進。」

戴文總覺得這句話比起說給旁人聽，王爵主要是在警告自己。事實上，在雅列森發出訊號前，他們在這裡什麼也做不了，只能旁觀龐霸狄厄人、伊嘉斯人與孤掌半島各邦的人民在笠席歐的烈日下相互廝殺。

從太陽的位置看來，時間恰是正午或正午剛過，燠熱難耐。戴文試著想像底下那些將士的感受：在宛若滾燙鐵鍋的戰場朝彼此揮砍擊打，踩著溼滑的血水，踐踏著倒臥的屍身。他們所在的位置太高太遠，看不清任何人的長相，但沒有遠到瞧不見兵士陣亡、聽不見他們的慘叫。

他們盤踞的這個制高點是雅列森一週前擇定的，他料定兩名法師會分別將據點設在何處，果然分毫不差。布蘭庭人在一處較高也較寬闊的地形上，他們身處的山脊緩坡則位於布蘭庭南邊約半哩之處。戴文低頭俯瞰低谷，只見兩軍鬥得難分難解，毫不留情地將大批靈魂送往茉里安之殿。

「伊嘉斯人的陣地選得好，」桑德烈在早晨剛響起人喊馬嘶之際說道，抽離的語調近乎敬佩。「那塊平地大到讓他有調遣部下的空間，但沒有寬到能讓龐霸狄厄人包圍住他，光是越過山丘就很麻煩了，必須爬出谷地，沿著毫無掩護的山坡過去，還要再下來。」

「而且仔細看會發現，」杜卡斯．托傑亞補充道：「布蘭庭把大部分弓箭手布置在他右手邊的側翼，朝向南邊，以防敵軍真的採取這種行動。假如龐霸狄厄軍企圖繞過去，他們還在山坡上的橄欖樹林時，就會被弓箭手像射鹿一樣遠遠解決掉。」

約莫一個小時前，一小隊龐霸狄厄軍當真這麼試了，結果被西掌弓手的箭雨殺得一敗塗地，鎩羽而歸。當下戴文不禁暗自叫好，但心底隨即陷入難以化解的紛亂與困惑。是啊，龐霸狄厄軍是徹頭徹尾的暴虐政權沒錯，可是他怎麼能為伊嘉斯的布蘭庭獲勝而欣喜？

但既然如此，難道他該期待孤掌島民死在艾勃利可的傭兵手中嗎？他不曉得該怎麼想、該有什麼感覺，只覺得靈魂彷彿在此硬生生被剝光，袒露在外，攤在笙席歐的天空下曝曬。

卡翠安娜在他前方不遠處，佇立於王爵身邊。自從厄蘭將她從花園帶回來，戴文似乎從未見到他們兩人分開。那之後的隔天早晨，他掙扎著適應兩人身上明顯散發出來的光輝，茫然恍惚、十分煎熬地度過了一個小時。雅列森看起來就像他在吹奏音樂的時候，彷彿他找到了能在世間穩住他的那一塊基石。當時戴文瞥了艾蕾一眼，只見艾蕾凝視著他，嘴角悄悄含著奇妙的笑意，更是讓他大惑不解。他總覺得他連自己的心思都想不透，遑論要搞懂身邊的變化；可是他也明白笙席歐即將迎來戰火，壓根沒有時間讓他消化這些。

此後兩日，大軍各自從南北兩端壓境，令他們深切意識到命運的時刻近在眾人眼前，在夏日的空氣中懸著，恍若懸在眾神面前的天平上。

在戰場上方的山脊，戴文回頭一望，只見艾蕾正把水遞給里諾多，他們身邊有棵扎根於這片坡地的歪扭橄欖樹，讓他們得以藏身於樹蔭下。巫醫拒絕繼續躲在城裡的索林奇旅店，堅持與他們同行。*倘若有人可能遭逢生命危險，那裡就是我該去的地方*，他只說了這麼一句話，便握起鷹頭拐杖，跟著他們一行人在天亮前來到了這裡。

戴文的目光掠過他們，望向後方並肩站著的羅維戈與貝爾德。他明白，其實自己大概跟他們站在一起比較好；他的任務與他們兩人相同，負責在有法師派遣兵馬前來圍剿他們時守住這座山頭。他們總共有六十人，包括杜卡斯的部眾、羅維戈手下幾個英勇的船員，另外再從響應號召、遠從各邦單獨北上抵達笙席歐的人之中，精心挑選了幾位壯士。六十人，不夠也得夠了。

「桑德烈！杜卡斯！」雅列森猝然喚道，把戴文從思緒中拉了回來。「快瞧，把情況告訴我。」

「我正打算要說。」桑德烈的聲調浮現一絲興奮，「正如我們所料：有布蘭庭在山丘上輔助，他絲毫沒有退居下風，他比艾勃利可強大太多了。若你要問我現在的判斷，我認為伊嘉斯軍一小時內就會從中央衝破敵陣。」

「用不著那麼久，」杜卡斯用低沉的嗓音說道：「這種事一旦起了頭就會很快了。」

戴文走向前，想看得更清楚。谷地的中心人頭攢動，和先前一樣被士兵和馬匹塞得水洩不通，其中許多都已陣亡或倒下。但如果用旗幟當作參考基準，連他毫無經驗的雙眼都看得出儘管龐霸狄厄軍仍有人數優勢，布蘭庭的兵馬卻已開始將戰線往前推。

「怎麼辦到的？」他幾乎是自言自語地喃喃說道。

「他用法術削弱了敵軍。」右方傳來一個聲音，他往旁一瞥，是厄蘭。「多年前，他們也是用這招征服我們。我感覺得到艾勃利可試著保護軍隊，但我想桑德烈判斷得沒錯，在我們說話的同時，龐霸狄厄軍正變得越來越虛弱。」

剛才也正低頭俯瞰的貝爾德跟羅維戈快步走來。

「雅列森？」貝爾德問道，只喚了他的名字，一句也沒多說。

王爵轉頭注視著他。「我知道，」他開口：「我們想的一樣。我想是時候了。我想時機已到。」他與貝爾德繼續對望半晌，彼此都沒吭聲。接著雅列森別開目光，視線越過他這位性命之交，投向三名巫師。

「厄蘭，」他輕聲說：「你知道該怎麼做。」

「我知道。」這個笙席歐人說，躊躇了一下又道：「祈求三神賜福於我們三個。賜福於我們所有人。」

「不管你們要做什麼，最好快動手，」杜卡斯直截了當地說：「龐霸狄厄軍的中央要擋不住了。」

「一切全看你們了。」雅列森對厄蘭說道。他似乎想再多說什麼，但最終沒開口。厄蘭轉身面對來到他身邊的桑德烈與賽提諾，其他人都向後退開幾步，以免打擾。

「連結！」厄蘭．笙席歐喊道。

***

平原上，龐霸狄厄的艾勃利可身處大軍後方。他仍在軍陣之中，位置緊依著隊列，因為距離會影響魔法的效力。整個早晨，艾勃利可暗暗思忖帝國的眾神是否終究棄他而去了，連黑角的法師之神和騎著牝馬的夜馳之后都離他而去。那個伊嘉斯人永不停歇、摧殘心智地猛攻，他能夠組織想法的能力已所剩無幾，僅剩的思考能力也無比昏晦，深知敗亡就在眼前。心臟彷彿滿是灰燼，一路堵到喉間。

一切原先看起來是那麼單純。需要的就只有籌劃、耐心、紀律，倘若他算得上有任何長處、任何一丁點美德，那就是這些了。為了實現長年的野心，要他發揮這幾項特質在此蹲個二十年也無妨。

然而就在此刻，隨著殘酷的銅黃色豔陽越過天頂，開始朝著海面向下，艾勃利可總算明瞭無可挽回的事實：他這番設想的前半是對了，後半卻錯了。贏取整座孤掌半島從來就算不了什麼，失去孤掌半島卻代表失去所有，包括他這條命——因為屆時他將無處可逃，無處可藏。

那個伊嘉斯人強得殘酷，強得令人目瞪口呆。他早就知道了，打從最初就知道；他對那男人的懼怕絕非懦夫那種盲目的畏懼，而是因為他衡量過對方的力量，對敵人的能耐一清二楚。

黎明時分，當佇立於西邊山丘的布蘭庭從手中射出深紅光束，艾勃利可大著膽子懷抱希望，甚至短暫地雀躍了一下。他只要保衛好自己的部隊就夠了，他的軍團比對手強了將近三倍，況且他們迎戰的敵軍只有一小部分是訓練有素的伊嘉斯兵，剩下的西掌軍都是臨時拼湊的烏合之眾，淨是從各個省邦來的工匠、商人、漁夫、農民跟連鬍子都沒長齊的小毛頭。

他只需削弱布蘭庭自山頭施展的法術，剩下的就交給麾下士兵即可。用不著為了攻擊敵人費勁將力量往外送，只要抵禦，只要守住。

真能辦到的話就好了。早晨緩緩過去，熱氣逐漸積聚，猶如罩著一件悶得無法呼吸的斗篷，艾勃利可感到自身的心智之牆不甘不願地掙扎，但還是一點一滴屈服，被布蘭庭堅持不懈、滿懷熱忱、毫不動搖、令人麻痺的攻勢給壓倒彎折。那個伊嘉斯人無止無盡地從山丘送出使人疲憊虛弱的力量，流向龐霸狄厄軍，一波接著一波侵襲，宛若浪濤那樣不知疲倦。

艾勃利可必須擋下那些力量，必須吸收、隔開那些浪潮，如此他的將士才能保持勇氣與體力無損的狀態，毫無畏懼地持續奮戰下去，唯一需要忍受的只有烈日帶來的酷熱——好在豔陽同樣高照於敵軍身上。

早在正午到來前，伊嘉斯人的魔咒已開始滲透。艾勃利可擋不了全部，那法術接連不斷地襲來，宛若大雨或海浪那般單調重複，無論是節奏或強弱都毫無變化，就只是純粹的力量，挾雷霆之勢攻來。

很快地——太快了，太早了——龐霸狄厄軍明明身在平地，竟逐漸有必須爬坡之感，又好像照在他們頭上的陽光比敵人身上的更炙熱，好像他們的士氣與勇氣都隨著滿身大汗一併流洩，如漿的汗水溼透了衣服與盔甲。

一整個上午，他們全憑壓倒性的數量才打成平手，在這片笙席歐平原上維持勢均力敵。艾勃利可坐在巨大的座椅上，那是兵士替他抬來的，上方罩有頂篷；他雙眼緊閉，不停用溼布抹著臉頰跟頭髮，整個早上都竭盡全力、拚盡他尚存的幾分勇氣，抵抗著伊嘉斯的布蘭庭。

可是正午過後不久，龐霸狄厄的艾勃利可已咒罵著自己、咒罵九個月前差點殺了他的斯考維亞．阿斯提拔（說到底都是這傢伙令他力量大減，害得他此刻再度處於生死關頭）、咒罵那老不死的皇帝拖著無用、衰朽、孱弱的空殼苟延殘喘，與此同時，他總算直視了那殘酷黯淡的現實：眾神果然都棄他而去了，將他拋在這塊偏遠之地的炎炎烈日下。隨著潰敗的前鋒流水般地傳回消息，他開始遵照他們一族的風俗，做起迎接死亡的準備。

然後奇蹟發生了。

起初他大受摧殘蹂躪的心智並未明白究竟發生了什麼，只知從山丘降下的沉重魔法不可思議地驟然一輕。相較於方才，此刻的攻勢減弱不少，簡直少了大半，艾勃利可擋得下來了，甚至輕鬆得很！縱使他現在虛軟無力，那種程度的魔法仍然略遜於他，他還可以向前推進，而非只處於守勢。假如那是布蘭庭僅剩的力量，假如是那個伊嘉斯人忽然耗盡法力，那他可以轉守為攻！

艾勃利可狂亂地以心眼掃視谷地和四周的山巒，想知道是怎麼回事，接著驀地發現了第三組魔法。他倏忽明白角神和奔馳的夜之后終究眷顧著他，心中堆積了整個早晨的灰燼不禁開出輝煌之花。

有孤掌半島的巫師在此，他們正出手協助他！他們和他一樣憎恨那個伊嘉斯人！不知為何，出於令人費解的原因，他們選擇與他站在同一陣線力抗那個男人——無論那傢伙如今給自己冠上什麼頭銜，他終究還是伊嘉斯王。

「我已佔得上風！」他對傳令兵叫道：「告訴身在前鋒的隊長，重振他們的士氣。告訴他們，那個伊嘉斯人在我手下節節敗退！」

周圍爆出歡呼，他睜開眼，只見好幾位傳令兵拔腿向前奔過谷地。他的意念朝那群巫師探去，意圖與他們的心靈與力量融合為一。根據他們的力量，他推估那些巫師有四或五人，也許六人。

但他卻被阻擋了。他分明知道那些巫師的確切位置，甚至看得見他們的所在之處，是伊嘉斯人那個山頭南邊不遠處的一小塊山脊——偏偏他們就是不願讓他加入，也不肯讓他知曉身分，想必是由於他以往對巫師做過的事而心有懼怕。

他會對巫師做什麼？他會歌頌巫師的榮光！他會賞賜土地、財富、權力，讓他們在半島和龐霸狄厄都極盡尊榮，享盡富貴，遠超他們飢渴狹隘的夢想，他們之後就知道了！

縱使他們不願向他敞開心智也不要緊！真的不要緊。只要他們留下來，把力量借給他守禦，那就用不著相融。他們聯手作戰便足以與布蘭庭匹敵，也只要匹敵即可，艾勃利可很清楚他在平原上的兵力仍超出對手兩倍。

但就在他的靈魂重新湧現希望的同時，他感受到重量再度壓回。難以置信，那個伊嘉斯人的力量居然又變強了。他慌亂地確認山脊上的巫師依舊出力協助著他，然而布蘭庭照樣向前推進。他為何這麼強！強得可恨，強得無法想像，即便以寡敵眾，他仍然汲取著內在的法術源泉，向下挖掘得更深，大展本領。他那口泉還有多深？他還有多少可用？

艾勃利可恍然醒悟他沒有頭緒，在宛若煉獄的戰場上、在白晝暴烈的熱氣中，這個頓悟恰似當頭一桶冰水。他毫無頭緒。這麼一來，他只有一條路可走，打從開戰以來就只有這條路能走。

他再次閉上眼集中專注力，然後再次傾盡全力抵禦——抵禦，守住防線，使心靈之牆不致崩壞。

***

「主神的七姊妹在上！」拉曼努斯激動地咒道：「他們開始把戰線往回推了！」

「有什麼發生了。」布蘭庭在同一時刻啞聲說。他們在他頭上架起一座頂篷替他遮蔭，又搬來一張椅子給他坐，但他為了看清底下的戰況依舊站著，只是偶爾會一手扶著椅背支撐。

黛安諾拉站在他身側，在他需要時隨時上前，送上茶水、送上能讓他舒暢些的東西，只要她能給的她都給，但她努力不往下面瞧。她不想再眼睜睜看著別人死去了。只是她對於谷底的呼號無能為力，底下的每一聲哀嚎彷彿都往上飛來，刺入她心中，宛若以嘶喊與肉身的劇痛凝聚而成的刀。父親戰死之際，戴薩河畔也是這樣的慘況嗎？他身中致命傷之際，是否也曾這般慘叫，看著自己的生命隨著鮮血止不住地汩汩流出，將河水染紅？他是否倒在布蘭庭兵卒的復仇之刃下，在這樣的痛楚之中死去？

一股反胃感湧現，但這全怪她自己。她不該來的。她早該曉得戰場會在她心中勾起什麼情景。她只覺得想吐，因為熱氣，因為那些打殺之聲，因為她幾乎聞得到下方的屠戮氣味。

「有什麼發生了。」布蘭庭重複一遍，他的嗓音讓她混亂如風暴的世界找回一絲清明。她已經來到這裡，布蘭庭就是她前來的理由；或許別人聽不出來，但極其了解他的黛安諾拉聽得出他的聲調略有不同，那細微的跡象流露了他正在承受的壓力。她連忙走到一旁，回來時拿著一杯水和一塊替布蘭庭擦額頭的布。

他接過水，看似對黛安諾拉的陪伴、她那塊布的輕觸渾然不覺。他閉上眼睛，緩緩左右轉動著頭，像在盲目地尋找什麼。

隨後他再度睜眼，伸手一指。「那裡，拉曼努斯。」黛安諾拉循著他的目光望去。在他們南邊的山脊上，可以分辨出幾個人影散落在起伏不平的丘地上。

「那裡有巫師。」布蘭庭冷聲說：「拉曼努斯，帶親衛隊去解決他們。他們正和艾勃利可聯手阻撓我，我想不透為什麼。其中一人看似凱勒敦人，實則不是，我能分辨凱勒敦魔法。這件事大有蹊蹺。」

他的眼眸陰霾密布，呈現深灰。

「陛下，你壓制得了他們嗎？」說話的是德蒙，他的語調刻意不帶情緒，讓人覺察不出任何擔憂。

「我正打算一試。」布蘭庭說道：「然而我能放心運用的力量已瀕臨極限，卻又不能將魔法只集中於他們身上，他們正與艾勃利可通力合作。拉曼努斯，你只能自行帶隊替我剷除那些巫師了。把這裡的人全部帶去。」

拉曼努斯發紅的臉龐神情肅穆，「陛下，我發誓必定阻止他們，犧牲性命在所不惜。」

黛安諾拉目送他步出頂篷，召集親衛隊的人馬，他們兩兩一排跟在他身後，順著通往西方與南方的牧羊小徑快步下山。儒恩追著他們走了幾步又打住，滿臉迷惑猶疑。

她感到一個輕觸，把視線從弄臣身上轉回來，布蘭庭握住她的手。「吾愛，相信我，」他呢喃道：「相信拉曼努斯。」他頓了一秒，幾乎帶著微笑補上一句：「畢竟是他把妳送到我身邊。」

隨後布蘭庭鬆手，注意力轉回下方的平原，這次他坐上了椅子。黛安諾拉在旁凝視，看得出他正重整氣力，準備展開新一波攻勢。

她轉頭往德蒙一瞥，再順著總理大臣雙眼微瞇的盤算目光再度望向南，注視半哩之外那一小群聚集於坡地的人。那群人距離不算太遠，她看得到布蘭庭聲稱其實並非凱勒敦人的黑皮膚人物，似乎還有個紅髮女子。

她想不透那些人是誰。可是她環顧周遭，看著山嶺上驟減的人數，心底頭一次驀地害怕起來。

***

「來了。」貝爾德開口，他一手擋在雙眼上方，望著北邊。

他們老早就準備著迎來這一刻，打從巫師連結的剎那便時時留意，但預想終究不等於現實。望著布蘭庭的精銳衛兵迅速走下山坡，開始越過橫亙於兩方之間的地形，戴文的心向下直墜。谷地的戰爭已持續一整個早上，這下他們也要開戰了。

「多少人？」羅維戈問，戴文慶幸地聽出商人的語調也有些緊繃，代表不是只有他一個人有這種感受。

「他把所有人都派過來的話就是四十九個，雅列森推測他會全派。」貝爾德答道，沒有轉身：「伊嘉斯的國王親衛隊一向是這個人數，這對他們而言是神聖的數字。」

羅維戈沒答腔。戴文往右一瞥，只見三名巫師緊靠彼此站著，厄蘭跟賽提諾閉著眼，唯獨桑德烈的目光直射向下，盯住大軍最後方，龐霸狄厄的艾勃利可就在那裡。雅列森原先在巫師身旁，此時他快步趕過來，加入貝爾德身後那群在山脊散開的三十來人。

「杜卡斯呢？」他低聲問道。

「我看不到他們，」貝爾德說道，朝王爵迅速一瞥。伊嘉斯親衛隊的最後一人也已趕下他們那邊的山坡，帶隊的人正飛快橫越中間高低起伏的地面。「我還是不敢相信。」

「讓我帶我的人下去迎擊，」巫師才剛連結，杜卡斯便這麼請求雅列森：「我們都知道他必定會攻來。」

「那是當然，」當下雅列森答道：「可是我們欠缺裝備，訓練不足，得留在這裡保有制高點的優勢。」

「那是你自己。」杜卡斯．托傑亞惱火地低吼。

「下方毫無掩護，你能躲在哪裡？」

「我還需要你來指點下面有沒有掩護？」杜卡斯佯裝發怒地答道，咧嘴露出如狼的笑容。「雅列森，你不如教教你的指頭什麼叫指甲！我四處打游擊戰、在這種地形埋伏搞偷襲的時候，你還在奎雷亞數橡樹什麼的呢。交給我就是。」

雅列森沒有笑，但半晌後他點了點頭。紅鬍子杜卡斯一刻也沒有多等，率領二十五名部下立刻隱沒於這塊山脊下方的坡地。待到伊嘉斯人派遣衛士過來，一夥盜賊已在底下藏妥，潛伏於兩座山丘之間的荊豆、石楠花、茂盛雜草中，以及寥落的橄欖樹、無花果樹之下。

戴文瞇眼細看，總覺得瞧見了其中一人，但不敢確定。

「茉里安在上！」身在山脊東邊的厄蘭．笙席歐忽地喊道：「他的力量又把我們逼回來了！」

「守住！」桑德烈咆哮：「對抗他！挖掘更深的力量！」

「我沒有更多力量了！」賽提諾喘著氣道。

原本蹲伏著的貝爾德一躍而起，直盯著三人，起初一個躊躇，看似一時之間心生疑慮，但接著便大步走向巫師。

「桑德烈，厄蘭，聽得到我說話嗎？」

「當然聽得見。」桑德烈黝黑的臉龐流滿了汗，雙眼仍朝著東方，但此時目光渙散，專注於內在。

「那快做！做我們討論過的那個。假如他能把你們都逼退，我們就非試不可，否則這一切都會白費！」

「貝爾德，他們說不定……」厄蘭一字一字地吐出來，像是用力從口中擠出一般。

「不，他說得對！」賽提諾氣喘吁吁地打岔：「總得一試。那個人……太強了。我會跟著你們兩個……知道要把意念探往哪裡。做吧！」

「那跟我來，」厄蘭用已榨乾氣力的聲音說道：「你們兩個都跟上。」

下方驟然迸出咆哮與慘叫，不是從戰場上傳來的，是從北邊的低地。除了巫師之外的眾人全倏地轉身望去。

杜卡斯發動了陷阱。他的手下從藏匿之處開弓放箭，二十來支箭矢落在伊嘉斯衛兵頭上，隨即飛快地射出新一波箭雨。前來進攻的隊伍中倒下了六人，不，八人、十人，然而就算天氣酷熱，伊嘉斯的親衛隊仍舊身穿抵擋飛箭的護甲，多數衛士依然持續向前行進，縱使身負沉甸甸的重量，反應依舊敏捷得嚇人，一路逼近杜卡斯散開的部眾。

戴文瞥見三個方才倒下的人再度起身，其中一個拔出臂上的箭，腳步踉蹌地毅然繼續往前，迫近他們所在的山脊。

「他們會有人配備弓箭，我們得掩護巫師。」雅列森厲聲道：「凡是有盾的人都過來，無論是什麼盾！」

約有六個留在山坡上的男人趕上前去，其中五個各自手持臨時湊合的木盾或皮盾，第六人則是約莫五十來歲的男人，用扭傷的腳一瘸一拐地跟在後頭，手中僅有一把極其老舊的殘破長劍。

「王爵殿下，」只聽他道：「我的肉體便足以充當他們的盾。當年你父親不許我北上前往戴薩河參戰，如今請別拒絕我的願望，別再拒絕一次。以提嘉納之名，我願以身替他們擋住任何箭矢。」

戴文瞧見他們身旁有好幾個人倏地一呆，神色驚恐——他們聽不見方才被說出口的名字。

「利卡索，」雅列森出聲道，環顧左右，「利卡索，你不必……你連來都不該來的。還有其他方法可以……」王爵打住話頭。有那麼一瞬間，他似乎想和父親一樣拒絕這個男人，可他沒再多說什麼，只點了一下頭便大步走開。瘸腿的男人和其他五人立刻在巫師身周圍成一圈，保護他們。

「散開！」雅列森對其餘的人下令：「防守山脊的北邊與西側。卡翠安娜、艾蕾，注意南方，以免有敵軍繞到我們背後，要是瞧見什麼動靜就大喊！」

戴文手握長劍奔向山坡的西北側，其他人在他四面八方散了開來。他一面跑一面轉頭瞥去，呼吸惶然一滯。杜卡斯的人馬和伊嘉斯親衛隊在凹凸不平的地面短兵相接，儘管他們暫時擋住了攻勢，每當有人倒下也看似會連帶拉下一個伊嘉斯人，但他們確實正一個個倒下。伊嘉斯親衛隊行動迅捷，訓練精良，威猛堅毅；他們的隊長是個已稱不上年輕的彪形大漢，戴文望見這人撲向一名山賊，揮盾重擊，狠狠把山賊打得倒臥在地。

「納督！小心！」

這不是單純的呼喝，更像是淒厲的哀鳴，戴文旋過身一看便明白了原因。在另一道坡上，納督剛擊退一個伊嘉斯人，正往後撤向艾金跟兩名同伴所在的一個樹叢，卻沒瞧見原先在東邊遠處有個伊嘉斯兵，此時正從他背後疾衝過來。

但正在狂奔的伊嘉斯人沒瞧見射中他的箭。貝爾德・提嘉納發揮每一分臂力，發揮畢生磨練出來的技藝，自山脊之巔發射而出，越過遠得不可思議的距離，只見伊嘉斯人大腿中箭，悶哼一聲倒地。納督聞聲轉過身去，見到伊嘉斯人，連忙一劍取了他的性命。

他抬頭望向山脊，瞥見貝爾德，迅速揮了一下手道謝。揮到中途，就在他的手仍高舉半空朝少年時代拋下的好友致意之際，一支伊嘉斯的奔箭正中他的胸膛。

「不！」戴文叫出聲來，悲痛令他喉頭一緊。他瞥向貝爾德，只見貝爾德驚駭地瞪大雙眼。戴文正向他邁出一步，忽地聽見短促的扒抓聲與一聲低哼，背後傳來艾蕾的驚叫：「小心！」

他轉過身，剛巧看見六個伊嘉斯兵正登上山坡，第一個已經爬了上來，他想不透他們怎麼來得這麼快。他放聲大吼，再一次警告給其他人聽，隨即狂奔向前，打算趁第一個伊嘉斯人爬上山巔之前迎擊。

他沒趕上。伊嘉斯人站直身體穩住平衡，左手拿著盾，戴文衝上去企圖將他逼回山坡，用盡全力揮劍，劍刃打在金屬盾牌上，震波傳遍他的整隻手臂。伊嘉斯人持劍向前直刺，戴文眼看著劍鋒攻來，拚命扭向一側，但那把劍仍從他的腰部上方劃過，驟然一陣劇痛。

他無視傷口，壓低身體矮身往前撲，對準伊嘉斯人膝蓋後方不受保護之處狠劈，感到劍刃深深陷入血肉。男人痛呼一聲，不由自主地往前倒，但在即將摔倒之際仍企圖把劍砍在戴文身上。戴文慌忙翻身滾避，痛得頭暈目眩。他手腳並用地爬起身，一手抓住劃傷的腰側。

恰巧見到艾蕾・羅維戈乾淨俐落地一劍斬在伊嘉斯人的後頸上，倒在地上的伊嘉斯人就此斃命。一片打殺之中，戴文瞬間身陷恍若幻覺的靜寂。他凝視艾蕾，凝視她清澈溫和的藍眼，試著開口卻口乾舌燥。他們對望了一剎那。她手握染血之劍的光景令戴文難以消化，難以理解。

他將目光投向艾蕾身後，方才的靜寂頓時破碎消散。約有十五個伊嘉斯人爬上山頭，可能有二十個，後面還有更多陸續上來；其中一些人的確帶著弓箭，他看見一根箭矢射出，釘在圍住巫師的一面盾牌上。有急促的腳步聲從左手邊的山坡一路跑上來。就算他說得出話，眼下也沒時間讓他說了。假若真的非死不可，他們也願在此就義，死在這裡本來就是種可能；他們來到此地是有理由的——那是個夢想，是個祈願，是他父親在他兒時唱給他聽的旋律。他用左手緊緊按住傷口，從艾蕾面前轉過身，緊握著劍踉蹌向前，迎向下一個爬上山脊的敵人。

***

天氣宜人，雲朵隨著微風吹拂快速飄過，太陽在浮雲間時隱時現。她們一早去了城堡北邊的草原散步，採了滿懷的鳶尾花、銀蓮花、藍鈴花。在這個偏南之地，瑟柚椏樹的花此時剛要盛開，她們把那些白花留待日後採摘，等這個季節再過些時候。

正午剛過，她們已返回波索堡享用瑪芶提茶，艾蓮娜驀地發出細微的驚嚇聲音，猛然站得筆直，雙手緊抱住頭，沒察覺茶水灑了出來濺在奎雷亞地毯上。

愛麗諾迅即放下自己的茶。「來了嗎？」她問：「是他們的召喚？艾蓮娜，我能幫上什麼？」

艾蓮娜搖頭，幾乎沒聽進對方的話，她腦中正響起另一個更清晰、更強硬、更有力的嗓音。這種事從沒發生過，連在餘燼夜也未曾有過，可是貝爾德推想得沒錯——那個從黑夜現身、徹底改變餘燼戰爭的陌生人。

餘燼夜隔日午後，等他的朋友自隘道返回並縱馬向西，貝爾德又一次回到他們的村莊。他找來多納、馬提歐、卡倫娜、艾蓮娜商談，說夜行者共有的能力縱使不是巫術，想必也同樣是魔法的一種：他們的肉體會在餘燼夜改變，沐浴著青色月光，行走於白晝不存在的大地，以生長的麥穗為劍，那武器一握在他們手中就自動變化。他說，夜行者也以他們特有的形式與孤掌半島的魔法締結了盟約。

多納贊同他的說法。於是貝爾德謹慎地對他們透露了他與一眾朋友的目標，請求艾蓮娜在夏末前往波索堡。他說，這是為了以備不時之需，說不定他們有辦法借助夜行者的力量，實現大計。

此事十分凶險，他們是否願意？他問得不太有信心，然而艾蓮娜內心毫無遲疑，凝視他的雙眸答說她願意，其他人也一口答應下來。他在眾人危難之時伸出援手，這是他們起碼該做的；況且他們同樣在自己的家鄉承受篡君暴政，他在白晝的壯志亦是他們的願望。

艾蓮娜．切譚多？妳在嗎？妳在城堡嗎？她不認識腦中這個嗓音，但從那清晰的聲音聽得出急迫感，那人似乎身處混亂之中。

是，我是，我在這裡。我……我該做什麼？

不敢相信！第二個嗓音加了進來，聽來更加低沉，一樣語帶迫切。厄蘭，你連繫到她了！

貝爾德在那裡嗎？她問，自己也有些急切。突如其來的連結和周遭一片騷亂的感受令她暈眩，她一個搖晃，差點摔倒，連忙伸出雙手按住高背椅的椅背。波索堡內部的景象彷彿逐漸消褪，倘若愛麗諾這時和她說話，她也壓根聽不見。

他在，第一個男人馬上答道：他在我們身邊，我們急需援手。我們正與敵方交戰！妳可有辦法連結妳的朋友？連結其他人？我們會協助妳，拜託妳了！馬上聯繫他們！

無論是白晝或在餘燼夜的青月下，她從未試過這種事，從不知曉世上有巫師連結這種東西，可是她感覺得到那些人的力量蓄積在她體內，她也曉得馬提歐跟多納此刻會在什麼地方，卡倫娜則是在家中照料么兒。她閉上眼，意念向他們三人探去，竭盡全力將心神集中於村子裡的打鐵坊、磨坊與卡倫娜的家——聚精會神，接著發出呼喚，號召他們。

艾蓮娜，這是怎……？馬提歐，她觸及他了。

隨我來！她迅速傳送訊息：巫師來了，他們正在激戰。

他沒再多問，巫師們幫著她敞開內心，艾蓮娜感受到馬提歐令人安心的存在，也感到他與幾位巫師連結時同樣驟然一暈，驚愕不已。巫師總共有兩個，不，三個，還有第三個人在場。

艾蓮娜，時候到了嗎？他們捎來音訊了嗎？多納在她心中問道，一下子掌握事態，有如將武器抓在手中。

親愛的，我來了！卡倫娜的心靈之聲如她平時說話那般明快。艾蓮娜，我們該做什麼？

彼此抓牢，向我們敞開心靈！第二個巫師的低沉嗓音答道：這麼一來，我們終於有望扭轉局面。坦白告訴各位，這相當危險，但只要我們聯合起來——一次也好，整個半島攜手合作——那我們還有機會突破困局！來吧，加入我們，把我們的心靈合鑄為一面盾。我是桑德烈．阿斯提拔，其實我從未死去。快來加入我們！

艾蓮娜對他敞開心靈，探了過去。剎那之間，她的肉身彷彿徹底消散，好像她不過是個接引的管道，那感覺和餘燼夜有些相似，卻又大相逕庭。這個未知的狀態勾起她內心的恐懼，令她冷汗直流，但她奮力將恐懼壓下。她的朋友都和她同在，不可思議的是阿斯提拔公爵也在其中，想不到他竟然還活著，而且貝爾德正和他在遙遠的笙席歐對抗兩名篡君。

貝爾德出現在他們面前，來到她身邊，投身於他們的戰爭；她聽著他哀泣，在青月落下的餘燼暗夜與他在山丘上愛戀纏綿。她決不會辜負他，她要穿越意念與靈魂的道路，率領卡洛契教徒趕赴他身邊。

毫無預警地，他們猝然衝破阻礙，連結建成。她來到驕陽如炙的高丘，透過身在笙席歐一處山頭上的阿斯提拔公爵之眼觀看一切，視野的改換讓她一震，胃裡一陣翻攪，分不清身處何地。翻騰感隨即平息，艾蓮娜望見兵士在下方的谷地廝殺，兩軍在酷熱中扭打成一團，宛若狂烈擁抱的野獸，驚天的嘶喊聲震痛了她的耳朵。然後她察覺另一個東西。

法術。在他們北方，那個山頭。伊嘉斯的布蘭庭。頃刻間，艾蓮娜和另外三個夜行者豁然明白他們為何受到召喚，各自的心靈都感覺到殘忍無情的重量，那正是他們必須抵擋的攻勢。

波索堡內，什麼也看不見的愛麗諾束手無策地站在一旁，茫然無措，完全不明白當下的情形，只知道此時正在交戰，關鍵時刻終於降臨。她想祈禱，尋覓起將近二十年不曾思及、不曾說出口的話語。她看著艾蓮娜抬手掩住臉。

「噢不，」只聽艾蓮娜悄聲道，嗓音脆弱得像陳舊的羊皮紙。「這麼強！一個人怎麼可能如此強大？」

愛麗諾的雙手用力交握，指節泛白。她只能等待，著急地搜尋蛛絲馬跡，推敲大家在那個她到不了的遙遠北方究竟遭遇了什麼。

她沒聽見桑德烈．阿斯提拔回應艾蓮娜的話，她聽不見：

他是強大，但與你們合力，我們會比他更強！孩子啊，此刻的我們能夠辦到！以孤掌半島之名，我們同心協力就會夠強！

但愛麗諾看得見艾蓮娜放下雙手，慘白的臉冷靜下來，發自本能的狂亂恐懼從直瞪著前方的雙眼裡消褪。

「對，」只聽她呢喃道：「正是。」

隨後，在比鄰布拉丘隘道的波索堡，房內陷入寂靜。城堡之外，高原的涼風吹著高懸天際的白雲往前送，將太陽遮住又飄離，遮住又飄離；飄忽的光影掠過山巒，一隻獵鷹雙翼凝止不動，在那光影之下盤旋。

***

下一個手腳並用從陡坡爬上來的人竟是杜卡斯・托傑亞，戴文動手揮劍到一半才認出他來。

杜卡斯重重踩著兩個大步跨上山巔，腳下帶起塵沙，站到戴文身旁。他的模樣十分嚇人，滿臉的血順著鬍子往下滴，渾身上下血跡斑斑，劍刃上也淌著血。但他臉上帶著笑容，駭人的腥紅身姿散發好戰之氣與狂怒。

「你受傷了！」他對戴文急道。

「輪不到你來說，」戴文悶哼道，左手按住皮開肉綻的腰側。「走吧！」

他們迅速回身往東趕去。山頂上仍殘存超過十五個伊嘉斯兵，正逼向雅列森留下來保護巫師的那些人，他們未經訓練，儘管人數幾乎相當，但這幾名伊嘉斯人個個都是該國千挑萬選、武藝不凡的精銳。

即便如此，伊嘉斯衛士仍舊沒能突破包圍。戴文意識到他們絕對突破不了，心下不禁大喜，壓過了方才的疼痛與淒楚。

他們不可能突破，因為擋在他們面前的正是提嘉納王爵雅列森，以及與他情同兄弟的貝爾德・賽瓦，兩人並肩舞劍，一同在這場渴望已久的戰鬥中搏殺。他們聯手便無人能敵，招招致命，那情景甚至稱得上飄逸悅目，假如殺戮也能如此形容的話。

戴文跟杜卡斯快步奔上前，但他們趕到之際伊嘉斯兵只剩五個，接著只剩三個，然後只剩兩個。其中一個作勢像是打算把劍拋下，但他還來不及這麼做，守護巫師的包圍圈忽地衝出一個人影，姿態笨拙卻快得出人意表。利卡索拖著瘸腿跑向那伊嘉斯人，旁人還來不及出手攔阻，他便揮動老鏽的劍，激昂地一個橫劈，砍斷護甲的環鏈，劍身埋進那人的胸膛。

然後他跪倒在他所殺的軍人身邊，淚流滿面，像要哭盡體內的靈魂。

這麼一來就只剩一人了。此人正是隊長，也就是戴文在底下瞧見的那個壯漢，他胸膛寬闊，溼透的頭髮平貼在頭上，由於炎熱和疲憊而雙頰通紅，喘得上氣不接下氣，可是雙眼仍狠狠瞪著雅列森。

「你們都傻了嗎？」他氣喘吁吁道：「甘願替龐霸狄厄人而戰，背棄加入孤掌半島的人？你們打算當奴隸嗎？」

雅列森慢慢搖了搖頭。「伊嘉斯的布蘭庭想加入孤掌半島已經晚了二十年。從他率軍入侵的那一日起就太遲了。你是英勇之人，如果可以，我不想取你性命。你是否願以你的名字起誓，棄劍投降？」

戴文身旁的杜卡斯震怒地低吼，但這個托傑亞人還來不及開口，伊嘉斯隊長便說道：「我名叫拉曼努斯。我心懷榮耀地向你報上名字，因為這個名字從未蒙羞。但你不會得到我的誓言，我率親衛來此之前已對我敬愛的王起誓，告訴他我願為了阻止你們犧牲性命，至死我都將遵守這個誓言。」

他對著雅列森舉起劍來，作勢攻向王爵——戴文事後才意識到他並未認真出招。雅列森甚至連擋也沒擋，是貝爾德揮起劍往下一劈，果斷地砍在伊嘉斯人的頸部，他隨之倒地。

「啊，吾王，」只聽男人含著滿口血沫，濁聲說道：「啊，布蘭庭，我愧對於你。」

然後他翻過身，仰面朝天，再也沒有動彈，空洞的雙眸直盯燒灼的烈陽。

多年前的那一日早晨，他違抗總督之命把一名年輕女侍收為貢女，帶著她離開史蒂芬城順流而下，當時也是這般烈日炎炎。

***

黛安諾拉眼見那座山頭上有個男人舉起劍來，不禁別過頭，不想看著拉曼努斯死去。心底一陣酸楚，空洞逐漸擴大，好似她人生中的每一道裂隙都在她腳下綻裂。拉曼努斯曾是她的敵人，把她抓走、迫她為奴，他奉命替布蘭庭蒐羅貢女，在寇爾帖和阿索里縱火燒毀許多村莊家園。他是伊嘉斯人，乘著侵略之艦而來，還曾參與戴薩河畔的最後一場戰爭。

拉曼努斯是她的朋友。

僅有的幾個朋友之一。勇敢、正直，畢生忠於他的君王。善良而直率，不適應勾心鬥角的宮廷……

黛安諾拉察覺自己正為他掉淚，那個陌生人揮落的劍斷送了一個好人，猶如砍倒一株大樹。

「陛下，他們失敗了。」德蒙開口道，是她想像出來的嗎？他的聲調竟隱隱流露一絲情緒。一絲哀戚。「親衛隊全軍覆沒，拉曼努斯亦身亡。那些巫師安然無恙。」

在頂篷籠罩的椅子上，布蘭庭睜開雙眸，定睛凝視底下的谷地，沒有轉身。儘管此刻的白晝炎熱難耐，黛安諾拉卻看見他的臉因竭盡全力而一片死白。她連忙抹去淚水——萬一布蘭庭回頭一望，可不能讓他瞧見她這副模樣。他可能會需要黛安諾拉，需要她能給予的任何一絲力量或愛，不能讓他分神替她擔憂。他憑一己之力對抗著那麼多人。

她不知道的是，敵人的數量比她所知的更多。就在此時，切譚多的夜行者已然抵達，與巫師相互連結，灌注心靈之力保衛艾勃利可。

下方的平原傳出吶喊，壓過持續不斷的交戰之聲，是龐霸狄厄人的歡呼跟狂嘯。黛安諾拉瞥見他們身穿白衣的傳令兵自艾勃利可所在的後方往前急衝，也看出西掌軍停止了推進。他們的人數依舊遠少於敵軍，倘若布蘭庭這時候無法支援他們，這場戰爭就全完了。她往南望向巫師所在的那座山峰，拉曼努斯就是在那裡死於劍下。她想詛咒那裡的所有人，偏偏她做不到。

那些人是孤掌半島的人民，是她的同胞。可是她的同胞也在谷底逐一犧牲，陣亡於帝國強大的武力之下。頭頂的太陽宛如烙鐵，天空是一片無動於衷的空無圓穹。

她朝德蒙一看，兩人都默然無言。只聽腳步聲沿著山坡匆匆而上，謝托跌跌撞撞爬了上來，氣喘吁吁。

「陛下，」他跪倒在布蘭庭的座椅旁喘道：「我軍的中路與右翼……陷入苦戰。左翼尚可支持……但眼看就要撐不下去了。我奉命前來……請示陛下是否下令撤退。」

這個關頭終究來臨了。

我憎厭那個男人，昨夜他在精疲力竭睡著前這麼告訴黛安諾拉，我憎厭他擁護的一切。

山頭一片死寂。黛安諾拉藉著某種奇異的聽覺，在底下傳來的交鋒聲中依舊聽見了自己的心跳。怪的是谷底的聲響似乎開始淡去，隨著時間流逝越趨細微。

布蘭庭站起身。

「不。」他低聲道：「我們絕不後撤。這裡無處可退，在龐霸狄厄人面前更不可能撤退。絕不。」他眼神陰冷，視線越過跪在地上的謝托，好似能用雙眼穿越遙遠的距離直取艾勃利可的心臟。

然而他的神態也流露了別的什麼——那是某種新的感情，超越怒火，超越不可撼動的決意與恆久的傲骨；黛安諾拉察覺得出那份情緒，卻理解不了。接著布蘭庭轉頭面對她，她瞧見那雙灰眸從深處湧現無邊無際的苦痛，是她從未在布蘭庭身上見過的，此生她從未在任何人身上見過這等痛楚。憐憫、哀痛、愛戀，他昨夜如是說。有什麼大事就要發生了，黛安諾拉的心跳狂亂飛快，雙手不自禁顫了起來。

「吾愛，」布蘭庭說道，含混不清，近乎咕噥。黛安諾拉看見他眼中的殺意，失落之痛的潰爛彷彿遮蔽了他的視野，剝除了他的靈魂。「啊，吾愛，」他重複了一遍：「瞧他們幹了什麼？瞧他們是怎麼逼我出手的。啊，瞧他們逼我做了什麼！」

「布蘭庭！」什麼也不明白的她惶然喊出聲，淚水在慌亂中再度淌落，只知道布蘭庭此刻千瘡百孔，痛不欲生。她把手伸向布蘭庭，可他什麼也看不見，已然往東轉去，朝著下方的低谷邁步走向山頂的邊緣。

***

「好了。」巫醫里諾多說道，收回雙手。戴文睜眼低頭一瞧，血已經止住，傷口癒合。看見疤痕讓他一陣暈眩，痊癒速度快得太過異常，他的感官像是仍預期那裡該有皮開肉綻的傷口。「往後姑娘們在黑暗中摸到這道疤就能認出你來了。」里諾多調侃地補上一句，杜卡斯迸出一聲大笑。

戴文苦笑一下，刻意避免對上艾蕾的目光；她就在戴文身旁，正拿著一捲亞麻布往他的上半身纏繞，包紮傷口。他轉而看向杜卡斯，杜卡斯一隻眼睛上方的割傷也已經被里諾多治癒，同樣從底下那場交鋒存活的艾金正替他包紮。杜卡斯的紅鬍子沾著鮮血，溼黏地糾結成團，整個人看來活像會出現在兒時夢魘的嚇人鬼怪。

「會不會太緊？」艾蕾輕輕問道。

戴文吸了口氣測試，搖了搖頭。傷口仍在發疼，但他應該沒事了。

「妳救了我。」他悄聲告訴艾蕾。艾蕾現在轉到他身後將繃帶尾端打結，她的手停滯了一剎那，接著才繼續。

「我沒有。」她低聲說。「他已經倒下了，本來就不會傷到你。我純粹只是殺了個人而已。」站在他們附近的卡翠安娜瞥了過來。「我……我真希望我沒那麼做。」艾蕾說，抽泣起來。

戴文嚥了一下口水，正轉身想安慰她，但卡翠安娜比他快一步，將艾蕾擁入懷中。他凝視著她們，苦澀地思忖著四周戰事正緊，在這荒嶺之上究竟能否給予真正的撫慰。

「厄蘭！快！布蘭庭站起來了！」雅列森的呼喊劃過所有聲音，戴文的心忽地再度狂跳起來，快步跑向王爵與三名巫師。

「看來時候到了。」厄蘭語調剛硬，冷聲對另外兩人道：「我得先抽身去追蹤他，等我的訊號，訊號一下就馬上行動！」

「沒問題，」賽提諾喘氣道：「願三神拯救我們。」這名巫師圓胖的臉龐大汗淋漓，雙手因承受龐大的壓力而打顫。

「厄蘭，」雅列森急切地開口：「一定要讓他拚盡全部。你知道該——」

「噓！我很清楚我該做什麼。雅列森，是你推動這整個計畫，牽引每一個人來到笙席歐，不分生者與亡者皆齊聚於此，現在就看我們的了。靜靜看著，除非你要祈禱。」

戴文望向北方那座布蘭庭所在的山頭，只見國王自頂篷下往前一踏。

「三神啊，」他聽見雅列森喃喃說道，音調高得出奇。「亞達昂啊，別捨棄我們，別棄祢的兒女於不顧！」王爵跪落在地。「求求祢，」他再度開口低喃：「求求祢，證明我的預測準確無誤！」

烈日當空，在他們北邊的山嶺上，伊嘉斯的布蘭庭先是一手向前直伸，接著伸出另一隻手。

＊＊＊

黛安諾拉眼看他步出頂篷，踏進白熾的日光，走向山頭邊緣，謝托手腳並用地讓開。底下的西掌軍無論中路或左右翼都正節節敗退，龐霸狄厄軍的叫嚷添上勝利在望的兇暴之氣，一聲聲重擊著心靈。

布蘭庭舉起右手平伸向前，隨後抬起左手相併，雙掌互碰，十指一同對準前方，直指龐霸狄厄的艾勃利可在大軍最後方的位置。

接著，初登半島之際仍是伊嘉斯之王，如今則身為西掌之君的布蘭庭放聲高喊，用足以使空氣粉碎震裂的聲音大喝：

「吾兒啊！史蒂芬啊，饒恕我今日之舉！」

黛安諾拉呼吸一滯。天旋地轉，她伸手想撐住身軀，渾然不知扶住了她的人是德蒙。

隨後布蘭庭再次開口，以她聞所未聞的冰冷音調吐出無人能懂的字句。唯有身在谷底的那個法師聽得懂，唯有他能夠明白即將當頭的劫難。

她看著布蘭庭兩腳張開，像要穩住身體。然後，她見證了隨之而來的一切。

＊＊＊

「切！」厄蘭．笙席歐咆哮：「你們兩個！帶大家出去！馬上切斷！」

「他們斷開了！」賽提諾叫道：「我切斷了！」他隨即軟倒在地，像是再也爬不起來。

另一頭的山嶺有什麼正在變化。儘管日正當中，陽光明燦，布蘭庭所站之處卻開始變天，越來越黑。他的雙手似乎湧出了什麼東西，既非煙霧，亦非光亮，而是空氣從本質開始改變，朝著東方滾滾往下流。那團模糊朦朧、悖反自然的物事看了教人頭暈眼花，宛若直撲而下的災厄。

厄蘭倏地轉頭，雙眼驚駭地瞪大。

「桑德烈，你在做什麼？」他尖叫道，慌亂地抓住公爵。「快退出來，你這蠢蛋！看在伊安娜的份上，出來！」

「還……不行。」桑德烈．阿斯提拔說，語調乘載著純然的毀滅。

＊＊＊

那些人來了更多。另外四個人前來支援，這次不是巫師，是孤掌半島的另一種魔法，他先前甚至不曉得有這種魔法存在，也無從理解。但不要緊，儘管那些人隱蔽面目不讓他的心靈接觸，依然站在他這一邊。眾人傾注力量助他抵禦，憑藉他們的支持，他甚至有餘裕向前推進，發揮法力向敵人進攻。

敵軍也開始敗退！看來白日之下仍有輝煌，仍有希望——不只是希望，是勝利的光景在他眼前的谷地熠熠閃亮地開展，敵人的鮮血替他鋪就平順光滑的道路，以此地為起點，一逕橫越海洋，直伸向故鄉的皇冠。

他會賜福給這些巫師，讓他們享盡榮華！讓他們成為權勢滔天的大人物，無論是在這片殖民地抑或是龐霸狄厄，他們想在哪裡都好，還在哪裡都好。艾勃利可一面這麼想著，一面感覺自身的魔法在血液中激盪，猶如醉人的美酒，他催動這些力量流瀉而出，湧向伊嘉斯與西掌人，龐霸狄厄軍則士氣大振地縱聲長笑，手中的劍忽地輕得像夏日青草。

他聽見眾人開始高歌，唱著數百年前帝國軍征服遙遠異域所唱的古老戰歌。正是如此！歷史正在重現，他們不只是區區傭兵，他們就是帝國軍，因為他就是帝國，他將成為帝國。他看見了，那個未來已然來到，在熾烈的白晝閃耀於他的眼前。

然後伊嘉斯的布蘭庭站起身，邁向山巔的邊緣，遙遠的身影高高在上地獨自屹立於陽光下。過了片刻，艾勃利可縱然聽不見，同樣身為法師的他卻感知到了布蘭庭唸誦的咒文，那些黑暗的字眼力量無邊，他渾身的血液不禁凝結，如同冬日深夜的冰霜。

「不可以，」他倒抽一口氣大聲道：「都過了這麼久！他不能這樣做！」

但那個伊嘉斯人就是這麼做了。他正集結全力，蒐羅一切，蒐羅他的每一絲魔法，毫無保留地傾瀉而出，甚至動用了維持復仇法術所需的力量，即便他正是為了完成復仇計畫才留在半島這麼多年。他傾盡所有，構築前所未有的極致法術。

艾勃利可仍然有些不可置信，絕望地用意念探向那些巫師，警告他們做好抵擋的準備。他呼喊著，他們足足有八、九人，一定有辦法撐住；只要熬過這一刻，布蘭庭將變得不堪一擊，徒留空殼，堪比垃圾，這狀態將持續好幾週、好幾月，甚至好幾年！他將淪為一丁點魔法也不剩的廢人。

他們封閉著心靈，將他隔絕於外。但起碼他們還在，仍堅持著抵禦，也已做好準備。啊，願角神與夜之后與他同在！只要神明與他同在，他就還有……

祂們不在。祂們離開了他。

因為就在那個瞬間，艾勃利可感知到孤掌半島的巫師切斷連繫，毫無預警地遠去，突兀得駭人，留下無力招架的他孤伶伶一個。山頭上的布蘭庭此時雙手平舉，掌心溢出灰藍色的殺氣，那覆蓋萬物、毀滅萬物的存在瀰漫於空中，吐著泡沫滾滾流過谷地，朝他洶湧而來。

偏偏巫師全都消失無蹤！只剩他隻身一人。

不，應該說幾乎全走了，幾乎只剩他一個。還有一個人與他保有連結，還有一個人堅持與他守在這裡！接著那人的心靈向艾勃利可大敞，有如原本鎖住的地牢之門忽地旋開，讓光湧入。

那是真相之光。頃刻間，艾勃利可驚怒交加，無助地咆哮起來，因為他總算看清全局，總算醒悟他是怎麼落得滿盤皆輸、是誰摧毀了他，但已經太遲了。

*以我兒之名，我永生永世詛咒你，*阿斯提拔公爵桑德烈說道，他冷酷無情的身影在艾勃利可的心靈中浮現，恰似來自冥府的驚悚鬼影。可是他活著，不可思議地活著，正佇立於笙席歐的那一道山脊上，眼神剛毅不屈、毫無慈悲，嘴角咧開一個笑容，令人如墮黑夜。*以我的孩子與阿斯提拔之名，死吧！永世不得超生！*

他隨即切斷連繫，連他也消失了。藍灰色的死兆自布蘭庭的山頭、自布蘭庭伸出的手奔騰而下，挾殲滅之勢，快得令人看不清。尚未從震驚恢復的艾勃利可慌忙扒抓著想從座椅起身，但死亡就此擊中他，將他包裹、吞噬，有如澎湃翻騰的大海捲起大浪淹沒低矮田野的小樹苗。

那股力量將他捲走，在他仍從靈魂深處迸發狂叫之際將他絞得粉碎，命喪當場。他死在遙遠的孤掌半島，直到兩天之後的清晨，他的皇帝終於沒能從無夢的酣眠醒來，投向龐霸狄厄眾神的懷中。

艾勃利可的大軍聽聞了他最後的慘叫，將士原先鼓舞的叫喊登時轉為駭異驚怖。面對自山巔降下的魔法，一陣常人無法承受的恐懼席捲龐霸狄厄軍，讓他們幾乎連劍也握不住，想逃也逃不了，甚至連站都站不直，任由敵人在那遮天蔽日的可怖魔法之下走向前來，毫髮無傷、安然無恙、意氣昂揚，懷著滿腔殺意與狂怒，對著他們揮劍砍殺。

***

全都沒了，伊嘉斯與西掌的布蘭庭如是想道，站在山丘上眺望谷底，不自禁淚流滿面。他被逼入這般處境，也做出了回應，選擇匯集畢生功力達成最後這個目標，這才終於足夠了。他非得傾盡全力才夠，少一分一毫都不行，只因與他對抗的魔法太過強大，他的人民眼看就要在此葬送生命。

他清楚他被迫做出的選擇，清楚用盡力量的代價。他付了代價，也將持續償還下去，直到他生命的最後一次呼吸。在召喚那份力量之前，他呼喊了史蒂芬的名字，那聲音亦迴盪在他的靈魂深處；他明白，自己耗費二十年為那早逝的生命執行的復仇大計，就在這黃銅般的烈陽下破滅了。一絲力量也沒有保留。一切都結束了。

可是底下有人民不斷死去，正高舉他的大旗、以他的名義奮戰，在那片平原上，他們無處可退。他也無處可退。他不能退。他被逼到了這一刻，宛如一頭熊被狼群逼至山石嶙峋的懸崖邊，如今他付出了代價。遍地都在付出代價。谷底正展開屠殺，龐霸狄厄人慘遭血洗。他的心在悲泣，滿腔哀悼，殘破不堪，關於愛、關於喪子之痛的回憶不斷沖刷，有如另一種大浪。史蒂芬。

他淚如泉湧，在失落的海洋漂漂盪盪，無岸可依。他隱約意識到黛安諾拉在他身旁，雙手緊緊握著他的手，然而他迷失於痛苦之中。如今他力量全失，維繫他存在的本質被打個粉碎，只剩一個不再年輕的男人萬念俱灰，試著揣想離開這座山丘後的人生該走向何方。

然後意外發生。原因在於他忘了一件事。那是除他之外無人知曉的事。

於是，絕不為任何哀痛、悲憫或愛戀駐足的時間乘載著所有人前進，邁向無論是法師、巫師或山脊上的吹笛手皆未能預見的那一刻。

壓在他心靈上的重量沉如山嶽。那是精心細密估算過的，特意留下微弱的一絲意識，作為最純粹的折磨——讓他時時刻刻都知曉自己是誰、曾經是什麼人，也教他明白自己正被迫做些什麼。他毫無掌控自我的能力，被死死壓在山嶽般的重擔下。

現在那重量消失了。他憑藉自身的意志，挺直背脊。憑藉自身的意志，轉頭向東。他試著把頭抬得更高，結果辦不到，他心知為什麼：被迫維持縮肩拱背的扭曲姿勢太多年了。當年那些人將他的肩骨折斷好幾次，手法十分細緻。他知道自己是什麼樣子，知道那些人在久遠前的漆黑中把他變成什麼模樣，這些年來他見過鏡中的自己，也以他人之眼為鏡，他相當清楚那些人對他的軀體做了什麼，接著又對他的心智做了什麼。

但現在不要緊了。山嶽已然消失。他用自己的雙眼觀看，追溯自己的記憶，倘若他想，他也能說出話來，用自己的聲音道出自己的看法，縱使他的嗓音可能早已大變。

＊＊＊

儒恩選擇的是拔出佩劍。

他身上自然有劍。他隨身佩帶布蘭庭佩帶的武器，日日身穿國王選擇的衣飾，他是宣洩之口，是管道，是分身，是弄臣。

他的身分不只於此。他深知自己遠遠不只如此。在他深埋於重重山嶽之下的心靈深處，被布蘭庭留下了精密計算過的一絲意識，那是真正的懲罰，是折磨的精髓；布蘭庭更隱瞞這一切，真相唯有他們兩人知曉，也永遠只有他們兩人知曉。

那些將他弄殘、毀他容貌的人都是盲人，就著各自的黑暗在他身上忙碌，只透過雙手來認識他，他們的手毫不間斷地在他的血肉上戳弄，直透至骨。自始至終，那些人都不曉得他是誰。只有布蘭庭知道——只有布蘭庭和他自己，在抹煞所有之後精心留下的微弱意識時明時滅。這番設想是如此簡潔高明，這是對他所作所為的答覆，是對哀痛與恨怒的回應。這是報復。

人世間除布蘭庭之外，無人知曉他的真名，而他在山嶽的重壓下無從言說，唯有一顆心為自身承受的折辱哀泣。如此精巧的復仇，精巧得完美無缺。

但將他深埋的山嶽消失了。

伴隨這個念頭，提嘉納王爵瓦倫廷在笙席歐的山巔舉起長劍。

他取回了他的心智，以及他的記憶：記憶中，伸手不見五指的無光斗室裡，伊嘉斯王的嗓音響著，流著淚訴說在他們對話的同時提嘉納正面臨什麼命運，而他往後幾個月、幾年又將面臨什麼樣的未來。

當週稍後，一具殘缺不全的屍首被以法術強行賦予他的五官，在齊亞萊綁上死輪，燒成了灰隨風飄散。

在那黑暗的密室，幾個盲人展開了工作。他記得自己起初忍著不肯叫出聲。他記得自己的慘叫。許久之後布蘭庭來了，輪到他在這亟需耐心的細密工程中動手執行他負責的環節，收尾完成。那是另一種形式的酷刑，比酷刑更可怖——是沉沉壓在他心頭的山嶽。

同年年底，國王從伊嘉斯帶來的弄臣在佔領未久的齊亞萊宮意外身亡。不久換儒恩被帶了上來，他眨著虛弱無力的雙眼，肩膀扭曲變形，嘴巴鬆鬆張開，邁著一瘸一拐的步伐，蹣跚地自那漆黑的所在踏進二十年的暗夜。

此刻的這裡明亮極了，陽光燦爛得令人幾乎看不見。布蘭庭就在他前面不遠處，那女孩握著他的手。

那女孩。那女孩是賽瓦的女兒。

她首次被帶進宮獻給國王的那一刻，他就認出了她。五年來她的容顏已有所不同，變了許多，隨著歲月流逝還會繼續改變，可是她的眼睛和她父親一模一樣，何況瓦倫廷看著黛安諾拉長大。那一日，當他聽聞旁人宣稱她來自切譚多，他心底被容許存在的希微星火頓時灼然一亮；他知道，他知道她懷抱什麼目的而來。

時間過去，數月累積成數年，他被壓在巨山之下，黏液流淌的雙眼無助地旁觀這一團牽扯不清的糾葛中又加進了愛。他以不可思議的方式與布蘭庭相互連繫，因而見證了發生的一切；不僅如此，由於伊嘉斯國王與弄臣的特殊關係，他也不得不涉入其中。

是他率先表現出伊嘉斯王內心與日俱增的情感——那不是他能夠控制的，他毫無掌控之力。當時布蘭庭全副身心執著於復仇與失落之痛，連愛意悄悄萌芽也不願承認，是身為儒恩的瓦倫廷察覺自己會久久凝視著黛安諾拉，透過乘載著另一個靈魂的雙眼，凝視著賽瓦的黑髮女兒。

已經停止了，再也不會了。漫漫長夜已然天光，束縛他的法術消失無蹤。結束了。他佇立於陽光下，只要他願意就能說出自己的真名。他有些踉蹌地往前走了一步，然後更加謹慎地邁出另一步。但沒有人注意到他，旁人從來不會留意他。他是弄臣，是儒恩；就連這名字也是國王選的，真相只能有他們兩人知曉。此事無論如何都不能洩漏，那是出於傲氣而選擇的低調隱密。他甚至能夠理解。或許這才是最難受的——他竟然可以理解。

他踏進頂篷之下。布蘭庭在他前方，立在山丘邊緣。他此生從未偷襲過任何人。他往一側挪去，腳下微微一絆，來到國王的右手邊。沒人看他。他只是儒恩。

他不是儒恩。

「你在河邊就該殺了我。」他字字清晰地說。布蘭庭慢慢回過頭，彷彿這下才想起了什麼。瓦倫廷直等到他們四目相交，正視彼此，才將劍尖刺入這名伊嘉斯人的心口，始終遵從王爵取敵性命的正道，無論這一劍要花費多少年，無論他得熬過多少苦難才能迎來這個結局。

黛安諾拉震撼到連叫也叫不出聲，徹底措手不及。她看著布蘭庭踉蹌後退，胸口插著一柄劍，接著儒恩——儒恩！——動作不靈活地拔出劍來，鮮血隨之狂濺。布蘭庭雙目圓睜，滿是震驚與痛楚，但眼神無比地清亮明晰。黛安諾拉聽著他用同樣清明的嗓音說道：

「我們兩個？」他站著搖晃了一下，「我們父子都命喪你劍下？真是戰果傲人，提嘉納王爵。」

耳中聽見的稱號在黛安諾拉腦中迸成一片嗡鳴。時間好像變了，變得難以忍受地慢：她看著布蘭庭雙膝一軟，像是過了好久好久才跪倒在地；她想奔向他，身體卻不聽使喚；她聽到悲憤的長聲嘶吼，那聲音有個詭異的扭曲失真感，接著只見德蒙的神色悲痛欲絕，一劍刺穿儒恩身側。

他不是儒恩。他不是儒恩。他是瓦倫廷王爵。

布蘭庭的弄臣。這麼多年的時光，他都承受著這些！她居然就在他身邊，旁觀著他的煎熬。這麼多年。她想尖叫。她發不出聲音，幾乎無法呼吸。

她看著他也倒了下來，殘缺破敗的身軀軟倒在布蘭庭旁邊的地面上。布蘭庭依然跪著，胸前綻著血紅的傷，兩眼卻凝視著她，只看著她。她嘴裡終於逸出一個聲音，在他身邊跪下來。他把手探過來，使出龐然的意志力，用盡渾身的力量，緩緩地握住了她的手。

「啊，吾愛。」只聽他說道：「正如我所說，但願我們是在芬納維爾相逢。」

她再次試著說話，試著回答他，但淚珠不停滾落雙頰，噎住她的喉頭。她用盡力氣緊握他的手，只盼能把生命傳遞給他。他斜倒在她肩頭，於是她挪動姿勢讓他躺靠在腿上，雙手環抱住他，就像昨夜也是這麼摟著他，他那樣熟睡著不過是昨夜的事。她凝視那清澈的灰眸逐漸黯淡，最後徹底失去光彩。在他斷氣的剎那，她就這麼擁著他。

她抬起頭。提嘉納王爵倒臥於他們身旁的地面，甫恢復澄明的雙眼注視著她，眼裡滿是同情。可是她承受不了。承受不了他給的同情，明明他受盡百般折磨，她卻不顧自己的身分做了這一切。假如他知道，會對她說出什麼樣的言詞，又會給她什麼樣的眼神？她受不了。她看著他張口似乎想說些什麼，但視線隨即往旁一瞥。

一道陰影遮住太陽。她抬起頭，只見德蒙高舉長劍，瓦倫廷懇求地舉起一隻手阻擋。

「等等！」她抽了口氣擠出聲音。

哀慟欲狂的德蒙聽聞她的呼喊竟當真一停，打住揮劍的動作。瓦倫廷放下手臂。她眼看身受重傷、死期已至的瓦倫廷吸了口氣，由於劇痛和刺目的陽光而閉上雙眼，然後她聽見瓦倫廷開口。不是哀號，只是語句清晰地吐出了一個詞。那個詞——哦，除此之外他還會說出什麼詞彙？——那正是他故鄉的名字，像是獻上一個璀璨的珍寶，讓這個世界再一次認識。

黛安諾拉看出伊嘉斯的德蒙確確實實聽懂了，確確實實聽見了。這代表從現在起所有人都聽得見了，魔咒已然打破。瓦倫廷張開雙眸，抬眼望向總理大臣，從德蒙的神色讀出他的確已然聽見；隨後在黛安諾拉的眼前，總理大臣的劍自高空刺落，劍尖穿透心臟之際，提嘉納王爵臉上仍帶著微笑。

縱然氣絕，笑意仍停駐於那張嚴重毀容的臉龐。他最後所說的詞彙、吐出的那個名字彷彿仍在黛安諾拉耳畔迴盪，漣漪似地向外擴散，傳遍山頭周遭的空氣，響徹龐霸狄厄軍正被趕盡殺絕的低谷。

她低頭凝視懷裡的屍身，輕托著他髮色摻著灰白的頭，眼淚止不住地流。在芬納維爾相逢，他這麼說。他的遺言。另一個被呼喚的地名，一個比夢更加遙遠的地方。他說得沒錯，就像他從前說中許多事情那樣；倘若眾神心有慈悲，對他們心懷那麼一丁點憐憫，就該讓他們在另一個世界相遇。而不是這個世界。他們彼此相愛，可是光憑相愛並不夠。在這個世界不夠。

她聽見頂篷下傳出聲響，轉過頭，正巧見到德蒙身軀一軟，往前俯伏於布蘭庭的座椅，佩劍的劍柄抵著椅背，劍刃隱沒於他的胸膛。她望見了這幅光景，對他的痛苦心生惻隱，但她無法真心哀悼。她已經沒有哀傷的心力了，相較於彼此相鄰倒臥在她面前的兩個男人，伊嘉斯的德蒙此刻不值一提。她心中仍有憐憫，是啊，她有辦法憐憫世上任何一個人，但除了這兩人以外，她無力為任何人悲悼。此刻她辦不到。

她永遠辦不到了，她如此醒悟。

她瞥向一旁，見到謝托仍跪在地上，這座山頭撇除她就只剩謝托還活著。他也落淚不止，但她意識到謝托不只是為已死之人而哭，更是為她而哭。他的淚總是先為她而流。但他感覺好遙遠，所有的事物都遙遠得出奇，除了布蘭庭，除了瓦倫廷。

她最後一次低頭凝視懷裡的男人。為了他的愛，她背叛家鄉、背叛已逝之人，背叛她多年前在父親的房子裡在爐火前立下的復仇之誓。她垂頭凝視伊嘉斯的布蘭庭，他已靈魂消散，僅剩軀殼。然後黛安諾拉緩緩俯下頭，溫柔地在他雙唇落下道別的一吻。「在芬納維爾再見，」她說道：「吾愛。」接著她放下布蘭庭，讓他平躺在瓦倫廷身旁，站起身來。

她往南一瞥，望見有三個男人與那名紅髮女子走下巫師所在的山脊，正迅速橫越兩座山頭之間起伏不平的地勢。她轉頭看著謝托，謝托眼裡已浮現悽愴的了然。她想了起來，他了解她──他對她感情深厚，對她瞭如指掌。他什麼都知曉，唯獨一件事例外，她會把那個祕密帶走。那是只屬於她的祕密。

「某方面而言，」她朝王爵一比，對謝托說道：「沒人知道他的真實身分或許最好，但我想我們不能這麼做。告訴他們吧，謝托。留下來，等他們抵達就告訴他們。無論他們是什麼人，都應該知道。」

「啊，夫人，」他低聲泣道：「非得這麼結束嗎？」

她明白謝托的意思。當然明白。都到了這個關頭，她不會再對謝托隱瞞。她望向那群她不知身分的人，他們正快步從南邊行來，有那個女子、一個佩有長劍的褐髮男人、另一個黑髮男人，以及第三個身材較為矮小的男子。

「對，」她注視那批人走來，對謝托說道：「對，非如此不可。」

她隨後轉身，把謝托拋在那座山頭，留他和死者一同等候正趕來的一行人。她拋下低谷，拋下山丘，拋下殺伐之聲與痛嚎之聲，順著最北邊的牧羊小徑走下山坡，在無人瞧見之處朝西方蜿蜒而下。路邊長著花朵，桑莱果、野百合、鳶尾花、銀蓮花，有黃有白，她還瞧見一朵豔紅。根據托傑亞的傳說，紅色的花是被亞達昂喪命的鮮血給染紅的。

山坡上杳無人跡，沒有任何人瞧見她或攔阻她。一路走來的距離算不上遠，她來到平地，踏上沙灘，抵達海邊，海鷗在天際盤旋啼叫。

她的衣服有血。她脫下衣物，堆成一小落留在寬闊的白沙灘上。她踩進海中──海水涼冷，但沒有投海尋戒那天早晨的齊亞萊海那麼冰冷。她慢慢往外走，等海水到了腰際便開始游泳，直直向西，對著太陽沉落的方向游去，太陽落下之後，這一天就終於結束了。她很擅長游泳，好久以前她做了個惡夢，父親於是教她和弟弟游泳，有一回瓦倫廷王爵還跟他們一起到海灣去。好久好久以前的事了。

她終於游累了的時候，海岸已離她非常遙遠，她身處的海水不再是靠近陸地的藍綠色，而是深海的暗藍色。在此她躬身下潛，推動身體往下鑽，遠離藍天與金陽。隨著她越游越深，水裡隱隱浮現奇異的輝光，恰似深海中出現了一條道路。

這不在她預期之內。她沒想過會有什麼來迎接她，畢竟都發生了這一切，她都做了這一切。可是眼前的確有條路，光芒勾勒出道路的輪廓。她累了，身處於這樣的深處，眼前的視野開始黯淡。閃爍的微光邊緣有個飄忽不定的形貌，但她看不清楚，似乎有一層薄霧往她身周罩下。有那麼一剎那，她覺得那形體或許是玀瑟迦，但她不配得到玀瑟迦的迎接，遑論亞達昂，雖說她本就沒有請求神君庇佑的資格。然而在最後的最後，黛安諾拉的神智忽地澄明起來，水霧微微散開，她看清原來等待著她的兩者皆非，既不是玀瑟迦，也不是神君。

那是茉里安，祂懷著慈悲與恩典翩然而至，接引她歸鄉。

***

亡者環繞的山頭只剩他一個生者。謝托站起身來，盡可能收拾心情靜候那些人到來，他可以看見一行人已步上山坡。

待三個男人和高挑的女子抵達山巔，他跪下來以示歸降，任由他們默然審視眼前的局面，審視死神從這個山丘帶走的性命。他清楚即便他跪下，這些人照樣有可能殺了他。他似乎不怎麼在意。

國王躺臥之處離下手殺了他的儒恩僅一臂之遙。儒恩曾是孤掌半島的王爵，提嘉納的王爵，也就是如今的下寇爾帖。假若晚點有時間思考，謝托猜想他應該拼湊得出整個故事；就連在麻木呆愣的此刻，他追想起那段歷史仍感到一陣揪心的痛。多少禍事皆高舉死者之名而行。

想來她已到了海邊。這次她不會回來了。投海尋戒那日早晨，謝托就料想她不會回來，儘管她試圖掩飾，但那天她醒來時謝托看出了一些端倪。他不明白其中的緣由，可是他當時便心知她正準備赴死。

那時她已經準備好了，謝托可以肯定。只不過那天在海邊有什麼改變了她的想法。但這次不會再改變了。

「你是什麼人？」

他抬眼望去。那是個瘦削的黑髮男子，兩側鬢邊有些灰白，用明澈的灰眸低頭看他，那雙眼睛和生前的布蘭庭相似得出奇。

「我名叫謝托，原為色善的僕役，今日在此擔任傳令兵。」

「他們死時你在場？」

謝托點頭。男人的嗓音十分鎮定，但聽得出是刻意為之，彷彿他想藉由這樣的語調為這一整日的混亂賦予秩序。

「可否告訴我伊嘉斯王是被誰所殺？」

「他的弄臣。」謝托輕聲道，試著配合對方的語氣。遠遠地，交戰之聲終於漸小。

「怎麼回事？是布蘭庭的命令？」另一個男人說話了。他神色剛硬，蓄著鬍子，一雙黑眸，手裡握著一柄劍。

謝托搖頭，疲憊慼驀地排山倒海襲來。她想必正往外游。此刻一定早就游遠了。「不，是蓄意攻擊。我猜想……」他垂下頭，不敢妄言。

「繼續說。」第一個男人溫和地說道：「不必擔心我們加害於你。我今天見到的血腥已經夠多了。太多了。」

謝托聞言抬起頭，有些驚訝。接著他說道：「我猜想國王在施展最後的魔法時，太過專注於谷底的戰況，一時忘了儒恩的存在。他在那個魔咒灌注太多力量，讓弄臣從束縛中解放了。」

「他解放的遠不止於此。」灰眸男人柔聲說。高䠷女子來到他身邊並肩站著，她有著一頭紅髮和深藍色眼眸，相當年輕，明豔照人。

她想必已經在遙遠的波浪之中，終結很快就會到來。他沒能道別。明明相處了這麼多年。謝托忍住不自禁就要迸出的嗚咽。「可否……」他問，縱使他甚至不確定自己為何非知道不可。「可否請教諸位是什麼人？」

黑髮男人溫聲開口，不帶傲慢、毫不強勢地說道：「我名為雅列森．瓦倫廷，是我家族的末裔，我的父兄都在二十年前死於布蘭庭之手。我是提嘉納王爵。」

謝托閉上雙眼。

他心中再度響起布蘭庭的聲音，即便身受致命傷仍清晰冷冽，滿是反諷：真是戰果傲人，提嘉納王爵。接著是儒恩，他臨死前在蒼穹之下道出了同一個名字。

看來這就是屬於他的復仇。

「那個女子呢？」第三個男人忽地問道，他年紀比較輕，個子也較矮小。「投海尋戒的黛安諾拉·切譚多呢？她沒來嗎？」

此刻想必已經結束了。她的結局會平靜、幽深、黑暗，大海的藍綠色蔓草會妝點她的髮絲，盤繞她的手腳。她終於能夠安息了。

謝托抬頭看去，淚眼婆娑，沒有試著忍住或掩飾淚水。「她來了，」他說：「但她已再度趕赴海洋，投身於海，了卻生命。」

他原以為他們不會在乎，想著他們怎麼可能有誰在乎，但他隨即發現自己錯了。眼前的四個人都驟然一僵，連看似戰意高昂、面容嚴肅的褐髮男人也一樣，然後他們不約而同朝西一望，目光越過坡地與沙灘，投向正在海面沉落的夕陽。

「我深為遺憾。」名為雅列森的男人說：「我在齊亞萊見證她投海尋戒，她非常美麗，勇氣驚人。」

褐髮男子向前一步，眼裡流露令人意外的遲疑。謝托恍然察覺他不如第一眼所見那麼嚴峻無情，年齡也比原本以為的輕。

「告訴我，」男人開口道：「她是不是……她有沒有……」他迷惘地打住。王爵看向他，眼神帶著同情。

「貝爾德，她是切譚多人。人人都曉得那個事件。」

褐髮男人慢慢點頭，但他轉頭再次瞧著海的方向。他們看起來不像征服者，謝托如此思忖。他們看起來不像剛贏得勝利的人，只有滿臉的疲憊，彷彿剛走完一段極其漫長的旅程。

「結果終究不是我，」灰眸男人近乎自言自語地說。「我做了這麼多年的夢，到頭來卻是他自己的弄臣了結了他，跟我們沒有絲毫關係。」他注視相鄰而臥的兩個死人，接著又看謝托。「弄臣是誰？可有人知道？」

她走了，委身於幽黑的大海深處，她安息了。謝托實在太過疲累。疲於面對悲悼、殺戮、苦痛，疲於面對循環不休的冤冤相報。他深知一旦說出事實，眼前的男人會遭受什麼打擊。

他們應該要知道，她走向大海以前這麼說，這話說得沒錯，一點也沒錯。謝托抬頭看著灰眼男子。

「儒恩？」他說：「他是個伊嘉斯人，許多年前就被束縛在國王身邊。不是什麼重要的人，殿下。」

提嘉納王爵點了點頭，嘴角微勾，像是自嘲。「也是。」他這麼說道。

「也對。自然不是什麼重要的人。我怎麼會覺得可能是呢？」

「雅列森，」年紀較輕的那個人站在山頭邊緣說：「好像結束了。我是指底下。我想……我想龐霸狄厄軍全軍覆滅了。」

王爵聞言抬頭，謝托也是。此時，孤掌人民和伊嘉斯人想必正並肩站在谷中。

「你要殺了我們嗎？」謝托問他。

提嘉納王爵搖頭。「我說了，我見夠了血腥。接下來該做的事很多，但我會試著不再殺戮。」

他走向山丘南邊的外緣，抬手對他那座山脊的同伴比劃了什麼訊號。女子跟過去站在他身邊，他伸手環住她的肩膀。過了片刻，號角聲傳遍谷地與山陵，聲音清澈、高亢而美麗，畫下了戰爭的休止符。

仍跪在地上的謝托用滿是髒污的手抹了抹眼睛。他轉頭一瞥，只見第三個男人——那個本想問他什麼的男人正出神地凝望大海，神情帶著他無法理解的痛楚。但今天處處都是痛苦；就連這一剎那，痛苦也掌握在他手中，只要吐露真相便會釋放更多。

他的視線緩緩向下，遠離蔚藍的天與青藍的海，掠過山頭西邊的那個男人，也掠過伊嘉斯的德蒙，他胸口插著自己的劍，軟倒在國王的座椅上。最終他的目光落向地上的兩個死者，他們躺在彼此身邊，距離近到假如他們活著就能碰觸對方。

他能守住他們的祕密。他能背負著祕密活下去。

尾聲

三個男人騎馬立於南方高原。高原的東側緊鄰低谷，谷地後方生長著松林，兩旁皆是山巒；史沛利昂河的波光遙遙瀲灩，河水自山間流淌而下，再過不遠便會拐個大彎繞向西方，奔騰入海。空氣清新涼爽，微風已隱隱帶著秋意，樹葉不久就會開始變色，山脈最高峰長年的積雪將逐漸往下蔓延，封鎖隘道。

戴文瞧見伊安娜神殿的圓頂矗立於底下寧靜平和的蒼翠山谷，在晨光中閃耀。越過聖所望去，隱約可以分辨一條蜿蜒的山徑，他們春天便是自東方越過邊界，從那條山徑走來。那感覺像是上輩子的事了。他在馬鞍上略轉過身，往北遠眺連綿起伏、逐漸低緩的丘陵。

「以後從這裡看得見嗎？」

貝爾德瞥向他，然後順著他的視線看去。「看見什麼，艾瓦勒的塔？只要天氣晴朗，一下就能瞧見。一年之後來這裡找我，我向你擔保，你一定會見到我蓋的白綠色王爵塔。」

「你的石材要去哪裡找？」桑德烈問。

「跟歐薩里亞當初建原本那座塔一樣的產地。聽來不可思議，但那座採石場仍持續開採，位置鄰近我們西方的海邊，相距大約兩天的路程。」

「你要把石材運來？」

「先走海路運到提嘉納，接著用貨船走史沛利昂河運到上游。跟以前的做法一樣。」貝爾德又剃掉了鬍子，戴文不自覺地想著他看起來年輕許多歲。

「你怎麼曉得這麼多？」桑德烈懶洋洋地取笑道：「我還以為你會的只有射箭，還有摸黑獨自外出時不會一頭栽到地上的技巧。」

貝爾德微笑。「我從小就想當蓋房子的工匠。我和父親一樣熱愛石材，雖說我沒有父親的才華。好在我算是手巧，而且小時候就善於觀察推敲，我想這世上沒人比我更了解歐薩里亞是怎麼建造高塔和宮殿的了。也包括阿斯提拔那一座宮殿，桑德烈。要不要我來告訴你，你的密道都藏在哪些地方？」

桑德烈朗聲大笑。「別吹噓了，你這狂妄的石匠。話又說回來，我將近二十年沒踏足那座宮殿，你可能得提醒我密道在哪。」

戴文咧嘴笑著瞥向公爵。他費了好久才習慣沒喬裝成凱勒敦人的桑德烈。「所以你婚禮過後打算回去？」他問，想到即將再度迎來離別不禁有些感傷。

「我想我是得回去，雖然心裡也有些掙扎。年紀大了，沒心力去治理什麼人了。何況我也沒有接班人要培養。」

空氣凝結半晌，接著桑德烈流暢地轉換話題，引領他們走出黑暗的回憶：「坦白說來，如今我最感興趣的就是我這陣子在提嘉納做的事：跟厄蘭、賽提諾和我們設法找到的巫師探究心靈連繫。」

「還有夜行者，對吧？」戴文問。

「正是，還有貝爾德的卡洛契教徒。我得說，我很高興他們四個人會隨愛麗諾前來參加婚禮。」

「想必沒有貝爾德那麼高興吧。」戴文狡黠地說。貝爾德瞅了他一眼，隨即裝作正忙著掃視他們南邊那條遠方的路。

「那倒是，想必不如他高興。」桑德烈附和道。「但我誠心希望在他的艾蓮娜停留於此的期間，他願意讓出艾蓮娜一小部分的時間給我。要改變這座半島對魔法的態度，馬上開始是再好不過的了，是吧？」

「喔，那當然。」戴文燦爛地笑道。

「她才不是『我的艾蓮娜』。」貝爾德咕噥，兩眼牢牢鎖在路上。

「她不是？」桑德烈故作驚詫，「這樣的話，她老是要我幫忙傳話過去的那個貝爾德又是哪位？你認識那傢伙嗎？」

「聽都沒聽過。」貝爾德簡短地說。他又把臉繃了片刻，終究忍不住笑了。「我開始想起為什麼我以前不愛說自己的事了。說到這個話題，那戴文呢？艾蕾要是可以也會傳話給他的吧？」

「戴文不過是個孩子，」公爵語調輕快：「他還太小、太單純，怎麼能跟女人牽扯在一塊，尤其是阿斯提拔那個工於心計、情史豐富的禍水。」他企圖裝出一臉嚴肅，但沒有成功——其他兩人都很清楚他對羅維戈之女的真實評價。

「阿斯提拔沒有情史不豐富的女子。」貝爾德回嘴道：「再說他年紀也夠大了，上身還有一道打仗留下的疤可以亮給她看。」

「她早就看過了。」戴文說，被這番你來我往逗得樂不可支。「里諾多治療之後是她幫我包紮，」眼見其他兩人揚起了眉，他慌忙補充解釋：「沒什麼刺激的。」他試著想像工於心計、善於哄騙的艾蕾，但想像不出來，不過在筵席歐她依窗而坐的情景最近倒是經常浮現於腦海，他常想起那日他腳步不穩地從屋外的廊道返回房間，當時艾蕾嘴角帶著一抹笑意。

「他們會來吧？」公爵問：「我忽然想到，我可以搭羅維戈的船回鄉。」

「會的，」戴文證實，「只是上週他們自己也有婚禮要辦，要不是這樣，他們老早到了。」

「我瞧你對他們的行程清楚得很嘛。」貝爾德一臉正經地說。「等婚禮結束，你打算做什麼？」

「老實說，」戴文答道：「但願我有頭緒。我腦袋裡考慮過的事起碼有十件。」他的語調顯然比他設想的更認真，因為兩個朋友這下都轉過頭來，全副心思都集中在他身上。

「比如說？」桑德烈問道。

戴文吸了口氣，吐出來，舉起雙手開始扳著手指數。「去找我父親，幫他搬回這裡安頓下來。去找梅尼柯．斐洛，跟他一起組你們把我拐跑之前我們本來會組的樂團。跟雅列森和卡翠安娜留在提嘉納，幫他們完成他們要做的任何事。學著駕船在海上航行，別問我為什麼。跟貝爾德留在艾瓦勒蓋一座塔。」其他兩人嘴角帶著笑。他遲疑了一下，接著豁出去地滔滔說道：「去波索跟愛麗諾再共度一夜。跟艾蕾．羅維戈共度人生。開始追尋我們失去的每一首歌，找出所有的歌詞和旋律。越過山脈前往奎雷亞，找出神聖橡林地的第二十七棵樹。開始練跑，準備參加明年夏天的三神賽。學射箭——說到這個，你答應過要教我的，貝爾德！」

他就此打住，因為他們都在笑，他自己也笑得有些緩不過氣。

「你說的應該已經超過十件了。」貝爾德輕笑道。

「我還沒說完，」戴文說：「要不要聽？」

「我恐怕會受不了，」桑德烈道：「你讓我深刻意識到自己多老，你又有多年輕。」

聞言戴文登時一肅，搖了搖頭。「千萬別這麼想。去年不管我們前往何方，我沒有一刻不是拚了命追趕你們。」腦中冒出一個念頭，他微笑起來：「你才不老，桑德烈，你是孤掌半島最年輕的巫師。」

桑德烈自嘲地一笑，舉起左手，他們清楚看見少了兩根手指。「這話倒是沒錯。我說不定也會率先打破隱藏身分的習慣，因為我從一開始就培養不起來。」

「你真的打算放棄隱藏？」貝爾德問。

「正是。若我們這個半島想作為一個完整的國家在世上生存，勢必需要魔法才能與龐霸狄厄和伊嘉斯抗衡，說起來還有凱勒敦。我甚至不清楚奎雷亞擁有什麼力量，我們和奎雷亞太多年沒有來往了。如今我們已經瞞不住巫師和卡洛契教團的存在，倘若像以往那般對此地的魔法運作之道不甚了解，後果不堪設想。就連巫醫，我們也是一無所知。我們必須學習自己的魔法、重視魔法，找出巫師加以訓練，也找出控制力量的方法。孤掌半島必須掌握魔法，否則我們終有一天會重蹈二十年前的覆轍，再度被魔法給擊垮。」

「但你認為我們辦得到你說的第一件事嗎？」戴文問：「統合現在的九大省邦，建立一個國家？」

「我確定我們辦得到，我想我們也會辦到。我現在就能和你們倆打賭，雅列森·提嘉納將在明年的三神賽登基為孤掌之王。」

戴文迅速轉頭看貝爾德，貝爾德的神采一下子亮了起來。「他會接受王位嗎？」他問：「他真的會做嗎，貝爾德？」

貝爾德看了一眼桑德烈，接著慢慢把目光挪回戴文。「除了他以外，還有誰能？」他終於答道。「我想他也沒有別的選擇。讓整個半島團結為一是他打從十五歲就懷抱的志業，我在奎雷亞找到他時，他已經開始走上那條路了。我覺得……戴文，我覺得他真正想要的是跟你一起去找梅尼柯，和你們兩個一起表演幾年的音樂，也找厄蘭、卡翠安娜一起，外加幾個舞者，還有一個能彈賽倫尼亞琴的樂師。」

「但是？」桑德烈問。

「但是他拯救了我們所有人，這是人盡皆知的事，現在大家都知道他是什麼人了。他浪跡江湖十幾年，在各個省邦結識的要人比誰都來得多，是他給予我們這樣的願景，他又是提嘉納王爵，而且正當盛年。恐怕——」脫口說了這個詞之後他微顯無奈，「——即使他想，我也想不出他要如何避免這個發展。我想對雅列森而言，這不過是個開端。」

他們默然半晌。

「那你呢？」戴文問：「你要跟隨他嗎？你打算做什麼？」

貝爾德微笑。「我打算做什麼？我的志向沒那麼高遠。我很想找到我姊姊，但我已經逐漸接受她……不在了，或許我永遠不會知道她最後去了哪裡，又是怎麼離開的。雅列森需要我的話，我一定赴湯蹈火，不過我最想做的是建造——房屋、廟宇、橋梁，蓋一座宮殿，在艾瓦勒蓋五、六座塔。我想見證樓宇拔地而起，另外我還……我猜這兩件事可說是性質類似，總之我也想組建家庭。這裡需要新生命。太多人逝去了。」他遠望山巒，接著重新把目光移回來。「你我說不定才是幸運的，戴文。我們不是什麼王爵、公爵或巫師，只是平凡的人，還能開始過自己的人生。」

「就說他在等艾蓮娜了吧。」桑德烈語氣溫和，這次毫無調侃之意，滿是對友人的深切溫情。

貝爾德面露微笑，再度放眼遠望，就在此時神色一變，轉為激動明快的大喜。

「瞧！」他指著嚷道：「他來了！」

一條數百年無人使用的道路自南方的山峰與高原矮丘之間蜿蜒穿出，其上有一大隊人馬迤邐行來，五彩繽紛的隊列綿延不絕。有樂師跟在隊伍旁敲打吹奏，隊列中的男男女女或騎馬或步行，驢子和馬匹滿載貨物，前方少說有五十支旗幟獵獵飛舞。明亮歡欣的樂聲飄進三人耳中，只見紛呈的繁複色彩在晨光下閃動，奎雷亞王馬略斯騎著馬走在隘道上，前來參加好友的婚禮。

他預計留宿於聖所，由伊安娜祭師長接待；他想必會記得，正是那人多年前翻越山脈把一個十四歲男孩送到他身邊。船隊已在艾瓦勒準備妥當，隔天一早便會送他們順流而下前往提嘉納。

然而貝爾德獲得了以雅列森的名義率先歡迎馬略斯的權利，他則邀請戴文與桑德烈兩人同行。「走吧！」他滿臉欣喜地高聲道，拍馬順著坡路往下騎去，戴文跟桑德烈互看一眼，連忙跟上。

「我永遠想不透，」他們一面追上貝爾德，戴文一面喊道：「看到一個會叫你小鴿子二號的人，你為何有辦法這麼高興！」

桑德烈縱聲大笑，貝爾德也朗聲笑出來，作勢毆他一拳。三人笑個不住，緩下馬匹的步伐，沿著拐了一個大彎的下坡路繞過一叢桑萊果樹。

他們就在那裡見到了皭瑟迦——三名男子見到皭瑟迦，在那陽光照耀的路途旁，她坐在一塊岩石上，清新的微風吹得她海綠色的長髮往身後飄揚。

《遺忘之國提嘉納》臺灣版後記

非常高興出版社將《遺忘之國提嘉納》引進臺灣。有人告訴我臺灣讀者會對這部主題與他們切身相關的小說頗有共鳴，希望如此。作品能夠在臺灣出版，我深以為豪。

在我所有的作品中，不管是對來自世界上哪個國家、使用哪個語言的讀者來說，《遺忘之國提嘉納》引發的迴響可能是最深刻也最私密的，這也一向是我希望能辦到的事情。這部作品是我首度嘗試透過「奇幻」這個文類，採取直接明確的筆法描繪暴政帶來的切身影響，以及暴政對自由和文化認同的威脅。

若我在此信筆談論臺灣複雜的歷史，未免太過冒昧也不適當。姑且容我這麼說：我明白無論是臺灣自身抑或是臺灣的文化，在存續上都面臨無比的挑戰。

《遺忘之國提嘉納》有很大一部分也是關於記憶的小說——記憶就文化層面而言之必要，以及記憶過於強烈痛切的危險之處。謝托在結局所做的決定，以及我在卷首引用了一段希臘傑出詩人喬治．賽菲里斯的詩句，都是對此的反思。無論是對歷史與其教訓的無知，抑或是拒絕放下過去，當今世界都有不少例子能體現這兩種極端所隱含的危機。

對於我筆下的其他小說，我應該從未試圖重建作品最初萌芽的時刻，不過《遺忘之國提嘉納》的起源碰巧有幾個非常具體、非常撼動人心的要素，其中幾個我是有辦法（或我說服自己我有辦法）還原。

一九八零年代後半的某個時候起，我腦中開始浮現這樣的情景：在中世紀或文藝復興時代歐洲的背景下，森林中有座狩獵木屋，一個不速之客（看在屋內眾人的眼中是如此）坐在窗邊。在最初的那些日子，我對那人是誰或發生了什麼事毫無概念，但我知道這個故事會從木屋中以及和木屋相關的事件展開。

一九六八年有張攝於捷克斯洛伐克的照片，拍攝時正值「布拉格之春」，鐵幕環繞的捷克斯洛伐克短暫燃起歡欣鼓舞的自由之光，直到蘇聯的坦克駛進去將之輾熄。確切來說照片有兩張。第一張是幾名共產黨公務員身在一個房間裡頭，身穿沒什麼特色的西裝，擺出恰到好處的正經神色。第二張也是同樣的照片——幾乎完全一樣。有個公務員不見了，在同一個位置取而代之的我記得是個大型盆栽。不見的那個人參與了慘遭鎮壓的抗爭運動，不但喪命，還從歷史紀錄被抹去。換作今日這只需要一點技術就能輕易辦到，畢竟我們如今改造影像與聲音的能力是如此強大，但在那個年代，這兩張照片令我大感衝擊，就此留在我腦中二十年：不只是被殺，還被當作從不存在。

另一個開端是一齣名叫《翻譯》（*Translations*）的戲劇，由愛爾蘭劇作家布萊恩・費爾（Brian Friel）所作。整齣劇作基本上是一名愛爾蘭村莊教師和英格蘭測繪隊隊長之間激烈而漫長的辯論，這支隊伍正走遍鄉村地區仔細測繪地圖，但更重要的任務是更改地名，從蓋爾語改為英語。

劇中兩個人物都清楚這麼做的影響：如果要掌控一個民族，抹消讓他們自認與當政者相互獨立、有所區別的自我認同，其中一個方式（有時只要這個方式就夠了）就是從語言和名字下手。名字與歷史有關，人需要對自身的歷史有所概念才能定義自我。

獨立運動往往伴隨著搶救某個失落語言的努力，這絕非偶然。在法國南部的普羅旺斯，高速公路標誌經常同時以法文和幾乎失傳的普羅旺斯語標註地名；威爾斯的獨立運動中亦包含讓威爾斯語重回公共論述領域的企圖，這正是對於威爾斯語禁令的反動，當年英國政府禁止學校以威爾斯語授課，甚至不准在學校說威爾斯語，這段歷史還不算是多麼久遠；在魁北克，分離主義者和支持作為一省留在加拿大的人民激烈交鋒，語言正是其中一個戰場。

這樣的故事需要背景。在故事尚未成形前，我讀了義大利文藝復興初期的歷史，後來這便成為貫串小說的另一縷元素。史料中那個光輝燦爛卻又殘暴的時代，讓我深切體認到正是由於城邦之間的凶殘爭鬥，義大利的統合和認同才會推遲許多年，內部的交戰不但導致他們無力阻擋法國和西班牙的野心，甚至促使各城輪流引進法國與西班牙勢力，迎他們進入半島的城邦不過是想看著外來的軍隊代替自己，在素來仇恨的米蘭、威尼斯、佛羅倫斯或比薩好好燒殺擄掠一番。義大利的靴子形狀被我轉化為孤掌半島，搭配我想要的橄欖樹園和葡萄園作為環境背景；伊嘉斯的布蘭庭是以波吉亞或麥地奇家族出身的王子為藍本，性格傲慢自負、飽讀詩書、心高氣傲，與他相對的艾勃利可則以粗野低俗、講求效益的共產黨政治局鬥爭倖存者為原型。

我心中壓迫與生存的這個主題逐漸清晰，並且拜捷克小說家米蘭・昆德拉所賜而豐富不少，他對被征服的人民與其變動不安的愛欲表現多有省思，我稱之為「夜之反叛」。對我而言，其中的概念在於人在無法反抗時會如何反抗、在世界天翻地覆時會有什麼樣的行為，以及自尊破碎的影響如何擴及我們生命中最私密的領域。

《遺忘之國提嘉納》正是試著透過魔法探究這樣的事：透過剝奪一個民族的名字，將他們從歷史紀錄上抹消。

從墨西哥、波蘭再到克羅埃西亞，每當我在世界各國朗讀或談及這部小說，聽眾之中都常有人問我同一個問題：「你寫的是我們嗎？」

某方面來說，是。我在寫的是強權意圖入侵或入侵之後，刻意採取手段抹滅認同的每一個國家、每一個時代。對我而言，這是奇幻文學最強大的力量；將故事設定於虛構的背景，這部作品便不再只侷限於某個時代或某個地方，而是反映出所有時代、所有民族，這麼一來讀者會更容易對故事主題有所共鳴。當初執筆寫作這部野心勃勃的長篇作品之際，這正是我的想法、我的期望。正因如此，這些年才一直有人這麼問：「你寫的是我們嗎？」

我將這幾個元素融入小說，希望寫成一部引人入勝的冒險故事。這些元素在逐漸成形之初便令我有些卻步，然而在這一切當中潛藏著我認為奇幻文類正該如此運用的看法：在以久遠時代為背景的奇幻故事中表現普世性，讓供人逃離現實的虛構小說不只是虛構，反而能引領我們回歸核心。我試著想像自己不著痕跡地將故事主題穿插進去，同時又讓讀者始終捨不得放下小說入睡。如今多年過去，我無比感激與欣喜地猜想或許的確已如我所願：最初的概念、畫面和靈感都成為了這本小說的基石，各個主題嵌合其中，人們直讀到夜深。起碼，我想要這麼記得。

蓋・加佛列・凱伊

臉譜小說選 FR6615

遺忘之國提嘉納

Tigana

原著作者	蓋・加佛列・凱伊（Guy Gavriel Kay）
譯者	陳思穎
書封設計	莊謹銘
責任編輯	廖培穎
行銷企畫	陳彩玉、林詩玟
業務	李再星、李振東、林佩瑜
副總編輯	陳雨柔
編輯總監	劉麗真
事業群總經理	謝至平
發行人	何飛鵬
出版	臉譜出版 台北市南港區昆陽街16號4樓 電話：886-2-25007696　傳真：886-2-25001952
發行	英屬蓋曼群島商家庭傳媒股份有限公司城邦分公司 台北市南港區昆陽街16號8樓 客服專線：02-25007718；25007719 24小時傳真專線：02-25001990；25001991 服務時間：週一至週五上午09:30-12:00；下午13:30-17:00 劃撥帳號：19863813　戶名：書虫股份有限公司 讀者服務信箱：service@readingclub.com.tw 城邦網址：http://www.cite.com.tw
香港發行所	城邦（香港）出版集團有限公司 香港九龍土瓜灣土瓜灣道86號順聯工業大廈6樓A室 電話：852-25086231　傳真：852-25789337
馬新發行所	城邦（馬新）出版集團 Cite（M）Sdn. Bhd.（458372U） 41, Jalan Radin Anum, Bandar Baru Sri Petaling, 57000 Kuala Lumpur, Malaysia. 電話：603-90563833　傳真：603-90576622 電子信箱：services@cite.my
初版一刷	2025年6月
ISBN	978-626-315-641-8

城邦讀書花園
www.cite.com.tw

售價：699元
（本書如有缺頁、破損、倒裝，請寄回更換）

國家圖書館出版品預行編目（CIP）資料

遺忘之國提嘉納／蓋・加佛列・凱伊（Guy Gavriel Kay）著；陳思穎譯. -- 初版. -- 臺北市：臉譜出版：英屬蓋曼群島商家庭傳媒股份有限公司城邦分公司發行, 2025.06
　面；　公分. --（臉譜小說選；FR6615）
譯自：Tigana
ISBN 978-626-315-641-8（平裝）
885.357　　114004082